dtv

Cordoba, 11. Jahrhundert: Die große Zeit des Kalifats geht zu Ende, aber noch erstrahlt Cordoba in imperialem Glanz. Das Fehlen einer Zentralgewalt hat Machtkämpfe innerhalb der führenden Familien zur Folge, aber auch unerwartet viel Freiheit, Toleranz und Lebensfreude. Prinzessin Valada, Tochter des Sultans Muhammad III., verfügt nach dem Tod ihres Vaters über ein gewaltiges Vermögen. Die junge Frau von verwirrender Schönheit und überragender Intelligenz verwendet es, um einen Musenhof zu schaffen, in dem sie die begabtesten Poetinnen und Poeten ihrer Zeit versammelt. Menschliche und dichterische Spannungen innerhalb dieses Künstlerkreises bleiben nicht aus, zudem ist er heftigen Anfeindungen von außen ausgesetzt – und Valada lässt sich auf ein gefahrvolles Spiel mit der Macht ein ...

Waldtraut Lewin, am 8. Januar 1937 in Wernigerode geboren, studierte Germanistik, Latein und Theaterwissenschaften und arbeitete als Dramaturgin und Regisseurin für das Musiktheater. Seit 1978 widmet sie sich ausschließlich dem Schreiben und hat seitdem zahlreiche Romane und Biografien, Erzählungen, Hörspiele, Drehbücher und Libretti verfasst. Für ihre schriftstellerische Tätigkeit wurde Waldtraut Lewin u. a. mit dem Lion-Feuchtwanger-Preis ausgezeichnet.

Waldtraut Lewin

Valadas versinkende Gärten

Roman

Deutscher Taschenbuch Verlag

Von Waldtraut Lewin
ist im Deutschen Taschenbuch Verlag erschienen:
Federico (20880)

**Ausführliche Informationen
über unsere Autoren und Bücher
finden Sie auf unserer Website
www.dtv.de**

MIX
Papier aus verantwortungsvollen Quellen
FSC® C019821
FSC
www.fsc.org

Originalausgabe 2012

Umschlagkonzept: Balk & Brumshagen
Umschlaggestaltung: Lisa Helm
unter Verwendung des Bildes ›A Souvenir‹ (1920)
von John William Godward
Gesetzt aus der Arno Pro Regular 10,25/12,25˙
Gesamtherstellung: Druckerei C. H. Beck, Nördlingen
Gedruckt auf säurefreiem, chlorfrei gebleichtem Papier
Printed in Germany · ISBN 978-3-423-21344-8

Menschen lieben Geschichten.
Denn wenn man die Dinge
in Geschichten verwandelt hat,
kann man die Dinge verwandeln.

Terry Pratchett: Der Winterschmied

ZUM GELEIT

Über zweihundert Jahre regieren die Nachkommen des Propheten Mohammed, die Omayaden, in Al Andalus, dem heutigen Andalusien. Ihre Hauptstadt ist Cordoba. Nach dieser Zeit machtvoller Herrschaft, kultureller Hochblüte und friedvollen Miteinanders der drei Religionen Islam, Judentum und Christentum zerstört ein Emporkömmling, Al Mansur, einst ein unbedeutender Schreiber aus Algeciras, von seiner Geliebten, einer Haremsfrau des verstorbenen Kalifen, zur Macht erhoben und für ihren unmündigen Sohn als regierender »Statthalter« eingesetzt, die subtile Balance des Reiches. Er holt als Söldner die fundamentalistischen Berber aus Nordafrika. Diese strenggläubigen Nomaden haben keinen Sinn für die Hochkultur von Al Andalus. Bald sind sie der Feind im eigenen Land, plündern und zerstören im Namen Allahs.

In der Mitte des 11. Jahrhunderts beginnt das Reich auseinanderzubrechen. Die letzten Nachkommen der Omayaden, die nach Al Mansurs Tod erneut zur Macht kommen, erweisen sich als unfähig. Al Andalus zersplittert wie ein Spiegel, zerspringt in viele kleine Königreiche, die Taifas, die sich in erbitterten Machtkämpfen gegenseitig das Leben schwer machen.

Aber so wie auch eine Spiegelscherbe ein Bild wiedergibt, so blühen in diesen kleinen Ländern weiterhin Kunst und Kultur, denn die Emire, ihre Herrscher, wetteifern untereinander nicht nur mit dem Schwert, sondern auch mit dem Ruhm der Gelehrten, Sänger, Poeten und Weltweisen, die ihre Höfe schmücken.

Einem bunten Flickenteppich gleicht nun die politische Landschaft von Al Andalus, einem Gebäude aus Mosaiksteinchen, dessen Einzelheiten im Auge zu behalten und richtig einzuordnen aus heutiger Sicht dem Historiografen vorbehalten ist, der die Fülle von einander verwirrend ähnelnden Namen, von Herrschaftswechseln, Intrigen und Beziehungen an der richtigen Stelle zu platzieren weiß.

Dem Romanschreiber bleibt vorbehalten, das Kaleidoskop zu schütteln und aus den Steinen ein überzeugendes Bild neu zu gestalten. Grausam und schön, vielfarbig und exotisch.

Die Protagonisten der Handlung haben historische Entsprechungen. Dass der Name der Heldin uns in der Transkription aus dem Arabischen als »Wallada« begegnet, ist uns bewusst. Wir haben die elegantere Variante »Valada« gewählt.

Noch ein Wort zur Poesie, die in diesem Buch eine so große Rolle spielt: Selten hat es in der Welt ein so reiches Dichten gegeben wie im mittelalterlichen arabisch geprägten Raum, vor allem in Al Andalus.

Die Bandbreite der Lyrik reicht von zartester Liebespoesie und Naturlyrik bis zu unflätig dreister Zote, zu Spott und gegenseitiger Beschimpfung. Beides wohnte im Schreibrohr der gleichen Dichter. Berührt das eine die tiefsten Gefühle, so ist das andere der »Vers auf die Welt«, die Auseinandersetzung mit der gesellschaftlichen Realität. Es ist freilich – bis auf die Lobhudelei fürstlicher Gönner – die einzige Form, in der diese Poeten ihre prosaische Gegenwart abbilden.

Die Reime im Buch sind keine Übersetzungen, sondern freie Nachgestaltungen – oder sie sind eben das, was man als »nachempfunden« bezeichnet. Die Autorin bittet Puristen dafür um Pardon.

W. L.

1

ʿVALADA BINT AL ʿMUSTAKFÍ.

Ich bin das einzige Kind des Kalifen Muhammad des Dritten, des vorletzten Herrschers aus jenem Geschlecht, das Cordoba zweihundert Jahre lang mit allen Segnungen des Friedens, mit Wohlstand, Glück und Lebensfreude, mit schöner Lebensart, mit Wissenschaften und Künsten beschenkt hat.

Sollte ich mich nicht damit zufrieden geben?

In dieser meiner Stadt, in Cordoba, gibt es keine Person, die so frei und so geachtet ist wie ich – Nachkommin großer Ahnen.

Vor dreihundert Jahren, also genau im Jahr 134 nach der Hedschra des Propheten, dem Gesegneten Allahs, wurde mein nobler Ahnherr, ein Nachfahre Mohammeds und somit der rechtmäßige Kalif, in dies gesegnete Land Al Andalus verschlagen – der einzige Überlebende unserer stolzen Dynastie, der Omayaden, nachdem alle anderen Mitglieder meines Hauses von unseren Rivalen, den Abbasiden, in Bagdad niedergemetzelt worden waren. Man lud sie zu einem Versöhnungsfest ein und ermordete sie dort.

Diesem meinem Vorfahren, Prinz Abd Al Rahman, gelang es, dem Blutbad zu entkommen. Er flüchtete über Syrien nach Afrika, scharte Anhänger um sich und gelangte von dort in dieses Land. Sogleich wurde er mit Jubel von allen Muslimen empfangen, die sich seit einem halben Jahrhundert hier angesiedelt hatten, denn jeder war sich bewusst, dass er die alleinige Leuchte des Islam war und die Abbasiden in Bagdad nur erbärmliche und anmaßende Usurpatoren, widerrechtlich auf dem Thron der Omayaden.

In diesem Landstrich, der gleichermaßen von Christen, Juden und Muslimen bewohnt wird (die Christen im Norden und Osten, eingewandert vom Frankenland her, die Muslime im Süden und Westen, die Juden unter beiden Glaubensrichtungen lebend), erkor der Erwählte Allahs und Beherrscher der Gläubigen sich dies Cordoba als Herrschafts-Stadt und begann sein segensreiches Wirken als wahrer und alleiniger Kalif. Krieger war er – wie sollte er nicht, denn es gab Bedrohungen von außen abzuwehren. Aber vor allem war er ein gütiger Vater des Volkes, und unter seiner Regentschaft entfalteten sich Handel und Wandel, und der Wohlstand wuchs. Dichter war er und Bauherr.

Abd Al Rahman hinterließ nach zwanzig Jahren Herrschaft ein gesichertes Reich mit gefestigten Grenzen. Seine Nachfahren traten in seine Fußstapfen.

Unzerstörbar, wie es schien, blühte nun die Macht des Islam, und die Völker ringsum sahen mit Bewunderung und Neid auf das Kalifat Cordobas. Die weiteren Herrscher meiner Familie führten das Schwert des Krieges und das Siegel des Friedens gleichermaßen. Sie bekämpften unverschämte Nachbarn, schlugen Rebellionen nieder, räumten Gegner aus dem Weg. Aber vor allem – und das war ihr größter Stolz – errichteten auch sie Bauwerke zum Ruhme Allahs und zur eigenen Ehre, horteten mit Begier Bücher in großen Bibliotheken, versammelten Gelehrte und Poeten um sich, dichteten und musizierten selbst im Wettstreit mit den Künstlern und überschütteten das Volk mit Wohltaten. Macht und Glanz ruhten auf ihren Stirnen, und eingehüllt in das Weiß ihrer Gewänder, das sie, zum Trotz gegen das Schwarz der Abbasiden, zu ihrer Farbe erhoben hatten, verewigten sie die Größe unseres Propheten, von dem wir abstammen.

Bis dann ein ehrgeiziger Mann aus niederem Blut den Glanz meines Hauses zunichte machte.

Al Mansur, »Statthalter«, erst Geliebter einer betrügerischen Haremsfrau, dann von ihr, der Witwe des Kalifen, beauftragt, anstelle ihres unmündigen Omayaden-Sohns das Land zu beherrschen, lehrte die iberische Halbinsel das Fürchten mit mörderischen Kriegen. Er zog gegen die christlichen Reiche im Norden zu Feld, zwang andere muslimische Fürstentümer unter seine Fuchtel – und da er den eingesessenen Arabern von Al Andalus misstraute, tat er das Schlimmste: Er holte aus Nordafrika die mörderischen Berberkrieger als Söldner ins Land: die Beduinen des Maghreb, Bärtige, die für die feine Kultur von Al Andalus nur Verachtung übrig hatten und alles hassten, was nicht so strenggläubig und fanatisch war wie sie.

Nach dem Tod des »Statthalters« erhielt das Reich die Quittung. Die Berber, nun keinem Herren mehr verpflichtet, machten sich mordend und plündernd darüber her, zerstörten die schönen Gärten und die Residenz, verfolgten alles, was sich seines Lebens freute und offen war für die Schönheit der Welt, die uns ja doch von Allah gegeben ist.

Das Reich Cordoba zerbrach. Die Omayaden, so schien es, hatten ihre Kraft verausgabt. Zwar gelangte der eine oder der andere wieder auf den Thron, doch keiner von ihnen erreichte wieder die Größe und Kraft seiner Vorfahren.

Ihre Stelle nahmen jetzt die Mitglieder von Araberfamilien ein, die hier seit langem verwurzelt waren.

Aber wer fortan auch herrschen wird – er wird die einmal ins Land Gerufenen aus Afrika, die Strenggläubigen, die hasserfüllten Anhänger »reiner Lehre«, nicht mehr los. Warum sollten die wohl zurückkehren zu ihren Kamelen und Ziegenherden, um dort mit anderen um ein Stück Weideland zu kämpfen? Hier gab es immer aufs Neue Beute zu machen, denn immer wieder benötigten die neuen Herrscher ihre Hilfe im Kampf…

Jeder, der in Al Andalus regiert, muss sich zu den Wüstenkriegern verhalten. Sie sind da, und wenn man nicht selbst von ihnen gestürzt werden will, sieht man besser hinweg über ihre Taten.

Und wir, die Omayaden? Das edle Blut – soll es wirklich für alle Zeit ausgeschlossen sein von Macht und Herrlichkeit?

Ja und ja: Mein Vater und seine Vorgänger nach dem Tod Al Mansurs waren elende Schwächlinge. Dennoch: Nur wir stammen direkt vom Propheten ab. Uns gebührt die Herrschaft, nicht irgendwelchen alteingesessenen arabischen Stammesfürsten.

Es raubt mir den Schlaf. Es verfolgt mich.

Ich bin die Letzte. Aber was nützt das? Eine Frau kann nun und nimmer die Nachfolge des Propheten antreten, möge ihr Geist noch so wach, ihre Seele noch so kühn und ihr Verstand geschaffen sein, Völker zu regieren.

Ja, ich bin die Letzte. Sie verehren und achten mich im Volk – obwohl ich tue und lasse, was ich will, und mich nicht um strenge Sitten schere. (Oder gerade darum?)

Ich habe mir ein eigenes Reich geschaffen. Um mich ist die Dichtkunst wie um andere der Äther. Mein Haus ist voll von Licht, ist die Burg für Liebe, Leidenschaft und Poesie.

Aber soll ich mich wirklich damit zufrieden geben?

Denn was taugt eine Burg? Sie ist verschlossen. Das, was ich will, wofür ich stehe, das sollte sich über ganz Al Andalus verbreiten. So, wie es einst war. Meine Burg sollte ihre Tore öffnen.

Ich will nicht, dass der schöne, üppige Strom, der sich einst von Syrien aus ergossen hat, jene von Gott gewollte Befruchtung dieses Landes, versiegt und im Nichts endet.

Und nun, jüngst, ist mir vom Himmel ein Wink erteilt worden. Ich habe in den Labyrinthen der gewaltigen Bibliothek, die meine Vorfahren mit Leidenschaft zusammengetragen haben, ein Buch entdeckt. Ein Büchlein nur, das mich zur

Eile drängt. Wenn ich dem Glauben schenke, was dies Buch verkündet – und ja, das tue ich! –, dann muss ich handeln, denn sonst ist es zu spät.

Ich will nicht, dass mein Stamm ausstirbt. Die Omayaden sollen wiedererstehen.

Aber das sind geheime Dinge. Heikle Dinge, nicht ungefährliche. Dinge, die getan werden müssen.

2

'IBN ZAYDUN.

Ihr Haus ist eine Insel aus Licht, eine Oase inmitten von Zerstörung und Finsternis.

Zwar sind die Mauern zu dem verödeten Platz hin hoch und abweisend, aber die Helligkeit quillt aus den Fugen der Türen, aus den schießschartenengen Fensteröffnungen, ja sogar aus den schmalen Schlüssellöchern hervor wie das üppige, helle Fleisch einer Tänzerin aus den dunklen Hüllen ihrer Kleidung.

Und mit dem Licht strömen die Klänge hinaus in die Nacht. Das Lachen. Das Klirren von Glas. Das rhythmische Sprechen. Der Beifall. Dann die Musik: Setar, die Laute mit dem langen, geschwungenen Hals, Flöte und Fidel, das aufreizende Pochen der Handtrommel, dazu eine heisere Singstimme.

»Da war es keine Schande, ohne Scham zu sein / In diesem Haus, in dem nur Freude herrschte.«

So hat er es damals beschrieben. Und so ist es noch immer, auch wenn er die Herrin jetzt lieber beschimpft, als sie verehrt.

Dieses Haus ist umgeben von einem unsichtbaren Wall. Von einer Mauer der verstohlenen Hochachtung und des geheimen Respekts. Niemand von den bärtigen Männern, die nachts durch die Straßen schleichen und nach denen suchen, die auf irgendeine Weise gegen die Gebote Allahs verstoßen (so, wie sie diese auslegen), niemand von ihnen wird es wagen, mit der Axt an diese Tür zu schlagen, bis das Holz splittert.

Diese Hochachtung, dieser Respekt der Bürger Cordobas gelten nicht den bedeutenden und mächtigen Personen, die dort ein- und ausgehen. Sie gelten allein der Herrin des Hauses. Denn diese Frau ist die Tochter ihres Stammes, des Stammes der rechtmäßigen Herrscher.

Ihr Vater war der vorletzte, aber schwächliche und träge Sohn einer Familie, die das Volk von Cordoba geliebt und verehrt hatte. Die Beduinen aus dem Maghreb verachteten ihn.

Und seine Tochter?

In den Augen der Berber ist sie wohl nicht weniger verächtlich als ihr Vater. Aber schwächlich – nein, schwächlich ist sie nicht. Und ob nun ihre eigene Kraft den Bannkreis um ihr Haus gezogen hat oder die aller Bürger der Stadt, wer weiß?

Jedenfalls ist er da.

Der Mann in seiner Kerkerzelle, der das leuchtende Haus vor Augen hat, macht den Rücken gerade und dehnt die Schultern. Er spitzt ein neues Schreibrohr an und streicht das Papier glatt. Lange kann er nicht mehr schreiben. Das ist heute schon die zweite Kerze, und wenn die heruntergebrannt ist, muss er aufhören zu arbeiten. Mehr als zwei der armseligen Lichte am Tag bewilligt man ihm nicht. Und für die Gnade, dass man ihn überhaupt schreiben lässt, muss er eigentlich dem Himmel und dem Wesir Tag für Tag danken. Obwohl er annimmt, dass er diese Vergünstigung wohl eher Valada verdankt. Valada ist schließlich selbst Dichterin und weiß sehr wohl, dass ein anderer Dichter vielleicht bei schmaler Kost und hartem Lager im Kerker schmachten kann, aber nicht ohne die Möglichkeit sein darf, zu schreiben.

»Und dabei, oh, du Miststück, habe ich in der letzten Zeit nur Schmähgedichte auf dich verfasst. Ja, die Schmähgedichte … Als ob hierzulande, wo die frechen Sprüche zu Hause sind, irgendjemand wegen Spottversen ins Loch kommt!«

Der Mann beißt die Zähne zusammen vor ohnmächtiger Wut.

Seit Tagen schon führt er in diesem scheußlichen Verlies einen Dialog. Einen Dialog mit sich selbst oder mit dieser Frau – aber eigentlich ist es ein Dialog mit den nackten, schmutzig grauen Wänden, gegen die er anredet, anschreit.

»Ich sitze in diesem Verlies!«, ruft er, » ich, Ibn Zaydun, dein einstiger Liebhaber und der beste Dichter arabischer Zunge, der je in Al Andalus gelebt hat, weil ich einen Rivalen habe. Er, der Herr Minister, der erhabene Wesir, fand es angemessen, mich dafür so zu bestrafen. Ich habe die Prinzessin öffentlich beleidigt! Der Herr findet es immer noch angemessen, obwohl ich, Ibn Zaydun, jetzt schon eine ganze Weile in dieser unangenehmen Umgebung verbringen darf.«

Er schlägt mit der geballten Faust auf den Tisch.

»Und Valada?«, fährt er fort in seiner Zwiesprache ohne Partner. »Als wenn sie nicht wüsste, was der eigentliche Grund für diese elende Inhaftierung ist. Diese Sache, von der der Herr Wesir Wind bekommen hatte.

Ich hasse sie. Der Wesir bekam einen wunderbaren Vorwand in die Hand, mich auszuschalten, und sie selbst hat ihn geliefert, indem sie mich denunziert hat. Beleidigt, wie sie war, wegen einer Sache, die gar nichts mit meinen Gedichten zu tun hatte …«

Der Mann im Kerker presst die Lippen aufeinander.

Er muss aufhören mit diesen Selbstgesprächen. Das ist ja nahe am Verrücktsein. Und wenn er eines nicht ist, dann das.

Er streicht sich unwillig mit der Hand über den struppigen Bart, der sein Gesicht verunziert. Ein Schermesser bekommt er nicht, offenbar befürchten seine Kerkermeister, er könnte sich damit etwas antun. (Ha, die kennen ihn schlecht!) Stattdessen barbieren sie ihn alle zwei Wochen mit rohen und ungeschickten Händen.

Er hasst diesen Bart, er hasst das grob gewebte Gewand, das er tragen muss und das ihm die Haut wund scheuert, diese Haut, die seine Geliebte gern mit der Farbe von Zimt und gebranntem Ton verglich, und am meisten hasst er sie, Valada, wenn er sich nicht mehr beherrschen kann in seiner Kerkereinsamkeit und Hand an seinen Körper legt in Gedanken an sie.

Diese Frau, an die er angekettet ist für immer.

Und er beschimpft sie, so wie er es in seinen letzten Versen getan hat. Hure, läufige Hündin, geiler Fetzen, Allerweltsgeliebte …

Die Kerze! Das ist nur noch eine halbe Spanne, gemessen zwischen Daumen und Zeigefinger. Nur noch wenig Zeit. Er sollte sich beeilen und weiterarbeiten.

»Ich bin der Fürst – die Dichtung ist mein Sklave«, schreibt er und muss sich am Kopf kratzen. Ungeziefer hat er sich wohl auch geholt hier.

MUHDJA.

Ihr Haus ist eine Festung, aus der heraus das Licht quillt wie Reis aus einem kochenden Topf. Das Haus wartet.

Aber wie gelangt man ungefährdet dorthin, mitten in der Nacht? Die Bärtigen grasen in dieser Nacht die Straßen ab.

Das Volk nennt sie so. Natürlich tragen auch andere Männer Bärte, aber nicht diese verwilderten, verfilzten Vliese bis herunter zur Brust, an die nie das Messer des Barbiers kommt.

Die Bärtigen sind arm. Handlanger der alteingesessenen arabischen Sippen. Befehlsempfänger. Einst wichtig, nun lästig. Wer will sie jetzt schon noch bezahlen?

Mit der Duldung der Oberen stürzen sie sich auf alles, was sich plündern lässt. Das Recht dazu gibt ihnen – so ist ihre Überzeugung –, dass sie die »Strenggläubigen« sind. Allahs wahre Söhne. Und so hassen sie alle, die sie Ungläubige nennen. Juden wie Christen. Aber auch Muslime, die, wie sie meinen, die Gebote des Propheten nicht ernst genug befolgen.

Und wenn sie ihrer nicht auf der Straße habhaft werden können, so versuchen sie, in die Häuser einzudringen. Sie überfallen die Läden auf dem Basar, sie holen sich, was nicht niet- und nagelfest ist.

Und kommt ihnen bei ihren nächtlichen Unternehmungen eine Frau über den Weg, so gilt sie als unkeusch, ganz gleich, ob sie wirklich ein Weib ist, das sich verkauft, oder auch nur den Arzt für ihr krankes Kind holen oder ihren entlaufenen Hund einfangen will. Ein Weib hat nachts bei seinem Mann und seiner Familie zu sein!

Und finden die Bärtigen eine solche Frau, so ist es um sie geschehen. Zu Dutzenden fallen sie über sie her, um sie zu »bestrafen«.

Und ich, wie ich hier durch die Straßen laufe, wäre gefundenes Fressen für sie. Freiwild. Blutopfer.

Es war ein Fehler, an diesem Tag unbedingt zu meinem Vater, dem Feigenhändler, zu gehen. Seit meine Mutter tot ist, fühle ich mich genötigt, ihn hin und wieder zu besuchen und nach dem Rechten zu sehen. (Die alte Sklavin, die das Haus betreut, taugt nicht viel. Eine gute Tochter hat nun einmal die Pflicht, ihrem Herrn und Vater zu dienen und zu gehorchen und seine Wünsche zu erfüllen. Aber jeder dieser Besuche kostet mich viel Überwindung. Was er manchmal von mir fordert, behagt mir wenig.)

Valada, meine Prinzessin, hatte mich gewarnt. »Begib dich nicht in die Nähe derer, die ihren Weibern schwarze Tücher vors Gesicht hängen! Du bist es nicht mehr gewohnt, dich zu verstellen, sie werden dich erkennen, selbst wenn du dich von Kopf bis Zeh verschleierst. Deine Art, dein Bein vorzustrecken und die Brust, zu gestikulieren und mit erhobenem Haupt einherzugehen – sie wittern dich! Sieh dich vor, mein kleines Weibchen! Geh nicht allein aus und erst recht nicht nachts.«

Mein kleines Weibchen, so nennt sie mich in den Stunden der Zärtlichkeit, wenn wir drei Dichterinnen-Schwestern – Valada, Kasmuna und ich – unsere Spiele miteinander treiben. (Im Dreigestirn ein Stern zu sein, ist manchmal nicht einfach, Eifersucht bleibt nicht aus. Seit Ibn Zaydun aus dem Weg geräumt wurde, ist alles viel leichter.)

»... und erst recht nicht nachts!«

Das ist so dahingesagt.

Denn natürlich bin ich doch nachts unterwegs. Ich muss zurück zu ihr. Sie trägt ihre Verse vor, neue Verse, heißt es. Sie hat an einem der Dichterwettstreite, die Fürsten der Nachbarreiche manchmal veranstalten, teilgenommen. Nicht des Lohnes wegen, nein! Meiner Herrin genügt der Ruhm – und natürlich hat sie gewonnen. Nun feiert sie heute Abend mit einem Fest diesen Sieg.

Nicht ohne mich! Ich laufe, ich fliege durch die Finsternis.

Ein Glück, dass die Bärtigen nicht bereit sind, leise zu verfahren. Sie müssen lärmen, Angst und Schrecken im Voraus verbreiten. Man hört ihren Trupp immer schon ein paar Straßenzüge weiter. Sie schlagen drohend gegen die Wände und Türen längs ihres Weges, schlagen mit den Holzknüppeln, mit denen sie auf »schamlose Weiber« einprügeln werden, und mit den Stielen ihrer Äxte. Mit Äxten verschaffen sie sich auch Zutritt in die Häuser von »Gottesleugnern«, welcher Art auch immer. Und sie geben sich alle Mühe, mit tiefen und groben Stimmen zu sprechen, um ihre Männlichkeit zu betonen; als wenn es bei denen darauf ankäme, wie sie sprechen!

Anders bei anderen. Ibn Zaydun zum Beispiel, der hatte eine Stimme wie knisternde Seide, und wenn er seine Poesien vortrug, schmolz man dahin und kriegte feuchte Schenkel. Im

Bett jedoch, das sagt unsere Prinzessin, da war er gar nicht sanft. Da war er wie ein Bock, der eine ganze Herde stoßen kann.

Ich muss lächeln beim Gedanken an die freche Sprache meiner Prinzessin – obwohl, dazu habe ich beigetragen! Ich, die Tochter des Feigenhändlers aus dem Marktviertel, war nie gewohnt, ein Blatt vor den Mund zu nehmen.

Mein Vater wusste das fürs Geschäft zu nutzen. Vor Jahren, als die Strenggläubigen, diese Berber, noch nicht die ganze Stadt so sehr tyrannisierten wie jetzt, als noch ein bisschen Luft blieb für Freude und Heiterkeit, platzierte er mich an seinem Stand zwischen den reifen Früchten, und ich lockte die Kunden an. Zwar trug ich den Litham, den Gesichtsschleier, aber meine üppigen Brüste hüpften fast aus dem knappen Jäckchen, und ich bog die Schultern nach hinten und drehte mich hin und her, während ich das ohnehin anstößig geformte Obst anpries; die Schale, spielend zwischen grün, weißlich und tief violett, ist so weich wie die Haut eines Kindes, und ich hielt in jeder Hand eine halbierte Frucht, deren Inneres blutrot schimmerte – wie sich die Männer in ihren Träumen wohl den frisch geöffneten Schoß eines Mädchens vorstellen.

Und dazu war mir ein Verschen eingefallen, mein erster Vers überhaupt. Ich kann mich nicht mehr genau an seinen Wortlaut erinnern, aber es ging darum, dass meine eigene Feige wohlverschlossen sei, diese in meinen Händen aber erbrochen, und jeder könne deren Süße kosten.

Das kecke Sprüchlein zusammen mit meinen schönen Titten trug uns reichlich Kundschaft ein – und mir die Gunst meiner Prinzessin.

Denn Valada erschien auf dem Markt, einer Mode folgend, der viele Damen aus reichem Haus damals frönten: Umgeben von einem Tross von Dienern mit Fliegenwedeln, Parfümflaschen und Sonnenschirmen, gefolgt von einem kräftigen Sklaven oder gemieteten Lastenträger, der die Einkäufe zu transportieren hatte, schritten sie von Stand zu Stand, begutachteten die Ware und kauften, was sie wahrscheinlich ohnehin zu Haus hatten und überhaupt nicht brauchten. Es ging in diesen noch halbwegs freizügigen Zeiten darum, dass man der Langeweile eines Harems, eines Gartens, der nichts Neues mehr bot, einem immer gleichen Alltag entrann, sich draußen zeigen konnte, hie und da den Schleier lüpfte, angeblich, um eine Melone oder ein paar Trauben besser beurteilen zu können, und auch mal einen Blick mit einem jungen Ladendiener wechselte.

Als die Tochter des vorletzten Omayaden-Kalifen an jenem Tag kam, sahen wir sie und ihr Gefolge schon von weitem, denn vor ihr wichen alle anderen auf diesem Markt zurück und machten ihr ehrfürchtig Platz, und in einem Bannkreis von atemlosem Schweigen und einer Verehrung, die man fast mit den Händen greifen konnte, ging sie über den Platz und hin zu den Arkaden, die unsere Stände und die Auslagen der anderen Händler beschatteten.

Ich hatte zuvor mit lauter Stimme meinen Spruch ausgerufen, und das musste sie wohl gehört haben, denn sie kam geradenwegs auf unseren Verkaufstisch zu, an der Spitze ihres kleinen Trosses, Leibwächter inbegriffen, mit großen, freimütigen Schritten, so wie Leute gehen, die nichts und niemanden fürchten, entweder, weil sie reich sind oder stark oder eben beides.

Und an dieser Frau gab es zwei Dinge, die mich so überraschten und beeindruckten, dass ich mit offenem Mund stehen blieb, in jeder Hand eine halbe Feige, und sie anstarrte und darüber vergaß, mich zu verneigen und sie zu grüßen.

Zum Ersten, diese Frau trug keinen Schleier. Nicht einmal ein Hauch von durchbrochener Spitze oder durchsichtigem Tüll war über Mund und Nase gezogen. Gar nichts. Sie zeigte aller Welt ihr nacktes Gesicht. Ihr nacktes weißes Gesicht, weiß wie Alabaster.

Das Zweite waren ihre Augen.

Zwar wusste jeder, dass ihre Mutter eine zum Islam übergetretene »Gotin«, eine junge Fürstin aus dem Norden, dem christlichen Teil Spaniens, war, aber was das für das Aussehen ihrer Tochter bedeutete, ahnte ich nicht …

Denn Prinzessin Valadas Augen waren und sind blau. Oder sind sie grün? Sie sind wie tiefes Wasser, von der Sonne beschienen, mal Türkise, mal Smaragde, mal Aquamarine, und dann wieder, im Dunkeln, gleichen sie hyazinthenfarbenen Amethysten, und wenn sie zornig ist, werden sie grau wie das Meer bei Sturm.

Was schwärme ich da? Es sind die Augen meiner Geliebten!

Und so kam sie auf mich zu, lachend, nahm mir eine halbe Feige aus der Hand und biss hinein, und während ihr der Saft übers Kinn tropfte, sagte sie: »Wie hast du da eben deine Ware ausgerufen? Wiederhol es!« Und dann: »Wer hat dir so einen Spruch beigebracht?«

Ich stammelte, rot und blass, er sei von mir selbst erfunden.

»So«, sagte sie und nickte, und ihr blauer Blick wanderte zu meinen Brüsten, wie es sonst wohl die Blicke junger Männer taten. »Wie heißt du?«

»Ich bin Muhdja, die Tochter des Feigenhändlers!«, sagte ich und starrte sie an, ungehörig – ich war ein junges Mädchen ohne Bildung.

»Nun, Muhdja«, sagte sie vergnügt, »besuch mich morgen in meinem Haus. Dann will ich sehen, ob du noch mehr Verse schmieden kannst, und dich für diese Feige, die ich genossen habe, bezahlen.«

Damals schrieb sie die ersten Verse auf mich, auf das kleine Mal, das der Allmächtige mir verliehen hat, den braunen Punkt schräg über meiner Oberlippe. Den Vers, mit dem sie mich damals der erlesenen Gesellschaft ihrer Freunde und Anhänger präsentierte, mich an der Hand haltend:

»Die Schöne trägt ein Mal im Angesicht
Gleich jenem Flecken, der des Mondes Licht
Noch mehr hervorhebt. Allah, ich verlange
Zu küssen dieses Zeichen ihrer Wange.
Mehr bedarf es nicht,
Dass ich mit ihr ins Paradies gelange.«

Als sie mich dann später, nachdem alle fort waren, zu bleiben bat und mich hinter die duftenden Vorhänge ihres Lagers führte, da hatte ich Angst. Denn wenn sie mich berührte, würde sie finden, dass ich kein ungerittenes Füllen mehr war – wilde Nachbarssöhne hatten ihre Spiele mit mir getrieben, und ich hatte es nicht ungern geschehen lassen.

Aber sie lachte nur, als ich, beklommen und gesenkten Hauptes, darauf hinwies, und während ihre Finger mich erkundeten, sagte sie: »Mir liegt nichts daran, Blut zu sehen. Tölpelhafte Männer legen es darauf an, die Ersten zu sein. Ich will nur beweisen, dass ich es ... besser kann.«

Bald dann, zum ersten Mal, konnte ich an den Wettstreiten in der Dichtkunst teilnehmen, die sie in ihrem Haus veranstaltete. Manchmal gab sie ein Thema vor. Oder sie dichtete eine erste Zeile, und ihre Schülerinnen und Schüler mussten sie mit einem anderen Reim ergänzen. Nie vergesse ich meinen ersten Triumph.

Ein Windhauch strich über das Wasser eines Teichs in ihrem Park hinter dem Haus, wo wir damals versammelt waren, und kräuselte es, und Valada begann:

»In einen Schuppenpanzer verwandelt der Wind das Nass ...«

Alle zögerten, aber ich, dreist und frisch, improvisierte:

»Zu Eis erstarrt, was für ein Schutzschild wäre das!«

Und Valada lachte und küsste mich. –

Ich schrecke auf aus meinen Träumen.

Da sind sie, die Schritte der Bärtigen, der Berber, ihre

Stimmen, der Lärm ihrer Knüppel und Äxte. Kaum drei Straßen entfernt. Die in unserer Stadt so gefürchteten Okkupanten, die unsere Herrscher einst selbst ins Land gerufen haben als Söldner von Afrika, jene »Gotteskrieger«, die uns nun knechten …

Sie nähern sich der gleichen Kreuzung, auf die ich zustrebe. Ich bleibe stehen, und die Angst schießt mir wie ein Blitz durch den Körper.

Vor Jahren belagerten sie die Stadt, eroberten, zerstörten ganze Straßenzüge, entehrten die Frauen, folterten die Männer zu Tode. Seitdem müssen sich die Herrscher hier, gleich, wer an der Macht ist, ihre Regentschaft mit den Eindringlingen von jenseits des Meeres teilen.

Ich öffne mit zitternden Fingern die Tür meiner Blendlaterne, lösche das Licht und drücke mich in eine Wandnische. Möchte am liebsten ins Mauseloch kriechen. Fühle das raue Mauerwerk an meinem Rücken. Wenn sie mich finden …

Mir ist, als wären sie schon da. Die Augenlider fest zusammengepresst, stelle ich mir vor, was geschieht.

Nein, sie fackeln nicht lange, wenn sie eine einsame Frau in der Nacht entdecken. Sie kreisen sie ein. Sie zerren ihr den Schleier herunter. Dann beginnen sie, ihr zur Strafe für ihr gottloses Umherstreunen das Gesicht zu zerschlagen und das Haar auszureißen. (Ich habe solche Opfer gesehen, grün und blau, aufgequollen, blutig, kein Auge mehr zu sehen. Der Schädel nur noch von ein paar Haarsträhnen bedeckt zwischen den Wunden.) Wenn sie fertig sind mit ihrer Arbeit, tun sie mit den Frauen das, was diese ihrer Meinung nach verdienen. Und wenn sich alle an ihr vergangen haben, lassen sie die Geschändete im Straßendreck liegen wie ein Bündel Lumpen.

Allah, der du hoffentlich nicht der Gott dieser Verbrecher bist, verleih mir Stärke.

Sie kommen näher. Verharren an der Kreuzung und – nehmen die andere Richtung.

Ich drücke die Knie durch, damit sie nicht nachgeben und ich an dieser Mauer herunterrutsche. Meine nutzlose Laterne fällt mir aus den Fingern, scheppert auf dem Pflaster. Gebe der Himmel, dass die Männer der Streife nichts gehört haben. Doch so laut, wie sie sind – da geht ihnen zum Glück das Hinhören auf irgendein anderes Geräusch ab.

Und nun laufe ich. Laufe wie ein gehetztes Wild durch das Gewirr von Cordobas Gassen, stolpernd, nur der Mond scheint mir. Renne vorbei an Ruinen, an zerstörten Gebäuden, die in all den Jahren niemand hat wieder aufbauen wollen oder können, durchquere brachliegende Gärten, einst die Zierde ihrer Paläste, um meinen Weg abzukürzen, klettere über eine bröcklige Mauer, bleibe an irgendetwas hängen, zerreiße mir den Mantel.

Dann: der Platz. Und aus dem Haus – Mittelpunkt von Liebe, Leben, Poesie – quellen verheißungsvolle Lichtbüschel hervor. Da ist die Musik, da ist das Lachen und Händeklatschen.

Gelobt sei Allah, der Allbarmherzige, der niemals schläft.

Ich trommele das vereinbarte Signal ans Holz der Tür.

Man tut mir auf.

'KASMUNA.

Schon wieder! Sie kommen.

Und ich stehe vor dem Spiegel und schmücke mich ganz umsonst und denke an das Haus, in dem ich nicht sein darf, jetzt, in dieser Nacht.

Das Haus, das überströmt ist von Funkeln und Gleißen wie eine Brunnenschale von Wasser. Das Haus, das wie mit Ketten am Himmelsgewölbe befestigt scheint. Unzerstörbar, unterm Schutz des Allmächtigen. Das Haus der Freude und der Gnade.

Hier, wo ich jetzt vorm Spiegel stehe, in unserem Palast gegenüber der Synagoge, sind alle Fensterläden vorgelegt und alle Türen doppelt und dreifach verrammelt. Es ist die Nacht vor dem Beginn unseres Neujahrsfestes, das wir Juden, anders als Christen und Muslime das ihre, im Monat Tischri feiern, im September des christlichen Kalenders.

In den Nächten vor unseren hohen Feiertagen kommen sie am liebsten.

Und wieder haben sie es abgesehen auf unsere Wohnstatt. Auf meine Wohnstatt.

Denn ihnen geht es nicht nur darum, ein paar reiche Juden auszuplündern. Es geht immer wieder auch darum, Kasmuna bint Ismael zu erschrecken und zu bedrohen.

Wer in Cordoba weiß nicht, dass ich in einem Verhältnis zu Prinzessin Valada stehe, das weit über eine Freundschaft hinausgeht?

Wenn sie unterwegs sind, so ist es sicher, dass sie hierher kommen. Sie stehen vor diesem Haus und brüllen meinen Namen und versehen ihn mit unflätigen Attributen, die ich nicht wiederholen mag. Ein Weib wie ich, ein Weib, das »wider die Natur« sündigt ... Schlimmer kann es nicht kommen für sie.

Und noch ein Zweites: Wenn man Kasmuna bedroht, zeigt man, was man von der Prinzessin hält.

Die Prinzessin, an die sie sich nicht heranwagen.

Meine Familie sitzt schreckensbleich da jedes Mal und tut so, als würde sie nicht verstehen, mit welchen Worten man mich beschimpft ...

Natürlich haben sie es auf die Häuser der Reichen abgesehen, denn nur Erniedrigen und Verletzen und Zerschlagen genügt nicht. Man muss auch plündern können. Und welch ein Glück für sie: Hier trifft beides zusammen. Ein unkeusches Weib, eine Jüdin, die im Reichtum lebt!

Jeden Tag danke ich dem Herrn, dass mein Vater – obwohl er es auch nicht in Worte fasst – meine Neigung duldet. Er duldet sie, weil er mich liebt. Und weil er die Omayaden verehrt. Anders als die Mitglieder unserer Gemeinde, die wohl nur aus Achtung vor ihm davon absehen, mich öffentlich zu verdammen, und mich meistens scheel und verächtlich von der Seite ansehen.

Mein Vater, Ismael Ibn Jeschulla, dessen jüngste Tochter ich bin, ist hoch angesehen bei den Unseren. Und er war ein Freund des großen Al Hakam – das Andenken des Gerechten sei gesegnet –, des Letzten unter den Omayaden, der Segen über unsere Stadt Cordoba brachte (anders als der feige und träge Vater meiner Prinzessin und dessen Nachfolger). Der Stamm der Omayaden aber und ihres Anhangs insgesamt ist nun einmal der verhasste und gefürchtete Feind unserer neuen Herrscher und deren Helfershelfer, der Berber …

Bisher ist es auch noch niemals gelungen, bei uns einzudringen. Denn mein Vater ist ein vorausschauender Mann. Als reicher Jude hat er fest bauen lassen. Unsere Türen sind aus uralter Eiche, die Feuer und Äxten widerstehen so gut wie Stein, und haben Beschläge aus Eisen.

Aber die Furcht bleibt.

Da stehe ich nun, ausgeschlossen aus der Freude der Nacht und voller Angst, und lege mir das breite Band aus unzähligen Fäden von Goldfiligran um, das meinen langen Hals von den Schultern bis zu den Ohren umspannt, als wäre es das Koller eines Jagdhundes. Mein Gesicht – viel Nase, viel Stirn, großer Mund und Riesenaugen – schwebt über dem Schmuck, zu blass, zu zart. Es passt nicht.

Würde ich so zu ihr gehen wollen, zu der Frau, die ich liebe?

Ich nehme die Kette ab, lege sie beiseite, greife zu dem Perlenband, einem Geschenk Valadas.

Besser so. Lotosblumen gleich. Kasmuna, meine Lotosblume, so nennt mich die Prinzessin, bei der ich heute nicht sein darf, weil mein Vater die Familie beieinander haben will, so wie sich eine Herde zusammendrängt, wenn der Wolf sie umkreist. Er duldet keine Ausnahme.

Von draußen, gedämpft durch die armdicken Mauern und die verriegelten Fenster und Türen, dringt ein Murmeln und ein tiefer Laut wie von Tieren herein. Schwillt ab, verstummt. Steigert sich dann zum Gebrüll.

Sie sind da, die Jäger. Nicht ein einzelner Wolf, ein ganzes Rudel knurrt um unser Heim.

Ich lege beide Hände auf die Perlen um meinem Hals. Sie spenden mir Kühle, und wenn ich die Augen schließe, kann ich mich für einen Moment wegträumen in Valadas Haus, wo ich jetzt sitzen könnte – aber gewiss nicht heiter mit den anderen, weil meine Gedanken hier wären, bei dem, was Schreckliches geschehen könnte. So schwanke ich hin und her auf der Wippe meiner Gefühle.

Meine Mutter ruft nach mir, laut, ihre Stimme ist schrill. Sie fordert, dass wir zusammen sind, wenn die da draußen versuchen, die Haustür einzuschlagen, damit wir einander im Arm halten können.

Viele Schritte auf den Treppen; meine Geschwister laufen schon tief ins Innere des Hauses, auf den Patio, dorthin, wo man am wenigsten von dem Mordlärm vernehmen kann. Geschrei und Rufe; meine zwei Schwestern und die drei Schwägerinnen (wir sind eine große Familie) versammeln ihre Kinder um sich, die Säuglinge auf dem Arm. Die Dienerinnen höre ich aufgeregt durcheinanderreden. Waffengeklirr: Die Dienerschaft und meine Brüder und Schwäger rüsten sich. Vielleicht muss man sich verteidigen …

»Kasmuna!« Das ist mein Vater. Er öffnet die Tür, steht nur da und blickt mich an, seine wissenden Augen sehen die Perlen der Prinzessin, sehen meine Hände, die sich trostsuchend um das Liebespfand schließen.

»Komm, meine Gazelle«, bittet er. »Sei deiner Mutter gehorsam und mir. Ich weiß, du möchtest fort, dein Herz ist nicht hier. Doch bleibe bei uns in dieser Stunde, wenn auch deine Gedanken woanders hingehen.«

Er zieht mich an sich, und ich lehne mich an ihn, diesen Mann, der in seiner Jugend selbst ein Poet war und ebenso Dichtung und Dichter liebt wie ich und wie all jene, die dort in dem Haus voller Licht leben.

Geschlossenen Auges lasse ich mich von ihm führen, die vertrauten Stufen hinunter, dorthin, wo meine Mutter und meine Geschwister bebend einen Psalm zu singen versuchen.

Wie laut die Schläge an der Tür sind.

»Fürchte dich nicht!«

Sagt es mein Vater? Sagt sie es, die Prinzessin, die niemals Furcht empfindet?

Mir ist schwindlig. Ich habe keine Zuflucht. Bin so zwischen zwei Polen mit ausgestreckten Armen, und keinen kann ich erreichen. Neige ich mich auf die Seite der jüdischen Familie, schon beginnt der andere Pol an mir zu zerren und zu ziehen. Und wende ich mich um, jener starken Kraft zugekehrt, schon packt mich wieder die andere Seite.

Betäubt scheine ich, mühsam tasten sich meine Füße nach unten.

Hinter meinen geschlossenen Lidern flackern die Flammen der Furcht.

MUHDJA.

Weiß ist die Farbe jenes Stammes, der mit dieser Stadt Cordoba und dem, was an Besitzungen und Ländereien dazugehörte, einst verbunden war wie das Herz mit dem Körper.

Und in Weiß liebt sich die Prinzessin zu kleiden, weiß wie der Schnee auf den Berggipfeln der Sierra Nevada im Süden, die man an klaren Tagen schimmern sieht am Horizont.

Weiß wie ein Engel des Lichts steht Valada im Vorraum und breitet die Arme aus; das heißt, sie hat gewartet, das heißt, sie hat sich vielleicht gar um mich gesorgt, auch wenn sie das nicht zugeben wird.

Und ich stürze mich in die Helligkeit hinein, in den Geruch nach Moschus und Orange, der sie umgibt, noch zitternd von diesem Gang durch die Nacht und, wie mir scheint, noch mit der Aura der Angst und der Finsternis umgeben, die hier nicht hergehört. Die von hier verbannt sein sollte.

»Mein kleines Weibchen! Meine Muhdja, Verkäuferin schöner Feigen! Da hast du dich wirklich zurückgewagt! Wolltest diesen Abend nicht missen? Wie kühn du bist!«

(Sie fragt mich nicht nach dem, was sich da draußen tut. Sie weiß es ja.)

Ihre Stimme kann alles sein. Sie kann schneiden wie eine Klinge aus Damaskus und streicheln wie eine zarte Hand, sie kann so tief aus der Kehle kommen wie das Schnurren einer großen Katze und so hell und hoch klingen wie Vogelruf. Ich bade mich in ihrer Stimme, sie spült die Dunkelheit von mir ab.

Und es macht mich stolz, dass sie mich auszeichnet, indem sie mich so empfängt.

»Wie kann ich verpassen, wenn du ein Fest feierst?«, erwidere ich. »Ich hätte die ganze Nacht wach gelegen und mich nach dir gesehnt.«

Sie küsst mich, fest und fordernd, wie Männer küssen.

Erst jetzt, nach diesem Kuss, sind meine Sinne bereit, etwas anderes aufzunehmen als sie, ihren Geruch, ihre Wärme: das Lachen und Händeklatschen vom Innenhof, dem Patio, das Schwirren eines Instruments, Sprechen, jemand deklamiert etwas.

»Ich habe auf dich gewartet«, sagt sie. »Nun sind wir vollzählig, und ich kann beginnen.«

»Und Kasmuna? Ist sie auch da?«

»Sie wird nicht kommen«, erwidert sie und entlässt mich aus ihren Armen. Ihre Augen sind tief violett – ein Zeichen, dass sie enttäuscht ist. Enttäuscht und ein klein bisschen zornig. »Ich habe heute Mittag noch einmal nach ihr geschickt, aber ihr Vater, Ismael Ibn Jeschulla, lässt sie nicht fort. Sie begehen einen ihrer Feiertage, und da hat die Familie zusammenzubleiben, so ließ er mir erklären.« Sie zuckt die Achseln. »Es tut mir leid, aber ich kann meine Feste nicht nach dem Kalender der Juden einrichten. Meine Sklaven, die heute in der Stadt waren, behaupten, es braut sich etwas zusammen. Die Meute wird heute in der Judería toben, wegen des Feiertags. Ich habe Ibn Abdus gebeten, einen Trupp der Shorta, der Stadtwache, Patrouille gehen zu lassen heute Abend. Er hat es mir zugesagt, wie er mir alles zusagt, aber ich glaube nicht, dass er es wirklich angewiesen hat. Und selbst wenn – ich fürchte, diese Männer werden auch nur mit verschränkten Armen zuschauen, wenn man die Söhne und Töchter Israels aus ihren Häusern zerrt.«

Ich sehe sie erschrocken an. Das mit dem Feiertag wusste ich nicht. Vielleicht ist der Trupp der Bärtigen, vor dem ich mich verbergen konnte, direkt unterwegs gewesen ins Judenviertel, zu Kasmunas Behausung.

»Hast du keine Angst um unsere Freundin?« (Um die Dritte im Liebesbund.)

»Ach«, sagt Valada wegwerfend, »das muss ich nicht und du auch nicht. Ismael Ibn Jeschullas Haus ist wie eine fest verschlossene Auster, um die zu öffnen, haben sie nicht die richtigen Instrumente. Ihre Äxte werden stumpf an seinen eisenbeschlagenen Türen, und ihre Feuer richten nichts aus gegen Stein und Gitter aus Metall. Ehe sie sich daran die Zähne ausbeißen, werden sie sich Häusern zuwenden, bei denen sie ihr Ziel leichter erreichen können. Kasmuna droht keine Gefahr. Komm, trinke einen Wein und atme frei. Die schöne Nacht beginnt.«

Sie fasst mich an der Hand, als wäre ich ein Kind, und führt mich durch die erleuchteten, funkelnden Räume zum Innenhof.

Kurz bevor wir in die Arkaden eintauchen, zögert sie einen

Moment und sieht mich an, spöttisch und erwartungsvoll. »Rate, wer uns heute die Ehre gibt.« Und da ich fragend den Kopf schief halte: »Der Hadjib ist mein Gast.«

Dann, ohne abzuwarten, was ich dazu sage und meine, zieht sie mich weiter. Mir aber ist, als würden die Lichter plötzlich dunkler brennen.

Der Hadjib. Die rechte Hand des jetzigen Emirs, der oberste Wesir und der geheime Herrscher Cordobas. Ibn Abdus Al Gahsiyari, der Mann, der seit langem versucht, sich zum Favoriten unserer Prinzessin hochzuarbeiten. Heute nun hat sie ihn das erste Mal in ihr Haus gebeten. Sein Vorgehen gegen den Nebenbuhler hat sie also beeindruckt.

Ich habe innerlich gejubelt, als dieser Ibn Zaydun fort war, weggesperrt auf Anordnung des Wesirs.

Nun freilich frage ich mich, wen ich lieber in diesem Innenhof antreffen möchte, den Poeten, wenn es denn ginge, oder den Politiker.

Am liebsten keinen von beiden. Aber um den Letzteren werde ich ja nun wohl nicht herumkommen.

Der Hof öffnet sich, als würde sich der Vorhang vor einem Heiligtum heben. Mit einem tiefen Aufatmen betrete ich diesen großen, zum nächtlichen Himmel hin offenen Raum in der Mitte des Hauses. Das Licht der unzähligen Kerzen und Lampen lässt die mit Mosaiken gezierten Wände glitzern, als wären sie mit winzigen Spiegeln besetzt, und verleiht dem gestaffelten Grün der Myrten und Rhododendren, der Lorbeer- und Zitronenbäume und der großen Palme das Wechselspiel der Schatten.

Und es rieselt und plätschert hier und da; die Brunnen und Fontänen verbreiten angenehme Kühle. Das Wasser singt und rauscht mit den anderen Klängen um die Wette. Die Musiker sitzen mit gekreuzten Beinen auf einem Podium an der Stirnseite des Hofs, tief gebeugt über ihre Instrumente, hingebungsvoll, wie sich die Mutter über ihr Kind beugt.

Der Fußboden des Innenhofs ist bedeckt mit bunten Fliesen – keine gleicht der anderen.

Diese bewohnbare Landschaft ist ausgestattet mit bunten Kissen und Polstern, und darauf sitzen und liegen die Gäste, hier und dort verteilt, aber alle so, dass sie das Podium im Auge haben, auf dem Musik und später Dichtung dargeboten werden.

Der Ehrenplatz, leicht erhöht gegen die anderen Plätze, gebührt wie immer der Hausherrin und ihrem bevorzugten Gast. Mit Unbehagen sehe ich die breiten Schultern, das lose geschlungene Kopftuch des Wesirs Ibn Abdus ... Wie gern würde ich dort statt seiner sitzen!

Valada hält mich noch immer an der Hand und bahnt sich mit mir einen Weg durch die Reihen der braunen, schwarzen und blonden Sklaven, die mit den Weinkrügen und Kristallgläsern, den Kannen mit Minztee, den Wasserpfeifen, dem Obst und dem Konfekt zwischen den Gruppen der Gäste hin und her huschen, bereit, jeden auf den leisesten Wink hin zu bedienen.

(Dann entdecke ich eine Person, mit der ich hier nicht gerechnet hatte: die ebenholzschwarze Nazik, um derentwillen das Zerwürfnis zwischen der Prinzessin und dem Dichter seinen Anfang nahm. Offenbar hat ihre Herrin sie nicht bestraft, sondern wieder in Gnade aufgenommen. Ich weiß nicht, wieso, aber dieses Mädchen irritiert mich auf eine beklemmende Weise. Ich habe erfahren, dass sie nicht spricht. Ob sie stumm ist? Hat Ibn Zaydun sich an einer stummen Sklavin vergangen? Sie wirkt so fremd wie ein schwarzer Stern an einem Himmel aus Licht. Ich folge ihr mit den Augen, beobachte ihre Gesten, Bewegungen, die sich auf das Notwendigste zu beschränken scheinen. Dann ist sie fort. Entzieht sich meinen Blicken.)

Und nun: Die Gastgeberin zieht mich auf den freien Raum vor dem Podium der Musiker, dorthin, wo später Tänzerinnen ihre schönen Bäuche bewegen und ihren tiefen Nabel wie das Zentrum der Welt präsentieren werden.

Sie muss kein Zeichen geben. Als sie, eine weiße Flamme, in die Mitte tritt, verstummen nicht nur die Musiker, sondern auch die Gespräche ringsum.

Valada gibt ihrer Stimme die Fülle und den tieftönenden Glanz, womit sie auch ihren Poesien beim Vortrag zusätzlichen Zauber verleiht.

»Liebe Freunde«, beginnt sie, »nun, da meine Muhdja, der Dunkelheit trotzend, gehetzt wie eine Gazelle, die trotz des Gewitters durch den Garten zu ihrem Geliebten eilt« – höflicher Beifall kommt auf, man huldigt den poetischen Worten der Autorin –, »nun also, da auch sie sich eingefunden hat, schlägt mein Herz beruhigt und froh, und dieser Abend soll niemanden unbefriedigt lassen – das schwöre ich bei Allah.«

Der Beifall klingt nun leidenschaftlicher. Das ist es, was jeder erwartet bei Valadas Festen. Erst die Freuden der Kunst, dann die Freuden des Leibes.

Die Prinzessin wartet lächelnd, bis der Applaus abklingt.

»Heute werde ich meine neuen Verse rezitieren und mit euch plaudern«, fährt sie fort, »aber der Rest des Abends gehört meinem erhabenen Gast, dem Hadjib Ibn Abdus, dem ich viel verdanke.«

Sie legt eine Pause für den Beifall ein, der jetzt aber nur tröpfelt; ich weiß, sie hat es nicht anders erwartet und will dem mächtigen Mann auf diese Weise zu verstehen geben, dass seine Beliebtheit sich in Grenzen hält.

Und dann höre ich ihre Stimme: »Ich werde ihn zu ehren wissen, indem ich ihn zunächst der Gesellschaft meiner geliebten Muhdja überliefere, während ich meine neuen Verse noch einmal hin und her wende. Wartet also, vertreibt euch die Zeit mit Trinken und Musik, und niemand wird es euch verübeln, wenn ihr schon einmal Ausschau haltet nach demjenigen, in dessen Hände ihr euch vielleicht hernach zu begeben wünscht – oder auf den ihr eure Hände legen wollt.«

Und unterm erneuten zustimmenden Applaus und dem Lachen der Gäste schiebt sie mich zu dem Wesir auf den Ehrenplatz.

Was soll das? Was hat sie mit mir vor?

»Valada, was tust du?«, flüstere ich verwirrt. »Ich will nicht mit diesem Mann sprechen.«

»Ruhig, mein kleines Weibchen«, zischt sie sanft und warm an meinem Ohr, »und tu mir den Gefallen. Mir ist es recht, wenn ihm klar wird, dass es Grenzen für ihn gibt in meinem Leben. Und du bist so eine Grenze.«

Dann ist sie fort. So habe ich mir meinen Ehrenplatz nicht vorgestellt; ich wollte mit ihr ... Aber ich kann mich schlecht wehren und setze mich also vor dem Mann auf meinen Hintern, schlage die Beine übereinander und grüße erst dann, die Hand an Stirn, Mund und Brust führend.

Er neigt ein wenig den Kopf, und dann tun wir zunächst nichts, außer einander zu mustern.

Was weiß er von mir, und was sieht er?

Es gibt niemanden im Kreis der Gebildeten, der meine dreisten Verse nicht kennt; jene freimütigen Liebesgedichte, die ich an Valada gerichtet habe, oder die Kommentare zu dem, was dem Gerücht nach bekannte Männer und Frauen Cordobas miteinander treiben, und vor allem natürlich die beißenden Spottgedichte auf die Berühmtheiten der Stadt, dieses engen Kosmos.

Und ich weiß, dass er mich wahrscheinlich schon längst an den Rand der bewohnten Welt vertrieben oder an die Bärtigen ausgeliefert hätte, wenn ich nicht die Geliebte Valadas wäre, die ihre schützende Hand über die freche Tochter des Feigenhändlers hielt und hält. Aber letztendlich ist es wohl genau das – ich als Geliebte seiner Angebeteten –, was ihm noch viel weniger zu passen scheint.

Und so sitze ich nun, in meinem dunklen, weiten Kleid (denn meine Brüste darf ich nicht mehr vorstrecken wie am Stand meines Vaters; all meine Reize gehören jetzt Valada allein, und nur sie will sie enthüllen), sitze da, zeige Ibn Abdus mein nacktes Gesicht: bräunlich, mit Mandelaugen und einem Leberfleck rechts oben über der Lippe, wohin sie mich zuerst küsste – und spekuliere, was er sich wohl ausdenken wird, um mich aus dem Weg zu räumen. Denn dass er das will, daran zweifle ich keinen Augenblick. Ibn Zaydun hat er ja auch aus dem Weg geräumt.

Der Minister mir gegenüber hat ein breites, zerklüftetes Gesicht; üppig borstige Brauen wölben sich wie helle Grasbüschel über dunklen, wachsamen Augen. Der Mund ist schmal, beherrscht. Intrigantenlippen. (Nun, auf eine Position wie die seine gelangt sicher niemand ohne Intrigen, wobei Mord und Totschlag nicht auszuschließen sind.) Im Augenblick hat dieser Mund ein Lächeln für mich, an dem die Augen nicht beteiligt sind. Obwohl er ein Mann in den Fünfzigern oder Anfang der Sechziger ist, hat er noch alle Zähne. Jemand, der es im Leben nicht schwer gehabt hat. Ein Vornehmer aus einer reichen Familie, Wohlstand und Bequemlichkeit.

Nach dieser Pause des gegenseitigen Abschätzens und stummen Kräftemessens mit den Blicken ergreift der hohe Herr also das Wort und sagt: »Ihr seid die Tochter eines Feigenhändlers, nicht wahr?«

Eine besonders gekonnte Eröffnung eines Gesprächs, den anderen zunächst auf seine gesellschaftliche Unterlegenheit hinzuweisen, wenn man mit ihm streiten will, finde ich.

»Ich bin die vertraute Freundin der Prinzessin Valada bint Al Mustakfí und ihre Schülerin in der Poesie«, entgegne ich gemessen.

»Eben das finde ich so erstaunlich und bewundernswert an der Prinzessin, dass sie keinen Unterschied macht zwischen Arm und Reich, Hoch und Niedrig«, fährt er geschmeidig fort. »Wie ich vernommen habe, schreibt Ihr freche und obszöne Verse.«

»Jeder in Cordoba, der die Poesie liebt, kennt meine Gedichte«, sage ich heftiger, als ich wollte. »Aber sie zu verfassen, ist wohl nicht ganz ungefährlich in Zukunft. Neuerdings kommt man für dergleichen ins Gefängnis, das habe ich vernommen.«

(Dass es den Rivalen aus Valadas Bett geworfen hat, kann mir nur recht sein, aber warum sollte ich auf das Argument verzichten?)

Er zieht die Brauen hoch. »Es kommt immer darauf an, wer die Verse schreibt, meine Schöne. Warum sollte man wohl eine so zarte Pflanze wie Euch in einen Kerker verbannen? Außerdem werdet Ihr niemals in Euren Worten die Prinzessin antasten, dessen bin ich gewiss.« Er legt den Kopf schief, beugt sich vor und sagt falsch-vertraulich: »Ich habe das erste Mal die Ehre, bei Valadas abendlichen Festen Gast zu sein. Stimmt es, dass es da gegen Ende ziemlich – freizügig zugeht?«

»Ihr habt die Ankündigung der Prinzessin doch selbst gehört«, erwidere ich, und der Zorn über diesen Mann, der mich auszuhorchen versucht, macht meine Stimme klein. »Lest aus ihren Worten, was Ihr möchtet. Sicher wisst Ihr, dass diese Feste zunächst einmal der Poesie und der feinen Lebensart gewidmet sind. Aber Lebensart umschließt eben nicht nur Tischsitten und Gesprächsführung, sondern auch, wie man mit einem anderen umgeht in der Liebe. Seid übrigens gewiss, dass Euch niemand aufhalten wird, wenn Ihr eher gehen wollt. Vielleicht sind solche Abende ohnehin nichts für Männer von Eurer reifen Würde.«

Er grinst mich unverhohlen an, holt mit einem Fingerschnipsen eine blonde Sklavin herbei und nimmt von dem Kupfertablett, das sie uns hinhält, zwei Kristallbecher. »Wie fürsorglich von Euch, Muhdja, dass Ihr Euch Gedanken macht, was sich für einen Mann wie mich ziemt oder nicht. Oder wollt Ihr mich in Euren Versen geißeln, wenn ich mich nicht so benehme, wie Ihr es erwartet? Das wäre unklug. Nur keine Sorge. Ich werde gehen, wenn es Zeit ist.«

»Zeit wofür?«, frage ich und halte nun nicht mehr an mich. »Zeit für das Nachtgebet mit Euren Freunden, den bärtigen Männern aus Nordafrika, die unsere Stadt tyrannisieren und das Land ausplündern?«

Jetzt hat ihn meine Zunge verletzt.

Er stellt die beiden Gläser so heftig ab, dass der Wein überschwappt, und das Lächeln ist aus seinem Gesicht gewichen, als habe es jemand weggewischt. »Wenn ich mit den Berbern und ihren Anführern nicht auf gutem Fuß stünde«, sagt er hart, »würde in Cordoba schon kein Stein mehr auf dem anderen liegen.«

»Geht Ihr manchmal durch die Straßen, oder lasst Ihr Euch nur in einer Sänfte mit geschlossenen Vorhängen hindurchtragen? In Cordoba steht bereits jetzt kaum mehr ein Stein auf dem anderen. Ausgebrannt, ausgeplündert viele Häuser, abgehackt die Bäume der Alleen, verwüstet die Gärten, und zu allem Überfluss hat sich in diesem Jahr auch noch der Guadalquivir aufgebäumt und die Armenviertel überschwemmt.«

»Ihr wollt mich doch nicht im Ernst für das Hochwasser des Flusses verantwortlich machen«, erwidert er höhnisch.

Ich schweige. Indirekt will ich es doch, denn hätten die Berber, seine Berber, in ihrem blinden Zerstörungsdrang nicht die Schleusen der Bewässerungsanlagen, die Schöpfräder, die befestigten Rückhaltebecken und die Kanäle, die das Wasser auf das Ackerland leiten sollen, kurz und klein geschlagen, wäre es zu keiner Überflutung der Stadt gekommen.

Ibn Abdus fährt indessen fort: »Und ohne meine schützende Hand – ich weiß nicht, ob man hier so ungestört solche Feste feiern könnte.«

Jetzt muss ich lachen. »Meint Ihr wirklich, dass die Prinzessin Eure schützende Hand nötig hat? Diese bärtigen Eiferer werden sich nicht an sie heranwagen, denn das Volk von Cordoba liebt sie, und das ist ihr Schutz.«

Er hebt eindrucksvoll die Schultern, und in seinen Augen kann ich lesen, dass er mich für arglos und töricht hält. »Das Volk von Cordoba glaubt, dass unsere Prinzessin weiße Magie treibt, dass sie die Zauberkräfte der Omayaden-Dynastie als ihr Erbe bewahrt hat ... Zauberkräfte, die ihre Vorfahren besessen haben sollen, als sie noch ein wilder Araberstamm vor der Geburt des Propheten – den Allah segnen möge – waren. Darum liebt und fürchtet man sie! Und da die Männer aus dem Maghreb nicht nur Gotteskrieger, sondern auch abergläubische Wüstenbewohner sind, machen sie einen Bogen um dieses Haus. Das ist die Wahrheit, schöne Muhdja.«

Er greift sein Glas und trinkt mir hämisch zu.

(Ich weiß, dass er lügt, um mich zu verunsichern. Ich weiß, dass es die Liebe des Volkes ist, die Valada bint Al Mustakfi unangreifbar macht, nicht Furcht vor Zauber.)

»Da stolpert Ihr über Eure eigenen Worte, Wesir. Wenn Ihr zugebt, dass die Berber um das Haus Valadas einen Bogen machen, wozu bedarf sie dann Eurer schützenden Hand? Das verstehe ich arme, einfältige Tochter eines Feigenhändlers nicht.«

Seine Augen verschwinden kurz unter den Lidern.

»Vielleicht gibt es Dinge im Leben der Omayaden-Tochter, die selbst ihre Schülerin, vielleicht sogar Lieblingsschülerin und vertraute Freundin, nicht weiß und nicht versteht. Dinge, die nichts mit der von uns allen so hochgeschätzten Poesie zu tun haben. Vielleicht muss man die Prinzessin ja nicht nur vor den Gotteskriegern bewahren. Andere, gefährliche Dinge. Denkt nicht dran, denn es wäre schade um Euren Kopf. Wenn Ihr Euch den darüber zerbrecht – könnte sein, dass er in Wirklichkeit entzweigeht.« Er lächelt und versteckt dann sein Gesicht im Weinglas.

Nun hat er mir das erste Mal gedroht. Fast bin ich stolz darauf. Denn das bedeutet, dass er mich ernst nimmt, dass ich für ihn die Rivalin bin. Im Augenblick sogar noch die begünstigte Rivalin. Und gebe Allah, dass es so bleiben möge. Dass sich nicht aufs Neue ein Mann zwischen uns drängt, zwischen das zartgewobene Dreieck zwischen Kasmuna, Valada und mir.

»Was könnte wohl der Kopf einer Frau wert sein, die, wie Ihr richtig sagt, nichts ist als die Tochter eines Feigenhändlers?«, gebe ich zurück. »Bei den dunklen Netzen, die im Palast des Herrschers von seinem Hadjib gesponnen werden, spielt sicher niemand eine Rolle, dessen Stand so niedrig ist.«

»Die dunklen Netze«, entgegnet er streng und abweisend, »bilden vielleicht so etwas wie einen schützenden Wall, der verhindern soll, dass andere Städte und ihre Emire, dass Almería, Valencia, Sevilla ihre gierigen Hände nach Cordoba ausstrecken.«

»Dann lieber die Berber?«, schieße ich zurück.

Darauf geht er nicht ein, fährt fort: »Und was Euren Kopf betrifft – nun, ich will mich berichtigen ... es geht wohl mehr um Eure kecke Zunge. Wenn es Euch gelingt, die zu hüten in Hinblick auf die Dinge von Staat und Regentschaft, so müsst Ihr Euch keine Sorgen machen.«

»Nun«, erwidere ich, »dann kann ich ja beruhigt diesen Kopf mit der gefährdeten Zunge im Mund zum Schlaf betten, ohne dass Ihr sie mir herausschneiden lasst, denn von Staat und Regentschaft verstehe ich nichts, und also schreibe ich nicht darüber. Wenn sich ein Mann oder eine Frau unerzogen und ungebührlich benehmen, wenn sie schlechte Manieren haben in der Liebe oder in der Gesellschaft, dann sind sie die Zielscheibe meines Spottes.«

Er mustert mich mit seinen kalten Augen. »Solange die Obersten dieses Reichs nicht zur Zielscheibe werden ...«, sagt er, vollendet den Satz nicht.

Ich lehne mich in gespieltem Schrecken zurück. »Meint Ihr Euch selbst? Aber Eure Manieren sind doch gewiss in jeder Hinsicht untadelig. Wobei ich natürlich nichts darüber weiß, was für Laster Ihr insgeheim habt ...« Ich wiege den Kopf.

Er holt Luft zu einer Erwiderung – einer heftigen, wie es scheint, als sich mir eine Hand auf die Schulter legt. Ich blicke auf. Die Prinzessin ist herangekommen, so leise und schnell wie der Windhauch des Abends.

»Ich hoffe doch, ihr habt euch miteinander vertraut gemacht!«, sagt sie. Ihre Augen senden stahlblauen Spott aus.

Und wir beide, der Minister und die Händlerstochter, sagen wie aus einem Mund: »Oh ja, Herrin. Das haben wir.«

Sie beugt sich zu mir herab, ihr Orangenmoschusduft steigt mir verlockend in die Nase.

»Jetzt aber muss ich dir Muhdja entführen, Wesir. Ich habe noch ein paar Dinge mit ihr zu besprechen.« (Es treibt mir das Blut schneller durch die Adern, dass sie ihn mit dem Du anredet. So vertraut also ist sie schon mit ihm!)

Ich erhebe mich, und Ibn Abdus verneigt sich im Sitzen und sagt ölig: »Ich bin kaum zu trösten, mich von deiner bezaubernden Freundin trennen zu müssen.«

Valada zieht mich außer Hörweite des Mannes hinter einen der hellen Vorhänge, die von den Arkaden des Innenhofs herabhängen und – für den späteren Fortgang des Festes – Nischen mit Daunendecken und Seidenkissen bilden, voneinander abgeteilt wie »Nester«.

»Nun«, fragt sie lachend. »Wie findest du ihn? Hast du schon genügend von seinem Wesen gespürt, um deine Reime auf ihn zu machen, mein Lästermund?«

Sie küsst mich, wie es ihre Art ist, besitzergreifend.

»Allah sei vor!«, sage ich, als ich zu Atem komme. »Keinen einzigen Vers werde ich auf diesen Mann dichten, Prinzessin. Er ist mir zu gefährlich!«

»Was soll dir geschehen? Du gehörst zu mir!«

»Gerade darum, Habibi, Geliebte, wird er versuchen, mir zu schaden. Ich glaube, dass er nicht zu denen gehört, die teilen wollen.«

Der blaue Glanz ihrer Augen verrät, wie belustigt sie ist. »Genauso wenig, wie du teilen willst, nicht wahr? Aber dies schreckliche Schicksal haben bisher alle erlitten, die um mich sind. Und das wird sich auch nicht ändern. Denn ich gehöre nun einmal nicht einem einzigen Wesen, sondern nehme mir, was mir gefällt. Immer wieder.«

Als wenn ich das nicht wüsste.

»Erspar mir zumindest, weiter über diesen Herrn da zu reden«, entgegne ich missmutig, und sie lacht laut.

»Ich suche dir einen Platz bei Leuten, die du magst und zu denen du dich hingezogen fühlst, und lass diesen Herrn, wie du so schön sagst, allein auf seinem Ehrenplatz. Ich bin bereit, anzufangen.«

Bevor mich meine Prinzessin aber, den Arm um meine Schulter gelegt, fortführt in eine der Nischen, geschieht etwas Seltsames. Haben mich die mehr oder weniger unverblümten Drohungen, die der Hadjib ausgestoßen hat, irritiert? Haben sie meine Sinne verdüstert?

Auf einmal ist mir, als hörten die Musikanten auf, ihre jetzt getragenen und einschmeichelnden Melodien zu spielen. Als habe sich eine riesige Pranke über alle Geräusche des Hauses gelegt und mit einem gepolsterten Handschuh die Töne erstickt, so wie der Henker im Kerker das Flehen eines Gefangenen auf der Folter erstickt. Brennen die Lichter noch?

Über dem Innenhof, der Stätte der Freude und der Lust, scheint etwas zu kreisen. Ein schriller Raubvogelschrei. Ein Kreischen dann, anschwellend, abschwellend. Hass? Verzweiflung? Beides miteinander gemischt, ununterscheidbar? Böse Geister? Dämonen der Hölle? –

Wie es kommt, verschwindet es wieder.

Ich bin stehen geblieben. Mir ist, als könne sich mein Fuß

nicht vom Boden lösen. Etwas presst mir die Adern am Hals zusammen. Der Schmerz schießt bis in die Schläfen.

»Muhdja, was ist dir?«

»Hast du es nicht gehört?«

»Was, mein kleines Weibchen?«

»Etwas – ist über den Himmel geflogen. Etwas war über uns.«

Valada sieht mich an, halb ungeduldig, halb belustigt. Ihre Augen sind sehr dunkel. »Hat dich der Schatten eines Gespenstes gestreift? Du bist ja ganz blass geworden. Komm, leg den Kopf in den Nacken und sieh hinauf. Da ist nichts über uns am Himmel als die Sterne.«

Gehorsam sehe ich nach oben.

Ja, da sind die Sterne. Unverrückbar. Und hinter den Mauern des Hauses der Schein ferner Brände, wie eine rote Sonne am Horizont.

Brennt es in Cordoba?

Ich sehe ein Feuer, sehe Zerstörung. Valada sieht nur die Sterne.

Ich bete: Möge der Himmel ihr ersparen, dass Vernichtung jemals vordringt bis zu ihr. Dass dies Haus aus Licht vergeht. Dass es dunkel wird hier, dass der sanfte Glanz verlischt vor dem Grauen von draußen.

Fort mit solchen Gedanken in einer solchen Nacht!

Ich schließe die Lider, lasse mich führen. Sinke auf die Polster.

Gleich wird sie beginnen. –

Es gibt eine Melodie, mit der Valada stets ihren Auftritt ankündigen lässt, eine rasche, aufreizende Musik mit Handtrommel, Flöte und Laute. Auch zwischen ihren Versen lässt sie immer wieder eine andere Melodie spielen, um ihre Texte zu gliedern und den Zuhörern Zeit zu lassen, sich auf ein anderes Thema einzustellen.

Sie begibt sich zum Podium, und sofort hören Reden und

Lachen und das Geklapper von Geschirr auf Tabletts auf. Mit langen, lässigen Schritten geht sie die wenigen Stufen hoch, bewegt sich zwischen den Musikanten, sieht ihnen beim Spiel zu, lächelt sie aufmunternd an.

Dann kommt sie nach vorn, den Kopf nachdenklich gesenkt; ein Wesen, ganz Helligkeit und Energie.

Erwartungsvolle Stille.

Valada hat ihre Gedichte zwar irgendwann aufgezeichnet, trägt sie aber stets frei vor, und oft improvisiert sie auch Neues, in dem streng festgelegten, komplizierten Regelkanon von Metrum, Aufbau und Reim. Die Form gehört zu ihr, ist wie ein Teil von ihr – so wie jener berühmte weiße Mantel, den sie zu diesen Anlässen trägt. Wie jetzt.

In Cordoba geistern Gerüchte darüber, was die Stickereien auf den Ärmeln dieses Kleidungsstücks bedeuten, und das ungebildete Volk, das nicht lesen kann, denkt an magische Formeln und Beschwörungen guter Geister. Aber wir Eingeweihten wissen, was auf den weiten, flatternden Ärmeln, mit Goldfäden gestickt, steht. Es ist das Credo der freien Frau und Dichterin.

»Stolz bin ich, frei, zu Edelstem geboren
Und danke Allah für die hohen Gaben.«

So steht es auf dem rechten Ärmel. Und links:

»Die Wange reich ich dem, den ich erkoren.
Wer meinen Kuss begehrt – er kann ihn haben.«

Und wenn sie die Hände zusammenführt, berühren sich die Reimworte, als wollten sie sich ebenfalls küssen, und schließen den Kreis des Gedichts.

Valada hebt den Kopf und beginnt. Ihre Stimme, warm und volltönend wie ein Gong, den man in einem hohen Raum anschlägt; ein Seufzen geht durch den umschlossenen Patio.

Sie hat – von ihr angekündigt – jene Verse vorbereitet, mit denen sie im Dichterwettstreit gewonnen hat.

Ich kenne sie bereits. Valada besingt einen Abschied, aber ich weiß nicht, von welchem Abschied sie in diesen Versen spricht. Denn jene Trennung von ihm, von Ibn Zaydun, die geschah ja im Zorn. Woher kommt hier diese Sanftheit? Diese Wehmut?

»So bleibt uns nur die Trauer, nur die Klage!
Zerschnitten sind den Liebenden die Tage.
In langen Winternächten wärmten uns die Gluten
Der Leidenschaft. Soll nun mein Herz verbluten?
Oh Allah, leihe mir die Kraft, mich zu befreien.
Die Sklaverei der Sehnsucht macht mich krank.
Dir aber wünsch ich Land, getränkt von Regenfluten,
Es soll dir Gott, so wie ich selbst, verzeihen.«

Der Beifall. Natürlich, der Beifall.

Während sie sich abwendet, um mit den Musikern über das nächste Stück zu sprechen, schweifen meine Blicke umher.

Da ist sie wieder! Das schwarze Mädchen. Nazik. In dieser Pause trägt sie einen metallenen Weinkrug zu einer Gruppe von Gästen – ungewöhnlich in unseren Breiten, dass sie ihn auf dem Kopf trägt, ohne ihn mit der Hand abzustützen. Sie schwebt, sie gleitet. Von einer Aura des Stolzes und der Fremdheit umgeben. Wie ist das möglich, dass mir ihre Haltung vorkommt wie die – ja, wie die Valadas?

Ich schließe kurz die Augen, schüttele den Kopf, als hätte ich ein lästiges Insekt zu verjagen.

Ich glaube, dieser Wesir hat mir einen Floh ins Ohr gesetzt mit seinem Gerede von Magie, Valadas weißer Magie. Denn dieses hier ist dunkle Magie.

Was ist mit mir? Ich merke, dass ich vergesse, auszuatmen ...

Nun ist sie fort, verschwunden zwischen den anderen Dienern.

Die Musikanten beginnen mit dem nächsten Stück.

Valada tritt wieder in den Vordergrund. Valada ist da. Mein Leitstern und der Mittelpunkt meines Lebens.

Und dann höre ich – und traue meinen Ohren kaum –, dass sie seinen Namen ausspricht: An Ibn Zaydun. Also doch. Er.

Es ist ein altes Gedicht aus den Tagen ihrer wildesten Leidenschaft füreinander. Ich kenne auch das.

Ibn Zaydun. Der Verbannte, der Verstoßene.

Der Name schwirrt durch den Raum wie ein Pfeil, der zitternd in einer Wunde stecken bleibt.

Auf einmal ist der eingekerkerte Poet, der Rivale des Ministers, gegenwärtig hier in Valadas Haus, herbeigezaubert durch ihre Stimme, und kraft der Poesie mindestens genauso lebendig wie Ibn Abdus, der mit finsteren Brauen auf seinem Ehrenplatz sitzt und die Vortragende anstarrt.

Ja, so ist es, ich begreife, zutiefst erschrocken: Ibn Zaydun war nie fort, er hat seinen Platz nie geräumt, ob im Guten oder Bösen haust er hier bei der Geliebten.

Ich dachte, wir sind ihn los, diesen Poeten. Nun zeigt sich, dass er sich in Valadas Kopf eingenistet hat, festgesaugt, wie ein Blutegel am Bein eines Pferdes, wie eine Krake an einer Schiffswand, und dass er sie zwingt, sich immer wieder mit seiner Person zu beschäftigen.

Die Hände werden mir feucht, mein Atem stockt, und über meinem Herzen bildet sich ein dunkles Knäuel vager Angst.

»Erwarte mich bei Anbruch dieser Nacht …«, höre ich Valadas Stimme. Ein alter Vers. Gerichtet an ihn.

Mir ist diese Nacht verdorben. Zumindest ihr Beginn.

3

IN DEN STRASSEN VON CORDOBA.

Wenn die Nacht weicht und das frühe Licht die Straßen Cordobas erhellt, ist es tödlich still. Aber noch bevor die Sonne aufgeht, werden die Bewohner von dem Rollen hölzerner Räder aus ihrem Schlaf geweckt; ein Schlaf, der sich über sie ausgebreitet hat wie eine besänftigende Hand. Dann kommen die, die den Unrat wegzuschaffen haben. Die Latrinenreiniger mit ihren stinkenden Holzzubern sind die einen. Die anderen sind Männer, die sich um die Sauberkeit der Straßen zu kümmern haben.

Sie sammeln auf, was in den Gossen und an den Ecken herumliegt.

Nach gewöhnlichen Nächten sind das tote Ratten oder junge Katzen, die man, um sie vor einem Dasein auf der Straße zu bewahren, lieber gleich mit dem Kopf gegen eine Mauer geschlagen hat, Hunde, die von ihren Herren erledigt wurden, weil sie ihrer überdrüssig waren – der Abdecker sucht sich aus, was es an brauchbaren Fellen unter den Kadavern gibt. Und hin und wieder, in besonders abgelegenen Gassen, wohl auch einmal ein erstickter Säugling, der einer Familie ungelegen kam – zumeist natürlich Mädchen. Die Männer, die für Ordnung zu sorgen haben, wissen, dass es müßig ist, nach den Eltern zu forschen. Was bringt es, wenn ein armes Frauenzimmer wegen Kindesmord gesteinigt wird – wer soll dann ihre anderen Bälger ernähren? So verschwindet die kleine Leiche unter anderem Abfall, unter Melonenschalen, fauligen Zwiebeln und zerbrochenem irdenen Geschirr, um draußen vor den Toren der Stadt auf der Halde zu landen.

An den Morgen, die auf die Streifzüge der Bärtigen folgen, gibt es noch anderen Unrat einzusammeln. Zerfetzte Kleider, ausgerissenes Haar. Blut muss weggespült werden. Die Männer haben eigens lederne Eimer dabei, um von den städtischen Brunnen stets reichlich Wasser zu holen. Auf das Entfernen des Blutes ist strengstens zu achten, das hat der Wesir besonders angeordnet.

Es kann auch vorkommen, dass sie eine Frau finden, eine, die sich entweder nach den Misshandlungen aus Scham über die Entehrung nicht mehr zurück in ihr Haus gewagt hat oder die so schwer verletzt ist, dass sie sich nicht von der Stelle bewegen kann. Die laden sie auf ihre Karren.

Wenn sie allerdings eine Tote entdecken, und das geschieht oft, dürfen sie die – anders als die Säuglinge – nicht zu dem Abfall tun, sondern auf den gesonderten Wagen, der später zu den Totengräbern gebracht wird.

Eine lebende Frau, falls nicht allzu lädiert, ist kein schlechtes Geschäft. Für die Straßenreiniger. Sie bringen ihre Beute zu den Behausungen des Lumpengesindels, der Ausgestoßenen, die in den Trümmern einer alten Palastanlage wohnen oder in einer Ansiedlung von armseligen Hütten, nicht weit davon in der Schleife des Flusses. (Vor der Überschwemmung hatten sie an einer anderen, tiefer gelegenen Uferstelle gehaust, aber nun haben sie sich neue Unterkünfte errichten müssen.)

Dort haben diese Kreaturen, wie an ihrer vorigen Stätte, ihr Reich geschaffen, das nur den Außenstehenden wie ein wildes Durcheinander vorkommt. Genau wie die Ratten ihren Führer haben, dem sie sich unterordnen, und die Wölfe einen Leitwolf, der ihr Rudel anführt, gibt es in diesen Quartieren einen Herrscher. Sie nennen ihn den König.

Dem König steht es als Einzigem zu, mit den Karrenführern und Straßenkehrern über ihre Ware zu verhandeln. Er begutachtet, was gebracht wird, legt die Preise fest, sucht sich seinen Teil aus und gibt den Rest frei.

Wer von diesen Ausgegrenzten, dem Abschaum, über ein paar Dirhems verfügt, kauft sich gern eine geschändete Frau und versucht, sie gesund zu pflegen. Entweder braucht er eine Sklavin für Bett und Tisch, oder er vermietet sie als Hure – das kann mitunter lohnend sein. Man ist zumeist gewiss, dass so ein Weib nicht weglaufen wird. Es ist nach dem, was ihm passiert ist, für alle Zeit geächtet, hat keinen Platz mehr dort, wo es herkommt.

Sobald also die gleichmütigen Ochsen auf Schlammwegen ihre Karren in die düsteren Quartiere der Ausgestoßenen ziehen, ruft das Gerumpel zunächst den König auf den Plan.

Er ist groß, kahlköpfig, seine Arme sind nackt. Die Muskeln der Oberarme treten wie Wurzelstränge hervor. Sein Gesicht ist so vernarbt, dass ihm kein Bart wächst. Seine Augen glänzen wie kaltes Metall.

Man ehrt den König nicht nur unter den Seinen. Auch die Karrenmänner verneigen sich tief vor ihm. Sie wissen, dass man ihn nicht missachten darf. Wer das tut, den sucht Unheil heim, so heißt es. Dessen einziges Kamel stürzt und bricht sich ein Bein, sein Kind kommt unter die Pferdehufe und überlebt nur mit schiefen Knochen, sein Haus brennt nieder. Das hat es alles schon gegeben.

Wie eine Nessel im Garten steht der Lumpenkönig da. Wenn man versucht, Nesseln zu roden, so entdeckt man, dass der magere Stängel über ein weit verzweigtes Geflecht von Wurzeln mit allen und jedem verbunden ist.

Die Männer vom Müll verneigen sich also, während der König um die Wagen herumgeht, die Fracht inspiziert.

»An diesem Morgen gibt es keine große Ausbeute, Herr«, sagen sie. »Wenige Weiber waren in der Stadt unterwegs, und die Juden, auf die man es abgesehen hatte, gehen uns nichts an. Um die kümmern sich ihre eigenen Leute, wie du weißt. Das ist nicht unsere Arbeit.«

Der König nickt. »Nun, es wird ja nicht das letzte Mal sein, dass ihr nach einer solchen Nacht unterwegs seid. Bald habt ihr wieder bessere Ausbeute.«

Sie beginnen zu verhandeln.

Die Stadt ist gereinigt.

KASMUNA.

Das fahle Morgenlicht bringt endlich Ruhe. Meine Mutter und die Schwestern, grünbleich von der in Angst durchwachten Nacht, gehen schlafen; die Kinder klammern sich an den Frauen fest wie kleine Äffchen; auf dem Arm, auf dem Rücken, die Beine um den mütterlichen Bauch geschlungen, zwischen Schlaf und Wachen, greinend. Am besten sind die Säuglinge dran, die Beruhigung trinken an der Brust, selbstvergessen und still.

Die Männer schlurfen über den Innenhof, als habe man ihnen alle Knochen zerbrochen, sie lassen ihre unbenutzten Waffen, ob das nun Schwerter, Spieße oder Knüppel waren, einfach fallen, keiner kann und will mehr ein Wort sagen.

Gepriesen sei der Ewige – wir sind noch einmal davongekommen.

Mein Vater verlässt sein Arbeitszimmer, in das er irgendwann gegangen ist; die Tefillin, die Gebetsriemen, um Kopf und Arm und den Mantel der Heiligung um die Schultern, und ich sehe, dass er die Nacht im Gebet verbracht hat.

Ich trete still zu ihm.

Er sieht mich mit einem Lächeln an, in dem sich Verzweiflung und Trauer mischen mit Erleichterung darüber, dass es nun vorbei ist für diesmal, und zieht mich an sich.

»Willst du in die Synagoge?«, frage ich. Schließlich versammeln sich nach so einer Nacht die führenden Köpfe der

Gemeinde. Er nickt, und er kennt mich gut genug, um zu wissen, dass ich mit ihm gehen will. Auch liebt er es, sich mit mir auszutauschen über das, was gesprochen wurde, im Nachhinein, so, wenn wir den Gottesdienst am Sabbat besuchen. Das ist etwas, das mich stolz macht.

Ich helfe ihm, die derben hölzernen Querbalken von der Tür zu entfernen und die schweren Riegel zu öffnen (Arbeiten der Dienerschaft eigentlich, aber die soll jetzt auch ausruhen), dann verschleiere ich mich und folge meinem Vater durch die schwere, knarrende Tür, die – dem Herrn sei Dank! – wieder einmal standgehalten hat, auf die Straße.

Brandspuren außen am Holz. Auf der Gasse Blut und Exkremente. (Die Judería hat für ihre Reinigung selbst aufzukommen.) Zerschlagener Hausrat in den Ecken, Möbel, Geschirr, zerrissene und besudelte Bücher. Der Schleier, den ich vors Gesicht halte, ist hilfreich. Ich muss nicht in aller Schärfe sehen.

Mein Vater murmelt ein Gebet.

Nur ein paar Schritte bis zur Synagoge.

Die Tore zum Vorhof stehen weit offen – sie sind gezeichnet von den tiefen Kerben der Axthiebe, aber auch sie haben gehalten.

Uns entgegen kommen diejenigen, die hier nachtsüber Sicherheit gesucht und gefunden haben; hauptsächlich Mütter mit ihren Kindern; sie sehen genauso unausgeschlafen und verängstigt aus wie meine Verwandten und unsere Dienerschaft. Sie grüßen scheu und ehrfurchtsvoll: Mein Vater ist ein wohltätiger Mann in der Gemeinde, seine Almosen ernähren viele arme Familien.

Wir gehen an ihnen vorbei ins Innere; ich folge meinem Vater in kurzem Abstand.

Das Bethaus war zum Nachtasyl geworden. Sogar auf der Bima, der Vorleseempore, hatte jemand seinen Schlafplatz errichtet. Nun ist man gerade dabei, die Synagoge gleichsam zurückzuverwandeln. Die Frauen und Mädchen sind dabei, Decken zusammenzufalten, Matten aufzurollen und die schreienden Kinder zu beruhigen. Was sie zu Haus erwartet, wissen sie noch nicht – hoffen, dass von ihrem Hausstand noch etwas übrig ist …

Etwas abseits stehen Männer, die gestreiften Mäntel über den Kopf gezogen, ein Gebetbuch in Händen; sie schaukeln sich im Rhythmus der Worte, die sie murmeln. Auch sie sind blass und haben tiefe Ringe unter den Augen.

Vorn beim Toraschrein haben sich die Würdenträger unserer Gemeinschaft versammelt. Ich erkenne unter ihnen den Nasi, den Vorsteher der Gemeinde, und unseren Rabbi Jakob Ibn Esra, ein sehr alter Mann, der so gebrechlich ist, dass ihn zwei junge Talmudschüler stützen und führen müssen. Aber sein Geist ist so klar wie ein Kristall, und sein Scharfsinn unübertroffen.

Ich nutze das Durcheinander in diesem weiten Raum und husche in die Frauenabteilung hinter den Vorhang, ohne dass man bemerkt, wer ich bin.

Ich höre die Schritte meines Vaters; er bewegt sich mit den Honoratioren der Gemeinde auf den Platz zu, von dem er weiß, dass ich mich dort im Versteck befinde, indem er begutachtet, ob der heilige Raum Schaden genommen hat durch die nächtlichen Asylanten.

(Er will, dass ich unmittelbar teilhabe am Gespräch. Wozu hat er mich schließlich mitgenommen!)

Es ist zunächst die Stimme des Rabbi zu hören, dünn und messerscharf.

Ich verstehe seine Frage nicht, er ist noch zu weit weg, aber die Antwort erreicht mich. Voll und wohltönend – unser Chasan, der Kantor und Vorbeter.

Es geht um die Opfer.

»Der Tajir Laban, der Fernhändler, ist umgekommen, und sein Haus ist geplündert worden. Er kam von weit, wollte das

Neujahrsfest zu Haus begehen, befand sich auf dem Weg zu seinem Anwesen. Sie waren hinter ihm her, stürmten mit ihm gemeinsam ins Tor, als er aufschloss. Er setzte sich zur Wehr.«

»Das Angedenken des Gerechten sei gesegnet!« Das ist wieder der Rabbi, die anderen murmeln die Formel nach ihm.

»Ein paar Hütten der Armen sind in Brand gesteckt worden.«

»Sie können auf unsere Barmherzigkeit bauen«, höre ich die Stimme meines Vaters, und das »Amen!« der anderen bestätigt den Willen der Reicheren der Gemeinde, zu helfen und zu spenden, wie es Brauch ist bei uns.

»Bei Nahum dem Hakim haben sie das Haus gestürmt, seine Instrumente verbogen und zerbrochen und seine Arzneien ausgegossen und verstreut. Sie sind ja der Meinung, dass Allah allein für die Gesundung eines Menschen verantwortlich ist, alle ärztliche Kunst ist von Übel und bedeutet einen Eingriff in den Schicksalsplan Gottes.«

Gemurmel, auch ein ärgerliches Lachen kommt auf.

»Was sind das nur für Narren!«

»Was für gefährliche Narren, ja. Ist dem Hakim etwas zugestoßen?«

»Er war mit seiner Familie nicht in Cordoba, dem Herrn sei Dank.«

»Der Teppichhändler Micha und David Ibn Zacharja, der gelehrte Sterndeuter, haben sich freikaufen können. Sie sind mit angesengtem Bart davongekommen. Ihre Weiber und Kinder waren hier in der Synagoge.« Das ist erneut der Chasan.

»Die Rechtgläubigen sind auch in dieser Nacht als Erstes vor Euer Haus gezogen und haben es belagert, Ibn Jeschulla. Und das hat seinen speziellen Grund.«

Ich höre das leichte Zögern in der Stimme meines Vaters, als er antwortet: »Sicher. Schließlich bin ich einer der reichsten Männer der Gemeinde.«

Und dann sagt der Rabbi, und sein Ton hat etwas Mitleidiges: »Ihr wisst selbst, Ismael, dass das nicht der eigentliche Grund ist.«

Nun höre ich nur die halblauten Stimmen der Frauen im Hintergrund, die sich gerade mit dem Synagogendiener über irgendetwas streiten. Unsere Honoratioren sind für einen Moment verstummt. Ich zerknülle meinen Schleier zwischen den Fingern. Der eigentliche Grund …

Der eigentliche Grund bin ich. Das schamlose Weib, die Konkubine der Prinzessin – so sehen sie mich, die gewalttätigen Eiferer. Jener Prinzessin, an die sie sich nicht heranwagen, die unterm Schutz des Volkes von Cordoba steht – und neuerdings auch unter dem des Hadjib. Der man kein Haar krümmen darf, so gern man es möchte. Umso kräftiger kann man gegen eine Jüdin vorgehen, gegen eine Ungläubige, die dieser Person am Herzen liegt.

Ja, ich liege ihr am Herzen. Und ich frage mich in dieser Stunde, wie wohl die Männer meines Volkes das nennen, was ich für die Prinzessin bin. Bin ich für sie … verflucht? Ich fühle mich elend da in meinem Versteck. Hätte zu Haus bleiben sollen.

Und sie reden weiter. Es ist wieder der Rabbi. »Die zehn Ernsten Tage sind angebrochen, Freunde. Und so wahr der Ewige lebt, werden wir an deren Ende den nächsten heiligen Tag feiern, Jom Kippur, das Versöhnungsfest. Wir müssen dem Wesir eine Spende schicken, als Dank für den Schutz, den er uns diesmal angedeihen ließ …« Die Männer murmeln, lachen bitter. »Aber vielleicht ist es beim nächsten Mal ja wirksamer. Im Übrigen sollten wir überlegen, wie wir uns schützen können. Ihr, Ismael Ibn Jeschulla, müsst überlegen.«

»Was verlangt Ihr von mir?«, fragt mein Vater, und ich höre, wie er sich ein paar Schritte von dem Vorhang entfernt. Er will natürlich nicht, dass ich mit anhöre, worüber jetzt geredet wird.

»Wenn sich herumsprechen würde, dass Eure berühmte Tochter Jom Kippur nicht in Eurem Haus verbringt – vielleicht fallen die Ausschreitungen für uns alle dann tatsächlich gelinder aus.«

»Das ist absurd!«, entgegnet mein Vater heftig. »Zum einen: Meine Familie bleibt zusammen, wenn eine Bedrohung auf sie zukommt. Und zum anderen: Vielleicht könnte meine ›berühmte Tochter‹, so wie Ihr Euch ausdrückt, ja Schutz für uns bewirken. Sie hat das Ohr der Prinzessin.«

»Gewiss, mehr als nur das Ohr!«, bemerkt jemand beiläufig.

»Ich verbitte mir …«, fährt mein Vater auf, und der Chasan beruhigt: »Liebe Freunde, das ist nicht die Stunde für … Spitzfindigkeiten. Lasst uns überlegen …«

Ich höre nicht mehr zu. Mein Gesicht brennt.

Ja, vielleicht haben sie noch aus einem anderen Grunde Recht. Vielleicht gibt der hinterhältige Wesir den Plünderern tatsächlich einen versteckten Hinweis, gegen wen besonders sich ihre Taten und Worte richten sollen.

Dennoch haben diese Männer Angst, und das ist verständlich. Aber nun nutzen sie zudem die Situation dazu, meinem Vater ihr Missfallen über meine Freundschaft mit Valada »nahezubringen«! Noch immer knete ich den Stoff meines Schleiers zwischen den Fingern, möchte ihn am liebsten zerreißen.

Es klingt mir noch in den Ohren. Was sagte der Rabbi eben? »… dass Eure berühmte Tochter Jom Kippur nicht in Eurem Haus verbringt … vielleicht fallen die Ausschreitungen dann für uns alle tatsächlich gelinder aus …«

Ja, ich muss fort aus Cordoba. Jedenfalls für eine Zeit. Über das Versöhnungsfest. Vielleicht erspart meine Abwesenheit den Juden Cordobas wirklich das Schlimmste. Obwohl ich mit Sicherheit nur ein Grund unter Gründen bin.

Aber dies hier muss beendet werden, diese peinvolle Angelegenheit. Für mich und für meinen Vater peinvoll.

Mit einem Ruck ziehe ich den Vorhang, der die Frauenabteilung vom Rest der Synagoge trennt, beiseite und taste mich an der Balustrade entlang, wende mich um und gehe zu unseren Würdenträgern.

Man verstummt, und da ist er wieder, dieser scheele Blick von der Seite, diese unverhohlene Verachtung. In den Zügen meines Vaters malt sich Entsetzen.

»Verzeiht«, sage ich so ruhig, wie es mir gerade gelingen kann, »ich war auf der Suche nach ... einem Tuch, das ich beim letzten Gottesdienst hier verloren hatte. Aus Versehen habe ich nun mithören müssen, was Ihr beredet habt, ehrenwerte Herren. Es betrübt mich im Herzen, dass meine Anwesenheit im Haus meines Vaters ... nun, die Position verschlechtert, die diese Gemeinde beim nächsten Überfall hat, und der, so meint Ihr gewiss mit Recht, findet zur Jom-Kippur-Feier statt.

Aber dem kann abgeholfen werden.«

Ich lächele, sage leichthin: »Mir ist es gerade eingefallen während Eurer Reden: Schon lange fragen der Bruder meiner Mutter und seine Familie in Granada nach mir, erbitten meinen Besuch. Eli Ibn Mosche ist ein Vertrauter des Joseph Ibn Nagrella, ein Sekretär dieses unseres Nagid, oberster Fürst aller Juden von Al Andalus, der zugleich der Wesir des dortigen Emirs ist, wie schon sein Vater.«

(Ich weiß, dass diese Männer hier das alles wissen. Aber es ist mir eine grimmige Genugtuung, darauf hinzuweisen, dass meine Familie zur Elite Israels zählt ...)

»Ich freue mich auf diese Stadt, denn in Granada, so heißt es, leben so viele Juden, dass es schwer fallen dürfte, alle zu tyrannisieren.«

Ich mustere die Gesichter dieser würdigen Männer. Keiner wagt es, mir jetzt in die Augen zu sehen. Mein Vater hat den Kopf tief gesenkt. Ich fühle seine Scham, als wäre sie meine eigene.

Eigentlich wollte ich noch hinzufügen, dass man im weltoffenen Granada eine Dichterin unter den Juden sicher eher zu würdigen weiß als hier. Aber wozu noch Öl ins Feuer gießen?

Ich verlasse unsere Synagoge. Immerhin, diese Würdenträger verneigen sich vor mir …

MUHDJA.

Ich erwache am für mich seligsten Ort der Welt: zwischen den Schenkeln meiner Prinzessin. Mein Kopf auf ihrem Bauch, ihr wunderbarer Geruch in meiner Nase, Haut und Haar getränkt von ihrem Saft.

Als der scheußliche Minister endlich gegangen war, als wir vom Musenhof zum Liebeshof wurden, als der Geist Ibn Zayduns endlich ausgetrieben war, da kehrte sich die Nacht für mich und zeigte mir ihr freundliches Gesicht.

Valada kam zu mir, und während die anderen gesucht und gefunden hatten und mit ihren Partnern zwischen den Vorhängen und Säulen der Arkaden oder in den Laubengängen des Parks verschwanden, forderte sie mich auf: »Mach einen Reim auf den Minister!«

Ich sah sie erschrocken an, aber sie lachte: »Der Vers wird nicht hinausgehen über den Kreis, den die Lampe um uns beide bildet.«

So schloss ich die Augen und improvisierte ein paar Zeilen über alte Männer, und sie lachte, dass sie fast auf den Rücken fiel, und erwiderte mit einem zweiten Vers, genauso voller Bosheit wie der meine, der aber mit einer Zärtlichkeit für mich im zweiten Reimpaar schloss.

Dann begann sie mich zu streicheln, aber ich bemerkte, dass sie nicht ganz bei der Sache war. Und ging es mir denn anders? Der Grund war das ebenholzschwarze Mädchen, diese Dienerin, die unter den Aufwärtern und Aufwärterinnen hantierte mit diesen gleitenden Bewegungen, wie ich sie zuvor beobachtet hatte. Gleichsam schwebend ... dunkle Magie ... Auch ich musste immer wieder den Kopf nach ihr drehen. Diese Anwesenheit machte mich aufs Neue unruhig.

Schließlich sagte die Herrin: »Ich möchte dieses Mädchen – wie heißt es doch gleich?«

»Nazik«, antwortete ich, und den Namen auszusprechen, bereitete mir eine Enge in der Kehle, als hätte ich etwas Scharfes gegessen.

»Richtig, Nazik. Ich möchte sie bestrafen. Bist du einverstanden, wenn sie mit uns kommt?«

Ich nickte stumm, erschrocken. Lass sie in Ruhe!, hätte ich am liebsten gesagt. Sie kann nichts dafür. Eine Sklavin, an der sich ein Herr wie Ibn Zaydun gütlich tun will – was soll die denn machen? Sie darf sich nicht wehren.

Aber natürlich konnte ich ihr nicht widersprechen. Ich wusste nicht, was sie vorhatte. Wollte sie das Mädchen einbeziehen in unsere Spiele, wollte sie sie quälen? Mir missfiel es, als sie dieser Nazik befahl, mit uns zu kommen. Es missfiel mir sehr.

Und was Valada dann tat, missfiel mir auch, aber doch nicht so sehr, sodass ich es einfach vergaß, als sie sich mir zuwandte ...

Nun, aufgewacht, spüre ich, dass da außer dem Glück der Befriedigung etwas ist, was einen Schatten wirft. Einen Schatten hier in diesem Raum.

Mir wird wieder gegenwärtig, was geschah.

Meine Prinzessin befahl der Sklavin, sich auszuziehen. Dann griff sie sie unsanft an der Schulter und dirigierte sie in eine Ecke des Raums, entfernt von uns, stellte sie mit dem Gesicht zur Wand und ordnete an: »Hier wirst du bleiben und dich nicht vom Fleck rühren. Dann kannst du zuhören, wie wir es miteinander treiben, mein kleines Weibchen und ich. Und keinen Laut von dir!«

Ich hatte keine Zeit mehr, entsetzt zu sein, als Valada über mich herfiel wie eine Raubkatze über die Beute.

Und nun?

Ich richte mich behutsam auf, verabschiede mich von meiner Prinzessin mit einem letzten Zungenschlag über ihre schönste Stelle und ziehe mich vorsichtig zurück. Sie seufzt, dreht sich zur Seite, zieht nun die Beine an, um für sich allein zu schlafen.

Tatsächlich. Ich glaube meinen Augen nicht zu trauen. In dieser Ecke steht noch immer wie ein bestraftes Schulkind dies schwarze Mädchen. Sie hat die Arme erhoben und an die Wand gepresst und ihren Kopf darauf gebettet. So treten die Schulterblätter hervor, dünn und rührend. Der lange Rücken mit der deutlich sichtbaren Wirbelsäule (man könnte Station für Station an ihr abzählen), der Schwung der Hüften hin zu dem winzigen, prall gewölbten Apfelarsch. Ihre langen Schenkel. Die Beine zittern, und ab und zu überläuft auch ein Schauer die Haut des Rückens, als würde ein Windhauch eine Wasserfläche kräuseln.

Draußen wird es hell ...

Ich tippe sie vorsichtig an die Schulter. Sie erschauert erneut, wendet sich nicht um.

»Nazik!«, flüstere ich. »Komm mit mir. Ich bringe dich fort. Die Herrin schläft. Du hättest längst gehen können.«

Noch immer rührt sie sich nicht. Zu ihren Füßen liegt die hauchdünne Ghilala, das hemdartige Gewand, das sie bei dem Fest als Bedienerin getragen hat.

Sie stand in der Ecke, mit dem Rücken zu uns, um so zu erleben, wie andere miteinander glücklich waren. Und sie wurde vergessen. Mehr an Verachtung ist nicht möglich.

Und ich ... auf einmal habe ich einen Druck im Bauch, einen Druck von Schuld, obwohl ich doch gar nichts getan habe, außer, sie nicht zu wahrzunehmen. Aber vielleicht ist das schon schlimm genug. Ich schlüpfe in mein Kleid, hebe den leichten Überwurf auf, den ich getragen habe, und verhülle damit die Gestalt des schwarzen Mädchens. Dann nehme ich sie bei der Hand und führe sie fort. Sie leistet keinen Widerstand. Ihre Finger liegen schlaff und eiskalt in den meinen. Ich frage mich, ob ihr Körper genauso kalt ist, und kämpfe die Versuchung nieder, sie irgendwo zu berühren, am Hals, an der Schulter, an der Brust …

Und so geh ich mit ihr durch das Haus; das gestrige Fest ist noch nicht ganz verklungen, in den Nischen zwischen den Säulen liegen immer noch Paare, entweder in festem Schlummer oder erneut miteinander beschäftigt, Küsse, verliebtes Stöhnen, Lachen bilden die Musik dieses frühen Morgens; irgendwo kräht ein Hahn, und sein Lärm erzürnt oder erheitert die Nachtschwärmer. Selbst aus den Laubengängen des kleinen Parks hinter dem Haus sind noch Laute der Liebe vernehmbar.

Das Mädchen geht ein paar Schritte hinter mir, als ich sie über die begrünten Wege führe, bis hin zu dem Nutzgarten ganz am Ende des Anwesens, vorbei an den Wirtschaftsräumen und den Unterkünften der Dienerschaft.

Ich nehme sie bei der Hand, als sei sie ein kleines Kind. Immer, wenn ich mich zu ihr umdrehe, sehe ich, dass ihre Augen halb geschlossen sind; es ist, als würde ich eine Blinde führen.

In dem Raum, in dem der Hausverwalter seine Abrechnungen durchführt und die Arbeiten für den Tag einteilt, ist ein junger Gehilfe, ein Schreiber, schon damit beschäftigt, eine Liste für den Tag aufzustellen. Ich nähere mich ihm und krame in den Taschen meines weiten, dunklen Kleids nach einem Silberdirhem, den ich vor ihm auf den Tisch lege.

Er sieht erstaunt hoch und begrüßt mich dann mit ehrfurchtsvollem Salam. (Man weiß im Haus, welche Stellung ich bei der Prinzessin habe, und ich bin jedes Mal stolz, wenn man mir Respekt bezeugt.)

»Ich bitte dich, lass diese Sklavin heute tagsüber ausschlafen, sie hat eine anstrengende Nacht hinter sich. Und sieh zu, dass sie in den nächsten Tagen etwas abseits von den Gemächern der Herrin Dienst tut. Sie braucht Ruhe.«

Der junge Kerl grinst wissend, sicher malt er sich die verwegensten Aktionen aus; wenn man in einem vom Eros besessenen Haus wie dem der Prinzessin lebt, sind der Fantasie kaum Grenzen gesetzt. Er steht auf und winkt dem Mädchen, ihm zu folgen, und erst, nachdem sie ihre Hand aus der meinen gelöst hat, folgt sie ihm, ohne mich angesehen zu haben; ich habe während der ganzen Zeit keinen einzigen Blick von ihr erhalten.

Ich sehe ihr nach: Sie ist groß, größer als ich, trägt den Kopf gerade auf den Schultern und bewegt sich mit jenem Gleiten wie am Vorabend. Als habe sie nicht Stunden um Stunden in einer Ecke gestanden …

Für einen Moment ist mir schwindlig. Vielleicht bin ich ja nur ermattet von dieser Nacht.

Ich wende mich um und laufe zurück in Valadas Räume.

Habe keine Lust, darauf zu warten, dass sie aufwacht und ich mit ihr über die schwarze Sklavin und ihr Verschwinden reden muss. Besser, ich hinterlasse ihr ein Verschen, das die Dinge verharmlost und entschuldigt.

Papier und Tinte stehen immer bereit auf dem Schreibpult der Dichterin.

Ich entkorke das Tintenfass, tauche das Rohr ein und schreibe nach kurzem Nachdenken:

»Ein geiler Hund rieb sich an einem schwarzen Pfahl. / Dann lief er fort, der Peitsche zu entkommen. / Oh, Herrin, sage mir, was soll es frommen, / Bereitest du an seiner Statt dem Pfahl die Qual?«

Sie wird lachen. Es wird ihr gefallen, auch wenn es in der letzten Zeile nicht ganz stimmt. Denn er, Ibn Zaydun, lief ja nicht fort. Leider.

Dann verlasse ich Valadas Haus. Die Straßen werden inzwischen passierbar sein.

IBN ZAYDUN.

Der Schließer ist geschwätzig. Als er mir meinen Morgenbrei bringt – die ersten Lichtstrahlen, die durch das vergitterte Fenster fallen, finden mich bereits wach –, weiß er mir zu berichten, dass in der Stadt, wie er sich ausdrückt, »in der Nacht wieder einmal gründlich sauber gemacht« wurde.

Was er darunter versteht, ist unschwer zu erraten. Die widerlichen Fanatiker, die afrikanischen Berber, haben einmal mehr eine Hexenjagd auf »Lasterhafte oder Ungläubige« veranstaltet.

»Diesmal haben sie besonders den verfluchten Juden eingeheizt!«, sagt er genüsslich. »Diese verstockten Heiden verdienen es, in der Hölle zu schmoren!«

(Es ist durchaus möglich, dass der Mistkerl selbst an den Krawallen teilgenommen hat.)

Er legt mir meine Tagesration an Kerzen auf den Tisch. »Verschon mich mit deinem Geschwätz!«, fahre ich ihn an. »Ich brauche frische Rohrfedern, und die Tinte ist auch gleich zu Ende!«

Ich werfe einen Blick auf den Hirsebrei. Fades Essen wie immer. »Nimm das hier nur gleich wieder mit!«

Ist es nicht normalerweise den Angehörigen der großen Familien gestattet, falls ihnen denn so ein Missgeschick zustößt wie mir, sich von ihren Verwandten mit Speisen und Getränken sowie angemessener Kleidung versorgen zu lassen? Aber Ibn Abdus in seiner Gehässigkeit lässt dergleichen bei mir nicht zu. Ich werde – mit Ausnahme des Schreibzeugs, das man mir gibt – gehalten wie der letzte Verbrecher.

Der Mann packt Schüssel und Löffel und schlurft davon. Wann er mir das Gewünschte bringen wird, ist seiner Willkür überlassen, und da ich ihm seine Reden über das nächtliche Unwesen untersagt habe, wird er sich wohl nicht beeilen.

Die Juden also. Auf die Juden hatten sie es diesmal abgesehen.

Kasmuna, eine der Geliebten der Hure Valada, ist Jüdin. Sie schreibt schöne, melancholische Verse. Wenn ihr etwas zugestoßen ist … nun, dann gibt es eine dichtende Fotze weniger auf der Welt. Aber immerhin ist es eine schöne Vorstellung, wenn die große Prinzessin einen Verlust zu beklagen hätte und ein paar Tränen vergießen würde.

Ich gehe vom Tisch, an dem mich der Kerkerknecht angetroffen hat, zurück zu meinem Lager, werfe mich darauf und spüre, dass mein Blut in Wallung gerät, kaum, dass ich einen Gedanken an das Weib – an dieses Weib – verschwende.

Je länger ich in diesem Loch eingeschlossen bin, je hinfälliger und schwächer ich eigentlich werden müsste, desto verzehrender wird meine Gier, desto rasender stürze ich mich auf mich selbst, als habe ich vor, mich zugrunde zu richten.

Schon wieder schüttele ich mein Glied, als wolle ich es an der Wurzel ausreißen, die Augen zugedrückt, die Zähne gefletscht, schnaufend und keuchend. Rufe die Bilder auf, die meine Erregung hochpeitschen, süß gerundete Ärsche von Mädchen und Jungen, weiße, schwarze, braune, glatt rasierte Mösen und die Schwänze fremder Knaben, die in meiner Hand schwellen so wie jetzt der meine. Und immer endet es damit, dass ich dich, Valada, Verfluchte, stoße wie ein Hund die Hündin und mich in deinen vorgestellten Schoß ergieße.

Dann liege ich keuchend und kratze mich.

Als meine Decke von Sperma schließlich so steif war wie ein Brett, hatte der Schließer ein Einsehen und tauschte den Lumpen aus gegen einen anderen, aber der war ungewaschen. Nun habe ich Filzläuse; sie sitzen mir in Bart und Brauen und natürlich in den Haaren unten, und wenn ich mich schabe, erhebt sich das Ungeheuer zwischen meinen Beinen aufs Neue, so wie jetzt, obwohl ich schon ganz wund bin, sodass ich wieder und wieder rasend masturbiere wie ein Affe im Käfig.

Das Türschloss geht. Der Schließer bringt Federn und

Tinte. Schneller als gedacht. Vor diesem Kerl habe ich keine Scham, er ist für mich so wenig existent wie eine Küchenschabe. Er wirft mir einen schiefen, hämischen Blick zu, registriert das Auf und Ab meiner Hand unter der Decke. Zieht die Nase hoch und ist weg.

Zitternd vor Hunger und Erschöpfung stehe ich auf und taumele an meinen Tisch, zu dem Berg bereits beschriebenen Papiers.

Ich setze die Feder an und schreibe:

»Von Kummer schwer sind alle meine Tage,
Und bittre Tränen tränken mir das Brot.
Was ich auch flehe, was ich klage:
Kein Stein erbarmt sich meiner tiefen Not.
Du, deren Leib so biegsam wie die Weide
Und deren Schoß so tief ist wie die Nacht,
Erbarm dich meiner, sieh doch, wie ich leide,
Lass uns vollbringen, was wir sonst vollbracht.
Du bist wie Himmelssterne, bist der Mond,
Bist meine Sonne, die am Himmel thront.
Bist Blume und der Wind, der sie bewegt,
Bist jener Atem, der sich in mir regt,
Bis ich von dieser trüben Erde scheide.«

Für einen Morgen ohne Essen und mit einem doppelten Bocksprung nicht schlecht. Und das alles deinetwegen, du Bestie.

4

IM REGIERUNGSPALAST.
In seinem Amtszimmer im Regierungspalast sitzt der Hadjib Ibn Abdus Al Gahsiyari und erledigt seine Morgenarbeit, das heißt, er lässt sich von seinen Subjekten Vortrag halten.

Dass man in seinem Amt alles wissen muss, ist eine eiserne Regel. Nur dadurch, dass er alles weiß, einst, jetzt und immer, hält er sich nun schon so lange im Amt.

Nachdem es vorbei war mit den Omayaden, mit den Kalifen, deren mehr als zweihundertjährige Herrschaft nun immer als glanzvoll-melancholische Legende über allem schwebt, als Maßstab, an dem gemessen wird, was Herrschende tun und lassen, nachdem das Licht dieser Dynastie also erloschen war, diente er, der jetzige Minister, ein junger unbedeutender Katib, Beamter bei der Steuerbehörde, sich mit Scharfblick bei der Familie der Banu Yahwar an, einer der alteingesessenen Sippen von Cordoba, die sich stark genug fühlte, die Regierung zu übernehmen. Die Banu Yahwar, das war solider Durchschnitt. Die wollten nichts Besonderes. Nur an der Macht sein. Da gab es keine Experimente. Keine tollkühnen Kriege, keine extravaganten Steuern, keine verwegenen Bündnisse mit anderen Fürstentümern. Und sie regieren bis heute. Das heißt, er regiert. Nun schon den dritten Fürsten aus diesem Geschlecht gängelt er mit Geschick und Wendigkeit. Dieser dritte, Abd Al Malik mit Namen wie viele seiner Vorgänger, ist, wie man so sagt, nicht das schärfste Messer im Schrank, aber das kommt ihm nur zupass. Allerdings, in letzter Zeit macht ihm etwas zu schaffen. Der Herrscher hat eine neue Favoritin, und die ist sehr anspruchsvoll – was man verstehen kann, wenn man sich Abd Al Maliks Statur vor Augen führt: kurz und dicklich, die Wangen schlaff. Verschwenderisch war Abd Al Malik seit eh und je – ein Waffennarr, der es liebte, die halbe Zeit des Tages in seiner Rüstkammer zu verbringen, ohne dass er jemals einen Krieg führen musste oder wollte. Aber nun greift er dem Weib zuliebe in die Staatskasse, ohne zu fragen. Und kürzlich hat er sogar versucht, eine Steuer ausschreiben lassen, über den Kopf seines Wesirs hinweg.

Ibn Abdus weiß nicht, wie lange er sich das noch gefallen lassen soll …

Er hockt bequem auf seinen Polstern, der Schreiber kniet zu seiner Rechten, die Rohrfeder hinterm Ohr, gewärtig, ein Diktat aufzunehmen, und über dem Wesir schwebt der Baldachin der Macht. Zwei schwarze Sklaven mit Pfauenwedeln stehen bereit, ihm Kühlung zuzufächeln, wenn er es denn befiehlt.

Also zunächst zur Aktion der Strenggläubigen.

Er lässt sich von den Schäden berichten, die heute Nacht entstanden sind. Nur drei Tote, zwei Frauen und im Judenviertel ein Händler, das ist glimpflich. Dass sich die Bärtigen diese Nacht gegen die Judería wenden würden, war vorauszusehen. Schließlich gab es da einen Feiertag.

(Pro forma ließ er auf Bitten der Prinzessin hin die Shorta, die Stadtwache, patrouillieren. Nun, die schauen ohnehin eher weg.)

Allerdings wird es, wie er gerade erfährt, in zehn Tagen ein zweites jüdisches Fest geben, und die Hebräer werden es sich nicht nehmen lassen, es zu begehen …

Aber Zurückhaltung ist geboten. Die Juden Cordobas in Angst und Schrecken zu halten, kann nicht schaden, wie es überhaupt nie schaden kann, jemanden in Angst und Schrecken zu halten. Aber immer in Maßen. Sie, die Juden, dürfen nicht auf den Gedanken kommen, fortzuziehen, etwa ins weltoffene Granada. Schließlich braucht die Stadt die Handwerker, die Kaufleute, Ärzte und Gelehrten. Und sie braucht die Steuern. (Nicht-Muslime müssen einen beträchtlichen Preis dafür zahlen, dass sie in den Ländern der Diener Allahs leben und handeln dürfen.)

Also man sollte für dieses nächste Mal die Aufmerksamkeit dieser Fanatiker in andere Kanäle lenken. Ein bisschen geplündert haben sie ja nun erst einmal. Als Nächstes könnte ja wieder die »Bestrafung zuchtloser Frauen« die Hauptrolle spielen.

Ibn Abdus weiß: Wenn er diesen einstigen Wüstensöhnen nicht gestattet, sich gegen alles, was zivilisiert ist, auszutoben, dann werden sie zur Bedrohung für den Staat. Wie kürzlich, als sie die Wasserräder und die Regulierungssysteme zerstört haben und die halbe Stadt abgesoffen ist, weil der Fluss nicht mehr zu bändigen war.

»Beim nächsten Freitagsgottesdienst soll nach dem Gebet in der Moschee ein Prediger auftreten, der die Aktivitäten der Strenggläubigen auf ein anderes Ziel lenkt«, befiehlt er, ohne jemanden anzusehen. (Er kann sich darauf verlassen, dass der Richtige das Richtige tut. Seine Subjekte sind gut dressiert.) »Vielleicht darauf, dass manche schamlose Frauen nicht genügend verschleiert sind in der Öffentlichkeit oder dergleichen.«

(Er weiß, dass das ein Köder ist, den sie gern nehmen werden: Da die Prinzessin, gegen die sich ihr Hass ganz besonders richtet, dafür bekannt ist, stets ohne Schleier zu gehen, ist das wieder so eine Sache, mit der sie unausgesprochen deutlich machen können, was sie von dieser Frau halten. Und wenn das die Herrin unter – indirekten – Druck setzt, kann das ihm, Ibn Abdus, nur recht sein. Es gilt, die Mauern der Festung durchlässig zu machen …

»Waren die Plünderungen sehr ertragreich?«

Er stellt seine Fragen immer nur in den Raum hinein, nicht an jemand Bestimmtes. Er »kennt« sie nicht, diese Zuträger und Spione, die allüberall sitzen.

»Der Imam der Großen Moschee wird eine Spende erhalten«, bekommt er zur Antwort. »Und auch Ihr, großmächtiger Hadjib ...«

»Um mich geht es nicht«, sagt er schroff, und irgendjemand berührt erschrocken mit der Stirn den Boden. »Ich will wissen, wie hoch die Spende an die Moschee ist.«

Dann nämlich kann er sich ein Bild davon machen, wie viel diese Schurken wirklich erbeutet und erpresst haben. Es gilt als stillschweigende Regel, dass der Imam ein Drittel des Raubs als Tribut erhält. Und wenn man in Rechnung stellt, dass die Bärtigen gewiss nur die Hälfte von dem angeben, was sie wirklich gestohlen haben, kann man ganz gut nachrechnen, wie erfolgreich sie waren.

Und auch Ihr, großmächtiger Hadjib ..., dieser Zungenschlag im Zusammenhang mit der Beute der Nacht sagt ihm nicht zu. Diese Stimme sollte sich künftig zurückhalten. Niemand soll auf den Gedanken verfallen, dass er irgendwie an dieser Art »Einnahmen« teilhat.

(Denn es geht andersherum. Bevor die Fanatiker einen »Al Ghazi« planen – so nennen sie es noch immer nach altem Wüstenrecht –, suchen sie bei ihm indirekt um Erlaubnis nach, indem sie ihm, als Zeichen ihrer Verehrung und als Dank für den Schutz, den sie durch ihn genießen, einen gut gefüllten Beutel zukommen lassen. Oh ja, er weiß wohl, dass er ihnen damit eine Lizenz zum Terror verkauft. Aber so verliert er die Übersicht nicht und kann die Zahl der Raubzüge steuern.)

»Eine Delegation der jüdischen Gemeinde bittet um das geneigte Ohr des großen Hadjib«, lässt sich eine andere Stimme vernehmen. »Die Männer wollen sich mit einer Summe in gebührender Höhe für den Schutz durch die Shorta bedanken.«

Ibn Abdus verkneift sich ein Lächeln. Der Schutz durch die Shorta war ein Witz, das weiß jeder.

Wenn die Ältesten der Gemeinde das schon für belohnenswert halten – wunderbar. Und das lässt sich bestimmt noch steigern …

»Man soll der Delegation ausrichten, dass sie ihr Gold gleich zum Schatzmeister bringen sollen und der Hadjib ihnen seinen Dank übermitteln lässt. Leider ist er im Augenblick zu sehr beschäftigt, ihn persönlich auszusprechen.«

Pantoffeln klappern auf den bunten Fliesen. Irgendjemand eilt beflissen davon.

»Was weiter?«

»Fünf Tujjar, Fernhändler von Übersee, ersuchen um Audienz. Sie wollen die Erlaubnis erbitten, in Cordoba ihre Waren zu veräußern«, hört er.

»Um welche Waren handelt es sich?«

Papier raschelt, Pergamentrollen werden geöffnet, Verzeichnisse vor dem Wesir ausgebreitet. Er winkt mit dem Finger, und der Schreiber rutscht näher. Mit halblauter Stimme diktiert er, lässt aufschreiben, an welchen Waren es gerade in der Stadt mangelt, um den Kaufleuten mit solchen Angeboten einen kleinen Zollnachlass als Anreiz zu gewähren, lässt sich von einem seiner Geschöpfe referieren, was im Augenblick auf dem Basar gut geht.

Es ist mäuschenstill während dieser Arbeit.

Dann erklärt er: »Alle fünf dürfen zum Schatzamt gehen und ihre Einfuhrzölle zahlen, vorausgesetzt, sie besitzen die entsprechenden Papiere vom Hafenmeister und vom Wakil, dem Repräsentanten der ausländischen Kaufleute. Die beiden Herren, die Zimt, Pfeffer und Seide importieren, dürfen heute Nachmittag zu mir in meine Räume kommen, um mit mir eine Partie Schach zu spielen.«

Was bedeutet, dass der Hadjib an diesen Waren besonders interessiert ist und von den »hoch Geehrten« einen kleinen

Extratribut fordert. Dafür dürfen sie dann auch ihre Preise auf dem Basar frei gestalten …

»Sind die Tauben schon gekommen?«

»Nur die aus Carmona und Moron, großer Herr!«, antwortet man ihm.

Ibn Abdus runzelt die Stirn. »Also nur von den nahe gelegenen Fürstentümern«, sagt er ärgerlich. »Nun gut, warten wir den Nachmittag ab, um die Korrespondenz zu erledigen.«

Als Erster Minister Cordobas unterhält Ibn Abdus per Taubenpost Kontakte zu allen Taifas, den Kleinkönigreichen in Al Andalus, von Lerida bis Algeciras, von Murcia bis Bajadoz. In jedem Palast sitzt ein Agent von ihm, meist ein hoher Beamter des dortigen Herrschers, der ihn mit den nötigen Informationen versorgt, über die offiziellen Verbindungen hinaus, die natürlich auch gepflegt werden.

Der Schreiber erhebt sich bereits; er weiß, seine Anwesenheit ist erst zur Zeit des Nachmittagsgebets wieder vonnöten.

Ibn Abdus winkt auch die Reste seines Schattenkabinetts fort, und ein Diener huscht herein, um unter vielen Verbeugungen die Kanne mit Minztee und die hauchdünne Trinkschale aus fernöstlichem Porzellan zu bringen.

Nach ihm erscheint, zögernd zwischen den Vorhängen, das Gesicht leicht verschleiert, eine kleine Frau in der unscheinbaren, dunkelblauen Kleidung einer Bediensteten. Der Wesir bedeutet ihr mit einer Kopfbewegung, näher zu kommen.

»Du hast etwas für mich, Suad?«

Suad ist die einzige Person, die er persönlich anspricht – nicht, dass er die Namen der anderen Subjekte nicht kennen würde! –, denn sie ist sein Spitzel im Haus Valadas.

Suad ist stumm. Valadas Mutter, die »Gotin«, ließ ihr, als ihrer vertrauten Lieblingssklavin, vor vielen Jahren die Zunge herausschneiden, damit sie keine Geheimnisse des Frauenhauses ausplaudern konnte. Was die Herrin nicht wusste: Suad konnte lesen und schreiben, und sie hatte und hat sehr feine Ohren und ein gutes Gedächtnis. Ihren Hass auf ihre einstige Gebieterin hat sie nun auf deren Tochter übertragen, die freilich gar nichts davon weiß; sie beachtet diese Sklavin, die den Boden fegt und die Kissen aufschüttelt, überhaupt nicht.

Die Frau nickt und drückt dem Wesir ein säuberlich gefaltetes Papier in die Hand, und im Gegenzug empfängt sie einen Silberdirhem. Dann schleicht sie davon.

Ibn Abdus ist allein. Er nimmt einen Schluck von seinem Minztee. Dann öffnet er den Zettel.

Suad hat eine schöne, gut leserliche Schrift.

»Erlauchter Hadjib, den der Allmächtige mit seinen Segnungen überschütten möge: So dichtete am Abend, nachdem du gegangen warst, die Tochter des Feigenhändlers vor ihrer Herrin:

›Wie lächerlich ist es doch anzusehn / Wenn alten Kerlen noch die Schwänze stehn! / Was heute da in seiner Hose wohnt / Ist sicher nichts, was sich zu prüfen lohnt.‹

Es antwortete darauf die Prinzessin mit folgendem Vers:

›Sei unbesorgt, ich nehme weiße Haare / Erst wichtig, komm ich selber in die Jahre. /

Solang wir jung sind, will ich mich ergötzen / An dir und deinen frischen, schönen Schätzen.‹

Der erhabene Hadjib möge die scham- und respektlose Sprache der Verse verzeihen. Erhaltet mir Eure Gunst. Ich bin stets zu Diensten.«

Ibn Abdus runzelt die buschigen Brauen. Hat er diesem Frauenzimmer nicht ziemlich deutlich zu verstehen gegeben, sie solle ihn bei ihren unverschämten Reimen außen vor lassen?

»Nimm dich in Acht, Muhdja bint Al Tayyani«, murmelt er zwischen den Zähnen. »Leg dich nicht mit dem Falschen an. Sonst muss deine Prinzessin ihre Zunge in andere Honigtöpfe stecken.«

Er zerreißt den Zettel in kleine Stücke, so, dass nichts mehr leserlich ist.

VALADA.

Ich muss lachen über Muhdjas Botschaft – wenn auch der »Hund« nicht entkommen ist, sondern im sicheren Gewahrsam sitzt. (Beim Gedanken an ihn regt sich mein Zorn – und mein Begehren, untrennbar beides miteinander vermischt wie Galle und Wein. Ich streiche ihn aus meinem Kopf. Für jetzt. Er hat sich gestern Abend lange genug darin breitgemacht.)

Noch schlafbefangen, streife ich durch die Räume. Geschäftigkeit um mich herum. Mein Hauswesen bereitet sich auf einen gewöhnlichen Tag vor, verwandelt sich zurück vom Liebestempel und vom Musenhof in meine Wohnstatt.

Auf einem der geglätteten Wege, die durch den in der Morgenkühle duftenden Park schlängeln, hat einer meiner Gäste für mich einen Dankesgruß hinterlassen, Buchstaben, in den Sand geschrieben. Ein Motto gleichsam: »Was glücklich macht, ist hier erlaubt!«

Das ist schön. Ich klatsche in die Hände, hole so jemanden herbei, den ich bitte, die Worte zu notieren. Ich würde sie gern in metallenen Lettern über der Tür meines Hauses anbringen lassen.

Was glücklich macht. Ja …

Doch es sollte noch anderes geben, was von mir und dieser meiner Burg hier ausgeht. Mehr, als Glück zu spenden für ein paar Erlesene. Mehr zu sein, Größeres als eine Fürstin der Dichtkunst.

Meine Schläfrigkeit ist fort. Weicht der Begierde nach einer stummen Zwiesprache, die mich seit Neustem mehr bewegt als alles andere. Ich lasse mir einen Becher warme Kamelmilch mit Honig bringen und nutze die Stunde, wo noch alles jung und neu ist, um mit meinem Geheimnis Zwiesprache zu halten.

Mit dem Schatz aus den Tiefen der Bibliothek meiner Vorfahren, den ich entdeckt habe. (Zufall? Oder wollte das Schicksal, dass ich es finde? Ich frage nicht danach.)

Ein Buch, das mir in die Hände glitt, als ich nach Versen des Meisters der Liebesdichtung, Ibn Hamdis, suchte. Was es in diesem nur der Dichtung bestimmtem Regal zu suchen hatte, weiß ich nicht.

Es ist ein schmales Bändchen, unscheinbar von außen, aber die Seiten aus feinstem, geglättetem Pergament. Es trägt den etwas langatmigen Titel: »Bericht von den wundersamen Taten der Herrscher Cordobas aus edelstem Geschlecht und was die Sterne von ihrem Untergang und erneutem Aufgang wissen.«

Es machte mich neugierig, als ich es fand. Und so wie heute auch wieder ließ ich mich mit untergeschlagenen Beinen auf einem Polster nieder, einen Becher in der Hand, und beugte mich tief über das Buch.

Die ersten Zeilen versetzten mich in einen seltsamen Schrecken, denn der Verfasser redete mit mir. So etwas kannte ich nicht. Es gibt keine Tradition, in der man so schreibt.

Du bist gemeint, für dich sind diese Zeilen!, beginnt der Text, und jedes Mal, wenn ich diese Seite aufschlage, packt mich wieder ein gelinder Schauer, obwohl ich auch darüber lachen muss, dass ich mich so fangen lasse von diesem Trick, den Lesenden zu fesseln.

Was ist das für ein Buch?

Nun, man könnte es für eine Art Lobeshymne auf die Großtaten der Omayaden halten, verfasst nicht etwa in Versen, sondern in einer altertümlichen und ungeschliffenen Prosa, so, wie vielleicht die Araber vor zweihundert Jahren sprachen, bevor ihnen Liebe zur Dichtung und Wetteifer in der Poesie die Worte geglättet haben.

Das Merkwürdigste aber ist, dass der Verfasser mit Leidenschaft jedes Ereignis festmacht an der Konstellation der Gestirne. *Denn so stand es in den Sternen,* schließt jeder Absatz.

Das geschah, so ist etwa geschrieben, *weil im himmlischen Straußennest zu diesem Zeitpunkt fünf Straußenweiber sich zu zwei Straußenhähnen gesellten und bald ihre Eier ausbrüteten. Der junge Ziegenbock stieg und sank mit Lebhaftigkeit, und das sollst du glauben. Nur, weil das am Zelt der Welten vorgegeben wurde, konnte Cordoba gegründet werden, so wie ein Kind geboren wird, ein Kind des Heils.*

Was für ein Unsinn, dachte ich und nippte an meiner Milch, bevor sie kalt wurde, so wie ich es jetzt auch tue.

Cordoba also wurde gegründet, weil sich am Himmel etwas tat? Der »junge Ziegenbock«, das ist der Polarstern. Das weiß ich. Aber ansonsten verstehe ich weder von Astronomie noch ihrer Zwillingsschwester Astrologie das Mindeste. (Letztere wird von den Gelehrten ohnehin mit Misstrauen betrachtet.)

Und trotzdem kehre ich immer wieder zu diesem Buch zurück, dessen einzelne Abschnitte so plastisch die großen Taten meiner Vorfahren beschreiben und sie dem Wirken der Gestirne zuordnen.

Ich lese darin mit einer Mischung von Belustigung und Betroffenheit, und jedes Mal zucke ich wieder zusammen, wenn mich der Verfasser mit seinem aufdringlichen »Du« anredet, als wisse er, wer ich sei.

Was aber am Ende dieses merkwürdigen Werks steht, das treibt mich seitdem vorwärts, auf einen anderen Pfad. Es hat eine Saite in mir zum Schwingen gebracht, die bisher noch keiner berührt hatte.

Es hat mich erweckt.

Erweckt, weil ich es will.

Für mich sind Poesie und Liebe wie zwei Säulen. Dazu steht eine dritte: Herrschaft.

Mir ist, als triebe mich dies Buch unerbittlich vorwärts.

Ich muss mich an die Arbeit machen.

MUHDJA.
Durch Straßen der Judería, die inzwischen wieder so blank und unschuldig aussehen, als wäre ihr Pflaster nicht vor kurzem noch wahrscheinlich von Blut gesprenkelt gewesen – durch solche reinliche Straßen also eile ich auf dem kürzesten Weg ins Händlerviertel, um bei meinem Vater nach dem Rechten zu sehen. Nach so einer Nacht wäre ich beunruhigt, wenn ich es nicht täte. Unwillig zwar gehe ich und sonst auch in größeren Abständen, aber es ist vonnöten. Dawja, unsere Dienerin, ist nicht in der Lage, für Ordnung zu sorgen. Als meine Mutter noch lebte, folgte sie deren genauen Anweisungen, und so ging es ganz gut. Aber welche Anweisungen soll ein Mann wie mein Vater ihr wohl geben in Fragen der Haushaltsführung? Er sieht weder Schmutz noch Chaos.

Natürlich könnte ich meine Prinzessin bitten, mir einen oder zwei Sklaven zu schenken für die Hausarbeit hier, und sie würde es ohne Zögern tun, aber das will ich nicht. Ich will es vermeiden, dass sich diese meine Welten vermischen, auch wenn ich kaum mehr hier lebe. Beides soll getrennt sein voneinander.

Und das ist nicht so schwer. Hier im Händlerviertel vermeidet man tunlich, ein Wort darüber zu verlieren, wie mein »anderes Leben« aussieht. Es ist den meisten einfachen Leuten hier peinlich, dass die Tochter des Feigenhändlers Kasim die Frau einer Frau ist, und so wendet man die Augen ab. Und wäre es nicht Valada, die von allen Geliebte, würde es wohl auch einmal eine andere Reaktion geben. So wie bei unserer Dawja, die mich – soll sie doch! – als Hure und »krankes Weib« verachtet.

Die Prinzessin auf der anderen Seite kümmert sich nicht um das, was ich mein früheres, mein »erstes Leben« nenne. Sie mischt sich nicht ein. Gehe ich aus ihrem schönen Anwesen fort, bittet sie mich, bald zurückzukommen; bin ich wieder bei ihr, ist sie zärtlich und stürmisch. Aber was ich in der kurzen Zeit mache, wo ich nicht bei ihr bin – das ist für sie eine weiße Seite, die zu beschriften sie nicht das geringste Interesse hat.

Es ist ein Kleine-Leute-Dasein, aus dem ich komme. Ein Leben von der Hand in den Mund. Wie knapp es bei uns manchmal zuging, das kann sich die Prinzessin nicht vorstellen. Und das soll sie auch nicht. Ich berichte ihr nichts von meinem Zuhause. Nichts von den Abenden, an denen, so weit ich zurückdenken kann, mein Vater bei trüb blakender Lampe saß, seufzend über das Rechenbrett gebeugt, um herauszubekommen, ob er die nächste Partie Feigen noch einkaufen kann, neben sich die offene, nur spärlich bestückte Geldschatulle. Nicht einmal vom Tod meiner Mutter habe ich ihr erzählt.

Ich sehe, der Eingang unseres Hauses steht offen – sogleich die erste Schlamperei Dawjas, der ich begegne. Ich stoße die Tür noch weiter auf und rufe. Niemand antwortet. Im Patio liegt ein Berg ungewaschener Kleidung herum. Ein mit Wasser gefüllter Waschbottich steht da. Daneben ein Stück Olivenseife. (Himmel, wie oft habe ich ihr gesagt, dass die Wäsche zum Fluss gebracht, das kostbare Wasser unseres Hausbrunnens nicht verschwendet werden soll für diese »Katzenwäsche«!)

Der Besen lehnt an der Tür. Gefegt wurde heute noch nicht. Auf dem Küchentisch verlustieren sich ungeniert Mäuse an Essensresten und sind offensichtlich sehr verwundert, dass ein Mensch sie zu stören wagt.

Halb angewidert, halb erheitert betrachte ich diese Überbleibsel. Dass ich so gelebt habe, bevor ich es anders kennen lernte – der gleiche notdürftig ausgespülte Holzbecher für Milch oder Wein, ein Zinnteller für Suppe oder Brei, das Durcheinander bei einer Mahlzeit, so wie sie es alle halten in diesen stickigen, engen Gassen, süß oder sauer und salzig, was gerade da ist – anders kennen sie es nicht. Niemand hat sie gelehrt, dass man auch, wenn man nicht im Überfluss lebt, seinen Tisch mit Überlegung und einer gewissen Zierlichkeit gestalten kann, dass man erst die Suppe isst und zum Abschluss das Obst. Freilich, bei Valada, die so etwas eingeführt hat, gibt es zudem feine Gläser und hauchdünnes Geschirr und Silberlöffel – Schule des Lebens, nicht nur des Dichtens …

Wo steckt Dawja?

Ich rufe nochmals.

Endlich kommt sie aus der Tiefe des Hauses angeschlurft, ihr graues Zottelhaar hängt ihr unterm Kopftuch hervor, und sie ist barfuß; ich bin überzeugt, dass sie in ihrer Kammer geschlafen hat.

»Wo ist mein Vater?«, frage ich als Erstes und erfahre, dass der Herr ins Badehaus gegangen ist.

Immerhin, eine erfreuliche Nachricht. So kann ich mich der Ordnung im Haus widmen.

Zunächst weise ich an, was Dawja zu tun hat und in welcher Reihenfolge, und drohe ihr mit Prügel, wenn sie weiter so faul ist. Sie sagt nichts und verzieht verächtlich die Mundwinkel. (Sie weiß ganz genau, dass ich sie nicht schlagen werde, schließlich hat sie graue Haare und gehört sozusagen zum Inventar des Hauses, und eine Erinnerung an meine Mutter ist sie außerdem.)

Eigentlich möchte ich gleich wieder fort. Aber ich muss zumindest meinen Vater begrüßen, wenn er zurückkehrt aus dem Bad. So gehe ich in mein Zimmer (keine Lust, die alte Vettel auch noch zu beaufsichtigen), stelle mir das Schreibzeug zurecht und überlege, was ich als nächste »poetische Übung« meiner Prinzessin vorlegen werde. Was sollte ich sonst tun? Mir schwebt eine kleine, heitere Romanze in Versen vor, leicht und zärtlich. Einmal habe ich die Pfirsiche besungen, die sie mir geschenkt hat.

Mir fällt dabei ein, wie sie mir Lesen und Schreiben beigebracht hat. Ich saß zwischen ihren gespreizten Schenkeln, ihre Knie ragten zu meinen Seiten auf wie zwei Lehnen, auf die ich meine Arme stützen konnte. Vor mir auf meinen gekreuzten Beinen lag das Schreibbrett nebst Tafel und Griffel. Ihr Kopf war dicht hinter dem meinen, ihr Atem bewegte mein Haar, und manchmal streiften ihre Lippen mein Ohr.

Wenn sie korrigieren wollte, was ich geschrieben hatte, fuhr ihr Arm über meine Schulter und nahm mir den Griffel aus der Hand. Wir lachten und berührten uns flüchtig, aber dann kam ihre Linke und umspannte meine Brust mit einem festen Griff, wie ein Käufer die Reife einer Melone prüft, und die Lektion im Schreiben wurde unterbrochen …

Die Erinnerung an diese Szene – sie hat mich plötzlich so erregt, dass ich das Schreibzeug beiseite legen muss. Ich werfe mich auf den Diwan, löse das Band meiner Hose, fahre mit gespreizten Fingern leicht kratzend den Bauch hinunter, komme ans Ziel und beginne, die Knospe meiner Möse zu reizen.

Hinter meinen geschlossenen Lidern tauchen die Bilder auf. Das elfenbeinglatte Bein meiner Geliebten, das Dreieck der Schenkel, der Schwung ihrer Hüfte, der enthaarte Pfirsich ihrer Fotze, die unter meiner Hand zu triefen beginnt.

Jetzt bin ich in mir, befingere die winzigen Dünen und Wellen da drin, die uns befähigen, jede Schwingung der Lust aufzunehmen.

Und dann wischt etwas über das bisherige Bild, schiebt sich etwas anderes davor.

Der lange, bewegliche Rücken, die gewölbten Hinterbacken, fest wie zwei Äpfel, zitternde Schenkel. Schwarz.

Schwarz statt weiß. Nein!

Aber es ist zu spät, die Bilder zu stoppen. Der Samtton der dunklen Haut, die ich berühren will. Berühren.

Ich ziehe mich bereits zusammen, beginne zu strömen, auch, als ich die Hand entfernt habe, krümme mich über mich selbst, ohnmächtig, nicht zu steuern, zucke, vergehe.

Nun liege ich schwer atmend da. Soeben habe ich meine

Prinzessin betrogen. Das Entsetzen darüber füllt meinen Kopf wie ein weißes Rauschen, aber es erreicht meinen Körper nicht. Mein Körper ruht träge und zufrieden gestellt auf dem Diwan, und kein Schuldgefühl erreicht ihn.

Was ist geschehen?

Ich erinnere mich an eine Stelle aus dem Buch der Propheten vor Mohammed. Jakob am Brunnen. Das einfarbige Vieh sollte Laban gehören, das gesprenkelte ihm. Und wenn sich die Tiere nach der Tränke besprangen, hielt er ihnen geschälte Holzstäbe vor die Augen, halb schwarz, halb weiß. Und die Lämmer waren gefleckt, wie er es wollte.

Habe ich mich durch die Augen vergangen und bekomme nun eine gefleckte Lust präsentiert, schwarz und weiß gemustert?

Schritte von draußen, Dawja ruft nach mir. Mein Vater ist nach Haus gekommen.

Schnell ordne ich meine Kleider und bin froh, nicht weiter nachdenken zu müssen über das, was mir da eben zugestoßen ist. –

Und dann muss ich mich wundern.

Mein Vater, Kasim, der Feigenhändler, ist kaum wiederzuerkennen. Nicht nur, dass er sich Haar und Bart hat stutzen lassen, er trägt auch eine nagelneue Jubba, ein Obergewand mit weiten Ärmeln, gestickte Borte am Saum und am Kragen, und im geschlungenen Gürtel hat er an einer Kette eine Geldbörse wie ein reicher Kaufmann.

Dabei lief er tags zuvor, als ich ihn verließ, noch in seinen abgetragenen Alltagssachen herum und ließ nicht erkennen, dass etwas Besonderes bevorsteht.

Und Wein getrunken hat er auch, wie ich an seinem Atem merke, als er mich umarmt und küsst.

Irgendetwas muss vorgefallen sein von gestern auf heute …

»Gibt es im Feigengeschäft über Nacht einen großen Aufschwung?«, frage ich scherzend.

»Viel besser!«, sagt er geheimnisvoll und legt den Arm um mich. »Wie schön, dass du erneut gekommen bist! Ich werde dir erzählen. Bis heute Morgen war es noch nicht sicher, aber nun ... Die Zeiten sind vorbei, wo es hier nur Fladenbrot mit Oliven zum Mittag gab. Bald werden es gebratene Tauben mit Rosinen sein! Komm mit mir in den Mailis, und Dawja soll uns einen Minztee bringen.«

Und so führt er mich also in den Mailis, den vorzüglichsten Raum des Hauses, wo man Gäste empfängt, wenn man denn welche erwarten kann. Wieder frage ich mich, was innerhalb der Stunden geschehen sein mag, in denen ich fort war. Hat er jemanden gefunden, der ihm all seine Feigen auf einmal abnimmt oder ist er Hoflieferant im Alcazar, im Herrscherpalast, geworden?

Er lässt sich mit mir auf den Polstern nieder, dicht bei mir, dichter, als mir lieb ist im Übrigen, und beginnt umständlich zu erzählen.

»Wie du mich hier siehst, Tochter, bin ich vom kleinen Händler unter die Kaufherren aufgestiegen. Und das alles verdanke ich einer Bekanntschaft im Bad.«

»Im Bad? Wie denn das?«

Kasim, der Feigenhändler, mein Vater, lächelt selbstgefällig. »Ja, ich war des Öfteren dort in der letzten Zeit. Im Bad, meine Kleine, sind alle gleich. Jeder trägt nur die nackte Haut mit sich herum, so wie Allah sie ihm gegeben hat.«

»Und seinen Verstand, hoffe ich, auch!«, werfe ich ein, denn diese Einleitung stimmt mich misstrauisch.

»Gewiss doch!« Er macht eine wegwerfende Handbewegung. »Aber neben Verstand braucht man auch manchmal ein wenig Glück. Nun, ich bin also kürzlich mit zwei wirklich bedeutenden Fernhändlern ins Gespräch gekommen, Kaufherren aus Algeciras an der Südspitze von Al Andalus, da, wo man bei schönem Wetter Ceuta auf der anderen Seite des Meeres sehen kann. Und diese Herren waren auf der Suche nach einem vertrauenswürdigen Mittelsmann, der ihnen behilflich ist bei Geschäften in Cordoba.«

Dawja kommt mit heißem Minztee, und mein Vater macht eine bedeutungsvolle Pause, um zu betonen, dass das, was er jetzt berichtet, nichts für die Ohren der Dienerin ist. Umso neugieriger wird sie sein; ich bin ganz sicher, dass sie versuchen wird, hinter den Vorhängen zu stehen, um zu lauschen, und dann, was immer sie auch verstanden hat, es den anderen Weibsbildern der Nachbarschaft zum Besten zu geben.

Umständlich gießt sie den Tee in hohem Bogen in unsere Schalen, stellt die Kanne mit der gebogenen Tülle zurück und sieht uns erwartungsvoll an. »Habt Ihr noch andere Wünsche?«

»Ja, dass du verschwindest, und möglichst weit!«, sage ich scharf, und mein Vater nickt bestätigend.

»Also«, fahre ich fort, ungeduldig und voll schlechter Ahnungen, »was ist geschehen da im Badehaus? Lass mich raten. Der Mittelsmann bei den Geschäften der Kaufherren – der solltest nun also du sein?«

»Richtig!«, erwidert er stolz und schlürft in kleinen Schlucken den dampfenden Tee. »Die Herren suchten eine Vertrauensperson.«

»Das habe ich schon verstanden«, sage ich und lasse meinen Tee unberührt. »Und welche Aufgaben sollte diese Vertrauensperson übernehmen?«

»Die Herren sind ortsfremd, wie ich schon sagte, und kennen sich in der hiesigen Geschäftswelt nicht aus.«

»Du auch nicht«, werfe ich ein, »du handelst mit Feigen und Zitronen!«, aber er hört gar nicht zu.

»Sie wollen von hier aus Waren vor allem aus Afrika nach Cordoba und weiter über Land bringen. Es ging darum, dass sie Lagerraum brauchten, Gewölbe, um ihre kostbaren Erzeugnisse zwischenzulagern. Sie fanden, dass ich einen vertrauenswürdigen Eindruck mache, und schlugen mir vor, ihr Gewährsmann vor Ort zu werden.«

»Was also haben sie verlangt?«, dringe ich in ihn.

»Verlangt haben sie gar nichts!«, sagt er zurechtweisend. »Sie haben angefragt, und ich bin ihnen entgegengekommen, wie es in der Handelswelt üblich ist. Kurz und gut, ich habe mich angeboten, auf meinen Namen für sie Gewölbe anzumieten, in denen sie ihre Waren verstauen können und zu denen sie jederzeit Zugang haben. Dafür werde ich zu zehn Prozent an den Verkäufen beteiligt. Die Mietsumme für die nächsten Monate habe ich schon in der Tasche.« Er schlägt selbstgefällig auf die Geldkatze, die er am Gürtel trägt. »Nun, was sagst du, Muhdja?«

Ich sage zunächst einmal gar nichts und greife nach meiner Teeschale. Irgendjemand hat einen Narren gesucht und spielt mit Kasim, dem Feigenhändler, das berühmte Spiel »Dummer Esel«.

»Sicher seid ihr dann gleich beim Kadi vorstellig geworden, um die Abmachung rechtlich absichern zu lassen!«, werfe ich beiläufig ein.

Mein Vater schüttelt den Kopf. »Die Gebühr haben wir uns gespart!«, erwidert er wegwerfend. »Unter ehrbaren Kaufleuten gilt ein Handschlag so viel wie ein Stück Papier mit Siegeln.« (So redet mein Vater nicht; sicher sind das die Worte dieser ominösen Händler.) »Und ich habe ja auch die Miete im Voraus kassiert.«

Wohlgefällig streicht er an seiner Jubba herunter. Es sieht so aus, als habe er sich zunächst einmal von dem Mietvorschuss eingekleidet …

Ich schweige wieder, sehe mir diesen Mann an; mein Vater, ein Markthändler, gewitzt in seinem Fach, mit wachen, braunen Augen und sogar einem Zug von gesunder Verschlagenheit um die Mundwinkel – wie kann er sich auf so eine Geschichte einlassen?

Wenn es kein Diebesgut ist, was diese »ehrbaren Kaufleute« hier zwischenlagern wollen, so ist es doch höchstwahrscheinlich Schmuggelware, unterm Zoll weg nach Al Andalus gebracht, und deshalb suchen sie einen Strohmann. Das ist Hehlerei! Ob er weiß, was für Strafen darauf stehen? Wenn alles auffliegt, kann Kasim den Kopf hinhalten, denn die anderen blieben unsichtbar. Mir ist mehr als unbehaglich.

»Warum mieten die Herren nicht selbst und auf ihren Namen hier in Cordoba?«, werfe ich also vorsichtig ein.

Er wird ärgerlich. »Das habe ich dir doch schon gesagt! Sie sind ortsfremd hier, möchten nicht übers Ohr gehauen werden von der hiesigen Kaufmannsgilde. Außerdem hatten sie keine Zeit, mussten in wichtigen Geschäften zurück nach Algeciras.«

»Hast du die Räume schon ausgesucht?«

»Gemeinsam haben wir sie ausgesucht!«, erklärt er, und ich merke, wie sehr ihn meine Fragerei stört. »Und ein großes Schloss dazu, dessen einen Schlüssel ich habe und den anderen meine Partner. Alles ist gut.«

»Ja«, sage ich matt. Es hat keinen Zweck. Geschehen ist geschehen, und ich kann nur hoffen, dass er nicht in die Grube fällt, die er sich selbst gegraben hat.

»Ich kauf dir auch ein schönes Schmuckstück!«, verspricht er. (Als wenn ich dergleichen nötig hätte!) Er stellt seinen Minztee ab, und dann öffnet er zu meinem Entsetzen den Gürtel, legt die Geldkatze beiseite und nimmt auch mir die Schale aus der Hand, um sie auf das Tablett zu platzieren. –

Die Pflichten einer Tochter, deren Vater verwitwet ist, ja, ich weiß. Der Gehorsam, den ich ihm schulde … Ich beiße die Zähne zusammen. Muss mich fügen. So ist es Brauch, und so hat es seine Ordnung in Familien unserer engen Welt des Althergebrachten. Töchter sind zum Dienen da …

Einen Augenblick überlege ich, ob ich ihn nicht zurückstoßen, aufstehen, fortgehen soll.

Was würde dann geschehen?

Schlimmeres wahrscheinlich. Mein Vater ist zwar kein Schläger, aber ein Mann, der dort abgewiesen wird, wo er glaubt, sich sein Recht zu holen, dessen Blut gerät noch mehr in Wallung, als es ohnehin schon ist. Kann sein, er würde mich prügeln, mich an den Haaren ziehen, mir die Kleider vom Leib reißen, mich auch noch zum Letzten zwingen.

Ich kenne Nachbarstöchter, Mädchen von zwölf, dreizehn Jahren, die mit blau geschlagenen Gesichtern umherliefen. Und irgendwann waren sie schwanger, obwohl gewiss kein anderer Mann als ihr Vater im Haus war ...

Drei-, viermal ist es bisher seit dem Tod meiner Mutter passiert. Beim dreigeschwänzten Teufel! Hätte er sich nicht statt dieses Kaftans lieber eine Hure im Badehaus kaufen können? Wie weit gehen eigentlich die Pflichten einer gehorsamen Tochter?

»Komm, rück ein bisschen näher!«, sagt er. Seine Hand spielt mit meinem Haar.

»Du hast so hübsche Brüste! Warum trägst du jetzt immer diese dunklen, hochgeschlossenen Gewänder?«

»Weil ich nicht will, dass eine Dichterin aus Valadas Schule aufreizend herumläuft«, entgegne ich und drehe mich zur Seite.

»Ach, die Prinzessin!«, schnieft er. Er drückt mich in die Polster. Ich drehe ihm den Rücken zu und spüre durch meine Kleider, wie er sich an mir reibt wie ein Hund an der Hündin, wie er hart wird. Verdammt, er ist mein Vater!

Zum Glück geht es schnell, wie immer.

Und wie damals wendet er sich ab und ist binnen Kurzem eingeschlafen.

Ich liege noch einen Moment still und frage mich, wieso Allah das andere Geschlecht so monströs erschaffen hat, dass es im Allgemeinen mit seinem »Freudenbringer« so umgeht, als sei er gleichbedeutend mit einem Speer, den man auf einen Gegner zu schleudern habe.

Dann stehe ich auf und begebe mich in die Küche zu Dawja, um sie noch ein bisschen zu schikanieren, an der Art herumzumäkeln, wie sie ihre Arbeit verrichtet, und ihr ein gehöriges Pensum aufzubrummen bis zu meinem nächsten Besuch – den ich am liebsten auf den Jüngsten Tag verschieben möchte; aber das merkwürdige »Geschäft«, in das Kasim eingestiegen ist, muss ich auf alle Fälle weiter beobachten. Ich habe schlimme Ahnungen.

5

IN DEN GÄRTEN DER AZ-ZAHRA.

Eine halbe Meile vor den Toren der Stadt liegt das, was von der Palaststadt und den Parks übrig geblieben ist, nachdem die Berber ihr Werk getan hatten, vor nun bald fünfzig Jahren: Die az-Zahra, einst Regierungssitz der Omayaden-Kalifen. Errichtet von einem Großen des Landes, der Macht und Reichtum genug besaß, um für die Frau, die er liebte – Zahra nämlich – eine ganze Welt zu erbauen. Hier gab es Paläste, Audienzsäle, Kanzleien, Wohnräume und Innenhöfe – es war so viel zu zerstören gewesen, dass man nicht ganz nachgekommen war. Man plünderte, was von Wert war, und überließ den Rest dem Verfall. Eingestürzte Dächer und zerbröckelnde Mauern, halb zerschlagene Säulenhallen, grün überwucherte Terrassen.

Was die Reichen und Mächtigen so wenig interessiert wie die Müllkippen und Abdeckereien draußen vor den Toren, ist das geheime Leben des ehemaligen Palastes.

Manche Mauern sind aus den Trümmern wieder hochgezogen und mit dünn eingeputztem Astwerk verblendet, löcherige Dächer mit Schilf ausgebessert. Vor den Fensterhöhlen hängen Matten.

So wohnt hier ein Teil von jenen, die nicht nur außerhalb der Stadt, sondern auch außerhalb der gottgewollten Gesellschaft leben. Die gebrandmarkten Diebe und Auftragsmörder, die Huren und Strichjungen der untersten Kategorie, die

Abdecker und Latrinenreiniger, sogar entlaufene Sklaven. Der Bodensatz. Ausgegrenzte.

Und vor den gelegentlichen Besuchen der Shorta, der Stadtwache, werden sie immer rechtzeitig gewarnt und verstecken sich an anderen Orten.

Um die weiten Gärten ist es anders bestellt als um die einstigen abgelegenen Palastanlagen. Verwildert zwar und zum Teil verschlungen wie ein Urwald, gibt es hier noch immer begehbare Wege – einfach, weil die Menschen sie begehen wollen. Denn die Liebe zur az-Zahra hat die Leute aus Cordoba nicht verlassen. Wenn ein Feiertag ist oder die Abende lang und kühl sind nach der Tageshitze des Sommers, packen sie einen Korb mit Essen und Getränken, und ganze Familien verlieren sich im Grün dieser anmutigen Wildnis (natürlich fernab von den Quartieren des Elends), lagern an den Wasserläufen, die einst marmorne Becken oder Springbrunnen speisten und sich nun ungeregelt, aber lebhaft zwischen Schilf und Seerosen schlängeln.

In manchen Nächten hängen hier Laternen in den Bäumen, Gitarren schwirren, Stimmengewirr und Lachen trägt die Luft davon.

An gewöhnlichen Arbeitstagen, so wie diesem, sind die Baum- und Blumendschungel freilich verlassen. Dann nutzen zuweilen Vertreter der großen Familien oder Herren des Alcazar die Stätte zu einem intimen Treffen – um mit jemandem ungestört reden zu können. Ein diplomatisches Gespräch, als Ausflug getarnt.

Ibn Abdus ist es willkommen, dass die Prinzessin ihn zu einem Beisammensein im Grünen gebeten hat. Zunächst einmal, dass sie ihn überhaupt zu etwas gebeten hat. Zum anderen, weil er sich schon denken kann, worauf dies Gespräch hinausläuft. Es geht um den verfluchten Dichter, den er mit größter Genugtuung jetzt schon Wochen im Loch verschimmeln lässt. Aber jede Drangsalierung muss mal ein Ende haben – vor allem, wenn man damit Valada bint Al Mustakfi einen Gefallen tun kann.

Sie sind zu Pferd ausgezogen, die Prinzessin und der Wesir, begleitet jeder von seiner Eskorte, die bewimpelten Lanzen aufgestützt auf dem linken Steigbügel.

Ibn Abdus meinte, seine eigene Schutztruppe – zuverlässige Männer, nicht zu verwechseln mit der Stadtwache – würde ja wohl genügen, aber eine Omayaden-Tochter lässt sich auf so etwas nicht ein. Die braucht, wenn sie schon mit dem Minister unterwegs ist, ihre eigene Begleitung.

An einer Lichtung haben sie Halt gemacht. Der Hadjib lässt es sich nicht nehmen, Valada eigenhändig aus dem Sattel zu helfen.

Das Gefolge bleibt bei den Pferden, nur ein einzelner Reiter darf sie zu ihrer Sicherheit und auf Abstand begleiten; der Wimpel seiner Lanze ragt aus dem hohen Dickicht heraus und zeigt an, wo er sich befindet.

Ibn Abdus kennt sich aus hier; er benutzt den Treffpunkt hin und wieder, wie andere auch.

Er geht vor Valada her, reicht ihr helfend die Hand, wenn es über sumpfige Stellen oder Rinnsale hinweggeht. Sie schreitet weit aus, unbekümmert um ihre dünnen Seidenstiefel und den Saum ihres weißen Mantels. Es ist schattig, und allerdings gibt es Mücken, aber der Wesir weiß sich zu helfen: Er reißt einen Weidenzweig ab und wedelt das Ungeziefer weg.

Sie erreichen eine kleine Marmorbank, die an einem verschilften Weiher steht – sicher war hier einmal einer der Springbrunnen.

Die Prinzessin setzt sich, breitet die Arme auf der Rückenlehne aus, legt den Kopf zurück und schlägt die Beine übereinander. Selbstsicher, herausfordernd. (Ihm bietet sie keinen Platz neben sich an.)

»Danke, dass deine wichtigen Amtsgeschäfte dir erlauben, dich mit mir zu treffen«, sagt sie, leicht spöttisch.

Er verneigt sich. Eine Prinzessin Valada kann sich natürlich nicht vorstellen, dass irgendetwas vor ihren Wünschen Vorrang haben könnte, denkt er. Und außerdem will ja nicht nur sie etwas von ihm, sondern auch er etwas von ihr. Und etwas sehr Bestimmtes.

»Warum du mich hierhergebeten hast, schönste Dame, das ist nicht schwer zu erraten. Es geht um nichts Öffentliches.«

»Ja«, sagt sie. »Darum geht es. Zunächst: Warum lässt du deine Schläger auf das Judenviertel los? Du hattest doch gesehen, dass Kasmuna nicht auf meinem Fest war! Du hattest vor, sie zu ängstigen, nicht wahr? Meinst du, damit machst du dich bei mir beliebt?«

Ibn Abdus lacht. Er steht vor Valada, wedelt immer noch spielerisch mit dem Weidenzweig, und sie kneift ärgerlich die Augen zusammen.

»Du bringst einiges durcheinander, Prinzessin«, sagt er gelassen. »Erstens sind die Strenggläubigen nicht meine Schläger. Wenn es darum geht, wer diese Berberkrieger damals zuerst ins Land geholt hat, dann kann ich nicht umhin, festzustellen, dass es wohl eher Angehörige deiner Dynastie waren.«

»Es war der verfluchte Al Mansur!«, fährt sie auf.

»Er hatte den Auftrag von der Sayyida Al Kubra, die freilich eine Hure war, aber schließlich war er ihr Statthalter!«, redet er weiter, ohne sich aus der Ruhe bringen zu lassen. »Zweitens sind diese Männer nicht mir unterstellt. Sie folgen einzig den Anweisungen ihres Scheichs, und der spricht sich mit den religiösen Führern ab. Dass sie an einem jüdischen Feiertag auf die Idee kommen, sich der Judería – hm – anzunehmen, ist nicht so verwunderlich. Dass Kasmuna bint Ismael nicht zu deinem Fest kommt – ja, wie sollte ich das ahnen? Und selbst wenn ich es gewusst hätte, wie gesagt: Diese Männer nehmen von mir keine Weisungen entgegen. Ist deiner Gespielin etwas zugestoßen?«

(Er klingt wirklich besorgt.)

»Meiner Dichterfreundin geht es gut!«

Er sieht den Zorn in Valadas Augen, lenkt ein.

»Verzeih mir, Sayyida, Herrin, wenn ich dir sagen muss, dass auch ein Minister nicht allmächtig ist. Sich mit den Wüstensöhnen schlecht zu stellen, hieße, sehr gefährlich leben.« Er tut so, als überhöre er ihr verächtlich-ungläubiges »Pah!«, fährt geschmeidig fort: »Aber du hast mich nicht hierherbestellt, um mich zurechtzuweisen, oder?«

Er lächelt.

Und dann sagt sie, worauf er gefasst war – eigentlich hatte er es schon auf dem Fest erwartet und angenommen, dass sie nur deswegen seine Nähe sucht: »Ohne Umschweife. Lass Ibn Zaydun frei. Es reicht jetzt.«

»Wenn das so einfach wäre!«, erwidert er, immer gleich ruhevoll. Er schiebt ihren weißen Mantel beiseite und setzt sich neben sie, auch ohne dass sie ihn aufgefordert hat. Sie registriert es mit schrägem Blick.

»Normalerweise wird kein Angehöriger einer der großen Araberfamilien so ohne Weiteres freigelassen. Er muss vor den Kadi, den Richter, oder gar vor den Fürsten, und die können ihn begnadigen oder auch nicht.«

»Pah!« Valada schürzt die Lippen und stößt verächtlich die Luft aus. »Er ist doch auch ohne Fürst und Kadi eingesperrt worden!«

»Weil er eine der bedeutendsten Persönlichkeiten dieser Stadt in seinen Versen beleidigt hat!«, bestätigt Ibn Abdus. »Und die sitzt neben mir.«

»Könnten wir nicht mit diesem Scheingefecht Schluss machen, Hadjib?«, sagt sie ungeduldig. »Du weißt doch ganz genau, dass wir uns in unseren Reimen gegenseitig ganz andere Dinge an den Kopf geworfen haben, und mein Hofstaat, meine ›Schule‹, hat darüber gelacht und Beifall geklatscht. Natürlich hat er mich beleidigt. Aber ich habe es ihm ja auch heimgezahlt. Erinnerst du dich an den Vers mit der Dattelpalme?«

Sie lächelt boshaft.

Natürlich erinnert er sich. Der Poet hatte damals eine Affäre mit einem jungen Mann. Die Prinzessin dichtete ihm darauf an, er würde sich ohnehin nur für Männer erwärmen können. Die Reime endeten mit der Behauptung: Wenn auf einer Palme Schwänze und Hoden wachsen würden statt Kokosnüsse, würde sich Ibn Zaydun in einen Schwarm Drosseln verwandeln, um an diese Früchte zu gelangen …

»Wir wollten doch nicht über Dichtung reden, sondern über einen Dichter, oder?«, wirft er ein. »Immerhin aber wollen wir festhalten, dass dein Poet …«

»… mein Poet!«, protestiert sie empört, aber er fährt ungerührt fort: »… dein Poet wegen seiner ungebührlichen Verse weggesperrt wurde, und dir war es zumindest zu diesem Zeitpunkt ganz recht, weil er mit irgendeiner schwarzen Sklavengespielin in deinem eigenen Bett …«

»Hör auf!« Jetzt blitzt das stählerne Graublau in ihrem Blick auf, das auf ernsthaften Zorn schließen lässt.

Sofort lenkt er ein. »Sayyida! Verzeih schon. Dein Gemüt ist wie das Meer, launisch, wild aufschäumend, mal sanft, still und trügerisch. Auch dein Lächeln birgt Gefahren. Lass uns bei der Sache bleiben.«

»Bei der Sache?« In ihrer Stimme ist ein Hauch Unsicherheit. »Was meinst du?« Sie bricht ab.

»Ich meine«, ergänzt er lächelnd, »dass du diesen Mann zu gewissen Spielchen benutzen wolltest, und deswegen habe ich ihn aus dem Verkehr gezogen.«

»Spielchen?«

Mit kaum verhehltem Entzücken sieht er, dass sie erröten kann. Die Farbe steigt ihr wolkig den Nacken hoch, erreicht ihre Wangen, dann die Stirn. Er greift nach ihrer Hand, und sie zieht sie mit einem Ruck weg.

»Prinzessin, ich bin ein Diener des Fürsten, ein Diener der Familie der Banu Yahwar. Der Emir Abd Al Malik ist mein Herr und der Herr von Cordoba. Die Familie Ibn Zayduns, die Banu Makhsum, sind loyal gegenüber dem Herrscherhaus. Der Vater arbeitete lange Zeit mit mir zusammen in einer Kanzlei und sah mit Stolz auf seinen Sohn, dem allerdings schon mit neunzehn Jahren der Ruhm zu Kopfe stieg, als er sich mit den größten Poeten des Landes messen konnte und sie alle schlug. Wahrscheinlich hätte dein Dichter die gleiche Laufbahn eingeschlagen wie der Vater, wenn du ihm nicht begegnet wärst und ihn in deine ... Kreise gezogen hättest.

Sage mir, was hätte ich tun sollen? Es wäre den Banu Makhsum kaum recht gewesen, hätte ich einen ihres Stammes wegen Landesverrats einsperren lassen.«

»Landesverrat?« Sie sieht ihn an, überrascht, auch verständnislos.

Er zieht die buschigen Brauen in die Höhe, mimt Erstaunen. »Wenn jemand in Briefwechsel mit hochgestellten Persönlichkeiten anderer Taifas tritt und sie bittet, Ausschau zu halten, ob irgendwo Nachkommen der Omayaden aufzuspüren sind ...?« Er schüttelt den Kopf, sagt gespielt einfältig: »Wie sollte man es denn sonst wohl bezeichnen? Und von wem kann er wohl solch einen Auftrag erhalten haben? Denn auf so etwas kommt ein Dichter doch nicht von allein. Was meinst du, was soll ich da annehmen? Soll ich den ... Hintermann verhaften? Ich möchte wetten, dessen Siegel ist ein achteckiger Stern.«

Er grinst.

(Der achteckige Stern ist das Siegel der Omayaden.)

Valada hat ihre lässige, siegessichere Haltung aufgegeben. Sie sitzt jetzt vorgebeugt, die Hände auf die Schenkel gestützt, wie bereit, aufzuspringen. »Du hast meine Kuriere abgefangen?«

»Es ist nun einmal so, dass Briefe an gewisse Persönlichkeiten der Zensur unterliegen. Eine Frage der Sicherheit im Staate.«

»Ich habe keine Lust, dir weiter zuzuhören!«, sagt sie leise und zornig. »Ich will, dass du ihn freilässt.«

»Habe ich dir nicht erklärt, dass es so einfach nicht geht? Wenn ich ihn vor Gericht stellen lasse – wie gesagt, es ginge nicht anders –, wird er auf seine prahlerische Weise die Anklagebank als Tribunal nutzen, selbst den wahren Grund zum Thema machen und dir mehr schaden, als du dir vorstellen kannst.«

»Mir schadet niemand!«

»Ich bewundere deine Bescheidenheit!«, sagt er spöttisch und wedelt ihr wieder mit dem Weidenzweig vor der Nase herum.

Sie schlägt seine Hand beiseite. »Also kurz und schlecht: Du willst meine Bitte nicht erfüllen?«

»Kurz und gut: Ich kann sie nicht erfüllen, Sayyida. Aber warum tust du nicht selbst, was getan werden muss?«

Jetzt dreht sie sich zu ihm hin, mustert ihn mit gerunzelter Stirn. »Habe ich dich richtig verstanden?«, fragt sie und betont jedes Wort.

»Ich weiß nicht, was du verstehen möchtest«, entgegnet er und zuckt die Achseln. »Aber dieser Kerker liegt in der Nähe des Stadttors. Und ich glaube, die Wachen vor der Tür dieses Dichters sind ziemlich säumig. Und mit einem Beutel Silber könnte man jeden von ihnen überreden, Cordoba für immer zu verlassen, damit er keine Scherereien bekommt. Das wäre das eine. Die Banu Makhsum, rechtzeitig informiert, werden einen Flüchtigen ihres Stammes zweifellos diskret mit den nötigen Mitteln versorgen. Soviel ich weiß, gilt der Kronprinz von Sevilla, Al Mutamid, als ein intimer Freund Ibn Zayduns. Er ist ebenfalls mit Poesie beschäftigt, dieser Prinz.«

Irrt er sich, oder wechseln die meergrauen Augen für einen Moment die Farbe, werden sie heller bei dem Wort »Sevilla«?

Valada steht auf. »Und um diese Information zu erhalten, musste ich mir von dir dies und jenes über Gerichtsverhandlungen erzählen lassen? Warum nicht gleich so! Übrigens, wie kommst du gerade auf Sevilla?«

(Es hätte ihn denn doch gewundert, wenn sie nicht auf dieses Pferd springt ... Wie alle Welt weiß sie auch, dass Sevilla in Al Andalus die größte Macht darstellt und dass man diese Macht brauchen wird, wenn man ... bestimmte Dinge ... nun sagen wir einmal, verändern will.)

»Du willst aufbrechen?«, sagt er beiläufig, ohne auf ihre Frage zu antworten.

»Ganz gewiss will ich das! Warum Sevilla?«, insistiert sie.

»Wie ich schon sagte – wegen der Dichterfreundschaft zwischen dem Prinzen und deinem ... Diener.«

Er sieht mit Befriedigung, wie sie steht und nach einer Erwiderung sucht. Natürlich wird sie ihn nicht fragen, ob er ihr helfen will, denn sie weiß ganz genau, das müsste er aus Gründen der Loyalität verneinen! Ein Minister, der indirekt einer Anstifterin zu ... nun ja, zumindest zu Unruhe in Cordoba Beihilfe leistet. Allah bewahre uns vor so etwas! (Er muss grinsen.)

»Könnte dein Dank für diesen ... Vorschlag darin bestehen, dass ich weiter deine Feste besuchen darf?«, fragt er samtweich.

»Dank? Was für ein Dank denn? Du hast mir ja nichts gewährt!«, sagt sie hochmütig und ungerecht. »Zu meinen Festen zu kommen, kann ich dem Hadjib wohl kaum verbieten.« Und da er Anstalten macht, sich ebenfalls zu erheben: »Bleib! Ich mag es nicht, wenn man uns gemeinsam von der az-Zahra zurückkommen sieht.«

Sie entfernt sich mit schnellen Schritten auf dem schmalen Pfad, auf dem sie gekommen sind, und zu seiner lachenden Verblüffung hört er sie gellend auf den Fingern pfeifen, um ihre Eskorte herbeizurufen.

Sie sind gemeinsam gekommen, dass sie jetzt allein fort will, ist nur ihrer Wildheit geschuldet …

Was für eine Frau!

Er sitzt da, und noch nachdem er sie aus den Augen verloren hat, ist ihm, als würde ihr aufreizender Geruch in der Luft hängen. Er hat sich festgesetzt in seiner Nase!

Ibn Abdus kaut an der Lippe. Er hat sich sehr zusammenreißen müssen, in dieser betörenden Gegenwart einen klaren Kopf zu behalten.

Ich will sie haben, denkt er. Ich will diesen Körper einer Paradieshuri und diesen hochgemuten und hochmütigen Geist einer geborenen Herrscherin – ich will, dass beides mir zu Diensten ist. Dass es mir gelingt, dies wilde Tier zu zähmen.

Nur wenn man seine Ziele hoch steckt, lohnt es, zu leben.

Es lief gar nicht so schlecht, findet er.

Und nun muss man Geduld haben und mit Beharrlichkeit aufs Ziel zusteuern. Das ist seine Maxime.

Zunächst einmal: Zwischen Ibn Zaydun und ihn, Ibn Abdus, zwanzig Parasangen Wegstrecke zu legen, ist noch angenehmer, als ihn da unten im Verlies zu wissen, jederzeit in Reichweite für Valadas ungestüme Pranken. Und den Dichter fort zu wissen, ohne selbst noch einmal zur Tat schreiten zu müssen, ist noch einmal so angenehm.

Er reißt ein schlankes Blatt von dem Weidenzweig ab, den er noch immer in der Hand hält.

Weg mit dir, Ibn Zaydun.

Wären da noch die Frauenzimmer. Die feinsinnige Jüdin und das Weibsstück mit dem frechen Maulwerk, die Tochter des Feigenhändlers. Wie ging dies Gedicht gleich wieder: »Wie lächerlich ist es doch anzusehn /wenn alten Kerlen …« Hm.

Er zupft zwei weitere Blätter ab.

Nein, es lief gar nicht einmal so schlecht, auch in anderer Beziehung.

Es kommt ihm sehr gelegen, dass die Pläne der Prinzessin

und seine eigenen vorsichtig in die Zukunft tastenden Finger in die gleiche Richtung gehen. So etwas kommt ihr nicht in den Sinn. Sie fährt durchs Leben wie durch einen Hohlweg, die Augen geradeaus aufs Ziel gerichtet.

Er für sein Teil hat seine Blicke überall.

Sevilla. Sevilla ist mächtig. Der mächtigste der Taifa-Staaten. Cordoba ist schwach. Schwach und hinfällig. Eine halb zerstörte Stadt, ein Fürst, der nur sich selbst und sein Wohlergehen im Sinn hat.

Für einen Mann wie ihn, Ibn Abdus, keine lohnende Aufgabe auf die Dauer.

ꞌVALADA.

Sevilla. Wie ist er auf Sevilla gekommen? Ibn Zayduns Bekanntschaft mit dem dortigen Thronfolger ist doch nur ein zusätzliches Plus. Wie ich diesen Minister einschätze, steckt mehr dahinter. Was spielt er für Spiele?

Einen Augenblick war ich drauf und dran, ihm von der mysteriösen Voraussage zu erzählen. Aber wozu? Es ist besser, wenn er mir unwissend dient ... im »Bericht von den wundersamen Taten« redet mich der Verfasser gegen Ende nämlich so an:

Und es wird das Maul des großen Hundes, Asch-Schira Al Abdur, klaffend offen gestanden haben, wenn du, auserwählt, wie du bist, jemanden aussendest, ihn zu bringen, der euren Stamm erneuert, und wird er zu finden sein in jener Stadt, bei der sich süßes und salziges Wasser umarmen. Aber siehe, wenn viel Blut fließt dort, wo der Fluss Gold führt, dann ist die Zeit bald um. Beeile dich, dass es dir nicht missglückt.

Asch-Schira Al Abdur, das war leicht zu enträtseln. Das ist der Stern, den die Astronomen inzwischen Sirius, den Hundsstern nennen, hell und strahlend in seiner Schönheit in der Mitte des Jahres. Und dies war gemeint mit dem Maul, das jetzt, im Herbst, offen steht.

Und jene Stadt, wo sich süßes und salziges Wasser vermischen: Sevilla, wo der Guadalquivir ins Meer mündet; weit strömt bei Flut das Meerwasser in die Flussmündung hinein, das ist bekannt.

Was allerdings den dritten Teil der dunklen Vorhersage angeht, die Stadt, wo man Gold findet und Blut fließen soll, das kann ich nicht deuten. Und das will ich jetzt noch nicht wissen.

Und ich lese von diesen »wundersamen Taten«, um mein Gemüt zu erheben.

Ein Fürst, der Glanz erstrebt, muss Städte gründen,
Die seinen Ruhm in aller Welt verkünden.
So taten die Helden aus deinem Stamme.

Das glückliche Cordoba, aus dem Staub seiner Niedrigkeit erhoben und zur Schönsten der Schönen gemacht vom Beherrscher der Gläubigen, sei dir immer vor Augen, wenn du gedenkst, Taten zu vollbringen.

Siehe, diese Stadt der Städte war bereits zur Zeit des gesegneten Abd Al Rahman – Allah schenke ihm die Freuden des Paradieses! – die größte der bekannten Welt. Über alle Maßen herrlich ist die Mezquita, jene Moschee, die zu bauen er begann und die deine anderen Vorfahren zu Ende führten. Ein Wunder aus buntem Marmorstein mit einem Wald von Säulen, so weiträumig, dass ein Fürst auf hohem Ross einreiten könnte, hielte ihn nicht die Ehrfurcht vor dem Allmächtigen zurück.

In die Tausende ging die Zahl der Wohnhäuser, hundert Moscheen und fast ebenso viel Bäder gab es in ihr, achtzig war die Zahl der öffentlichen Schulen, sechzig hingegen die der Hospitäler, denen berühmte Ärzte vorstanden. Und bedenke, du, lesend, dass schon vor deiner Zeit die Straßen gepflastert waren mit festem Stein und des Nachts an den Hauswänden Laternen waren, die mit ihrem hellen Schein den Grund zu deinen Füßen sicher machten und Diebe und Gauner vertrieben.

Umgeben war die herrlichste der Städte von einer Perlenkette schöner Orte mit Sommerhäusern der Vornehmen, mit Park und Lustgärten voller schattender Zypressen und Palmen, mit Weinlauben und Olivenhainen.

Viele tausend Dörfer ringsum im blühenden Land versorgten die wunderbare Stadt mit allem, was nötig war.

Und es gab kaum einen dort, der nicht auf seinem eigenen Maulesel zu Markte reiten konnte.

Bedenke das, du! So sei Cordoba wieder beschaffen, wenn die Gestirne in die rechte Konstellation gelangen.

Ich schließe die Augen. Herrin, Mit-Erbauerin, Wieder-Erbauerin solch einer Stadt, solch eines Reiches zu sein – an der Seite eines Omayaden, den Allah aufgespart hat für diese Taten? Ob mir das gelingen wird?

Und ja: Natürlich ist es ein Staatsstreich, den ich plane.

Wird der Hadjib … schweigen? Oder sich einmischen?

Eins nach dem anderen.

Den Abgesandten nach Sevilla schicken zunächst. Es ist an der Zeit.

IBN ZAYDUN.

Heute schreibe ich kein Gedicht. Heute schreibe ich eine böse kleine Geschichte über Gerechtigkeit in Al Andalus, mit der man zweifellos die Gesellschaft der Prinzessin recht erheitern könnte.

Wir alle wissen, dass ein christlicher Sklave freikommt von seinem christlichen Herrn, wenn er sich zum Islam bekennt. Welch ein schöner Zug unseres Glaubens!

Sehen wir uns das einmal genauer an:

Es begibt sich also eines Morgens, dass ein Christensklave seinem Christenherrn entkommen will.

Er schleicht sich davon von seiner Arbeit und läuft fort durch die Zuckerrohrplantage seines Gebieters; mit nackten Füßen über die rissige Erde, zwischen den raschelnden schwertförmigen Blättern und den dicken Stängeln arbeitet er sich hindurch, keuchend, mit stechenden Schmerzen in der Seite. Er erreicht den Grenzstein zwischen dem Land seines Herrn und des muslimischen Nachbarn. Der baut ebenfalls Zuckerrohr an.

Er wirft sich auf den Boden und ruft laut: »Ich bekenne, dass es keinen Gott gibt außer Allah, und Mohammed ist sein Prophet!«

Mehr, so soll es im Gesetz stehen, braucht man nicht zu tun. Keine Taufe wie bei den Christen, kein langes Lernen und Herunterbeten wie bei den Juden.

Unser Sklave fragt sich: Bin ich nun frei?

Er hat allerdings, leider, kein Publikum. Niemand in der Nähe. Und das gehört ja wohl dazu.

Also läuft er weiter, bis er am Ende auch dieser Zuckerrohrplantage anlangt und dort zwei junge Hirten trifft, die ihre Ziegen am Berghang weiden.

Zu ihnen geht er nun hin und sagt aufs Neue: »Es gibt keinen Gott außer Allah, und Mohammed ist sein Prophet!«

Die beiden nicken ernsthaft und bestätigen: »Ja, so ist es. Es gibt keinen Gott außer Allah, und Mohammed ist sein Prophet.«

»Bin ich nun frei?«, fragt der Christensklave.

Die beiden zucken mit den Achseln. Denn woher sollen sie das wissen? Sie sind ja keine Rechtsgelehrten.

Vielleicht, so schlagen sie vor, sollte er in die große Stadt gehen zu einem Kadi oder zum Mufti und dort seinen Spruch aufsagen, und dann würde er frei sein.

Dem Mann tun die Füße weh, die Zunge klebt ihm am Gaumen, sein bloßer und geschorener Kopf fühlt sich unter den glühenden Strahlen der Sonne an, als würde er bald platzen, und zur Stadt ist es sehr weit.

Da sieht er auf dem Weg, der sich durchs Gebirge schlängelt, eine Staubwolke aufsteigen. Metall glänzt in der Sonne, Fähnchen wehen. Zwei Reiter! Vornehme Reiter mit ihrem

Tross und gewiss Muslime. Vielleicht können die sein Glaubensbekenntnis anhören und ihm die Freiheit bestätigen.

Hechelnd und keuchend arbeitet er sich zu dem Pfad vor und erreicht ihn gerade rechtzeitig, um mit ausgebreiteten Armen vor den Berittenen in den Staub zu sinken und sein Sprüchlein aufzusagen.

Immerhin reiten sie nicht über ihn hinweg, sondern machen Halt und lassen ihre edlen Renner Volten gehen vor dem Knienden. Sie beraten sich kurz untereinander, dann sagt der eine von ihnen: »Wir sind Kaufleute unseres Zeichens und«, fügt er hinzu, »keine Rechtsgelehrten. Wir können wenig anfangen mit deinem Bekenntnis. Und sag einmal: Gehörst du nicht dem christlichen Herrn, der dort drüben sein Zuckerrohrfeld hat, unweit von dem des muslimischen Besitzers?«

Eifrig bejaht der Mann und berührt mit der Stirn den Dreck des Weges, denn er glaubt sich nah dem Ziel.

»Nun«, antwortet der andere, »dann mach, dass du wieder an deine Arbeit kommst. Denn dieser dein Herr verkauft uns sein Zuckerrohr um vieles günstiger als sein rechtgläubiger Konkurrent, und wir stehen in seiner Schuld. Wo kämen wir da hin, wenn wir zuließen, dass ihm seine Arbeitskräfte davonlaufen? Wir sind gerade auf dem Weg zu ihm und werden ihm berichten, dass du dich hier herumtreibst, du Ausreißer.«

»Aber«, so entgegnet der Mann, »habe ich nicht eben den Islam bekannt und bin also frei?«

Da schauen die beiden Reiter sich an und sagen wie aus einem Munde: »Wir haben nichts gehört.« Und reiten davon.

So geschieht es, dass unser Mann am Abend heimkommt auf das Anwesen seines Herrn, und statt der Freiheit erwartet ihn das Zischen der Peitsche. –

Sicher gäbe es Gelächter und Beifall für so eine Geschichte, könnte ich sie im Haus der Prinzessin erzählen.

Stattdessen habe ich fast eine ganze Kerze verbraucht, um diesen skurrilen Scherz zu schreiben, denn auch mir steht auf keinerlei Weise Freiheit bevor. Und nun erwarte ich, dass mir der mürrische Schließer den Napf mit Hirsebrei bringt – von dem ich nur hoffen kann, dass keiner hineingespuckt hat.

Manchmal denke ich darüber nach, wie ich mich rächen kann, wenn ich denn irgendwann dieses Loch verlasse.

Zumeist aber nicht. Ich bin schon wie ein Sklave, der keinen Ausweg mehr kennt.

Schritte da draußen.

Ich will mich meinen Papieren zuwenden, nehme die Rohrfeder zur Hand, damit es nicht aussieht, als warte ich voller Gier auf das erbärmliche Abendmahl.

Die müssen nicht merken, dass ich Hunger habe. Selbst auf den faden Fraß.

Da weht etwas Weißes in den Raum.

'VALADA.

Er starrt mich an mit diesen seinen Raubvogelaugen, ohne zu blinzeln. Sitzt da auf einer Dreckschütte von Stroh. Gerade, die Hände zu beiden Seiten aufgestützt.

Er sieht schrecklich aus, und das hier ist schrecklich, und ich wusste nicht, dass es so schrecklich ist. Ich dachte, wenn man ihm zwei Kerzen am Tag gewährt, ist das nur zusätzlich zu einem … nun, leidlichen Quartier. Ibn Abdus hat mit diesen Bedingungen einen gesunden Hass an den Tag gelegt.

Aber ich werde diesem zerzausten, verdreckten, ungesund blassen Stück Mann natürlich nicht zeigen, wie zutiefst erschrocken ich bin.

»Was bringt dich hierher, du Miststück?«, sagt er heiser. »Ist alles zu deiner Zufriedenheit? Oder möchtest du mich zusätzlich in Ketten legen lassen, weil ich deine schwarze Sklavin gefickt habe?«

»Daran solltest du mich jetzt nicht erinnern, Verräter«,

sage ich, und ich merke, meine Stimme hat genauso wenig Klang wie die seine. Vielleicht liegt es an diesem Verlies.

»Woran sollte ich dich dann erinnern?«, fragt er, und die Knöchel seiner Hände da an der Bettkante werden weiß. »An den Duft der Myrte, die du in der Hand trugst, als wir uns trafen in deinem Garten? Er übertäubte fast Orangen und Moschus, deine eigenen Wohlgerüche. Der Myrtenzweig, der mir damals vorkam, als könne er alle Gebrechen der Welt heilen?«

»Weiß der Himmel, warum ich ihn abgebrochen hatte«, sage ich. »Wir waren beide betrunken, glaube ich.«

»Ja, wir waren betrunken. Endlich hattest du mir erlaubt, dich so zu durchbohren, wie ich es mir wünschte.«

Ich kann nicht wegsehen. Bemerke, wie sich an dem dürren Leib unter diesen Lumpen seine Rute reckt.

»Unermüdlich warst du«, murmele ich. »Ob davon wohl noch ein Abglanz existiert in diesem Bettlerkörper?«

»Sitzt es sich besser auf dem fetten, schlaffen Bauch des Hadjib?«

»Gewiss komfortabler als auf dir«, erwidere ich und lasse ihn gern in dem Glauben, dass ich nunmehr die Geliebte des Wesirs bin. Inzwischen, als zerre man mich zu meiner Richtstatt, hat es mich zu dieser Lade, diesem Bett hingezogen. Ich stehe über ihm. Er stinkt ungewaschen.

»Vorsicht!«, sagt er. Sein Atem geht keuchend wie nach einem scharfen Ritt. »Darf ich dich darauf hinweisen, dass ich Filzläuse habe? Du könntest sie an den Herrn Minister weitergeben.«

»Ich kann ins Bad gehen zuvor!«

»Im Gegensatz zu mir!«, faucht er.

Er hat die Lippen gefletscht wie ein Rüde, der zuschnappen will. Als ich ihn küsse, stoße ich mich an seinen Zähnen. Mein Mund blutet. Meine Zunge blutet. Sein struppiger Bart reibt mein Kinn auf. Er wirft mich auf das Lager, Stroh sticht meine Schenkel. Er dringt in mich ein mit der Kraft der Verzweiflung, stößt mich so hart, dass ich mich an den Seiten dieses Bettes festklammern muss, tut mir weh.

Es dauert endlos, so wie einst, so wie im Garten, Myrtenzweig hin oder her, betrunken ja oder nein, und wie damals baut sich langsam aus dem Schmerz eine gewölbte Moschee der Lust auf, rot und glühend, immer höher, immer weiter, Bogengänge, anwachsende Räume, eine schwellende Mezquita bis zum Himmel. Irgendwann öffnet sich die Kuppel, zersplittert, fliegt davon und vereint sich mit den Gestirnen.

Meine Finger gehören nicht mehr zu mir. Mein Kopf ist irgendwo. Ich stülpe mich um. Ich schwimme in einem See aus Saft und Sperma. Mein Inneres pocht, als wäre es ein Tier, das atmet.

Ahmad Ibn Zaydun, das werde ich dir nie verzeihen, dass du mir deine Segnungen heute zum letzten Mal erteilst. Denn du bist zu weit gegangen, und ich kann nicht über meinen Schatten springen.

»Wie hieß sie? Nazik, nicht wahr?«, sage ich, um ihn zu peinigen. »Schwarzes Fleisch – besser als weißes Fleisch?«

Er antwortet nicht.

Ich erhebe mich, mir ist taumelig.

Nun kann ich ihn fortschicken. Zu seiner Sicherheit und in meinem Dienst.

Ich sage ihm, was ich zu sagen habe.

IBN ZAYDUN.

Ihre Worte durchdringen langsam den Nebel, der mich umgibt.

Was will sie? Ich bin eben in ihr gestorben. Sie redet zu mir von jenseits des Grabes.

Zunächst höre ich etwas und verstehe nicht. Dann gelangt mit den Worten endlich auch deren Bedeutung zu mir.

»Bist du bei Sinnen, Ahmad, oder hast du dich um den Verstand gevögelt? Lieg nicht da, als wolltest du genüsslich einschlafen nach gehabtem Vergnügen«, sagt sie mit rauer Stimme. »Gib mir ein Zeichen, dass du mich verstanden hast!«

Vergnügen?, denke ich. Vergnügen ist etwas anderes.

Matt sage ich: »Sevilla?« Und richte mich auf, wobei mir kurz schwarz vor Augen wird. Man sollte eigentlich sich nicht so ... verausgaben, wenn man wenig zu essen bekommt.

Sie steht da, breitbeinig, ihre weißen Kleider sind befleckt, ihre Augen haben jene tiefe Azurbläue wie immer dann, wenn sie auf dem Gipfel gewesen ist. Ihre Lippen sind zerbissen, und sie leuchtet in dem Triumph, den sie glaubt, über mich davongetragen zu haben – als hätte mir dies schwarze Fleisch etwas bedeutet!

»Sevilla?«, wiederhole ich. Und dann: »Sag es noch einmal.«

Ungeduldig schlägt sie sich mit der Faust in die Innenfläche der anderen Hand.

»Ich verkünde dir dein Schicksal, und du döst vor dich hin.«

Sie geht zum Tisch, betrachtet mit schief gelegtem Kopf den Stapel beschriebener Blätter, setzt sich. »Beachtlich«, sagt sie. »Mit zwei Kerzen pro Tag. Nun gut, du hattest ja auch nichts Besseres zu tun.« Sie räuspert sich die Kehle frei.

»Also noch einmal, und ich erwarte entsprechende Begeisterung. Heute Nacht wird der Schließer vergessen, deine Tür richtig zu verriegeln, und auch sonst sind die Wachmannschaften irgendwie abgelenkt. Wie ich gespürt habe, bist du ja nicht so hilflos, dass man dich hinaustragen muss. Du marschierst also geraden Weges zur Seitenpforte des Südtors. Davor ist eine Art Wachstube. Dort erwartet dich ein Diener der Banu Makhsum, deiner Familie, mit dem nötigen Geld. Alsdann machst du dich auf den Weg nach Sevilla. Mein Auftrag, den ich dir erteilt hatte, bevor du ... bevor dich eine Verkettung von Umständen hierherbrachte, gilt nach wie vor.«

Ich sehe: Alles ist auf einmal ganz einfach. Am liebsten hätte ich gesagt: Warum nicht gleich so? Begeisterung? Begeisterung nach langen Wochen in diesem Drecksloch?

»Eher ging es nicht?«, frage ich wütend.

Sie holt tief Luft, aber ich lasse sie nicht zu Wort kommen.

»Musstest du für so lange dein Mütchen an mir kühlen, du rachsüchtige Furie? Hätten nicht ein paar Tage gereicht, um mich zu bestrafen, dass ich deiner Fotze zur Abwechslung eine andere vorgezogen habe? Du vergnügst dich Tag für Tag mit deinen Weibern ...«

»Und du dich mit Jungen!«, fährt sie dazwischen.

»Machen wir uns jetzt eine Szene wie ein Ehepaar?«, frage ich scharf zurück.

Sie fährt herum auf dem Stuhl, auf dem ich so lange Zeit gesessen und die vielleicht besten Gedichte geschrieben habe, zu denen ich fähig bin – was heißt, dass es überhaupt die besten von ganz Al Andalus sind ...

»Ein Ehepaar?« Ihre Augen bekommen die Farbe gehärteten Stahls.

»Wie simpel!«, sagt sie langsam, mit jener Stimme, auf der sie ihre Verse einherzutragen pflegt wie auf einem Tablett und die viel zu groß ist für dies Dreckloch hier, tönend und voll. »Hast du überhaupt nichts verstanden, Ahmad Ibn Zaydun? Ja, wir waren etwas. Aber sicher kein Ehepaar. Wir waren Valada und Ibn Zaydun, Ibn Zaydun und Valada!« Und nun steigt sie auf zu einem hohen Flug. »Zwei Bäume, gleich hoch und wohlgestalt gewachsen, deren Häupter sich so zueinander neigten, dass sich ihr Laub vermischte. Unverwechselbar auf der Erde von Al Andalus. Die Dichter. Die Liebenden. Und wenn du nicht begriffen hast, dass die Lust des Geistes uns mindestens genauso geeint hat wie die Lust des Fleischs, dass wir hier wie da einander ebenbürtig waren, dann frage ich mich, hast du mich nur verblendet?

Wir hatten ein gemeinsames Lager. Unser Bett. Es gab die

Orte der anderen, die am Rand Geliebten, die wir uns gönnten, die uns erfreuten. Wir waren ja nicht aneinander gekettet. Aber dieses Lager war nur unsere Stätte. Und die besudelst du, entweihst du, machst sie zu einem Ort der billigsten Wollust. Oder was war es sonst?«

»Es war nichts«, sage ich, wie betäubt von ihrer Stimme. »Gar nichts.«

»Es war nichts für dich und hat alles verändert für mich«, entgegnet sie. »Nie wieder wird es sein wie einst.«

Sie ist aufgestanden, bereit zu gehen.

»Du darfst mir weiter dienen. Tu die Arbeit in Sevilla, die ich dir aufgetragen habe. Erledige sie schnell. Und wenn du mich besingen willst, dann tu's. Mehr wird nicht sein zwischen uns. Nie wieder. Das schwöre ich mir selbst.«

(Sie und ich, vereint in Hass und Liebe. Diesen Schwur wird der Wind verwehen. Das weiß ich.)

»Nun«, sage ich also und grinse, so unpassend wie möglich, »für heute habe ich Dienst getan, so gut es in meiner Macht stand. Zu mehr bin ich beim besten Willen nicht fähig, selbst wenn du es einfordern würdest. Aber auf Weiteres freue ich mich ...«

Sie erwidert nichts, sieht mich nur finster an. Dann greift sie mit einer entschlossenen Geste die beschriebenen Blätter, die Arbeit dieser Kerkerzeit, vom Tisch.

»Das hier steht mir zu«, sagt sie, den Kopf im Nacken. »Das schleppst du nicht mit nach Sevilla. Diese Früchte schuldest du mir!«

Erschrocken hebe ich die Hände. Das darf nicht sein! »Valada! Was ... was willst du mit meinen Schriften anfangen?«

Sie zuckt die Achseln, lächelt voller Bosheit. »Was immer ich will«, erwidert sie. »Vielleicht lese ich sie bei meinen Festen vor – die schlechtesten davon, um dich lächerlich zu machen. Vielleicht verbrenne ich sie. Vielleicht zerreiße ich sie.

Vielleicht lege ich sie in einen bronzenen Schrein. Lebe wohl, Ahmad.«

Sie ist draußen. Mit meinen Arbeiten.

»Miststück!«, keuche ich und starre auf meinen leeren Tisch und fühle meinen ausgeleerten, schlaffen Leib.

In den Gräbern vor den Toren der Stadt sollen sie hausen, die Ghulen, jene hexenhaften Untoten, Weiber, die sich nächtlicher Wanderer bemächtigen, sich an ihrem Glied festsaugen und erst aufhören, wenn sie den letzten Tropfen genossen haben und ihr Opfer das Leben aushaucht.

In dieser Gesellschaft sehe ich sie heute.

Und die Geschichte vom Sklaven, der nicht freikommt – hier passt sie noch mehr.

ʿVALADA.

Ich befinde mich in meinem Bad im lauwarmen Wasser, auf dessen Oberfläche die duftenden Öle bunte Schlieren malen. Rosenblätter schwimmen ebenfalls darauf und berühren streichelnd meine Haut, als würden sie mich küssen. Halb sitzend, das Haar unterm Tuch verborgen, stütze ich die Ellbogen neben meinem Kopf auf die Marmoreinfassung.

Vor mir eine große Palette aus Kork mit aufgebogenen Rändern. Darauf Blätter. Viele Blätter in der bescheidenen und maßvollen Schrift eines Mannes, zu dessen Eigenschaften Maßhalten und Bescheidenheit eigentlich ganz und gar nicht gehören.

Ich lese die Kerker-Poesien des Ibn Zaydun.

Mit spitzen Fingern ergreife ich ein Blatt nach dem anderen. Lese, lege es auf dem schwimmenden Tisch auf die andere Seite.

Ich bin eigentlich mit bösen Absichten in dieses Wasser gestiegen.

Mir ist eingefallen, dass Al Mansur, der Verfluchte, von seinen zahlreichen Eroberungszügen ins christliche Umfeld, den Koran in der Hand, das von seinen eigenen Töchtern gewebte Totenhemd im Gepäck – (Oh, der bigotte Heuchler! So zeigte er sich vor seinen Truppen, voller Demut, wo er doch voller Hochmut war!), dass er also von dort jeweils Erde der eroberten Landstriche mitbrachte. Und seine Diener zermahlten dann diesen Dreck zu einem feinen Pulver, das sie unter die Spezereien mischten, die er in sein Waschwasser tat. Sodass er sich, wie sich ein Köter im Aas seines zerbissenen Rivalen wälzt, ständig mit der Niederlage der unterworfenen Provinzen parfümierte.

Und so malte ich mir aus, dass ich aus Ibn Zayduns Blättern das aussortieren würde, was minderwertig war. Das wollte ich dann in kleine Stücke zerreißen und ins Wasser werfen, voller Freude zusehen, wie sich die Schnipsel mit Nässe vollsaugen und untergehen, wie sich die Buchstaben darauf in blaue Kleckse verwandeln und sich dann als Tintengekräusel verlieren und auflösen.

Aber nun sehe ich: Ich kann es nicht. Kann nicht wie ein Lehrer mit erhobenem Zeigefinger dies und jenes herausheben. Etwas aussortieren, wegwerfen, faule Früchte beseitigen?

Unmöglich.

Gedichte, böse und schwärmerische, Lobeshymnen und Schmähverse, dazu Anekdoten und Geschichten, wie man sie wohl im Kreis der Freunde plaudernd wiedergibt, gewürzt mit Dreistigkeiten, voll überraschender Pointen, weiterhin Fragmente, Notizen, manchmal einfach nur Wendungen, hingeworfene Halbsätze.

Das Unfertige berührt mich am meisten. Sätze wie: »Hier folgte uns der leichte Ruhm gleich einer Seidenschleppe nach« oder: »... wie Suren des Koran erglänzen ihre Schenkel ...«. Oder hier: »Mein Lied bringt das Geschwätz der Zeiten zum Verstummen / und selbst dem Wüstensand versagt der Atem ...«, »... entblößt der Leib, von Schauern überzogen / wie Wasser, das der Wind gekräuselt ...«

Ich blicke in Ahmad Ibn Zayduns Werkstatt, in sein Innerstes, sehe, wie er Wirklichkeit verdaut und wieder ausspeit.

Es ist ein Akt der Entblößung, ähnlich dem, wenn man einem Liebespaar beim Beischlaf zusieht, und ich kann verstehen, dass er mir diese Papiere nicht überlassen wollte. Ich selbst würde aus der Haut fahren, wenn jemand so in mich hineinsieht und in den Fragmenten herumstöbert, die ich noch nicht zu einem Ganzen geformt habe. Fast schäme ich mich.

Ich greife willkürlich ein Blatt. Eine Fabel.

Ich lese, während ich mich im Wasser räkele:

»Als Allah der Allmächtige – sein Name sei gepriesen! – Trockenes und Feuchtes trennte und die Erde schuf, da hatte ein jegliches Land Wünsche frei, wie es gestaltet sein wolle. Al Andalus bat den Herrn um einen immerblauen Himmel, um ein kristallklares Meer, um süße Früchte und um Frauen, schlank um die Mitte, deren Gang wie das Schreiten der Gazellen ist.

Der Herr in seiner Güte erfüllte alles.

Und nun, sprach Al Andalus, gib mir noch einen Herrscher, der gerecht ist, damit dies Paradies geschützt werde.

Aber da schüttelte der Herr den Kopf.

Das verlange nicht von mir!, sagte er. Dafür, dass euer Paradies bestehen bleibt, müsst allein ihr sorgen aus eigenem Willen.«

Ich muss lächeln. Ob er dies Geschichtchen wohl geschrieben hat, um einen Fürsten schmeichlerisch einzustimmen auf diese oder jene politische Veränderung?

Und dann, auf dem gleichen Blatt, folgt eine poetische Version des Stoffs.

»In der Moschee sprech ich als Freitagspredigt:
Wenn der Imam euch droht mit Höllenstrafen,
Ihr Gläubigen, das sind nur böse Träume!

Allah schuf Al Andalus mit sanfter Hand,
Voll Wasser, Wiesen, Schatten hoher Bäume,
voll schöner Frauen, die bereit zum Lieben.
So wird der Garten Eden stets beschrieben.
Seid unbesorgt, ihr könnt in Ruhe schlafen.
Macht euch von Sorgen um das Jenseits ledig!
Ihr seid ja schon im Paradies, ihr Frommen!
Wer kann vom Himmel in die Hölle kommen?«

So etwas machte er im Handumdrehen, wenn ich ein Thema vorgegeben hatte für einen Abend, für einen freundschaftlichen Dichterwettstreit – spielerisch, lässig, mit all seinem Hochmut und dem Wissen darum, dass er ohnehin gewinnen würde.

Ich hebe den nächsten Zettel auf. Nur ein hingeworfener Einfall: »Der Durst erst lehrt dich, das Wasser zu verstehen.«

Ja und ja. Dürste nach mir. Du hast es verdient.

Angesichts dieser Blätter weiß ich, wie sehr ich ihn vermissen werde.

Stimme und Gesang, Leib und Seele. Wir, auserwählt. Niemals wieder wird aus uns ein Paar. Selbst wenn er erfolgreich von seiner Mission zurückkehren sollte (und nur dann kann er ja zurückkehren, gemeinsam mit dem, der die Nachkommen der Banu Jahwar ablösen wird): Nie wird ihm etwas anderes zuteil werden, als mich von weitem zu sehen, und allerhöchstens darf er für Ibn Abdus den Handlanger abgeben. Keine große Zukunft für einen Abkömmling einer alteingesessenen Adelsfamilie.

Wer bin ich denn? Eine Omayade verrät man nicht – und hofft dann noch auf Verzeihung.

Vorbei. Schluss mit dem Thema. Anderes wartet auf mich.

Ich versetze dem Tablett aus Kork einen kleinen Stoß, gerade so viel, dass zwei, drei Blätter am Rand feucht werden, und beende dann erschrocken das Spiel.

Rufe die Badediener und befehle ihnen, das da fortzunehmen und sorgfältig darauf zu achten.

Irgendwann werde ich diesen Stapel Geschriebenes noch einmal durchsehen, sortieren, genießen und ihn dann wegschließen in einem Schrein mit einem großen Schlüssel.

Am besten, ich würde den Schlüssel überhaupt verlieren. Von der Brücke herunter in den Guadalquivir werfen.

Aber ich weiß schon, dass ich das denn doch nicht über mich bringe …

Die Rosenblätter kitzeln meine Brüste, die aus dem Wasser ragen wie zwei Inseln. Ich streichele mich, lasse die Warzen aufblühen, hebe einen Fuß aus dem Wasser und bewege die Zehen, deren Spitzen mit Henna rotgefärbt sind – ebenmäßige kleine Blütenknospen.

Ich bin traurig und froh, zornig und sanft zugleich. Bin gar nicht Ich. Bin ein Stück Abschied. Fühle mich willig gefangen in diesem warmen Wasser, das mich aufzulösen und wegzuspülen scheint.

Ohne weiter nachzudenken, ziehe ich mir das Tuch vom Kopf und tauche ganz und gar unter. Ein bisschen Vergessen.

Wasser und Essenzen dringen in meinen Mund. Ich spüre, das Vergessen schmeckt nicht gut. Eigentlich sollte es nach nichts schmecken, das Vergessen, doch nun ist es vermischt mit Badeölen und Rosenblüten, und beides ist zwar duftend und gut anzufühlen, aber nicht wohlschmeckend, und so ein Wasser brennt in den Augen.

Fluchend und ganz und gar wieder ich selbst, tauche ich auf und schreie laut nach meinen Badesklaven, die erneut herbeieilen, erschrocken – haben sie einen Fehler gemacht? –, mir aus dem Wasser helfen, mich in Tücher hüllen, mir die Nässe aus dem Gesicht wischen und mein glitschiges Haar wieder einbinden.

Dann liege ich auf der Massagebank, nackt, wie Allah mich

geschaffen hat, lasse mich einreiben, bis meine Haut rosig ist, und warte auf die Knaben.

Sie sind Zwillinge aus dem Baskenland, beide noch bartlos, aber geil wie junge Ziegenböcke, und wir haben ihnen im Haus die Namen Wallid und Zain gegeben, was beides eigentlich nur »Junge, junger Mann« bedeutet.

Beide waren sie Spielgefährten von Ibn Zaydun, und manchmal habe ich ihnen heimlich und amüsiert zugesehen. (Hätte er es, verdammt noch einmal, nicht bei Jungen belassen können, so wie ich bei Frauen? So, wie wir es uns einander versprochen hatten?)

Nun kommen die Jungen, um mich zu massieren, das ist ihre Aufgabe, dafür hat man sie geschult. Sie sind barfuß und tragen nichts als einen dünnen Schurz, der sich prall wölbt; gut bestückt sind sie beide.

Ich schließe die Augen und gebe mich ihnen preis, und sie beginnen eifrig, mich zu kneten; ihr Atem verrät mir, dass sie sehr schnell in Nöte geraten.

Es macht mir Vergnügen, ihre wachsende Erregung zu sehen und zu spüren, besonders, wenn sie meine Schenkel und meinen Hintern bearbeiten.

Dann erlaube ich ihnen, sich zurückzuziehen, damit sie endlich ihre Schwänze in die Hand nehmen können.

Plötzlich erwacht in mir eine große, zärtliche Sehnsucht nach Kasmuna.

Ich habe sie so lange nicht gesehen! Morgen will ich mit ihr zusammen sein, und ich will sie zur Vertrauten meiner großen Pläne machen.

Und jetzt werde ich mein wunderliches, mein wundersames Buch zur Hand nehmen und mich noch einmal von ihm anreden lassen.

So spricht der Verfasser zu mir:

Du sitzest heute zwischen Büchern, zwischen Schätzen, angehäuft von deinen Vorfahren, für die Wissenschaft und Erkenntnis das Wertvollste waren. Al Hakam, der letzte große Kalif der Omayaden, baute nicht nur Schulen für die Ärmsten, in denen sie zu den Schätzen des Wissens gelangen konnten. Er eröffnete dem Volk Büchereien, jedem zugänglich, der zu lesen verstand. Das wisse du! Aber darüber hinaus war seine Begierde nach schönen Büchern so groß, dass er keine Mühe scheute, ihrer habhaft zu werden. Für die Schönheit eines Manuskripts war er bereit, in purem Golde zu zahlen.

Ich lasse das Buch sinken. Ja, ich weiß:

Reichtümer hatte sein Vater Abd Al Rahman – Vater und Sohn mögen die Wonnen des Paradieses genießen! – angehäuft, sodass die Schätze ganze Kammern füllten. Al Hakam verwandelte Gold und Silber in jene Quellen des Glücks und des Entzückens, die wir Bücher zu nennen pflegen.

Überall in der Welt, wo man Allah und seinen Propheten anbetete und unsere Sprache sprach, waren Sendboten des großen Kalifen zu finden, die alte Manuskripte erwarben oder sie kopieren ließen.

Doch damit nicht genug. Seine Leidenschaft für das geschriebene Wort war so groß, dass er stets der Erste sein wollte, der ein neues Werk in Händen hielt. Wie der Jäger auf der Lauer liegt und Ausschau hält nach einer Beute, so waren seine Abgesandten auf der Jagd nach Schriften, die noch im Entstehen waren.

War ein Gelehrter bei der Arbeit, gleich ob Arzt oder Astronom, Dichter oder Philosoph: Eines Morgens stand der Bote des großen Al Hakam vor seiner Tür und bot den höchsten Preis für das ungeborene Werk.

So kam es denn, dass Bücher, die in Mossul oder Basra das Licht der Welt erblickten, in Cordoba verbreitet wurden, noch bevor sie im reichen Bagdad zu erhalten waren.

Heil und Segen solchen Herrschern, die zwar das Schwert zu führen wissen, aber den Lorbeerkranz höher achten als die Siegespalme.

Über Meere und durch Wüsten eilten sie damals herbei, die Gelehrten aus allen Teilen der Welt, kamen an den Hof des freigebigen Herrschers, um mit ihm zu disputieren und in seiner herrlichen Bibliothek zu arbeiten, wo viele tausend Bände auf die Weisen warteten. Es kamen Muslime, Juden und Christen, und sie alle sprachen in unserer Zunge, denn die ist die gewandteste und zum Austausch von Gedanken tauglichste der Welt.

Mit einem tiefen Seufzer nehme ich meine Lektüre wieder auf, bewegt von jenen alten Geschichten, und wieder trifft mich die Anrede, dass ich zusammenzucke:

Das wisse, du, wenn du liest, dass aber dann die Sterne sich verdunkelten und in üble Stellungen zueinander gerieten, und die Hyäne fraß die beiden Kinder der Gazelle, und die Männer aus dem Maghreb waren im Land und warfen ihre Brandfackeln in das Bücherhaus deines Vorfahren – Allah verderbe sie! –, sodass dir, zu dem ich rede, nur noch ein Bruchteil bleibt von dem, was einst war.

Trage Sorge, dass nicht ewiger Schlaf über das Wissen und Denken fällt!

Preis sei Ihm, der niemals schläft.

»Preis sei Ihm, der niemals schläft«, wiederhole ich murmelnd die Formel. Ich brenne vor Begierde, zu tun, was ich mir vorgenommen habe.

6

'KASMUNA.

Nein, diesmal kann mich niemand zurückhalten. Denn es ist nicht nur ein Ruf der Prinzessin, der überbracht wird, sondern eine große Reisesänfte hält vor Ismael Ibn Jeschullas Haustür. Die Sänftenträger, so sehe ich von unserem Dach aus, auf das ich geeilt bin, als die fordernden Schläge an der Tür zu hören waren, diese Sänftenträger sind blonde Barbaren aus dem Norden, ihre nackten Rücken glänzen vor Schweiß, und ihr Haar ist auf dem Kopf zu Knoten geschlungen. Es sind Sklaven aus dem Haushalt der Valada bint Al Mustakfí, und die weißen Fähnchen mit dem achteckigen Stern, die an den Ecken der Sänfte flattern, sind das Wahrzeichen der Omayaden.

Der Vorläufer tritt durch das Tor, um seine Botschaft loszuwerden.

Mein Herz schlägt hoch vor Freude. Um mich zu ehren, lässt sie mich holen! Ich husche vom Dach zurück in mein Zimmer, lege die Perlen um meinen Hals, und meine Finger zittern so, dass ich mit dem Verschluss kämpfen muss.

Noch während ich hastig mit der Bürste durch die Locken fahre, klopft auch schon eine Dienerin an meine Tür und bittet mich, die Sänfte nicht warten zu lassen.

Von meiner Familie lässt sich niemand sehen.

Ich fliege die Treppe hinunter, als würde die Luft mich tragen. Der Vorläufer der Sänfte, ein junger Mann mit dunklen Locken und strengen Augen, empfängt mich ehrfürchtig.

Er küsst den Saum meines Mantels und geleitet mich nach draußen.

Ich steige ein, in den Duft nach Moschus und Orange – und ihre warmen Arme umschlingen mich.

»Meine Lotosblume!«

Valada sitzt in der Sänfte! Sie selbst holt mich!

Mit taumelnden Sinnen, halb ohnmächtig, empfange ich ihre gehauchten Küsse auf mein Ohr, meine Wange, meinen Mund.

»Du trägst meine Perlen, Kasmuna!«

Im Halbdunkel der Sänfte leuchten ihre weißen Gewänder.

»Du kommst, mich zu holen!«, flüstere ich, hingelehnt an sie.

»Ich habe es nicht mehr ausgehalten ohne dich. Tage ohne Kasmuna sind wie Blüten ohne Duft. Ich höre, sie haben euch schwer mitgespielt ...«

»Vergessen!«, erwidere ich.

Inzwischen hat sich die Sänfte in Bewegung gesetzt; ich merke erst jetzt, dass wir sanft und gleichmäßig geschaukelt werden. Offenbar haben wir die engen Gassen des Judenviertels bereits verlassen, denn jetzt gesellt sich Hufgetrappel hinzu. Ich schiebe für einen kurzen Moment den Vorhang aus schwerem Brokat beiseite. Neben uns bewegt sich die Eskorte der Prinzessin, ich sehe die typischen schuhähnlichen Steigbügel, wie sie nur die Soldaten der Omayaden benutzen. Wenn eine Eskorte benötigt wird, geht es also nicht zu ihrem Haus.

»Wohin entführst du mich?«, frage ich

Sie lacht mit ihrer schönsten Kunst-Stimme. »Wir wollen ins Freie. Ich will dir etwas zeigen.«

Bei dem Ausdruck »ins Freie« denkt man in Cordoba im Allgemeinen an den Park der az-Zahra, aber dazu müssten wir die Brücke über den Guadalquivir passieren, und ich warte auf das Geräusch von klappernden Hufen auf Holzbohlen. Aber das kommt nicht. Stattdessen scheinen wir zu steigen. Die Träger haben Mühe, unsere Sänfte auszubalancieren, wir schwanken hin und her, und ich höre die peitschenscharfe Stimme des jungen Mannes, des Vorläufers, der die Sklaven anherrscht.

Valada lacht, und wir halten uns aneinander fest wie Kinder auf einer Wippe.

Es geht weiter bergauf, und schließlich scheinen wir den erwünschten Ort erreicht zu haben.

Der Vorläufer öffnet den Sänftenvorhang, kniet nieder auf einem Bein, reicht der Herrin die Hand und bietet ihr das andere Knie zum Aussteigen.

»Und bekomm keinen Schreck!«, sagt Valada noch, dann bin ich dran, mir wird genauso geholfen – und ich bekomme den Schreck.

Hier war ich noch nie.

Wir sind, so weit kann ich mich orientieren, auf der anderen Seite der Stadt, und weit oben. Um uns herum nichts als Trümmer. Marmorbrocken, abgebrochene Säulenstümpfe, überall Geröll und Schotter auf dem Boden, durch die dünnen Sohlen unserer leichten Schuhe spürbar. Stachliges Gras. Zwei, drei kümmerliche Palmen und ein Feigenbaum geben dünnen Schatten. Es weht ein heißer Wind.

Der dunkellockige Vorläufer kann den Sonnenschirm, den er eilfertig herbeigeschleppt hat, kaum festhalten.

»Wo sind wir hier?«, frage ich und ziehe den Schleier vor Mund und Nase.

Valada lacht. »Das kommt darauf an, ob du hören willst, was das einmal war oder was es dereinst sein soll!«, entgegnet sie. »Komm noch ein paar Schritte weiter. Ich kenne hier einen leidlichen Platz.«

Sie führt mich am Ellbogen über diesen Schutt bis zu einer Stelle, wo ein halb zerstörter Torbogen das grelle Sonnenlicht abhält und ein umgestürzter Säulenschaft eine Art Sitz bietet, und schnipst mit den Fingern. Der Vorläufer bringt ein weiches Leder, das er über den Säulenrest breitet; ein zweites liegt auf der Erde. Ein Krug und zwei Gläser, Oliven, Fleisch – sie hat etwas vorbereiten lassen für diese Einöde!

»Bedien dich, Kasmuna!«

Ich schüttele den Kopf. Meine Freude über diese kleine gemeinsame Reise ist einer dumpfen Beklemmung gewichen. Die halbe Stadt besteht aus Ruinen – warum muss sie mich hier in ein weiteres Trümmerfeld führen?

Sie winkt mit einer ihrer herrischen Bewegungen den jungen Mann weg, wir sind jetzt außer Hörweite von jedermann; die Träger kauern im Schatten der Sänfte, ich sehe, wie ihre Muskeln zittern nach der Anstrengung, und wünschte, sie bekämen etwas zu trinken …

»Setz dich!«, befiehlt Valada, und ich gehorche. Sie indessen steht vor mir, gerade und stolz, die Sonne scheint ihr nichts auszumachen, und ihr weißer Mantel weht im Wind.

»Nun will ich dir deine Frage beantworten«, sagt sie. »Wir sind hier in den Trümmern der Residenz des verfluchten Al Mansur, der sich die Herrschaft im Reich der Omayaden anmaßte und hier das Gegenstück zur az-Zahra bauen ließ: seinen Palast az-Zahira. Allah hat es gewollt, dass er weit gründlicher der Zerstörung anheim fiel als das Original. Du siehst, kein Brocken blieb hier auf dem anderen. Die Reste der Bauten wurden benutzt als ein Steinbruch, aus dem sich alle nach Belieben bedienten.

Das ist also die Vergangenheit. Die Gegenwart – nun, du hast sie vor Augen. Und die Zukunft …«

Sie ist mit einem großen Schritt bei mir, hockt sich vor mich hin und nimmt meine beiden Hände in die ihren. »Die Zukunft, Kasmuna, wird so sein, dass hier ein neuer Omayaden-Palast entstehen soll. Hier« – ihre Stimme schwingt und klingt – »hier werde ich herrschen, als eine Sayyida Al Kubra, eine große Herrin und Beraterin des künftigen Kalifen. – Nun, was sagst du?«

Ich kenne die Prinzessin gut genug, um zu wissen, dass sie nicht zu närrischen Fantastereien neigt. Niemand ist klarer im Kopf als sie. Bei jeder anderen würde ich annehmen, dass die Sonne ihr Gehirn versengt habe. Aber sie?

Ich atme langsam und tief. Dann bemerke ich vorsichtig: »Noch kann ich nichts sagen, Geliebte. Denn ich weiß nicht, wie es geschehen soll.«

Sie lässt mich los, steht auf, lacht. »So erkenne ich meine kluge Jüdin. Sie will nicht gleich mit einem Ergebnis überfallen werden, sondern den Weg zum Ziel wissen. Gut so.«

Sie setzt sich neben mich, nimmt sich ein paar Oliven und bietet mir erneut an – wieder schüttele ich den Kopf.

»Also«, beginnt sie und spuckt die Kerne in die Gegend, »zunächst einmal habe ich Ibn Zaydun fliehen lassen.«

Der Schreck durchfährt mich wie ein Peitschenhieb. Was soll das für ein tollkühnes Unterfangen sein? »Was hast du …?«

»Keine Sorge! Es ist mit dem Wesir abgesprochen. Er selbst wollte ihn nicht freilassen, aber dann fiel ihm ein, er könne ihm ja die Flucht zu ermöglichen. Der ›Flüchtige‹ ist auf dem Weg nach Sevilla.«

Immerhin. Er ist nicht hier. Stört unsere Frauen-Gemeinsamkeit nicht. Aber … ich verstehe immer weniger. »Was soll er denn in Sevilla?«

»Nach einem männlichen Nachkommen meines Stammes suchen«, erklärt sie, und ein hintergründiges Lächeln spielt um ihren Mund.

Nun zweifele ich doch einen Augenblick an ihrem gesunden Verstand.

Ich verstehe nichts von Politik, das Intrigenspiel der Macht gehört für mich zur Domäne der Männer.

Aber dann beginne ich, Schlüsse zu ziehen.

»Du willst«, sage ich tastend, »einen Thronanwärter für Cordoba … finden?«

Sie nickt, und ihr Blick ist eine einzige Herausforderung.

»Und dann? Was soll dann geschehen? Meinst du, sie werden ihn hier mit Palmenzweigen und Gesängen empfangen, wie es in den Schriften der Christen hieß, als Isa, ihr Prophet, in Al Quds einzog?«

»Wahrscheinlich nicht«, entgegnet Valada lakonisch. »Ich denke schon, dass die Banu Jahwar nicht so ohne Weiteres aufgeben werden.«

»Also wird es einen Krieg geben!«, sage ich und starre sie entsetzt an.

Sie wendet die Augen ab. »Vielleicht«, erwidert sie leichthin. »Aber danach wird der schönste Friede herrschen, den die Welt kennt, und Cordoba wird wieder sein, was es einmal war: der Mittelpunkt von Al Andalus.«

Ich bin wie vor den Kopf gestoßen. In was steigert sie sich da hinein! Diese Träume vom Glanz ihrer Sippe, von Herrschaft und Einfluss – sie beängstigen mich. Das ist die Seite an ihr, die ich nie sehen, nie wahrhaben wollte.

Vorsichtig lege ich den Arm um ihre Schulter. »Valada«, sage ich. »Verzeih deiner Kasmuna, wenn sie dir nicht folgen kann. Du setzest an, auf dem Kurs des Adlers zu fliegen. Ich aber bin nur eine schüchterne Taube. Warum willst du dich in diese kalten Höhen hinaufbewegen, wo du doch hier unter uns deinen Nistplatz hast? Du bist eine Göttin der Poesie, und in diesem deinem Reich macht dir niemand die Herrschaft streitig« (höchstens der unselige Ibn Zaydun, aber das sage ich nicht), »du regierst unumschränkt. Bleibe bei uns! Lass die anderen um die Plätze auf den Thronen streiten.«

Sie lehnt sich an mich, und ich bin schon froh darüber, dass sie nicht zornig wird aus Enttäuschung, weil ich ihre Visionen nicht teile. Aber sie bleibt ganz ruhig, und eigentlich – begreife ich – ist das viel schlimmer, als wenn sie aufbrausen würde.

Sie ist ihrer Sache so sicher, dass meine Worte sie gar nicht erreichen. Mir kommt es vor, als habe ihr jemand diese Idee eingepflanzt, und nun ist sie fest verankert in ihrem Geist. Wo wohnt dieser Jemand?

»Kasmuna, meine Lotosblume«, sagt sie sanft, »außer dir wissen nur zwei Menschen um diese meine Pläne. Betrachte es als ein Zeichen meiner Liebe und schweige darüber. Die Zeit wird ihr Werk tun.«

»Zwei Menschen?«, frage ich, obwohl ich mir die Antwort allein geben kann.

Sie reibt ihren Kopf an dem meinen wie eine große Katze. »Du weißt es doch längst, nicht wahr?«, antwortet sie. »Der eine ist jener, der geflohen ist. Der andere, der es ermöglichte, dass er floh.«

»Der Dichter und der Wesir.«

»So ist es.«

»Aber wieso …?«

»Wieso sie bereit sind dazu, willst du wissen? Beide aus dem gleichen Grunde. Um mich zu gewinnen. Ibn Zaydun glaubt daran, dass es möglich ist für ihn, den Platz neben mir zu besetzen, und dieses Mal für immer. Ibn Abdus glaubt nicht daran, darum lässt er ihn gewähren. Zudem scheint mir, es macht ihm Vergnügen, seine Finger mit im Spiel zu haben.« Sie lacht leise und zärtlich. »Hab keine Furcht, Kasmuna, nichts geht verloren. Wenn auf diesem Scherbenhaufen erst mein neuer Palast errichtet wird, werden wir Feste der Dichtkunst und der Liebe feiern, wie sie dieses Land zuvor noch nie gesehen hat – du und ich und Muhdja, ein Dreigestirn im Zentrum unserer Welt. Hier werden Gärten entstehen, schöner als einst die auf der anderen Seite des Guadalquivir. Blühende Landschaften werden sich um Cordoba entfalten. Und die Berber samt ihrem bigotten Glauben, die schicken wir übers Meer zurück in die Wüste, aus der sie gekommen sind. Wir, die Omayaden, sind die Nachkommen des Propheten – sein Name sei in alle Ewigkeit gelobt! –, und nirgends im Al Koran steht geschrieben, dass man seinen Leib kasteien und auf die Freuden des Lebens verzichten soll.«

Sie entzieht sich meinem Arm, steht mit einem Ruck auf.

»Wenn du nichts essen oder trinken willst, dann lass uns zurückkehren«, sagt sie. »Mir lag viel daran, liebste Freundin, dich in meine Pläne einzuweihen vor allen anderen und an dieser Stelle. Bewahr es in deinem Herzen, was ich dir anvertraut habe. Ich bin zufrieden jetzt.«

Unser Weg zurück verläuft schweigend. Ich gebe vor, müde zu sein, schließe die Augen und gebe mich Valadas Zärtlichkeiten hin, die sanft sind und respektvoll (niemals würde sie mich bedrängen, wie sie es, ich habe es gesehen, mit der Tochter des Feigenhändlers tut).

Hinter meiner Stirn knistern die Gedanken. Ich habe Furcht vor der Zukunft. Vor ihrer, vor unserer. Wenn ich in Granada bin, habe ich durch meinen Onkel Zugang zu den wichtigen Männern, die dort an der Macht sind. Ich werde sie vorsichtig fragen, ob es denkbar ist: ein Machtwechsel in Cordoba … Aber was zerbreche ich mir den Kopf? In diesem Land Al Andalus bekriegt ständig der eine Fürst den anderen und lösen sich die Sippen an der Herrschaft ab, so schnell, wie man sich im Bett von einer Seite auf die andere dreht.

Eigentlich müsste ich Valada von meiner bevorstehenden Reise erzählen. Aber ich weiß ganz genau, dass sie alles daransetzen würde, zu verhindern, dass ich Cordoba verlasse, und so schweige ich, bereit, heimlich davonzulaufen.

Wenn diese meine Reise dazu dienen kann, mein Volk und meine Familie vor der nächsten Nachstellung zu bewahren, so muss ich es einfach tun.

Aber ein bisschen schmeckt es wie Verrat an Valada.

7

KASMUNA.

Das ganze Haus ist in Aufregung. Was für ein Aufwand für ein paar Tage Abwesenheit! Es gilt ja nicht, die Meere zu überqueren! Ein halbes Hundert Parasangen oder etwas mehr, was ist das schon.

Ich habe gehört, dass mein Vater auch noch eine Abteilung der Shorta, der Stadtwache, als Begleitung angemietet hat. Diese Leute stehen zwar nicht in dem Ruf, sehr effektiv zu sein, aber vielleicht dienen sie der Abschreckung – falls denn etwas abgeschreckt werden muss ...

Ich kann nur hoffen, dass meine Abreise wirklich den gewünschten Erfolg hervorbringt – dass mein Volk am nächsten Feiertag nicht wieder zur Zielscheibe des Hasses wird meinetwegen.

Vom Hof her dringen die Geräusche der Reisevorbereitungen zu mir in mein Zimmer. Die Maultiere, die meine Sänfte tragen sollen, und diejenigen, die für das Gepäck, die Mengen der mitzuführenden Geschenke und für die Dienerschaft bestimmt sind, liefern sich ein Lärmduell. Sie versuchen, sich zu übertrumpfen. Einige schreien wie die Esel, andere wiehern – je nachdem, ob sie bei Pferden oder bei Eseln aufgewachsen sind, nehmen diese Zwitterwesen die Lautäußerung der anderen als die ihre an.

Dazwischen beschimpfen sich ihre Treiber. Wessen Tier geht vorn an der Sänfte, wessen hinten? Sind die anderen

Vorhut oder Tross? Meine ältliche Zofe Hamda mischt sich ein. Sie hat eine schrille Stimme ...

Ich trete vom Fenster zurück und gehe ins Innere meiner Räume.

Es bedrückt mich, dass ich Valada meine Abreise verschwiegen habe, aber was sollte ich tun? Sie hätte mich niemals fortgelassen.

Ich gehe an mein Schreibpult, öffne das Tintenfass und tauche das Rohr ein. Schreibe.

»Ich bin betrübt, dich, Liebste, zu betrüben. / Verzeih mir, dass ich ohne Abschied geh. /

Jedoch bedenke, Trennung leiht dem Lieben / Erhöhte Süße nach vergessnem Weh.«

Ich falte das Blatt zusammen, stecke es in die Tasche meines Ärmels. Dann lege ich meine Perlen an und schlinge ein Tuch darüber. Man muss nicht sehen, dass ich Valadas Gabe mit mir führe.

Meine Mutter ruft nach mir. Sie gibt mir genaue Anweisungen, für wen aus der Verwandtschaft in Granada die einzelnen Geschenke bestimmt sind. Die Schwestern und ihre Kinder umwieseln mich mit Fragen, Ratschlägen, dummen Bemerkungen.

Alles stört mich. Ich will nur noch fort.

Und nun öffnet – dem Himmel sei Dank! – mein Vater die Tür zu seiner Studierstube und ruft mich zu sich, um mir den Reisesegen zu erteilen.

Er lächelt, als er sieht, wie angespannt ich bin, und nimmt mich in den Arm.

»Kaum mehr als zwei Tage, und du bist in Granada, der Stadt des Friedens unter den Religionen. Ich wollte, ich könnte mit dir reisen. Der Palast des Wesirs Joseph Ibn Nagrella, den bereits dessen Vater erbaut hat, fern vom Alcazar seines Emirs, soll einem Wunder an Schönheit und Geschmack gleichen, und du bist gewürdigt, das alles zu sehen, Kasmuna.

Grüße meinen Schwager Eli Ibn Mosche von mir. Sage ihm, ich fühle mich geehrt, verwandt mit einem Mann zu sein, der das große Glück hat, dem Nagid ha Negidim, dem obersten Vorsteher aller Juden des Landes Al Andalus und bedeutenden Wesir, zu dienen. Und verbringe einen nachdenklichen und besinnlichen Jom Kippur mit deinen Verwandten, eingedenk dessen, was wir vielleicht an Unrecht begangen haben im vergangenen Jahr.«

Seine warme Stimme, seine Zärtlichkeit beruhigen mich, obwohl ich seinen Worten nur mit halbem Ohr lausche. Denn noch gehen meine Gedanken nicht voraus. Noch bin ich mit den Dingen hier beschäftigt.

»Wenn ich fort bin, Vater, bitte ich dich: Geh zu Prinzessin Valada bint Al Mustakfí. Entschuldige mich bei ihr. Dass ich ohne Abschied abreise, bedeutet nur, dass ich sonst nicht fortgekommen wäre. Sag ihr das, und gib ihr dies Papier.« Ich hole das zusammengefaltete Blatt aus dem Ärmel und reiche es meinem Vater. Er legt es ohne ein Wort zwischen seine Schriften auf dem Arbeitstisch. Ich kenne ihn. Er wird es nicht lesen.

»Sodann«, fahre ich fort und sehe ihm fest in die Augen, »musst du mir versprechen, um Schutz zu ersuchen gegen die Überfälle der Berber am Jom Kippur. Erklär ihr, warum ich fort bin aus der Stadt. Erbitte, dass sie vom Wesir Ibn Abdus erwirkt, er möge an diesem Tag die Judería abriegeln und bewachen lassen von seinen eigenen Soldaten, nicht von der Stadtwache. Alles wird gut werden. Ich werde euch alle heil und unversehrt wiedersehen.«

Er segnet mich, küsst mich auf die Wange. Zum Abschied gibt er mir als Reiselektüre ein schmales, wunderschön illustriertes Büchlein persischer Poesien mit, ein erlesenes Stück aus seiner Bibliothek, Bagdader Schule, mindestens ein halbes Menschenleben alt.

Ich muss weinen, obwohl ich es nicht gewollt habe.

Die Prinzessin hält das hauchfeine Blatt Papier mit beiden Händen. Sie hält es von sich ab, als sei sie kurzsichtig, und liest lautlos, aber mit bewegten Lippen die Verse Kasmunas. Dann plötzlich zerknüllt sie es hastig zwischen den Fingern und wirft es zu Boden. Ihre hyazinthenfarbenen Augen nehmen den alten Mann vor ihr ins Visier, fordern, fragen.

»Warum? Warum ist sie fortgegangen ohne Abschied? Das ist … das ist verräterisch.« Sie presst die Lippen aufeinander.

»Erhabne Sayyida!«, entgegnet Ismael Ibn Jeschulla beschwörend. »Sie fürchtete, Ihr würdet ihr nicht erlauben, abzureisen.«

Valada nickt heftig. »Womit sie Recht hatte!«

»Vergönnt mir, dass ich ausrichte, was mir meine Tochter für Euch aufgetragen hat, und hört mich an ohne Zorn. Sie meinte zu wissen, dass ihre Person, ihre Beziehung zu Euch, einer der Gründe sein könnte für die besonders heftigen Attacken der Strenggläubigen.«

»Wie das?«, schnappt Valada. Sie bückt sich, hebt das Papier wieder auf, streicht es glatt. Schüttelt den Kopf …

»Niemand hier in Cordoba wird etwas unternehmen, was gegen Euch gerichtet ist«, sagt Ismael behutsam. »Hingegen kann man sein Mütchen kühlen an denen, die mit Euch in einem Atem genannt werden.«

»Ach.« Sie lacht kurz auf. »Nach dem alten Sprichwort: Man schlägt den Sack und meint den Esel?«

»Wenn Ihr es so – volkstümlich – ausdrücken wollt!«

»Ja, das will ich!«

»Lasst mich fortfahren, Herrin!«, bittet Kasmunas Vater.

Jetzt erst macht die Prinzessin eine einladende Bewegung hin zu den Polstern, die ihren Empfangsraum, den Mailis, rings umsäumen, und lässt sich ebenfalls nieder. »Sprecht!«, sagt sie leise. Sie dreht jetzt aus dem Blatt Papier mit dem kleinen Gedicht eine dünne Rolle.

»Meine Tochter hoffte, mit ihrer Abreise – um es mit einem Bild zu sagen – einen Stein des Anstoßes aus der Judería zu entfernen, denn unser nächstes Fest steht bevor.«

»Schon wieder ein Fest?«, bemerkt Valada tonlos. »Wann feiert ihr Juden eigentlich nicht?«

»Es ist kein fröhliches Fest, Sayyida!«, beeilt sich Ismael zu sagen. »Am Jom Kippur, dem Versöhnungsfest, versuchen wir, uns unserer eigenen Schuld gegenüber unseren Mitbürgern bewusst zu werden und sie um Verzeihung zu bitten, falls wir sie gekränkt haben. Es ist einer unserer höchsten Feiertage. Und ich bin sicher, dass die allzu gottesfürchtigen Muslime ihn nicht vorübergehen lassen, ohne uns zu – belästigen. Deshalb bat mich meine Tochter, Euch um etwas anzuflehen.«

Um Valadas Mund zuckt so etwas wie ein ironisches Lächeln. Offenbar amüsiert sie der demütige Stil des alten Juden. »So? Nun, dann beginnt mit dem Flehen!«

Ismael Ibn Jeschulla ist zu aufgeregt, um auf ihren Ton einzugehen.

»Spottet nicht, Herrin!«, bittet er. »Verspottet einen Schutzflehenden nicht!«

Valada entrollt das Blatt mit dem Gedicht wieder. »Das tue ich nicht, Ehrenwerter!«, sagt sie, nun wieder ernst. »Tragt mir Kasmunas Bitte vor.«

»Meine Tochter bittet die Herrin, den Hadjib zu ersuchen, die Zugänge des Judenviertels an diesem Tag durch ein … Bollwerk zu verschließen und von fähigen und einsatzbereiten Soldaten bewachen zu lassen.«

Die Prinzessin legt den Kopf schief. »Ihr wollt euch freiwillig einmauern lassen?«, sagt sie erstaunt.

»Für einen Tag«, bestätigt Ismael und nickt.

Valada betrachtet ihn nachdenklich. »Eure Not muss sehr groß sein, wenn ihr so etwas vorschlagt«, sagt sie. »Ich sitze in meinem Haus und habe hohe Wände um mich, die mich schützen. Ich weiß vieles nicht. Seid unbesorgt. Ich werde Ibn Abdus verpflichten, das zu tun, was ihr wünscht. Das mit dem Bollwerk. Und was den militärischen Schutz angeht – ich schicke meine eigenen Soldaten zur Judería. Auf sie ist Verlass.«

Ismael erhebt sich und berührt Stirn, Mund und Herz als Zeichen seiner Dankbarkeit. »Der Ewige Israels möge Euch beschützen, Herrin. Sicher wird meine Tochter …«

»… Eure Tochter, Ibn Jeschulla, wird sich mir hoffentlich bald leibhaftig erkenntlich zeigen«, sagt sie, und Ismael schlägt die Augen nieder ob der Zwischentöne.

»Sicher wird der Hadjib meine Bitte erfüllen, aber ich fürchte, für die Errichtung dieser Verschanzung werdet ihr, wird die Gemeinde der Juden aufkommen müssen.«

»Gewiss«, erwidert Kasmunas Vater demütig. (Wie anders sollte es auf der Welt zugehen?) »Und das ist sicher, meine Tochter wird Euch segnen jeden Tag. Dort in der glücklichen Stadt, wo selbst der Fluss Gold führt.«

»Was meint Ihr?«, fragt sie irritiert.

Er lächelt. »Wisst Ihr das nicht? Im Darro in Granada können eifrige Sucher hin und wieder Gold finden.«

Als die Prinzessin den alten Mann verabschiedet hat, dreht sie noch immer das Blatt mit dem Gedicht zwischen den Fingern.

Meine Kasmuna, der ich alles anvertraut habe, was ich in die Zukunft hineinbauen will … und sie reist einfach fort, ohne ein Wort. Hätte sie nicht darauf vertrauen können, dass ich ihr und ihrem Volk Schutz gewähre, auch wenn sie hier ist?

Bin ich zornig? Enttäuscht?

Ach, eigentlich nicht. Nur traurig.

Sie kommt ja wieder.

Heute Abend werden mich die Zärtlichkeiten Muhdjas, meines kleinen Weibchens, trösten.

Und dann blitzt etwas in meinem Kopf auf. Gold im Fluss?

Ich habe den »Bericht von den wundersamen Taten« immer in greifbarer Nähe. Schlage nach.

Da steht es: … *aber siehe, wenn viel Blut fließt dort, wo der Fluss Gold führt.*

Das ist also Granada.

Nun, keine Sorge. Im heiteren Granada wird so schnell kein Blut fließen.

Trotzdem. Eine Beklemmung bleibt.

8

IBN ZAYDUN.

Der Ort, in dem ich mich befinde, heißt Posada, was eigentlich Ruhestätte bedeutet, aber sehr einladend ist hier nichts. Trotzdem habe ich beschlossen, hier Station zu machen. Zunächst muss ich den muffigen Geruch des Kerkers loswerden und mich anständig kleiden; auch mit einem Beutel voll Gold in der Tasche ist ein Mann in den Lumpen eines Bettlers in den Augen aller eben nur ein Bettler.

Jetzt liege ich auf dem Bett der gemieteten Stube. Es sind keine Daunen, aber gegen das faulige Stroh und die verfilzten Decken des Kerkers in Cordoba gleichen sie paradiesischen Wolkenbetten.

Dass ich verfolgt werde, musste ich nicht befürchten, also konnte ich mein Reisetempo meinen Bedürfnissen anpassen. Ich muss zu Kräften kommen.

Das Badehaus, das ich fand, war ärmlich, aber ich wollte ja nichts weiter, als die Dreckkrusten von meinem Körper schrubben, mir Haar und Bart richten und mich vom Ungeziefer befreien lassen. Dann, während ich im Dampfbad saß, beauftragte ich den Badediener, mir einen weiten Umhang und eine Kopfbinde zu besorgen, und drückte ihm ein Goldstück in die Hand. Er starrte mit offenem Maul auf die Münze und redete mich von nun an mit Mawlah, Herr, an.

Ich mietete mich in diesem Gasthof ein und bestellte mir zunächst genau das Essen, von dem ich bei den Wassersuppen,

Brotkrusten und Breien des Gefängnisses geträumt hatte, trank mehr Wein, als ich vertragen konnte, und verschlief den halben Tag in einem Bett, das mit Leinen bezogen war.

Danach schlenderte ich über den Suk des Ortes, um einzukaufen, was mir nötig erschien: standesgemäße Kleidung für die Reise und für Besuche bei hohen Herrschaften zunächst. (Ich bin nicht besonders groß von Statur, und mein Leib ist ausgedörrt nach diesen bösen Tagen – alle Gewänder wallen fürstlich weit um mich herum jetzt.) Waffen sodann und natürlich edelstes Papier, feine Rohrfedern und Tinte aus Galläpfeln, zudem eine zierliche Schiefertafel nebst Griffel für kurze Notizen.

Auf dem Pferdemarkt ein paar Gassen weiter in diesem ärmlichen Ort erstand ich eine kräftige junge Stute mit feinen Fesseln, einem anmutigen Schweif und dem freundlichen Benehmen einer zutraulichen Weibsperson – noch nie habe ich das Bedürfnis verspürt, mein Selbstwertgefühl zu steigern durch den Besitz irgendwelcher ungebärdigen Hengste, mit denen sich der Reiter messen muss und die er mittels einer Kandare und Sporen blutig zwingt und zusammenreitet, als würde er einen Gegner besiegen. Wer etwas Derartiges nötig hat, nun, der soll es tun …

Dort geriet ich auch ins Gespräch mit ein paar anderen Reisenden. Sie rieten mir dringend, eine gut bewaffnete und erfahrene Begleittruppe anzumieten; die Straßen seien nicht so sicher, wie man annehmen sollte. Von jenseits der Sierra Morena, meistens aus dem nahen Toledo, gäbe es immer wieder Überfälle auf vermögende Reisende.

Die nördlichen christlichen Kleinstaaten, die von den Leuten bewohnt werden, die wir gewohnheitsgemäß Goten nennen (obwohl sich da wohl so einiges mischt), würden eine Art von »Grenzkrieg« betreiben. Aus diesen Christenländern also würden immer wieder so genannte Pardos auftauchen, Raubritter. Sie hätten es vor allem auf die Pfade entlang des Guadalquivir (die ich benutzen werde) abgesehen, weil sie sich von dort aus schnell wieder ins Bergland zurückziehen könnten. Es sei eine Art Spiel, erklärten mir die Männer lachend, geheißen Gabalgada. Ich wusste, die Muslime vollführen Ähnliches bei den Christen. Sie nennen es allerdings Al Ghazi.

So beschloss ich denn, mir für die Weiterreise eine Leibgarde zuzulegen. Doch es hat keine Eile damit.

Nun, zurückgekehrt von meinen Besorgungen, ruhe ich. Ruhe und denke nach.

Ausgiebig verfluche ich den Hadjib von Cordoba, Ibn Abdus, das Schwein, der es sich nicht nehmen ließ, sein Mütchen an mir zu kühlen und mich in das dreckigste Loch seines Kerkers zu stecken, ohne die Vergünstigungen, die einem ebenbürtigen Gegner zuzuerkennen vielleicht nicht allzu schwer gewesen wäre. Der Schwanz möge ihm abfaulen, die Zähne ausfallen, eine Glatze möge er kriegen und Krätze an Händen und Füßen!

Und eigentlich sollte ich mit genauso starken Sprüchen das Weibsbild verfluchen, welches es zugelassen hat, dass es mir so unerträglich ergangen ist – so, wie ich dazu noch im Kerker fähig war. Das mich fast hat verdorren lassen im Verlies, nur weil ich nicht widerstehen konnte, als ein paar lange, schwarze Schenkel an mir vorbeistrichen.

Aber es will mir nicht gelingen. Nun nicht mehr.

Auch die rasende Gier, die mich im Kerker folterte beim Gedanken an sie und die mich zwang, ständig mein Tier zu schütteln wie man einen Ölbaum schüttelt, damit er seine Früchte fallen lässt – sie ist fort, scheint erloschen, seitdem wir uns ein letztes Mal vereinigten zwischen Dreck und Ungeziefer.

Mir fällt ein Spottvers ein, den ich auf sie geschrieben habe, bevor man mich einsperrte – mit all der Übertreibung formuliert, zu der die Satire fähig sein muss –, der in aller Munde war und der mich meine Traurigkeit spüren lässt bis ins innerste Mark:

»Da steht sie nun, aus fürstlichem Geschlechte,
ein Rosenstock, bestäubt von wilden Bienen.
Und manchmal sind auch Drohnen unter ihnen,
doch sie lässt zu, dass alle sie begatten.
Ach, Allah gebe, dass sie bald ermatten.
Vielleicht erkennt sie, wer für sie der Rechte.«

Wer für sie der Rechte …

Ja und ja, ich habe es selbst verscherzt. Da stand sie in diesem Kerkerloch und redete von uns – wie war das gleich? Zwei Bäume, deren Häupter sich zueinander neigen … Ja, so etwas. Leib und Geist und Seele zum Höchsten strebend miteinander. Valada und Ibn Zaydun, Ibn Zaydun und Valada. Einmalig. Unverwechselbar. Weggeschenkt, weil mich das Fleisch übermannte.

Weggeworfen alles, was uns darüber hinaus noch verband, wir, die wir uns als die feine Blüte, die Auslese von Al Andalus sahen. Die edlen Sitten des Umgangs miteinander, die Art, um eine Frau zu werben, das heitere und zarte Spiel zwischen Mann und Frau, bevor sie sich »ergab«, die Höflichkeit und die schöne Rede, die Art sich zu kleiden – natürlich helle Seide und durchsichtiges Leinen im Sommer, gediegene Wolle in der kühleren Jahreszeit –, das bringt man nirgendwo anders so zur Vollendung als an Valada bint Al Mustakfis Dichter- und Lebensschule.

All das kann und will ich nun vergessen. Keine Wehmut.

Nur eines gilt: Ich muss sie zurückgewinnen. Und sei es nur, um sie zu unterwerfen. Nach dem, was sie mir angetan hat.

MUHDJA.

Ich habe sie ganz für mich allein.

Ibn Zaydun ist aus der Welt, und mir ist es wirklich gleich, ob er noch im Kerker hockt, oder, wie man in der Stadt munkelt, entflohen ist.

Und Kasmuna ist auf einer Reise.

Kasmuna hat das Herz meiner Prinzessin auf eine andere Weise eingenommen als ich. Wir leben eigentlich gut miteinander. Aber nun ist sie fort, zwar nur für kurze Zeit, denke ich, doch auf einmal ist da … mehr Platz.

Ich sollte jubeln, mich herumdrehen im Nest wie ein junger Vogel, dessen Geschwister entweder schon flügge oder eben aus dem Bau gefallen sind. Ein Vogel, der sich breitmachen kann und seinen Schnabel ganz allein dem Futter entgegenstreckt.

Aber es geht nicht.

Irgendwo auf den Wellen der Zufriedenheit treibt ein kleiner Punkt und stört und lässt sich nicht fangen, so wie einem ein einzelnes Fädchen im Badewasser davonschwimmt, immer, wenn man danach greifen will.

Erst vermeine ich, es könnte die Sorge um meinen Vater sein. Seine unbesonnenen und ahnungslosen »Geschäfte« beunruhigen mich, und ich weiß nicht, mit wem ich über so etwas sprechen kann. (Meine Prinzessin ist in solchen Dingen unwissend wie ein Säugling. Ihr Gold steht zur Verfügung, und sie gibt es aus.) Aber dann merke ich, dass der Fremdkörper in meinem Wohlbefinden etwas anderes ist.

Meine geliebte Prinzessin schläft. Sie, deren Liebeshunger sonst so unersättlich sein kann, ist mir nahezu unter den Händen eingeschlafen, und ich fühle, dass der blinde Fleck, die Stelle, die Kasmuna sonst bewohnt, sich ausdehnt und gleichsam Füßchen ausstreckt in mein Land hinüber. Mir wird klar, sie, das Gegenstück zu mir, muss da sein. Sonst rutscht die Waage der seelischen Balance meiner Herrin ins Ungleichgewicht. Ich brauche Kasmuna.

Ich bin überrascht von mir selbst, von dieser Seite meiner Beziehung zu ihr – aber wirklich der Grund, weswegen ich mich so … unvollkommen fühle, so voller Unruhe?

Neben mir liegt Valada, weggedreht, in tiefstem Schlaf.

Ich bin nicht müde. Werfe mich hin und her; mein Nacken unterm offenen Haar ist feucht vor Schweiß.

Aber dann bin ich doch fortgeglitten in ein Schlafland, ein Traumland, so tief wie eine Höhle.

Und eine Höhle ist es auch, in der ich mich offenbar verirrt habe in diesem Traum, eine Höhle mit vielen Verzweigungen. Ich taste mich an den Wänden entlang, aber einen Ausgang entdecke ich nicht. Trotzdem habe ich keine Angst. Ich weiß, dass man mich in diese Höhle geschickt hat, um jemanden zu finden, der nicht verloren gehen darf. Wenn ich diese Person erst habe, werden sich alle Ausgänge wie von selbst öffnen, das weiß ich in diesem Traum.

Dann steht da jemand.

Nur sichtbar, wenn man sehr genau hinschaut. Der Schatten eines Schattens. Steht an der Wand, die Arme erhoben. Wie schon einmal. Preisgegeben. Geopfert.

Und ich weiß, dass ich hingehen müsste, dass ich die Retterin sein müsste, damit sich der Ausgang öffnet für mich und für diesen Schatten, aber ich kann nicht Hand noch Fuß rühren. Etwas hat mich gebannt.

In meinen Armen scheint Blei zu sein, aber dennoch schaffe ich es endlich, strecke ich die Hände aus … und erwache.

Nun bin ich schweißgebadet am ganzen Körper.

Leise stehe ich auf, und obgleich ich wach bin, geht der Traum weiter. Er umfängt mich wie die klebrigen Reste eines nassen Tuchs.

Es ist noch weit vor Mitternacht. Nur mit dem leinenen Unterkleid, der Ghilala, bekleidet, streife ich barfuß durch dic Räume und weiß nicht, ob das alles doch nur schlafwandelnd geschieht.

Erst die verwunderten Seitenblicke der Sklavinnen und Sklaven, die putzen, wischen, abstauben, herrichten, kurz, Valadas Haus für den kommenden Tag vorbereiten, wollen mir zeigen, dass ich wohl doch in der Wirklichkeit angekommen bin.

Sklavinnen. Blonde, braune. Dunkle. Nicht alle sind zum Dienst im inneren Teil des Hauses zugelassen.

Was tue ich? Was soll diese Suche?

Ich irre durch den Park, dann durch den Garten, und der Kies der Wege bringt meine Fußsohlen zum Prickeln. Komme zum Wirtschaftstrakt, gehe an den Gelassen der Dienerschaft vorbei. Hinter diesen Gebäuden erstreckt sich der Nutzgarten. Gefleckt vom Mond- und Sternenlicht, dämmrig, man muss die Augen anstrengen, wenn man etwas Dunkles finden will. So dunkel wie ein Schatten.

Sie hockt vor einem Gurkenbeet und kramt irgendwelche Geräte zusammen.

Vielleicht ist sie eingeschlafen über dem, was sie gemacht hat. Vielleicht schlafen wir beide.

Ich strecke die Hand aus, jetzt kann ich sie ausstrecken, mit einer Bewegung, die ich bis in die Schulter hinein spüre, und als ich sie berühre, sieht sie auf. Nur das Weiße ihrer Augen leuchtet in ihrem Gesicht.

Hinten, wo man das frisch geschnittene Gras hinträgt, hinter einem Bretterzaun, steht auch die Hütte, wo Hacken, Harken, Spaten und dergleichen aufbewahrt werden. Dorthin geht sie. Geht, als sei ich nicht vorhanden, und ich folge ihr, als wäre ich ihr schon hundert Mal gefolgt.

Unter meinen Füßen ist jetzt Erde, krümelige, harte Erde, Brocken, die mir Schmerzen bereiten. Ich bin es nicht mehr gewohnt, ohne Schuhe zu laufen.

Wie kalt der Boden ist!

Das scheppernde Geräusch, als sie an Geräte stößt, die vor dem Schuppen liegen, kommt mir vor wie die Posaunen des Jüngsten Gerichts. Unerträglich laut.

Ich nehme sie an der Hand und ziehe sie hinter die Planken, presse sie gegen das Holz. Sie atmet hörbar. Erst jetzt bemerke ich, dass sie mit nichts bekleidet ist als mit einem Lederschurz, aber ich will nichts wissen von ihren Brüsten. In meinem Kopf ist das Bild dieses Rückens, dieser langen, zitternden Schenkel, dieser Hinterbacken. Ich muss sie nicht berühren. Ich weiß, dass sie fest sind und kalt.

Sie steht da, bewegt sich nicht.

Plötzlich überflutet mich eine Welle der Scham. Was mache ich hier? Tue ich diesem Mädchen nicht genauso Gewalt an, wie der Dichter es wahrscheinlich tat, bin ich nicht ebenso grausam wie Valada, als sie diese Nazik neben uns, hingelehnt an die Wand, stehen ließ?

Was ist aus meinem Traum geworden? Nun bin ich wach.

»Nazik!«, sage ich. Ich muss mich räuspern. »Ich befehle dir«, will ich sagen, aber es kommt etwas anderes über meine Lippen. »Ich bitte dich, morgen Abend, wenn die Prinzessin zum Abendgebet in die Moschee geht, wie sie es zu tun pflegt, hierherzukommen. Ich erwarte dich. Ich will … ich will dir nichts antun. Ich will dir Freude bereiten.«

Und so wende ich mich von ihr ab und laufe, laufe, zurück ins Haus.

Freude bereiten? Natürlich ist es so. Aber es ist auch gelogen. Da ist auch noch das Gefühl des Traums. Da wollte ich sie retten …

Wer ist sie? Was bewegt sie? Warum spricht sie nicht zu mir? Ist sie stumm, oder verachtet sie mich, wie sie alle hier verachtet? Ich will es wissen …

Da bin ich. Bin wieder im Haus. Angekommen am Ende meiner Flucht. Bei der Schlafenden.

Mein Heim, mein Haus, mein Alles. Das ich bereit bin, zu verraten.

Und schon, während ich mich an meine Prinzessin schmiege, zitternd von der Nachtkühle und meiner Aufregung, weiß ich, dass Nazik nicht kommen wird am morgigen Abend. Und das geschieht mir recht.

Valada schläft. Ich sehe wie so oft: Sie mutiert im Schlaf zu einem kleinen Kind, wenn sie denn allein im Bett liegt –

seitlich, die Knie angezogen, als wäre sie noch im Mutterleib, ihre Hände vor dem Mund zu Fäusten geballt, und man könnte meinen, wenig fehlt, und sie lutscht am Daumen.

Reuig schlinge ich meine Arme um sie, und ihr Körper erwidert die Berührung mit einem weichen Dehnen der Schultern, wie es sich jemand in einer Wolke aus Daunendecken bequem macht.

Valada. Verdiene ich, dass sie mir so vertraut?

Ich liege wach. Lausche auf die abklingenden Geräusche des Hauses und auf mein bellendes Gewissen.

ʿKASMUNA.

So also sieht wahrscheinlich meine letzte Stunde aus. Ich habe einem Räuber ins Gesicht gespuckt.

Zu Anfang, als diese Kerle auf ihren Pferden plötzlich hinter der Wegbiegung hervorschossen, als seien sie vom Himmel gefallen, da wäre ja sicher noch eine Chance gewesen, wenn wir uns nicht so sträflich sorglos verhalten hätten.

Wir machten gerade eine Pause. Die Maultiere, sowohl die von meiner Sänfte als auch die Reit- und Packtiere, waren abgeschirrt und ihrer Lasten entledigt, sie kauten, die Schnauzen tief in ihren Futtersäcken, und die Männer der Shorta dösten neben ihren Gäulen, die Sättel auf dem Boden, Hellebarden sorglos zur Garbe aufgestellt, und ließen den Weinschlauch kreisen, aus dem sie sich den Strahl in den Mund gossen.

Ich selbst saß in der Sänfte und las.

Das Kreischen Hamdas machte uns aufmerksam.

Und dann, als fege ein Wirbelsturm die Menschen fort vom Angesicht der Erde, waren die Maultiertreiber in den Büschen verschwunden, und die Stadtsoldaten gaben Fersengeld. Allein auf dem Weg stand meine alte Zofe zwischen unseren Tieren und drehte sich wie ein Derwisch, um die Ankömmlinge von unseren Warenballen fernzuhalten, und die beachteten sie so wenig, als wäre sie ein Hündchen, das versuchte, sie ins Bein zu beißen.

Ich saß noch immer in meiner Sänfte, bei offenen Vorhängen, und sah zu. Es war so unwirklich, und ja, es war fast komisch.

Christliche Straßenräuber, Pardos. Gepolsterte Lederkoller, Lanzen, breite Schwerter. Helme mit Nasenschutz.

Emsig wie Insekten machen sie sich über das her, was sie mitnehmen wollen – sie scheinen alles gebrauchen zu können und bemühen sich gar nicht erst, nachzuschauen, was in den einzelnen Behältnissen ist. Unsere Tiere, Mulis wie Pferde der Wachmannschaft, werden beladen – gleich doppelte Beute, das Diebesgut und die Transportmöglichkeit. Sie schreien und lachen.

Bis dahin hatten sie mir noch gar keine Aufmerksamkeit gewidmet. Verständlich. Ich konnte ja nicht weglaufen. Ich war der sicherste Teil der Beute. Sie würden mich mitsamt der Sänfte entführen und Lösegeld verlangen.

Ich war merkwürdig ruhig, dachte nur mit Bedauern daran, dass diese meine Reise meinen Vater sicher sehr viel kosten würde.

Und erst, nachdem sie mit dem Beladen fertig waren, kamen sie näher, beäugten mich neugierig, schnatterten durcheinander in einer Mischung aus Arabisch und Latein.

(Hamdas schrilles Gejammer verhinderte, dass ich auch nur ein Wort verstand.)

Das Buch, das ich noch immer hielt, wurde mir entrissen und landete im Straßenstaub.

Dann packten sie mich an den Oberarmen und hielten mich fest, so wie jetzt noch immer, und ich begriff: Es ging um meinen Schmuck.

Einer von ihnen war offenbar Experte auf diesem Gebiet. Er griff meine Hände, erst die rechte, dann die linke, und streifte mir mit bemerkenswerter Geschicklichkeit die Ringe von den Fingern und die Armreifen von den Handgelenken. Unterm höhnischen Applaus der anderen bückte er sich, hob meine Füße an, einen nach dem anderen, zog mir die Schuhe aus und zerrte – nicht ganz so sanft wie zuvor – meine goldenen Fußkettchen über Ferse und Spann herunter, schwenkte sie triumphierend in der Luft.

Und ich wehrte mich nicht.

Ich wehrte mich auch nicht, als er mir die Ohrringe abnahm, obwohl sein Atem, als er so unmittelbar an meinem Gesicht hantierte, mir Übelkeit verursachte. Ich war erstarrt. Kam mir vor wie jemand, der neben sich steht und zusieht, was ihm passiert.

Aber dann griff er nach Valadas Perlenkette, und das durfte nicht sein. Ich begann mich zu winden in den festhaltenden Händen, versuchte, mich zu entziehen.

Einer packte mich am Haar, bog mir den Hals nach hinten, um meinen Kopf zu fixieren.

Ich hörte sie schreiend auf den Mann einreden. Es ging wohl darum, ihm zu erklären, dass er den Verschluss lösen müsse, damit die einzelnen Perlen nicht in den Straßendreck rollten.

Die fremden Finger an meinem Hals drückten und rissen. Ich begann zu brüllen. Gern hätte ich um mich gebissen, aber ich bekam keine Gelegenheit dazu.

Als sie von mir abließen, war mir klar: Mein Hals war nun nackt. Mein Schutz von mir genommen.

Und der Mann lachte mir ins Gesicht.

Da beuge ich mich vor und spucke.

Einen Moment ist es totenstill. Nicht einmal Hamda schreit mehr. Und über mich fällt so etwas wie eine Mauer des Schweigens und der Abwesenheit, als sie mich wieder an den Armen packen wie vordem. Ich zweifle keinen Augenblick daran, dass mir nun einer von ihnen die Kehle durchschneiden wird.

Ich habe die Augen geschlossen. In Gedanken spreche ich das »Schma Israel«, das Gebet meines Volkes.

Valada, mein Vater, meine Mutter und die Schwestern, mein Elternhaus, Valada, Valada. Wie in einem immer schneller werdenden Karussell tauchen sie hinter meinen geschlossenen Lidern auf, wollen mir etwas sagen, mich trösten, mich bewahren.

Es wird dunkel um mich.

IBN ZAYDUN.

Falls der Zufall eine Gottheit ist, so jedenfalls eine sehr launische.

Der Überfall vor uns auf dem Weg bestätigt mir, wie richtig es war, mit starker Bewachung zu reisen. Die Pardos – denn nur solche können es sein – haben gerade ihre Beute verladen und machen sich nun um eine Reisesänfte und um das, was sich darin befindet, zu schaffen.

Auf dem Weg lamentiert eine ältliche Sklavin vor sich hin. Vielleicht bedauert sie ja, dass keiner auf den Einfall kommt, sie zu vergewaltigen.

Ich gebe meiner Truppe den Befehl, und sie geht zum Angriff über. Wie es aussieht, habe ich die richtigen Leute unter Vertrag.

Nach einem kleinen, von den überraschten Räubern nur halbherzig geführten Gefecht – die sind nicht aufs Kämpfen aus, wollen nur schnellen Raub – werden zwei der Christenhunde verletzt. Das reicht. Sie machen sich aus dem Staub, schwingen sich in die Sättel und sind weg. Meine Männer verfolgen sie. Bis auf eins der beladenen Packtiere, das sie bereits am Leitseil eines ihrer Gäule festgemacht hatten, steht und liegt alles noch herum, und von der Begleitmannschaft der Überfallenen ist weit und breit nichts zu sehen.

Die Alte stürzt auf mich zu, küsst mir den Steigbügel und fleht Allahs Segen auf mich herab. Ich beruhige sie, steige ab und nähere mich der Sänfte, in der die reisende Dame liegt; offenbar hat sie es vorgezogen, in Ohnmacht zu fallen. Bisher sehe ich von ihr nur die nackten Füße, wie sie aus dem Gefährt heraushängen; man hat ihr wohl den Schmuck von den Fußknöcheln abgenommen.

Während sich die Dienerin unter fortwährendem Gejammer um ihre Herrin kümmert, entdecke ich im Straßenstaub zwei Dinge.

Das eine ist ein Buch, dem Format und dem Stil nach, wie der Titel gestaltet ist – goldgerahmte Miniatur auf dem Deckel, gestanzte Metallschließen –, eindeutig Bagdader Machart; eine Kostbarkeit, die ein christlicher Pardo in seiner Unbildung natürlich nicht würdigen konnte. Und als ich mich bücke, es aufzuheben, schimmert, halb verborgen durch den unteren Fransenbehang der Sänfte, ein Beutestück, das die Räuber in der Eile verloren haben müssen.

Ich greife danach.

Und dann halte ich zu meinem Erstaunen das Perlenkollier der Kasmuna bint Ismael in der Hand, Valadas viel beachtetes, weil höchst kostbares Geschenk an ihre Favoritin.

Wie es aussieht, habe ich gerade dieser Dame das Leben gerettet oder sie zumindest vor den Unannehmlichkeiten einer Geiselhaft bei den Ungläubigen bewahrt.

Die Perlen fühlen sich kühl und seidig an, sie liegen schwer in meiner Handfläche und schmeicheln der Haut, wenn ich sie bewege. Einen Augenblick zögere ich.

Eine Tat wie die meine ist ihres Lohnes wert, und wer weiß, wozu es noch dienen kann … Jedenfalls lasse ich das Schmuckstück in meine Tasche gleiten, bevor ich noch einen Schritt auf die Sänfte zugehe und die Alte beiseite scheuche.

Gerade im rechten Moment. Denn eben schlägt die Geliebte meiner Geliebten die übergroßen Augen auf und starrt mich an, als sei ich eine Gestalt aus einem Albtraum. Bestimmt hat sie ebenso wenig wie ich erwartet, dass wir uns jemals wiedersehen.

»Allahs Segen über Euch, Dame«, sage ich, ganz galanter Poet und Mann von Welt.

»Ich schätze mich glücklich, dass es mir vergönnt war, Euch aus einer misslichen Lage zu befreien. Ich hoffe, Euch ist nichts wirklich Schwerwiegendes zugestoßen.«

Und ich küsse ihr die Hand, eine Hand, die so kalt ist wie die einer Toten.

Sie ist noch nicht in der Lage, etwas zu sagen, öffnet und schließt den Mund, und ich vermute, der Schock, mich hier zu sehen, ist mindestens genauso groß wie die Nachwirkung des Schreckens von dem Überfall.

Also fahre ich fort: »Wie mir scheint, hat man Euch Eures Schmucks beraubt. Das tut mir leid, aber wenigstens war ich in der Lage, dies Buch aus dem Staub des Weges auflesen zu können. Es ist sicher für eine literarisch gebildete Dame genauso viel wert wie ein paar Kettchen.«

Jetzt kommt Leben in sie. Mit beiden Händen greift sie sich an den nackten Hals, und in diesen großen, tragischen Augen wohnt in dem Moment eine solche Hilflosigkeit, dass ich fast bereit bin, in die Tasche zu fassen und ihr die Perlen zurückzugeben – aber nur fast.

Diese Frau war meine Rivalin, sie hat in der Zeit, als ich im Kerker hockte und mich vor Begierde verzehrte, den Leib meiner Geliebten gestreichelt und hat dabei gewiss keinen Gedanken an mich verschwendet, außer vielleicht: Ein Glück, dass wir ihn los sind!

Mit einem Lächeln strecke ich ihr noch einmal das Buch hin, und nun greift sie danach und haucht mit einer Stimme, die überschattet ist vom Durchstandenen, ihren Dank.

Meine Truppe kommt zurück. Sie hatten pro forma die Verfolgung der Räuber aufgenommen, aber eigentlich mehr, um sie so zu verjagen, wie man einen Straßenköter mit einem Steinwurf verjagt.

Inzwischen, oh Wunder, taucht der Tross der Dame zögernd wieder auf. Die Maultiertreiber zu Recht ohne jede Scham; sie sind ja nicht der Geleitschutz, ihnen gibt keiner einen Dirhem dafür, dass sie ihre Haut zu Markte tragen. Anders verhält es sich mit der Schutztruppe. Als ich sehe, dass es Männer der Shorta, der Stadtwache, sind, kann ich mir das Grinsen nicht verkneifen. Diese Leute verdienen ihr Geld durch Unfähigkeit.

Die Kerle machen sich also an ihren Gäulen zu schaffen, satteln auf und wagen es nicht, die Männer bei den Mulis anzugucken, die nicht mit hämischen Bemerkungen sparen und sich dann vernünftig beraten, wie sie die Last neu verteilen – denn es fehlt ihnen ja ein Tier.

Der Führer der kleinen Karawane hat sich an meinen Führer herangemacht und tauscht sich mit ihm aus, zweifellos über die Sicherheit der weiteren Reiseroute.

Ich wende mich erneut der Sänfte zu.

Die alte Dienerin hat inzwischen ihrer Herrin die Schuhe wieder über die Füße gestreift und ihr den Schleier über den Kopf gelegt, da offenbar bei der Klauerei ihres Schmucks die Haartracht in Mitleidenschaft gezogen worden war.

Kasmuna hat sich gefasst und sieht mir nun mit Augen entgegen, in die Gelassenheit zurückgekehrt scheint. Sie steigt aus, hält das Buch ans Herz gedrückt, verbeugt sich tief.

»Ich bin in Eurer Schuld, Ibn Zaydun. Hätte der Zufall Euch nicht dieses Weges geführt – vielleicht wäre ich nicht mehr am Leben.«

Weiß der Teufel, ob es so weit gekommen wäre, denke ich. Räuber sind praktisch denkende Wesen. Aber gewisse – hm, Dinge – hätten ihr schon zustoßen können. Wenn ich mir die ausmale, wird mir direkt warm ums Herz. Die hochmütige Jüdin als Spucknapf für diese Kerle ... Wie es heißt, waschen sich die Christen nur zweimal im Jahr, zu ihrem Oster- und ihrem Weihnachtsfest, und von beiden sind wir im Kalender gleich weit entfernt.

»Nichts zu danken, verehrte Dame!«, erwidere ich höflich. »Es war mir eine Ehre, einer Person Schutz zu geben, die unserer gemeinsamen Herrin so nahesteht.«

Für einen Moment kreuzen sich unsere Blicke.

»Darf ich fragen, wohin Ihr unterwegs seid?«

»Ich besuche Anverwandte in Granada«, entgegnet sie mit dem ersten Lächeln, das sie nach den Geschehnissen eben zustande bringt. »Ein Onkel von mir ist im Gefolge des Hadjib beschäftigt.«

»Ah, bei Joseph Ibn Nagrella!« Ich stelle meine Weltläufigkeit unter Beweis. Sie nickt kühl.

»Und Ihr seid also auf dem Weg nach Sevilla?«

Ich nicke. Es versetzt mir einen Stich. Sie, die Prinzessin, hat diese jüdische Tribade also eingeweiht in unsere politischen Pläne! Was hat sie sich dabei gedacht? Brauchte sie jemanden, dem sie sich ... anvertraut?

Nun gut. Sagen wir einmal, sie hat ihr Wissen in einen Brunnen geworfen. Im Kopf dieser Frau kann es nicht arbeiten. Das ist nichts wert für sie. Totes Geäst. Damit kann ich mich zufrieden geben; es bedeutet keine Gefahr für das, was ich beabsichtige.

Unsere beiden Reiseführer nähern sich mit all den Verbeugungen, die Untergebene ihrer Herrschaft schulden.

»Euer Gnaden, dieser Mann hier, der aus Cordoba«, sagt der Anführer meiner Truppe und weist auf den Mann neben sich, »der traut sich nun nicht mehr weiter. Er fürchtet, das geht auf der ganzen Strecke so wie eben hier. Nun habe ich ihm aber gesagt, dass dem nicht so ist. Hier an dieser Wegbiegung ist ein Hinterhalt gut möglich, und dass die Leute aus Cordoba ausgerechnet an der Stelle Rast machen mussten, das war wirklich sehr ungeschickt. Aber um ganz sicherzugehen, die Strecke nach Granada ums Gebirge herum, die ist frei. Da kommen die Pardos nicht hin. Also, es gibt keinen Grund, umzukehren.«

Ich zucke die Achseln. »Ich weiß nicht, wie die Sayyida sich entscheiden wird«, sage ich vage. »Vielleicht möchte sie auf diesen Schrecken hin ja ohnehin die Reise unterbrechen und zurückkehren.«

»Das habe ich keinesfalls vor«, sagt Kasmuna, heftiger, als es sein müsste. Offenbar will sie vor mir die Mutige hervorkehren.

Ich nicke verständnisvoll. »Ich bin nicht in Eile«, merke ich an. »Es wäre mir ein Vergnügen, die Dame bis vor die Tore Granadas zu geleiten, und erst dann nach Sevilla ...«

Kasmuna fällt mir ins Wort. »Das wird nicht nötig sein. Ich danke Euch, Ibn Zaydun, für Eure zuvorkommende Höflichkeit. Aber ich habe Vertrauen in die Worte Eures Führers. Wir setzen unsere Reise fort wie geplant und werden bei unserer Heimkehr in Cordoba Eure ritterliche Tat und Euer Anerbieten nicht hoch genug vor unserer Herrin loben müssen.«

So also scheiden wir an dieser Stelle, ein jeder mit seiner Kavalkade. Ich folge weiter der Straße neben dem Guadalquivir, die Sänfte und ihre Begleitung biegen nach Süden ab.

Ich bin sehr zufrieden mit mir. Manchmal stecke ich eine Hand in die Tasche und berühre die Perlen, die ich dieser Frau entwendet habe.

Es war ein Diebstahl, gewiss. Ja, und? Wie gesagt, wer weiß, wozu der mir noch von Nutzen sein kann.

9

KASMUNA.

Merkwürdigerweise hat der Überfall an der Straße versäumt, in meinem Bewusstsein Spuren zu hinterlassen. Immerhin war ich davon überzeugt, am Rand des Grabes zu stehen – aber das alles scheint in irgendwelche Fernen gerückt und kommt mir so vor, als hätte es mir nur jemand erzählt. Hingegen wie eingebrannt erscheint mir immer wieder das Gesicht, das ich erblickte, als ich aus der Ohnmacht erwachte. Die eng beieinanderstehenden Augen, der messerscharfe Nasenrücken, der einem Schnabel gleicht – nie zuvor war mir Ahmad Ibn Zaydun so sehr wie ein Raubvogel vorgekommen, der darauf wartet, auf seine Beute herunterzustoßen. Ich schlug die Lider auf, und mich packte Entsetzen vor ihm, bevor ich die Dinge der Wirklichkeit um mich herum ordnen konnte.

Und dann seine Stimme, die berühmte Stimme, weich wie ein Frühlingswind, seine schmeichlerischen, höfischen Worte, aus diesem Mund, dessen Lippen Valada einmal mit schwellenden Kissen verglichen hatte. Ibn Zaydun, unser verbissener Nebenbuhler …

Nun gut, ich bin ihn wieder los, und ich zwinge mich, meine Gedanken auf die nächstliegenden Dinge zu richten.

Abgesehen von diesem scheußlichen Vorfall und dem Verlust meiner Perlen gibt es ein weiteres Ärgernis: Ausgerechnet den Warenballen mit den Geschenken für meine Verwandten haben die rabiaten Pardos auf dem geraubten Muli mitgehen lassen. Da ich nicht vorhabe, von dem Zwischenfall unterwegs zu erzählen, bin ich in einer Zwickmühle.

Dem Himmel sei Dank, dass alles Gold und Geld im Geheimfach der Sänfte versteckt war. Und bis zur Untersuchung meines Gefährts waren die Diebe ja noch nicht vorgedrungen.

So legen wir einen Aufenthalt in Lucena ein, und ich besuche mit Hamda die Stoffhändler, die Juweliere und die Hersteller feinen Papiers und feiner Lederwaren, um nicht mit leeren Händen in Granada anzukommen, und vergesse auch nicht, für mich selbst einiges an Schmuck zu erstehen, denn gewiss würde man mich fragen, warum ich nackt und kahl wie eine christliche Klosterfrau daherkäme statt wie eine Dame von Stand.

Nur meinen Hals bedecke ich nicht, schlinge mir einzig ein Tuch um. Von Zeit zu Zeit spüre ich die Abwesenheit der Perlen, als sei ich wirklich nackt.

Ohne weitere Zwischenfälle haben wir das hügelige Land und die fruchtbare Ebene um Granada erreicht. Wir kommen die gewundene Straße herunter, und ich gebe Befehl, anzuhalten, um von hier oben einen Blick auf diese Stadt zu werfen, von der es heißt, dass sie alle Vorzüge einer guten Regierung in sich vereint, so, wie es die großen Denker beschrieben haben: In wohlausgewogener Balance leben hier die unterschiedlichen Volksgruppen einträchtig beieinander, und eine jede achtet Bräuche und Glauben der Nachbarn.

Von hier oben gleicht die Stadt einem Juwel, umrahmt von einer Fassung aus Bergen und Hügeln, gekrönt im Hintergrund durch die weiß leuchtende Bergkette der schneebedeckten Sierra Nevada, deren kalter Glanz mich fast erschreckt, denn ich habe dergleichen noch nie gesehen.

Innerhalb der Mauern wimmeln spielzeugklein Mensch und Tier. Ich bin froh und neugierig, alles bald betrachten zu können.

Soviel ich weiß, müssen wir, um zum Palast des Hadjib zu

gelangen, in dessen Nähe das Haus meines Onkels liegt, die Stadt durchqueren und dann einen anderen Hügel hinaufsteigen. Aber mein Führer kommt nun zu mir und erklärt, er brauche einen Hiesigen als Helfer, denn er habe keine Kenntnisse über diese Stätte. Am nächsten Han pausieren wir also, und gemeinsam mit Hamda hält man Ausschau nach einem Ortskundigen. Währenddessen lasse ich mir eine kleine Erfrischung an die Sänfte bringen; ich hoffe, es lohnt nicht, auszusteigen, denn ich bin voller Ungeduld und Vorfreude.

Der Schrecken des Überfalls ist endgültig vergessen.

Indessen gibt es eine Verzögerung. Die Männer – es wurde bereits jemand gefunden – sind in einen heftigen Wortwechsel verwickelt. Sicher geht es um Geld.

Ich winke Hamda zu mir heran und frage.

»Herrin«, sagt sie ratlos, »dieser fremde Bursche will uns nicht durch die Stadt führen, wenn ich das richtig verstehe. Er will einen Umweg mit uns machen, über die Hügel und Schluchten da im Nordwesten, um uns dann erst zum Palast des Wesirs zu bringen.«

»Will er den längeren und schwierigeren Weg wählen, um bessere Entlohnung zu erhalten?«, frage ich. »Sag ihm, dass wir zahlen, was er fordert. Aber kein Umweg.«

Hamda schüttelt den Kopf. »Es ist irgendetwas anderes«, sagt sie. »Irgendetwas ist los in der Stadt. Ich kann ihn nicht richtig verstehen. Sein Arabisch hört sich an wie im Mörser zerkleinert.«

Ich muss lachen über die blumige Ausdrucksweise der alten Frau. »Hol ihn zu mir«, sage ich und ziehe mir den Schleier vors Gesicht. »Ich werde versuchen, ihn zu verstehen.«

Meine Vermutung bestätigt sich. Der junge Mensch – Lederkoller, Pluderhosen und schmutzige Kopfbinde, die Beine in Gamaschen – ist kein Araber, sondern ein so genannter Mozaraber (also ein unter muslimischer Herrschaft lebender Christ). Ich rede ihn in dem Kauderwelsch aus Volkslatein und Gotisch an, mit dem sich diese Leute untereinander von Galizien bis zu den Pyrenäen und darüber hinaus verständlich machen.

Er atmet auf, als er merkt, man versteht ihn.

»Sayyida!«, sagt er eindringlich. »Es geht mir nicht um ein paar Dirhems mehr – obwohl ich auch dagegen nichts hätte! –, es geht um Eure Sicherheit. Durch Granada zu ziehen, wenn man den Weg zum Palast des Hadjib einschlagen will, ist nicht zu empfehlen.«

»Warum nicht? Wird in der Stadt zu viel gebaut?«

Er kratzt sich am Kopf. »Das eher nicht«, entgegnet er. »Es geht, nun ja, auch um ein dummes Lied, das überall gesungen wird.«

Nun bin ich es gewohnt, dass die frechen Verse Muhdjas oder des Mannes, dem ich unterwegs begegnete, allüberall in Cordoba kreisen. Ein »dummes Lied«? Und deshalb nicht durch die Stadt ziehen? Merkwürdig. Aber ich habe natürlich keine Lust, mit einem Maultiertreiber zu streiten. Vielleicht ist es ohnehin besser, wenn ich mir Granada in Ruhe, geführt von meinen orts- und kunstkundigen Verwandten, ansehe. So stimme ich also zu, dass wir diesen Umweg machen.

Ich entlohne die Shorta aus Cordoba und schicke sie zurück; sie werden von meiner Ankunft am Zielort berichten und meine Eltern beruhigen. Dass sie kein Wort über den Raubüberfall berichten werden, dessen kann man sicher sein, denn da würden sie sich ja nur lächerlich machen, so, wie sie ihren »Kampfesmut« gezeigt hatten.

Wir ziehen also weiter, über Stock und Stein, talauf, talab; die Sonnenhitze brennt unbarmherzig aufs Schutzdach meiner schaukelnden Sänfte, und endlich überqueren wir eine Holzbrücke und biegen in den Hohlweg ein, der stetig nach oben auf jenen Berg führt, auf dem der Wesir Ibn Nagrella seine Residenz errichtet hat. Von unten rechts klingt dumpfes Getrommel an mein Ohr. Das »dumme Lied« …?

Ich bin erschöpft und ungeduldig und schließe die Vorhänge meiner Sänfte wegen des rötlichen Staubs auf diesem Weg, aufgewirbelt von den Hufen unserer Tiere. Obwohl ich so aufgeregt bin, oder vielleicht gerade deswegen, schlafe ich fast ein …

Der wundervolle Freudentriller arabischer Frauen, der tief aus den Lungen kommt, lässt mich aufschrecken.

Hamda zieht die Vorhänge von außen zurück. Wir sind angekommen, und inmitten eines Palmenhains haben wir Halt gemacht. Sodann passieren wir einen Torbogen, umkleidet vom wilden Gerank rotblühender Pflanzen, gelangen in einen jener schönen Höfe, wie ich sie auch von zu Haus kenne, rieselndes Wasser, Schatten, Mosaiken.

Die dienenden Frauen, die meine Sänfte umringen, helfen mir beim Aussteigen, reichen mir mit Lavendel getränkte Tücher, Gesicht und Hände zu erfrischen und vom Reisestaub zu befreien, sie nötigen mich zum Sitzen, und während eine von ihnen mir ein Getränk reicht, gemischt aus Wasser und Limonensaft, knien andere nieder, waschen meine Füße und massieren sie nach dem Abtrocknen mit belebendem Öl. Und so, zunächst mit aller Aufmerksamkeit als Gast begrüßt, gehe ich ins Innere, wo mich mit ausgebreiteten Armen eine nicht mehr ganz junge Frau empfängt – offenbar meine angeheiratete Tante Nabila, eine rundliche Person mit einem leichten dunklen Schatten auf der Oberlippe und den schmachtenden Augen einer nordafrikanischen Schönheit, neben ihr zwei Töchter von vielleicht zehn und zwölf Jahren, also noch nicht ganz im heiratsfähigen Alter.

Küsse und Umarmungen, Segenswünsche und Grüße rundum.

»Woher wusstet ihr, dass ich komme? Ich dachte, dieser Besuch sei eine Überraschung?«, frage ich, ganz überwältigt von der liebevollen und zuvorkommenden Begrüßung.

Meine Tante lacht. »Eine Brieftaube des Emirs hat uns – in

einem kleinen Nebensatz unter wichtigen Staatsgeschäften – die Botschaft gebracht. Wir warteten schon seit gestern auf dich.«

(Dazu sage ich nichts. Die Verzögerung durch den Überfall!)

»Ich wäre heute etwas früher hier gewesen, aber ein närrischer Führer hat uns gezwungen, die Stadt ein halbes Mal zu umrunden«, sage ich, während Nabila ein leichtes Essen in Auftrag gibt, »er meinte, in Granada ginge ein ›dummes Lied‹ um. Aber ich denke, das war nur, um mehr Geld herauszuholen.«

Meine Tante sieht mich nicht an. »Er hat weise gehandelt«, sagt sie scheu. »Im Augenblick ist Granada kein besonders gutes Pflaster für uns Juden.«

Ich falle aus allen Wolken. Meine Hand, die ich gerade nach einem Stück Fladenbrot mit Walnüssen und Honig ausgestreckt habe, sinkt herab. Eine dunkle Ahnung erfasst mich.

Ehe ich etwas sage, muss ich mich sammeln. »Ich hatte erwartet«, erwidere ich, und mir gelingt ein Lächeln, »in Granada den Garten Eden für unser Volk vorzufinden. In zweiter Generation ist hier schließlich ein Jude nach dem Emir der mächtigste Mann im Staat, der Wesir Ibn Nagrella. Wie kann die Stadt da kein gutes Pflaster für uns sein?«

Schweigen. Dann sagt Nabila, nach einem beziehungsreichen Blick auf die zwei Kinder, gewollt munter: »Ach, lassen wir das. Erzähl du uns doch lieber vom berühmten Musenhof der Prinzessin bint Al Mustakfi. Wie wir wissen, gehörst du ihm an, und deine Verse sind schon in aller Munde.« (Sie ist freundlich, ich bezweifle, dass sie Verse von mir kennt.) Erzähl doch, wie es dort zugeht!«

Nein, das werde ich ganz gewiss nicht tun, jedenfalls nicht in einer Hinsicht … Aber natürlich war ich auf solche Fragen vorbereitet. Die beiden Mädchen hängen an meinen Lippen.

»Nun«, sage ich und versuche, einen Ton zu finden, in

dem man Kindern etwas erzählt, »das Haus der großen Valada hat gleichsam mehrere Türen, und durch jede gehen andere Leute ein und aus. Das Haus ist eine Schule, aber nicht so eine, in der man lesen und schreiben lernt. Das muss man bereits können, wenn man dorthin geht. Das Haus ist eine Dichterschule. Die einen lernen dort, einen Vers zu bauen, Reime zu schmieden, andere, welche Themen man besingen kann und soll. Wenn man dies erlernt hat, beginnt die eigentliche Kunst. Liebeslieder dichtet man dann oder Klagelieder, wenn man traurig ist, man singt das Lob des Herrschers, preist die Schönheit der Welt und macht auch hin und wieder freche Spottgedichte, über die alle lachen. Und wer das meisterlich beherrscht, darf mit der Prinzessin um die Wette dichten.«

»So wie du!«, ruft eins der Mädchen begeistert aus. Und die Zweite, die Ältere, fragt unter Erröten: »Und ist das Haus nicht auch ein Liebeshof?«

»Safia, gleich schicke ich dich fort zu deinen Dienerinnen!«, ruft die Mutter erschrocken aus, und das Kind hält sich die Hände vor den Mund.

»Daran ist nichts, was die guten Sitten verletzen würde, liebe Tante!«, sage ich beruhigend und hoffe, dass dies Verhör bald zu Ende geht und ich nicht weiter mit halben Wahrheiten jonglieren muss. »Dort lernt man die feinen Formen des Umgangs miteinander, welche Worte man bei einer Werbung spricht, wie sich eine Dame verhält, wenn ein edler Mann um ihre Gunst ersucht, und wie der Liebende sich höflich der Angebeteten nähert und um ihre Zuneigung bittet. Das sind die Spiele, wie sie auch in den Versen der Poeten dargestellt werden.«

Meine Tante ist sichtlich beruhigt, ich aber denke an die großen Feste der Liebe und des Verlangens, über die hier zu sprechen sich natürlich verbietet.

Schnell wechsele ich das Thema, komme zu meinen Fragen, denn weiterhin beschäftigen mich die merkwürdigen

Andeutungen: ein dummes Lied; die Stadt »kein gutes Pflaster«. Ich mache mir Sorgen und spreche Nabila erneut darauf an, aber sie weicht mir aus.

»Am besten, du wartest, bis dein Onkel aus dem Palast des Wesirs am Abend nach Haus kommt. Er kann es dir sicher richtiger erklären als ich«, sagt sie verlegen. »Wenn du dich ausruhen willst, zeigt dir unsere Dienerin deine Zimmer. Aber wenn du herumgehen und die wunderbaren Gärten anschauen möchtest, dann tu es. Den Angehörigen seiner Beamten legt der Hadjib – der Allmächtige möge ihn beschützen – keine Begrenzung auf. Du kannst auch den Palast anschauen. Nur die Türen zu den Privatgemächern sind dir verschlossen.«

Natürlich werde ich Garten und Palast anschauen.

Nachdem die Mittagshitze vorüber ist, begebe ich mich nach draußen; Hamdas Begleitung habe ich abgelehnt. Meinen Sonnenschirm kann ich allein halten, und ihre Gegenwart würde mich irgendwie vom Genuss dieser berühmten Sehenswürdigkeiten ablenken. Ich möchte allein sein.

So setze ich nun meinen Fuß auf die mit goldgelbem Sand bestreuten Pfade.

Außer mir scheint kein Mensch unterwegs zu sein. Nur der Schrei eines Pfauen, der auf einer Wiese sein prahlerisches Rad schlägt, unterbricht die Stille, die hier herrscht.

Und so erblicken meine Augen jene Schönheiten, wie sie wohl einstmals in den nun halb oder ganz zerstörten Gärten und Parks Cordobas zu finden waren, der az-Zahra und der az-Zahira: die hohen Hecken von Jasmin und Oleander, von Schmetterlingen umgaukelt, die Weite gepflegter Rasenflächen, auf denen sich überall ohne jede Scheu jene buntgefiederten Fasane tummeln.

Dann verengt sich die Weite zu Laubengängen voller Schatten, und überall Wasser, rieselnde Kaskaden und Springbrunnen, stille Teiche voller Lotos, an denen ich verweile und die

Hand eintauche; ein blonder Fisch stupst meine Finger mit dem Maul an. Ich muss lächeln. (Ach, mögen solche Momente der Heiterkeit und des Entzückens meinen Aufenthalt hier weiter begleiten …)

Geschwungene Treppenstufen und leicht ansteigende Wege führen mich auf überdachte Terrassen, und wenn man sich umdreht, hat man unter sich das ganze Panorama der gestalteten Landschaft in ihren Schattierungen von Grün. Es ist zum Weinen schön.

Ich wage mich weiter vor. Die Innenhöfe, in denen zwischen bunten Fußbodenmosaiken Feigen- und Granatapfelbäume hervorsprießen, sodass sich jeder, der eine Erfrischung braucht, selbst ungeniert bedienen kann, gehören wohl schon zum eigentlichen Palast des Ibn Nagrella, Hadjib des Emirs von Granada und Obersten der Judenheit. Ich durchquere Wandelgänge und Hallen. Wenn man den Kopf in den Nacken legt, sieht man, dass die Kuppeln in durchbrochen gearbeitetem Stuck gestaltet sind, so zart wie Spitze, so harmonisch wie Bienenwaben.

Schließlich führt mich der Zufall in einen rechteckigen Innenhof, der von Säulengängen umgeben ist. In der Mitte steht ein Springbrunnen aus Marmor. Die Wasserstrahlen ergießen sich aus den Mäulern junger Löwen, die das Becken tragen und gleichsam beschützen.

Ich stehe still, wage mich nicht aus dem Schatten der Kolonnaden hervor. Es ist eine Art von Ehrfurcht vor diesem Kunstwerk, und mir fällt auch ein, warum: Hier ist ein Brunnen nachgebildet, wie er in unserem Heiligen Buch beschrieben wird als zum zerstörten Tempel Salomonis gehörend, vor mehr als tausend Jahren in Jerusalem.

Ich schicke ein Dankgebet zum Himmel, dass ich gewürdigt bin, so viel Schönheit zu sehen. Ich werde gewiss Verse darüber schreiben für meine Geliebte, damit sie zumindest im Nachhinein teilhaben kann an dem, was ich genossen habe.

Der Ewige schütze die Gärtner und Baumeister, die das alles geschaffen haben, und natürlich den fürstlichen Hadjib, dessen Wunsch und Wille es war, dass es entstand.

Das alles gibt es erst seit zwei Generationen. Es wurde errichtet zu einer Zeit, als in Cordoba schon das erste Mal die Männer aus dem Maghreb gewütet hatten und die Herrschafts-Stadt von Al Andalus eine Trümmerlandschaft war. Man muss dem Ewigen dafür danken, dass sich die Berber nur jenen Ort vornahmen, der nach ihrem Dafürhalten ein Symbol für die glänzende Verruchtheit des Landes war.

Und nun will Valada solche Schönheit wie diese hier in Cordoba wiedererrichten? Sie sprach von ihren Gärten ... Der Himmel gebe ihr Kraft dazu.

Es wird Abend. Langsam streife ich auf anderen Pfaden zurück zum Haus meiner Verwandten, erquickt und froh. Meine trüben Gedanken haben sich verflüchtigt wie Nebel, wenn die Sonne durchkommt.

Aber dann, auf halbem Wege, ist es wieder da. Plötzlich dringt von da unten, von der Stadt her, der dumpfe, rhythmische Pauken- oder Trommelschlag, wie ich ihn schon hörte, als wir den Hohlweg hierher zur Residenz aufstiegen. –

Dann lerne ich meinen Onkel Eli Ibn Mosche kennen.

Der Bruder meiner Mutter ist ein drahtiger Mann mit ungesunder Hautfarbe, wie sie Leute haben, die selten aus dem Haus kommen. Seine Stirn ist von tiefen Falten durchfurcht, sein Mund wie ein Strich zwischen den grauschwarzen Barthaaren. Als einer der Sekretäre eines großen Herrn lebt man offensichtlich unter stetem Druck.

Seine Augen allerdings wirken lebhaft und jung, und mit großer Freude nimmt er das Buch entgegen, das ich ihm mitgebracht habe.

Bei ihm endlich kann ich meiner Sorge Worte verleihen.

»Niemand will mir etwas Genaues sagen!«, beklage ich

mich. »Was hat es auf sich mit diesem ... Getrommel da unten in der Stadt? Warum ergeht sich deine Frau in Andeutungen, Granada sei im Augenblick gefährlich?«

Mein Onkel nickt bedächtig mit dem Kopf. »Der Wahrheit die Ehre, liebe Nichte«, sagt er. »Hätten wir von deiner Absicht, hierherzukommen, erfahren, bevor du abreistest – wir hätten dich gebeten, zu Haus zu bleiben. Hier braut sich etwas zusammen.«

»Erklär es mir!«, sage ich. »Wir in Cordoba haben uns nun schon fast daran gewöhnt, dass die ›Gesetzestreuen‹ in gewissen Abständen unser Viertel heimsuchen und Angst und Schrecken verbreiten. Aber hier ...?«

Eli Ibn Mosche sieht mich nicht an. »Es gilt unserem Brotherrn, dem Wesir Ibn Nagrella«, erwidert er zögernd. »Er hat sich ... missliebig gemacht beim Volk. Da gibt es dieses Lied, das sie gassauf, gassab singen. Es sind ... Morddrohungen.«

»Ist er denn in Ungnade beim Emir der Stadt?«, frage ich erschrocken, »dass sich der Pöbel so etwas traut?«

»Ach!«, sagt mein Onkel wegwerfend. »Badis, unser Fürst, nimmt sich keines Dinges an. Er ist die meiste Zeit des Tages betrunken, und sein Hadjib Nagrella führt praktisch die Staatsgeschäfte. Badis lässt ihn schalten und walten und segnet zumeist alles ab. Zumeist, wie gesagt. Aber genauso wenig, wie er selbstständige Entscheidungen trifft, würde er sich schützend vor seinen Minister stellen. Jetzt schon gar nicht.«

»Aber was hat er denn getan, dass man so gegen ihn aufgebracht ist?«

»Das ist eine Verkettung unglückseliger Umstände. Es fing an mit einer Missernte. Der vorige Sommer war zu trocken. Der Brotpreis schoss in die Höhe. In solchen Fällen ist es der Brauch, dass die Preise aus der Schatzkammer des Fürsten gestützt werden und dass man die Steuern entweder senkt oder stundet.

Genau das hatte mein Dienstherr, der Wesir, dem Emir Badis vorgeschlagen. Doch unglückseligerweise war am Tag zuvor ein hoher Beamter aus dem benachbarten Badajoz zur Audienz bei unserem Emir erschienen und hatte ihn wohl in leidlich nüchternem Zustand angetroffen. Bei dieser Gelegenheit hatte er fallen lassen, dass Ibn Nagrella dem Vernehmen nach bereit sei, das Taifa-Reich Granada dem Herrscher von Almería anzutragen. Er, der Wesir, würde jenen bei einer Invasion unterstützen.

Badis tobte. Er wollte seinen Hadjib am liebsten gleich wegen Hochverrats auf das Blutleder schicken. Es gelang Ibn Nagrella zwar noch am selben Tage, die Aussage des Beamten aus Badajoz als Verleumdung darzustellen und zu entkräften, aber Badis war und blieb verstimmt. Er lässt sich nicht gern aus seiner bequemen Ruhe aufstören.«

»Dem Vernehmen nach, sagst du? Wirklich eine Verleumdung?«, frage ich vorsichtig. (Mir kommt in den Sinn, dass ja ein gewisser Ibn Zaydun eben unterwegs ist, um Cordoba einem Herrscher aus Sevilla »anzutragen«, unter gewissen Bedingungen. Die Intrige blüht und gedeiht allüberall.)

Mein Onkel breitet die Arme aus. »Der Allmächtige allein sieht ins Herz!«, entgegnet er. »Ich arbeite nun länger als ein Jahrzehnt für den Wesir und glaube ihn ein wenig zu kennen. Ich kann es mir nicht vorstellen, Kasmuna. Denn was kann einem ehrgeizigen Hadjib willkommener sein als ein Herrscher, der sich von ihm lenken und leiten lässt wie ein Kind von der Mutter? Warum sollte er da einen anderen Regenten herbeiwünschen oder gar unterstützen? Wie gesagt, ich glaube es nicht. Der Emir Badis jedoch war misstrauisch geworden durch die Ohrenbläserei des Mannes aus Badajoz und hatte schlechte Laune, und als Ibn Nagrella zu ihm kam mit den Vorschlägen, der Hungersnot entgegenzuwirken, sagte er schlichtweg Nein. Eigentlich nur, um seinen Wesir vor den Kopf zu stoßen. Dass er damit dem armen Volk das Leben erschweren würde, das war ihm entweder nicht bewusst, oder es war ihm gleichgültig. Aber das Volk hält nun meinen ›hartherzigen‹ Herrn für den Schuldigen.

Und er selbst, Ibn Nagrella, machte und macht keine Anstalten weiter, die Entscheidung des Fürsten zu verändern, ihn umzustimmen. Ich vermute, der Nagid versteht einfach nicht, wie schlecht es den Leuten geht. Er ist aufgewachsen als der Sohn eines reichen und berühmten Mannes, und zur Zeit seines Vaters ging es allen Ständen in Granada den Umständen nach wohl. Er meint, das würde ewig so weitergehen, und hat kein Auge für die Armut der einfachen Leute, ganz gleich, ob sie Muslime oder Christen sind. Wenn wir, seine Räte und Sekretäre, ihm vor Augen halten, dass die Leute vor Hunger die Früchte der Bäume unreif essen und sich hinterher vor Schmerzen krümmen und dass sie Spelt und Kleie in den Teig ihres Fladenbrots rühren, weil ihnen das Mehl fehlt, so winkt er ab. Das will er nicht hören. Ich glaube, er weiß nicht einmal, womit man Brot backt.

Und Tag für Tag haben die Menschen vor Augen, in welchem Luxus der Wesir selbst lebt, wie er Tag für Tag das Geld mit vollen Händen rauswirft, schlemmt und sich in Samt und Seide kleidet.

Wenn er durch die Stadt reitet – und das muss er täglich, um von seinem Palast hier oben zum Alcazar des Fürsten zu gelangen –, werfen sich ihm Bittsteller in den Weg, greifen sogar nach seinen Steigbügeln, um, neben ihm herlaufend, sein Gehör zu finden, und Bettler strecken flehende Hände aus. Aber trotz unserer, seiner Gehilfen, Hinweise, dass er diesen Menschen mehr Beachtung schenken solle: Joseph Ibn Nagrella ist auf diesem Weg meist so sehr in Gedanken oder auch in ein Gespräch mit einem anderen wichtigen Amtsträger versunken, dass er unsere Warnungen für nichts achtet. Im Gegenteil scheucht er die Bedürftigen mit harschen Worten und Gebärden fort oder befiehlt sogar seiner Garde, gegen sie vorzugehen und ihm den Weg zu säubern.«

Mein Onkel dämpft die Stimme, sagt bekümmert: »Und noch etwas. Sein Vater bemühte sich, bestimmte Aufgaben in der Verwaltung auf die Angehörigen unseres Volkes zu übertragen. Juden wurden nicht nur Schreiber, sondern auch Steuereintreiber und Marktaufseher. Das ist verständlich, aber es schuf schon damals viel böses Blut in Zeiten allgemeinen Wohlstands. Aber nun gibt es viele arme Schlucker auf dem Albaycin oder aus den Quartieren der Christen, und unsere Leute haben noch immer die gleichen Posten inne wie damals und üben sie weiter mit Konsequenz und Strenge aus. Unsere Gemeinde ist zudem wohlhabend, noch mehr als seinerzeit. Die Lage ist angespannt.«

Er seufzt.

»Und dann – ein Unglück kommt selten allein – bewarb sich ein muslimischer Gelehrter bei ihm um einen Posten, der ähnlich dem meinen war. Ibn Nagrella prüfte das Wissen und das Können des Mannes und lehnte ihn ab, und das geschah in ziemlich hochfahrender und spöttischer Art; ich kenne meinen Herrn.

Was er nicht wusste – ach, und wahrscheinlich hätte es ihn auch nicht gekümmert: Dieser Mann, dieser Abu Jizchak Al Ilbiri, hatte einen Ruf als Verfasser böser Spottlieder und Reime, die in jeder Schenke der Stadt gesungen wurden. Und so entstand das, was man dir als ›dumme Lieder‹ beschrieben hat. Dumme Lieder? Es ist nur ein einziges Lied. Du hast den Trommelschlag gehört. Es fliegt durch ganz Granada, und es ist eine einzige Tirade des Hasses gegen den Wesir, unseren Nagid, den obersten Vertreter der Juden von Al Andalus.«

»Was wird da gesungen?«, frage ich, erfüllt von üblen Ahnungen. Das, was mir mein Onkel bisher dargestellt hat, hört sich an, als nähere sich jemandem ein bösartiges Geschick und kreise ihn ein von allen Seiten.

Eli Ibn Mosche erhebt sich, er geht zu seinem Schreibpult und zieht ein Blatt Papier heraus.

»Ich habe es ins Hebräische übersetzt«, sagt er. »Lies nur.«

Ich beginne.

»Der Jude Joseph in der Bibel,
Der diente einst dem Pharao.
Sein Amt versah er gar nicht übel,
Und alle Welt war drüber froh.
Der Jude Joseph hierzulanden,
Der quält und plagt uns jeden Tag.
Er richtet Volk und Land zu Schanden,
Und rafft und scheffelt, was er mag.
Die Juden gehen in Samt und Seiden,
An ihrem Tisch ist keine Not.
Die armen Muslims müssen leiden
Und kau'n an einer Rinde Brot.
Die feisten Juden triumphieren
Und spotten über unser Tun.
Die Gläubigen hingegen darben
Und haben Löcher in den Schuh'n.
Bald ist es Herbst, oh Allahs Söhne,
Folgt meinem Rat, ihr oft Verlachten:
Eh man uns weiter so verhöhne:
Lasst uns den fetten Hammel schlachten!«

Ich lege das Papier aus der Hand. Meine Finger zittern.

»Nun, was sagst du?«, fragt mein Onkel überflüssigerweise.

»Was soll ich dazu sagen?«, erwidere ich. »Das Schlimmste ist, dass dies Machwerk ja nicht nur auf deinen Dienstherrn zielt. Der tödliche Pfeil zielt auf alle Juden.«

Eli Ibn Mosche nickt. Er streicht nervös durch seinen Bart.

»Badis, der Herrscher, wird ungeschoren davonkommen. Das Fehlregiment wird *uns* angelastet. Noch vor einem Menschenalter lebten hier die drei Konfessionen friedlich nebeneinander, du weißt es.«

»Jeder in Al Andalus weiß es, und ich habe angenommen, es ist noch immer so.«

Eli Ibn Mosche versucht ein kleines Lachen. »Es geht weniger um die Konfessionen, Kasmuna. Es geht um Arm und Reich. Die armen Berber gehen mit den mittellosen Christen genauso Hand in Hand wie mit dem Rest der arabischen Stadtarmut. Und die Juden gehören kaum dazu. Das führt zu diesem Riss, der durch die Bürgerschaft geht – ein gefährlicher Riss.«

»Was werdet ihr tun?«

»Was soll man denn tun?«, fragt er zurück, und in seiner Stimme klingt Niedergeschlagenheit. »Versuche, ein Lied zu verbieten! Wenn man unseren Herrn, den Nagid, wenigstens dazu bringen könnte, sich in der nächsten Zeit etwas ... zurückzuhalten! Aber während wir alle zittern und zagen, nimmt er die ganze Angelegenheit auf die leichte Schulter. Er glaubt an keine Bedrohung.« Mein Onkel seufzt. »Zugegeben, das ist schwer für jemanden, dessen Vater bereits Wesir in diesem Reich war und sogar ein Heer in die Schlacht geführt hat. Wer sollte dem Sohn eines solchen Mannes etwas antun?«

Ich sage nichts, sehe ihn nur an, und er weicht meinen Blicken aus. Auch ohne Worte weiß er genau, was mir am Herzen liegt. Der Wesir, der Nagid, steht für uns alle hier. Wenn ihm etwas zustößt – wer kann da noch sicher sein?

»Ich hoffe, wenn es uns gelingt, über diesen Tag hinwegzukommen, können wir aufatmen.« (Ich verstehe, dass er mit »diesem Tag« unser Versöhnungsfest meint.) »Danach sind wir Juden in der Stadt nicht mehr so – auffällig, strömen nicht in solchen Massen geputzt in die Synagoge. Vielleicht wird alles wieder normal werden. Man sollte nicht so schwarzsehen. Wenn wir diesen Tag überstehen – vielleicht kann der Hadjib demnächst den Emir doch noch dazu bewegen, eine

Kornspende ans Volk zu verteilen. Dann sieht alles besser aus«, sagt er vage. Mir kommt es so vor, als würde er sich selbst Mut zusprechen.

Mein Onkel erhebt sich. »Es ist spät geworden, liebe Nichte. Morgen, am Tag vor Jom Kippur, werden wir alle gemeinsam hinuntersteigen nach Granada, um in unserem Bethaus die Gnade des Allmächtigen anzuflehen, seine Hand weiterhin über uns zu halten. Lass uns schlafen gehen.«

Er geleitet mich zur Tür und küsst mich auf die Stirn. Während er durch den von Laternen hell erleuchteten Patio geht, sehe ich ihm nach. Sein Schritt ist schlurfend und sein Rücken gebeugt, als sei er ein uralter Mann. –

Ich bin zur Unzeit hierhergekommen.

Nein, ich kann nicht schlafen. Immer klarer wird mir, dass es ein Fehler war, aus meiner Stadt wegzulaufen. Ob die Juden jetzt auch nur ein Mitkal mehr Schutz genießen? Und auch von meiner Geliebten nur mit einem Vers Abschied zu nehmen, war falsch. Ich sehne mich nach ihr.

Still verlasse ich die Wohnung meiner Verwandten, gehe noch einmal nach draußen in die sternenklare Luft der Gärten, atme die Abendkühle.

Ich lege den Kopf in den Nacken, schließe die Augen. Warte darauf, dass Nachtigallen ihre Stimme erheben. Stattdessen trägt mir der Wind aus dem Tal schon wieder andere Klänge entgegen. Trommeln und Pauken.

Schlafen die niemals?

10

IBN ZAYDUN.

In Sevilla herrscht Al Mutadid, einer aus dem Clan der Banu Abbad – alteingesessene Araber, keine Berber. Sie sind aufs Erobern aus. In den letzten Jahren haben sie die kleinen Königreiche, die Taifas ringsum, eingestrichen, wie man eine Handvoll Nüsse einsammelt und in die Hosentasche steckt – von Huelva bis Silves, von Ronda bis Algeciras. Ein mächtiges Reich.

Ist Valada so weit vorausschauend? Ich weiß nicht, was ihre Gründe dafür sind, dass sie mich nach Sevilla schickt. Ich weiß nur, dass die Banu Jahwar in Cordoba nicht einfach das Feld räumen werden, wenn man ihnen einen Omayaden vor die Nase setzt. Werde ich fündig in Sevilla, bin ich sicher, dass sich starke Verbündete finden. (In einer der anderen Taifas rundum zu suchen, ist nicht zweckmäßig.) Wie diese »Verbündeten« dann auf den eigenen Herrschaftsanspruch der Prinzessin reagieren, das muss man sehen …

Hier also werde ich meine Forschungen beginnen. Und hier, in Sevilla, werde ich Unterstützung finden. Denn ich habe einen hochgestellten Freund. Das macht mir Hoffnung. –

Der Guadalquivir, an dessen Ufern sich mein Weg bisher entlangzog, nimmt nun einen anderen Charakter an. Er gewinnt an Kraft und Macht und es scheint, als spüre er die Gegenwart seines großen Bruders, des Meeres.

Herz und Sinne erquickt dieser Anblick und ebenso der

frische Duft, der von dem großen, dunkelglatten, seidig dahinfließenden Strom ausgeht, dem man seine Ungeduld anmerkt, sich endlich mit dem Ozean zu vereinen, und es heißt, dass die Wasser des Meeres ebenfalls dieser Vermischung entgegenstreben und der Guadalquivir schon auf der Höhe der großen Brücke von Sevilla salzig schmeckt, obwohl es noch viele Meilen bis zum Meeresstrand sind.

An den Stadttoren entlohne ich meine Eskorte, die mir so gute Dienste geleistet hat, und beschließe, erst in einem Han abzusteigen, um mich zu waschen und angemessen für einen Besuch bei Hofe zu kleiden. Dann schicke ich einen der Herbergssklaven aus, meine Ankunft beim Kronprinzen Al Mutamid zu melden und um eine Audienz zu ersuchen.

Al Mutadid, der Vater, und Al Mutamid, der Sohn, haben zwar ähnlich klingende Namen, sind aber höchst unterschiedlich. Al Mutadid ist der große Kriegsherr, und auf ihn richtet sich meine Erwartung. Dass dieser Herrscher für grausam, verschlagen und rachsüchtig gilt, soll mich nicht kümmern. Das sind sie alle. (Es gibt üble Gerüchte über ihn, so übel, dass ich sie eigentlich nicht wahrhaben möchte.)

Sein einziger Sohn ist aus anderem Holz geschnitzt. Er ist ein Poet wie ich und als solcher gar nicht einmal schlecht. Wir haben uns bei einem Dichterwettstreit in Zaragoza kennen gelernt; der Prinz trat dort unerkannt auf und rangierte unter den ersten fünf; natürlich gewann ich den Preis.

Wir tranken miteinander, taten uns gemeinsam an schönen Sklavinnen gütlich, und zu vorgerückter Stunde enthüllte er mir, wer er war. Seitdem schicken wir uns von Zeit zu Zeit Gedichte zu.

Wie Al Mutamid sich freilich hier auf dem Herrscherthron von Sevilla einmal ausnehmen wird, ist noch fraglich. Aber es wäre nicht das erste Mal, dass sich ein sanfter Kater in einen Löwen verwandelt, wenn sich ihm die Gelegenheit dazu bietet.

Ich bin kaum im Staatskleid, als vor dem Han plötzlich ein

Getöse losgeht. Man schlägt eine Handpauke, eine schrille Flöte quäkt dazu, und schon erscheint ein atemlos hechelnder Läufer an der Tür meines Raums: Der Prinz lässt mich abholen und mit Ehren in den Alcazar geleiten. Sogar ein Reitpferd wartet auf mich; reich aufgezäumt wie für einen Gesandten, mit gestickter Schabracke unterm bronzierten Sattel, rote Wollbommeln an der Trense, tänzelt es an der Hand des Rossknechts hin und her.

Ich bin überrascht und kann nicht umhin, mich geschmeichelt zu fühlen.

Ich scheine einen günstigen Moment erwischt zu haben. Offenbar langweilt sich Al Mutamid, und der Besuch ist ihm hochwillkommen.

Also führt man mich durch die Stadt zum Fürstenpalais, und die Leute in den Straßen reißen Mund und Nase auf und verbeugen sich tief.

Ein guter Anfang. Denn so will ich es: Meine Position soll nicht nur die eines armen Dichters auf Besuch sein …

Der Kronprinz empfängt mich mit Kuss und Umarmung.

Al Mutamid ist ein dünner, lang aufgeschossener junger Mann (ich reiche ihm gerade bis zur Schulter) mit den träumerischen, langbewimperten Augen eines unschuldigen Mädchens; in überraschendem Kontrast dazu steht seine tiefe, volltönende Stimme.

»Mein Freund! Allah sei Dank, der dich zu uns geführt hat! Was für ein Glück, dass meine Augen dich sehen! Hattest du eine gute Reise?«

»Habt Ihr mich denn erwartet, Hoheit?«, frage ich überrascht.

»Aber gewiss doch!«, entgegnet er. »Schließlich haben wir Nachricht von deiner Flucht aus Cordoba erhalten. Ibn Abdus hat meinem Vater über die Taubenpost der Regierung mitgeteilt, dass du aus dem Kerker entwischt bist, und nachgefragt, ob du hier in Sevilla angekommen wärest!«

Jetzt bekomme ich einen Schreck. Hohe Herrschaften sind unberechenbar, auch wenn sie dich als Freunde bezeichnen. Vielleicht war der pompöse Empfang ja nur eine Finte, um mich in Sicherheit zu wiegen und entweder ins nächste Verlies zu sperren oder nach Cordoba auszuliefern? Weiß ich denn, ob sich in den Tagen meiner Abwesenheit vielleicht der Wind gedreht hat und das wankelmütige Weib seine Arbeit als Fluchthelferin bereut, weil es ihr so gut gefallen hat, sich von mir inmitten von faulem Stroh und Filzläusen bespringen zu lassen?

Mir fällt nichts Besseres ein, als vor Al Mutamid einen Kniefall zu machen und mit der Stirn den Boden zu berühren. »Höchst edler Prinz, ich erflehe Asyl in Sevilla! Gibt es etwa Vereinbarungen zwischen ...«

Weiter komme ich nicht. Der junge Mann zieht mich eigenhändig wieder auf die Füße.

»Aber lieber Freund, nicht doch! Wir liefern niemanden aus! Was denkst du von meinem Vater?« (Nicht das Allerbeste, um ehrlich zu sein, aber das muss ich ihm ja nicht sagen.) »Nein, es war nur eine der üblichen diplomatischen Noten, die zwischen den Höfen hin- und hergehen. Ich glaube, da weiter östlich will dich so eigentlich keiner wiederhaben«, sagt er mit jener schonungslosen Grobheit, wie sie sich nur Leute leisten können, die ganz oben wohnen. »Du bist uns willkommen, und wenn wir mit deiner Anwesenheit hier etwas tun, was die aus Cordoba ein klein bisschen als Provokation ansehen könnten, so wird das meinem Vater, dem Fürsten, gewiss gefallen.«

Belebende Nachrichten.

»Ich komme ja nicht von ungefähr in dieses Fürstentum«, sage ich eifrig. »Der goldene Grund ist die Gewissheit von Liebe und Freundschaft, die mich mit Euch, Hoheit, verbindet. Aber darüber hinaus hat mich meine Herrin mit einer Aufgabe betraut, der ich mich mit Eifer widmen will und von der ich weiß, dass sie in letzter Konsequenz die Hilfe des mächtigsten Fürsten von Al Andalus erfordert. Und das ist nun einmal Euer Vater, bis ihn Allah zu sich ruft und Ihr gewiss mit Ruhm in seine Fußstapfen tretet.« (Eine kleine Schmeichelei kann nicht schaden.)

Al Mutamid misst mich nachdenklich mit seinen schönen Weiberaugen.

»Deine Herrin …«

»… ist nach wie vor die Prinzessin bint Al Mustakfi, die Letzte der Omayaden«, ergänze ich seine Frage und gebe der Herkunft der Dame einen besonders bedeutenden Akzent. »Wenn Ihr so wollt, lieber Prinz und Dichter, bin ich in diplomatischer Mission hier.«

Der junge Mann öffnet den Mund zu einem lautlosen »Oh!« und nickt bedeutungsvoll. Er hat verstanden. Etwas Besonderes. Etwas von Wichtigkeit.

»Gleich morgen werde ich für dich eine Audienz bei meinem Vater erwirken!«, verspricht er und legt mir freundschaftlich den Arm um die Schulter. »Heute aber gehörst du mir. Wir wollen gemeinsam trinken und es uns wohl sein lassen und die alte Verbundenheit wiederbeleben. Gewiss weißt du viel zu erzählen.«

»Oh ja, mein Prinz!«, sage ich lachend. »Vor allem darüber, wie man sich in einem Kerker fühlt, mit genau zwei Kerzenlängen am Tag, um zu schreiben.«

»Tatsächlich? Das ist ja furchtbar!«, erwidert er unschuldig.

Der Gedanke an das Verlies, in dem ich lag, lässt meine letzte Begegnung mit Valada so qualvoll in mir aufsteigen, dass mir eine Idee kommt.

»Schickt wohl Eure Kanzlei in den nächsten Tagen Taubenpost nach Cordoba?«, frage ich.

»Eigentlich geschieht das beinah jeden Tag. Man muss untereinander auf dem Laufenden sein.« Es klingt schon sehr nach künftigem Regierungschef.

»Ob mir wohl erlaubt ist, eine Botschaft an meine Herrin mitzusenden? Nur ein paar Verse? Eine Kapsel am Hals?«

»Wenn du sicher sein kannst, dass sie ihr zugestellt wird?«

»Gewiss«, entgegne ich grimmig. »Da bin ich mir ganz und gar sicher.«

»Dann komm mit mir!«, sagt der Prinz fröhlich. »Bei mir findest du alles, was du brauchst zum Schreiben, und während du deine Epistel verfasst, gebe ich Befehl, uns die Tafel zu bereiten. Heute Nacht bleibst du bei mir. Morgen werde ich dir eigene Räume anweisen lassen hier im Alcazar und Dienerschaft, die sich um dich kümmert. Sei willkommen als Gast der Banu Abbad!«

Es läuft nach Wunsch.

IM PALAST DES IBN ABDUS.

Zugegeben, das Bad des Hadjib ist prunkvoller als ihr eigenes. Das stellt Valada fest, halb spöttisch, halb anerkennend, als sie in den großen Hamam geführt wird, vorbei an den Becken aus milchweißem Marmor, aus denen kräuselnde warme Dämpfe aufsteigen wie Nebelschwaden, über die feuchten Fliesen, auf denen bunte Lichter ein Muster werfen, denn die Kuppel darüber ist verglast mit farbigen Scheiben. Welcher Glanz der silbernen Wasserrohre und der mit edlen Steinen inkrustierten Sitzbänke! Ibn Abdus versteht es, das Geld, das er in seinem Amt zusammenrafft, wirkungsvoll zur Schau zu stellen.

Im Vorübergehen stellt sie fest, dass die Wasserhähne wie Vogelschnäbel geformt sind. Als sie probeweise an einem dreht, ertönt gleichzeitig mit dem Plätschern des Wassers tatsächlich Vogelgezwitscher! Sie hat es befürchtet. Wir sind an der Grenze des guten Geschmacks angekommen, großmächtiger Wesir! Reichtum allein tut es nicht.

Voller Ungeduld lässt sie sich von einem schwarzen Sklaven weiterleiten zur Halwa, dem intimen Raum der Begegnung im Bad, in dem der Hausherr bevorzugte Gäste empfängt.

Auch hier ist alles äußerst gediegen. Schwarz polierte Steinwände, im Hintergrund läuft eine Wasserkaskade klingend über eine Kupferplatte – oder ist es gar Gold? – und blendet den Blick mit einem zitternden Glitzerspiel.

Die Polster in der Mitte, auf denen sie sich niederlässt, sind mit Purpur bezogen. Ein Taburett mit Obst und Getränken steht bereit.

Wo bleibt der Hausherr?

Die Einladung in der Frühe war ungewöhnlich. Ein Eunuch des Alcazar überbrachte sie mit den üblichen Höflichkeitsfloskeln. »Der erlauchte und großmächtige Hadjib – Allahs Segen ruhe stets auf ihm! – bittet die Sayyida Valada, ihm den Morgen im Bad zu versüßen auf eine Plauderstunde. Der erhabene Wesir hat außerdem eine Botschaft für Euch. Seine Sänfte wartet draußen!«, hatte der Kerl äußerst blumig gesäuselt.

Unter anderen Voraussetzungen hätte sie wohl erwidert, dass dem Hadjib diesen Morgen im Bad versüßen könne, wer immer wolle, aber nicht sie. Jedoch den Hinweis auf die Botschaft konnte sie nicht auf die leichte Schulter nehmen.

Wir sind schließlich am Beginn einer Intrige. Was weiß er? Was hat er mir zu sagen?

Unwillig wartet sie nun auf das Erscheinen dessen, der so etwas wie ihr Verbündeter ist, seit er Ibn Zaydun freigegeben hat …

Gibt es vielleicht schon Nachrichten aus Sevilla?

Endlich taucht er auf; kommt in Begleitung von zwei schwarzen Masseuren aus einem anderen Teil des Hamams, mit nichts bekleidet als der Futa, dem Leinentuch, das man sich im Bad um die Hüften schlingt, die breite Brust voll grauen Fells, und sie beobachtet amüsiert, wie sich bei ihrem Anblick sogleich sein Schwanz unter dem Leinen reckt.

»Allah sei mit dir, Ibn Abdus«, sagt sie spöttisch. »Ich hoffe, du hast mich nicht hierhergerufen, um mir das zu zeigen, was du zwischen den Beinen hast.«

»Verzeih schon, Prinzessin«, entgegnet er, ohne beleidigt zu sein. »Das war nicht vorgesehen. Du rufst Dinge hervor, über die man die Kontrolle verliert.«

Er dreht sich um, wirft die Futa ab und lässt sich von den Bediensteten ankleiden. Immerhin. Fett und schwammig ist er nicht. Die gewölbten Muskeln der Arme, der kräftige Hintern. Ein gut erhaltener Mann.

Nun, nimmt er neben ihr Platz, küsst ihr die Hand, und auf ein Zeichen bieten die Sklaven, sich verbeugend, ihr von dem Obst an. Sie greift sich eine Birne und beißt hinein, dass ihr der Saft über Hände und Gesicht läuft, und sofort ist einer der beiden Diener mit einem feuchten Tüchlein bei ihr, um sie zu säubern. Als sie den Rest der Birne achtlos auf den Boden fallen lässt, wird er sofort aufgehoben und fortgebracht.

»Sagst du mir, weshalb ich hier bin?«, fragt sie, langsam unmutig. »Eine Plauderstunde wäre mir verdrießlich. Ich bin wegen der Botschaft gekommen.«

Er lacht, ohne dass die Heiterkeit seine Augen erreicht.

»Das eine ohne das andere ist nicht zu haben, meine Allerschönste«, sagt er gemütlich. »Das ist, sagen wir einmal, das Abkommen. Vielleicht stimmt es dich geneigter, wenn ich dir mitteile, dass diese Botschaft mit Taubenpost aus Sevilla gekommen ist.«

Also tatsächlich! Etwas aus Sevilla!

Er beobachtet sie, sieht wieder mit Vergnügen, wie ihr die Röte Hals und Nacken hochsteigt und ihre Augen sich zu Smaragdgrün verdunkeln. »Für mich aus Sevilla?«, wiederholt sie gedehnt. »Mit der Post für den Alcazar?«

»Als Beigabe sozusagen«, bestätigt er. Er sieht, dass sie kurz davor ist, aufzuspringen. »Was denkst du? Dass man den ersehnten Kalifen entdeckt hat?«

Sie kaut an ihrer Lippe, sieht ihn finster an. Es missfällt ihr, dass er so plump umgeht mit den Dingen, die sich gerade erst anspinnen …

»Sei nicht zornig!«, bittet er und legt ihr die Hand auf den Arm. Bemerkt mit Genugtuung, dass sie zittert vor Ungeduld. »Ich verspreche dir, dass du deine Post bekommst. Sofort. Wenn ich meine Predigt losgeworden bin.«

»Was für eine Predigt?«

»Nun, vielleicht ist es keine Predigt. Ich möchte einfach nur hinterfragen, was in aller Welt du daran erstrebenswert findest, deine Familie wieder an die Regierung zu bringen – abgesehen davon, dass es deine Familie ist.«

Sie erwidert nichts. Er klatscht leicht in die Hände. Einer der Diener kommt wieder. Er bringt ein Tablett mit einer Karaffe und Weingläsern und eine große Sanduhr.

Valada sieht von der Sanduhr zu dem Mann und wieder zurück. »Was sollen diese Spielereien? Machst du dich lustig über mich?«

»Keineswegs, Prinzessin. Ich will dir deinen Besuch erleichtern. Die Sanduhr gibt an, wie lange du meine Rede ertragen musst. Falls du allerdings Gegenrede hast, könnte es länger dauern als einen Durchlauf des Sandes.«

Er gießt die Gläser voll, hebt das seine höflich gegen sie, bevor er es an die Lippen führt. Dann dreht er die Sanduhr um.

»Sehen wir uns die letzten Omayaden-Fürsten einmal an und beginnen wir mit Hakam«, sagt er, und schon unterbricht sie ihn.

»Hakam, der Weise, der Friedensherrscher, dem Cordoba seine großen Bauten verdankt, seine Moschee, seine Parks und Paläste, seine Bibliotheken! Hakam, vom Volke geliebt! Was hast du einzuwenden gegen Hakam?«

»Gar nichts, Prinzessin. Ein Omayade, wie er besser nicht sein könnte. Nur was danach kam: Sein junger Sohn Hisham musste fliehen, weil sich ein Usurpator an seiner Stelle breit machte, Al Mansur, der die Berber ins Land rief, um seine Macht zu untermauern und zu erweitern – es ging gegen die christlichen Reiche. Gewalt und Zerstörung zogen ein. Sogar zwei Palasteunuchen übernahmen nach ihm vorübergehend die Regentschaft. Und als alles in Grund und Boden gewirtschaftet war, sagten sich die Vornehmen von Cordoba: Wir brauchen wieder einen Omayaden.«

»Darin hatten sie Recht!«, sagt ihre Nachfahrin mit Strenge.

Jetzt lacht Ibn Abdus lauthals. »Du warst damals noch ein Kind, oder doch ein halbes Kind, und lebtest bei deiner Mutter auf dem Lande, soviel ich weiß. Die Vorgänge kennst du sicher nicht. Wusstest du, dass die Noblen der Stadt auf die merkwürdige Idee kamen, aus drei Bewerbern den auszuwählen, der ihnen am überzeugendsten darlegen würde, wie er die Herrschaft gestalten würde? Wusstest du es?«

Valada schweigt. Versteckt sich hinter dem Weinglas.

Ibn Abdus nun, bestärkt durch ihr Schweigen, lehnt sich auf den Polstern zurück und kommt ins genussvolle Plaudern.

»Der erste Kandidat, Abd Al Rahman mit Namen wie euer großer Urahn, hatte nicht vor, das Votum der vornehmen Bürger abzuwarten. Er hatte eine andere Vorstellung von Machtergreifung. Als sich die erlauchte Versammlung in der Mezquita, der großen Moschee, einfand, zog er an der Spitze seiner Krieger hoch zu Ross ins Gotteshaus ein. Die Hufe der Pferde schlugen Funken aus den schönen Mosaiken des Fußbodens, und dein Verwandter trieb seinen edlen Renner direkt bis zur Kibla-Wand, der Ostwand, die den Gläubigen anzeigt, wo Mekka liegt, die Richtung, in die man beten muss. Dort hatten sich die Würdenträger versammelt. Und während er sein Tier Volten gehen ließ vor den erschreckten Stadtvätern, tummelten sich seine Lanzenreiter zwischen den Säulen mit den schönen gelb und rot gemusterten Bogengängen und trieben die Gläubigen zu Paaren.

Nachdem dies vollbracht war, erklärte Abd Al Rahman, Allah sei groß, Mohammed sein Prophet und er der nächste Kalif von Cordoba. Keiner wagte zu widersprechen.«

Ibn Abdus hebt erneut sein Weinglas gegen die Prinzessin. Die hat die Stirn gerunzelt und guckt angestrengt auf die Sanduhr.

»Oh, noch haben wir Zeit, Liebste. Denn die Regentschaft dieses Mannes dauerte nur achtundvierzig Tage. Als er sah, dass die Schatzkammer leer war, dachte er sich ein neues Steuersystem aus. Steuern auf Öl, Wein, Seide und edle Pferde missfielen vor allem den Reichen, denn sie aßen gern fett, tranken viel, kleideten sich in Seide und feines Leinen und ritten prahlerisch durch die Gegend. Außerdem verlangte er von den großen Familien je eine der schönsten Sklavinnen, um sich einen repräsentativen Harem zuzulegen. Dass er aber auch noch die Garküchen und die Bäckereien besteuerte, sodass die Preise stiegen, das traf die armen Leute, und mit leerem Magen wird man aufmüpfig.

Darauf holte sich dieser edle Omayade Hilfe bei den Berbern, die untätig im Land herumsaßen.

Nun verstanden die Bürger keinen Spaß mehr. Arm und Reich stürmten in seltener Eintracht den Alcazar, trampelten die Berbergarde nieder, die sich nachts gerade in überheblicher Sicherheit wiegte, und stiegen einmütig über die schönen Frauen des gerade gegründeten Harems, als seien sie Fußabtreter. Dem Kalifen schlugen sie den Kopf ab.«

Er pausiert. »Du bist ein guter Geschichtenerzähler, Wesir«, sagt Valada grimmig. »Vielleicht hättest du diesen Beruf wählen sollen?«

»Ich bin mit meinem ganz zufrieden. Geduld, Prinzessin. Denn nun kommen wir zu deinem Vater!«, entgegnet Ibn Abdus friedfertig. »Er hatte das Pech, am achtundvierzigsten Tag nach der Wahl des Abd al Rahman noch in Cordoba zu sein. Er war schließlich der zweite Kandidat und hoffte, sich in der Stadt ein wenig vergnügen zu können. Als er erfuhr, was dem Anwärter Nummer eins zugestoßen war, wollte er sich aus dem Staub machen, aber es war zu spät. Als Muhammad III.

wurde er zum Kalifen ausgerufen. Er war schließlich ein Omayade! Du warst noch auf dem Land bei deiner Mutter, der ›Gotin‹, habe ich Recht?«

Valada schlingt die Arme um die Knie, sieht vor sich hin. »Ich war ein Kind!«, sagt sie leise, unwillig.

»Nicht ganz, meine Liebe. Sagen wir, ein halbes Kind. Und schön wie der junge Tag. Er wollte, dass du seinen Glanz erhöhst.«

»Und ich wollte es nicht!«, entgegnet sie heftig. »Alles dort im Alcazar war mir zuwider, die devoten Palasteunuchen, die ihm nach dem Mund redeten und vor ihm katzbuckelten und sich hinter seinem Rücken lustig machten über seine ungeschliffene Art. Weißt du, dass er einen Weber zu seinem Hadjib gemacht hat? Einen Weber, der ihm einen schönen Teppich gewirkt hatte? Er war so begeistert davon, dass er ihn regieren ließ. Er war ... er war verrückt!«

»Nein, war er nicht!«, widerspricht Ibn Abdus, und es ist ihm ernst. »Er kam nur mit der Situation nicht zurecht. Er hatte den Boden unter den Füßen verloren. Wusste nicht, was er tun und was er lassen sollte. Immerhin hielt er es ein Jahr auf dem Thron aus.«

»Hauptsächlich, weil er einfach nichts tat«, erwidert die Prinzessin. Sie hat ihr Widerstreben aufgegeben und »spielt mit«. Allzu sehr bewegt sie, was sie selbst miterlebt hat. »Ich bat ihn, mich wieder zurück in unsere Sommerresidenz zu entlassen. Das wollte er nicht. Irgendwie ... hing er an mir. So ließ er mir das schöne Haus erbauen, das ich jetzt noch bewohne, und ich hatte freie Hand, es gestalten zu lassen nach meinen Wünschen.«

»Von dem, was an Steuergeldern hereinkam«, bestätigt Ibn Abdus beiläufig, »denn er hatte an den Erhebungen seines Vorgängers kaum etwas geändert und hielt die staatliche Schatzkammer für seine Privatschatulle.«

(Darauf geht Valada nicht ein.)

»Und dann«, fährt der Wesir fort, »kam der Tag, der dir den Platz im Herzen der Bürger von Cordoba sicherte. Du hast Recht, wenn du sagst, er hielt sich, weil er einfach nichts tat. Aber leider – wenn er dann etwas tat, war es mit Sicherheit das Falsche.«

»Die Abordnung?«

»Die Abordnung. Die armen Leute, die all ihren Mut zusammengenommen hatten und mit der Bitte zu ihm kamen, die Steuern auf Garküchen und Bäckereien zurückzunehmen. Die Leute hungerten. Sonst wären sie so ein Wagnis wohl nicht eingegangen. Bittsteller hatten bei den Omayaden der guten alten Zeit stets ein offenes Ohr gefunden. Darauf vertrauten die Abgesandten nun noch einmal. Ein Fehler, denn dein Vater fühlte sich in seiner wackligen Autorität angegriffen. Er rief nach dem Henker.

Das Blutleder lag ausgebreitet schon im Innenhof des Alcazars«, fährt Ibn Abdus genüsslich fort, »als du kamst, ein Wesen ganz in Weiß und mit den Augen der Klematisblüte. Du verbotest kurzerhand die Hinrichtung und schicktest die Leute einfach nach Haus.«

Valada zuckt die Achseln. »Ich finde abgeschlagene Köpfe unappetitlich, vor allem, wenn sie sich im Innenhof des eigenen Wohnbezirks befinden. Die Leute hatten Glück, dass mein Haus noch nicht fertig war und ich also im Alcazar wohnte.«

»Und dass dein Vater deine Entscheidung nicht widerrief. So viel immerhin vermochtest du bei ihm. Dass sich die Nachricht von deiner Tat bald wie eine Windsbraut durch Cordoba verbreitete, meine Schöne, das machte dich zum Abgott der Leute hier für alle Zeit, und sie duldeten auch, dass du dich an den von deinem Vater erpressten Steuergeldern, die er beiseite geschafft hatte, großzügig bedientest. Und sie dulden es bis heute.«

»Was soll das?«, fährt sie auf, wütend gemacht durch

seinen Angriff. »Willst du mich klein machen, herabsetzen mit diesen ganzen Geschichten? Du ziehst deine Erzählung in die Länge, willst mich auf die Folter spannen ... ich durchschaue dich. Nun, ich sehe, die Sanduhr ist gleich abgelaufen, Allah sei Dank. Bringen wir's zu Ende. Irgendwann hatten die Noblen der Stadt die Nase voll von Muhammad III., meinem Vater, und jagten ihn weg, bis in die Stadt Lerida, glaube ich, wo ihn dann sein Schicksal ereilte. Jemand brachte ihn um.

Dann meinten die großen Familien, die Stadt selbst verwalten zu können – ich erinnere mich an ein Chaos, das größer war als je zuvor. Der Dritte meines Stammes zögerte ein Jahr, bis er sich getraute, den Kalifenthron zu besteigen. Mit Recht, wie sich herausstellte: Er wurde schnell einen Kopf kürzer gemacht – von deinen Herren, den jetzigen Regenten, den Banu Jahwar, großmächtiger Hadjib, die nun in leidlichem Einvernehmen mit den anderen großen Familien regieren. – Was sollte das jetzt alles? Habe ich nun genug Geduld aufgebracht, um mir die Herausgabe meiner Nachricht zu erkaufen?«

Sie gibt ihrem Weinkelch einen ärgerlichen Stoß. Er rollt über den Boden, ohne zu zerbrechen. Kräftiges Kristall.

»Nie hätte ich dich dazu gebracht, mir zuzuhören, wenn ich nicht diese kleine Kapsel aus Sevilla als Lockmittel in der Hand gehabt hätte!«, sagt er und zeigt im Lächeln seine Zähne. »Ich wollte es einfach noch einmal von dir wissen. Ob du dir ganz sicher bist. Wir haben jetzt eine leidliche Regierung – nein, unterbrich nicht. Ich weiß, dass nichts vollkommen ist. Aber die Zugeständnisse, die wir an die Glaubenseiferer, diese Berber, machen, halten uns den Rücken frei und garantieren, dass diese Leute uns in unserer Politik nicht stören. Was, schöne Valada, befähigt deine Familie, den Regenten Cordobas zu stellen? Verrat es mir, nachdem du mit mir die Historie dieser letzten unfähigen Herrscher betrachtet hast. Drei Omayaden, drei Nullen. Warum beharrst du darauf?

Was soll das? Du bist doch keine Fantastin. Du hast doch Sinn für Realität.«

Er holt Luft, um weiterzusprechen, aber sie unterbricht ihn nun, mit geradem Rücken auf den Polstern sitzend, die Handflächen gegeneinander gepresst. »Hast du es nicht verstanden? Das muss man einem Mann wie dir doch nicht erklären! *Nur* meine Familie kann einen Kalifen stellen, denn *nur wir* stammen ab vom Propheten, den Allah in seinem Paradies beglücken möge. Nur ein Omayade kann geistliche und weltliche Macht in seiner Hand vereinen. Und ein Kalif allein wird es schaffen, dass all die Taifas, die Zwergstaaten, sich wieder unter die Führung eines starken Cordoba begeben.«

»Mit einem schwachen Omayaden?«

»Auch ich bin eine Omayade.«

»Ich verstehe schon. Valada als Sayyida Al Kubra, als Große Dame und eigentliche Herrscherin. Nun, ehrlich, die Poetin ist mir lieber. Prinzessin, es könnte viel Blut fließen bei so einem Unternehmen. Hast du das bedacht?«

»Wann fließt kein Blut in Al Andalus?«, erwidert sie eisig.

Er seufzt. »Eigentlich kann sich die Stadt keine Unruhe leisten. Es gärt im Inneren. Die Leute sind unzufrieden.«

»An wem mag das wohl liegen?«, fragt sie ironisch.

Ibn Abdus wirft ihr einen unfreundlichen Blick zu. »Was willst du hören? Dass es an mir liegt, nicht wahr? Ich diene meinem Herrn, dem Emir, und die Höhe der Steuern richtet sich nach den Bedürfnissen des Staates, sprich, des Emirs. Und die einzutreiben, liebste Prinzessin, das geht nur mit Druck. Mit großem Druck, wenn du es denn wissen willst. Und da gärt es eben schon hin und wieder unter den kleinen Leuten.« Er zuckt die Achseln.

»Ich weiß nicht, ob du dir das jemals klargemacht hast. Wenn uns jemand von *denen* hier zusehen könnte: Der Inhalt des Weinkelchs zum Beispiel, den du da eben umgestoßen hast, kostet so viel, dass eine kleine Familie im Armenviertel davon eine Woche leben könnte. Und hättest du ihn gar zerbrochen, hättest du den Gegenwert – sagen wir einmal – eines kräftigen Maultiers zerstört, das den Lebensunterhalt eines Treibers ausmachen könnte. So etwas macht böses Blut.« Er lächelt sein kaltes Lächeln, das die Augen nicht erreicht. »Wollen wir jetzt über die Stadtarmut disputieren?«

Da sie schweigt, fasst er – endlich!, findet sie – in die Tasche seines gestreiften Kaftans, in den ihn vorhin die Sklaven gekleidet haben, und holt die Kapsel heraus: hauchdünne Fischblase, umschlungen von feinen Seidenfäden als Verschluss.

Sie greift danach und beginnt ungeduldig, die Fäden abzureißen, nimmt ihre Zähne zu Hilfe, um an den Brief heranzukommen.

Er sieht ihr gelassen zu, beobachtet sie. (Natürlich kennt er den Inhalt längst. Er hat die Kapsel sofort öffnen und nach der Lektüre wieder verschließen lassen. Er müsste nicht der Hadjib eines Fürsten sein, wenn er so eine Botschaft durchgehen ließe, ohne von ihr Kenntnis zu nehmen.)

Valada liest mit gerunzelten Brauen, bewegt lautlos die Lippen. Dann lässt sie das Blatt sinken und sieht auf. Ihre Augen sind dunkle Hyazinthen.

»Ein Gedicht! Er schickt mir ein Gedicht, und das ist alles.«

»Darf ich wohl einen Blick darauf werfen?«, fragt er höflich. Sie streckt ihm wortlos das Blatt hin, und er liest das, was er schon kennt, noch einmal. Sorgfältig achtet er auch diesmal darauf, ob innerhalb der Verse vielleicht ein geheimer Sinn verborgen sein könnte, eine versteckte Botschaft. Aber die Reaktion der Lesenden sagt ihm eigentlich genug. Sie ist tief enttäuscht. Kein geheimer Sinn. »Es ist ein sehr schönes Gedicht!«, bemerkt er und gibt ihr das Blatt zurück.

Sie lässt das Blatt achtlos zu Boden fallen.

»Ich weiß seit langem, dass Ibn Zaydun schöne Gedichte

schreiben kann!«, sagt sie wütend. »Der Hurensohn soll mich nicht anschmachten, er soll eine Arbeit für mich tun!«

»Eine Intrige beginnen!«, verbessert der Wesir sanft.

»Nenn es, wie du willst!«, sagt sie. »Und deswegen habe ich mir soeben die Geschichte der letzten Omayaden in der Fassung des Ibn Abdus Al Gahsiyari anhören müssen!«

»Vielleicht erwartest du zu früh Erfolge«, wirft er ein, immer friedlich. »Schließlich dürfte dein ... Flüchtling gerade erst angekommen sein.«

Sie achtet nicht auf seine Worte, steht auf. »Erlauchter Hadjib, Allah möge dich mit seinen Wohltaten überschütten!« Sie verneigt sich wütend. »Dein Tag sei strahlend! Er sei weiß wie Milch! Gestatte, dass ich dich nun verlasse. Der Morgen war furchtbar für mich!«

Er springt ebenfalls auf. »Ich rufe die Diener, dass sie dich hinausgeleiten!«

»Ich finde den Weg.«

Ein Rauschen von weißer Seide. Sie ist fort.

Der Minister steht da und lauscht ihren Schritten nach. Er lächelt.

Sie zerspringt fast vor Ungeduld, denkt er. Und so wird sie auch bei der Stange bleiben. Denn er, Ibn Abdus, wird sich nicht bei einem solchen Projekt engagieren – mit aller gebotenen Vorsicht, versteht sich! –, wenn die Gefahr bestünde, dass die Galionsfigur des Unternehmens eines schönen Tages den Mut verliert ... Nun, es ist zu hoffen, dass der Mistkerl da in Sevilla sie nicht weiter nur mit hübschen Worten abspeist. Er soll sich bald ein bisschen mehr anstrengen und seine Arbeit tun.

Er dehnt und streckt sich behaglich.

Wen auch immer der »Abgesandte« der Prinzessin entdecken sollte: Derjenige wird nur ein Schattenregent sein an der Seite einer Sayyida Al Kubra namens Valada. Deren Wesir *er* ist. Nicht etwa dieser triebgesteuerte Dichter. Der hat's verscherzt, wie er sich auch drehen und wenden wird.

Da auf der Erde liegt der Brief aus Sevilla. Das Gedicht.

Der Wesir bückt sich und hebt es eigenhändig auf. Ein Poem von Ibn Zaydun wirft man doch nicht einfach weg!

Er liest es ein drittes Mal.

»Das Grün der Bäume nach dem Frühlingsregen,
Der Duft der Blumen in der Morgenstunde,
Ein leuchtender Palast mit hohen Zinnen,
Umgeben von dem Glanz begrünter Gärten,
Das alles kann uns Freude abgewinnen,
Das alles kann uns bis ins Herz bewegen,
Doch immer bleibt bestehen jene Wunde,
Die Abschied schlägt. Von Liebesglut betroffen
Nährt langes Warten dennoch unser Hoffen.
Und kommt das Wiedersehn – wer soll beschreiben,
Welch Glück uns schenkt die namenlose Stunde …
Das Innigste muss unbesungen bleiben.«

Sehr schön. Dennoch: Da kann er lange lamentieren, der große Dichter. Besitzen werde *ich* diese Frau.

Der Blick, mit dem sie meinen nackten Körper betrachtete … nein, Abscheu war das nicht.

ʿVALADA.

All diese Mannsbilder mit ihren Begehrlichkeiten mögen zur Hölle fahren!

Der eine schickt mir einen Schmachtfetzen von Gedicht, aber kein Wort zu seinem Auftrag – ja, natürlich war es schön, dies Gedicht, dieser Hundesohn versteht sein Handwerk! –, der andere benutzt die Gelegenheit, mir die Versager aus meiner Familie vorzuführen und mir zuvor seinen dicken Schwanz zu zeigen!

Den Morgen sollte ich ihm versüßen! Was für eine Unverschämtheit.

Hat er mich so lange auf die Folter gespannt, bevor er mir diese lächerliche »Botschaft« übermittelte, um zu prüfen, ob ich noch immer entschlossen bin oder vielleicht inzwischen der Spielerei müde geworden? Denkt er, es ist nur ein Auswuchs meiner hochgeborenen Langeweile, dass mir eine Dichter- und Liebesschule nicht genügt? Etwas, das kommt und geht wie der Mond?

Er hat ja (zum Glück!) keine Ahnung davon, was mich antreibt.

Die Worte aus dem »Bericht von den wundersamen Taten« sind gleichsam ein Bestandteil meines Wesens geworden, sie kreisen in meinem Blut.

Wie eine Süchtige greife ich wieder zu dem Buch, vergesse Ort und Stunde darüber.

Und so steht es geschrieben:

Es begab sich aber, dass zur Regierungszeit des Kalifen Hakam – möge er in Allahs Paradies die Freuden des Leibes und des Geistes genießen! – sich der Ruhm von Al Andalus und insonderheit der Stadt Cordoba in ihrer Herrlichkeit um den halben Erdkreis verbreitete, und aus dem fernen Frankenlande trafen Abgesandte des christlichen Herrschers ein, mit Geschenken, um Freundschaftsbande zu knüpfen zwischen den Staaten.

Die Gesandten traten vor den Thron des Kalifen, küssten den Boden vor seinen Füßen und huldigten ihm nach Gebühr. Dann erhob sich ihr Sprecher auf einen Wink unseres Herrn, des Abkömmlings Mohammeds – möge sein Name unsterblich bleiben! –, und sagte folgende Worte:

»Oh Gebieter eines glücklichen Reiches, wir sind gekommen, um dir Gaben unseres Landes zu verehren und so dein Wohlwollen zu gewinnen, auf dass du einem Bündnis mit unserem Herrscher geneigt seiest. Nun aber sehen wir, dass es wohl kaum etwas auf der Welt gibt, was dich beglücken könnte, denn du lebst wahrhaftig

im Paradiese. Auf unserer Reise zu dir zogen wir durch blühende Landschaften, die Erde trägt Bäume und Pflanzen aller Art, von denen wir vorher noch niemals Kunde hatten, die Wiesen grünen, Wasser rieselt allerorten, und die mächtigen Schöpfräder von wohl fünfzig Ellen Größe versetzten uns zunächst in Schrecken – bis wir begriffen, dass sie keine ungeheuren Kriegsmaschinen sind, sondern dem Segen der Felder dienen. Dann sahen wir deine Stadt und sind nun wahrhaft geblendet von der Schönheit der geraden Straßen, dem Glanz der Moscheen und Paläste und alsdann vom wahren Wunderwerk deines Alcazar. So sehen wir, deine Diener, nun, dass unsere Geschenke elend sind gegen die Schätze, die du besitzest, und wir damit kaum dein Herz gewinnen können.«

Der Kalif – möge er unter den Palmen des Paradieses im Arm der Huris ruhen! – lächelte zu dieser Rede und ermunterte die Abgesandten, ihre Gaben auszubreiten, und die Männer aus dem Frankenland brachten herbei: silberne Spangen und fremdartige Waffen und aus fernen Landen im Osten Felle und Bernstein, edles Holz und nie gesehene Musikinstrumente.

Unser Gebieter begutachtete alles und lächelte freundlich dazu, aber sie sahen wohl, dass nichts darunter war, was sein Herz aufgehen ließ.

Schließlich sprach er zu den Männern: »Bestellt eurem Herrn meinen Dank für sein Bemühen. Freilich gibt es nichts von diesen Dingen, die nicht auch in meinem Land in Fülle zu haben sind. Unser Schmuck ist aus Gold und unsere Waffen aus dem schärfsten Stahl der bewohnten Welt, jene Dinge aus dem fernen Osten bringen unsere Händler herbei, und in der Musik kommt uns keiner gleich. Aber eröffnet mir doch, was befindet sich in diesem unscheinbaren Kästchen dort hinten, über das ihr mir nichts gesagt habt?«

»Verzeiht Herr«, sagte da der Abgesandte, »wir wagten nicht, diese geringe Sache vorzustellen. Einer der gelehrten Männer unseres Volkes, der Abt eines Klosters, war der Ansicht, dass es Euch vielleicht nach einem Buch gelüstet, denn es sei bekannt, dass

Ihr ein Liebhaber dieser Dinge seid. Nun haben wir aber gehört und dann gesehen, dass Ihr ganze Säle voller Bücher besitzt, in Leder gebunden, die Seiten aus der Haut der Gazelle, geschmückt mit vergoldeten Bildern. Verzeiht, dass wir dies hier mitgebracht haben. Es sind die zerfallenden, zerbröckelnden Seiten einer medizinischen Schrift der griechischen Heiden von vor langer Zeit.«

Und sie überreichten das Kästchen dem Kalifen.

Da leuchteten die Augen unseres Gebieters – das Paradies möge ihm schmecken wie ein kühler Trank nach einem heißen Tag! –, und er sprach: »So habt ihr mir doch noch etwas gebracht, was mein Herz erfreut. Gesegnet sei der Mann, der auf den Gedanken kam, Euch dies mitzugeben. Einem Herrscher, aus dessen Land mich ein Schatz wie dieser erreicht, will ich mich gern in Freundschaft verbinden, denn dieses Manuskript ist nicht mit Gold aufzuwiegen. Ich werde unverzüglich meine Buchkünstler herbeirufen, damit sie zunächst diese Seiten vor dem Verfall bewahren, und dann meine gelehrten Übersetzer, auf dass sie diesen Schatz ins Arabische übertragen. Gepriesen sei Er, der niemals schläft, dass er mir, seinem Diener, vergönnt, solch einen Schatz zu heben!«

Und er umarmte und küsste die Bringer, die Männer aus fernem Land, die sich darob nicht wenig verwunderten.

Bedenke solche Taten, oh du Nachfahr, und stelle Gleiches her, wenn deine Zeit gekommen ist!

Du. Du. Ich selbst bin gemeint.

Jede Faser in mir ist bereit dazu.

11

'KASMUNA.
Noch immer zittere ich in Gedanken an das, was ich erlebt habe.

Ich sitze in dem Zimmer, das man mir hier im Haus meines Onkels, nahe der Residenz des Hadjib, zugewiesen hat, zittere so sehr, dass ich nicht imstande bin, meinen Schmuck abzulegen und mich aus dem Putz zu schälen, den ich zur Feier des Gottesdienstes zum Jom Kippur angelegt hatte.

Keiner kümmert sich um mich. Ich weiß nicht, wo Hamda ist, ich weiß nicht, was die Sklavinnen des Hauses machen. Wahrscheinlich bemühen sie sich alle um meinen Onkel, der eine Kopfwunde von einem Steinwurf davongetragen hat. Ich selbst und die Frauen des Hauses sind heil geblieben.

Warum bin ich nur so außer mir?

Wahrscheinlich, weil ich hier in Granada nicht im Traum mit Szenen gerechnet habe, wie sie vielleicht ebenso schlimm sind wie das, was es wohl in Cordoba gibt.

Ich habe es nie gesehen, denn unsere Widersacher in Cordoba kommen des Nachts, und wir haben Zeit genug, uns in unser schützendes Haus zurückzuziehen.

So war ich nie Zeuge von dem, was sie wirklich anrichteten. Die Gewalt wohnte draußen, drinnen war nur das Entsetzen über mögliche Geschehnisse.

Oh, wie bin ich behütet und beschützt gewesen all die Zeit. Drei Schritte über die Straße bis zur Synagoge. Sänften mit geschlossenen Vorhängen, wohin ich auch wollte. Cordoba – ein paar Punkte in unbekanntem Gelände: der Markt (vielleicht, ganz selten, zu den Juwelieren und den Stoffhändlern), der Park der az-Zahra. Schließlich das Haus meiner Prinzessin und ihre Gärten.

Dies nun, was ich erlebte, geschah am hellen Tage und vor der Tür der Synagoge.

Während ich da sitze, immer noch in meinen Festtagskleidern, rufe ich mir zurück, was geschehen ist.

Wir sind gemeinsam aufgebrochen, sind auf sanften Maultieren, die von Reitknechten am Zügel geführt wurden, den Berg hinunter zur Stadt, auf jener Straße, die ich noch nicht kannte, denn wir waren ja über einen anderen Weg hinaufgeführt worden. Der Pfad ist gepflastert und von halbhohen Mauern eingefasst, überschattet von Lorbeer und Palmen; man reitet wie durch einen Tunnel dahin. Wir, das sind die Frauen und Kinder und einige Diener zu unserem Schutz, passieren dann eine in Stein gefasste Pforte und wenden uns nach links, in die engen Gassen eines Viertels, das man an den Davidssternen über den Torbögen unschwer als jüdisch erkennen kann.

(Nabila, meine Tante, die neben mir reitet, erklärt mir, dass dieser Teil Granadas Realejo genannt wird.)

Schräg vor uns fällt das Gelände steil ab zum Flusslauf des Darro, den ich bei meiner Anreise an anderer Stelle auf schmaler Holzbrücke überquert habe. Hier nun wölbt sich eine steinerne Brücke wie der stolze Buckel einer Katze. Auf der anderen Seite dieser Brücke, so Nabila, befindet sich das arabische Granada, befindet sich der Alcazar, der Palast des Herrschers, von wo aus der Wesir, Joseph Ibn Nagrella, zu uns stoßen wird, um den Versöhnungstag mit uns zu begehen. Mein Onkel wird sich dann auch uns zugesellen, er kommt im Gefolge seines Herrn.

An diesem Punkt, vor dieser Brücke, machen wir Halt, um

auf die Herren aus dem Regierungspalast zu warten, und wieder dringt von da drüben der dumpfe Trommelschlag des »dummen Lieds« herüber.

Dann wird das Lied übertönt von wuchtigen Paukenschlägen und dem Klang der großen gebogenen Blechblasinstrumente, die sich die Spieler um den Leib schlingen, als seien es Würgeschlangen. Die Musik kommt näher. Sie ist prunkvoll, festlich, aber auch bedrohlich. Und mir fällt ein: Sollte an diesem Tag, dem Versöhnungstag, nicht nur ein einziges Instrument bei uns Juden zu hören sein: Schofar, das Widderhorn, das zur inneren Einkehr und zum Frieden mit Gott und Menschen aufruft?

Ja, das schießt mir durch den Kopf. Aber dann starre ich mit erstaunten Augen auf den pompösen Zug, der sich nähert.

Hinter den Musikanten eine Leibgarde mit bewimpelten Lanzen. Sodann, überschattet vom Symbol der Macht, dem goldfarbenen Schirm, auf einem weißen Pferd der großmächtige Hadjib, der Wesir Joseph Ibn Nagrella. Sein brokatenes Ehrenkleid breitet sich über die Kruppe des Pferdes aus und schimmert von Edelsteinen. Und er führt an der Seite ein großes Krummschwert in metallisch glänzender Scheide.

Mir, die ich weiß, dass es die Diener Allahs in Al Andalus ihren Dhimmis, also ihren andersgläubigen Schutzbefohlenen, nicht gestatten, offen Waffen zu tragen oder gar auf Pferden zu reiten statt auf Maultieren – mir bebt das Herz. Vor Stolz auf das, was dieser Mann, ein Jude, für sich in Anspruch nehmen kann, und auch vor Furcht. Dies ist kein Staatsakt. Er ist auf dem Weg zu einem jüdischen Gottesdienst, nicht mehr. Warum muss er seinen Reichtum und seine Macht derart zur Schau stellen? Heißt das nicht, den Hass der anderen herausfordern?

Der Zug überquert die Brücke.

Nun reitet der Wesir ganz nah an mir vorüber. Er ist groß, stark gebaut. Ich kann sein Gesicht unter der seidenen Kopfbinde sehen: schwammig, mit Tränensäcken unter den Augen, wie sie von langen Nachtwachen herrühren. Sein Mund ist üppig und sehr rot und erinnert mich an die Lippen des Mannes, der unterwegs zufällig zu meinem Retter wurde – an Ibn Zaydun.

Nach ihm kommen zu Fuß seine jüdischen Berater und Sekretäre, durchweg in schlichtem Schwarz. Zwar weiß ich nicht, wie weit es vom Alcazar bis hierher zum Realejo ist, aber die Männer machen einen erschöpften Eindruck und halten sich gegen den Straßenstaub Tücher vor Mund und Nase. Mein Onkel ist rot im Gesicht von der Anstrengung des Weges.

Zwei Dutzend muslimische Soldaten, das Krummschwert an der Seite, den runden Schild auf dem Rücken, schließen den Zug ab – die einem Wesir zustehende Eskorte.

Und hinterher, als würde eine bis dahin verdrängte Meereswelle an Land fluten, stürmt die Menge vor, zerlumptes Volk zumeist. Berber? Alteingesessene Araber? Christen?

Alles gleich. Die Handtrommeln. Das Lied. Schrille Stimmen. Ich vernehme den Text, den ich auf Hebräisch gelesen habe, nun auf Arabisch. Grell, bedrohlich.

»Eh man uns weiter so verhöhne: Lasst uns den fetten Hammel schlachten!«

Entsetzt hebe ich meine Hände, halte mir die Ohren zu.

Bevor sie heran sind, wenden wir unsere Tiere, reihen uns rasch ein hinter dem Nagid.

Als ich mich umdrehe, sehe ich, dass die Soldaten der Nachhut sich auf der Brücke verschanzt haben und die Speere gegen die Herandrängenden richten. –

Vor der Synagoge ist ein großer Platz. Ein leerer Platz. Die Diener helfen uns von unseren Maultieren, und wir betreten das Bethaus; Nabila steigt mit mir gemeinsam auf die Frauenempore. Von hier oben haben wir einen Blick auf den kostbar verzierten Schrein mit den Thorarollen und die Bima, das

Podium, von dem aus gepredigt und aus der Heiligen Schrift vorgelesen wird. Aber ich habe wenig Lust, mir alles anzusehen. Der Vorsänger intoniert das erste Gebet. Nabila neben mir sitzt mit geschlossenen Augen, tief in Andacht versunken. (Die kleinen Mädchen sind wohl bei den Dienerinnen.)

Ich bekomme wenig mit von dem Gottesdienst. Immer lausche ich nach draußen, vermeine den dumpfen Rhythmus zu hören wie das Hämmern meines Bluts in den Schläfen.

Als der Chasan, der Vorbeter, endlich das Widderhorn bläst, ist mir, als würde ich von außerhalb der Mauern des Gotteshauses ein höhnisches Echo vernehmen. Was ist mit mir? Ich bin doch sonst nicht so schreckhaft …

Nach dem Amen werden die Türen geöffnet, und selbstverständlich schreitet der Nagid als Erster zum Ausgang. Und dann …

Das Realejo ist keine Insel. Es gibt noch andere Zugänge als die Brücke über den Darro, wo die Nachhut wahrscheinlich immer noch steht – schließlich hat es keinen Befehl gegeben, abzuziehen – und sich wundert, wohin die Meute sich zerstreut hat.

Während ich mich vordränge neben meinen Onkel, kommen die beiden kleinen Mädchen und schmiegen sich an meine Seite; wo die Mutter ist, weiß ich nicht, eben saß sie noch neben mir auf der Frauenbank.

Ich will sehen.

Der Platz vor der Synagoge ist nun voller Menschen. Keine Juden. Sie stehen stumm und dicht gedrängt, bärtige Männer, zerrissenes Schuhwerk, den Kaftan mit einem Strick gegürtet, die Binden um den Kopf fleckig. Frauen, die in ihr schmuddeliges Tuch eingehüllt sind wie Bienenstöcke im Winter. Kinder, barfüßig, halb nackt. Dazwischen einige, die Lederkoller und Helm mit Nasenschutz tragen. Wüstenmänner von einst, Berbersoldaten – was tun sie hier? Sollten sie nicht eigentlich den Emir und dessen Palast bewachen?

Mir ist, als könnte man sie atmen hören, alle im gleichen Rhythmus, ein und aus, ein riesiger Blasebalg.

Von den Männern mit den Instrumenten ist nichts zu sehen. Wahrscheinlich haben sie Fersengeld gegeben, als der Platz sich zu füllen begann. Die wenigen Soldaten der Leibgarde haben sich schützend um das weiße Pferd des Ibn Nagrella geschart, als sei es eine Art Stellvertreter für seinen Herrn. Das Tier tänzelt auf der Stelle, schaut mit weit aufgerissenen Augen angstvoll in die Menge.

Der Hadjib ist drei, vier Schritte aus dem Tor der Synagoge herausgetreten. Jetzt steht er zögernd auf den Stufen, versucht wohl, die Lage einzuschätzen; sein edelsteinbesetzter Mantel glänzt im Licht, als wolle er uns alle blenden.

Durch die Menge im Inneren, die nach draußen drängt und nicht weiß, was vor sich geht, bahnt sich jetzt der Rabbi einen Weg. Von der Tür der Synagoge aus, wo auch ich stehe, schreit er, mit den Armen fuchtelnd: »Erhabener Herr, Nagid ha Negidim! Kommt zurück! Kommt in den Schutz des Bethauses!«

Joseph Ibn Nagrella scheint ihn nicht zu hören. Der Wesir von Granada und das Oberhaupt der Judenheit von ganz Al Andalus rührt sich nicht vom Fleck. Dann – immer noch ist es auf dem Platz so still wie am Tag nach der Sintflut – wendet er den Kopf und winkt sein Reitpferd heran.

Die Hufe klappern auf dem freien Raum vor den Stufen.

Als gäbe es nichts Ungewöhnliches, lässt er sich von einem Soldaten den Steigbügel halten, schwingt sich in den Sattel; ein anderer drapiert den Mantel über den Pferderücken.

Er reitet auf die Menge zu, lässt sein Pferd sich aufbäumen.

Keiner weicht zurück.

Das ist der Augenblick, in dem mein Onkel vorstürzt, vorbei an uns (die Mädchen schmiegen sich zitternd an mich, als sei ich ihre Mutter), mit ihm zusammen die anderen Männer, die zu seinem Gefolge gehören, Sekretäre, Schreiber,

Räte – alle versehen mit den heiligen Zeichen ihres Judentums, mit Tallith und Tefillin über dem Schwarz ihrer Kleidung.

Eli Ibn Mosche schreit mit lauter Stimme: »Platz! Platz für den großmächtigen Hadjib des Emirs, Platz für unseren Nagid, den Fürsten Israels! Achtet die Würde des vor aller Welt Erhöhten!«

Er und die anderen gehen auf die Menge zu, und tatsächlich öffnet sich eine Gasse, in die der Wesir seinen Schimmel treibt. Doch die Gasse ist zu schmal, und brutal teilt er mit der Peitsche nach rechts und links aus. Die Menschen können nicht weit genug zurückweichen, und ohne sich nach den Seinen umzuwenden, prescht er über Stürzende und Stolpernde rücksichtslos davon, in Richtung seines Palastes.

Die Stille explodiert in einem einzigen Wutgeheul. Der Platz rast und tobt. Die ersten Steine fliegen auf die Synagoge. Vereinzelt zunächst, dann hageldicht. Ich sehe, wie mein Onkel versucht, den Weg zurückzugewinnen, wie er stürzt, will zu ihm, werde von irgendjemandem gepackt und zusammen mit den jammernden Mädchen zurück in das Bethaus gezogen. Hinter uns schlagen die Torflügel zu.

Der Lärm ist unbeschreiblich. Männer und Weiber schreien aufeinander ein, einige wollen hinaus, den Bedrängten zu helfen, andere halten sie davon ab.

Dem Herrn sei Dank, da ist Nabila wieder! Ich weiß nicht, wo sie war, aber offenbar hat sie die Synagoge nicht verlassen. Nun starrt sie mich an mit irren Augen, als hätte ich ihr die Kinder entführt, die sich nun wieder an ihre Mantelschöße klammern, und fragt mit schriller Stimme: »Wo ist mein Mann? Wo ist Eli?«

Ich deute nach draußen, und so wie andere stürzt sie auf die geschlossene Tür zu, verlangt, dass sie hinausgelassen werde.

Die Synagogendiener, der Vorbeter und der Rabbi stehen

mit ausgebreiteten Armen davor wie die Erzengel vor der Paradiesespforte, nur, dass hinter dieser Tür das Inferno tobt.

Der Vorbeter beschwört uns alle mit lauter Stimme, Vernunft zu bewahren – hier seien wir sicher.

Er bekommt Unterstützung von überraschender Seite: Die draußen beginnen, die Tür mit prasselnden Steinen zu bepflastern und darüber hinaus mit harten und spitzen Dingen auf sie einzuschlagen.

Ein Aufschrei. Wie von einer Windbö getrieben, weichen die Menschen, die vorher auf dies unselige Tor zustrebten, nun wieder zurück, außer sich vor Angst. Kinder heulen, Frauen kreischen, Männer beten laut.

Und ich stehe da und weiß nicht – bin ich wieder daheim in Cordoba, und die Schläge gegen diese Synagogentür sind in Wirklichkeit die Schläge gegen den Eingang unseres Hauses.

Kein Entrinnen aus diesem Hass. Kein Ausweg. Kein Entkommen.

Mir entgeht nicht, dass diese Tür auf die Dauer den Angreifern viel weniger Widerstand entgegensetzen kann als die unsere in Cordoba. Hier ist man nicht darauf vorbereitet, angegriffen zu werden. Hier lebte man ja in Eintracht …

Draußen haben sie zu singen begonnen.

Ich höre den Text heraus durch all das Getobe und Gepolter gegen die Tür:

»Die Juden gehen in Samt und Seiden, an ihrem Tisch ist keine Not.

Die armen Muslims müssen leiden und kauen an einer Rinde Brot.«

Wie lange geht das? Ich weiß es nicht. Mir kommt es vor wie die Unendlichkeit. Ich hätte wohl ein Gebet sprechen sollen, daran kann man gut die Dauer der Zeit abmessen.

Plötzlich ändert sich etwas. Das Bombardement gegen die Synagogentür hört auf. Das Singen hört auf. Hufgetrappel. Jetzt schreien sie draußen, während wir hier drinnen mit angehaltenem Atem lauschen. Die Dinge sind dabei, sich umzukehren.

Ich begreife: Endlich hat die muslimische Truppe, die an der Brücke über den Darro wachen sollte, sich entschlossen, in das Geschehen auf dem Platz vor dem Bethaus einzugreifen. Sie treiben die Menge auseinander.

Die Tür wird geöffnet.

Und als habe man den Vorhang vorm Eingang in die Hölle vor mir fortgezogen, fallen meine Blicke auf einen Berittenen – einen unserer Retter! –, der einem Jungen im Burnus hinterherjagt und ihm dann mit einem einzigen Schwertstreich den Schädel spaltet, als sei es eine Melone. Die eine Hälfte des Kopfes fliegt in hohem Bogen davon, gefolgt von einer Blutkaskade, die platschend auf das Pflaster niedergeht. Und das Kind, der Junge, läuft noch weiter, mit halbem Kopf und geteiltem Gesicht, läuft, läuft, wie die Hühner laufen, wenn man sie geköpft hat. Das, was weiter geschieht, wahrzunehmen, vermag ich nicht. Meine Sinne verweigern den Dienst.

Ich komme erst wieder zu mir, als mich irgendeine Sänfte gemeinsam mit den beiden kleinen Mädchen in raschem Tempo den Berg hinaufträgt. –

Nabilas Töchter berichten mir wirres Zeug, unter Schluchzen und Anrufen des Ewigen Namens; es sind Splitter, aus denen ein Mosaik wird, wenn auch hier und da Teile fehlen – aber vielleicht kann man für diese Lücken dankbar sein.

Der Platz, so sagen sie, war bunt gesprenkelt von Menschen, die herumlagen wie schlecht aufgeräumtes Spielzeug. Die meisten schrien und versuchten, fortzukommen. Andere lagen auch ganz ruhig und mit seltsam verdrehten Gliedmaßen. Aber die Soldaten machten immer noch Jagd auf Menschen, die nicht schnell genug vom Platz gelaufen waren, und sie ritten rücksichtslos über die Liegenden hinweg, schnitten den Fliehenden den Weg ab und schlugen mit scharfer Waffe wahllos auf alle ein, auf Moslems und Christen, Frauen und Kinder, auf alle, die vor der Synagoge gewesen waren – als wenn es nicht genügt hätte, sie vom Platz zu vertreiben!

Und endlich, so erzählen die Mädchen weinend, kamen die anderen Soldaten, gesandt vom Nagid, und die Sänften für die Verletzten und für die Frauen, zudem für alle seine Vertrauten, die zu seiner Residenz mussten. Sie unterbanden die Hatz, doch das Wutgeheul der vertriebenen Menge brandete weiter aus den Gassen ringsum wie Windstöße.

Und dann erst fanden sie den Vater. Der Stein aus der Hand eines der Belagerer hatte ihm eine große Wunde am Kopf zugefügt. Es blutete schrecklich, und die Mutter war ganz außer sich.

Mehr weiß ich nicht, außer dass man mich, ohnmächtig, wie ich wohl war, mit den Kindern zusammen eingeladen hatte. Die Mutter hatte ihren Mann begleitet, war bei Eli Ibn Mosche geblieben.

Und nun sitze ich hier, zitternd, und vermag mich nicht zu rühren, und immer wieder läuft der Junge mit dem halbierten Kopf an mir vorbei.

Es ist unser Versöhnungstag. –

Der Nagid hat meinem Onkel einen Arzt geschickt und ein Ehrengewand für seine Treue und Tapferkeit.

Ob ihn das Ehrengewand sonderlich gefreut hat, weiß ich nicht. Der Arzt freilich war sehr vonnöten. Der Stein, der Eli Ibn Mosche am Kopf traf, hat ihm ein Auge ausgeschlagen.

Gegen Abend bittet mich Nabila, ihn aufzusuchen. Er wolle mit mir sprechen.

Inzwischen hat sich meine Hamda wieder eingefunden; in Panik war sie losgerannt, hatte sich in den Gassen Granadas verlaufen und war schließlich von einem Eselstreiber, der aus der Vega, dem fruchtbaren Umland, kam, Gemüse zur Residenz des Wesirs brachte und von nichts eine Ahnung hatte, mitgenommen worden. Sie weint fast ohne Unterbrechung; der Überfall auf dem Weg von Cordoba hierher war das eine, der Ansturm vor der Synagoge hat ihr vollends den Boden unter den Füßen fortgezogen. Sie will nach Haus; in die übersichtlichen Bedrängnisse von Cordoba, die sie kennt und in denen sie sich zurechtfindet.

Trotzdem hat sie mir geholfen, mich von Festkleidern und Schmuck zu befreien. Nun sitze ich am Lager meines Onkels. Sein Kopf ist dick verbunden. Das gesunde Auge sieht mich trübe an.

Ich greife nach seiner Hand, ziehe sie an die Lippen. Weiß zunächst nichts zu sagen.

»Kasmuna«, murmelt er. Seine Stimme klingt undeutlich, verzerrt. »Ich bitte dich um Verzeihung. Niemand konnte ahnen, dass es so – ausufern würde. Unser schönes, friedliches Granada muss dir wie eine Mördergrube vorkommen ...«

»Sorge dich nicht um meine Meinung, was Granada betrifft«, sage ich und schlucke an meinen Tränen. »Der Friede, den Juden finden unter den Völkern, währt immer nur kurz.«

Er stöhnt. »Immerhin hat er hier mehr als zwei Generationen überdauert. Ich bitte dich, reise ab, so schnell du kannst. Dies Unheil ist nicht für dich bestimmt. Es ist unser eigenes.«

Ich schüttele den Kopf. »Das Unheil, das uns ereilt, ist überall gleich. Ob ich hier bin oder in Cordoba.« Ich sehe, dass seine Lippen zittern. »Du hast als ein Held gehandelt an deinem Fürsten«, sage ich. »Meinst du, er ist es wert, ihm ein Auge zu opfern? Er ist einfach davongeritten.«

»Er ist der Nagid«, entgegnet er dumpf. »Ich bin sein Diener. Was willst du? Hätte er sich steinigen lassen sollen?«

»Ich weiß es nicht. Manchmal ist ein Märtyrer mehr wert als hundert Helden, so steht es im Talmud. Was treibt der Minister jetzt?«

Mein Onkel seufzt. Ich sehe, wie ihm der Schweiß die Schläfen entlangrinnt. (Sicher hat er höllische Schmerzen, die er zu verbergen versucht.) »So, wie ich ihn kenne, wird er annehmen, alles sei ausgestanden. Er hat gern Sprüche parat. Wenn das Wasser überkocht aus einem Topf, dann soll man es sprudeln lassen. Desto eher ist der Topf leer. Das ist seine Meinung. Er ist sehr … sorglos.«

»Das verstehe ich nicht. Hat er keine Angst? Die Truppen seiner Nachhut sind erbarmungslos vorgegangen gegen die Leute auf dem Platz. Er hätte es unterbinden können! Das muss den Hass doch verschärfen.«

»Um euch zu retten!«, sagt Eli heftig. Er dreht vorsichtig den Kopf, stöhnt. »Nichte, die Wirkung des Opiumtranks lässt nach. Bald werde ich so heftige Schmerzen haben, dass ich nicht mehr sprechen kann. Ich denke anders als der Nagid. Ich habe meiner Frau anbefohlen, mit den kleinen Mädchen und allen Frauen des Hauses in die Vega zu ziehen, aufs Land. Wir haben dort ein Sommerhaus. Sicher wird sie schon packen.«

»Wer wird dich versorgen?«, frage ich erschrocken.

»Die Helfer des Arztes und unsere christlichen Diener werden nach mir sehen«, erwidert er und winkt matt mit der Hand. Einen Moment schließt er das eine Auge, ringt nach Luft. Die Kraft scheint ihn zu verlassen. Dann strafft er sich erneut, schluckt krampfhaft.

»Du musst mit ihnen gehen«, sagt er. »Und ich habe eine Bitte an dich, denn du kennst dich aus, und Nabila gar nicht: Such an Büchern zusammen, was ein paar Maultiere tragen können. Nimm von unseren heiligen Schriften, aber vergiss auch nicht die Werke der Poesie und der Wissenschaft, so wie wir sie zu aller Erbauung und Freude zusammengetragen haben hier in meinem Hause. Und vergiss das Büchlein aus Bagdad nicht, das du mir geschenkt hast – ich werde wohl in der nächsten Zeit nicht mehr viel Lust am Lesen entwickeln.« Er stöhnt wieder, versucht ein Lächeln. Es misslingt.

»Onkel!«, sage ich erschrocken. »Meinst du, sie … meinst du, das war nicht das einzige Mal? Dass sie bald …?«

Er antwortet nicht direkt. »Je eher ihr aufbrecht, desto besser ist es«, sagt er. »Ich habe nicht mehr alles verfolgen können, nachdem mir … nachdem ich getroffen wurde. Hat der Emir auf den Vorfall hin seine Haustruppen zum Schutz der Residenz seines Ministers ausgesendet? Hat er etwas unternommen, den Realejo zu sichern vor Plünderungen oder Ausschreitungen?«

»Ich weiß es nicht!«, sage ich beklommen. (Wieder huscht das Phantom des laufenden Jungen mit dem halben Kopf durch mich hindurch.) »Ich … war mit mir selbst beschäftigt.«

»Das solltest du in der nächsten Zeit überwinden!«, sagt Eli eindringlich. »Sei wachsam. Und hab Acht auf die Meinen. Ich vertraue dir. Steh meiner Dienerschaft und den anderen Hausgenossen bei, du, Dichterin am Hofe einer Fürstentochter und Frau, die sich nicht beschränken muss.

Und nun«, fügt er mit versagender Stimme hinzu, »ruf mir die Helfer des Arztes. Es tut not.« –

Ich finde die aufgescheuchte Familie eifrig beim Packen. In der Morgenfrühe soll aufgebrochen werden. Nabila kommt aus den Tränen nicht heraus. Sie möchte bei ihrem Mann bleiben, aber Eli hat ihr streng befohlen, mit den Mädchen abzureisen. Sie ist eine gehorsame Ehefrau. Sie wird tun, was er ihr aufträgt.

Meiner Hamda gebe ich entsprechende Anweisungen, mitzuhelfen.

Dann begebe ich mich in die Bibliothek und beginne, beim Schein der Öllampen und dem Rieseln der Sanduhr die Bücher herauszusuchen und auf einen Stapel zu schichten, wie es mein Onkel wünscht. Zuerst geht mir der Bibliothekar zur Hand, zeigt mir, in welcher Ordnung die Schriften stehen. Dann, als ich den Überblick habe, schicke ich ihn fort. Ich will allein sein an diesem Platz, der mir in diesem Augenblick ein wenig von der Fassung zurückgibt, die ich so nötig brauche.

Hier endlich ist Frieden, hier, zwischen den in Leder oder

Seide gebundenen Folianten, den alten Schriftrollen und den liebevoll in Kästchen aus Zedernholz verwahrten losen Blättern (besonders kostbar) einer alten Handschrift, kann ich zu mir selbst kommen.

Das Volk des Buches, so hat man uns Juden genannt, und mir ist, als sei ich hier unter meinen eigentlichen Verwandten angekommen.

Die Bibliothek Eli Ibn Mosches ist groß. Es fällt mir schwer, eine Auswahl zu treffen. Manchmal blättere ich in einem Manuskript, erfreue mich an einer kunstvoll ausgeführten Initiale – und »lese mich fest«, ertappe mich dabei, wie ich mitten im Raum stehe, das aufgeschlagene Buch in der Hand.

Die Zeit vergeht.

Als ich denke, endlich mit gutem Gewissen das Wichtigste zusammengestellt zu haben, musste ich die große Sanduhr schon längst einmal umdrehen. Es muss weit nach Mitternacht sein.

Ich sinke in einen Stuhl vor einem Schreibpult; im Licht der Kerze treten verlockend Schreibrohr und Tintenfass vor mir aus dem Dunkel, die Blätter liegen bereit. Schon strecke ich nach alter Gewohnheit die Hand aus – und lasse sie wieder sinken.

Was soll ich schreiben? Was, Valada, zu Papier bringen, das dich erfreuen oder erstaunen könnte? Keine Themen für uns.

Mir stehen keine Worte zur Verfügung für das, was mir heute geschehen ist. Es gibt sie nicht im poetischen Universum um die Prinzessin, und es gibt sie darüber hinaus nicht bei allen Dichtern von Al Andalus.

Wir können loben, lieben, scherzen, in Tränen und Wollust schwelgen, in Dunkelheit und Licht baden, mit leichter Hand kunstvolle Bilder entwerfen und Reime formen. Unser Kreis ist leicht abzuschreiten.

Und das andere, das Grauenvolle?

Ich verfüge über keine Sprache, die das auszudrücken vermag. Und frage mich mit einem tiefen Erschrecken: Verfüge ich überhaupt noch über eine Sprache? Für das, was ich heute erlebt habe, versagt unsere Stimme. Man fällt ins Bodenlose.

Aber hier, hier kann mir nichts geschehen. Hier bin ich geborgen. Nichts dringt zu mir herein. Hier ist Frieden.

Hamda kommt.

Zeit, noch einen Augenblick zu schlafen.

12

IN DEN STRASSEN GRANADAS.

In der Morgendämmerung versammeln sie sich. Man braucht keine Fackeln mehr. Man sieht weiter als einen Steinwurf. Das genügt.

Kein Trommelschlag, kein Gesang. Zunächst nur der gleichmäßige Schritt von Stiefeln. Seit sie übers Meer gekommen sind, haben sie sich die weichen Schuhe aus Saffian abgewöhnt und tragen Stiefel. Mit Stiefeln kann man viel festere Tritte versetzen. Der gefährliche Rhythmus dieser Stiefel lockt die anderen hervor. Arme wie sie, das Volk der Stadt. Es kommt aus den Häusern, aus den Gassen und den Berghöhlen um den Albaycin, den dürftigen Behausungen, von den Seitenstraßen des Basars und den schmuddeligen Plätzen, die die Kreuzung von jenen Gassen bilden, so eng, dass man mit ausgestreckten Armen die gegenüberliegenden Wände berühren kann, aus den Hinterhöfen voller Katzenpisse und Unrat, aus den Hintertüren der nächtlich geschlossenen Garküchen und Schenken. Berber, Araber und Christen; sie sind alle aus ihren elenden Unterkünften gekommen und gehen nun dahin, wo sie sonst nie hingelangen – nicht, weil sie es nicht könnten, sondern weil sie es nicht wollen. Ihre Schritte vereinen sich, so wie sich Quellen in einem gemeinsamen Flussbett zu einem gefährlichen Strom vereinen.

Die vielen Füße machen ein schlurfendes Geräusch, wie ein unterdrücktes Grollen von unter der Erde.

Sie tragen Knüppel und Peitschen, aber auch viel Eisen mit sich, alles, was scharf ist und Kanten, Ecken oder Schneiden hat. Sie halten ihre Werkzeuge so, dass nichts klirrt. Sie machen keinen Lärm.

Eine graue Masse mit vielen Gesichtern. Aber all diese Gesichter tragen den gleichen Ausdruck. Den Ausdruck hasserfüllter Freude und zorniger Erwartung.

So eilen sie über die Brücke des Darro, quetschen sich durch dies steinerne Nadelöhr, das vom Brückengeländer gebildet wird, werden schneller.

Es geht bergauf. Keuchender Atem begleitet nun ihre schlurfenden Schritte.

Da ist ein Summen in der Luft …

Sie erreichen die Gärten.

Niemand hat ihnen je verwehrt, hier im Grünen spazieren zu gehen, die Wasserspiele zu bewundern, die Teiche voller Lotos, den Schatten der Laubengänge zu genießen, den Duft der hohen Oleander- und Jasminhecken einzuatmen. Aber sie sind niemals hier gewesen. Sie haben sich nie aus ihren dumpfen, engen Quartieren oder ihren Verschlägen hinausbegeben in diese fremde Welt, dies Reich der Üppigkeit und des Wohlbehagens.

Es sind nicht ihre Gärten.

Anders als in Cordoba, wo das Grün der zerstörten az-Zahra noch immer die Menschen heranlockt, wo sie sich in einer Mischung von Wehmut und Glück der Zeiten ihrer geliebten Kalifen erinnern und ihre Feste feiern, sind die armen Bewohner von Granada nie bereit gewesen, die Gärten und den Palast auf dem Berg anzunehmen. Das ist die Stätte des verhassten Juden.

Als sie die schön geschwungene Pforte erreichen, durch die man eingeht in das Wunder von Baum und Strauch und Wasserspielen, zögern sie. Die Pforte hat keine Torflügel. Ein Eingang, einladend wie ausgestreckte Hände.

Wo sind die Posten? Wo die Soldaten, die gestern auf dem Platz so unbarmherzig auf sie eingeschlagen haben? Alles ist still.

Vorsichtig bewegen sie sich weiter vorwärts, durch die grünen, nachtkühlen Hecken.

Die Sonne wird bald aufgehen. Schon erwachen die Farben, schon beginnen die Blumen zu duften. Die ersten Vögel wetzen ihre Schnäbel und versuchen, sich die Kehlen freizumachen.

Sie beeilen sich nun. Betreten die Innenhöfe des Palastes, vorsichtig, spähend zunächst, dann immer dreister.

Wo sind die Aufseher? Wo die Leibgarde des Mannes, den sie suchen?

Sie stehen unschlüssig. Einige schwärmen aus, erkunden die Gebäude. Niemand tritt ihnen entgegen.

Sie entdecken: Die Gardisten schlafen in ihrem Quartier; die eingeteilten Posten gehen ihre Runde um das Terrain; sie sind auf der anderen Seite. Ein Leichtes, die Tür zur Unterkunft zu verriegeln und mit ein paar herumliegenden Fässern zu verbarrikadieren. Die Soldaten wachen nicht einmal auf.

Dann ergießt sich der Strom ins Innere des Palastes, rast durch die Räume, explodiert in Krach, brüllend nun wie aus einer Lunge, Waffen schwingend; ein paar Diener, die ihnen in den Weg treten, werden beiseite gefegt, liegen blutend und stöhnend in den Ecken.

Und auf seinem Lager richtet sich aus tiefem Schlaf der Mann aus den seidenen Decken auf, der Mann, den sie suchen, die Augen weit aufgerissen vor Entsetzen und den Mund zum Schreien, aber es hört ihn niemand, der ihm helfen könnte.

Es ist schade, dass ein übereifriger Barbier aus den Gassen des Albaycin ihm gleich in den ersten Minuten die Kehle mit dem Rasiermesser durchschneidet. Sie hätten das, was sie mit ihm anstellen wollten, lieber dem Lebenden angetan.

13

‘KASMUNA.
Ich bin unsichtbar.

Anders kann ich es nicht erklären, dass ich durch das hier hindurchgehe, ohne dass mich jemand bemerkt oder anrührt.

Aufgewacht bin ich von einem Gebrüll. Ein Gebrüll ähnlich dem, wenn die Strenggläubigen in Cordoba unser Viertel oder unser Haus bestürmen.

Ich fahre hoch und lausche. Es kommt von draußen, genauer vom Palast des Nagid da hinten. Ja, es klingt so, und doch anders. Schrille, hohe Jauchzer mischen sich darunter, Schreie der Freude; mir ist, als hörte ich jenen Glückstriller der Araberinnen, mit dem ich begrüßt wurde bei meiner Ankunft hier in Granada. Doch er hat eine andere Färbung diesmal, ein Vibrato des Triumphes.

Im Haus meines Onkels erregte Stimmen, Schritte, Getümmel.

Niemand scheint an mich zu denken. Wo ist Hamda?

Ich springe aus dem Bett und greife mir das erstbeste Kleidungsstück, das ich finde. Es ist Hamdas dunkler Umhang.

Ich öffne die Tür meines Zimmers – und gleichzeitig fliegt die Eingangstür des Hauses auf. In den Patio ergießt sich ein Schwall von Menschen. Sie schwingen Gegenstände in den Händen und rufen irgendetwas, das ich nicht verstehe. Ich werde gegen die Wand gedrückt. Sie rennen an mir vorbei, als wäre ich nicht vorhanden. Zu den Zimmern von Nabila und den Kindern.

Wir wollten heute in aller Frühe aufbrechen ...

Es hört sich an wie ein Jaulen, ein hoher, winselnder Gesang, dann dumpfe Schläge, noch ein Aufheulen. Stille.

Hamda taumelt an mir vorbei, ich weiß nicht, woher sie kommt. Sie hält die Hände an ihren Kopf. Zwischen ihren Fingern quillt Blut hervor. Auch sie sieht mich nicht. Sie gibt ein Geräusch von sich wie die Röhren eines Brunnens, wenn das Wasser wegbleibt und nur noch Luft aufsteigt.

Von ihren Haaren sind einzig ein paar dünne graue Strähnen übrig, der ganze Kopf ist eine einzige Wunde. Und ihre Ohren? Wo sind ihre Ohren? Was hat man gegen die Ohren einer alten Frau?

Sie läuft aus dem Haus, ziellos, besinnungslos vor Schmerz. Ich will ihr folgen, aber auf der Schwelle bleibe ich stehen, denn da kommt etwas aus der Richtung des Palastes. Eine Prozession.

Den Beginn bildet ein Karren, der von Männern gezogen wird. Auf dem Karren steht ein Kreuz. Ein Kreuz, wie es die Christen anbeten, ein solides Kreuz, gefertigt aus zwei Baumstämmen. Ich weiß, auch muslimische Herrscher richten ihre Gegner manchmal auf diese Weise hin. Und an dem Kreuz hängt jemand.

Der Hadjib Joseph Ibn Nagrella, Vertrauter seines Fürsten, Nagid der Judenheit von Al Andalus, berühmter Sohn eines berühmten Vaters, wurde ans Kreuz geschlagen mit großen Nägeln, die aus seinen verkrümmten Händen hervorragen wie Dornen.

Er ist nackt. Sein Körper ist übersät von Wunden und blauschwarzen Flecken. In seine Brust hat man einen großen Davidsstern geritzt, das frische Blut tropft noch immer über seinen Bauch und vereint sich dort mit dem Blutstrom zwischen seinen Beinen. Sie haben ihm das Geschlechtsteil abgeschnitten.

Die johlende, jubelnde Menge begleitet den Karren mit dem Gekreuzigten, umtanzt ihn, folgt ihm hinunter zur Stadt.

Brandgeruch und Schreie. Sie haben offenbar die Quartiere der Soldaten und der Dienerschaft angezündet. Wollen sie bei lebendigem Leibe rösten, brüllen: »Verbrennt die Judenknechte!«

Wieso stehe ich auf dieser Schwelle, unversehrt, als sei ich nicht vorhanden?

Auf mich zu kommt in grotesken Sprüngen der Pfau, den ich gestern auf der Wiese habe sein Rad schlagen sehen. Er gibt schreckliche Töne von sich, dreht und wendet sich, Rettung suchend vor dem nicht nachlassenden Schmerz. Sie haben ihm die wundervollen Schwanzfedern ausgerissen.

Ich fliehe zurück ins Haus. Gerade tragen sie an mir jene Bücher vorbei, die ich gestern Abend zusammengestellt habe als unsere nötigste geistige Nahrung, wenn wir fort sind aus Granada. Sicher wollen sie das nächste Feuer damit entfachen. Einer rempelt mich an, sagt ärgerlich »Pass doch auf!«, als sei ich ein Teil dieser Mördertruppe. Zwei, drei Bände rutschen ihm aus dem Packen, den er auf dem Arm hält. Ich bücke mich. Das Büchlein aus Bagdad ist dabei, das mir mein Vater gegeben hat. Ich lasse es wieder fallen. Möge es brennen. Wer mag nach diesem hier noch Bücher lesen?

Auf den Gängen und den Treppen des Hauses liegen Tote. Vielleicht auch Verletzte. Sklaven des Hauses. Einer sagt: »Hilf mir!« Aber ich weiß nicht, wie ich jemandem helfen sollte.

Ich gehe an ihnen vorbei zum Krankenzimmer meines Onkels. Ich bin ganz ruhig. Nur kalt ist mir. Furchtbar kalt.

Wie viel Blut in einem Menschen sein kann! Eli Ibn Mosche schwimmt in seinem Blut. Auch die schönen Mosaiken des Fußbodens sind kaum mehr kenntlich. Sie haben ihm den Bauch aufgeschlitzt. Wahrscheinlich haben sie gedacht, er hätte Gold oder Juwelen verschluckt, aber das ist doch gar nicht logisch. Er wusste ja nicht, dass sie kommen. Wozu hatte er seine Pretiosen verschlucken sollen?

Es stinkt. Ich kämpfe gegen den Brechreiz. Das gesunde Auge starrt mich an, anklagend, als mache es mir Vorwürfe. Du hast dem falschen Herrn gedient, Onkel. Ihn klage an. Aber vielleicht haben wir alle auch nur dem falschen Gott gedient. Vielleicht ist es ein grundsätzlicher Irrtum, jüdisch zu sein.

Merkwürdig, dass ich bisher, seit ich aufgewacht bin, noch kein einziges Mal das Verlangen hatte, ein Gebet zu sprechen.

Und nun – Nabila und die Kinder.

Das Schlimmste wäre, es würde noch jemand von ihnen leben. Was sollte ich anstellen mit der Mutter, mit einem der Mädchen?

Ich gehe weiter in diesem Albtraum, gehe in die Räume des Frauentrakts, suche sie. Meine Glieder schlottern, ich muss mich an der Wand abstützen. Die Wand ist blutig.

Sie sind tot, alle drei. Dafür wenigstens sollte ich dem Herrn danken …

An Blut auch hier kein Mangel.

Die kleinen Mädchen sind schrecklich zerrissen. Am Ende hat man ihnen die Kehlen durchtrennt.

Nabila lehnt mit gespreizten Beinen an der Wand, ihr blutiger Schoß ist mit einem Pfahl zugestopft, die Arme mit Stricken am Fenstergitter über ihr festgebunden. Ihre weit aufgerissenen Augen tragen den Ausdruck namenlosen Schreckens. Offenbar hat man sie zunächst gezwungen, zuzusehen, was man den Kindern antat. Man hat ihr nicht nur den Hals durchgeschnitten, sondern ihr auch noch die Brustwarzen entfernt; gähnende, blutige Schlünde.

Die ersten Fliegen kommen durchs offene Fenster.

Nun muss ich mich doch erbrechen.

So viel Blut an meinen Händen und Füßen. Es ist klebrig. Ich muss mich irgendwo waschen.

Ich verlasse das Haus, gehe an den Totschlägern vorbei

nach draußen, als seien sie meine langjährigen Hausgenossen; wieso sie mich nicht bemerken, weiß ich nicht, vielleicht hat mich undurchdringliches Dunkel umfangen. Zu wünschen wäre es ohnehin.

Der Pfau ist endlich tot.

Durch den Park hallen Axtschläge. Sie roden Palmen und Tamarinden, reißen Blumen und Sträucher aus, zertrümmern die Mosaiken der Innenhöfe, durch die ich mich bewege in diesem endlosen Albtraum, werfen Erde und Unrat in die Springbrunnen.

Der Brandgeruch ist beißend. Rauch zieht in Schwaden durch die Gärten, hängt wie Nebel zwischen den Bogengängen. Sind wir noch auf dieser Erde, oder habe ich mich in eine andere Welt verirrt, eine Welt, in der Unvorstellbares geschieht, eine Welt, in der jemand die Zeit angehalten hat?

Inzwischen ist die Sonne aufgegangen. Es gibt sie noch, und sie treibt magische Spiele mit der verschleierten Luft, unwirkliche Schatten, geisterhafte Durchbrüche. Alles geht seinen Lauf, nur für mich haben sich Raum und Zeit verschoben, und die Dinge zeigen mir ein fremdes Gesicht.

In meine Dunkelheit gehüllt, gehe ich an Plünderern vorbei, die das, was an beweglichen Schätzen da ist, zusammenraffen und in große Säcke, Körbe und Truhen füllen; was man nicht mitnehmen kann, wird zerstört.

Auch sie nehmen mich nicht wahr. Nach der Mordlust sind sie bei der Gier angekommen.

Ein paar Soldaten sind dem Feuer entronnen. Sie wehren sich verzweifelt gegen eine triumphale Übermacht. Fliehen oder werden hingemetzelt.

Eine Koppel edler Pferde wird von ein paar Kerlen mit der flachen Klinge den Weg zur Stadt hinuntergetrieben; die Tiere sind außer sich vor Angst und Entsetzen.

Wo ist meine Angst? Wo mein Entsetzen?

Als Letztes jagen sie den Schimmel des Nagid vorbei. Sie müssen ihn nicht antreiben, denn an seinem Schweif schleppt er zwei scheppernde Käfige hinter sich her. In ihnen flattert, gurrt und kreischt es: Das gesamte Kolumbarium, alle Tauben der Post des Wesirs von Granada, wird so in die Kochtöpfe der Weiber auf dem Albaycin geschleift.

Der Schimmel schreit in Panik. Sein Maul und seine Augen sind weit aufgerissen. Er schlägt aus und buckelt, aber er kann der Hölle, die man an ihm festgemacht hat, nicht entrinnen.

So wenig wie wir.

Ich gehe weiter. In aller eisigen Ruhe. Will endlich einen Fleck finden, wo ich mir in Ruhe Hände und Füße vom Blut reinwaschen kann. Auch diesen Umhang will ich loswerden. Er stört mich. Wohl deswegen, weil sich sein Saum mit Blut vollgesogen hat und er nun so bleischwer an mir hängt und mich im Gehen behindert.

Und dann bin ich urplötzlich im Palast, auf dem Innenhof mit dem Löwenbrunnen. Ich ganz allein. Das Geschrei und Geheul, die Schläge der Äxte, das aufmunternde Hetzgebrüll der Mordbrenner, alles ist weit weg.

Ich trete aus dem Säulengang heraus, gehe über den weißglänzenden Marmor des Bodens. Er ist glatt. Ich schwanke und hinterlasse rote Spuren.

Wann war es, dass ich ehrfurchtsvoll hier vor der Schönheit dieses Brunnens stand, mir überlegte, wie ich sie für Valada beschreiben kann?

Valada. Ein Wesen aus einer anderen Welt.

Ich will mich waschen, weiter nichts.

Ich werfe den Umhang fort und setze mich auf den Brunnenrand, tauche zuerst die Arme bis zu den Ellbogen ein, sehe zu, wie das Wasser sich rot verfärbt. Dann schwinge ich die Beine hinüber und wasche meine Füße. Gründlich. Die Löwen speien weiter ihren Strahl in das Becken, gleich, von welcher trüben und betrübten Farbe das Wasser nun wird.

Beim Aufstehen lese ich die Inschrift auf dem Rand der Umfassung. Ich hatte sie in jener fernen Vergangenheit, als ich hier war, gar nicht bemerkt. Da steht: »Der Friede Gottes sei mit dir auf ewig. Mit jedem Fest beschäme deine Feinde.«

Lache ich? Ja, ich lache. Es ist ein Lachen, an dem man sterben kann.

Stimmen nähern sich, entfernen sich wieder.

Haben sie mich gesehen, die? (Ich denke, dass ja vielleicht der dunkle Umhang mein Zaubermantel war, der mich unsichtbar machte. Soll ich ihn wieder umtun? Ach nein, es ist zu viel Blut daran.) Ich glaube, überall, wo ich hinkomme, da haben sie ihre Arbeit schon vollbracht. Daran liegt es, dass mich keiner wahrnimmt.

Und vielleicht will ich gar nicht mehr unsichtbar sein.

Unterdessen gibt es ein neues Geräusch. Es kommt von unten, von der Stadt, und es hört sich genauso an, wie wenn Katzen schreien. Wie wenn hundert Katzen schreien. Katzen, denen man das Fell bei lebendigem Leib abzieht oder die man mit Öl übergießt und ansteckt, denen man die Augen aussticht und den Leib aufschlitzt. Nur, dass es keine Katzen sind.

Sie sind mit dem gekreuzigten Nagid im Realejo angekommen. Nun tun sie ihre Arbeit dort.

Langsam verlasse ich den Hof mit dem Löwenbrunnen. Mit jedem Fest beschäme deine Feinde! Ich gehe durch die schattigen Kolonnaden, Wasser trieft mir von Händen und Füßen.

Wie war es möglich, dass man dichten konnte?

Jetzt bin ich im Hellen. Hell im Hellen. Mir wird bewusst, dass ich unter diesem Umhang nichts getragen habe als meine weiße Ghilala. So stehe ich nun im Licht, und jene, die da eifrig beschäftigt sind, einen Feigenbaum in Stücke zu zerhacken, halten in ihrer Arbeit inne und sehen zu mir hin, als seien sie erschrocken.

Sie rufen mir etwas zu, was ich nicht verstehe. Einer hebt den Bogen auf, den er abgelegt hatte, zückt einen Pfeil.

Sehr ernsthaft beginne ich, unser Gebet aufzusagen, das Schma Israel, obwohl mir seine Worte wie Steine über die Lippen poltern. »Höre Israel, der Ewige ist dein Gott, der Ewige ist einzig. Du sollst anbeten den Ewigen von ganzem Herzen, mit ganzem Gemüt und mit ganzer Seele.«

Weiter komme ich nicht.

Der Pfeil trifft mich mitten in den Leib, über dem Magen. Ich umfasse ihn mit beiden Händen und schaue verwundert auf ihn herab.

Noch mehr Blut. Nun mein eigenes. Vielleicht bin ich tot.

ʿVALADA.

Seit Kasmuna fort ist, schlafe ich schlecht, bin gereizt und kann mich nicht sammeln.

Manchmal habe ich ein schlechtes Gewissen Muhdja gegenüber. Sie muss ja denken, sie sei mir nicht so viel wert wie die Jüdin. Aber das ist nicht wahr. Ich liebe die eine genauso zärtlich wie die andere.

Zum Glück scheint sie es nicht zu merken.

Manchmal entfernt sie sich nachts, schleicht sich davon. Ich tue, als würde ich es nicht merken. Und das ist gewiss falsch, weil es von Gleichgültigkeit zeugt. Aber was soll ich machen.

Ich bin unruhig seit Tagen. Ich weiß nicht, betrifft es mein Haus, betrifft es die Stadt, in der ich lebe? Gewachsen ist dies Gefühl in der Nacht vor dem jüdischen Fest.

Eigentlich hatte ich alles getan zum Schutz der Judería.

Und dennoch lag ich irgendwann wach, allein, die Hände unterm Kopf verschränkt, und lauschte nach draußen. Wohin mochten die Bärtigen sich verzogen haben, wenn sie im jüdischen Viertel nicht zum Zuge kamen? Wo brachen sie stattdessen ein in die Häuser?

Alles schien still zu sein.

Ich war kurz davor, wieder einzuschlafen, als mich eine gellende Stimme aufschreckte. Eine Stimme, die verkündete, dass Allah Gott sei und Mohammed sein Prophet, wie es vom Minarett herab zu geschehen pflegt. Aber es war nicht der Muezzin. Denn es war eine Frauenstimme.

Ich fuhr hoch auf meinem Lager, stützte mich mit beiden Händen auf, horchte.

Der Stimme antwortete eine zweite, eine dritte. Es war, als würden sie sich gegenseitig anfeuern, würden um die Wette schreien, so wie Hähne um die Wette krähen, wenn der Tag anbricht.

Und das war nicht alles. Ein Klirren, ein Rasseln und Dröhnen drang durch die Luft – diese Frauen machten Lärm mit ... ja, womit? Wahrscheinlich mit ihren Küchengeräten, mit Topfdeckeln und metallenen Kellen und Löffeln – ich kenne mich damit nicht aus.

Ich saß, und mein Herz klopfte mir bis zum Hals.

Am nächsten Tag stellte sich heraus, dass es kaum Plünderungen gegeben hatte, auch nicht in den anderen Stadtvierteln. Man war vorbereitet durch die Vorsichtsmaßnahmen, die ich bei der Judería hatte treffen lassen.

Aber die Frauen verliehen dennoch ihrer Wut Stimme. Sie waren auf ihre Hausdächer gestiegen und brüllten und machten Lärm, wie man es tut, um böse Geister zu verjagen.

Das hatte mir gefallen. Und von da an, als ich merkte, dass ich es mochte, war noch etwas dazugekommen.

Ich hatte das Gefühl, als gelte dieser Aufruhr mir. Als forderte man mich auf, zu Hilfe zu kommen. Ich, ihre Prinzessin.

Aber wie denn?

Indem ich den rechten, den gerechten, den wahren Herrscher holte, ja! Diese Frauen waren wie eine andere, lebende

Stimme des merkwürdigen Buches, das mich in seinen Bann geschlagen hatte. Das Sprachrohr der Nöte meiner Stadt.

Oh Allah, Ibn Zaydun, beeile dich! Man ruft mich. Man fordert.

Ich saß da, verbarg das Gesicht in den Händen, wiegte mich hin und her, außer mir vor Ungeduld und Sorge.

Dann, wie er gekommen war, verstummte der Lärm.

Stille. Eine Stille, die in meinen Ohren klang.

Hatte ich das vielleicht nur geträumt?

Muhdja war fort. Gern hätte ich sie gefragt, ob sie das Gleiche vernommen hatte. Aber sie suchen zu lassen in meinem Haus, dazu war ich zu müde.

Als ich einschlief, träumte ich von Kasmuna. Es war kein guter Traum.

14

IN DER GEGEN-STADT.

Niemand ist zufrieden mit der Ausbeute dieser Nacht in Cordoba, nach dem jüdischen Feiertag.

Unzufrieden sind die Bärtigen, die sich mit noch mehr Wucht als beim letzten Mal auf die Judería stürzen wollten und sich einer »Festung« gegenübersahen. Die Zugänge verbarrikadiert, und überdies noch Wachen aus der Truppe der Prinzessin davor.

So hatten sie sich diesen Akt nicht vorgestellt!

Und überall in der Stadt waren die Straßen leerer als sonst. Offenbar hatte man die Schutzmaßnahmen für das Judenviertel richtig gedeutet und auch die eigenen Tore und Türen verschlossen, Bäder und Hurenhäuser dichtgemacht. Die Gotteskrieger konnten nicht viel mehr ausrichten als lärmen.

Unzufrieden sind auch die Straßenreiniger, die Säuberer mit ihren Karren. Die Ausbeute, die sie zu den Ausgegrenzten bringen können, ist gering.

Und wenig Zufriedenheit zeigt der Mann, den sie den König nennen, denn es gibt so gut wie keine Ware.

Den Karrenmännern war er schon immer unheimlich, so, wie ihnen jemand, der Macht hat, welcher Art sie auch sei, eben unheimlich ist. Aber diesmal ist er zornig, der König, und in seinem Zorn beängstigt er sie sehr.

Er steht da, hoch aufgerichtet, bedrohlich, sein nackter

Oberkörper und sein kahler Kopf glänzen im Licht der aufgehenden Sonne, und seine Stimme tönt metallisch.

Er sagt: »Die Stadt Cordoba taugt nichts. Jeden Tag, den Allah, der Allmächtige, vergehen lässt, füllt sich unsere Gegen-Stadt«, (so sagt er), »mit mehr Flüchtlingen aus den Straßen und Gassen, durch die ihr täglich fahrt. Die Sklaven laufen ihren Herren davon, weil sie schlecht genährt und viel geschlagen werden. Die Zahl der Verbrecher, die man für Diebstahl oder aufmüpfige Reden mit Handabhacken, Augenausstechen oder Ohrenabschneiden straft, nimmt zu« (so sagt er), »und nun beginnen auch noch die kleinen Handwerker, Schankwirte und Kaufleute ihre Gewölbe zu schließen, ihren geringen Kram zusammenzupacken und sich bei Nacht und Nebel zu uns herauszuschleichen, weil ihnen der Steuereintreiber im Nacken sitzt oder ihre Kinder nach Brot schreien, und sie können die Mäuler nicht stopfen, oder beides.«

Die Karrenmänner ducken sich unter dem Blick dieser Augen, die nicht zu blinzeln scheinen, und unterm Klang dieser unerbittlichen Stimme.

»Diese meine Stadt wimmelt von Männern ohne Frauen. Und das, was sie zum Lebensunterhalt braucht, beschaffen nun einmal bis jetzt die Frauen. Wenn es so weitergeht, werden wir wohl auf andere Wege sinnen, zu holen, was uns fehlt. Denn dann«, (so sagt er), »müssen wir uns selbst aufmachen. Und ich weiß nicht, ob es Cordoba gefallen wird, wenn wir näher herankommen. Bedenkt das, ihr Männer.«

Sie scheuen sich, mit ihm zu reden, wenn er so spricht, aber schließlich macht sich doch einer zum Wortführer und nennt den Beherrscher der Ausgegrenzten demütig Mawlah – Herr. »Mawlah«, erwidert er. »Bedenkt unsere Lage. Wir können nur bringen, was es gibt. Wir sind Mittelsmänner. Und wo nichts ist, da ist nichts zu holen.«

Der König nickt langsam. »Übles Regiment«, (so sagt er), »lässt selbst das Unkraut verdorren. Die Reichen über euch sollten wissen, dass man denen da unten zumindest die Luft zum Atmen lassen soll, sonst werden auch sie eines Tages ersticken.«

Er verschränkt die Arme über der Brust. »Vielleicht reicht es ja schon, wenn wir die nächsten Flüchtlinge, die uns aus euren Stadttoren zulaufen, einfach wieder zurückschicken in die Gassen, aus denen sie kamen, damit sie vor den Augen derer krepieren, die sie so weit gebracht haben? Ohne diese Gegen-Stadt könnte vielleicht bald halb Cordoba zu einer Gegen-Stadt werden. Überlegt, wie ihr uns helfen könnt, damit auch euch geholfen werde.«

Darauf kehrt er sich um und verschwindet im Gewirr der Ruinen früherer Herrlichkeit und den Zeltplanen dazwischen und lässt die Karrenmänner in Verwirrung zurück.

Sie werden diese Reden in der Stadt verbreiten. Das ist sicher.

Gewiss, es muss etwas geschehen.

Was, das wissen sie nicht. Sie sind ja, wie gesagt, nur die Mittelsmänner.

15

IBN ZAYDUN.

Nur durch einen Buchstaben unterscheiden sich die Namen von Vater und Sohn. Aber die beiden, Al Mutadid, der Emir, und Al Mutamid, der Prinz, sind im Übrigen wie Essig und Öl.

Der alte Fürst, graubärtig, mit einem Gesicht wie aus Holz geschnitzt und farblosen Augen, ist klein und muskelbepackt, und man sieht ihm an, dass er noch immer im Sattel und mit dem Krummschwert in der Faust auf dem Schlachtfeld seinen Mann stehen kann. Der schlaksige Kronprinz nimmt sich dazu aus wie eine Pappel neben einer knorrigen Eiche, aber bei der Audienz, die mir gewährt wird, stelle ich fest, dass sich Essig und Öl wirklich gut vermischen. Der Sohn, gewiss gerissener als der Alte, versteht es geschickt, dem Vater nach dem Mund zu reden, sein Wohlwollen zu erringen und sich eifrig an die Umsetzung der Pläne des Alten zu machen. Dabei ist er ganz und gar loyal – im Gegensatz zu vielen anderen Herrscherhäusern in den Emiraten, in denen die Söhne gegen ihre Väter intrigieren, was das Zeug hält.

Meine Wertschätzung des Prinzen beginnt zu steigen. Sein Geschick im Umgang mit dem Alten kann mir nur nützlich sein.

Ich bemerke bei dieser Audienz, dass in diesem Fürstentum, im Gegensatz zu fast allen anderen Taifas, nicht ein Hadjib das Sagen hat, sondern dass die Familie der Banu Abbad das

Regieren selbst übernimmt. Ein Wesir ist nicht zugegen. Al Mutamid ist so etwas wie das ausführende Organ der Anordnungen seines Vaters. Auch das kommt mir sehr zupass.

Bei diesem meinem ersten Empfang habe ich mich als inoffizieller Gesandter der letzten Omayade vorgestellt und zunächst nur das spöttische Grinsen des regierenden Herrn geerntet. (Valadas Ruf in ganz Al Andalus, das weiß ich natürlich, ist sehr zweifelhaft. Er besteht aus jener Mischung von Verunsicherung, Verachtung und Gier, mit der Männer eine Frau betrachten, die sich mit ihnen auf geistigem Gebiet »messen will« und zudem noch freizügig in der Liebe ist.)

»Mir war nicht bekannt, lieber Freund, dass die Prinzessin, der Allah noch viele Jahre schenken möge, jetzt bereits Gesandtschaften in ihren Diensten hat. Soviel ich weiß, hat sie keinen Sitz im Alcazar, und Abd Al Malik, Cordobas Emir, erfreut sich bester Gesundheit«, bemerkt der hohe Herr trocken.

Ich verneige mich tief. »Mawlah, erhabener Gebieter, Ihr wisst, so wie ganz Al Andalus es weiß, dass ich als Kavalier im Dienste dieser Dame stehe. Sie ist meine Sayyida, meine Herrin, und wenn sie mir etwas befiehlt, dann gehorche ich.«

Der Herrscher sieht mich aufmerksam an, und der Spott in seinen Augen ist einer gewissen Anerkennung gewichen.

»Dass Ihr die Worte zu setzen wisst, Ibn Zaydun, davon bin ich überzeugt. Schließlich geltet Ihr nicht von ungefähr als der größte Dichter arabischer Zunge.«

Diesmal fällt meine Verbeugung noch tiefer aus – wenn Könige und Fürsten einen zu rühmen wissen, kann man sicher sein, dass es nicht nur bei leerem Wortgeklingel bleibt, sondern auch irgendwann ein Beutel mit Golddinaren folgen wird.

Indessen fährt Al Mutadid fort: »Soweit ich informiert bin, habt Ihr in letzter Zeit gewisse – nun – Schwierigkeiten mit dem dortigen Hadjib gehabt.«

»Oh«, entgegne ich so unbefangen wie möglich, »der erlauchte Herr, dem ich hier ausdrücklich nichts Böses wünschen möchte – das entspricht nicht meinem Wesen! –, hat mich wegen einer unbedeutenden Nichtigkeit einkerkern lassen. Aber meine Sayyida hat mich befreit.«

Mit dieser Lesart gibt sich der Emir zufrieden, jedenfalls nach außen.

Dann tritt eine Pause im Gespräch ein. Peinlich. Denn wenn mich der Fürst nicht nach meinen weiteren Zielen fragt, kann ich nach allen Regeln höfischer Diplomatie nicht von allein damit daherkommen.

Der Kronprinz mischt sich schließlich ein. »Erlauchter Herr und Vater, Ibn Zaydun ist mein Freund und mein Rivale in der Kunst des Dichtens. Gestattet, dass ich mit ihm für eine Zeit die Freuden der Feste und der Poesie genieße.«

»Ach so. Das ist es also!«, sagt der Alte, und sein Gesicht ist jetzt ganz ausdruckslos …

Ich sehe ein, mehr lässt sich im Moment nicht erreichen.

Al Mutamid verlässt mit mir gemeinsam den Audienzsaal; ich war der Letzte in einer langen Reihe von Bittstellern und diplomatischen Besuchern. Er legt mir vertraulich den Arm um die Schulter, erkundigt sich zunächst, ob ich mit meinen Räumen und den bedienenden Sklaven zufrieden bin, lädt mich auf den Abend zu einem kleinen Willkommensfest ein und sagt dann: »Aber nicht wahr, Ahmad – du verfolgst doch … gewisse Ziele …?«

Zunächst einmal versetzt es mir einen Stich, dass er mich bei meinem Vornamen nennt. (Gewiss, wir haben uns vor längerer Zeit so angeredet, ich war Ahmad und er Muhammad, doch inzwischen gibt es nur einen Menschen, der mich so anspricht, und auch das nur in gewissen Augenblicken, und das ist Valada bint Al Mustakfi.) Aber dann denke ich, soll er das Vergnügen haben, »intim« mit dem großen Dichter umzugehen – es kann ja nicht schaden. »Gewisse Ziele« allerdings hatten wir eigentlich nicht erörtert. Noch nicht. Also stoße ich nach ... »Hoheit, es könnte Sevilla gar nicht so ungelegen sein, Cordoba, nun, ein wenig zu irritieren, nicht wahr?«

Der Prinz antwortet zunächst nicht.

Wir gehen durch die gewaltigen Bogengänge des Alcazar, der eher einer Festung gleicht als einem Regierungssitz; aus einem alten Römerkastell entstanden, mehrfach gebaut und überbaut, überragt er drohend die ganze Stadt und demonstriert eindringlich die Macht der Banu Abbad.

Wir erreichen einen Patio, dessen zierliche, mit eingelegten Mosaiken und steinernen Blumenornamenten geschmückte Säulen in lebhaftem Kontrast stehen zu der unerbittlichen Strenge, die der Palast nach außen demonstriert.

Unter Zitronen- und Orangenbäumen stehen Bänke aus Zedernholz, und in den Fußboden eingearbeitet ist das Karomuster eines Schachbretts, aber zu meiner Erleichterung sind nirgends Spielfiguren zu sehen: Ich bin zwar leidlich gut darin, aber kann nicht sagen, dass mir das Spiel sehr am Herzen liegt. Spiele langweilen mich – jedenfalls solche Spiele. Nur die zwischen Menschen sind reizvoll für mich.

Al Mutamid fordert mich auf, neben ihm Platz zu nehmen, und sieht mich mit seinem nahezu weiblichen Lächeln lange und abwägend an, bevor er das Wort ergreift.

»Du weißt ja, dass meinem Vater das Kriegführen zur zweiten Natur geworden ist. Bis vor kurzem lagen wir in Fehde mit den Fürstentümern der Umgebung, mit Huelva, Carmona und Moron. Sie sind uns inzwischen tributpflichtig. Und mein Vater beginnt sich zu langweilen. Jetzt plänkelt er gegen die kleinen Könige des christlichen Nordens, greift die eine oder die andere Grenzfestung an. Aber das befriedigt ihn nicht. Du musst wissen, unsere Armee ist an Schlagkraft nicht zu überbieten, was damit zusammenhängt, dass unsere Söldnertruppe gemischt ist: halb Berber, halb Christen. So kann kein Ungleichgewicht entstehen. Die Berber haben nicht die Oberhand. Die Gruppen wetteifern miteinander, es dem Befehlshaber besonders recht zu machen, achten eifersüchtig darauf, dass keine sich etwas herausnimmt. Und die paar Schwarzen, die dabei sind, flößen dem Gegner schon Angst ein, bevor sie den Säbel ziehen. Nur König Alfonso aus Toledo wäre eine echte Herausforderung. Aber was sollen wir mit einer solchen Masse von Ungläubigen anfangen, wenn wir sie dann unterworfen haben? Nun gut, die Steuern … aber davon einmal abgesehen – schließlich muss man so eine Provinz auch verwalten …«

(Er grinst.)

»Da ist das muslimische Umland schon verlockender. Wir sind inzwischen der mächtigste Taifa-Staat in Al Andalus, aber mein erlauchter Vater kann, mit Verlaub, den Hals nicht voll kriegen. Granada liegt sehr günstig, die fruchtbare Vega-Ebene käme uns sehr zupass.«

Der Prinz erhebt sich, geht dann in die Hocke und markiert auf dem Schachbrett die Position der beiden Taifas mittels zweier schwarzer Kiesel, die er vom Boden aufhebt.

»Nur, da sitzt ein mächtiger Gegner, der uns keinen Kriegsgrund liefert. Nicht Emir Badis, gewiss nicht! Der trinkt sich um den Verstand. Aber Joseph Ibn Nagrella ist mit allen Wassern gewaschen und versteht sich darauf, die Beziehungen geschmeidig in diplomatischen Bahnen dahinplätschern zu lassen. Granada fällt also aus.«

Al Mutamid schnippt das »Granada-Steinchen« vom Spiel. Stattdessen platziert er ein anderes, zwei Felder weiter oberhalb des Kiesels für »Sevilla«.

»Cordoba ist als Ziel noch viel verlockender, Ahmad! Schließlich war es einst der Sitz des Kalifats, der Sitz der großen Macht. Wenn du meinem Herrn und Vater erklären würdest, dass dich – nun, sagen wir einmal – Ibn Abdus beauftragt hätte, sich nach einem anderen, mächtigeren Herrscher für Cordoba umzusehen und den alten Glanz der Stadt wiederherzustellen ... ich kann mir nicht denken, dass er lange zögern würde, seine Truppen marschieren zu lassen. Allein die Tatsache, dass die Staatseinkünfte dort fünf Millionen Silberdirhems im Jahr betragen ...« Er pfeift durch die Zähne. »Aber mit Ibn Abdus stehst du ja nicht unbedingt auf gutem Fuß, wie ich weiß. Du hast einen anderen Auftraggeber, wenn ich dich recht verstanden habe.«

Er nimmt wieder neben mir Platz, stößt mir mit jener Vertraulichkeit aus früheren Tagen, die mich denn doch etwas stört, den Ellbogen in die Rippen.

»Es ist die Omayade. Und als Omayade will sie nicht einen Mann von den Banu Abbad auf dem Thron sehen – oder?«

»Ihr habt Recht, Hoheit«, sage ich. »Sie will das Kalifat wiederherstellen.«

Der Kronprinz nickt. »Das habe ich mir gedacht. Und ein Kalif muss unweigerlich ein Nachkomme Mohammeds sein. Also ein Omayade.«

»Das ist mein Auftrag«, erwidere ich gemessen.

Der junge Mann hebt in komischer Verzweiflung die Schultern. »Aber wo, beim Barte des Propheten, sollen wir einen Nachkommen des Kalifengeschlechts auftreiben, um dem Wunsch deiner Herrin Genüge zu tun?« Und er gibt selbst spöttisch Antwort auf seine Frage: »Wir müssten ihn wohl aus der Erde graben.«

Er erhebt sich und ich mich mit ihm, wie es sich gehört.

»Nun, vielleicht bringt die Zeit ja Rat. Genieße zunächst einmal deinen Aufenthalt hier. Heute Abend werde ich für ein kleines Festmahl sorgen. Spargel, das edle Gewächs, das einst von mir besungen wurde – erinnerst du dich:

»Lanzen, deren Spitzen voller Leben!
Zart wie Seide ist die Haut der Stangen!
Selbst ein Frommer würde voll Verlangen

Jedes noch so strenge Fasten brechen,
Um sich dem Genusse hinzugeben
Und danach noch nächtelang zu zechen!«

Er lacht schallend.

»Und natürlich die üppigsten Djarias, Tanzmädchen mit wogenden Hüften – oder sollen es Knaben sein?«

»Unkastrierte Knaben«, sage ich mechanisch und lausche in mich hinein, ob ich überhaupt auf irgendetwas in der Art Lust habe. Mir steckt das Weib in den Knochen … Aber schließlich muss ich mich mit dem Prinzen gut stellen.

Al Mutamid nickt und schlägt mir jovial auf die Schulter. Dann schiebt er mit dem Fuß die Kiesel von dem Schach-Viereck und entfernt sich.

Ich verirre mich zweimal, bevor ich meine Räume wiederfinde.

Mir fallen die Perlen der Kasmuna ein, die ich gestohlen habe. Sie schmückten, bevor sie in den Besitz dieser Jüdin kamen, den schlanken Hals Valadas.

Ich hole sie hervor und gebe ihnen in meinen beiden hohlen Händen ein Nest, wärme sie, hauche sie an.

Was sagte Al Mutamid?

Wir müssten ihn wohl aus der Erde ausgraben, den Omayaden …

Nun, da sind wir doch vielleicht schon auf dem richtigen Weg. Und falls es Truppen braucht, der Angelegenheit Nachdruck zu verleihen – daran dürfte ja kein Mangel sein.

Anderntags gibt es Neuigkeiten.

Eine Taube aus Granada ist in den Schlag zurückgekommen, mit gebrochenem Bein und zerzaustem Gefieder. Und ohne Botschaft. Dann noch zwei weitere, ebenso lädiert.

Helle Aufregung im Alcazar.

Weshalb eigentlich?

Zum ersten Mal lasse ich mir das System dieser fliegenden Boten mit ihren oft geheimen Nachrichten erklären – ich hatte, wenn es mir möglich war, ihre Dienste bisher gedankenlos in Anspruch genommen.

Jede Taube will den eigenen Schlag aufsuchen und flieht den fremden. Was bedeutet, dass die Tiere jeweils nur in einer Richtung unterwegs sind: nach Hause. Der Besitzer der Brieftauben muss also die Tiere jeweils an den Orten deponieren, aus denen er Nachrichten zu erhalten wünscht. Was voraussetzt, dass er jeweils in gutem Einvernehmen mit dem Verbindungsmann stehen muss und somit eigentlich nur das erfährt, was dieser ihm mitzuteilen wünscht. Da er aber an jedem dieser Orte, sprich, an den Fürstenhöfen, gewiss auch einen vertrauten Informanten hat, wird dieser wiederum Mittel und Wege finden, eine verschlüsselte Nachricht mitzuschicken, die Ausgespitzeltes enthält.

Sevillas Tauben nun sind bekannt; sie stammen aus der exquisiten Zucht Abu Abse, auch Bagdadi genannt, wie sie sonst niemand in Al Andalus hält. Die Verletzung eines solchen kostbaren Tiers wird mit strengen Strafen geahndet.

Dessen ungeachtet aber gilt die Sorge des Fürsten Al Mutadid in diesem Fall nur vordergründig dem verletzten Nachrichtenübermittler. Vielmehr lautet die Frage: Was ist los in Granada?

»Mein Vater versetzt schon die Truppen in Alarmbereitschaft!«, erklärt mir der Prinz, als er endlich, gegen Abend, Zeit für mich findet, um meine Neugier zu befriedigen.

(Ich stelle fest, dass er von Tatendrang beseelt scheint, mit weit ausholenden Bewegungen und gleichsam auf dem Sprung. Er trägt sogar ein Krummschwert an der Seite. Wenn es drauf ankommt, verwandelt der »Schöngeist« sich schnell in einen Krieger.)

»Wieso die Truppen?«, frage ich begriffsstutzig.

Al Mutamid lacht.

»Was auch immer in Granada passiert sein mag – ob Feuersbrunst, Revolte oder ein Überfall aus einer anderen Taifa –, auf alle Fälle hat das Land gerade offensichtlich so etwas wie eine Schwachstelle. Und wer die nicht ausnutzt ...« Er beendet den Satz nicht. »Eilboten sind unterwegs, uns Gewissheit zu verschaffen.«

»Ich verstehe zu wenig von Politik«, sage ich scheinheilig. »Will der Emir Granada annektieren?«

»Mein fürstlicher Vater, der Emir Al Mutadid, wird gewiss keine Gelegenheit verstreichen lassen, die Sevilla zum Vorteil gereichen könnte«, bemerkt der Prinz geschraubt und dekoriert den ausdeutbaren Satz mit einem seiner mädchenhaften Augenaufschläge. »Wir machen einen Staatsbesuch. Natürlich mit einer Schutztruppe ...«

Das riecht nach entschlossener Aktion.

Da fällt mir ein: Wollte nicht die Jüdin, deren Perlen ich habe, ebenfalls nach Granada? Nun, es ist kaum anzunehmen, dass sie irgendetwas von den »Wirren« (gleich, wie die aussehen mögen) mitbekommen hat. Sie wird im sicheren Harem ihres Onkels sitzen und ihre mondscheinzarten Verse dichten.

Ich für mein Teil muss für den Augenblick das Schreibrohr des Poeten aus der Hand legen und mich um das kümmern, was mich zurückführt in die Arme Valadas. Wie hatte der Kronprinz so richtig bemerkt, als es darum ging, einen Nachkommen aus dem Kalifengeschlecht zu finden? Wir müssen ihn wohl aus der Erde graben.

Ich beginne damit.

Der Alcazar Sevillas hat, wie sollte es anders sein, eine umfangreiche Bibliothek; diese Kleinkönige wetteifern ja darum, die jeweils meisten Bücher zu besitzen sowie die berühmtesten Poeten, scharfsinnigsten Gelehrten und originellsten Erfinder um sich zu versammeln. Ich begebe mich dorthin und stoße auf einen rothaarigen Bibliothekar namens Ibn Hayyam, der, welch Glücksfall, mit Besessenheit die Geschichte von Al

Andalus studiert und an einer umfangreichen Historie des Landes arbeitet. Das Kapitel über die Omayaden hat er schon fertig, einschließlich der Vorgänge in der jüngsten Vergangenheit. Es ist, so erklärt er mit Feuer, während er mir den betreffenden Band aushändigt, für einen Erforscher der Geschichte immer eine besonders dankbare Sache, wenn eine historische Episode abgeschlossen ist und es keine Veränderungen mehr geben kann.

Nun ja, vielleicht hat er sich darin ja getäuscht.

Am nächsten Tag beginne ich mit dem Studium dessen, was sich in den Jahren nach dem Tod des großen Hakam, der unser wunderbares Schloss az-Zahra erbaute, getan hat.

Als der Kalif stirbt, ist sein Sohn Hisham gerade einmal elf Jahre alt. Für ihn übernimmt, wie ich weiß, der Geliebte seiner Mutter, jener Al Mansur, allgemein als Emporkömmling angesehen, die Regierungsgeschäfte und reißt schließlich die Macht ganz und gar an sich.

Hisham ist seine Marionette. Je nachdem, was dem Machtmenschen und Kriegsherren Al Mansur gerade von Nutzen erscheint, wird der kleine Kalif einmal gefeiert und vorgezeigt, dann wieder versteckt. Es wird behauptet, er sei ins Ausland geflohen. Er wird für tot erklärt und kurz danach wieder ans Licht geholt. Irgendwann verlieren sich seine Spuren. Ist er ausgewandert? Seine Knochen jedenfalls hat keiner gefunden.

Ich beginne, die Liste der von Ibn Hayyam sorgfältig aufgeführten männlichen Nachkommen der Omayaden zu durchforsten. Genug davon hat es tatsächlich gegeben, Hakam selbst und seine Vettern und Brüder, soweit sie sich nicht gegenseitig umgebracht hatten, sorgten reichlich für Nachzucht und schliefen querbeet mit allem, was ihnen vor die Lanze kam, gleich ob Schwarz, Braun oder Weiß, Christin, Jüdin, Muslimin, und erkannten ihr Fleisch und Blut großzügig an.

Nur leider sieht es so aus, als habe sich von dieser ganzen

Brut nichts halten können. Gestorben, verdorben, verschollen. Die Letzten, die noch am Leben waren, sind von Al Mansur verfolgt und, wo er sie nur erwischen konnte, um die Ecke gebracht worden.

Man hätte es sich denken können, dass die Würdenträger von Cordoba, hätten sie damals die Möglichkeit gehabt, drei andere Kandidaten für das Kalifat zu benennen als die, zu denen auch der minder begabte Vater der schönsten Tochter der Welt zählte, davon gewiss Gebrauch gemacht hätten.

Voll Ärger und Ungeduld schiebe ich das verdienstvoll akribische, aber für mich leider unbrauchbare Werk des Ibn Hayyam beiseite.

Wo bekomme ich meinen Omayaden her?

Ich muss meine Studien unterbrechen.

Der Prinz lässt mich – hohe Ehre! – als Zuhörer in den Kronrat laden. Die Eilboten aus Granada sind zurück und haben, so ist zu vernehmen, Unglaubliches zu verkünden.

16

MUHDJA.

Ich bin eine Verräterin.

Heiß und leidenschaftlich liebe ich meine Prinzessin.

Und heiß und leidenschaftlich liebe ich eine schwarze Sklavin, jenes Mädchen, das Ibn Zaydun zum Verhängnis wurde.

Kann sein, dass sie auch mir zum Verhängnis wird. Wenn Valada davon erfährt, dass ich mich mit Nazik – nach vergeblichem Bemühen zunächst – zu bestimmten Zeiten in entlegenen Winkeln des Wirtschaftsgartens oder in jenem schäbigen Geräteschuppen treffe, wird sie mich verstoßen, ich weiß es. Verstoßen und bestrafen, und es wird mir recht geschehen.

Ein Wunder, dass sie bisher nichts bemerkt hat. Komme ich nicht mit niedergeschlagenem Blick zu ihr, zaghaft, wie ein Kind, das sich vor dem Zorn der Mutter fürchtet, weil es einen Krug zerbrochen hat? Und habe ich nicht fremden Geruch an mir? Mag ich meine Hände auch mit heißem Wasser und Olivenseife waschen, bis sie rot und rissig werden – wenn ich sie zur Nase führe, glaube ich immer noch, den Duft von Nazik zu riechen.

Kein Scherz will mir gelingen, keinen frechen Vers bringe ich zu Papier.

Dass ich bisher unentdeckt geblieben bin, verdanke ich dem Fehlen von Kasmuna. Die Sorge, der Kummer wegen Kasmunas »Flucht«, wie sie es nennt, beschäftigen Herz und Sinne meiner Geliebten.

(Hin und wieder meine ich, dass sie es doch bemerken muss, wenn ich nachts ihr Bett verlasse! Aber sie sagt nichts. So irre ich mich wohl.)

Eigentlich müsste ich eifersüchtig sein, so sehr wegen der fernen Freundin vernachlässigt zu werden. Aber nun, in meiner elenden Lage, kommt mir zustatten, dass Valada mit den Gedanken woanders ist.

Vielleicht, so überlege ich manchmal, sollte ich es ausnutzen, dass ich ihr im Moment unwichtiger erscheine als sonst. Ihr zu Füßen fallen und die Verfehlung bekennen. Vielleicht brächte sie es jetzt leichter fertig, mir zu verzeihen. Vielleicht würde sie sogar über die Verirrung lachen.

Manchmal denke ich trotzig: Was ist schon dabei? Hat sie, Valada, uns nicht selbst gelehrt, dass im »Haus Liebe« viele Wohnungen sind, dass Zärtlichkeit und Begierde sich hier und da ein Nest bauen, dass das Spiel zu spielen keine Verfehlung ist?

Dann könnte ich auf alle Heimlichkeiten verzichten.

Aber das ist es ja eben. Dass es gar kein Spiel ist. Keine Verirrung.

Ich versuche, mich selbst zu verstehen. Was ist es, was mich fesselt an dieses Mädchen?

Bei jenem Fest Valadas, als sie mir ins Herz fiel wie ein Meteor, da gab es ein Wort, das hieß »schwarze Magie«. Weiß und schwebend im Gang ist meine Prinzessin, und über ihre Augen glaube ich manchmal in den Grund ihres Gemüts sehen zu können. Schwarz und schwebend im Gang ist Nazik – sie ist das Gegenstück zu Valada. Sie ist undurchdringlich, verschlossen wie eine Muschel. Und alle meine Sinne sehnen sich danach, ihr Dunkel zu lichten, in ihr zu ertasten, wer sie wirklich ist.

Valada ist mein Glück. Nazik ist meine Arbeit.

Aber wie sollte ich *das* Valada beichten?

Jedes Bekenntnis würde natürlich bedeuten, dass ich Nazik

nicht wieder sehen dürfte. Dass ich auf unser Beisammensein verzichten müsste.

Das kann ich nicht.

Das schwarze Wesen, das kaum spricht (inzwischen weiß ich, dass sie unser Arabisch zwar versteht, aber sich weigert, es zu benutzen: Wir sind ihre Räuber, ihre Fänger, ihre Jäger. Sie verachtet diese Sprache), beschäftigt meine Gedanken bei Tag und Nacht.

Wenn ich mich zu ihr schleiche, auf leisen Sohlen, bemüht, keinem vom Hausgesinde zu begegnen, brennt mir das Herz in der Brust vor Bangigkeit und Freude zugleich.

Sie wartet in den dunklen Ecken, in denen wir uns treffen und die für mich zumindest dem Beisammensein zusätzlichen Reiz verleihen – ob sie auch so empfindet, weiß ich nicht. Ich weiß nicht, ob sie überhaupt etwas für mich empfindet. Sie duldet mich. Sie duldet auch, wenn ich sie streichle, wie eine Mutter ihr Kind streicheln würde – ein Kind, das die Zärtlichkeit nicht erwidert.

Manchmal rede ich auf sie ein, versuche, ihr zu sagen, dass das, was wir hier tun, für sie nicht zu den Sklavendiensten gehören sollte, die sie verrichtet, dass es ein Stück Freiheit oder Glück sein soll, das ich ihr zu geben versuche.

Ich weiß nicht, ob sie mich nicht versteht oder nicht verstehen will.

Wenn ich sie bitte, zu lächeln, sieht sie mich ernst und voller Verwunderung an, und ich hoffe zu Allah, dass hinterm Horizont dieser Verwunderung nicht auch noch Verachtung wohnt.

Wenn ich mich bei ihr bedanke, dreht sie den Kopf beiseite.

Es kann geschehen, dass ich weine – vor Glück und Verzweiflung zugleich. Sie betrachtet mich, wie mir scheint, ungerührt.

Ich wollte, ich würde nicht nur in ihren Körper eindringen,

mit meiner Hand die Dünen und Wellen erfühlen, sondern sie würde mir Herz und Geist öffnen.

»Nazik!«, sage ich, drängend und flehend. »Sprich zu mir! Bist du sehr traurig, hier zu sein, fern von deinem Volk? Was fühlst du? Was sagt dein Herz? Sind die Stunden heller, wenn ich bei dir bin? Freust du dich, mich zu sehen?«

Sie scheint verwundert, schweigt, hebt die Schultern. Geht.

Der Gedanke, dass ich ihr eigentlich gleichgültig bin, quält mich unendlich.

Quält mich zusätzlich zu meinen Gewissensbissen. –

Und noch anderes bewegt mich.

Obwohl mich meine Prinzessin gebeten hat, ganz und gar in ihrem Haus und bei ihr zu bleiben, bin ich doch immer wieder im Viertel der Händler und sehe nach Kasim, meinem Vater – nicht nur, um meinen brennenden Schuldgefühlen zu entgehen. Sein plötzlicher Reichtum ist mir nach wie vor unheimlich.

Er stolziert in Kaftanen mit bunten Borten umher, trägt die Geldkatze an der Gürtelschärpe und hat sich zwei Sklaven angeschafft, die das Haus besorgen. Die Schlampe Dawja spielt sich nun als Haushälterin auf und kommandiert die beiden herum – ebenso wie das Weib, das sich Kasim zu meiner großen Erleichterung zugelegt hat, eine Person mit ausladendem Hinterteil und dicken Säulenbeinen, mit der er das Bett teilt, sodass er nicht mehr auf meine »Hilfe« zurückgreift.

Wenn ich ihn frage, wie er zu seinem Geld kommt, winkt er ab. Das hätte er mir doch schon erzählt. Um unseren Stand auf dem Basar kümmert er sich nicht mehr. Er hat einen Pächter gesucht.

Es geht auf Mittag zu an jenem Tag, von dem ich spreche, als ein Läufer meiner Prinzessin mich am Haus meines Vaters abholt. Es sei dringend. Die Herrin wünscht mich unverzüglich zu sehen. Atemlos folge ich dem langbeinigen Kerl, der mir ständig ein paar Ellen voraus ist und an jeder Straßenecke ungeduldig trippelnd auf mich wartet.

Mein Bauch ist angefüllt mit bösen Ahnungen. Die schlimmste Vorstellung: Jemand hat uns, Nazik und mich, beobachtet und der Herrin berichtet. Dass sie nur dem Mädchen nichts antut!

Aber es geht um etwas ganz anderes.

Valada kommt mir entgegen mit wehenden Kleidern. Ihr Haar ist aufgelöst, und ihre Augen sind blaue Flammen.

»In Granada ist etwas Schreckliches geschehen!«, ruft sie mir schon aus der Entfernung zu.

Ich sehe, dass im Mailis Ismael Ibn Jeschulla, Kasmunas Vater, an der Wand lehnt; sein Gewand ist am Saum zerrissen und sein Gesicht mit Asche bestreut – er ist in Trauer. Neben ihm ein junger Jude, an dessen Kaftan Brandflecke sind. Bestaubte Schuhe, verschmutzte Kopfbinde und ein Blick, der durch alles hindurchgeht.

Valada stürzt sich auf den jungen Mann, fasst ihn am Kleid, rüttelt ihn. »Sag es noch einmal! Nein, sag, dass es nicht wahr ist!«, gibt sie ihm zur gleichen Zeit zwei widersprechende Befehle.

Der junge Mann öffnet den Mund, aber er bringt kein Wort heraus. Er beginnt zu zittern.

»Erlauchte Sayyida!«, mischt sich jetzt Ibn Jeschulla ein. Ich sehe, wie er versucht, seine Fassung zu bewahren. »Ich habe diesen Boten nur als Zeugen mitgebracht für die entsetzliche Wahrheit. Erlasst es ihm, das Grauen zu wiederholen.« Er wendet sich an mich. »Ich dachte, ich sei es der Herrin, der besten Freundin meiner Tochter, schuldig, dass sie als Erste erfährt, was sich in Granada zugetragen hat. Dieser junge Mann ist mit einer Handvoll anderer durch den Beistand des Allmächtigen dem Tod entkommen und hat die Nachricht in mein Haus gebracht.

Dem Schöpfer der Welten hat es gefallen, sein erwähltes

Volk einer harten Prüfung zu unterziehen. In Granada ist der Nagid ha Negidim, der Fürst Israels, Joseph Ibn Nagrella, wie ein Stück Vieh abgeschlachtet worden. Mit ihm sein Hofstaat und seine Vertrauten. Alsdann ging das Morden in der Judenstadt weiter. Noch hat keiner die Leichen gezählt.«

Es fällt ihm schwer, weiterzusprechen. Er verbirgt die Augen hinter der Hand.

In der lastenden Stille höre ich mich leise fragen: »Wer hat das getan?«

»Die von ganz unten, so sagt er hier.« Der alte Mann deutet auf den Boten. »All die Armen und Unzufriedenen der Stadt, verführt und zum Abschaum gemacht, Muslime und Christen gemeinsam. Wer vor kurzem noch der gute Nachbar eines Juden war, erschlug ihn nun und raubte seine Truhen und Kästen aus. Wer gestern noch die heranwachsende Tochter seines hebräischen Nachbarn wegen ihrer Züchtigkeit lobte, tat ihr am nächsten Tag Gewalt an auf der Schwelle ihres eigenen Hauses. Ganze Gassen wurden niedergebrannt. Das Leid schreit zum Himmel.«

Die Prinzessin hebt die Arme wie ein Vogel, der davonfliegen will – eine Geste des Zorns und der Hilflosigkeit.

»Kasmuna!«, drängt sie. »Redet von Eurer Tochter! Was wisst Ihr von Kasmuna?« Wieder wendet sie sich an den verstörten jungen Menschen. »Was weißt du von der Tochter dieses ehrwürdigen Mannes? Hast du Nachricht von ihr? Wo war sie, und wo ist sie jetzt?«

Der Befragte bricht in Tränen aus. Die Schilderung des Ibn Jeschulla hat nun doch die Bilder des Schreckens in seinem Kopf zu neuem Leben erweckt. Er lässt sich zu Boden sinken, dreht das Gesicht zur Wand, hockt da, als wolle er nicht mehr vorhanden sein. Sein Schluchzen wird zu einem leisen Heulen, wie das eines verlassenen Hundes.

Jeschulla geht hin und beugt sich zu ihm herab, spricht leise auf Hebräisch auf ihn ein.

Dann hebt er die Augen zu Valada und sagt ruhig: »Meine Tochter war im Haus meines Schwagers, und dieser hatte Wohnung in der Nähe der Residenz des Nagid über der Stadt. Wenn wirklich alles erschlagen wurde, was sich dort oben befand, so besteht geringe Hoffnung, dass wir sie lebend wiedersehen. Ihr Angedenken sei gesegnet.«

Er ringt um Fassung, schluckt. »Und nun, erlauchte Herrin, entlasst mich. Ich habe eine Familie daheim, der ich versuchen muss, Trost zu spenden, wenn ich auch noch nicht weiß, wie ich es anstellen soll. Diesen Unglücksboten nehme ich mit mir. Er soll in meinem Haus Ruhe finden.«

Er hilft dem Hockenden auf, hält ihn im Arm, verneigt sich.

Meine Prinzessin sieht ihn an, die Augen voll Verzweiflung. »Aber ... aber es gibt doch Hoffnung, nicht wahr? Sagt mir, dass es Hoffnung gibt!«

»Der Ewige tut Wunder, Sayyida. Hofft auf das Wunder, wir werden es auch tun und noch keine Trauerwoche abhalten. Wir werden beten und auf weitere Nachrichten warten.«

Als die beiden gegangen sind, stürzt sich Valada auf mich, reißt mich in ihre Arme, als sei sie am Ertrinken und ich das sie rettende Holzstück, sich daran festzuklammern.

»Es ist nicht wahr! Es kann nicht wahr sein!«, flüstert sie an meinem Ohr. »Glaub es nicht, Muhdja. Ich glaube es auch nicht. Sollen sie alle erzählen, was sie wollen, sollen sie jammern und sich in schlimmen Vermutungen ergehen – wir beide werden weiter hoffen. Solche Dinge kann Allah nicht wollen. Nein, sie ist nicht tot. Nicht unsere Kasmuna.«

Dann lässt sie mich los, und im Raum auf und ab gehend bricht sie in wilde Klagen aus.

»Warum nur? Warum musste sie diese unsinnige Reise unternehmen? Ach, noch als sie schon unterwegs war, hätte ich ihr meine Leibwache hinterherschicken müssen und sie zurückholen, wenn nötig auch mit Gewalt! Kennst du den Vers, mit dem sie sich verabschiedet hat? Ihr Vater hat ihn mir überbracht. ›Ich bin betrübt, dich, Liebste zu betrüben …‹ Ach, in welches Elend hat sie uns gestürzt mit dieser Reise! Nun können wir sitzen und warten und warten, mit Hangen und Bangen warten … Du glaubst doch auch, dass sie lebt, nicht wahr, mein kleines Weibchen? Du glaubst es doch auch!«

»So wie du!«, sage ich leise, denn ich spüre ja, dass sie mit dieser vagen Hoffnung nur den Abgrund ihrer Verzweiflung überbrücken will. Sie weiß wohl, dass wir sie, die schöne Jüdin, wahrscheinlich verloren haben … Und vor allem, sie weigert sich, es sich auszumalen, was für schreckliche Dinge ihr zugestoßen sein könnten. Gerade darum schiebt sie das Entsetzliche von sich fort.

Ich hingegen – mit eisernen Klammern hält mich die Gewissheit gepackt.

Kasmuna und ich, wir waren zu verschieden, um wirklich Freundinnen zu sein, und in den Stunden, die wir zu dritt gemeinsam dichtend oder liebend verbrachten, war nun einmal Valada der Fixstern, um den wir uns drehten. Vielleicht gab es Eifersüchteleien von meiner Seite, aber sicher nie von ihrer. Die vornehme und sanfte junge Frau war ohne Falsch.

Allah, Allerbarmer, flehe ich innerlich, gib, dass sie einen schnellen Tod sterben durfte, dass ihre Augen nicht zu viel Grausamkeit erblicken und ihr Leib kein allzu großes Martyrium erfahren musste …

Meine Prinzessin bricht in Betriebsamkeit aus. Sie will sich selbst auf die Reise machen, um nach der Freundin zu suchen! Zuvor allerdings schickt sie Boten zu Ibn Abdus. Was weiß er, was kann er in Erfahrung bringen? Wie – möglicherweise mit ihr gemeinsam – Hilfe beordern? Sie vielleicht bei ihrer Reise offiziell unterstützen?

Zwei Sekretäre werden in die Judería gesandt, zum Nasi, dem Vorsteher der Gemeinde. Prinzessin Valada bietet ihm ihre Hilfe und Zusammenarbeit an, die bedrängten Juden von

Granada (wie viele mag es noch geben?) auf irgendeine Weise zu retten, und vor allem will sie, dass die Juden so etwas wie eine Suchaktion nach der Tochter ihres Gemeindemitglieds Ibn Jeschulla ins Leben rufen …

Alles ist Chaos.

Dann meldet ein Sklave die Ankunft des erlauchten Wesirs Ibn Abdus Al Gahsiyari. Der mächtige Mann lässt es sich also tatsächlich nicht nehmen, wegen dieser Angelegenheit bei der Prinzessin persönlich vorzusprechen!

»Entlass mich, meine Schöne!«, sage ich hastig. »Ich will diesen Mann nicht sehen!«

»Aber ich will dich nicht missen jetzt in diesen Stunden!«, entgegnet sie mit wilder Entschiedenheit. »Du sollst in meiner Nähe bleiben, ich brauche dich.« Sie fasst mich am Arm.

Ich höre die tiefe, volltönende Stimme des Hadjib, die Stimme eines Menschen, der in keiner Situation Rücksicht nehmen muss auf einen anderen und auf dessen Wort man zu hören hat.

»Nein!« Ich reiße mich los. »Dieser Mann hasst mich, und ich hasse ihn. Sprich allein mit ihm, ich bitte dich! Ich bleibe in deinem Haus und komme zurück, wenn er fort ist. Und lass uns später über deine Reise reden!«

Plötzlich nickt sie, überzeugt oder auch nur abgelenkt durch die Gegenwart des Wesirs in ihrem Vorzimmer.

Und ich? Ich suche Zuflucht bei Nazik. Ob sie mich trösten kann, trösten will? Ich weiß es nicht.

Aber ein anderes Ziel kenne ich nicht.

ʿVALADA.

»Allerschönste Prinzessin, du siehst, ich habe meine Amtsgeschäfte beiseite gelegt und bin zu dir gekommen, denn was in Granada geschehen ist, geht uns sicher beide an!«, tönt der Minister beim Hereinkommen. »Aber du zitterst ja! Zuerst gib deinen Dienern Anweisung, für dich, nein, für uns beide ein beruhigendes Getränk zuzubereiten. In solcher Aufregung kann man nicht miteinander reden.«

»Ich bin aufgeregt, und ich will aufgeregt bleiben!«, sage ich, wütend über den selbstherrlichen Auftritt dieses Mannes. Ich habe ihn nicht eingeladen!

Er setzt sich, ohne dass ich ihn gebeten hätte. »Es ist nötig, über die Dinge der Politik zu reden, denke ich.«

»Was für Politik?« Ich schüttele den Kopf, merke, dass mein aufgelöstes Haar um meine Wangen fliegt. »Es geht mir in diesem Augenblick einzig und allein darum, nach meiner Freundin, der Dichterin Kasmuna, zu suchen, mit allen Mitteln! Und ich werde folglich nach Granada reisen! Du kannst mir gern Wachen zum Schutz mitgeben. Ich will nichts hören von Politik!«

Er lässt sich nicht aus der Ruhe bringen. »Du musst dir anhören, was ich zu sagen habe; denn alles, was du tust, ist Politik. Ich weiß, wovon ich spreche«, erklärt er. »Das ist nun einmal mein Beruf.«

Eine Dienerin bringt unaufgefordert zwei Becher mit Aprikosensaft; vielleicht hat Muhdja es angeordnet. Man steht schlecht herum mit einem Getränk in der Hand; ich setze mich neben ihn.

»Erhabene Sayyida!«, sagt der Wesir und dreht seinen Becher zwischen den Fingern. »Ich bin hierhergeeilt, weil ich mir denken konnte, was du planst. Aber du solltest doch wissen, dass du keine beliebige Dame bist, sondern, wie es so schön heißt, eine Person, an deren Tun die Öffentlichkeit interessiert ist. Wenn du jetzt nach Granada reist, so wird man nicht nur dort, sondern in allen umliegenden Taifas spekulieren, was wirklich hinter diesem Besuch steckt. Niemand wird glauben, dass du persönlich nach einer vermissten Jüdin suchen willst! Das ist absurd.« (Sein Ton kommt mir überheblich und herablassend vor.) »Dein Auftauchen dort könnte missverstanden, von einigen mit bestimmten Ansprüchen verbunden werden, die du gerade im benachbarten Sevilla anzumelden versuchst – bislang ja wohl ohne nennenswerten Erfolg. Aber zumindest *dort* dürfte man ja Bescheid wissen über deine … Absichten. Wenn ich zulassen würde, dass du diese Fahrt unternimmst, würde man annehmen, dass wir Komplizen sind. Ich darf aber meine Treue zu Abd Al Malik nicht in Zweifel ziehen lassen. Jetzt noch nicht.« (Das kommt beiläufig.) »Die Lage ist instabil. Und somit wirst du nirgendwohin reisen, Prinzessin.«

»Wie sprichst du mit mir?«, sage ich, leise vor Wut, und der Becher mit dem Aprikosensaft schwappt über und auf mein weißes Gewand; am liebsten würde ich ihm das Getränk ins Gesicht schütten. Er gibt mir Befehle!

»Ich spreche mit dir als Staatsmann und Freund, schöne Valada«, entgegnet er, und sichtlich genießt er es, dass ich so erregt bin und er so gelassen.

Indessen redet er bereits weiter: »Ich bin mir ziemlich sicher, dass Sevilla höchstes Interesse an den Vorgängen von Granada hat. Ich kann Taubenpost schicken und jenem … Gewährsmann dort in deinem Auftrag befehlen, sich umzuhören nach der Vermissten. Er gehorcht sicher gern. Vielleicht ist er ja schon vor Ort, gemeinsam mit seinem königlichen Freund.«

Ibn Zaydun »vor Ort« … Ibn Zaydun in Granada … seine Suche … Und plötzlich, in all der Verwirrung, in all dem Kummer, höre ich eine andere Stimme in mir: *… aber siehe, wenn viel Blut fließt, dort, wo der Fluss Gold führt. Dann ist die Zeit bald um. Beeile dich, dass es dir nicht missglückt!*

Es fährt durch mich hindurch wie ein Peitschenhieb. Die Prophezeiung!

Der Darro, der Fluss, der Gold führt … wenn viel Blut fließt … die Zeit bald um.

Wie hängt das alles zusammen? Haben die Schrecknisse von Granada etwas mit meinen Plänen zu tun?

Ich merke, dass ich aufgesprungen bin und im Raum umherlaufe, die Hände an den Schläfen: Der aufmerksame Blick des Mannes verfolgt mich. Seine wachen Augen versuchen, meine plötzliche Erregung zu ergründen. Ich müsste mich sammeln, ordnen, was sich da auf einmal übereinandertürmt wie zwei gleichermaßen drohende Wolkenberge: die Angst um die Geliebte … und die Erfüllung dieses dunklen Wortes aus dem Buch: *Dann ist die Zeit bald um!*

Ich darf mir vor dem Wesir keine Blöße geben. Muss mich zusammennehmen.

Mühsam beherrscht, setze ich mich wieder, greife zu diesem Aprikosensaft, um meine dürre Kehle anzufeuchten, und kann nicht verhindern, dass meine Zähne am Rand des Bechers klappern.

»Ich nehme deinen Vorschlag an!«, sage ich. »Und ich will, dass mein – wie sagst du? – Gewährsmann mir mit der Taubenpost Nachricht gibt von den Fortschritten, die seine Mission macht. Ich habe meine Gründe dafür. Teil ihm das so mit.«

Er sieht mich weiterhin forschend an. Dann erwidert er: »Ich stelle mich und meine Möglichkeiten gern in deinen Dienst, Herrin. Vertrau mir, ich werde für dich tätig sein. Und lass mich meine Bewunderung zum Ausdruck bringen, wie du es verstehst, die Dinge des Herzens mit denen der, nun ja, diplomatischen Berechnung unter einem Schirm zu vereinen.«

Er steht auf, beugt sich zu mir herunter, fürsorglich, als sei er ein Vater, der sich um sein Kind bemüht, und zieht meine Hände an sich, obwohl ich widerstrebe. Seine Worte klingen sanft, aber seine Lippen sind schmal und die Augen hart.

Als er gegangen ist, sitze ich da wie gelähmt. Ich komme mir vor wie jemand, dem gerade klar geworden ist, dass er sich in einem Labyrinth verstrickt hat und sich nun nicht traut, weder Hand noch Fuß zu regen, aus Angst, sich weiter zu verlaufen.

Bin ich töricht und abergläubisch? Habe ich diese Prophezeiungen nur für wahr gehalten, weil sie meinen Wünschen entsprachen, als seien sie ihnen entsprungen? Habe ich mich einfach nur verrannt in meinem Verlangen, meinem Stamm wieder die ihm gebührende Stellung zu verschaffen? Jetzt, wo der Sinn dieser dunklen Worte auf einmal auf grausige Art deutlich zu werden scheint, bin ich geneigt, sie über Bord zu werfen, mitsamt dem ganzen schönen Buch über die »Wundersamen Taten«. Denn nirgendwo stand dort geschrieben, dass ich dafür Opfer bringen müsse ...

Aber bis jetzt, versuche ich mich zu beruhigen, bis jetzt ist ja noch nicht sicher, ob Opfer zu beklagen sind. Es gibt nur Ängste.

Ich rufe nach Muhdja, aber sie ist nicht in der Nähe. Voller Ungeduld lasse ich die Dienerinnen nach ihr suchen.

Schließlich kommt sie, erhitzt, aufgeregt auch sie.

»Ich sehe, du leidest mit mir«, sage ich mit einem kläglichen Lächeln und dem Versuch, zu scherzen. Zu meiner Überraschung bricht sie in Tränen aus.

»Mein kleines Weibchen!«, sage ich, gerührt, dass ihr Kasmunas Schicksal so nahegeht. »Bleib bei mir. Der Wesir hat mich überzeugt, dass es besser ist, wenn wir nicht nach Granada reisen. So lass uns hier gemeinsam abwarten, was für Nachrichten kommen. Ich bin froh, dass du bei mir bist. Halte mich fest. Streichele mich.«

Sie küsst mir die Hände, aber genau wie ich ist sie nicht zu Zärtlichkeiten aufgelegt nach diesen Botschaften.

Ich liege neben ihr, schlafe irgendwann ein, ermattet von der Angst und Aufregung. Noch im Halbschlaf höre ich, dass sie wieder schluchzt.

'NAZIK.

Soeben ist sie von mir gegangen, die Frau mit dem braunen Mal seitlich über der Lippe.

Sie war anders als sonst. Hielt sich an mir fest, als sei ich ein Baum und könne sie stützen.

Aber das will und kann ich nicht. Ich bin für niemanden eine Zuflucht.

Immerhin: Ich habe Worte gesagt. Worte in der Sprache, die ich nie benutzen wollte. Ich wollte stumm sein. Ihre Sprache ist die Sprache der Mörder. Sie sollte nicht in meinen Mund kommen.

Sie haben das Dorf niedergebrannt. Sie haben die Alten einfach zurück in die Flammen getrieben. Die konnten sie nicht gebrauchen. Sie haben die Krieger geschlachtet.

Sie haben uns ein großes Holz um den Hals gelegt. Auch unsere Hände waren an dem Holz festgemacht. Wir hingen an einer Kette. Wir waren nackt. Wir zogen durch die Wüste. Sie schlugen uns mit der Peitsche. Es gab nur wenig Wasser.

Ausruhen durften wir nur, wenn diese Mörder ihre Teppiche in den Sand legten, um sich darauf zu knien, und, das Gesicht zum Aufgang der Sonne, den Kopf zu Boden neigten und ihre Gebete heulten.

Mein Bruder ist als Erster gestorben. Er war noch klein. Dann meine Mutter. Dann meine Schwestern, eine nach der anderen. Sie haben sie losgemacht und im Sand unter der Sonne liegen lassen, für die Löwen und die Schakale. Auch die, die nicht mehr weiterkonnten.

Wir kamen an das Ufer des Meeres. Wir waren nicht mehr sehr viele. Da gab es ein Haus aus Stein, in das man uns brachte. Wir mussten dort warten. Mit der Zeit kamen noch mehr von meinem Volk oder von anderen Stämmen. Bis es genug Menschen waren, um den Bauch eines Schiffes zu füllen.

Ich wusste nicht, dass so viele Menschen in ein Schiff passen. Aber wenn man sie eng nebeneinander unter Deck ausstreckt und mit Ketten am Hals fesselt, geht das schon. Wieder sterben viele. Sie werden ins Wasser geworfen.

Als wir dann an Land gebracht wurden, mussten einige von uns getragen werden.

Ich aber lasse mich nicht tragen. Ich krieche auf allen vieren, damit sie mich nicht anfassen.

Sie geben uns zu essen und waschen uns. Sie bringen uns Worte in ihrer Sprache bei, damit wir ihre Befehle verstehen. Ich verstehe die Befehle und verstehe die Sprache. Aber ich sage nichts. Sie schlagen mich, aber ich sage nichts. Doch Befehlen muss ich gehorchen, wenn sie mich nicht totschlagen sollen.

Dann stellen sie mich auf ein Gerüst auf einem Markt und preisen mich an. Sie tun Dinge mit mir, weißen meine Zähne mit Schlemmkreide, versuchen, mein Haar mit Öl zu glätten, und malen mich an, damit man etwas für mich gibt, das sie »Geld« nennen.

Andere führen mich weg. Sie führen mich über Land in dieses Haus und sagen mir, was ich zu machen habe.

Ich tue hier, was man mir befiehlt, und lasse mit mir geschehen, was immer sie wollen.

Mir ist alles gleich. Wo früher meine Seele gewohnt hat, da ist eine leere Stelle. Ich gehe umher und bin nur ein Körper. Ein Körper ohne Seele.

Sie nennen mich Nazik. Damit bin ich zufrieden, denn eher würde ich sterben, als ihnen meinen wahren Namen sagen. Den Namen, mit dem man mich zu Haus gerufen hat.

Nun aber habe ich angefangen, ihre Worte zu benutzen. Einige Worte.

Ja. Nein. Vielleicht.

Nicht viel mehr.

Es war wegen dieser jungen Frau mit dem braunen Mal an der Seite über ihrem Mund. So ein Mal ist, wie wenn es der Finger eines guten Geistes getupft hat. Sie berührt mich, anders, als ich bisher berührt wurde. Sie fügt mir keinen Schmerz zu.

Aber sie gräbt nach meiner Seele. Die gehört mir allein. Die geht sie nichts an.

Ich weiß nicht, was mir geschieht. Ich habe immer in der Sprache gedacht, die in meinem Dorf gesprochen wurde. Hineingeboren in sie. Aber jetzt ertappe ich mich dabei, dass ich auf Arabisch denke.

Vielleicht muss ich mich dafür hassen.

Ich weiß es nicht. Sie war so ohne Hoffnung heute Abend …

'VALADA.

Ich fahre auf aus unruhigem Schlaf, und mir ist, als habe jemand zu mir gesprochen. Laut und deutlich. Die Worte stehen noch im Raum.

Beeile dich, dass es dir nicht missglückt …

Da ist niemand, der redet. Neben mir liegt Muhdja, bäuchlings, den Kopf im Nest ihrer Arme vergraben, weit weg.

Du bist gemeint, für dich sind diese Zeilen …

Kerzengerade sitze ich auf meinem Lager.

Wie konnte ich mich auch nur einen Augenblick darauf verlassen, dass der Wesir, der mich zwar von einer Reise nach Granada abhält, sich mit allem Eifer darauf stürzt, seine Tauben in meinen Dienst zu stellen! *Er* hat Zeit. Ich nicht. (Was er nicht weiß.)

Aber es hat doch nirgendwo in meinem prophetischen Buch gestanden, alles sei vorbei …

Die Sorge um Kasmuna hat mir den Kopf verrückt. Nur von Eile ist die Rede. Nicht davon, dass es unmöglich geworden ist.

Auf bloßen Füßen gehe ich hinüber an mein Schreibpult. Es ist die Stunde zwischen Nacht und Morgen, die Welt ist noch ohne Farbe, aber das fahle Licht reicht meinen Augen aus.

Ich greife nach einem Papyrusstück, tauche das Schreibrohr ein. In mir tobt ein morgendlicher Aufruhr. Drängende Ungeduld – und Zorn.

»Spielst du mit meiner Zeit?«, schreibe ich. »Muss ich dir,

gleich einem lahmen Gaul, die Peitsche über die Kruppe ziehen, damit du vorankommst? Ich weiß, er lebt! Finde ihn, bringe ihn! Sonst, bei Allahs Gerechtigkeit, werde ich *dich* zu finden wissen und dir etwas zukommen lassen, was dir nicht gefallen wird!«

Das Rohr knirscht unter dem Druck meiner wütenden Hand, während ich eine Drohung niederschreibe, von der ich nicht weiß, auf welche Weise ich sie verwirklichen könnte, und übersät das Pergament mit einem Meteoritenregen von Tintenspritzern. Mir gleich.

Ich streue Sand darüber, schüttele ihn ab, rolle den Brief auf und siegele ihn mit meinem achteckigen Stern.

Dann adressiere ich: Ahmad Ibn Zaydun.

Mit den Fingern berühre ich die Metallschale, deren Klang jemanden von der Dienerschaft herbeiruft. Eine verschlafene Sklavin erscheint, schließt im Kommen erst die Bänder ihres Gewands, während ich den Brief in eine jener Lederkapseln stecke, die man an den Satteltaschen von Kurieren festmacht.

»Wecke einen meiner Wachen«, befehle ich. »Er soll auf dem schnellsten Pferd nach Sevilla reiten, Ibn Zaydun finden und ihm dies hier aushändigen.«

Das Mädchen verschwindet.

Nun, da ich dies getan habe, fühle ich mich ruhiger, irgendwie befreit. Ich habe getan, was mir möglich ist.

Der Ton der metallenen Schale hat Muhdja aufgeweckt. Sie steht zwischen den Vorhängen, die diesen Raum von unserem Schlafgemach abgrenzen, sieht mich fragend und beinah ängstlich an.

»Ist … etwas geschehen?«

»Gar nichts«, sage ich und kann lächeln. »Leg dich wieder hin, mein kleines Weibchen. Es ist noch sehr früh. Meine Zeit – sie läuft irgendwie schneller als die der anderen. Sie hat Flügel an den Schuhen, verkürzt mir den Schlaf. Geh zu Bett. Ich will ein bisschen lesen.«

Sie gehorcht stumm, und ich greife – ich kann nicht anders! – nach dem »Bericht von den wundersamen Taten«.

Nun, da ich das Buch in der Hand halte, durchströmt mich fast so etwas wie Heiterkeit.

Ich schlage aufs Geratewohl auf (aber vielleicht schlägt sich das Buch auch von allein auf an einer Stelle, die ich gerade brauche). Und ich lese:

Eines Abends saß dein erlauchter Ahnherr auf dem Altan seines Palastes, und wie es seine Art war, sann er nach über Allahs wunderbare Schöpfung und wie ihm zu dienen sei. Da hörte er von der Straße, die unten vorbeiführte, eine Stimme, die sang folgenden Vers:

»Ich sah sie heimlich an, und Schön'res gab es nicht.
Dem Mondenaufgang glich ihr Angesicht,
Seitdem verzehr ich mich in Sehnsucht Tag und Nacht.
In Tränen bin ich morgens aufgewacht.
Ach, könnt' ich sie ein zweites Mal erschauen,
Die einer Fürstin gleich glänzt unter andern Frauen,
Dann dürfte mir der Tod Erlösung bringen.
Ich bin ein Vogel mit gebrochnen Schwingen.«

Als dein Vorfahr das hörte, sprang er auf und rief: »Von wem stammt dieser Vers, und wer singt ihn mit einer Stimme, so klar wie ein Bach, so frisch wie ein vom Regen benetzter Rasen, lieblich wie das Flüstern eines Mädchens mit goldenem Halsband, kraftvoll wie der Ruf eines Falken? Man bringe ihn zu mir!«

Da eilten seine Diener, den Sänger herbeizuholen, und dein großer Ahnherr lohnte ihn nicht nur mit einem Beutel voller Silberstücke, sondern machte ihn auch zu seinem Vertrauten und späteren Hadjib, denn jemand, so meinte er, der zu solcher Schönheit fähig ist, dessen Zunge süßer ist als Honig und dessen Geist erfüllt von Liebe und Wohlklang, ist auch berufen zu den höchsten Ämtern im Staat.

Bedenke dies, du, wenn du einst nach der Herrschaft greifst!

Ja.

Und ich sehe Kasmuna an meiner Seite, Liebe und Wohlklang und eine Zunge, süßer als Honig …

IBN ABDUS.

Ein wichtiger Tag. Ich erwarte den Katib az-Zimam, den Leiter der Finanzbehörde, nach mir der wichtigste Mann Cordobas – oh, ich vergaß, es gibt ja den Emir. Und um dessen Bedürfnisse zu befriedigen, treffen wir uns.

Zuvor aber ist den Torwächtern ein amüsanter Fang geglückt. Der Prinzessin bint Al Mustakfí ist es nicht recht, wenn ihr die Dinge aus der Hand genommen werden, und so hat sie – als ob ich es nicht geahnt hätte! – auf eigene Faust gehandelt und versucht, sich mit dem Poeten in Verbindung zu setzen. Meine Männer haben ihrem Kurier ein Schreiben abgenommen, das nun vor mir liegt.

Sehr wütend – und sehr verworren. Ich interpretiere das so: Offenbar sind ihr die Träume von Macht und Herrschaft noch wichtiger als das Wohlergehen ihrer jüdischen Geliebten, denn sie stachelt den Kerl in Sevilla nicht etwa an, nach der Dame Kasmuna zu fahnden, sondern nach »ihrem« Omayaden.

Nicht, dass dieser Brief von Bedeutung wäre. Was hätte er schon bewirkt. Aber ich kann es nun einmal nicht leiden, wenn man etwas an mir vorbeidirigiert. Also stoppe ich die Einzelaktion meiner eigenwilligen Schönen. Ich verbrenne den Brief und lasse den Kurier zunächst einmal verschwinden.

In guter Stimmung begrüße ich den »Geldmann«.

Wir nehmen mit gekreuzten Beinen einander gegenüber Platz.

Ibn Nusair, braunhäutig, dunkelhaarig, schön und jung an Jahren, ist trotz mangelnder Erfahrung ein sehr brauchbarer Mann auf seinem Posten. Das kommt daher, dass er von keinerlei Gewissen geplagt wird. Er ist ein Rechenkünstler ohne Makel und ohne Moral und also höchst nützlich.

Heute treffen wir uns, weil unser Emir – der, wie gesagt, schon einmal an mir vorbei neue Steuern ausschreiben lassen wollte, was ich verhindert habe – dringend nach frischem Geld schreit. Ob er eine neue Sammlung kostbarer Waffen anschaffen oder ein weiteres Lustschlösschen auf dem Land für seine Favoritin bauen lassen will, steht dahin. Eines jedenfalls will er gewiss nicht: Mit diesen Geldern etwa die Schöpfräder am Fluss reparieren oder zerstörte Gebäude wieder errichten lassen …

»Erlauchter Hadjib«, eröffnet Ibn Nusair das Gespräch und erlaubt sich einen kleinen Seufzer, »unser Herr sitzt mir im Nacken. Die Einnahmen, so behauptet er, reichen weder hinten noch vorn, wie ein Hemd, das zu kurz ist. Ich zerbreche mir den Kopf, womit wir dieses – hm – Kleidungsstück verlängern lassen könnten, aber ich muss gestehen, ich finde kein noch so winziges Stückchen Stoff, das wir zu uns herüberziehen könnten, ohne den Leib der Leute von Cordoba gänzlich zu entblößen.«

Ich muss lachen über die blumige Ausdrucksweise eines Menschen, der eigentlich nur Zahlen im Kopf hat.

»Es stimmt, die Lage ist angespannt, Katib az-Zimam«, erwidere ich, »und wir wissen, dass ein allzu straff gespannter Bogen zerspringen kann.« (Auch ich bewege mich bei diesem trockenen Thema im Bereich der Bilder und Metaphern.) »Andererseits: Wir sind die Diener unseres Herrn, des Emirs – Allah gebe ihm ein langes Leben! –, und sein Wunsch ist uns Befehl.«

Ibn Nusair nickt. »Wenn ich nur wüsste, woher ich's nehmen soll«, sagt er seufzend und spielt, wie es seine Art ist, mit den Ringen an seinen Fingern. (Schönheit macht eitel.) »Eigentlich ist alles, was man mit Steuern belegen kann, ausgeschöpft.«

»Strengt Euren Kopf an, Katib az-Zimam«, muntere ich ihn auf. Und mache Vorschläge: »Es muss etwas sein, was jedermann täglich braucht und worauf man nicht verzichten kann. Dann haben wir die Gewissheit, dass genug zusammenkommt. Und es darf kein Luxusgut sein. Die Luxusgüter sind schon genug mit Steuern belastet – und wir wollen schließlich nicht jene verärgern, die, wie man so schön sagt, die Stützen des Landes und das Salz unserer Regentschaft sind.«

Mein Gegenüber blinzelt.

»Salz!«, sagt er. »Das ist es. Ihr seid ein Genie, großer Hadjib. Wir besteuern das Salz.«

»Auf Salz liegen schon Einfuhrzölle«, sage ich, beeindruckt von der skrupellosen Fantasie dieses Mannes.

»Die rühren wir nicht an!«, entgegnet er lebhaft. »Im Gegenteil. Die senken wir eher. Wir brauchen eine große Spanne vom Ankauf zum Verkauf. Ich lasse eine Salzsteuer ausschreiben.«

»Damit werdet Ihr Euch nicht gerade Freunde machen!«, sage ich, und er: »In meinem Beruf macht man sich allgemein keine Freunde.«

Ich erhebe mich, zum Zeichen, dass das Gespräch beendet ist, und Ibn Nusair verabschiedet sich, die Hände über der Brust gekreuzt, und eilt beschwingt davon, seine infame Idee in die Tat umzusetzen.

Salz.

Ich überlege. Viel Zorn wird es geben. Aufruhr wohl nicht. Aufruhr, das wäre, wenn er beispielsweise das Öl mit neuen Steuern belegt hätte. Das wäre an die Substanz gegangen. Ohne Öl kann man nicht leben. Ohne Salz – oder mit weniger Salz – schon. Es ist der Luxus der kleinen Leute, und also nicht nötig.

Aber diese Steuer ist wirklich – fies.

Und alles in allem wird sie nicht gerade dazu beitragen, dass dieses Regiment an Beliebtheit gewinnt.

Nun, da habe ich ganz und gar nichts dagegen. Und diese Steuer schreibt schließlich Ibn Nusair aus.

Wenn es Ärger geben sollte – an mich traut man sich nicht heran.

Am Bogenfenster meiner Residenz werfe ich einen Blick auf das Gassengewirr Cordobas, soweit ich es von hier aus erblicken kann.

In der nächsten Zeit werden bei den armen Leuten da draußen wohl ziemlich fade Mahlzeiten auf den Tisch kommen.

17

IBN ZAYDUN.

Vielleicht sollte man diesen Einzug in Granada eher einen Einmarsch nennen, denn der Umfang der Truppen, mit dem Al Mutadid seinen »Staatsbesuch« dekoriert, ist beträchtlich. Allerdings, und das ist die diplomatische Finesse, kommt er nicht persönlich, sondern schickt den Kronprinzen an seiner Stelle. Das gibt der Angelegenheit einen nicht ganz so offiziellen Anstrich – man schickt den Stellvertreter, der Herr lässt noch auf sich warten.

Dass ich beim Einzug in Granada dabei bin, hat zumindest zwei Gründe.

Zum einen: Al Mutamid will mich offenbar nicht nur als Dichterkumpan an seiner Seite sehen, sondern erhofft sich in mir einen Berater – was ein gutes Zeichen hin nach Cordoba bedeutet: Je besser meine Position am Hof von Sevilla ist, desto mehr gewinne ich an einer Augenhöhe, auf der ich Valada in Zukunft gegenübertreten kann. (Übrigens habe ich gehört, dass ein Lied der Auslöser für diese Geschehnisse hier gewesen sein soll. Ein Lied! Die Macht der Poesie von ihrer negativen Seite. Sehr interessant.)

Der zweite Grund kam als Anfrage aus Cordoba hinzu. Der Hadjib, der sich offenbar mit allen Mitteln bei der Prinzessin lieb Kind machen will, lässt über das Emirat von Sevilla indirekt bei mir anfragen, ob ich wohl einige Nachforschungen über den Verbleib der Jüdin Kasmuna bint Ismael anstellen könnte.

Nachforschungen? Warum nicht. Wenn sie wirklich zu Schaden gekommen wäre bei den Unruhen – kein Nachteil für mich.

Allerdings hatte ich keine Vorstellung davon, wie unangenehm die Aufgabe in Granada sein würde.

Schon von weitem sehen wir: Scharen schwarzer Vögel kreisen am Himmel.

Die Stadttore sind unbesetzt.

Vor unserer Kavalkade fliehen die Bewohner, als würden die Heerscharen des Satans Einzug halten. Der Hufschlag dröhnt durch menschenleere Straßen. Ansonsten ist es still.

Die Stadt Granada präsentiert sich wie ein Hund, der Prügel erwartet – geduckt, auf dem Bauch kriechend, mit zugekniffenen Augen.

Ein widerlich süßer Geruch über allem. Er schlägt sich mir auf den Magen. Ich muss zweimal absteigen, um mich zu übergeben. Dabei habe ich noch gar nichts gesehen …

Al Mutamid hat nur spöttische Blicke für mich.

Im Alcazar empfängt uns Emir Badis augenblicklich. Er scheint – wie sollte es anders sein – nicht ganz nüchtern zu sein, und er wirkt kopflos inmitten kopfloser Berater. Ein ganzer Stab von Palasteunuchen umgibt ihn, und alle sind außer Fassung von dem Entsetzlichen, was sich unter ihren ahnungslosen Blicken vorbereitet und abgespielt hat. Der Fürst scheint gewillt, unsere Ankunft als eine Art Beileidskundgebung anzusehen; dass Sevilla möglicherweise die Absicht haben könnte, mehr als nur einen Besuch abzustatten, kommt ihm nicht in den Sinn, er hält die Truppen für ein angemessenes Ehrengeleit. (Er und sein Hof haben es sich wohl abgewöhnt, die Wirklichkeit wahrzunehmen, dafür hatten sie ja ihren jüdischen Hadjib, der ihnen sagte, was draußen geschah.)

Unsere Begrüßung wird unterbrochen durch die Ankunft einer Abordnung bärtiger Männer. Ihre Kaftane sind zerrissen, ihre Haare und ihre Gesichter sind mit Asche verschmiert. Sie werfen sich im Mailis zunächst auf den Bauch und nähern sich dem Thron alsdann mit flehend aufgehobenen Händen.

Es sind Juden. Überlebende.

Mit einer von Stöhnen und Seufzen der anderen unterbrochenen Rede trägt ihr Sprecher eine Bitte vor: Der erhabene Fürst möge ihnen einen Acker vor den Toren der Stadt gegen eine angemessene Summe Silbers verkaufen, damit sie die unzähligen Toten nach den Regeln ihres Glaubens bestatten können, denn der Friedhof der Gemeinde reiche nicht aus.

Hilflosigkeit seitens des Fürsten. Man hat ihm seinen Hadjib erschlagen oder gar zu Tode gefoltert, den Mann, der hier regierte und alle Entscheidungen für ihn traf, was ihm, dem trunksüchtigen Herrscher, hoch willkommen war.

Nach einigem Hin und Her kommen die »Berater« des Fürsten schließlich zu einem überraschenden Schluss. Sie empfehlen den Vertretern der Gemeinde, doch einfach den zerstörten Palast und die Gärten des ermordeten Ibn Nagrella zu ihrer Begräbnisstätte zu machen – gegen ein entsprechendes Entgelt.

Ich bin erstaunt. Die Herren sind ausgekocht! Nicht nur, dass sich der Fürst und sein Umfeld ein zweites Mal bezahlen lassen für ein Terrain, das der Verstorbene doch gewiss auch mit Gold erworben hat.

Nachdem die Männer mit diesem Bescheid wohl oder übel abziehen mussten, sind nun endlich wir an der Reihe.

Ich improvisiere schnell – das bin ich meinem Ruf schuldig – ein paar Huldigungsverse an den versoffenen Fürsten und nenne ihn eine Leuchte des Islam, einen von Allah gesegneten Herrscher voller Freigebigkeit und Großmut, von der sich die Kunde übers Land verbreitet hat wie der Duft eines Blumengartens (das fällt mir ein wegen des Gestanks in den Straßen der Stadt), und wünsche ihm unzählige Jahre des Herrschens in Weisheit und Würde.

Die Lobhudelei wird mit Genugtuung aufgenommen.

Sodann beginnt der Prinz mit einer Geschicklichkeit, die ich an ihm nicht erwartet habe (und die mir endgültig klar macht, dass er ein guter Nachfolger seines Vaters sein wird), Emir Badis das »Hilfsangebot« Sevillas zu unterbreiten. Was darin besteht, dass eine Schutztruppe in Granada stationiert wird, die dem offenbar nicht besonders schlagkräftigen, schwachen Militär des Fürsten zur Seite steht. Es gab schließlich, wie zu hören war, keinen einzigen Versuch der Soldaten des Alcazar, die Ausschreitungen gegen die Juden zu stoppen. Für die Versorgung dieser Truppe müsste Badis dann natürlich aufkommen sowie für gewisse verwaltungstechnische Ausgaben, die Sevilla zu leisten hätte.

Im Handumdrehen hat mein schlaksiger Kronprinz Granada nicht nur eine Besatzungsmacht nebst Tributzahlung aufs Auge gedrückt, sondern sich damit auch noch der überströmenden Dankbarkeit seines Herrschers versichert, dem man einmal wieder alle Entscheidungen abgenommen hat. Ich staune und wünschte mir, das ginge in Cordoba genauso einfach vonstatten. Aber ein Ibn Abdus wäre da sicher (wenn es denn nötig werden sollte) ein anderer Verhandlungspartner, und auch der dortige Emir wird sich nicht auf solche einfache Weise übertölpeln lassen.

Nachdem nun der politische Teil derart problemlos über die Bühne gegangen ist, lädt uns der Emir zu einem festlichen Essen im Stil der höfischen Kultur ein, wie sie auch Valada zelebriert, wie es inzwischen in allen Taifa-Königreichen zur feinen Lebensart gehört: Fleischbrühe, Fisch, Wild und zum Abschluss Obst, Nougatkonfekt und Mandeln, und eine Sängerin gibt zur Laute ihre Kunst zum Besten. Man ist ohne längeres Zögern zur Tagesordnung übergegangen.

Außer mir scheint niemand Anstoß zu nehmen an dem merkwürdigen Geruch, der selbst hier im Alcazar durch alle Ritzen zu dringen scheint.

Ich trinke viel. Mir ist nicht wohl beim Besuch in dieser

Stadt, die sich selbst amputiert hat und deren unfähiger Fürst damit umgeht, als hätte es ein Erdbeben gegeben oder eine Epidemie, gegen die man machtlos ist – dabei sind es seine Bürger, die ihre Mitmenschen massakriert haben –, und mir ist nicht wohl in der Gesellschaft dieser Männer, die offenbar so schnell vergessen haben, dass der geheime Herrscher Granadas vor ein paar Tagen barbarisch hingeschlachtet wurde. Ja, vielleicht empfinden sie sogar insgeheim Erleichterung, dass es ihn nicht mehr gibt?

So nehme ich Urlaub von meinem Prinzen, entschuldige mich bei dem Emir und begebe mich, nur zwei Lanzenreiter als Geleitschutz, zur zerstörten Residenz Ibn Nagrellas, um die mir aufgetragenen Nachforschungen nach der Poetin vorzunehmen. Ein mit starken Essenzen getränktes Tuch vor dem Mund ergänzt Kopf- und Halsbinde.

Unterwegs erkundige ich mich, wie man auf den Berg gelangt, ohne das jüdische Viertel passieren zu müssen, und die wenigen, die unterwegs sind, geben mir scheu und widerwillig Auskunft, beäugen mich mit misstrauischen Blicken. Was will er wohl da oben, scheinen diese Blicke zu fragen.

Ich reite zuerst am Steilufer des Flusses Darro entlang, überquere ihn auf einer hölzernen Brücke und treibe mein Pferd dann den Hohlweg empor nach oben. Ob Kasmuna mit ihrem Gefolge wohl auch diesen Weg genommen hat bei ihrer Anreise hier?

Unsere Begegnung auf der Straße in der Nähe des Guadalquivir fällt mir ein; die Ohnmächtige in der Sänfte, ihre nackten Füße zunächst. Meine Überraschung, als ich den Vorhang zurückschlug und sie erkannte. Die malvenfarbenen Augenlider, die sich langsam hoben und mir die riesigen Augen enthüllten. Unser Gespräch. Mein Diebstahl der Perlen.

Und nun? Sie dürfte mit Sicherheit nicht überlebt haben – und das sollte mich eigentlich mit Genugtuung erfüllen.

Andererseits, sie war eine faire Rivalin. Wir haben nie ein

Hehl daraus gemacht, dass wir nicht die besten Freunde waren, aber sie hätte nie gegen mich »angedichtet«, wie es die temperamentvolle Feigenhändlerin getan hat; Kasmunas Welt waren nicht die Spottverse, sie schrieb feine Poesien, denen ich meine Anerkennung nicht versagen konnte.

Eine kommt mir in den Sinn, jetzt und hier, auf dieser holprigen Straße und auf dem Weg ins Chaos:

»Gazelle, weidest du in meinem Garten? / Voll Trauer scheinen deine großen Augen.«

Wie ging es weiter? Ich habe es vergessen. Irgendetwas mit dem Schicksal ...

Vielleicht wäre es besser, sie wäre am Leben. Valada, skrupellos und liebestoll, wird sich eine andere Tribade von irgendwoher holen, und die wird mir vielleicht mehr im Wege stehen, als diese es je getan hat.

Der Weg wird steiler. Ich begegne den ersten Anzeichen der Verwüstung: Verbrannte Sträucher, rußschwarz hängen die Blätter wie zerfledderte Spitzenvorhänge, schlecht abgehackte Baumstümpfe, die Zweige verdorren in der Sonne, ausgerissene Blumen, die Erde glotzt nackt und hilflos den Himmel an.

Es riecht nach kaltem Rauch, aber dieser Geruch wird bald überdeckt vom allgegenwärtigen Gestank der Verwesung. Mein stark duftendes Tuch vor Mund und Nase richtet nichts aus dagegen. Wieder muss ich vom Pferd und gebe das von mir, was ich mir aus purer Höflichkeit bei Fürst Badis einverleibt habe. Dann arbeite ich mich weiter vor in das, was einmal ein Park gewesen sein muss.

Der ganze Hass der Wüstenbewohner auf Menschen, die in Wohlstand leben, hat sich hier oben entladen, und das arme Volk der Stadt hat sich mitreißen lassen in ein Werk der Vernichtung und Zerstörung. Steht nicht im Koran, wie das Paradies beschaffen sein wird? Grün wird es sein von allerlei Pflanzen, und rieselndes Wasser allüberall.

Wie es aussieht, wollte hier niemand gestatten, dass schon

in Al Andalus die Herrlichkeiten des Jenseits genossen werden – solange es nur die Reichen betrifft.

Habe ich darüber nicht einen Vers im Kerker geschrieben? In den Papieren, die mir die Furie von rachsüchtiger Prinzessin, nach der ich mich verzehre, weggenommen hat?

Verse über das irdische Paradies. Über die Hölle auf Erden hat noch keiner geschrieben, soviel ich weiß.

Die Ställe für Vieh und Sklaven sind leer. Das Getier wurde gewiss weggeführt; es ist ja von Nutzen, man kann es essen oder verkaufen. Die Menschen? Weggelaufen? Erschlagen?

Wir lassen unsere Reittiere dort stehen, bewegen uns vorsichtig weiter vorwärts.

Noch habe ich keine Leichen gesehen.

Das ändert sich, als ich durch eine Hecke zerstampften Hibiskus an die ersten Bogengänge komme – auch an dem schön gemaserten Stein, den Stuckverzierungen und den Ornamenten der Wände hat man sich ausgetobt, mit ungeheurer Wucht Ziegel herausgebrochen und zerstört, Bildwerke mit Dreck und Fäkalien beworfen, Feuer an die hölzernen Gitterwerke gelegt.

Dazwischen liegen sie – in den unmöglichsten Verrenkungen, wie sie mit Schwert oder Pfeil, Küchenmesser, Hacke oder Schürhaken, mit Knüppeln und Holzpfählen niedergestreckt wurden. Sie sind in Verwesung; das geht schnell in der Hitze dieses Landes. Schwärme von Fliegen steigen auf.

Nun müssen sich auch meine Begleiter übergeben.

Übrigens, es sind Frauen. Frauen und Kinder. Der Harem des erlauchten Hadjib Joseph Ibn Nagrella, den er sich aus Repräsentationsgründen halten musste. Ich erspare mir, näher hinzuschauen. Kasmuna gehört sicher nicht hierher …

Wie in einem Höllentraum schwanke ich im Labyrinth dieser Residenz umher.

In ein, zwei Innenhöfen ist Feuer entfacht worden. Die jetzt verkohlten Leichen sind unkenntlich, geschrumpft auf die

Größe von Zwergen, die Krallenhände im Todeskampf in die Luft gereckt, wohl lebendig sind die Menschen in die Flammen getrieben worden. Dann hat man dafür gesorgt, dass sie sich nicht retten konnten. Die Asche ist schwarz und ölig vom Fett der Leiber.

Ich taumele ins Freie. Wo meine Begleiter abgeblieben sind, kann ich nicht sagen. Wahrscheinlich haben sie genug gesehen und die Flucht ergriffen.

Ein Stück weiter fort, etwas abseits, sind hinter den bizarren Überresten der Vegetation Gebäude zu sehen, im Stil eines Maischar, des Landhauses der reichen Leute. Wahrscheinlich waren das die Wohnungen der Berater und Vertrauten des Wesirs, der Rechtsgelehrten und Sekretäre, die ihn umgaben, und deren Familien. Wollte Kasmuna bint Ismael nicht so einen Verwandten besuchen?

Es ist sinnlos. Hier lebt nichts mehr.

Trotzdem gehe ich zögernd hinüber zu diesen Bauten. Eigentlich will ich nur Abstand gewinnen. Über eine zerstampfte Wiese, auf der sich eine Schar Raben um das Aas eines krepierten Vogels – eines Pfauen ohne Schwanzfedern – balgt, gelange ich in eine Art Vorhof und schreie auf vor Schreck.

Vor mir steht ein Lebender. –

Ich brauche ein bisschen Zeit, um mich zu fassen.

Die Juden, die hier bei der Arbeit sind, waren zunächst nur bemüht, die Toten ihres Volkes, soweit das noch möglich, herzurichten, um sie irgendwo zu beerdigen. Nun, nachdem sie von der Entscheidung Kunde erhalten haben, dass das ganze Areal hier oben ihnen als Begräbnisplatz zugesprochen wurde, setzt eine rege Tätigkeit ein auf dem von zahllosen Morden geschändeten Terrain; binnen Kurzem, so erklärt mir der Mann, auf den ich getroffen bin, werden in feierlicher Prozession auch die Toten aus dem Realejo, dem Judenviertel der Stadt, hierhergebracht und bestattet werden.

(Ich wage nicht zu fragen, wie viele es sind.)

Der Jude, der mich so erschreckt hat, als er wie aus einer anderen Welt in diesem Revier des Todes auftauchte, heißt Simeon und ist ein Chasan, ein Vorbeter in der Synagoge, wie er mir erklärt. Er ist ein noch junger Mann mit einem pausbackigen Gesicht, das sonst gewiss von gesunder Farbe ist; aber die ist ihm verblichen bei dem, was er hier gemeinsam mit den anderen erblickt, die sich gleich ihm freiwillig dieser bitteren Aufgabe stellen und die gleichfalls grünlich bleich aussehen. Außerdem hat er, genau wie die Abgesandten beim Emir vor Stunden, Haar und Gesicht mit Asche beschmiert und den Saum seines Kaftans zerrissen als Zeichen der Trauer.

Übrigens gesteht er mir, dass er sich vor mir genauso entsetzt habe wie ich vor ihm. Allerdings hat er mich für einen Plünderer gehalten.

Beinah muss ich lachen.

»Ehrenwerter, was gibt es hier wohl noch zu plündern? Alles, was von Wert war, ist entweder zerschlagen oder weggeschleppt. Ganze Arbeit.«

Er sieht mich fragend an. »Mit Verlaub, Herr, was sucht Ihr hier. Ihr seid kein Jude.«

»Ich wollte«, sage ich, »in Augenschein nehmen, was der Mensch dem Menschen antun kann.«

Er schüttelt den Kopf. »Was hier geschehen ist, das ist so alt wie die Welt. Warum kommt Ihr, so etwas anzuschauen? Der Herr ist Der Herr. Er ist der Ewige. Er tut mit seinen Geschöpfen nach seinem Willen.«

»Ich kann hier weniger die Hand des Herrn erkennen als den Wahnsinn einer gestörten Menge«, erwidere ich.

Inzwischen sind noch andere aus dem Inneren eines der Häuser gekommen, mich zu betrachten.

Hinter ihnen sehe ich die Umrisse von Körpern auf dem Boden, zugedeckt mit Leintüchern.

»Was tut Ihr hier?«, wiederholt ein anderer die Frage. Es ist offensichtlich, dass ich störe – ein reich gekleideter Araber, noch dazu in Waffen. Sie wissen nichts mit mir anzufangen. Es ist besser, wenn ich vernünftige Auskunft einzuholen versuche.

»Ich komme ursprünglich aus Cordoba«, sage ich also, »und auf meiner Reise hatte ich erfahren, dass eine junge Frau eures Volkes sich nach Granada aufmachte, Verwandte zu besuchen, die in Diensten des ermordeten Wesirs standen. Wisst ihr etwas über ihren Verbleib?«

Die Männer sehen sich an, unterhalten sich leise. Dann sagt Simeon, der Chasan: »Eli Ibn Mosche – das Angedenken des Gerechten sei gesegnet –, in dessen irdischer Wohnstätte Ihr gerade steht, Herr, hatte Verwandtschaft in Cordoba.«

Der Zufall hat mich direkt in das richtige Haus geführt.

»Kann ich den Herrn wohl irgendwo finden?«, sage ich zaghaft.

Einer der Männer weist mit der Hand hinter sich, zu den verhüllten Körpern. Es ist eine große und, wie mir scheint, anklagende Geste. Für diesen Moment stehe ich da als Vertreter aller Muslime, und die Männer dieses Volkes sind unsere Dhimmis, unsere Schutzbefohlenen, aber wir haben ihnen keinen Schutz gewähren können …

»Dort liegt Eli Ibn Mosche, seine Frau und seine beiden Töchter. Weiter dort hinten das Hausgesinde. Von einem Gast aus Cordoba wissen wir nichts. Und nun, Herr, lasst uns weiter unser trauriges Werk tun. Wir werden noch viele Tage dazu brauchen. Der Segen des Ewigen sei mit Euch.«

»Allah beschütze euch«, erwidere ich.

Kasmuna also ist nicht unter diesen Toten.

Unter den Toten dieses Hauses.

Aber der ganze Berg ist übersät mit Judenleichen. Wer weiß, wo sie sich aufgehalten hat …

Ich für mein Teil habe eine Pflicht erfüllt, und es war abscheulich.

18

IBN ABDUS.

Zur heutigen Audienz ist vor mir der Wakil, der Vertreter aller ausländischen Kaufleute in Cordoba, erschienen, ein Mann von Einfluss, namens Ibn Al Hatimi. Er unterhält die größte Warenbörse vor Ort; alle Fernhändler sind angehalten, ihre Erzeugnisse nur bei ihm auszustellen und anzubieten. Dieses Monopol ist für jede Regierung von Vorteil, denn die Erhebung der Einfuhrzölle und die auf die Waren zu leistenden Steuern bleiben in einer Hand, und den unweigerlich fließenden Schmiergeldern ist eine vernünftige Grenze gesetzt, da sie nur an eine Person zu entrichten sind. Von meiner Provision einmal ganz abgesehen.

Ibn Al Hatimi ist ein dünner, lang aufgeschossener Mensch mit hohlen Wangen und tiefliegenden Augen. Man könnte annehmen, er sei ein Asket, aber weit gefehlt, er neigt sogar zu Völlerei und unmäßigem Genuss von betäubendem Bendsch. Die Natur ist nicht immer gewillt, Aussehen und Wesen einander anzugleichen. Heute kommt er zu mir, um Klage zu führen.

»Erlauchter Hadjib!«, beginnt er und greift dabei bereits nach dem Nougatkonfekt, das ich immer für besondere Besucher bereitstehen habe (allerdings sind die wenigsten aufgelegt, sich in meiner Gegenwart mit Süßigkeiten vollzustopfen, schließlich geht es immer um ernste Dinge). » Erlauchter Hadjib, innerhalb der Kaufmannschaft dieser Stadt gibt es Vorfälle von Unredlichkeit!«

»Damit sagt Ihr mir nichts Neues«, erwidere ich friedfertig. »Aber bestimmt habt Ihr jemanden Bestimmtes im Auge, verehrter Wakil.«

Ibn Al Hatimi kaut und schluckt und nickt. Dann legt er seine Fingerspitzen gegeneinander und sieht mich darüber hinweg bedeutungsvoll an.

»Wenn es nur einer wäre, ein Tajir, der Waren auf verbotene Weise ins Land holt! Aber es ist eine ganze Reihe von Fernhändlern, Herr.

Ich bin darauf gekommen, weil in der letzten Zeit ein merkwürdiger Rückgang bei der Lieferung von Luxusgütern eingesetzt hat. Perlen und Edelsteine, Seidenstoffe und feines Papier, Gewürze aus dem Osten sind plötzlich Mangelware an meiner Börse. Aber noch sonderbarer hat mich berührt, dass auch die Zahl der Käufer für diese hochwertigen Waren, wie ich es beobachten kann, im Abnehmen begriffen ist.«

»Eine höchst unangenehme Entwicklung!«, erwidere ich mit gerunzelten Brauen. (Die Einnahmen aus Zöllen und Gebühren sind schließlich beträchtlich.) »Ich hoffe, Ihr kommt nicht, um Stundung oder gar Aussetzung der Zahlungen zu erwirken, Verehrter. Nicht, dass es so weit kommt, und Ihr seid nicht mehr in der Lage, die betreffenden Summen an den Fiskus abzuführen …«

Ich unterbreche mich bedeutungsvoll und sehe, Ibn Al Hatimi weiß eine Drohung als eine solche einzuschätzen. Er wird noch blasser, als er ohnehin ist. Seine Hand, mit der er nach der nächsten Süßigkeit greift, ist unsicher.

»Ich habe Nachforschungen angestellt!«, betont er eifrig.

»Zweifellos mit Erfolg!«, ermuntere ich ihn, und er nickt und kaut und schluckt.

»Schmuggler sind am Werk!«, erklärt er bedeutungsvoll. »Eine Handvoll von Kaufleuten, die diesen ihren Ehrennamen durch ihre Taten in den Schmutz ziehen, haben, wenn man es so nennen will, einen geheimen Markt eröffnet. Ganze

Schiffsladungen werden in Algeciras am Zoll vorbei an Land gebracht, auf Schleichwegen über Ronda, Moron und Carmona weitergeleitet und zu Preisen verkauft, die weit unter den von uns festgelegten liegen – Kunststück, wenn keine Abgaben auf die Güter entrichtet werden.«

Ibn Al Hatimi sieht mich so vorwurfsvoll an, als sei ich verantwortlich für diese empörenden Zustände, womit er ja indirekt Recht hat, denn die Zölle und Besteuerungen legt die Schatzkammer nach meinen Anweisungen fest.

»Das sind also die Grundzüge der Sache«, sage ich. »Nun müsst Ihr mich über die Einzelheiten aufklären, die Ihr doch zweifellos auch erforscht habt. Die edlen Waren können ja wohl kaum an der Straßenecke verhökert werden. Da muss es so etwas wie einen neuen, eben einen geheimen Basar geben, da müssen Gewölbe und Lagerhallen angemietet werden, was, wenn ich unsere Gesetze recht kenne, für Ausländer nur über den Wakil, also über Euch, möglich ist.«

Ich mache eine Pause.

»Also?«, frage ich mit hochgezogenen Brauen. Und der Kerl macht auch eine Pause und sieht starr an mir vorbei. Jetzt dämmert es mir. Er will mir die Information verkaufen!

Ich verkneife mir das Schmunzeln. Unverfroren und dumm zugleich.

»Nehmt noch ein Stück Nougat!«, fordere ich ihn auf. Und während er zugreift, klatsche ich in die Hände. Einer meiner Sekretäre erscheint – natürlich hat er, wie ich es ihm aufgetragen habe, hinter dem Vorhang gelauscht; Audienzen unter vier Augen pflege ich mit den entsprechend wichtigen Personen lieber im alten Palastgarten der az-Zahra abzuwickeln.

»Ali«, sage ich freundlich, »der ehrenwerte Ibn Al Hatimi hat mich gerade vor die Wahl gestellt: Entweder ich rufe einen Schreiber und lasse protokollieren, was er mir anvertrauen will, oder ich übergebe ihn einem unserer Palasteunuchen, der ihn für eine Weile … nun, in Gewahrsam nimmt. Natürlich müsste ich für die Zeit, bis er sich eines Besseren besonnen hat, einen anderen Wakil berufen, zum Beispiel …«

Ich sehe grübelnd zur Decke und gebe somit dem Vertreter der Fernhändler Gelegenheit, zu reagieren.

Er hat gerade mit seinem Mund voll Konfekt zu schaffen und nuschelt: »Den Schreiber!«

»Wie bitte?« Ich lasse es mir nicht nehmen, die Hand ans Ohr zu halten.

»Den Schreiber, bitte!« Er versucht ein verstörtes Lächeln. »Das war ein Missverständnis, erlauchter Hadjib, viele Jahre möge Allah Euch geben!«

»Ein Missverständnis. Gut.«

Der Schreiber ist schon zur Stelle, hockt sich neben mich, breitet seine Utensilien auf dem Brett vor sich aus, taucht das Schreibrohr ein.

Dann fließen die Namen.

Und als ich erfahre, welcher Bürger Cordobas den Kopf hinhält und Hauptmieter für die Magazine ist, in denen die Schmuggelware lagert, muss ich mich sehr zurückhalten, mir nicht vor Vergnügen die Hände zu reiben.

Die Sterne scheinen günstig für mich zu stehen. Vielleicht (man wird sehen) in den Dingen der großen Politik, doch langsam, aber sicher, werden auch die Maschen meiner Netze bei den persönlichen Belangen dichter. Sogar der Zufall spielt mit und erlaubt mir, der unverschämten kleinen Favoritin einen Hieb zu versetzen. Und wie wir wissen, schmerzen die Hiebe, die man dem Hund versetzt, auch seinen Herren.

Ich bin dir ziemlich nah, Valada.

MUHDJA.

Mein Gewissen ist ein Tier, das niemals schläft.

Es quält mich mit scharfen Bissen Tag und Nacht. Aber wenn es darum geht, mich abzuhalten von dem, was ich verborgen vor den Augen meiner Prinzessin tue, dann scheint es seinen Kopf unter den Schweif zu stecken.

Und damit nicht genug: Einmal in der Woche mahnt es mich zudem, zum Haus meines Vaters zu gehen, drängt mich, schafft mir üble Stunden.

Kasim mag sein, wie er will, aber er ist nun einmal mein Vater. Als die Mutter noch lebte, hatten wir unbeschwerte Zeiten ... Und für eine Tochter sollte es selbstverständlich sein, eingedenk der Toten für den Lebenden Sorge zu tragen.

So bin ich auch heute unterwegs ins Viertel der kleinen Händler, dunkel und unauffällig gekleidet, nur, um mich zu vergewissern, dass alles noch in diesem unverhofften und irgendwie beängstigenden Glückszustand verharrt, der meinem Vater vor kurzem zugestoßen ist wie dem Würfelspieler die immer wiederholte Sechs.

Zunächst gehe ich an unserem Verkaufsstand im Basar vorbei.

Er ist, wie ich weiß, inzwischen verpachtet. Kasim hat es nicht mehr nötig, Früchte zu verkaufen. Der junge Mann, der da jetzt zwischen Feigen, Datteln und Melonen steht, glutäugig, mit dem ersten Flaum der Reife auf den Wangen, erkennt mich trotz meines Gesichtsschleiers und begrüßt mich mit den Worten Valadas, die sie damals für mich dichtete und die in aller Munde waren: »Die Schöne trägt ein Mal im Angesicht, / gleich jenem Flecken, der des Mondes Licht / noch mehr hervorhebt ...«

Er macht den Händlern an den anderen Ständen Zeichen, weist auf mich. Von überall, auch aus den Gewölben winkt man mir zu, pfeift, schnalzt anerkennend mit der Zunge.

Ich muss lachen.

»Wie gehen die Geschäfte?«, frage ich den Jungen, der an meinem ehemaligen Platz steht. Er breitet theatralisch die Arme, verdreht die Augen und beginnt in jener blumigen, heiter-überschwänglichen Ausdrucksweise, die man auf den

Basaren beim Ausrufen der Ware hören kann: »Alles ist dahin, seit du und dein Liebreiz nicht mehr vorhanden sind! Der ganze Suk ist dunkel und öde ohne dich. Die herrlichen Halbkugeln deiner Brüste haben allen den Mund wässrig gemacht – nach dir und nach dem Obst, das du feilbotest! Ach, würdest du doch zurückkehren zu uns. Ich würde dir mein Herz und mein Heim zu Füßen legen!«

Mein Vater, so höre ich, hat sich hier seit Tagen nicht sehen lassen. Erst am Wochenende kommt er immer zur Abrechnung.

Die Bewunderung, die mir der Basar zollt, macht mich fröhlich. Hier komme ich her, und es erhöht mein Ansehen, dass ich bei der von allen geliebten Prinzessin ein- und ausgehen darf wie ihresgleichen.

Beschwingten Schritts biege ich dann in das Gewirr enger Gassen ein, wo unser bescheidenes Haus liegt wie eine Erbse mit anderen Erbsen in der Schote, eng an eng.

Es ist kühl hier im Schatten der Häuser, deren Balkone mit den holzgeschnitzten Fenstergittern oft so weit vorspringen, dass man wie durch einen Tunnel geht.

Meine Gedanken sind hier und da, nur nicht bei meinen Füßen, die über vertraute Unebenheiten hingehen, wie sie es seit meinen Kindertagen gewohnt sind. Und dann stolpere ich. Einige zersplitterte Bretter liegen quer über dem Weg; ihr verwitterter, dunkelgrüner Anstrich kommt mir vertraut vor.

Es sind Bretter unserer Eingangstür.

Ich bleibe stehen, und der Atem bleibt mir weg, und so verharre ich, bis ich mich selbst dazu überreden kann, den Fuß zu heben und über die Bretter zu steigen.

Unsere Tür, oder vielmehr das, was von ihr noch vorhanden ist, hängt schief in den Angeln.

Berber? Was sollte sie hierher führen, zu einem ärmlichen, bedeutungslosen Haus inmitten des Händlerviertels? Oder hat es … mit mir zu tun? Bin ich, die Gespielin der Valada, das unzüchtige Weib, Grund dieser Attacke?

Mein Herz schlägt ganz oben im Hals, und mein Magen drängt sich hinterher.

Aber dann entdecke ich in der Kante des Türrahmens zwei Schwertkerben. Übliches Zeichen dafür, dass hier eine offizielle Maßnahme, eine richterliche Bestrafung oder eine Verhaftung, stattgefunden hat. Eine Anzeige? Ein Verdacht? Das allein dürfte genügen.

Der plötzliche Reichtum meines Vaters … die Geschäfte mit Ausländern, von denen er mir so stolz und prahlerisch erzählt hatte, immer wieder, wenn ich ihn besuchte …

Ich wollte, ich wäre mäuseklein. Bin froh, so dunkel gewandet zu sein und den Gesichtsschleier zu tragen. Und so schleiche ich mich durch die geborstene Pforte in das Haus, in dem ich geboren wurde und aufwuchs, als sei ich eine Diebin, unwissend, was mich erwartet.

Im Innenhof Stille. Der Mailis, der Empfangsraum, ausgeräumt bis auf das letzte Sitzkissen und den letzten Vorhang. Der Raum meines Vaters, sein Schreibtisch: herausgerissene Schubladen, durcheinandergeworfene Papiere. Die Geldschatulle, die in der letzten Zeit immer wohlverschlossen in einer Truhe verborgen war, klafft offen und leer mitten auf dem Tisch.

Von den beiden Sklaven, die er gekauft hatte, keine Spur. Ein Geisterhaus.

Ich wende mich zum Haram, zum Frauentrakt.

Sie hocken beieinander wie zwei Hühner, über denen der Habicht kreist: unsere alte Dienerin Dawja und das Frauenzimmer, das sich mein Vater für seinen Schwanz zugelegt hat, und verbergen ihre Köpfe unter erhobenen Armen.

»He, ihr!«, sage ich halblaut. »Ich bin's, die Tochter des Hauses. Auf eure Füße! Was ist hier geschehen?«

Dawja zumindest löst sich aus ihrer Angststarre und sieht

zu mir auf, die Augen gerötet, die Mundwinkel nach unten verzogen.

»Rettet Euch, junge Herrin! Alles ist aus!«

»Ich habe keine Ahnung, wovor ich mich retten soll!«, sage ich und werde langsam ungeduldig. »Aber von dir erwarte ich, dass du mir erzählst, was hier wann vorgegangen ist. Steh endlich auf, und du da, du auch. Seht ihr nicht, dass hier keiner ist, der euch etwas antun will?«

Sie gehorchen schließlich, blicken sich um, als könnte aus jedem Winkel ein böser Kerl auftauchen und ihnen wer weiß was antun, und allerdings scheinen sie nicht ganz grundlos so furchtsam zu sein, denn offensichtlich haben sie das übliche Wehgeschrei angestimmt, als hier die Haustür splitterte und die Bewaffneten eindrangen, und haben ein paar Schläge einstecken müssen; zumindest hat die breitärschige Beischläferin Kasims ein blaues Auge abbekommen.

Dawja ist nicht gerade begabt, etwas zu erzählen. Aber dann bekomme ich es doch aus ihrem Gestammel und Geseufze heraus:

Es ist noch keine Stunde vergangen seit der Aktion. Mitglieder der Shorta, der Stadtwache, unter Führung eines Gerichtsbeauftragten, sind eingedrungen, haben Kasim, den Feigenhändler, wegen unerlaubter Geschäfte mit Ausländern, Hehlerei, Unterschlagung, Steuerbetrug und anderen Dingen, für die Dawja keine Worte findet, in Haft genommen, alle Sachen von Wert, einschließlich der beiden Sklaven, beschlagnahmt und sind mit ihrer Beute samt dem Hausherrn abgezogen. Dass die Beamten die beiden Weiber zurückgelassen haben, ist – so schließe ich – nur der Tatsache zu verdanken, dass sie in diesen abgehalfterten Weibsbildern keine Wertgegenstände erblicken konnten.

All das berichtet mir Dawja unter ständigem Geheul der anderen, die sich zu ihrem blauen Auge zusätzlich auch noch die Wangen zerkratzt und droht, sich das Kleid vom Leib zu reißen, um ihre Brüste mit den Nägeln zu malträtieren. Was ich ihr untersage. Das wären ja Sterbezeremonien, und mein Vater ist nicht tot. Noch nicht.

Ich lasse die beiden Klageweiber allein und gehe weiter durch das verwüstete Haus.

Kasim, der Narr, der den Kopf hingehalten hat für andere, die sich gewiss aus der Affäre zu ziehen wissen ... Ausländischen Kaufleuten kann ohnehin nichts passieren, außer, dass man sie der Stadt verweist und sie vielleicht einiges an Buße zahlen lässt oder ihre Waren konfisziert, soweit sie die nicht in Sicherheit gebracht haben. Aber mein Vater ist ein Bürger Cordobas, und leider keiner, der einer Adelssippe oder einer vornehmen Fernhändlersfamilie angehört, er kennt keine Rechtsgelehrten und hat niemanden in der Verwandtschaft, der ihm Beistand leisten könnte. Er ist nichts als ein kleiner Obsthändler, der übers Ziel hinausgeschossen ist. Er kann nicht einmal jemanden bestechen, denn ich glaube kaum, dass er schlau genug war, von seinen Einnahmen etwas zu verstecken.

Sie werden ihn foltern. Das ist gang und gäbe. Ganz gleichgültig, ob es darum geht, wichtige Geständnisse zu erpressen, oder nicht: Wenn man einem Mann seines Standes den Prozess macht, gehört die Folter einfach dazu.

Die einzige Trumpfkarte, die er im Spiel hat, bin ich. Ich allein kann versuchen, ihn aus dieser verzweifelten Lage zu befreien.

Und indem ich mir das klarmache, weiß ich schlagartig: Der Hadjib steckt hinter der Sache!

Allah möge mich beschützen! Diese Sache fällt mir auf die Füße. Ich werde zu meiner Prinzessin gehen. Sie wird sich, falls ich sie erweichen kann, mit Ibn Abdus ins Benehmen setzen müssen.

Und er – er wird darauf warten, dass sie kommt. Und er verteilt seine Gefälligkeiten nicht gratis. Er bezweckt zweierlei, denke ich: Valada sich verpflichten. Und ihre Beziehung zu mir, die ihm im Weg ist, ankratzen. Und die Prinzessin wird es nicht gern tun. Vielleicht wird sie zornig auf mich sein …

Die Torheit meines Vaters muss Ibn Abdus sehr zupass gekommen sein.

19

IBN ZAYDUN.
Wenn ich nicht mit allen Fasern meines Leibes und meiner Seele nach Cordoba zurückwollte – die Sevillaner Art, mit den Dingen der Politik umzugehen, könnte mir gefallen. Als besorgte Nachbarn sind wir hier eingezogen, Beistand zu leisten einem Herrscher, den in seinem Reich ein schwerer Schicksalsschlag ereilt hat – und im Handumdrehen sitzen wir hier fest im Sattel, kassieren in aller Freundschaft Gelder für geleistete Hilfe (sprich: Tribut) und übernehmen die Geschäfte.

Al Mutamid schaltet und waltet, als sei er zumindest der Erste Minister.

Emir Badis, der inzwischen wieder fröhlich am Weinschlauch hängt, hat sich niemals um die Verständigung zwischen Granada und den benachbarten Taifas gekümmert, das war Sache seines Wesirs. Die Nachrichtenübermittlung ist zusammengebrochen durch die Zerstörung der Taubenpost.

Al Mutamid nun organisiert einen Kurierdienst: Eilboten sind von Granada nach Sevilla, nach Cordoba, nach Almería oder Badajoz unterwegs, um diplomatische Noten zu überbringen. Die Lage in Granada wird erklärt, die Maßnahmen der »Helfer« (sprich: Besatzer), um die zerrüttete Stadt wieder ins rechte Lot zu bringen, erläutert, von den ohnehin sevillaabhängigen Taifas werden Hilfsleistungen angefordert. Auf diese Weise wird jedem klar, wer jetzt in Granada das Sagen hat. (Bis auf den hiesigen Emir!) Auf dem Rückweg haben

Boten nicht nur Antworten, Bitten, Vorschläge im Gepäck, sondern jeweils auch einen Käfig mit Tauben aus den Schlägen der Fürstenhöfe. So kann die neue Regierung in Granada ihre nächsten Nachrichten wieder schneller versenden.

Das beschäftigt mich zwar, doch nicht vorrangig.

Noch bin ich in meinen Bemühungen zum Wohl Cordobas und seiner Prinzessin nicht recht weitergekommen, aber ich lasse es mir nicht nehmen, meiner erbarmungslosen Geliebten und Gehassten das nächste Gedicht zu übermitteln. Ich male mir aus, wie sie gierig die Hände nach meiner Botschaft ausstreckt und entdeckt, dass es wieder »nur« ein Gedicht ist, wie sie sich ärgert, aber letztlich von der Schönheit der Verse berührt wird …

Harsche Antwort kommt zurück.

Ibn Abdus lässt es sich nicht nehmen, mir hämisch mitzuteilen, dass er für meine Poesien danke, die in Empfang zu nehmen Prinzessin Valada bint Al Mustakfi sich weigere. So würde er sie nun seiner Bibliothek einverleiben. Stattdessen erwarte die Prinzessin von mir, dass ich meine Schöpferkraft endlich einsetzen würde, die mir gestellten Aufgaben zu lösen und dazu im Augenblick Kasmuna bint Ismael ausfindig zu machen und ihr Leben oder Nicht-Leben mitzuteilen.

Nun koche *ich* vor Wut.

Meine Gedichte in den Händen des aufgeblasenen Rivalen zu wissen!

Nachdem ich mich durch einen Ausritt in die Huertas, die Gärten im grünen Gürtel der Stadt, abgekühlt habe, lese ich die Nachricht noch einmal. Da gibt es eine Formulierung, die anregt. Meine Schöpferkraft, heißt es, soll ich dafür einsetzen, die Aufgaben zu lösen. Eine boshaft gemeinte Anmerkung, derart, dass ich aufhören solle zu dichten … Aber ich beschließe für mich, es anders aufzufassen.

Ich werde meine Schöpferkraft in eine andere Bahn lenken.

Es gilt, eine plausible Geschichte zu erfinden über das

Schicksal der jüdischen Freundin Valadas, eine Geschichte, die ein für allemal Schluss macht mit meiner Rivalin, der sanftmütigen Kasmuna.

Es gibt da verschiedene Möglichkeiten. Natürlich hat keine etwas mit dem wahren Sachverhalt zu tun, den kenne ich ja auch gar nicht. Ebenso, wie ich mich nicht an die Einzelheiten meiner Erkundungen auf dem Terrain des Ibn Nagrella und seines Sekretärs gebunden fühle. In jeder der Geschichten aber sollte jene Perlenkette eine Rolle spielen, die mir das Schicksal auf einer Landstraße in die Hände gegeben hat. Der »Beweis« dafür, dass ihre Besitzerin diese Welt für immer verlassen hat.

Die erste Geschichte :

Verehrte Sayyida, Herrin meines Herzens und sicher bald Sayyida Al Kubra,

ich habe dir Trauriges zu berichten über das Schicksal unserer gemeinsamen Freundin, der Poetin Kasmuna bint Ismael.

Wie du mir über deinen Vertrauten, den Wesir, hast mitteilen lassen, batest du mich, nach dem Verbleib der Jüdin zu forschen. Ich gehorche deinem leisesten Wink, Herrin, wie du wohl weißt, und besuchte eilig das traurige und von Allah gestrafte Granada, dessen Bürger gegen seine Schutzbefohlenen wüteten und sie abschlachteten, als seien sie toll gewordene Hunde, vor allem aber frevelhafterweise Hand anlegten an den dortigen Hadjib, Freund des Fürsten und Sohn eines berühmten Staatsmanns und Dichters.

Den Besuch des Judenviertels habe ich mir erspart, denn ich wusste sicher, dass der Mann, den unsere Freundin aufsuchen wollte, am Hof des Ibn Nagrella arbeitete und unweit von dort lebte.

Also begab ich mich zur Residenz des ermordeten Wesirs, um dort Nachforschungen anzustellen.

Welch trauriger Anblick erwartete mich da, geliebte Herrin! Zerstörung durch Feuer und Gewalt allüberall, die schönen

Hallen des Palastes verwüstet, der Park zur Einöde gemacht, das Getier gestohlen oder hingemetzelt. Und Leichen! Leichen überall!

Zunächst glaubte ich, kein lebendes Wesen an dieser Stätte der Vernichtung und des Todes vorzufinden, doch dann entdeckte ich einige alte Juden, die mit der Bestattung ihrer Angehörigen beschäftigt waren, und sie wiesen mir unter viel Jammern und Klagen den Weg zum Haus des Mannes, der mit Kasmuna verwandt war.

Zitternd und zagend machte ich mich auf den Weg.

Was ich sehen musste, geliebte Herrin – die Feder sträubt sich, es niederzuschreiben. Auch hier gab es einige würdige Rabbiner, die sich der Toten annahmen, die aufgebahrt im Innenhof lagen. Und unter ihnen befand sich auch die schöne Kasmuna – bleich und mit geschlossenen Augen.

Man berichtete mir, dass die ganze Familie, um nicht den Mordbuben in die Hände zu fallen und Folter oder Schande zu erleiden, sich selbst das Leben genommen hatte.

So entsetzlich dies Ende auch ist – Trost für uns sollte sein, dass ihr unsägliche Marter erspart geblieben ist.

Als ich schon wieder gehen wollte (schweren Herzens und beklommenen Gemüts), trat eine alte Frau an mich heran, eine Dienerin, die ich in glücklicheren Zeiten in der Nähe Kasmunas gesehen hatte. Sie warf sich vor mir zu Boden und küsste meine Schuhe, ihrem Gott dankend, dass er mich hierhergeschickt hatte, denn, so sagte sie, nun könne sie doch das Vermächtnis ihrer Herrin in meine Hände legen, als dem Mann, der sowohl Kasmuna nahegestanden hatte – und der Prinzessin noch immer nahesteht. So drückte sie es aus. Kurz bevor sich unsere Poetin nämlich selbst entleibte, rief sie diese Dienerin beiseite und befahl ihr, sich zu retten, und zwar in einem Kellerloch, das für die Lagerung von Eis vorgesehen war und in dem sich nur eine Person verbergen konnte. Sie löste die Perlenschnur von ihrem Hals und reichte sie ihr, wie die alte Frau berichtete, mit folgenden Worten: »Hamda, unser aller Todesstunde liegt im Ratschluss des Herrn, und die meine ereilt mich heute. Du aber sieh zu, dass es dir gelingt, Cordoba wieder zu erreichen. Versuche, zu meiner über alles geliebten Herrin Valada vorzudringen. Gib ihr zurück, womit sie mich einst beglückt und geehrt hat, und bestelle ihr, dass, bevor ich das Sterbegebet anstimme, ihr süßer Name das Letzte sein wird, was auf meinen Lippen ist. Lebe wohl.«

Und sie holte das Perlenband hervor, ließ es in meine Hände gleiten und verschwand, als habe sie die Erde verschluckt. Und hätte ich nicht dies Vermächtnis, ich hätte fast geglaubt, die alte Frau sei nur ein Phantom aus einer anderen Welt gewesen. Aber nun, meine für immer Geliebte, sende ich dir das schöne Pfand zurück, das ich mit dem Nass meiner Augen benetzt habe. Wenn du es in Händen hältst und ebenfalls das Schicksal Kasmunas beweinst, so vereinen wir uns beide in unseren Tränen.

Die zweite Geschichte:

Verehrte Sayyida, Herrin meines Herzens und sicher bald Sayyida Al Kubra,

ich habe dir Trauriges zu berichten über das Schicksal unserer gemeinsamen Freundin, der Poetin Kasmuna bint Ismael.

Schon bevor dein Bekannter, der Hadjib Ibn Abdus, mein Feind, mir deine Bitte übermitteln ließ, nach dem Verbleib von Kasmuna bint Ismael zu forschen, hatte Allahs unerforschlicher Wille eine Begegnung zwischen uns herbeigeführt, von der zu berichten ich bis jetzt zögerte, denn mir war klar, dass dir großen Kummer bereiten würde, was ich mit ihr erlebt hatte.

Nun aber, da du um das Leben unserer gemeinsamen Freundin fürchten musst, überwinde ich meine Hemmung, denn zumindest diese Ungewissheit kann ich dir nehmen: Kasmuna lebt. Sie ist nie bis zu ihren Verwandten nach Granada gelangt. Allerdings, wo sie sich jetzt aufhält und unter welchen Umständen sie existiert, darüber bin ich nicht unterrichtet. Die Umstände, unter denen wir zusammentrafen, waren alles andere als glücklich.

Ich begegnete unserer gemeinsamen Freundin, nachdem ich den Schergen entkommen war, die mich zu Cordoba in grausamer Gefangenschaft hielten.

Auf meiner Flucht machte ich Halt in einer kleinen Stadt am Wege, um mich, geschwächt, wie ich war, von den Strapazen des Kerkers zu erholen und wieder der zu werden, der ich bin. So verzögerte sich meine Weiterreise nach Sevilla um einiges, und gerade das schuf die Gelegenheit zu jener traurigen Begegnung, von der ich dir nun erzählen muss.

Zu meinem Schutz (wusste ich denn, ob ich nicht verfolgt wurde?) hatte ich eine wehrhafte Truppe angeheuert; wie sich zeigen würde, in weiser Voraussicht, denn auf der Straße entlang des Guadalquivir treiben christliche Pardos ihr Unwesen und überfallen Reisende, die nicht ausreichend für ihre Sicherheit gesorgt haben.

Zu diesen Leichtsinnigen gehörte auch unsere Freundin Kasmuna, die mit ihrem minderwertigen Geleitschutz an mir vorbeigezogen sein musste, als ich noch in besagter Stadt weilte.

Um es kurz zu machen: Kasmuna war in die Hände der christlichen Barbaren gefallen. Zunächst hatten sie sie ihres Schmucks und ihrer Wertsachen sowie der Geschenke für ihre Verwandten beraubt, sodann stellten sie mit ihr schändliche Dinge an, die im Einzelnen zu beschreiben ich uns beiden erlasse.

Ich kam mit meiner Truppe gerade in dem Moment an, als sie nach vollbrachten »Taten« mit der unglückseligen Frau aufbrechen wollten, zweifellos, um später Lösegeld für sie zu erpressen. Meine wehrhaften Männer wurden allerdings sehr schnell mit den Strauchdieben fertig. Sogar die Beute konnten sie den Verwundeten und Erschlagenen abnehmen.

Kannst du, geliebte Herrin, dir mein Entsetzen vorstellen,

als ich unter diesen Gegenständen jene Perlenkette entdeckte, die du einst der Dichterin als Lohn für ihre Künste verehrt hattest?

Ich ging zu der Sänfte und fand die junge Frau darin, halb ohnmächtig und in einem entsetzlichen Zustand. Offenbar hatten sich die Strauchdiebe alle nacheinander an ihr vergangen.

Als sie sich notdürftig erholt hatte, kannte ihre Dankbarkeit mir gegenüber keine Grenzen.

Ich erbot mich selbstverständlich, mein eigenes Reiseziel hintanzustellen und sie zunächst zu ihren Verwandten nach Granada zu geleiten.

Aber davon wollte sie nichts wissen.

»Ich bin«, so sagte sie mit matter Stimme, »nur noch der Schatten meiner selbst. Entehrt und aufs Grausamste geschändet, fühle ich mich außerstande, meiner Familie unter die Augen zu treten – und ganz und gar nicht bin ich bereit, jemals wieder nach Cordoba und in das Haus unserer großen Freundin, der Prinzessin Valada, zurückzukehren. Wäre ich eine Christin, so würde ich in ein Kloster eintreten. Lasst mich, Ibn Zaydun, mit meiner Scham allein. Unerkannt und im Verborgenen, werde ich bei der nächsten Gemeinde unseres Volkes um Asyl bitten. Forschet nicht, wohin ich mich wenden werde. Niemand soll es erfahren. Vielleicht kommt irgendwann eine Zeit, in der meine wunde Seele und mein geschundener Leib genesen sind und in der ich mich den Meinen wieder zeigen werde. Aber nie wieder, das schwöre ich, werde ich es wagen, der Prinzessin nahezukommen. Was man mir angetan hat, hat mich zerstört. Darum nehmt diese Kette und gebt sie der zurück, von der ich sie einst erhalten habe. Ich bin nicht mehr würdig, dies Pfand zu besitzen.«

Und entgegen all meiner Einwände und Vorstellungen änderte sie ihren Willen nicht und zog davon in ihrer Sänfte, nur in Begleitung ihrer Maultiertreiber.

Ich nun erfülle ihren letzten Willen und sende dir diese Kette. Gedenke Kasmunas bint Ismael mit Nachsicht und Wehmut.

Die dritte Geschichte:

Verehrte Sayyida, Herrin meines Herzens und sicher bald Sayyida Al Kubra,

ich habe dir Trauriges zu berichten über das Schicksal unserer gemeinsamen Freundin, der Poetin Kasmuna bint Ismael.

Schon bevor dein einflussreicher Bekannter, mein Feind Ibn Abdus, mir die Bitte ausrichten ließ, mich um die junge Frau zu kümmern, hatte ich mir vorgenommen, nach Granada zu reisen, um zu erforschen, ob Kasmuna vielleicht wie durch ein Wunder dem allgemeinen Morden entgangen sein könnte.

Aber allein der Anblick der entsetzlichen Verwüstungen, die ich in der Residenz des ermordeten Hadjib Ibn Nagrella in Augenschein nehmen musste, ließ die Flamme meiner Hoffnung in sich zusammensinken.

Undenkbar, dass jemand aus der Familie das Gemetzel überstanden haben kann, geliebte Herrin.

Die überlebenden Juden – und das sind wahrlich nicht sehr viele! –, die bemüht waren, ihre Toten zu verscharren, geleiteten mich zum Haus des Mannes, der dem Vernehmen nach der Verwandte Kasmunas war, dem sie ihren Besuch abstattete.

Das Haus war geplündert; was man nicht wegschleppen konnte, hatten die Angreifer in blinder Wut zerschlagen.

Ich irrte in den Trümmern umher, auf der Suche nach irgendeiner noch so kleinen Spur unserer Poetin. Überall war Blut … an Wänden, Boden und Möbelstücken. Ausgerissenes Haar klebte am Fußboden, und in einer Ecke fand ich in einer angetrockneten braunroten Lache Fetzen von Haut.

Ich will dir, Geliebte, weitere schreckliche Einzelheiten ersparen.

Und gerade, als ich meine Suche aufgeben wollte, lenkte

Allah der Allmächtige meine Blicke auf eine breite Ritze in der Diele. Dort leuchtete etwas in sanftem Licht, so zart wie Mondstrahlen, Glanz inmitten der Zerstörung.

Ich bückte mich – und erbebte! Und da fand ich, was ich dir jetzt zusende, zurück in jene Hände, aus denen es einst gekommen ist – Kasmunas Perlenhalsband. Den rasenden Mordgesellen in ihrem Wüten muss es beim Zusammenraffen ihrer Beute entfallen sein, vielleicht hat es ein versehentlicher Fußtritt beiseite geschleudert. So blieb das wertvolle Andenken erhalten.

Was freilich mit seiner Besitzerin geschehen ist, bleibt in die finstere Nacht ewigen Dunkels gehüllt, und vielleicht ist es gut so.

Beweine den Verlust, Sayyida – aber denke, dass es noch andere auf Allahs Welt gibt, die dich lieben und sich für dich aufopfern bis zum Äußersten, wenn du es befiehlst.

Alle drei Geschichten gefallen mir gut. Die erste drückt ganz und gar aufs Gemüt, sie ist wunderbar sentimental und würde Valada bestimmt Tränen der Trauer über den Verlust entlocken – eine heilende und reinigende Angelegenheit, nach der man dann alles vergessen kann. Aber eigentlich gönne ich der Jüdin solch ein ausuferndes Gedenken nicht.

Am liebsten würde ich Valada die zweite schicken.

Dass diese Kasmuna bei dem Überfall zerpflückt wird, habe ich mir ja schon an Ort und Stelle genüsslich ausgemalt, und es würde genau das sein, was meine hochmütige Geliebte am meisten kränken und verstören würde.

Und auch das Verschwinden ins Nichts könnte ihr schlaflose Nächte bereiten!

Aber diese Version hat einen echten Schönheitsfehler. Denn die Begleittruppe aus Cordoba hat sie ja gewiss sicher bis vor die Tore Granadas gebracht und wird dann umgekehrt sein, um zu Haus zu versichern, die Dame sei heil und unversehrt angekommen. Wenn ich die Shorta richtig einschätze, wird sie nicht einmal den »kleinen Zwischenfall« am Wegesrand erwähnt haben.

So ist diese Variante leider nur ein Spielchen für mich selbst.

Die dritte Schilderung kommt der Wahrheit am nächsten, aber auch nur ungefähr. Denn Kasmuna war ja nicht im Hause ihres Onkels unter den Leichen, wie mir versichert wurde: »Von einem Gast aus Cordoba wissen wir nichts!« Und wenn es auch unwahrscheinlich ist, so könnte sie doch noch irgendwo stecken; vielleicht als Hure und Haussklavin eines grobschlächtigen Berbersoldaten. Aber um so etwas nicht in den Bereich der Möglichkeiten zu bringen, habe ich in dieser Fassung gleich alle »verschwinden« lassen.

Dass ich die Perlen habe, ist so am überzeugendsten– und sie sind für Valadas Augen ganz gewiss das Unterpfand für die Wahrheit meines Berichts.

Ich gestehe mir selbst ein, dass ich mächtig dick aufgetragen und Worte gewählt habe, die ich eigentlich im Umgang mit Valada nicht benutze, aber ihre Gefühle werden so hoch aufwallen, dass sie das alles schluckt, denke ich.

Die Rückführung des Halsbands beendet eindeutig die Affäre Kasmuna bint Ismael. Das also erreiche ich auf jeden Fall.

Ich danke Allah dafür, dass er mich den Schmuck finden ließ, und mir selbst, dass ich nicht auf die Idee kam, ihn zurückzugeben.

Also schicke ich die dritte Variante ab.

Dies wäre zu meiner Zufriedenheit erledigt.

Das Verfassen der Geschichtchen hat mir einmal mehr meine böse Prinzessin nahegebracht. Ich erinnere mich, wie wir im Kerker übereinander herfielen …

Niemand, niemand auf der Welt kann ihr die Lust verschaffen, die ich ihr gebe. Und niemand außer ihr kann mich so bis an die Grenze des Horizonts befriedigen wie sie. Wir sind einander verfallen.

Ich lege die Hand zwischen meine Beine und fühle meine Gier wachsen.

Nein. Ich will nicht. Nicht für mich allein. Nicht, wie es der Gefangene in Cordoba unermüdlich tat.

Ich gelobe, ich und du. Meine Haut auf deiner Haut. Mein Fleisch in deinem Fleisch.

Meine Stimme und deine Stimme wieder vereint in deinem Haus aus Licht. Valada und Ibn Zaydun, Ibn Zaydun und Valada.

Die Stunde wird kommen. –

Während meines Aufenthalts in dieser zerstörten und verstörten Stadt verliere ich jedoch auch die mir aufgetragene Suche nicht aus den Augen.

Mir fällt etwas ein: In dem Geschichtswerk, das ich studiert hatte, war die Rede davon, einige Nachkommen des großen Hakam hätten sich bei Granada aufs Land geflüchtet, um – nun, ja – der Peinlichkeit zu entgehen, als Thronfolger benannt zu werden, denn das endete ja meist mit Mord und Totschlag.

Ich mache mich kundig.

Ja, es gibt ein Anwesen draußen in der Vega, der fruchtbaren Umgebung, das Maischar Omayad heißt, das Landhaus des Omayaden. Also mache ich mich dahin auf – und finde eine verkommene Bauernkate vor, in der sich zwei ältliche Weiber um einen steinalten Kerl bemühen, der eindeutig die Pocken hat und im Sterben liegt. Das soll ein Nachkomme des großen Hakam gewesen sein! Ich fliehe angewidert. Wenn diese beiden Personen, dem Vernehmen nach sein Fleisch und Blut, doch wenigstens Söhne gewesen wären! Man hätte sie mit Geld und guten Worten schon in die richtige Form gebracht. Aber Weiber können nun mal keinen Kalifen abgeben …

Es bleibt dabei: Wir müssen ihn irgendwie aus der Erde ausgraben, unseren Omayaden.

20

WALADA.

Es gibt Tage, die sind so schwarz wie der Hintern des Satans.

Nicht nur, dass ich mich vor Sorge verzehre um das Schicksal meiner Kasmuna – nun kommt auch noch Muhdja zu mir mit einer Geschichte, die mir ganz und gar nicht gefällt.

Heulend und mit zerrauftem Haar fällt sie mir zu Füßen, und mit Mühe kann ich sie davon abhalten, dass sie sich ihre schönen Wangen und die nicht minder schönen Titten zerkratzt und mir so meine Lust an ihr schmälert.

Es geht um ihren Vater.

Nun bin ich Vätern ohnehin nicht sonderlich gewogen. Mein eigener Erzeuger, Kalif Muhammad, hat in mir nicht gerade töchterliche Gefühle geweckt, und seit eh und je habe ich nicht verstanden, warum es sich mein kleines Weibchen nicht nehmen ließ, immer wieder in das schäbige Haus des Feigenhändlers zu gehen und »nach dem Rechten zu sehen«. Aber bei den Leuten aus dem Volk gelten in den Familien wohl andere, strengere Regeln des Zusammenhalts …

Wie sich nun zeigt, hat das alles gar nichts genützt. Dieser Mann (ich glaube, er heißt Kasim) hat sich, so entnehme ich Muhdjas Gejammer, in unlautere Geschäfte verwickeln lassen, und zwar aus purer Dummheit.

Die krumme Sache ist herausgekommen, und jetzt, wie sollte es anders sein, hat er die Quittung dafür gekriegt.

Steuerbehörde und das Gericht sind gemeinsam gegen ihn vorgegangen, haben seinen Besitz eingezogen und ihn ins Loch gesteckt.

In der Gasse irgendwo im Händlerviertel fand meine Kleine nichts vor als leere Wände und zwei alte Weiber, die das Mitnehmen nicht wert waren.

Fast muss ich lachen.

»Nun«, sage ich, »besonders viel hast du ja bestimmt nicht verloren. Für mich ist das, was da passiert ist, schon beinah ein Glückstreffer. Da muss ich nicht um dich fürchten, wenn du nachts wieder einmal durch gefährliche Straßen läufst, um zu mir zu gelangen. Jetzt ist dein Platz bei mir noch fester.«

Sie starrt mich an aus weit aufgerissenen Augen – Mandelaugen, schimmernd von Tränen –, als hätte ich Allah mitsamt seinem Propheten gelästert.

»Begreifst du nicht? Es ist mein Vater!«

Ich seufze. »Glaub mir, wenn ich irgendeine Gelegenheit gesehen hätte, den meinigen irgendwie wegsperren zu lassen, bevor er all die Dummheiten beging, die er mit Regieren verwechselte – ich wäre haushoch gesprungen!«

»Valada! Sie werden ihn foltern!«

»Ist das so?«, sage ich, nun doch betroffen. Um dergleichen habe ich mich nie gekümmert. Der einzige Kerker, den ich bisher von innen gesehen habe, ist der, aus dem ich Ibn Zaydun befreit habe, und von Folter war da nichts zu sehen. Aber als ich dort war, gab es auch anderes, was meine Aufmerksamkeit fesselte …

Ich gehe im Raum auf und ab, pendele zwischen meinem Diwan und dem Schreibpult, von dem mich Muhdja aufgestört hat, entgegen aller Übereinkünfte, denn wenn eine von uns arbeitet, lässt man sie in Ruhe und entfernt sich auf den Zehenspitzen.

»Nun, vielleicht könnte man mit einem Beutelchen voll Dirhems erreichen, dass die Folterknechte, in übertragenem

Sinn, statt kochenden Essigs laues Wasser verwenden! Ich bin gern bereit …«

Sie unterbricht mich, fasst nach meinen Händen, zwingt mich, bei ihr stehen zu bleiben. »Meine Prinzessin! Ich weiß, dass du von solchen Dingen nichts wissen willst. Du lebst in deinem Haus voll Licht und Leben, voller Musik und schöner Worte und noch schönerer Liebe – aber da draußen herrschen andere Regeln! Es geht um viel Geld. Und es geht um die Reputation Cordobas vor den ausländischen Kaufleuten. Es wird ein Gerichtsverfahren geben, und zur Abschreckung wird man ihn … man wird ihn hinrichten. Ich bin mir sicher. Es hat schon ähnliche Verfahren gegeben. Mein Vater, Kasim, der Feigenhändler, ist dem Tod geweiht.«

Sie hat ernst, eindringlich gesprochen, und es hört sich sehr, sehr glaubhaft an.

Ich bin ja nicht aus der Welt gefallen, auch wenn ich mich in meiner … Burg eingerichtet habe. Ich habe im Alcazar gewohnt, und – wenn ich es auch einmal verhindert habe – ich kenne abgeschlagene Köpfe, aufgespießt und zur Schau gestellt auf den Mauerzinnen, und die Vergehen derer, die so vom Leben zum Tode kamen, bestanden oft nur darin, einen zweifelhaften Würdenträger verärgert zu haben. (Diese scheußlichen Köpfe verfolgten mich in meinen Mädchentagen bis in den Traum.)

Meine kleine Muhdja dauert mich. Ich mache mich von ihr los.

»Du kennst den Richter, Kadi Ibn Al Dakhil«, sage ich. »Er ist ein Gast meiner Feste, hin und wieder bringt er einen leidlichen Vers zustande, und sein Interesse gilt Mädchen aus dem Maghreb, insbesondere aber blutjungen Schwarzen, die ich ihm an diesen Abenden zur Verfügung stelle, wenn auch ungern. Er hat schlechte erotische Manieren, aber man kann so einen wichtigen Mann nicht verärgern. Vielleicht könnte ich ihn zu mir bitten und mit einem Geschenk geneigt machen, deinen Vater auf irgendeine Weise zu ... übersehen. Wie man weiß, ›verschwinden‹ ja Gefangene manchmal mir nichts, dir nichts aus dem Gewahrsam.«

Und da kommt mir ein Einfall.

»Erinnerst du dich an das Mädchen, mit dem mich Ibn Zaydun damals ... in den Dreck gezerrt hat?« Eigentlich will ich sagen: gedemütigt hat, aber meine Zunge sträubt sich, denn eine Prinzessin der Omayaden demütigt man nicht.

»Nazik?«, sagt Muhdja hastig, und ihre Augen weiten sich. Sieh da, sie weiß sogar noch den Namen.

»Ja, so hieß sie wohl«, erwidere ich. »Ich habe sie schon länger nicht mehr gesehen, warum auch immer. Trotzdem. Es wäre mir lieb, wenn sie aus dem Haus verschwindet. Allein, sie da hinten irgendwo im Sklaventrakt oder in der Küche zu wissen, ist eigentlich ... störend. Was hältst du davon? Ich werde den Kadi zu mir bitten und ihm die Sache vortragen, ihn fragen, was er ausrichten kann. Und als Anreiz – du kannst es auch Bestechung nennen – schenke ich ihm das Mädchen. Sie ist zwar kein ungerittenes Fohlen mehr, aber immerhin müsste es ihm eine Ehre sein, seinen Daumen in den gleichen Honigtopf zu stecken, der auch schon den großen Poeten beherbergt hat. Was meinst du?«

Und da fällt mein kleines Weibchen mir zu Füßen und bricht in einen Strom von Tränen aus, gegen den ihr Gejammer vorhin ein kleines Vorspiel war ...

Ich verstehe sie nicht. Was in aller Welt hat sie?

MUHDJA.

Allah, erbarme dich meiner!

Über meinem Haupt schlägt das Unheil zusammen wie eine große Meereswelle.

Ich sinke vor meiner Prinzessin nieder, umschlinge ihre Knie und heule; ich weiß nicht, wie ich aufhören soll, es strömt einfach aus mir heraus.

Sie erinnert sich nicht einmal mehr an ihren Namen, und sicher hat sie auch vergessen, dass Nazik eine Nacht während unseres Liebesspiels mit dem Gesicht zur Wand in der Ecke stehen musste, sie hat nur die alte Kränkung durch den Mann im Kopf und will nun ...

Es ist schrecklich und vor allem sinnlos. Denn der Kadi führt nur Befehle aus, und er wird sich hüten, einen Mann zu begünstigen, den die Zoll- und Steuerbehörden anklagen. Hinter diesen Mächten steht der Wesir. Und wenn es auch um Gelder geht, die mein Vater am Staat vorbeigeschleust hat – oder zumindest Beihilfe dazu leistete: Ibn Abdus, das weiß man, kassiert seinen Anteil überall.

»Meine Geliebte!«, flehe ich. »Vergiss diesen Plan! Kadi Ibn Al Dakhil hat gar nicht die Macht, Fesseln zu lösen, und täte er es heimlich, würde es ihm übel bekommen. Es gibt nur einen Mann in Cordoba, der solche Befehlsgewalt hat, und nur du kannst ihn bewegen, meinen Vater ...«

Weiter komme ich nicht.

»Muhdja!«, unterbricht sie mich scharf. »Weißt du, was du verlangst?«

Ich sehe zu ihr auf. Sie hat sich über mich geneigt, und durch den Tränenschleier erscheint mir ihr Gesicht wie eine wächserne Maske, aus der das grüne Blau der Augen mich anfunkelt.

»Ich bin bereit, viel für dich zu tun, mein kleines Weibchen«, sagt sie, nun etwas sanfter, und zieht mich an den Händen hoch. »Aber verlange nicht etwas so Unverhältnismäßiges von mir. Prinzessin Valada zieht los zum Minister, um für den Vater ihrer Geliebten zu bitten, der sich als ein kleiner oder auch großer Gauner herausgestellt hat! Findest du nicht auch, dass sich das ein bisschen ... lächerlich anhört?«

Ja, es hört sich lächerlich an. Lächerlich, unpassend, unverhältnismäßig, wie sie sagt. Und zugleich versetzt es mir einen

Stich ins Herz. Ihre Geliebte, die Feigenhändlerin, die Tochter eines Gauners. Auf einmal stehen wir uns gegenüber, und zwischen uns klafft ein Graben.

»Ich weiß, dass ich nichts bin«, erwidere ich, und meine Stimme zittert. »Aber ich bin erhoben und geadelt durch die Liebe einer Fürstin, wenn ich auch aus dem Staub der Gassen komme. In dieser Liebe habe ich meine Ehre gefunden. Lass nicht zu, dass diese Frau, die mich geadelt hat, gleichsam mit herabgezogen wird, wenn etwas mich in den Staub zieht. Denn mein Stolz ist auch dein Stolz, Herrin.«

Sie runzelt die Brauen. »So erkenne ich dich wieder«, bemerkt sie halblaut. »Das ist meine Muhdja, das Mädchen mit dem wachen Geist und der Zunge, die Pfeile abschnellen kann. Mit der kann ich umgehen. Nicht mit dem Klageweib, das du bis eben dargestellt hast. Ja, an deinen Worten ist einiges dran, das sehe ich ein. Die Torheit deines Vaters schlägt auch auf mich zurück, trifft mich, beschmutzt mein Kleid. Meine Geliebte darf nicht die Tochter eines Verbrechers sein.«

Sie schlingt ihre Arme um mich, zieht mich an ihr Herz. »Du bebst ja, meine Schöne! Nicht doch, vertrau mir. Ich werde dir helfen.«

Sie streichelt mein Haar. »Kämm deine schönen Locken, und ich mache einen Vers auf dich!«, sagt sie schmeichelnd.

Sie lässt mich los, beginnt wieder ihre Wanderung zwischen Pult und Diwan. »Das Verdrießliche ist nur: Er wird mir meine Bitte nicht umsonst erfüllen! Er wird etwas fordern.«

(Genau das ist meine Angst – sie wird ihren Stolz nicht opfern.) »Und wie ich ihn kenne, wird er sich nicht damit begnügen, dass ich ihm meine Wange zum Kuss reiche, so, wie es auf meinen Mantelärmeln gestickt steht.« Sie lacht, halb ärgerlich. »Der alte Fuchs wird seine Chancen nutzen wollen. Weißt du was? Wenn dein Vater seine Dummheit nicht begangen hätte – Ibn Abdus müsste sie geradezu erfinden, um mich genussvoll in eine Zwickmühle zu versetzen. Eigentlich … es widerstrebt mir wirklich heftig, Mädchen.«

Sie schüttelt den Kopf. »Also: Ein Gang in den Alcazar ist das letzte Mittel. Ich verspreche dir, ich werde es einsetzen, wenn alles andere versagt. Aber zunächst will ich doch das andere ausprobieren. Ich werde den Kadi Ibn Al Dakhil für morgen zu mir bestellen. Es könnte doch sein, dass du die Verhältnisse genauso wenig einzuschätzen verstehst wie ich. Vielleicht hat er mehr Möglichkeiten, als wir denken. Jedenfalls kann es auf keinen Fall schaden, wenn man sich seiner Dankbarkeit versichert. Und das Mädchen aus dem Haus zu bekommen, das ist für mich wirklich kein Verlust. Ganz im Gegenteil. Wie, sagtest du, heißt sie?«

»Nazik«, erwidere ich.

Es war also vergebens. Unser Schicksal ist besiegelt.

Allah, was denke ich da? Habe ich von »unserem Schicksal« gesprochen in Gedanken? Nazik und ich.

Ich und Valada.

Wo bin ich? Wo stehe ich?

Diese Szene eben mit der Prinzessin – hat sie mir nicht deutlich gemacht, dass ihre Liebe zu mir auch Gnade ist?

Nein, das darf ich nicht glauben.

Dennoch: So sehr es auch schmerzt. Ich liebe beide. Heillose Verstrickung.

'VALADA.

Dieser Tag taumelt umher, als sei er betrunken.

Noch während ich meine Anweisungen für das morgige Treffen mit dem Richter gebe, erreichen mich Boten von Ibn Abdus. Eine Sänfte wartet vor dem Haus, mich zum Alcazar zu bringen, um eine wichtige Nachricht entgegenzunehmen.

Eine wichtige Nachricht?

Der Wesir lässt mich sicher nur zu sich rufen, wenn es um … Staatsgeschäfte geht, also um einen Omayaden. Hat

Ibn Zaydun irgendetwas entdecken können? Ich dachte nicht, dass er so schnell fündig würde. Offenbar hat mein wütender Brief etwas bewirkt.

Ich mache mich in aller Eile auf den Weg, und der Himmel verzeih mir, dass ich in diesem Augenblick nur auf meine ehrgeizigen Träume aus war und nicht auf das, was der Dichter weiter für mich herausbekommen sollte. Vielleicht war ich auch durch die wirre Geschichte und die offensichtliche Not meines kleinen Weibchens durcheinander.

So rausche ich, sehr Prinzessin, in den Mailis des Hadjib, der mich zu meiner Verwunderung in bequemen Polstern empfängt. Vor ihm ist der Schachteppich ausgerollt, weiße und rote Felder. Die Figuren sind bereits in einer Endphase des Spiels, und auf der Gegenseite hockt mit untergeschlagenen Beinen einer seiner Schreiber, der die rote Seite spielt und der, wenn ich die Situation auf dem Feld richtig deute, gerade dabei ist, gegen seinen Herrn zu gewinnen, was ihm offensichtlich Angstschweiß entlockt.

Man hat mich in diesem Spiel unterrichtet, seit ich ein Kind war, und obwohl ich es sehr bald gut beherrschte, habe ich es von Anfang an gehasst. (Anders als Muhdja und Kasmuna, die beide leidenschaftliche Spielerinnen sind.) Ich habe nicht die Geduld für langwierige Eröffnungsphasen und bringe sehr schnell durch unbesonnene Bauernopfer meinen König und den »Wesir«, die zweitwichtigste Figur, in gefährliche Lagen.

Jetzt sehe ich mit geheimem Vergnügen, dass Ibn Abdus offenbar ein genauso angriffslustiger und riskanter Spieler ist, wie ich es bin, falls ich mich darauf einlassen würde. Das wundert mich. Ich hätte ihn für den vorsichtigen Taktiker gehalten.

Der weiße König wird von den roten Türmen attackiert, und sein »Wesir« steht ohne Deckung.

Der arme Schreiber tut mir leid. Ich kann mir nicht vorstellen, dass Ibn Abdus gern verliert, aber andererseits natürlich tödlich beleidigt wäre, wenn sein Gegenüber versucht, ihn absichtlich gewinnen zu lassen.

Während ich mich den Spielenden nähere, Stirn, Mund Herz zum Gruß mit der Hand berühre und der Minister lächelnd zu mir aufschaut, bringe ich »aus Versehen« mit einem Fußstoß den Schachteppich zum Verrutschen. Die Figuren kippen um und poltern durcheinander.

Der Schreiber springt auf, verneigt sich tief. Seine Haltung drückt Erlösung aus.

»Sayyida, verehrte Prinzessin!«

Der Hadjib ist ebenfalls aufgestanden und zieht meine Finger an die Lippen.

»Du kannst gehen, Ali.« Sein Kontrahent kramt hastig die Figuren zusammen, rollt den Spielteppich auf. Während er sich unter Verbeugungen entfernt, droht mir Ibn Abdus halb scherzhaft mit dem Finger. »Störe meine Spiele nicht, Valada bint Al Mustakfi!«

Es klingt nur halb scherzhaft. Was soll das? Er will etwas von mir! Aber was? Vieles ist denkbar …

»Du hast mich zu dir befohlen, großer Hadjib?«, sage ich, und merke, dass es nicht gerade geduldig klingt. »Was gibt es?«

»Ich habe dir keinen Befehl erteilt, wie käme ich dazu!«, widerspricht er und runzelt die Brauen. »Ich habe dich lediglich gebeten.«

»Und diese Bitte gleich mit einer Sänfte vor der Tür unterstützt!«, sage ich ironisch und erinnere mich an seine strikte Anweisung, nicht nach Granada zu reisen – war das etwa kein Befehl?

Indessen zieht er ein Gesicht, als sei die Mezquita eingestürzt, offenbar, um mich auf etwas Unangenehmes vorzubereiten, nimmt mich sanft am Ellbogen und führt mich zu einem hohen Schreibpult, auf dem Briefschaften und verschiedene andere Dinge aufgereiht liegen. »Ich habe keine gute

Nachricht für dich!«, sagt er sanft. »Halte dein Herz fest, Prinzessin.«

Und in dem Augenblick sehe ich es. Ich bleibe stehen, als führe vor mir der Blitz in die Erde.

Auf diesem Pult liegen – es gibt keinen Zweifel! – die Perlen Kasmunas.

»Was soll das?«

Ich erkenne meine Stimme nicht wieder.

»Lies den Brief deines ... Abgesandten. Lies, und sieh ein, dass ...«

Ich höre ihn nicht mehr. Greife die hauchdünne Papierrolle und lese:

»Verehrte Sayyida, Herrin meines Herzens und sicher bald Sayyida Al Kubra, ich habe dir Trauriges zu berichten über das Schicksal unserer gemeinsamen Freundin, der Poetin Kasmuna bint Ismael ...«

Und alles Weitere.

In meiner Brust wächst etwas, das will ein Schrei werden. Aber bevor er meine Kehle verlässt, schlucke ich ihn hinunter, und die Zähne presse ich fest aufeinander, damit auch nicht der leiseste Ton über meine Lippen kommt.

Irgendwo außerhalb meines Universums steht der Wesir Ibn Abdus und scheint mich forschend zu betrachten, als sei ich ein fremdes Wesen.

So. Also Kasmuna ist tot. Behauptet man. Keiner weiß etwas. Oder verschollen. Oder ...

Vorsichtig glätte ich das Papier mit den Fingerspitzen. Lese es noch einmal.

Was sind das für Formulierungen? »Unsere gemeinsame Freundin ...«, nennt er heuchlerisch sie, die seine Feindin ist. »Rasende Mordgesellen in ihrem Wüten« – was für ein pathetisches Wort. »In die finstere Nacht des ewigen Dunkels gehüllt« – was für eine Floskel!

Ibn Zaydun, ich kenne dich bis in die letzte Faser deiner

schwarzen Seele. Und vor allen Dingen kenne ich deine Worte, so, wie du sie zu setzen weißt, kenne jede Schwingung in deiner Sprache. Ich bemerke, wenn du stolperst, so wie ein Kenner des Tanzes bemerkt, wenn eine Tänzerin die Schrittfolgen verwechselt. Nein, mein Dichter, so etwas schreibst du nicht ehrlichen Herzens. So ein Stil unterläuft dir nur – wenn du jemandem etwas vormachst.

Ibn Zaydun, du lügst. Diesen Bericht hast du erfunden. Niemals würdest du so zu *mir* sprechen. Das ist der Stil, mit dem du andere zu umgarnen versuchst, die sich einschüchtern lassen von Worten, die sie für poetisch halten.

Aber woher, du Schurke, hast du Kasmunas Perlen?

Ich strecke meine Hand aus, schnell, und greife mir das Halsband, halte es in der geballten Faust; die Perlenschnur rieselt zwischen meinen Fingern hindurch mit einem leisen, seidigen Geräusch.

»Prinzessin ...«

Neben mir nimmt Ibn Abdus wieder klare Konturen an, gesellt sich zu mir in meiner Welt, hat sogar die Arme ausgebreitet, um mich aufzufangen, falls ich die Torheit begehen sollte, umzufallen.

Mir gelingt so etwas wie ein Lächeln.

»Es ist eine Lüge«, sage ich scharf. »Ich kenne Ahmad Ibn Zayduns Winkelzüge. Kasmuna ist nicht umgekommen.«

»Aber das Pfand hier ...«

Ich erhebe die Stimme, werde langsam zornig. Wieso begreift er nicht, dass ich einem Betrug aufsitzen soll? »Das er in einer Ritze im Zimmer entdeckt haben will ...! Was für ein Unsinn! Die Hölle weiß, wie er dazu gekommen ist! Kasmuna lebt!«

»Meine Schöne! Auch ihre Familie betrauert sie inzwischen schon!«

»Das mag Ismael Ibn Jeschulla halten, wie er will! Ich glaube nicht an ihren Tod.«

Wir haben uns fast angeschrien, der Wesir und ich. Noch immer stehe ich an diesem Pult, die Kette fest umschlossen mit meiner Hand.

Ibn Abdus wendet sich ab, seufzt. »Falls sie wirklich lebt, und diese Perlen sind nicht mehr bei ihr – das könnte auch eine andere Bedeutung haben, liebste Valada. Eine, bei der du, so wie ich dich kenne, lieber wünschen würdest, sie sei tot.«

»Was?«, sage ich. »Ich verstehe nicht. Heraus damit. Was meinst du, großer Hadjib?«

»Nun«, sagt er und schiebt mit zögerlicher Hand seine Schreibutensilien hin und her, »wenn so ein Pfand an jemanden zurückgeht – bedeutet das nicht, dass ein anderer an die Stelle der alten Liebe getreten ist? Und dass man vielleicht, um denjenigen nicht zu kränken, lieber verlauten lässt, man sei tot?«

Ich starre ihn an. Eisige Wut strömt durch meine Adern. Und ich beginne, empört zu lachen.

»Du meinst: Kasmuna und Ahmad …? So kann nur jemand denken, der keine Ahnung hat von dem feinen Gespinst der Beziehungen zwischen uns. Dieser Mann hat diese Frau gehasst. Und umgekehrt war es nicht viel besser.«

»Hass kann sich in Liebe verkehren.«

»Ach, sei doch still!«, sage ich voller Zorn. »Wenn ich es recht bedenke: Vielleicht ist das sogar eine Intrige, die du gemeinsam mit deinem einstigen Feind gegen mich gesponnen hast, um mich von meiner Geliebten zu entfremden. Ich habe genug von euch Männern.«

Und ich gehe, Kasmunas Perlen an mein Herz gepresst, verlasse den Alcazar und winke die Sänftenträger fort.

Erhobenen Kopfes gehe ich die Stufen hinunter, Zorn und Stolz im Herzen. Ich bin, die ich bin, man betrügt mich nicht!

Auf dem Platz vor der Residenz sitzen, wie fast immer, ein paar Bettler herum. Sie strecken die Hände aus, huldigen mir.

»Prinzessin! Sayyida aus dem Haus der Nachkommen des Propheten!«

Keiner soll mir nachsagen, dass ich an Freigebigkeit hinter anderen Fürsten zurückstehe …

Bei meinem eiligen Aufbruch von zu Haus habe ich keine Münzen zu mir gesteckt. So bleibe ich stehen und reiße die Stickereien vom linken Ärmel meines Mantels ab – schweres Gold! –, rechts bin ich geschickter im Hantieren.

»Die Wange reich ich dem, den ich erkoren. / Wer meinen Kuss begehrt – er kann ihn haben.«

Mögen sie es unter sich aufteilen. –

Ibn Zaydun, statt mich mit Lügen zu füttern und mit Versen zu überrumpeln, kümmere du dich um deinen Auftrag.

Der Auftrag. *Mein* Auftrag.

Ich denke, so muss sich ein hungriges Tier fühlen, das seine Beute wittert. Alle meine Sinne sind aufgewühlt, meine Nerven fiebern hin auf das Ziel. Ich muss es haben.

Will es glauben, dass es geschieht. Was bedeutet, dass es geschehen *muss*. Das. Und bald.

Schneller, Ibn Zaydun! Das eben war keine Antwort auf meinen Brief. Willst du mich hinhalten?

21

KASMUNA.
Spiegelglatt ist der Fluss. Und die Farbe erinnert mich an die Augen von jemand, den ich einmal kannte. Das war vor langer Zeit. Oder in einem anderen Leben.

Der Fluss blickt mich an, und ich blicke zurück. Ich gehe der Strömung entgegen, Schritt für Schritt. Ich weiß nicht, wohin er will. In seine Richtung will ich nicht, aber das nimmt er mir nicht übel. Er bietet mir immer neue Wasser an, verschwenderisch, gleichmütig.

Wie ich hierhergekommen bin, vermag ich nur zu ahnen. Irgendwann brach die Welt in Stücke, und die Stücke waren jedes für sich ein Tor, durch das man in die Hölle sehen konnte.

Und mitten in meinem Leib steckte der Schmerz. Ich konnte ihn mit beiden Händen umklammern, mich an ihm festhalten, ihn hin und her bewegen in mir, ihn mal schriller, mal dumpfer werden lassen. Dazu hörte ich meine eigene Stimme, mein Wimmern. Zwischen den Feuerwellen von Schmerz gab es das Dunkle. Das Dunkle war gut.

Einmal wachte ich auf aus dem Dunkel, und der Schmerz war noch da, aber ich konnte ihn nicht mehr greifen. Über dem Schmerz war etwas anderes, das ihn nach innen drückte.

Jemand gab meinen Lippen Wasser und rauchig schmeckendes Brot.

Ich öffnete meine Augen nicht, denn da mussten andere

Menschen sein, und Menschen flößten mir Angst und Abscheu ein.

Der Schmerz veränderte sein Wesen. Er schrumpfte mehr und mehr, und irgendwann war er nur noch ein dumpfer Punkt in mir.

Dann wurde ich gefahren, und das brachte wieder den Schmerz hervor. Aber das war nicht weiter schlimm. Er war ja inzwischen so etwas wie mein Bruder.

Ich hielt meine Augen weiter geschlossen. Doch um mich herum waren Stimmen. Zuerst zogen sie an meinen Ohren vorüber wie Vogelgezwitscher oder das Bimmeln von Glöckchen am Geschirr von Maultieren. Ich war diesen Stimmen dankbar, denn sie verdrängten die Schreie von Mensch und Tier, die sich in meinem Kopf eingenistet und festgehakt hatten wie ein Blutegel am Leib. Jene Schreie, die begannen, als die Welt in Stücke brach.

Und es kam der Tag, an dem ich einige Worte verstand. Sie bahnten sich einen Weg durch das Durcheinander in meinem Kopf, und ich erkannte sie. Es waren Worte in meiner ersten Sprache. In Hebräisch.

»Wie konnte sie das überleben«, sagte die eine, und die andere Stimme antwortete: »Der Allmächtige hat seine Hand über sie gehalten. Der Pfeil, den ich herausgeschnitten habe, traf direkt ihr Sternum und steckte wie durch ein Wunder dort fest. So wurde kein lebenswichtiges Organ verletzt.«

Die Hand des Allmächtigen habe ich nicht gespürt. Mein Sternum. Es fiel mir ein, dass das Sternum das Brustbein ist. Ich sehe den vor mir, der den Bogen aufhob und die Sehne spannte, und vielleicht war er nicht so geschickt in der kriegerischen Kunst und verlieh dem Pfeil nicht die ganze Wucht, die hinter einem solchen Schuss stecken kann, wobei ich nicht so recht weiß, ob ich dafür wirklich dankbar sein müsste.

Dann sagte jemand: »Das Fieber tobt in ihr. Gib ihr mehr Wasser.«

Wasser war gut. Ich trank gierig und versank wieder ins Dunkel.

Einmal, irgendwann, schlug ich die Augen auf, wachgerüttelt vom Gerumpel des Fahrzeugs, auf dem ich lag, und über mir war Himmel. Er war zartblau, fast weiß, wie aufgespannte Seide. Ich starrte und starrte, und ich konnte nicht verstehen, dass es so etwas Schönes und zugleich Ungerührtes geben konnte wie diesen Himmel. Er war ungeheuer oben und hatte nicht das Geringste mit uns Kreaturen hier unten zu tun. Da musste ich weinen.

Aber das ging vorüber. So, wie der Schmerz nur noch ein winziger Punkt war, der sich hin und wieder meldete, um mich zu erinnern. Als der Schmerz endgültig fort war, verlernte ich gleichzeitig, zu fühlen. Denn er war das Einzige gewesen, das ich fühlen konnte.

Das Fieber verließ mich auch. Ich konnte sitzen. Aufstehen. Gehen. Ich hätte den Menschen danken müssen, die mich gerettet hatten. Stattdessen ging ich einfach fort.

Ich denke, es waren ein fahrender jüdischer Arzt und sein Gehilfe, die mich gefunden hatten. Vielleicht hatten sie auch jenen Umhang in irgendeiner Ecke gefunden, den ich nun wieder trug und an dessen Herkunft ich mich nicht mehr erinnern konnte noch wollte, und in ihm hatte irgendwo eine Geldbörse gesteckt, die sie dann bewog, sich meiner anzunehmen. Denn ich kann mir nicht vorstellen, dass es unter diesem unserem menschlichen Geschlecht jemanden geben könnte, der eine gute Tat um ihrer selbst willen vollbringen würde.

Jedenfalls waren sie mit ihrem Karren auf dem gleichen Weg zurückgerumpelt, den ich auf meiner ahnungslosen Reise nach Granada genommen hatte – jenen westlichen Umweg um die Kordillere, beschwerliche Wegstrecken zu vermeiden. Das war in einem anderen Leben.

So bin ich zum Fluss gelangt.

Seitdem gehe ich und gehe. Ich bin es nicht gewohnt, ohne

Schuhe zu laufen, und so humpele ich ein bisschen, aber das tut nichts. Meine Füße sind blutig und so schmutzig wie die Hufe eines Maultiers, das durch den Mist gestapft ist.

Wenn ich müde werde, schlafe ich irgendwo am Wegesrand im Gebüsch oder zwischen den hohen Stängeln eines Zuckerrohrfeldes.

Mein Essen stehle ich mir. Zuckerrohr und eine Handvoll Weizenkörner, Obst von den Bäumen. Die Oliven sind leider noch nicht reif. Wasser gibt es genug.

Menschen gehe ich aus dem Weg und sie mir ebenfalls. Wer aus der Hölle kommt, der ist vom Atem der Hölle umgeben wie ein Frettchen vom Gestank.

Die alle wollen reden und lachen, singen und ihre Ernten einbringen. Wenn sie mich sehen, vergeht ihnen die Lust dazu.

Eines Tages bin ich an den Fluss gekommen, wie auch immer. Ich hatte ja kein Ziel.

Der glatte, gleichmütige Fluss gestattet mir, frei zu atmen, wenn ich neben ihm hergehe, seinem Strömen entgegen.

Weiter oben verläuft die Straße. Die benutze ich nicht. Ich gehe am Ufer entlang, so eng wie nur möglich, durch Schilf und Wiesengrün, vorbei an Weidenbäumen. Wenn mir Schiffe entgegenkommen oder Fischer irgendwo auf dem Wasser ihre Netze auswerfen, verstecke ich mich oder schleiche gebückt durchs Röhricht davon. Und wenn ich eine Brücke sehe, warte ich ab, bis es Nacht wird und keiner mehr darüber geht.

Manchmal träume ich. Die meisten Träume enden damit, dass ich von meinem eigenen Geschrei wach werde.

Aber es gibt auch Träume, die führen mich zurück in eine Zeit vor der Zeit, dahin, wo ich einmal gewesen sein muss. Zu den Augen der Person, die wie der Fluss gefärbt sind.

Oder zu Räumen voller Bücher. Zu riesigen Bibliotheken, durch die ich schwebe, weil ich die schönen Mosaiken des Fußbodens nicht beschmutzen will mit meinen verkrusteten, schwarzen Füßen.

Doch all die Worte, die dort gesammelt worden sind, all die Stimmen der Menschen, der ohrenbetäubende Singsang, der uns davon überzeugen will, dass die Welt ein bewohnbarer Ort ist – all das ist mit einer einzigen lodernden Fackel hin und nichtig zu machen. Alle Bibliotheken der Welt werden brennen.

Der Fluss ist ewig und groß. Danach hat er ja auch seinen Namen. Al Wadi Al Kabir. Guadalquivir. Der große Fluss.

Auch ich habe einen Namen. Aber den will ich vergessen. So wie ich alles Schöne vergessen will, denn es hat keinen Platz auf dieser Welt. Und vergessen die Bücher und vergessen die Augen, die die Farbe dieses Flusses haben. Aber das fällt schwer.

22

MUHDJA.
Noch immer bin ich gelähmt vor Entsetzen.

Ich habe es gehört mit diesen meinen Ohren, dass sie dem Kadi für morgen ausrichten ließ, sie erwarte ihn in ihrem Haus. Und sie meint, mir, also meinem Vater, damit zu helfen!

Ich kenne den Kadi Ibn Al Dakhil von unseren Festen! Er ist ein rotbärtiger, hagerer Alter mit schriller Stimme, der berüchtigt sein soll wegen seiner gnadenlosen Urteile. Ich bin ihm aus dem Weg gegangen, wo ich nur konnte. Was meine Prinzessin als »schlechte erotische Manieren« bezeichnet, ist seine Vorliebe, seine Opfer zu quälen. So entjungferte er die jungen Frauen, die ihm unsere allzu großzügige Herrin überließ, mit dem Elfenbeinknauf seines Stocks, weil es ihm angeblich zuwider war, mit Blut in Berührung zu kommen, und vergewaltigte sie anschließend anal. (Anders brachte er nichts zustande.) Seitdem sie das weiß, hat Valada ihn nicht mehr eingeladen.

Ich machte einen Spottvers auf ihn.

»Vor seinem Urteil kann kein Mensch bestehen,
Und auf der Richtstatt fließt das Blut in Strömen.
Jedoch im Bett kann er das Blut nicht sehen.
Damit die Jungfrau'n aber tüchtig stöhnen,
Schiebt er den Stock in ihre enge Spalte.

Den eignen Stab drückt der perverse Alte
Den Mädchen hinten rein. Was er da findet,
Ob das wohl seine Fackel neu entzündet?«

Halb Cordoba lachte über den Vers. Ob es deswegen seinen Opfern besser ging, bleibt dahingestellt.

Eins aber steht fest: Er hasst mich. Und er wird seinen Hass an meinem Vater auslassen. Valada wird mit ihrem Angebot wohl nicht viel bei ihm erreichen.

Für mich jedoch steht fest – ich kann nicht zulassen, was da geschehen soll. Nie und nimmer.

Kopflos, ohne die geringste Vorsicht, renne ich in den Sklaventrakt.

Ich finde das Mädchen in der Nähe der Backöfen. Gemeinsam mit einer anderen Sklavin hockt sie auf dem Boden und schüttelt die Kornschwinge, um die letzte Spreu von unreinem Getreide zu sondern, bevor es gemahlen wird. Die Luft ist staubig, und auch Nazik ist von Kopf bis Fuß mit Kornstaub gepudert, sodass ihre Schwärze wie mit einem grauen Schleier bedeckt ist bis in die Lippen. Nur ihre Augen leuchten aus der fahlen Maske, als sie zu mir aufsieht.

Ich packe sie am Handgelenk, ziehe sie hoch. Die Kornschwinge rutscht ihr aus der Hand, der Inhalt landet auf dem gestampften Lehm des Fußbodens.

Die andere Frau schreit protestierend auf, und eine dritte kommt dazu, eine Aufseherin.

»Was geschieht hier?«

»Ich muss diese Sklavin vorbereiten auf eine neue Aufgabe«, sage ich, füge hinzu: »Die Herrin schickt mich«, und ich weiß, dass mich das vielleicht Kopf und Kragen kosten wird.

Die Frau zuckt die Achseln, ruft nach einer anderen Arbeiterin, die nun zunächst den Besen schwingt, das verschüttete Getreide wieder zusammenzufegen.

Mich kümmert das nicht. Ich führe die bestaubte Nazik schnell aus dem Gebäude, zwischen Hecken hindurch in den Garten, dann, im kleinen Park, zu dem Teich zwischen Oleanderbüschen, wo wir, Valada und ich und andere Freundinnen, manchmal an heißen Tagen übermütig ins Wasser gestiegen sind, bekleidet, bis unsere nassen Sachen an unseren Körpern klebten wie eine zweite Haut und unsere Neugier und Lüsternheit auf die eine oder die andere weckten. Gemeinsame Spiele, keine Heimlichkeiten …

Um diese Stunde ist es hier still, nur ein Pirol flötet seinen durchdringenden Lockruf, sucht sein Weibchen. Ich kann ihn sehen, gelb mit schwarzen Flügeldecken, er hüpft in den Büschen brünstig auf einem Zweig hin und her.

»Wasch dich! Wasch dich schnell!«, sage ich zu Nazik.

Sie sieht mich forschend an, steigt schließlich zögernd ins Wasser, Fuß für Fuß, beginnt, sich den Kornstaub abzuspülen. Es geht mir viel zu langsam. Ich gehe ebenfalls bis zu den Knien in den Teich, schöpfe mit beiden Händen Wasser, übergieße sie damit. Beginne, ihr Gesicht zu reinigen, küsse sie.

Ich bin von Sinnen. Das alles geschieht sozusagen offen, vor jedem sichtbar. Ich flehe zu Allah, dass er Erbarmen hat mit uns und die Augen der Menschen mit seinen gnädigen Händen zuhält.

Nazik hat nicht gefragt, warum wir das tun. Wann fragt sie schon?

Nun ziehe ich sie in meine Zimmer – die nassen Spuren überall! –, beginne eifrig, sie mit Sachen von mir zu bekleiden, Hosen, eine Ghilala, ein Oberkleid mit Ärmeln.

Sie wirkt grotesk in meiner Kleidung, die ihr einerseits zu weit und andererseits zu kurz ist, denn sie ist ja schlanker als ich und größer.

Der dunkle Mantel und der Gesichtsschleier decken alles zu.

Ich nehme sie erneut an der Hand und führe sie zum Tor, vorbei an Valadas Räumen. Alles ist ruhig. Die Prinzessin scheint nicht da zu sein. Als wir auf der Straße stehen, stellt das Mädchen dann doch die Frage.

»Warum?«

»Ich erkläre es dir nachher«, sage ich gehetzt. »Du sollst fort, und ich will dich retten. Komm.«

Bisher hatte ich keinen Plan. Aber eigentlich, das sehe ich jetzt, finde ich nur eine Möglichkeit. Sie muss in das verlassene Haus im Viertel der Händler, wo die zwei nutzlosen Frauen hausen. Ich weiß, dass Dawja schwatzhaft ist. Irgendwie muss ich ihr das Maul stopfen.

Ich laufe durchs Gewirr der Gassen, mit Seitenstechen und trockenem Mund. Nazik lässt sich mitziehen.

NAZIK.

So also ist es, wenn man gerettet wird.

Jemand zerrt einen am Handgelenk irgendwohin.

Woher weiß sie, dass ich gerettet werden will?

Sie rettet mich für sich.

Ich soll fort? Also bin ich fort.

Sie kann es nicht verstehen, dass mir das eine so gleichgültig ist wie das andere.

Ich bin ein Ding. Nur ein Ding. Wer mich benutzt – kommt es darauf an?

Aber die Frau ist voll Sorge. Sie hat mir noch nie wehgetan. So gehe ich mit ihr.

Die Stadt ist eng und stinkt.

Ich hasse ihre Städte. Sie sind Fallen.

Aber gefangen bin ich so und so. Seit langem. Gehe nur von einem Gefängnis in ein anderes.

MUHDJA.

Die beiden Weiber haben sich im Haus eingerichtet, als würde es ihnen gehören. Sie scheinen sich gut zu vertragen, kommen mit wenigem aus, hocken zusammen im Innenhof vor einem

Berg ausgerissener verdorrter Bohnenpflanzen, von denen sie die Schoten abzupfen, auspalen und die Früchte in einem hölzernen Bottich sammeln.

Sie starren mich mit offenem Mund an, als ich plötzlich in der Tür stehe, neben mir die verhüllte Gestalt. Haben wohl nicht damit gerechnet, mich so bald wiederzusehen.

Nazik lehnt sich an die Wand, wo sie stehen bleibt wie eine leblose Puppe, derweil ich mich an die beiden wende.

»Mein Vater wird bald freigelassen«, lüge ich mit Entschiedenheit. »Seine Unschuld hat sich herausgestellt. Das Haus muss leidlich wieder hergerichtet sein, und schnell.« Ich krame ein paar Münzen aus dem Beutel in meiner Gürtelschärpe – das Geld ist ein Geschenk von Valada, eigentlich gedacht zum Kauf von ein paar Singvögeln in Käfigen, wie ich sie mir einmal in einer Laune erbeten hatte. »Dawja«, fahre ich fort, »du gehst auf den Basar und kaufst ein, was vonnöten an Polstern, Vorhängen, Teppichen. Miete dir einen Lastträger, der dir die Ware heimschafft. Und besorge Speisen, Brot und Äpfel und was auf dem Markt gerade an Obst angeboten wird, hole Wein und Mandeltörtchen, vergiss den Joghurt und das Fleisch nicht. Diese neue Sklavin hier wird dir nachher zur Hand gehen, wenn du zurückkommst. Übrigens ist sie stumm, also versuche nicht, sie auszuhorchen.«

Ich plappere, was mir gerade einfällt. Sie soll nur keine Fragen stellen und würde ansonsten genug zu tun haben, die Nachricht von der baldigen Entlassung ihres Herrn Kasim auf dem Markt zu verbreiten und sich zunächst nicht weiter um mein »Mitbringsel« zu kümmern

Sie ergeht sich in Dankesbezeugungen an den Himmel ob des überraschenden Unschuldsbeweises des Herrn, und ich muss sie erst hart anfahren, damit sie sich endlich auf den Weg macht.

Als sie mit meinen Geldstücken, eingeknotet in ein Tuch und im Ärmel versteckt, gegangen ist, wende ich mich an die

Beischläferin meines Vaters, die immer noch bei den Bohnen hockt und mich unsicher von unten her anschielt. (Ich kenne nicht einmal ihren Namen.)

»Hat mein Vater dich gekauft oder gemietet, oder bist du eine freie Hure?«, frage ich geradezu.

Es stellt sich heraus, dass sie in der Tat aus einem Freudenhaus stammt, von dem mein Vater sie auf unbefristete Zeit gemietet hat.

»Dann mach, dass du wegkommst«, sage ich. »Geh zu deinem Hurenwirt und erkläre ihm, dass mein Vater den Kontrakt auflöst. Er kommt demnächst und regelt das Geschäft. Hier wirst du nicht mehr gebraucht. Ich habe ihm eine bessere Frau besorgt.« Und ich zeige auf die verhüllte Nazik.

Die Konkubine will protestieren, aber als ich drohend auf sie zugehe und sie an der Achsel hochziehe, gibt sie klein bei – schließlich bin ich die Tochter des Hauses. Schlurfend und schniefend holt sie ihr Bündel und entfernt sich ebenfalls. Ich atme auf.

Nun bin ich allein mit meinem Raub, meinem geretteten Schatz.

»Nazik«, sage ich, und in meiner Kehle steigt ein Schluchzen auf. »Oh Nazik! Fürchte nichts. Du bist in Sicherheit. Das, was ich gesagt habe, dass du für meinen Vater sein sollst – war nur, um diesen dummen Dingern eine Erklärung zu liefern. Mein Vater kommt nicht. So bald nicht. Und wenn er wirklich ... entlassen wird, werden wir einen anderen Ort für dich finden. Die Prinzessin wollte dich wegschenken an einen Mann, bei dem es dir nicht gut gegangen wäre. Das hätte ich nicht ertragen.

Was unsere alte Sklavin – sie heißt Dawja – jetzt anbringt, das ist zu deiner Bequemlichkeit. Nutze alles, ruhe dich aus. Iss und trink. Alles wird gut.«

Sie hat sich nicht gerührt, nicht einmal ihren Schleier hat sie zurückgeschlagen. Das tue ich jetzt. Langsam, wie wohl ein

Bräutigam den Litham, den Gesichtsschleier, seiner Braut hebt, befreie ich ihr Gesicht. Es wirkt so ungerührt wie der Wasserspiegel eines Teichs an einem windstillen Morgen. Ihre Augen sehen an mir vorbei. Ich hebe den Kopf, küsse ihre Lippen, weich wie Kissen, küsse ihre kühlen Wangen, ihre Schläfe, ihre Stirn. Meine Tränen befeuchten ihren Hals.

Dann nehme ich ihren Kopf in meine Hände, ziehe ihn zu mir herunter.

»Ich komme bald zu dir!«, sage ich, und es kann sein, das ist ein leeres Wort. Denn jetzt muss ich zurück zu Valadas Haus, und spätestens morgen wird es auffallen, dass diese Sklavin abgängig ist, und man wird forschen und fragen und auf mich zukommen, und dann muss ich meiner Prinzessin gegenüberstehen.

ʿVALADA.

Mein Haus scheint verwaist.

Wo ist Muhdja hingelaufen? Allbarmherziger, ich habe sie und ihre Sorgen ganz und gar vergessen, als ich bei Ibn Abdus war. War so voll Zorn und Schmerz über die Lüge, die mir der boshafte Dichter mit seinem Brief und seinem »Beweisstück« auftischen wollte, dass ich mit keiner Silbe daran gedacht habe, die Sache mit diesem Kasim auch nur zu erwähnen.

Ich will nicht, dass sie glaubt, sie sei mir weniger wert als Kasmuna. Bettgefährtin, Schülerin, Partnerin dann, mir ebenbürtig im Dichterwettstreit. Aber die Not dieses Mannes, der ihr Vater ist, rührt mich nur am Rande. Wenn ich nicht helfen kann, mag sie einfach Trost in meinen Armen suchen …

Kasmuna jedoch ist fort – fort und verschollen, und merkwürdigerweise gibt mir das Perlenband so etwas wie die endgültige Gewissheit, dass sie nicht tot ist.

Für einen kurzen Moment zuckt mir eine aberwitzige Vorstellung durch den Kopf: Ibn Zaydun hat sie gefunden, in welchem Zustand auch immer, hält sie bei sich gefangen, um sich an mir zu rächen, betäubt sie vielleicht, missbraucht sie sogar, schickt mir zum Hohn die Kette, die er ihr abgenommen …

Aberwitzig, wirklich. Doch irgendein Trick steckt dahinter. Plötzlich habe ich Zweifel. Vorhin, bei Ibn Abdus, gab es keinen Raum dafür. Jetzt machen sie mir zu schaffen. Woher hat er die Kette?

Mein Kopf will mir zerspringen.

Ich lege das Halsband vor mir auf den Tisch, starre es an, als könne es mir eine Auskunft geben. Die Perlen schimmern sanft und heimtückisch, es scheint mir, sie wollten mich verhöhnen. Wann schmückten sie jenen langen, schlanken Hals? Wie wurden sie abgelegt, verloren, beiseite getan, abgerissen … nein, abgerissen wurden sie nicht. Der Verschluss ist unversehrt.

Das Halsband der Taube. Gibt es nicht so ein Gedicht? Ich glaube, es stammt von einem jüdischen Dichter.

Ich gehe in unsere Bibliothek, blättere in Büchern. Werde fündig. Hier steht es.

»Es gurrte eine Taube dort im Garten.
Mir schien, als wolle sie ein Leiden klagen.
So ging ich denn hinaus, um sie zu fragen.
Und da erblickte ich um ihre Kehle
Ein Band aus Perlen. Mit verwirrter Seele
Begann ich da, die Klagende zu bitten:
Sag mir, du weinst, und schmückst dich dennoch schön?
Erklär mir das! Wie ist das zu verstehn?
Die Taube sprach: Auf meinen Liebsten warten
Und weinen ist das gleiche. Da erstarrten
Die Tränen mir zu Perlen. Und ich trage
Den Schmuck nun hoffend bis ans Ende meiner Tage.
Dann hab ich, sterbend, nicht umsonst gelitten.«

Hoffend. Hoffend will auch ich bleiben. Nein. Nach wie vor: Ich glaube nicht an den Tod Kasmunas. Will nicht an ihn glauben. Sie muss es mir selbst sagen, muss mir im Traum erscheinen, bevor ich es als wahr zur Kenntnis nehme. Oder muss es mir in ihren Gedichten sagen.

Kasmunas Gedichte liegen in der metallbeschlagenen Truhe, in der ich die Poesien meiner Freunde und Gefährten aufbewahre, und eigentlich liegen sie immer obenauf. Doch der Papierstapel, den ich aus Ibn Zayduns Kerkerloch mitgenommen habe, breitet sich jetzt darüber aus. Schlechtes Omen.

Voller Zorn greife ich die Blätter. Am liebsten würde ich sie zu Boden werfen – aber habe ich sie deshalb in meinem Bad nicht ersäuft, diese Verse, um sie nun zu missachten? Das wäre falsch.

So lege ich sie beiseite. Dabei flattert ein Zettel zu Boden. Ein Fragment, flüchtig hingeworfen.

»Vernunft und Vorsicht, lebt auf ewig wohl!
Den Winden geb ich freudig mein Gewand,
Um nackt und bloß vor ihrem Leib zu stehen
In einem Garten, den des Himmels Wolken tränken …«

Verfluchter Sänger! Dein Schnabel ist dir allzu gut gewachsen.

Ich schiebe das beiseite. Ich suche nach der Stimme Kasmunas, nach ihrer sanften, melancholischen Stimme, will hören, was sie mir zu sagen hat, will eine Botschaft von ihr empfangen.

Ihre zarten Schriftzüge, klar und sicher wie der Schwung ihrer Augenbrauen.

»Gazelle, weidest du in meinem Garten?
Voll Trauer scheinen deine großen Augen.
Ich bin so schön wie du, und beide warten
Wir auf das Ziel der Sehnsucht, wollen saugen

Die süße Nässe der geliebten Lippen,
wie Vögel wohl den Tau von Blumen nippen.
Gazelle, komm, wir teilen gleiches Leiden.
Doch eines Tags kommt Heilung zu uns beiden.«

Eines Tags? Willst du mir das sagen? All meine Sinne, all meine Kräfte schicke ich zu dir, wo du auch sein magst.

Ich wollte, die Perlen könnten sprechen.

Ich schließe für einen Moment die Augen. Und sofort übertönt die andere Stimme, die herausfordernde, die zupackt wie eine Hand, diese sanften Klänge: »Den Winden geb ich freudig mein Gewand, / um nackt und bloß vor ihrem Leib zu stehen …«

Mistkerl. Dichter.

Komm mir nicht in die Quere, hörst du, bei meinem Gespräch mit Kasmuna. Was, in drei Teufels Namen, hast du Höllenhund mit ihr gemacht?

23

IM ALCAZAR ZU CORDOBA.

Zwei bedeutende Vertreter ihres Berufsstandes, eingeladen vom Hadjib Ibn Abdus Al Gahsiyari, haben sich eingefunden: der rotbärtige Oberste Richter Al Dakhil und der lang aufgeschossene, hohlwangige Wakil Ibn Al Hatimi, der Vertreter der ausländischen Kaufleute. (Nougatkonfekt steht diesmal nicht auf dem Tisch.)

Der Wesir wünscht, sich mit ihnen abzustimmen.

Leicht verwundert sind die Herren schon, dass der erlauchte Herr einer solchen – von seiner Warte aus gesehen – Bagatelle wie der Inhaftierung eines betrügerischen Händlers Aufmerksamkeit entgegenbringt. Aber Ibn Abdus erklärt leutselig, dass ihm kaum etwas so am Herzen liege wie das Befinden der Kaufmannschaft und vor allem der ehrlichen ausländischen Kaufleute, denn das Wohl und Wehe einer Stadt und eines Landes hängt mit dem Gedeihen von Handel und Wandel zusammen.

Goldene Worte.

Der Minister lässt sich zunächst Vortrag halten über den Stand der Dinge bei der Kaufmannschaft. Über die schwarzen Schafe, so erfährt er vom Wakil, seien hohe Bußgelder verhängt worden, aber ein ganzer Tross von ihnen hätte sich der Sanktion entzogen und sei ins Ausland geflüchtet – zum Teil unter Hinterlassung der Waren.

Der Strohmann vor Ort, der für die Schwarzhändler die

Gewölbe angemietet hatte, sei gefangen gesetzt und seine Habe konfisziert worden. Die betreffenden Beträge seien an die Staatskasse, die Steuerbehörde und den Zoll weitergeleitet worden.

Der Hadjib nickt anerkennend. »Hohe Beträge?«

Al Hatimi zuckt bedauernd die Achseln. »Nicht allzu hoch, erlauchter Herr. Dieser … Kleinkriminelle war ja noch nicht lange genug im Geschäft, um Vermögen anzuhäufen. Zum einen waren seine Einnahmen nicht besonders hoch, da er nicht wusste, in welchen Dimensionen man in diesem Milieu arbeitet. Zum anderen hat er wohl alles ganz schnell wieder ausgegeben. Ein Feigenhändler, Herr. Er verstand sich nicht aufs Wirtschaften, lebte in Saus und Braus – jedenfalls für seine Verhältnisse.« Der Wakil grinst und bemerkt, dass Ibn Abdus ihm einen geringschätzigen Blick zuwirft. Hat er etwas Falsches gesagt?

Der Wesir wendet sich jetzt seinem Obersten Richter zu.

»Al Dakhil, ist es wohl möglich, dass unser Freund hier, der Handelsrepräsentant der Ausländer, diesen Kasim – hieß er nicht Kasim? – falsch einschätzt? Der Mann schien mir doch ziemlich gerissen, nach dem, was man mir über ihn erzählt hat. Sorgt man in Eurem Gefängnis auch dafür, ihn vor der Hinrichtung streng zu vernehmen?«

»Dessen könnt Ihr versichert sein, erhabener Hadjib!«, sagt der alte Rotbart, und seine Habichtsaugen blitzen. »Meine Männer arbeiten ohne Gnade, mit gewohntem Eifer sind sie bei der Sache. Wenn dieser Mann noch irgendwo verborgene Schätze hat – er wird sie herausrücken. Wenn nicht – nun, bis zur Richtstatt werden wir ihn schon noch lebend schleifen.«

»Erwägt Ihr eine Verhandlung?«

Der Kadi sieht ihn lauernd an, wägt ab, mit welcher Antwort er dem Mächtigen nach dem Mund reden kann.

»Das kommt darauf an«, sagt er verschlagen und hält

Ausschau nach einer Veränderung in der Miene des Wesirs, »ob es zweckmäßiger wäre, der ganzen Stadt ein abschreckendes Beispiel vor Augen zu halten, wohin es führt, den Staat und seine Beamten hinters Licht zu führen ...« Er sieht, wie die buschigen Brauen seines Gegenübers sich zusammenziehen, und fügt hastig hinzu: »... oder vielleicht doch den gleichen Effekt zu erzielen, wenn man ohne Weiteres eine Hinrichtung anordnet. Die Schuld des Inhaftierten ist schließlich erwiesen, und vielleicht muss das Volk nicht mit allzu vielen Einzelheiten gefüttert werden. Es könnte die Leute auf dumme Gedanken bringen. Wir brauchen keine Nachahmung des Delikts.«

Erfreut registriert er das Nicken des Ministers. Und dann sagt der hohe Herr: »Es gibt noch eine dritte Möglichkeit.«

Seine beiden Besucher sehen sich an.

Darauf der Richter: »Erläutert sie Eurem Diener, erlauchter Herr.«

»Man könnte ihn gegen ein hohes Lösegeld insgeheim auf freien Fuß setzen.«

Das Schweigen im Audienzraum ist fast mit Händen zu greifen.

Schließlich bemerkt der Wakil, der nervös an seiner Lippe kaut (ihm fehlen die Süßigkeiten!): »Sehr gut. Wir bewundern den Einfallsreichtum von Euer Gnaden. Aber wer sollte wohl diesen kleinen Gauner auslösen?«

Ibn Abdus hat die Hände vor der Brust gefaltet, er blickt vor sich hin und lässt seine Daumen umeinander kreisen, einmal vor, einmal zurück, einmal vor, einmal zurück.

»Ja, wer wohl?«, fragt er nachdenklich. »Sicher seid Ihr, ehrenwerter Al Hatimi, als Vertreter der Ausländer nicht so gut unterrichtet über die Vorgänge in den Häusern der großen Familien. Aber mein Kadi, der selbst ein Teilnehmer an bestimmten Festen der Prinzessin Valada ist, müsste doch eigentlich wissen, dass eine der Favoritinnen der Sayyida eine gewisse Muhdja bint Al Tayyani ist. Die Tochter eines Feigenhändlers.«

Der Richter hat es tatsächlich in keinen Zusammenhang gebracht, stellt Ibn Abdus fest, als er in dessen verblüfftes Gesicht sieht. Er guckt sich die Wirklichkeit offenbar an wie durch den Sehschlitz eines Helms. Wie ein Pferd, das Scheuklappen trägt, fällt ihm nur sein eigenes kleines Stück Wirklichkeit ins Auge. Darum sind Leute wie er so leicht zu lenken. Kaum zu fassen, wie einfach es ist.

Der Kadi will seine Schlappe wettmachen und platzt heraus: »Großer Hadjib, ich habe für morgen eine Einladung zur Prinzessin. Ob es da eine Verbindung gibt?«

»Mit Sicherheit!«, entgegnet der Wesir nicht ohne Schärfe. (Selbst nützliche Begriffsstutzigkeit kann einem auf die Nerven gehen.) »Übrigens bin ich informiert über Euren bevorstehenden Besuch dort. Ich wäre ein schlechter Regent, wenn ich nicht alles Wichtige erführe.« Er zieht sein Lächeln auf, das die Augen unberührt lässt. »Und Ihr, Al Dakhil, seid mir schließlich wichtig.«

»Das«, sagt der Kadi verwirrt, und sein roter Bart zittert, »ist mir große Ehre. Und ... und dieses Treffen morgen mit der Prinzessin ... ja, also ...«

Er schluckt, versucht, seine Gedanken zu ordnen.

Ibn Abdus leistet Hilfestellung.

»Ich weiß nicht, aus welchem Grund Ihr morgen die Gesellschaft unserer verehrten Prinzessin genießen werdet; vielleicht will sie sich nur den Tag mit Euch versüßen«, erklärt er heuchlerisch. »Falls sie aber doch – und es wäre ja immerhin möglich – mit Euch über den Fall sprechen möchte, vielleicht um ihrer kleinen Dichterin zu helfen, so würde ich an Eurer Stelle über diese dritte Möglichkeit reden. Allerdings sollte die Höhe einer solchen Freikaufsumme wirklich der außerordentlichen Gnade, die das Angebot darstellt, angemessen sein. Die Staatskasse sollte profitieren, Ihr, und ich auch.«

Er lächelt erneut sein kaltes Lächeln. »Und bedenkt: Wenn Euer Gefangener nicht mehr … brauchbar ist, werden wir wohl nicht zu Geld kommen.«

»Oh«, sagt Al Dakhil, »ja, natürlich. Danke für den Hinweis, Herr. Soviel ich weiß, fehlen ihm bis jetzt nur einige Zähne.«

24

'KASMUNA.
Etwas zerrt an mir. Etwas reißt mich vorwärts.

Der Fluss strömt mir entgegen, und wie leicht wäre es doch, hineinzugleiten und sich mitnehmen zu lassen, unter den Brücken hindurch, bis dahin, wo sich salziges und süßes Wasser vermischen, und dann ins Meer hinauszutreiben, wo man eins werden kann mit anderem, was da mit einem zusammen schwebt, und vielleicht stoßen mich die Fische zunächst mit neugierigen Mäulern an, bis sie bemerken, dass dieses Fleisch ihnen zur Speise dienen kann.

Aber es geht nicht. Etwas zieht mich vorwärts.

Der Wind bläst mir ins Gesicht, faucht mich an, als sei ich zu seiner Beute bestimmt, und trocknet meine Lippen. Leicht, wie ich bin, würde er mich wohl aufheben und einfach forttragen, sodass ich mich am Stamm einer alten Olive festklammern muss oder an den Zweigen einer Tamarinde. Aber ich lasse mich nicht wegwehen. Meine schrundigen Füße bleiben am Boden und tragen mich weiter und weiter. Dahin, wohin ich gezogen werde.

Und mein Schatten treibt seltsame Spiele mit mir.

Morgens hängt er an mir wie eine bleischwere Schleppe, und ich muss vornübergebeugt gehen, damit ich von der Stelle komme. Zu Mittag macht er sich klein und verbirgt sich vor mir, er verschwindet, und ich werde unruhig, weil ich befürchte, ihn ganz und gar zu verlieren. Aber auf den Abend zu beginnt er, mir vorauszueilen. Er wird immer länger und pfeildünn und streckt und reckt sich, und ich stolpere ihm hinterher, keuchend, bis meine Lungen brennen.

Oh du blauäugiger Fluss, der du mir so eilfertig entgegenströmst, ich kann nicht mit dir ziehen.

Und du, unbändiger, zorniger Wind, erwarte du nicht, dass ich dir nachgebe. Ich kämpfe gegen dich an.

Hand in Hand mit meinem Schatten ziehe ich weiter am Ufer entlang, und irgendwann wird da eine gewaltige Brücke sein, zu beiden Seiten flankiert von zerbrochenen Wasserrädern.

Will ich dorthin? Ich weiß es nicht. Es zieht mich vorwärts.

ʿVALADA.

Der Kadi Ibn Al Dakhil hat mich sprachlos gemacht.

Dieser Kerl, den ich übrigens noch nie leiden konnte und von meinen Festen verbannt habe, hat noch kaum meine Schwelle überschritten und sich den ersten Becher Wein einverleibt, als er schon mit der Tür ins Haus fällt und mir mit funkelnden Augen und bebendem Bart triumphierend erklärt, er wisse, weshalb ich um seinen Besuch gebeten hätte.

Ich bin noch nicht einmal dazu gekommen, nach jener Sklavin zu schicken, die ich ihm geben wollte – bin ich doch auf ausschweifendes Gerede gefasst und hatte mir zunächst einmal überlegt, auf welchem Wege ich das Gespräch in die Bahnen lenken konnte, die mich zum Ziel führen sollten.

Und dieser … Richter also sieht mich an und sagt unumwunden: »Es geht um den Vater der Muhdja, nicht wahr?«

Ich habe gerade Luft geholt, um noch anstelle der üblichen Floskeln der Begrüßung gleich das Gespräch zu beginnen, und fast bleibt mir der Mund offen.

Bisher habe ich den Kadi nicht für jemanden gehalten, der mit besonderer Kombinationsgabe gesegnet ist. Ich hätte sogar bezweifelt, dass er überhaupt wusste, wen er da hatte einsperren lassen, denn dass mein kleines Weibchen die Tochter eines Feigenhändlers war, das musste ja nicht bedeuten, dass es ausgerechnet dieser da sei …

»Ihr seid, wie ich sehe, gut im Bilde«, sage ich und bemühe mich, meine Überraschung zu verbergen.

Und der fährt frech fort, mit einer bemerkenswerten Plumpheit, wie wir sie eigentlich in meinem Hause zu vermeiden suchen (der gute Ton liegt in der eleganten Umschreibung): »Ja, verehrte Prinzessin, die spezielle Art Gefangenenbefreiung nach dem Muster des Ibn Zaydun wird nun aber leider nicht zur Gewohnheit werden. Das sind zwei ganz unterschiedliche Steigbügel, um es einmal bildlich zu sagen. So ein Herr aus gutem Hause, an dem war schließlich keiner wirklich interessiert. Da drückte man sogar einmal beide Augen zu.« Er unterbricht seine Rede und sieht mich triumphierend an; offenbar ist er stolz darauf, dass er eins und eins zusammenzählen konnte. Als ich nicht reagiere, fährt er fort: »Aber dieser Kasim, Herrin, hat der ehrenwerten Kaufmannschaft schweren Schaden zugefügt, und das schreit nach Rache. Er kommt aufs Blutleder. Sein Kopf fällt. Das Schwert der Gerechtigkeit ist bereits geschliffen.«

Hier ist mir eigentlich klar, dass der Versuch, diesen Mann zur Gnade zu stimmen, nur fehlschlagen kann, und ich bin dann doch ganz froh über seine Direktheit. Da hätte ich ihm das schwarze Ding umsonst geschenkt; er hätte bestimmt nicht so viel Anstand besessen, die Gabe abzulehnen …

»Es freut mich, dass Ihr mir die Unterschiede zwischen den beiden Personen so klar vor Augen führt«, sage ich ironisch (obwohl Al Dakhil bestimmt kein Gefühl für Ironie hat). »Dass Ihr trotzdem gekommen seid, weiß ich zu würdigen. Ich ahnte nicht, dass es so rau hergeht, wenn es sich um die ehrenwerte Kaufmannschaft handelt. Entschuldigt, dass ich Euch bemüht habe.«

Und ich erwarte, dass er den Pokal beiseite stellt, sich von seinem Polster erhebt und sich verabschiedet.

Was nicht geschieht.

Stattdessen sieht er mich mit schief gelegtem Kopf an, als habe er eine Überraschung in der Tasche.

»Die Kaufmannschaft«, bemerkt er, »ist allerdings hier wie auch andernorts abhängig von Gewinn und Verlust, und das, Sayyida« (er zwinkert mir plump-vertraulich zu), »sind wir schließlich alle.«

Und während ich mich noch frage, wieso er mir das jetzt und hier und zu dieser Stunde erzählt, lässt er die Katze aus dem Sack.

»Es besteht in diesem besonderen Fall die Möglichkeit, eine Ausnahme zu machen. Der Schuldige kann ausgelöst werden.«

Zuerst verstehe ich nicht. Was meint er mit »ausgelöst«? Doch dann …

»Ihr meint – man kann den Mann freikaufen?«

»So sind wir übereingekommen«, bestätigt er.

»Was ist das für ein ›Wir‹?«, hake ich nach.

»Nun, der Vorsteher der ausländischen Kaufleute, meine Wenigkeit und der erlauchte Hadjib.«

Verdammt! Ich bin bei ihm gewesen, gerade erst, als er mir die Perlen und den verlogenen Brief Ahmad Ibn Zayduns gegeben hat … da hatte er sich das bestimmt schon ausgedacht. Er hat nur darauf gelauert, dass ich das Thema zur Sprache bringe. Und als ich es nicht getan habe – da hat er diesen Halunken vorgeschickt, höchst zufrieden damit, dass ich schon Kontakt mit ihm aufgenommen hatte!

»Wie hoch ist die Freikaufsumme für Kasim, den Feigenhändler?«, frage ich.

»Das Lösegeld«, erwidert der Kadi, »oder die Entschädigung, wie man will, haben wir nach sorgfältigen Erwägungen auf tausend Golddinar festgelegt.«

Er grinst.

Ich kann zunächst nichts sagen. Ich bin es nicht gewohnt, zu rechnen, das tun andere für mich. Dennoch weiß ich: Eine

Sklavin, diese Schwarze etwa, würde wahrscheinlich für dreißig Dinar weggehen, ein kleines Stadthaus kostet um die sechzig Dinar. Ein edles Reitpferd etwas über hundert. Sind die verrückt geworden?

Will mich Ibn Abdus … ausplündern? Will er mich verhöhnen mit dieser aberwitzigen Forderung?

»Ihr meint im Ernst, ich soll für einen kleinen Kriminellen tausend Dinar bezahlen?«

»Ist Euch der Vater der Muhdja bint Al Tayyani das nicht wert?«, fragt er. Und grinst noch immer. Ich würde ihn am liebsten ins Gesicht schlagen.

Ibn Abdus, du verstehst dein Handwerk. Bringst mich in Zugzwang, nötigst mich, auf dich zuzugehen. Also gut.

Ich erhebe mich.

»Verehrter Kadi, Ihr wart ein zuverlässiger Bote«, sage ich. »Entschuldigt meine Unhöflichkeit, aber ich habe zu tun. Meine Diener werden Euch hinausbegleiten.«

Ich lasse ihn einfach weiter da herumsitzen, genieße die Verblüffung in seiner Miene.

Im Patio steht meine Muhdja. Sie bebt am ganzen Leib, starrt mich mit weit aufgerissenen Augen an.

»Du hattest Recht, meine Kleine«, sage ich, während ich meine Sänfte bereitstellen lasse. »Das mit dem Richter bringt überhaupt nichts. Ich muss zum Hadjib. Der Kerl soll mir Rede und Antwort stehen. Sieh nicht so verzweifelt aus. Ich hoffe, alles wird gut.«

Sie fällt vor mir auf die Knie, presst ihren Kopf gegen mein Gewand. Wann habe ich sie schon einmal so verzagt gesehen?

Bedeutet ihr der Mann, ihr Vater, wirklich so viel?

IBN ABDUS.

Ich wusste, sie würde kommen. Wusste, mit dieser unverschämten Forderung würde ich sie aus der Reserve locken.

Zornig ist sie von mir gegangen, zornig kehrt sie zurück.

Mit innerem Vergnügen sehe ich sie vom Fenster aus ihrer Sänfte entsteigen, sie geht mit großen Schritten, ein Orkan auf dem Vormarsch.

Ich wende mich um, sie zu empfangen.

Mit wehenden Kleidern, eine weiße Flamme, betritt sie meine Räume, schiebt Bedienstete, die sich ihr in den Weg stellen, beiseite, bahnt sich mit den Ellbogen einen Weg durch die Bittsteller (heute ist der Tag, an dem das einfache Volk Zugang findet und das Ohr des Wesirs hat). Aber die weichen natürlich alle, sobald sie sie erkennen, gleich ehrfurchtsvoll zurück.

»Ich muss dich sprechen, Ibn Abdus! Sofort!«

Wie sie leuchtet und funkelt, wenn sie wütend ist! Hoffentlich bringe ich sie noch zu wütendem Erröten.

So gebe ich mich als treu sorgender Landesvater. »Hochgeborene Prinzessin! Soll ich wirklich all diese armen Leute vertrösten auf die nächste Woche? Vielleicht haben sie ja dringende Anliegen an den Emir oder an mich, die keinen Aufschub dulden! Zum Beispiel Angehörige, die zu Unrecht im Gefängnis schmachten oder …«

Ich habe es erreicht. In Wolken breitet sich zarte Röte über ihren Hals und Nacken aus.

»Meine Angelegenheit dauert nicht lange!«, erwidert sie und beherrscht sich mühsam. »Jedenfalls, wenn es nach mir geht.«

»Und wann sollte es nicht nach dir gehen, Verehrte. Aber die Leute …«

Ich breite bedauernd die Arme aus, »die Leute« jedoch machen mir einen Strich durch die Rechnung, indem sie übereinstimmend erklären, sie würden selbstverständlich warten, bis die Herrin ihre »Angelegenheit« mit mir hinter sich gebracht hätte. Sie wird nach wie vor geliebt, dies ungebärdige Geschöpf.

So führe ich sie also aus dem großen Saal fort in den kleinen abgeschlossenen Raum, in den ich mich bei großen Audienzen von Zeit zu Zeit zurückziehe, um mich zu erfrischen oder eine Kleinigkeit zu mir zu nehmen.

Sie lässt sich auf ein Polster fallen, unbekümmert darum, wie sie mir dabei ihren Körper präsentiert, die Beine gespreizt unter dem hauchdünnen Leinen, die Brüste vorgereckt, eine einzige Herausforderung für einen liebeskranken Mann. (Nimm dich zusammen, Ibn Abdus!)

»Du weißt, weshalb ich hier bin!«

Ich nicke. »Zweifellos, weil du dich bedanken willst für die große Gnade, die unser Emir bereit ist, dir einzuräumen. Du kannst einen Gefangenen freikaufen.«

Sie will auffahren, aber ich koste meinen Triumph aus und stoppe sie mit erhobener Hand. »Schließlich kannst du nicht jedes Mal, wenn du einen Mann aus unseren Gefängnissen holen willst, damit rechnen, dass man ihn einfach laufen lässt.« Ich gönne mir ein Lächeln, fahre dann verbindlich fort: »Soll ich den Katib az-Zimam, den Leiter der Obersten Behörde für das Geldwesen, und den Muhtasib, den Ordnungsbeamten, rufen lassen? Dann können wir alles gleich schriftlich fixieren, und meine Männer holen das Geld noch am heutigen Tag von deinem Verwalter ab. Zwei Stunden später ist der Mann frei.«

Valada holt tief Luft.

»Das ist doch … was du dir da ausgedacht hast … so eine abgefeimte, hinterlistige …« (Ich bemerke mit Vergnügen, dass sie ins Stammeln gerät.)

»Ich habe mir gar nichts ausgedacht, meine Schöne. Ich habe, wohl wissend, dass dieser Mann der Vater jener Person ist, die du mir bei deinem letzten Fest vorgestellt hast, den Richter und den Repräsentanten ausländischer Kaufleute zu mir gebeten und versucht, sie zur Milde zu bewegen.

Die Herren meinten, man müsse ein Exempel statuieren, denn allein der Verlust an Ansehen, der Cordoba durch diese üblen Machenschaften erwachse, sei immens. Man würde ihren guten Namen und ihre Redlichkeit als Händler insgesamt in Zweifel ziehen – von den Geldeinbußen einmal ganz abgesehen. Schließlich konnte ich sie nach langem Hin und Her überreden, eine Geldsumme zur Auslösung des Mannes festzulegen. Das ist nun geschehen. Und ich hoffe, du weißt das zu schätzen.«

Sie mustert mich von oben bis unten, mit Veilchenaugen voll einer Verachtung, die mich noch mehr erregt.

»Und du glaubst, ich zahle für diesen kleinen Schurken eine Summe, für die man eine Privatarmee aufstellen könnte? Was bezweckst du mit dieser Absurdität? Dass ich mein Gesicht verliere vor Muhdja?«

Ich gucke betrübt. »Herrin, die Höhe des Lösegelds wurde nicht von mir festgelegt. Die ausländische Kaufmannschaft, deren Vertreter der Wakil Ibn Al Hatimi ist, ließ sich nicht von diesen Forderungen abbringen.«

Valada starrt mich an: »Wenn der Kadi ihn einen Kopf kürzer gemacht hätte, wären sie leer ausgegangen, nicht wahr?«

Ein Argument, das ich übergehe. Ich glaube, meine Stunde ist jetzt da. Ich setze mich zu ihr auf die Polster (ihr Moschusgeruch macht mich krank), greife väterlich nach ihren Fingern und sage leise, im Ton eines Vertrauten: »Herrin, ich verstehe deine Empörung, und ehrlich gesagt, ich teile sie. Es ist wirklich unverschämt. Aber mir sind die Hände gebunden. Ich bin nur ein Diener Cordobas, weiter nichts.«

Unter gerunzelten Brauen sieht sie mich an, den Mund zu einem ungläubigen Lächeln verzogen. »Lüge!«

Ich lasse mich nicht stören, rede weiter mit sanfter Stimme auf sie ein.

»Dass dir diese Forderung außerordentlich hoch erscheint, das kann ich verstehen. Zumal ich von deinem Haushofmeister, der jährlich deine Steuern abliefert, weiß, dass deine Schatzkammer nicht mehr so gut gefüllt ist wie noch vor Jahren.«

»Was soll das denn heißen?«, fragt sie unmutig.

Natürlich hat sie – im Gegensatz zu mir – keine Ahnung vom Stand ihres Vermögens. Sie gibt mit vollen Händen aus, scheint zu denken, dass das Geld der Omayaden irgendwie so etwas wie ein Baum ist, der immer neue Früchte trägt.

»Lass dir von deinen Buchhaltern einmal eine Aufstellung deines Vermögens vorlegen«, schlage ich vor. »Du zehrst vom Omayaden-Schatz, und deine Landgüter bringen nicht sonderlich viel ein. Nicht, dass du dich sorgen müsstest, aber so eine Belastung wie diese tausend Golddinare – das muss man sich schon überlegen.«

Und bevor sie etwas einwenden kann, fahre ich fort: »Meine Schöne, ich habe dir einen Vorschlag zu machen. Nimm das Geld von mir. Niemand wird es erfahren, und jeder wird deine Großzügigkeit loben. Ich wäre froh, dir dienen zu können.«

Die schillernden Augen sehen mich an, verunsichert, beirrt. Sie schweigt zunächst. Zumindest habe ich keinen Sturm der Empörung ausgelöst; aber den hatte ich auch nicht erwartet. Denn Valada bint Al Mustakfi ist eine Frau, die es gewohnt ist, Geschenke entgegenzunehmen. Wie wertvoll die sind, hat sie sich zweifellos nie wirklich klargemacht. Die Höhe einer Geldzuwendung würde sie nur als Zeichen von Wertschätzung verstehen. Dass man sie, die Prinzessin, kaufen könne, ist ihr fremd, und so drückt sie es auch aus.

Sie sagt ziemlich ruhig: »Aber du glaubst doch nicht, dass ich deswegen mit dir schlafe, wie? Nicht für eine ganze Kammer voll Gold.«

»Valada, Frau, die ich begehre!«, erwidere ich und sehe ihr gerade ins Gesicht. »Wenn du mit mir schläfst, dann sollst du das aus freien Stücken tun. Du sollst zu mir kommen, weil du glaubst, dass ich es verdiene. Und dass ich dich noch heute zu meiner Ersten und Rechten machen würde, dass ich den Rest meines Harems auf weit entfernte Landhäuser verbannen und dir alle Freiheiten und Privilegien, die du jetzt genießt, weiter garantieren würde, das sollst du wissen.«

»Das war ja eine lange Rede!«, bemerkt sie gelassen. »Aber dass ich jemals eine verheiratete Frau werde, daran wage nicht zu denken. Was würdest du verlangen als Gegengabe für dein Geschenk?«

»Einen Kuss auf den Mund«, antworte ich.

»Das ist alles?«

»Und dass du mich bei deinem nächsten Fest nicht mehr mit Muhdja bint Al Tayyani ... zusammenstoßen lässt.«

Sie zuckt die Achseln. »Das muss ich mir überlegen. Den Kuss bekommst du, wenn mir danach ist.«

»Nein. Wenn mir danach ist. Und mir ist jetzt danach.«

Und ich wage es, fasse ihren Kopf mit beiden Händen, ziehe ihn zu mir heran und packe ihre Lippen mit den meinen.

Ich hatte mit Gegenwehr gerechnet, vielleicht sogar mit einer Ohrfeige. Aber sie wehrt sich nicht. Zu meiner Überraschung lässt sie sogar zu, dass ich ihren Mund öffne und meine Zunge den Weg zwischen ihre Zähne findet.

Die Gier schießt mir in die Lenden wie ein Feuerstrahl.

Wenn ich sie jetzt hier auf diese Polster drücke und ihr die Kleider vom Leib fetze – ob sie sich sträuben würde?

Nein. Ich will keinen schnellen Genuss. Ich will nicht »einmal und nie wieder«. Ich will sie ganz und gar, mit Haut und Haar und dauerhaft haben.

Ich beherrsche mich, lasse von ihr ab.

Sie streicht sich mit der Hand über den Mund, als spüre sie dem Kuss nach, und sieht mich nachdenklich an.

»So, das war es also«, sagt sie nüchtern. »Und dass mein kleines Weibchen jetzt nicht mehr in deiner Gegenwart erscheinen soll – das ist nicht einzusehen.« Sie lacht auf. Verspottet mich. »Sie muss sich ja bedanken bei dir.«

Diese Dreistigkeit! Tausend Dinare für einen Kuss – das ist eindeutig überteuert.

25

MUHDJA.
Alles, was ich beginne, ist falsch. Der Abgrund hat sich für mich aufgetan, und ich werde abstürzen.

Ich warte auf meine Prinzessin in jenem schönen Innenhof mit seinen Mosaiken, die sich in plätscherndem Wasser spiegeln, mit seinem Grün, seinen Brunnen und Nischen, diesem Ort der Freude. Warte, und mein Herz ist schwer wie Blei.

Da habe ich sie nun gestohlen aus dem Haus unserer Herrin, und es war unnötig. Der scheußliche Richter sollte nicht mehr mit ihr bestochen werden, er war aus dem Spiel, weshalb auch immer.

Valada ist zum Hadjib gegangen. Valada will mit ihm reden. Das, was sie zunächst für ganz und gar unmöglich hielt – dass sie sich selbst einsetzt für meinen Vater bei dem Wesir –, das will sie nun tun. Ich weiß nicht, ob es etwas bringen wird, was meinen Vater betrifft – für mich gilt: Die Stunde der Wahrheit ist nun gekommen. Ich kann nicht mehr schweigen. Muss meinen Verrat offenbaren. Denn sie ist bereit, hinzugehen und für mich zu kämpfen, weil sie mich liebt. Für mich, die Frau, die sie betrogen hat.

Nein, so schändlich darf man jemanden nicht hintergehen.

Die Zeit verrinnt.

Die Dienerschaft des Hauses geht an mir vorbei, in die oder jene Richtung, plaudernd, lachend, eilfertig. Blonde Nachfahren der Goten und braune Syrer, rotbärtige Söhne einstiger

Wikinger und schwarze Männer und Frauen aus Afrika. Mein schwarzes Mädchen ist fort. Ist in einem Versteck mit zerbrochenen Türen, das jeder leicht auffinden kann, der weiß, wo die Tochter des Feigenhändlers, dieses Verbrechers, gewohnt hat – eine gestohlene Sklavin zurückzubringen, trägt eine Belohnung ein.

Um Nazik fürchte ich am meisten. Wird der Zorn meiner Prinzessin sich über sie ergießen, über sie, die unschuldig ist an allem?

Einen Moment habe ich mit der wahnwitzigen Idee gespielt, hinzugehen und sie zurückzuholen, bevor es jemand merkt. Meinem Verrat an Valada noch den Verrat an Nazik hinzuzufügen, sie aus der Freiheit wieder in die Knechtschaft zu holen, aus der Offenheit in die Heimlichkeit der verborgenen Liebe.

Aber man soll es nicht rückgängig machen, wenn man endlich eine Sache aus dem Stillstand herausgeholt hat. Nun muss es seinen Gang gehen.

Jemand fragt mich, ob ich eine Erfrischung wünsche. Ich verneine.

Tauche die Hand bis zum Gelenk in eine der Brunnenschalen. Das ist Erfrischung genug.

Die Zeit ist ablesbar an den rieselnden tönernen Wasseruhren, die in den Wandnischen stehen; ich mag sie nicht ansehen.

Ich fürchte, dass Valada kommt.

Ich hoffe, dass sie kommt. Das Verbergen soll vorbei sein.

Irgendwo erklingt eine Laute. Die Menschen dieses Hauses, gleich ob frei oder Sklaven, scheinen alle heiter und unbeschwert zu sein.

Nur ich sitze da in Rabenschwärze und Ängsten.

Und dann kommt sie.

Kommt in dem üblichen Wirbel von Lärm und Aufwand und in ihrem weißen Mantel, und ihre Stimme klingt so voll und melodisch, wie wenn sie sich anschickt, ihre Verse vorzutragen.

»Muhdja! Mein kleines Weibchen! Wo bist du?«

Ich stehe auf und gehe ihr entgegen.

Zuerst verstehe ich ihre Worte nicht. Langsam dringt es in mein Bewusstsein, was sie sagt, lachend, triumphierend ruft.

»Geschenkt! Begreifst du? Er hat ihn mir geschenkt, deinen Vater! Hat das Lösegeld für ihn übernommen – für den Gegenwert eines Kusses! Das ist die verrückteste Geschichte, die ich jemals erlebt habe! Ist das nicht wert, dass du darauf einen deiner schönen, frechen Verse machst?«

»Nein, ich glaube nicht«, erwidere ich, so ruhig wie nur möglich.

»Meine schönen, frechen Verse – die sind nun wohl Vergangenheit.« –

»Was für eine Nazik?«, fragt sie. Sie hat den Namen schon wieder vergessen.

Ich erkläre es ihr noch einmal. Dass ich das Mädchen entführt und verborgen habe, damit es nicht dem Wüstling von Richter als Geschenk gegeben wird. Dass ich mich schuldig gemacht habe eines Sklavenraubs. Dass ich sie um diese Person gebracht habe.

Sie zuckt die Achseln. »Eine Sklavin, nun ja.« Sie lacht ein bisschen. »Ihren Kaufpreis wirst du mir ja wohl kaum zurückzahlen können. Aber warum? Warum dauert dich diese schwarze Matratze Ibn Zayduns so? Ich erinnere mich an deine Reime: Ein geiler Hund rieb sich an einem schwarzen Pfahl ... Was ist das für eine Laune?«

»Es ist keine Laune«, erwidere ich. Und dann sage ich es ihr.

Noch sitzen wir nebeneinander auf dem Diwan, und eben noch hat sie den Arm um mich gelegt und meine Hand gehalten. Jetzt lässt sie mich los, schiebt mich von sich. Ihre Augen verdunkeln sich.

»Du hast mich«, sagt sie langsam, Wort für Wort, »hintergangen mit einem Stück Fleisch, hast dich heimlich mit ihr getroffen, mich betrogen mit diesem Abschaum, sie danach sogar noch gestohlen – während ich hingehe und mir von dem geilen Bock Ibn Abdus tausend Dinar schenken lassen muss, damit ich dir den Vater vom Blutleder weg freikaufe?«

Und ich muss es durchstehen, nehme auf mich den ganzen Schmerz verletzten Stolzes und verletzter Liebe, den sie nun durchleidet, und breche mit eigenen Händen das entzwei, was mich über diese Jahre getragen hat wie ein goldener Schild. Und natürlich kann ich ihr nicht sagen, dass meine Gefühle für sie noch genauso stark sind wie vorher, denn eine Valada kann und darf zwar viele lieben, aber wird nicht dulden, dass man neben ihr noch einen anderen Stern am Himmel sieht, und sage: »Ich liebe sie.«

Ach, wie gelegen käme es mir, wenn sie rasen und toben würde, mich beschimpfen, vielleicht auch mich schlagen. Aber nichts dergleichen geschieht. Sie sieht mich nur an, mit einer tiefen Verwunderung, einem so schrecklichen Nicht-Verstehen-Können, in dem ich versinke wie ein Stein im Wasser.

Dann sagt sie, traurig und sanft: »Dann hast du wohl Recht, dass du keine Verse mehr schreiben wirst in diesem Haus.«

VALADA.

In was für ein Narrenspiel habe ich mich da verwickeln lassen?

Du hast dich blamiert bis auf die Knochen, Valada bint Al Mustakfí, und wenn auch keiner von diesem Betrug erfahren würde: Es reicht doch, dass du selbst es weißt.

Andererseits – du glaubst doch selbst nicht, dass so eine Geschichte im Verborgenen bleiben kann! Irgendwem fällt irgendetwas auf, irgendwer erzählt jemand anderem hinter vorgehaltener Hand dies und jenes … Es wird offenbar werden. Muhdja ist nicht mehr an meiner Seite. Sie ist weg. Natürlich werden sie es merken …

Während ich mich für sie und ihren Narren von Vater so weit über den Schiffsbord lehne, dass ich drohe, ins Wasser zu fallen, das Ekel von Richter einwickeln will und mich von dem Wesir erniedrigen lasse – tausend Dinar gezahlt oder nicht –, läuft sie davon und bringt ihr Flittchen in Sicherheit vor mir.

Vor mir! Vor der Frau, die sie zu dem hat werden lassen, was sie ist.

Nein, ich kann nicht zornig sein auf sie. Es geht nur nicht in meinen Kopf hinein.

Mein kleines Weibchen, die süße Frucht am Verkaufsstand ihres Vaters, Brüste wie Seidenkissen, die frechen Verkaufssprüche auf den Lippen, die ich zu mir holte. Der ich beibrachte, wie man liest und schreibt, beibrachte, wie man Verse macht und wie man liebt, in deren Armen ich so sorglos und vertrauensvoll lag wie ein Kind im Arm seiner Mutter, deren Mund ich küsste, deren Zunge mich befriedigte, während ihre Lippen, ihre Zunge schon längst auch andere Haut liebkosten. Mit der ich lachen konnte wie mit keiner Zweiten. Die ich … ach, die Sprache versagt mir! Muss ich die gleichen Worte benutzen dafür wie sie eben, als sie von diesem Ding sprach? »Die ich liebe.«

Nazik heißt sie. Nun werde ich es mir merken.

Nein, ich würde ihr nichts tun, dieser Nazik. Oder doch? Dass sie fort ist, das ist gut. Mehr ist nicht vonnöten.

Und ich begreife es nicht!

Was soll das alles? Ich begreife es nicht. Eine schwarze … Fotze, innen rosig (so sind sie!), stiehlt mir erst den besten Liebhaber der Welt, den Dichter, wie es keinen gibt außer ihm, und dann auch noch mein Mädchen.

Auf einmal stehe ich da wie ein Baum, der alle seine Blätter verliert.

Die verschollene Kasmuna. Um sie kann ich trauern. Denn sie ist keine Verräterin.

Ibn Zaydun. Ihn möchte ich gern hassen. Denn er ist

schändlich und ohne Gewissen. Aber auch das fällt mir schwer.

Und nun Muhdja. Soll ich sie vergessen, nur, weil ich sie verloren habe?

Aber so geht weder Leben noch Dichten.

Wie lange ist es her, da träumte ich davon, dass wir, ein Dreigestirn, im Zentrum jener Gärten schalten würden, die ich erbauen wollte, Stätten des Glücks und der Fülle.

Ich bin allein. Niemand sieht meine Tränen.

MUHDJA.

Ich laufe davon. Laufe, als seien die Dämonen der Hölle hinter mir her. Hin zu dem Haus, das mich nun wieder beherbergen wird …

So also fühlt es sich an, wenn man die Wahrheit gesagt hat.

Vorher war da der Druck des Gewissens in meiner Brust. Jetzt hockt da ein Schmerz, der will mir fast die Eingeweide zerreißen.

Meine Herrin, meine Prinzessin, meine Lehrerin und Geliebte – was habe ich getan!

Ich renne durch die Gassen, renne dahin, wo ich sie finden werde, Nazik, um die ich alles aufgegeben habe – aufgeben musste nun –, was mein Leben ausmachte.

Valada … sie war so … still.

Und das war schrecklich. Sie, die immer tönt wie eine Glocke, im Zorn und in der Freude und natürlich vor allem auf ihrem Podium als Dichterin – sie war still. Still und traurig.

Natürlich ist es meine Schuld. Aber der eigentliche Verursacher dieser ganzen Verwirrung ist der Mann. Ibn Zaydun. Hätte er sich nicht an Nazik vergangen, hätte Valada nicht ihre kleine Rache an ihr ausgeübt, vielleicht wären meine Augen gleichgültig über sie hinweggeglitten für alle Zeit, und unsere Lebenskreise hätten sich nicht berührt.

Ich hasse den großen Dichter. Den Zerstörer.

Aber was für krauses Zeug schießt mir da durch meinen verzweifelten Kopf?

Keiner kann dem entkommen, was im Buch des Lebens für ihn verzeichnet ist. Und mir ist nun wohl vorbestimmt, dass mir das Schicksal zu meiner ersten Liebe eine zweite gegeben hat, mit allen Schmerzen, allen Verirrungen, allen Nöten. Unweigerlich. –

Am Markt komme ich nicht weiter. Der Kadi hat eine Hinrichtung angeordnet, wie man sieht. Auf dem Gerüst ist schon das Blutleder ausgebreitet, und ein Henkersknecht, eine gelbe Kapuze auf dem Kopf, steht mit dem Richtschwert bereit.

Mir zittert das Herz in der Brust.

Hat der Wesir, dieser betrügerische Hund, Valada nur zum Schein versichert, meinen Vater freizugeben, hat er sie in Sicherheit gewiegt, und dabei wird seine Hinrichtung schon vorbereitet?

Von allen Seiten strömen Menschen herbei. Ich dränge mich mitten hinein in die Menge.

Johlende Gassenjungen begleiten einen Eselskarren, auf dem ein Mann zwischen zwei Pflöcken angebunden steht. Seine Kleidung ist zerrissen, und die Straßenbengel bewerfen den Verurteilten mit Pferdemist, faulem Obst und Steinen.

Ein Ausrufer begleitet den Karren und schreit: »Seht den Verfluchten, der in der finstersten Hölle schmoren wird, seht den Sohn eines Schakals und einer räudigen Hündin, den Verräter an unserem Herrn, dem großmütigen Emir Abd Al Malik! Er überschüttete ihn mit Wohltaten, er aber verkaufte unseren Herrn an die Feinde! Seht ihn auf seinem letzten Weg, der ihn schnurgerade in den Höllenschlund führen wird!«

Verräter des Emirs – nein, das kann nicht Kasim sein. Das ist etwas … aus anderen Bereichen …

Nun sehe ich auch, dass die Gestalt auf dem Karren viel

größer ist als mein Vater, ein Krieger wohl, mit üppigen Muskeln an den ausgebreiteten Armen und breiten Schultern. Vielleicht einer, der den Eid gebrochen hat, den er dem Herrscher schwor.

Die Büttel zerren ihn vom Karren herunter.

Die Menge verstummt.

Nein, ich will nicht sehen, wie es geschieht …

Mit wankenden Knien bahne ich mir meinen Weg, fort von dem grausigen Geschehen.

Hinter meinem Rücken der Trommelwirbel. Das scharfe Zischen des Richtschwerts. Das Aufseufzen der Zuschauer, als seien sie ein einziges Wesen.

In der nächsten Gasse mache ich Halt, lehne mich an die Wand und muss mich übergeben. Ein paar Katzen streichen zögernd heran, begierig auf das gute Futter.

Ich laufe weiter. Biege in unser Viertel ein.

Die Haustür ist noch immer nichts weiter als ein Haufen Bretter (ich hätte wohl eine neue in Auftrag geben müssen), und der Innenhof wirkt verwaist.

Wo ist Nazik?

Unser kleines Haus wirkt so leer und still, als würde niemand darin wohnen. Nicht einmal Dawja ist in ihrer Kammer.

Ich schlucke. Schlucke an einer Beklemmung, die ich mir selbst nicht erklären kann. Vielleicht ist sie im Mailis, im Hauptraum. Hier hat Dawja nach meiner Anweisung eingekauft, Polster, Kissen, Decken …

Eine Gestalt liegt zusammengekrümmt unter einem Berg von Stoff, Kopf und Gesicht verborgen.

Vorsichtig ziehe ich die Decke weg. Fahre zurück.

Die Gestalt wimmert, versucht, sich tiefer zu verkriechen.

Blut im Haar. Das Gesicht rot und bis zur Unkenntlichkeit geschwollen. Blut am klaffenden Mund.

Es ist mein Vater. –

Ich finde Dawja in der Küche. Sie hockt an der kalten Feuerstelle und zittert.

Ich ziehe sie am Arm hoch und schüttele sie.

»Seit wann ist er hier? Seit wann?«

Sie zuckt die Achseln.

»Rede! Wer hat ihn gebracht? Was für Leute?«

»Ich habe nichts gesehen! Ich weiß nichts! Ich habe geschlafen!«

»Ja, schlafen, das ist das, was du am besten kannst! Hast du nach einem Hakim geschickt, nach einem Arzt?«

Sie starrt mich an, schüttelt den zottigen Kopf. »Werden sie ihn wieder holen?«, fragt sie sinnlos, statt zu antworten.

»Was schwatzst du für Unsinn! Man hat ihn begnadigt, er ist frei! Verstehst du? Dein Herr ist frei!«

»Frei?«, wiederholt sie.

»Ja doch! Ich hatte dir gesagt, dass sie ihn freilassen würden!« (Da war es noch eine Lüge.)

»Ich hatte es nicht geglaubt.«

»Dummes Weib! Nun lauf und hol einen Arzt für ihn! Und wo ist das schwarze Mädchen?«

Dawja legt sich den Schleier um. »Die ist fort«, sagt sie beiläufig.

Sie will gehen, aber ich packe sie und halte sie fest.

»Was meinst du mit fort?«, frage ich. Angst kriecht in mir hoch. Es ist eine andere Angst als die auf dem Marktplatz vorhin. Jene war die Panik vor einem grausigen Geschehen, eine Welle, die vorüberschwappte; diese hier ist wie ein kaltes, schlüpfriges Tier, das ganz von mir Besitz nehmen will.

»Du hast mich auf den Basar geschickt, kleine Herrin«, entgegnet die Alte. »Und als ich zurückkam, war sie nicht mehr da.«

»Hast du nach ihr gesucht?«

Sie schüttelt den Kopf. »Ich dachte, du hättest sie vielleicht wieder abgeholt«, sagt sie.

Belügt sie mich? Sie ist zu einfältig und zu träge, um sich eine Lüge auszudenken. Sie war einfach nur froh, dass sie nicht mit einer Stummen auskommen musste, die ihr unheimlich war. Und dass sie die schönen Dinge vom Markt selbst benutzen konnte, auf weichen Polstern schlafen, kühle Säfte schlürfen, Fleisch und Zuckerwerk essen …

Ich stoße sie zur Tür. »Lauf, hol einen Arzt!«

Langsam gehe ich von der Kochstelle wieder hinüber zum Mailis, verharre an der Tür, wage mich nicht noch einmal näher an den ächzenden Mann heran, meinen Vater, Kasim, entstellt von Folter und Furcht.

Sie ist fort.

Ich habe sie aus dem Haus ihrer Sklaverei geholt und hierhergebracht ins Freie, und sie ist fort. Wollte sich in keine neue Sklaverei begeben, in die Knechtschaft, geliebt zu werden. Beschützt zu werden.

Ich habe kein Anrecht auf sie.

Nun bin ich ganz allein.

IN DER GEGEN-STADT.

Die Karrenmänner sind gekommen, obwohl die Nacht ruhig war. Keine Bärtigen unterwegs.

Was mögen sie bringen?

Sie haben nur einen einzigen Wagen dabei, verdeckt mit einer Plane. Sie fragen nach dem König.

Sie müssen warten, denn der König springt nicht herbei, wenn man ihn ruft. Er bestimmt selbst über seine Zeit.

Die Karrenmänner werfen hin und wieder einen Blick unter die Plane, wie, um sich zu vergewissern, dass alles seine Ordnung hat darunter.

Ein paar von dem Lumpengesindel haben sich eingefunden inzwischen, und als sie merken, dass sich wohl etwas Lebendiges auf dem Wagen befindet, wächst ihre Neugier. Bald umsteht ein ganzer Trupp von Ausgegrenzten die Ankömmlinge, raunt und reckt die Hälse, bleibt aber auf vorsichtigem Abstand. Wer weiß, was da gebracht wird!

Als dann der König erscheint, weichen sie respektvoll noch weiter zurück, und die Karrenmänner verbeugen sich mit über der Brust gekreuzten Armen.

Einer von ihnen macht sich zum Sprecher.

»Mawlah!«, so sagt er respektvoll, »wir haben einen Fang gemacht, den wollen wir dir überantworten. Denn wir haben deine Rede noch im Ohr, dass die Stadt Cordoba nichts taugt und wir bald alle nichts anderes sind als solche Elenden wie ihr hier. So sind wir in den Gassen Cordobas umhergegangen und haben mit dem und jenem gesprochen, der verständig ist – aber wir finden unter ihnen niemanden, der bereit ist, unsere Stimme zu sein, so wie du Stimme und Arm der Ausgegrenzten bist.«

»Nun«, fährt er fort, »hat sich unsere Not noch verstärkt, denn jemand hat da, wo es schon nichts mehr zu holen gibt, die Schraube der Presse noch einmal mehr umgedreht und will uns noch für jede Krume Salz, die wir essen, bis zum Weißbluten bringen. Eine neue Steuer, Herr! Eine Steuer auf das Salz.

Es ist nicht nur, dass das Essen nicht mehr schmeckt. Es ist – sie zeigen uns, dass wir für sie keinen Wert haben, wenn sie uns nur noch das Futter lassen wie den Tieren, damit wir nicht krepieren. Wir … wir wissen es nicht besser zu sagen.«

Der König ist still. Dann nickt er und sagt langsam: »Dass ihr für die da oben keinen Wert habt. Ja. Dass sie euch keine Würde lassen, auch wenn sie nur in der Gestalt eines Salzkorns aufzufinden ist. Jetzt wisst ihr, wie es *uns* geht. Jetzt seid ihr bei uns angekommen.«

Ein bestätigendes Murmeln geht durch die Reihen, aber der König hebt die Hand, und es verstummt wieder.

»Was also soll das alles?«

Der Karrenmann holt Luft. Strengt sich an zu seiner Rede: »Es hat die verständigen Männer in den Gassen ein großer

Zorn gepackt, und sie haben gemeint, der, der das verschuldet, müsse büßen, damit die da oben sehen, wir hier unten ertragen nicht alles.

Und es ist uns gelungen, ihn zu fangen – es war leichter, als man glaubt, Herr, denn er war voller Hochmut und Leichtsinn! –, und hier bringen wir ihn also und geben ihn in deine Macht, Mawlah!«

Er macht ein Zeichen, und auf dieses Zeichen hin ziehen die anderen die Plane zurück. Da liegt auf dem Karrenstroh, geknebelt und gebunden, ein schöner Mann in prachtvollem Gewand und windet sich in seinen Fesseln.

Der König, die Hände hinterm Rücken verschränkt, geht um dieses Fuhrwerk herum, und der Gebundene folgt seinem Gang mit angstvollen Augen.

Dann wendet sich der Herrscher der Ausgegrenzten an den Sprecher der Karrenmänner und fragt: »Wer ist das?«

»Das«, so sagt der, »ist der verfluchte Katib az-Zimam, Ibn Nusair, der uns nun auch noch das Salz vom Munde wegsteuert. Wir bringen ihn dir, damit du zu Gericht über ihn sitzest und ihn strafst.«

Die grell-hellen Augen feuern unverwandt auf den Sprechenden.

»Was für eine Strafe verdient er deiner Ansicht nach?«

»Dieben«, sagt der Karrenmann, »schlägt man die Hand ab, und der da ist ein Dieb.«

Der Gefesselte stöhnt dumpf und zerrt an seinen Stricken.

Die Männer aus der Stadt und die aus dem Gegen-Reich sind so lautlos wie das Grab und starren den König an, und der macht noch einmal seine Runde um das Gefährt.

Ganz von fern hört man in der atemlosen Stille einen Esel schreien.

Dann tut der König seinen Mund auf und sagt: »Eure verständigen Männer scheinen mir vor allem listige Männer zu sein. Sie wünschen, dass ich für sie den Richter spiele und möglichst gleich auch noch den Henker. Denn der König der Ausgegrenzten steht ohnehin jenseits des Gesetzes, meinen sie. Sie müssen sich nicht die Finger schmutzig machen, und wenn es denn eine Vergeltung gibt, dann trifft sie nur die von der Gegen-Stadt.

Was aber sollte unser Lohn sein, wenn ich denn euren Wunsch erfülle?«

Die Karrenmänner neigen die Köpfe noch tiefer als zuvor schon, und ihr Sprecher murmelt: »Wir werden euch in Zukunft alle Beute, die wir nach den Überfällen machen, zum Geschenk geben, ohne auf einen einzigen Dirhem zu bestehen.«

Ein Raunen geht durch die Gruppe der Ausgestoßenen, aber der König dreht nur kurz den Kopf, und sie verstummen.

»Das Geschäft ist schlecht«, sagt er mit kalter Stimme. »Ihr haltet weiterhin eure Straßen sauber, wie es eure Aufgabe ist, aber erwartet nicht, dass wir hier eine andere Drecksarbeit für euch erledigen. Kein Mord. Ihr seid in Not, das wissen wir, und wir mit euch. Nutzt mich als Fürsprech, als Stimme, und uns hier auch als Drohung und Bedrohung, wenn ihr wollt.

Hört gut zu: Was für ein Gericht sollte das wohl sein, das ihr verlangt? Ich bin nicht zuständig. *Mein* Salz hat er nicht besteuert. Nehmt ihn nur wieder mit, den da, und verfahrt mit ihm nach eurem Belieben, falls ihr euch traut.«

Er beugt sich über den Karren, lächelt verächtlich. »Er stinkt, euer Salz-Prinz. Er hat sich vor Angst in die Hosen geschissen.

Fahrt los. Und schickt mir demnächst, falls ihr mich sucht, um mit mir zu sprechen, wirklich verständige Männer.«

Er wendet sich ab, geht durch die Menge, die sich vor ihm teilt und hinter ihm verschließt, wird unsichtbar, als sei er vom Erdboden verschluckt.

Der Karren setzt sich wieder in Bewegung.

Der Esel da irgendwo schreit immer noch.

26

IM PALAST VON SEVILLA.

Al Mutadid, der mächtige Emir, nimmt mit ungerührter Miene den Bericht seines Sohns entgegen, der nun mit kleinem Gefolge, im Schlepptau den Dichter aus Cordoba, von der Granada-Mission heimgekehrt ist.

Man hat dort, so vernimmt er, einen Teil der Truppe zurückgelassen, die Emir Badis dabei helfen soll, die Ordnung und die Normalität in der Stadt wiederherzustellen, die Schuldigen an dem Aufruhr zu bestrafen, die Anführer des Blutbads (falls sie sich denn ausmachen lassen) vor Gericht zu stellen und den neuen Hadjib, einen bis zu diesem Zeitpunkt unbeleckten Höfling (schließlich lag bisher alles in jüdischer Hand) in sein Amt einzuführen. Bereits unterwegs in die gebeutelte Stadt ist ein Stab von Sevillaner Verwaltungsbeamten, die den Leuten in Granada nicht nur zeigen sollen, wie man's macht, sondern auch dafür zu sorgen haben, dass die Interessen der »Helfer« nicht zu kurz kommen.

Dafür hat das dankbare Granada natürlich zu zahlen. Das heißt, es ist praktisch ein Vasallenstaat Sevillas geworden.

Al Mutadid ist zufrieden mit diesem seinem Sohn, auch wenn er es nur mit dürren Worten zum Ausdruck bringt.

Er entlässt ihn.

Er weiß, auf den jungen Mann kann er sich verlassen. Denn der wiederum weiß, was geschehen könnte, wenn er sich als unzuverlässig erweisen würde.

Niemals ausgesprochen, aber immer gegenwärtig sowohl in den Mauern des Alcazars von Sevilla als auch in der Stadt selbst: Es gab noch einen anderen Sohn. Einen Älteren, Erstgeborenen. Der wagte es, sich gegen seinen Vater zu erheben, wollte selbst die Hauptrolle übernehmen und begann damit in einigen Festungen im christlichen Grenzland, verhandelte auf eigene Faust mit den Herrschern nachbarlicher Taifas.

Der lebt nicht mehr.

Nur ein kleiner Kreis von Vertrauten weiß, dass Al Mutadid ihn mit eigener Hand enthauptet hat.

Al Mutamid, der jetzige Kronprinz, war damals noch ein Knabe. Doch man kann annehmen, dass die Kunde von diesem Mord irgendwann auch zu ihm durchgesickert war. Was seinen Vater nicht kümmert …

Was der Prinz dann später miterleben durfte, war das Ende einiger kleiner Herrscher in der andalusischen Umgebung. Waren's die von Ronda? Waren's die von Carmona? (Kann sein, denn ihre Nachfolger sind jetzt besonders folgsame Vasallen Sevillas.) Sie wollten sich über zu hohe Tribute, zu strenge Anforderungen an ihre Kampfbereitschaft beschweren.

Beschwerden sieht Al Mutadid generell nicht gern.

Immerhin. Er lud die Emire zu Unterredungen ein und bat sie zunächst gastfreundlich, seinen Hamam mit dem Schwitzbad zu nutzen. Als es sich die Herren im heißen Raum bequem gemacht hatten, befahl er die Türen zu verriegeln und einzuheizen.

Seitdem beschwert sich niemand mehr bei Emir Al Mutadid.

Nun ist es also Granada, das ihm, dem Emir, in den Schoß gefallen ist. Eine gelungene Aktion. Aber sich Cordoba einzuverleiben, die Stadt des Kalifats, das alte Zentrum von Al Andalus, das hieße, den Herrschaftsanspruch über die ganze Region anzumelden. Das würde ihm gefallen.

Der alte Löwe, dessen Gesicht keine Regung verrät, läuft durch die Gänge des Palastes und grübelt.

Da in Cordoba gibt es den Fürsten des Stammes der Banu Jahwar, und dieser Fürst hat zweierlei: eine Berbertruppe, die er bei Laune hält, indem er ihr immer wieder kleinere Übergriffe auf die »Lauen in der Stadt« erlaubt, und einen Ibn Abdus Al Gahsiyari, einen ausgekochten Fuchs. Da muss man sich schon etwas ausdenken. Da kann man nicht einfach so einmarschieren. Aber es gibt ja diesen Dichter. Und wie ihm der Prinz, sein Sohn berichtet hat, hat der einen gewissen Auftrag. Das könnte ein Weg sein.

Der soll sich mal beeilen, bevor er, Al Mutadid, ungeduldig wird ...

IBN ZAYDUN.

Wir sind zurück in der Residenz des Al Mutadid, und ich bin nur froh, die Stätte der Verwüstung in Granada hinter mir gelassen zu haben. Mit Spannung erwarte ich, wie die Prinzessin auf meine Botschaft, auf den Brief über das »Ende« Kasmunas und auf die Perlenkette, reagieren wird, und Al Mutamid ist nun wieder der Kumpan beim Wein, der Dichterei und den Körpern, an denen wir uns gütlich tun. Wir sind alte Vertraute, aber nachdem ich ihn als Stellvertreter seines Vaters in Aktion erlebt habe, bin ich auf der Hut. Zu sehr auf gleicher Höhe mit ihm zu agieren, könnte ungute Folgen haben. Ich wahre Distanz und Ehrerbietung, bei aller Freundschaft.

Folgsam spiele ich das, was er sich von mir wünscht. Er sieht mir gern zu, wenn ich Knaben penetriere, während er selbst zwischen den wohlgerundeten Hinterbacken irgendeiner Tänzerin steckt (sie schreien wie die rolligen Katzen, wenn man sie überraschenderweise nicht da fickt, wo die Herren sonst ihre Ruten zu versenken pflegen). Er lobt mein Feuer und meine Zähigkeit.

Bei diesem Zeitvertreib haben wir nie zweimal die gleichen

Partner, und das ist mir nur recht, denn mir geht es nicht um irgendein Wesen, sondern nur um die Teile ihres Leibs, die mir Lust schaffen: Um enge Löcher, um Schwänze, die bei meiner Berührung aufwachen, um die prallen Hoden der Jugend. Ich ficke, aber Menschen sehe ich nicht, und immer, wenn ich zum Höhepunkt komme, ist da das weiße Gesicht der Frau mit den blauen Augen und die Vorstellung, in ihrer zupackenden Möse zu arbeiten.

Die Neigungen des Kronprinzen sollten mich befremden, wenn ich denn bereit wäre, mich von irgendetwas befremden zu lassen. Er vögelt die Frauen grundsätzlich nur in den Arsch, verwehrt ihnen jede andere Lust, berührt weder ihre Spalte, noch lässt er zu, dass sie es selbst tun. Am liebsten sind ihm üppige Tanzmädchen aus dem Sudan, denen man nicht nur die Knospe abgeschnitten hat, sondern die von den strenggläubigen Berbern auch noch zugenäht wurden – Wesen ohne die Fähigkeit, zu empfinden und sich zu ergießen.

Aber was geht es mich an.

Im Übrigen erinnern wir uns an unsere alten Gedichte, und die waren ja nicht einmal schlecht. Al Mutamid findet seinen besonderen Genuss darin, sich von mir jene Verse vortragen zu lassen, die mich – angeblich – ins Gefängnis gebracht haben.

Ich tue ihm den Gefallen.

»Seht sie euch an, die liederlichen Schwestern!
Die eine zeigt ihr Brustfleisch in der Gosse,
Die andere – welch lächerliche Posse! –
War eine fromme Jüdin noch bis gestern.
Sie lassen sich von ihrer Herrin schlecken
Und leisten ihrer Spalte gleiche Dienste.
Allah allein weiß, welch ein übler Zauber
Sich angesiedelt hat auf Weiberzungen.
Leckt mir das Loch der Herrin nur schön sauber!

Denn wenn ich wieder in sie eingedrungen,
Könnt ihr mit euren Künsten euch verstecken.
Dann nehmt den eignen Saft, ihr geilen Kröten!
Der Herrin seid ihr dann nicht mehr vonnöten.«

Al Mutamid fällt vor Lachen fast auf den Rücken. Das ist sein Geschmack.

Aber man weiß nie, in welcher Laune man ihn antrifft.

Er ist unberechenbar. Eben noch vergnügt er sich auf die barbarischste Weise, dann verlangt er von mir, dass ich ihn mit Liebesgedichten bediene, mit Klageliedern und Erinnerungen »an das, was ich verloren habe«.

Wie mir zumute ist, darauf nimmt er keine Rücksicht. Ich fühle mich manchmal wie sein Hofnarr …

Gegenüber dem Kronprinzen bin ich vorsichtig. Seinen Vater jedoch fürchte ich. Al Mutadids Rachsucht ist sprichwörtlich. Der Mann mit dem wie aus Holz geschnitzten Gesicht verfolgt seine Feinde bis ans Ende der Welt.

Es geht die Geschichte um von einem Sänger, der, betrunken wie er war, den Herrscher öffentlich des Geizes bezichtigt und damit der Lächerlichkeit preisgegeben hatte. Als er wieder nüchtern wurde, warf er sich dem Fürsten zu Füßen und bat flehentlich, ihm zu vergeben. Al Mutadid erklärte großmütig, er habe ihm verziehen, und schenkte ihm einen Beutel voller Dinare. Der Sänger, der dem Frieden nicht traute, dankte für das Geld und setzte sich stehenden Fußes nach Afrika ab. Es dauerte nur kurze Zeit, und er erkrankte und kam elendiglich ums Leben: Vorsichtig wie er war, hatte er auch den Goldstücken nicht getraut und auf sie gebissen, um ihre Echtheit zu prüfen. Der Emir hatte die Dinare mit einem Giftstoff bestreichen lassen.

Man sollte sich den Herrn nicht zum Feind machen, indem man ihn schlecht bedient.

Das geht mir durch den Kopf, als der Prinz eines Abends

aus heiterem Himmel – eben hat er noch den Hintern einer dicken Sudanesin »besucht« – schwitzend und grinsend ganz beiläufig anfragt, wie weit ich denn mit meiner »Suche« gekommen sei.

»Suche?«, frage ich begriffsstutzig. (Ich bin gerade auf die Abteilung »Vergnügungen« eingestellt.)

»Suche, ja!«, sagt er, plötzlich ärgerlich. »Zum Teufel, weswegen bist du hier? Mein Vater ist auf den Geschmack gekommen durch den Einmarsch in Granada. Er will, dass es *weitergeht.*«

Ich sehe ihn groß an, erwidere dann betont langsam: »Verzeihung, aber ich wusste nicht, dass Euer erlauchter Vater in meine Mission … eingeweiht ist.«

»Ahmad!« Der Prinz schneidet eine Grimasse, genervt. »Denkst du, der alte Herr hat dich hier sozusagen als meinen Spielgefährten aufgenommen? Natürlich habe ich ihm erzählt, was du vorhast. Was sonst? Wie gesagt, mein Vater ist nicht sehr geduldig.«

Sprunghaft wechselt er wieder das Thema. »Kannst du mir mal einen Vers improvisieren über die Vorzüge von Pfirsichen gegenüber Äpfeln?«

»Nein, kann ich nicht«, sage ich wütend. Zum Glück lacht er.

Er hat mir Angst gemacht. Einen Al Mutadid sollte man nicht zu lange warten lassen Und Valadas Ungeduld kenne ich ja. Mich wundert, dass sie mich nicht schon längst mit einem Brief zur Eile gedrängt hat.

Nachdem der Versuch, jemanden in Granada zu finden (der Besuch in der Vega), missglückt ist, bleibt mir nur, noch einmal in die Bibliothek zu gehen.

Noch einmal nehme mir das Werk des Rotschopfs Ibn Hayyam vor.

Und wieder stoße ich auf Hisham, den Sohn des Kalifen

Hakam, der unter die Fuchtel von Al Mansur geriet. Hisham, vom »Statthalter« einmal als Kalif gefeiert und vorgezeigt, dann wieder versteckt, je nachdem, wie es Al Mansur passt. Wieder lese ich, dass er sogar für tot erklärt und kurz danach wieder »vorgeholt« wird und dass er irgendwann von der Bildfläche verschwindet.

Ist er irgendwann umgekommen? Von seiner Leiche, wie gesagt, findet sich jedenfalls keine Spur.

Wie haben die Bürger von Cordoba damit gelebt, dass ihnen ein Kalif wie eine Figur des Puppenspiels einmal vor die Nase gesetzt wurde und gleich darauf wieder in der Versenkung verschwand?

War es ihnen egal – Hauptsache, es gab da noch irgendwo einen Omayaden, das Faustpfand für legitime Herrschaft?

Auch wurde behauptet, so lese ich erneut, er sei ins Ausland geflohen.

Ist er wirklich ins Exil gegangen – und wenn ja, wohin? Hat er den umgekehrten Weg seines großen Vorfahren Abd Al Rahman beschritten, ist nach Afrika übergesetzt, hat sich dort versteckt?

Überhaupt – wie sah er aus? Welch Bild mag von diesem Hisham in den Köpfen der Menschen geblieben sein, von einem Kind, einem jungen Mann, einem Wesen, das immer nur auf einem Schimmel, unterm gelbseidenen Schirm der Herrschaft, behangen mit Glitzergold und Edelsteinen, durch die Straßen geführt wurde, immer dann, wenn man ihn brauchte? Wie viele Jahre ist das her? Wie alt müsste er jetzt sein?

Aber spielt das überhaupt eine Rolle? Wer fragt danach?

Keine Figur voll Blut und Leben, niemand, an dessen Haarfarbe man sich erinnert ... Ein Schemen. Beste Voraussetzungen eigentlich, um zu einer Legende zu werden ...

Und da weiß ich es.

Das ist es. Eine Legende! Wieso ist mir das nicht eher

eingefallen? Schließlich bin ich ein Dichter, und als solcher ist mein Reich das der Phantasmagorien und Hirngespinste. Und so ein Hirngespinst werde ich nun »verkaufen«.

Wie hieß es gleich wieder? Ein Omayade muss her, und sollte man ihn aus der Erde graben.

Der Omayade – nun, ich denke, er ließe sich finden! Oder besser: Er ließe sich *er*finden!

Ich bin stolz auf mich.

Nun muss man nur noch Vater und Sohn, den Fürsten und den Prinzen, davon überzeugen. Erst den Sohn. Dann, gemeinsam, den Vater.

Aber ich bin sicher, die Gier Al Mutadids nach Cordoba ist groß genug, um jede Geschichte als Vorwand zu akzeptieren.

Ob es im Sinne der Prinzessin ist, dass sich von hier aus – vielleicht – eine Streitmacht auf den Weg begibt, um den »neuen« Omayaden einzuführen, weiß ich nicht. Aber eigentlich muss sie damit rechnen. Wer mit solchem Feuer spielt, muss wissen, dass ein großer Brand daraus entstehen kann.

Letztlich ist es mir egal. Es gilt darum, den Fürsten hier zufriedenzustellen. Das sichert mich ab. –

Der Kronprinz hat für mich einen seiner weichen, langwimprigen Augenaufschläge übrig, als ich ihm mein Konzept unterbreite. »Ich wusste immer, dass du ein Schuft bist«, sagt er anerkennend, »aber nun zeigt sich, dass du dazu auch noch genial bist, und nicht nur als Dichter. Wenn ich einmal den Thron besteige – Allah schenke meinem Vater noch viele Jahre! –, mache ich dich zu meinem Wesir, Ibn Zaydun.«

Ich verneige mich tief, mit über der Brust gekreuzten Armen. Eigentlich habe ich andere Pläne für die Zukunft, aber Wesir in Sevilla zu sein, ist auch nicht zu verachten.

»Sicher wird es eine gewisse Mühe kosten, jemanden zu Hisham zu machen«, setzt er an, aber ich falle ihm ins Wort.

»Hoheit! Wozu soll das gut sein?« Ich lächle hintergründig. » Wir – Euer erlauchter Vater, Ihr und ich –, wir wissen, dass er … lebt und dass er sich in Euren Schutz, in den Schutz der Banu Abbad begeben hat, der Herrscherfamilie, die ihm helfen soll, seine legalen Ansprüche auf Cordoba anzumelden. Ist es nicht verständlich, dass ein Mann, der so gehetzt und umhergetrieben ist wie dieser Kalif, der so oft um Leib und Leben fürchten musste, es vorzieht, sein Antlitz erst zu zeigen, wenn er in seine Ämter eingesetzt ist? Nein, unser erhabener Hisham bleibt verborgen.«

Al Mutamid starrt mich einen Augenblick mit offenem Mund an, dann schlägt er sich auf die Schenkel und bricht in Gelächter aus.

»Immer besser! Nun, wir werden in meinem Vater gewiss einen glühenden Verteidiger dieses Anwärters auf das Kalifat finden.«

Das Kalifat – Macht über ganz Al Andalus.

Bereits in den nächsten Tagen lädt Al Mutadid die Emire der Städte und Fürstentümer ringsum, von Huelva bis Algeciras, von Moron, Carmona und Ronda und was da noch am Wege liegt, nebst den Führern der kleineren Kommunen in den Alcazar zu Sevilla.

(Eins muss man dem Fürsten zugestehen: In der Region rings um Sevilla herrscht Ruhe und Frieden. Während sich die Amiriden von Denia mit den Banu Hud in Zaragoza, die Banu Sumadih von Almeria mit den Aftasiden von Badajoz in den Haaren lagen oder immer noch liegen, leben die Vasallenstaaten Sevillas im »schönsten Einvernehmen« miteinander. Die Furcht treibt sie dazu.)

All diese »Herrscher«, die da anreisen, sind den Banu Abbad tributpflichtig und kommen mit Zittern und Zagen, denn sie fürchten neue Auflagen, neue Steuern und Abgaben, die ihre nicht sehr leistungsstarken Taifas noch mehr belasten werden, und sie wissen, diesem Herrscher widerspricht man lieber nicht …

Al Mutadid, ganz und gar Kriegsherr, im Kettenpanzer unterm prunkvollen Burnus, als Einziger, wie es ihm zusteht, das breite Krummschwert an der Seite, nimmt auf seinem Thronsitz Platz, das wie aus Holz geschnitzte Gesicht unbewegt wie immer.

Umso überraschender, was dann geschieht.

Mit abgehackter Sprache, deren nüchterne Hervorbringung in krassem Gegensatz steht zu dem, was er da mitteilt, verkündet der Emir, dass es der himmlischen Vorsehung gefallen habe, den Kalifen Hisham, den Omayaden, in einem Versteck am Leben zu erhalten.

Ihm, Al Mutadid, sei im Traum ein Engel Allahs erschienen, so wie einst Mohammed, und habe ihm verkündet, wo sich der Kalif, der Nachfolger des Propheten, befinde.

Unverzüglich habe er, der Fürst, daraufhin durch vertrauenswürdige Männer den Ort aufsuchen lassen, den ihm der Engel genannt habe, und dort fand man in der Tat den erlauchten Omayaden.

Ihn bald wieder nach Allahs Willen in sein angestammtes Amt einzuführen und ihm sein – durch die Banu Abbad – wiederhergestelltes Reich zu übergeben, sei sein, Al Mutadids, vorrangiges Anliegen und müsse zur Herzenssache aller Muslime von Al Andalus werden, komme, was da wolle.

Der erste Schritt auf diesem Weg sei nun, dass alle hier Versammelten dem Kalifen huldigten.

Ich bin sprachlos. Wer hat ihm dieses Zeug eingetrichtert? Irgendeiner seiner Eunuchen-Berater wahrscheinlich. Ich werfe einen Blick zum Prinzen. Er zuckt (dezent) mit den Schultern, und ich sehe, dass er auch keine Ahnung hat. Seine Augen sind vor Verwunderung weit aufgerissen.

Nun, was der Emir da auswendig gelernt hat – es verfehlt seine Wirkung nicht. Aber wahrscheinlich hätte er noch absurdere Dinge zum Besten geben können, die Herren hätten es auch geschluckt. Sie haben Schlimmeres erwartet, als einem

Kalifen die Huldigung darzubringen. In der Stille nach der Ansprache Al Mutadids hört man zunächst nur Geräusche wie Ausatmen, Räuspern, Hüsteln.

Das alte Holzgesicht auf dem Thronsitz wartet ab.

Schließlich wagt einer der Fürsten, das Wort zu ergreifen – wie ich später erfahre, ist es der neue Emir von Ronda, einer kleinen Bergfestung in der Nähe der Küste, einer, der gewandt ist mit der Zunge und sich deshalb oft zum Sprecher der anderen Kleinkönige macht. (Offenbar hat er noch keine nachhaltigen Erfahrungen mit dem Herrscher von Sevilla hinter sich.)

»Erhabener Emir, dem Allah viele Jahre der Regentschaft schenken möge, wir vernehmen die Nachricht von Eurer Erleuchtung mit Freude und beugen uns vor Euch als einem von Gott Auserwählten«, salbadert er. »Das Wissen, dass Al Andalus nun wieder einen Kalifen haben wird, erfüllt die Herzen aller hier Versammelten mit Freude.« (Zustimmendes Gemurmel im Saal.) »Nun sind wir ungeduldig, unser Knie vor Hisham zu beugen und ihm Gehorsam zu geloben. Wird der Ehrwürdige noch heute hier erscheinen?«

Der Kronprinz und ich sehen uns an. Wie wird sich Al Mutadid aus der Schlinge ziehen?

Nun, indem er so tut, als gäbe es keine Schlinge.

»Der ehrwürdige Hisham ist noch nicht bereit, sein Angesicht zu zeigen. Er bleibt im Verborgenen, bis ... die Zeit gekommen ist. Zunächst hat er mich in seiner Gnade bevollmächtigt, den Eid der Huldigung an seiner Statt entgegenzunehmen.«

Das Gemurmel wird lauter. Den Herren scheint klar zu werden, dass hier von ihnen einfach blinder Glaube verlangt wird. Allerdings – das Gehörte ist so ungeheuerlich, dass man vielleicht doch leise Zweifel wagen könnte ...

Aber nicht bei Al Mutadid. Er erhebt sich. »Fürstliche Hoheiten, nieder auf Eure Knie. Berührt mit den Stirnen den

Boden und gelobt dem Erwählten Allahs, dem einzigen und wahren Nachkommen des Propheten, Gehorsam und Gefolgschaft.«

Es ist ein atemberaubender Moment.

Es erinnert mich an einen Dressurakt, dem ich einmal zugesehen habe. Ein »Hundemann«, ein Sachverständiger für die Erziehung dieser Tiere, hatte ein Rudel von Junghunden vor sich, dem er zuvor ein paar Wochen lang Befehlsgehorsam eingebläut hatte. Nun galt es vorzuführen, wie erfolgreich er war. Zu diesem Zweck hatte er einen Kater in einem Innenhof festgebunden und ließ dann die Meute los auf das Tier, den Erzfeind aller Hunde.

Natürlich wollten die Kläffer den Kater augenblicklich zerfleischen. Aber der Hundemann pfiff auf seiner Trillerpfeife und gab durch ein Handzeichen den Befehl, sich niederzulegen. Die Hunde zögerten, blieben stehen, winselten, knurrten und geiferten, hin- und hergerissen zwischen natürlichem Blutdurst und angelernter Unterwerfung. Und nach und nach, obwohl murrend und knurrend, legten sich alle auf den Bauch, ja, als der nächste Befehl gepfiffen wurde, rollten sie sich sogar auf den Rücken und entblößten ihre verletzlichen Kehlen und Bäuche.

Im Alcazar von Sevilla bleibt zum Glück der zweite Teil der Dressur aus, aber ich war mir ziemlich sicher, dass, hätte Al Mutadid die Herren dazu aufgefordert, sie sich trotz anfänglichen Zögerns auch noch weiter gedemütigt hätten.

Die Hunde von damals wurden nach ihrem Kunststück belohnt. Sie durften sich hinterher den Kater greifen.

Ich bin neugierig, ob der Emir von Sevilla für seine Befehlsempfänger ebenfalls eine Belohnung vorgesehen hat. Aber zwischen Hunden und Menschen gibt es eben doch Unterschiede. Der erfahrene Herrscher setzt stattdessen noch eins drauf. Er verpflichtet die Geduckten zunächst mit einem weiteren Eid zum Stillschweigen, bis »es so weit ist«, und verdonnert sie zu einer erhöhten Kampfbereitschaft und zur Bereitstellung von einigen Kriegssteuern.

Die Einzelheiten auszuhandeln, bleibt den Beamten des Emirs vorbehalten.

Der Kronprinz verlässt mit mir gemeinsam den Sitzungssaal.

Wir sagen nichts. Wir tauschen einen Blick der Anerkennung. Das alte Holzgesicht versteht sein Handwerk.

Nun muss ich zusehen, wie ich der Prinzessin mitteile, dass ich ihren Auftrag erfüllt habe!

Und was, wenn der ganze Zauber auffliegt? Und das muss er ja notgedrungen! Oder aber irgendein fahlgesichtiger Schurke wird sich doch noch finden, der dann die Rolle übernimmt. Eine Rolle, die Blasphemie ist. Denn wer wagt es, von sich zu behaupten, er stamme vom Propheten ab?

Aber wozu denke ich an diese ungewisse Zukunft? Mir geht es vor allem darum, Valada selbst zu informieren, ohne den Wesir zu bemühen. Offiziell soll ja noch gar nichts verlautbaren. Ibn Abdus soll fein noch ein bisschen draußen bleiben. Die ganze Sache basiert auf Überraschung. Also natürlich keine »staatliche« Taubenpost.

Aber meine Ungeduld, der Prinzessin von meiner »Erfindung« zu berichten, ist grenzenlos. Also werde ich auf meine Kosten eine Stafette von Eilboten nach Cordoba losschicken – und die Herrin natürlich noch um Verschwiegenheit bitten.

Und über dieser Nachricht wird sie hoffentlich ihren Liebeskummer ob der abhandengekommenen Jüdin vergessen. Denn wenn ich eins glaube, dann das: Der Wunsch, die Macht zu haben, etwas von dem alten Glanz von Al Andalus wiederzuerwecken, beseelt sie stark, stärker als der Wunsch, die größte Dichterin zu sein.

Alles passt.

Bald, du hochmütiges Luder, kriegst du, was du willst. Und ob du an der Seite deines erträumten Blutsverwandten auf dem Thron von Cordoba sitzen wirst oder, wer weiß, an der eines anderen – was macht das schon aus?

Und ich, ich werde dich haben, werde dich besitzen so wie einst und es dir mehrmals täglich verabreichen, dass dir Hören und Sehen vergeht.

Aber zunächst feile ich noch an neuen Versen für meine Prinzessin, und eines jener Klagelieder, die der Kronprinz gern hört, das werde ich ihr mitschicken.

»Es war der Myrtenstrauß in jener Nacht,
Die Hand, die ihn mir reichte, bebte.
Ein Flüsterwort, ein Hauch, der mich belebte.
Ein leichter Windeshauch war aufgewacht,
Liebkoste ihre aufgelösten Locken.
Der Mond bestreute uns mit Silberflocken.
In seinem Lichte waren wir vereint,
Es trug uns hoch hinauf bis zu den Sternen.
Oh könnte ich aus diesen bittren Fernen
Den Weg zurück zu dieser einz'gen Stunde finden,
Ich würde mich mit Tod und Krieg verbünden.
Doch heut ist sie mein gnadenloser Feind.«

27

IBN ABDUS.

So wird es stets beschrieben: Das Haus, so heißt es, ist eine Insel aus Licht, eine Oase innerhalb dieser dunklen Stadt.

Die Mauern zu dem verödeten Platz hin sind hoch und abweisend, aber die Helligkeit scheint aus den Fugen der Türen, aus den schießschartenengen Fensteröffnungen, ja, sogar aus den schmalen Schlüssellöchern hervorzuquellen.

Ja, so erlebe ich es nun, und mit dem Licht strömen Klänge hinaus in die Nacht. Sanfte, verhaltene Klänge. Kein lautes Lachen diesmal.

Ich nähere mich dem Haus zu Fuß, begleitet von meiner Leibwache – es ist nicht zweckmäßig, nachts allein durch die Straßen zu gehen.

Ich werde nicht so leichtsinnig sein wie mein ehemaliger Leiter der Finanzbehörde, der ebenso begabte wie skrupellose Ibn Nusair, der offenbar nicht genügend auf Schutz bedacht war. Ihm muss in den letzten Tagen etwas zugestoßen sein, worüber er nicht reden wollte – jedenfalls war er völlig verstört. Irgendwelche Banditen haben ihm einen solchen Schrecken eingejagt, dass er seinen Posten aufgegeben und Cordoda Hals über Kopf verlassen hat. Die Salzsteuer hat man ihm wohl sehr übelgenommen – nun, der Mann ist fort, aber die Steuer besteht weiter, und an Nachwuchs, der nur auf so eine hohe Stelle wartet, ist kein Mangel.

Valada hat zu einem ihrer Feste geladen, und es wundert

mich, dass sie in Feststimmung ist. Ihre schöne Jüdin ist ja abgängig, und ganz im Gegensatz zu ihr bin ich ziemlich sicher, dass diese Frau umgekommen ist. Im Haus Ismael Ibn Jeschullas jedenfalls trauert man inzwischen.

Gestern, so hat man mir berichtet, erhielt die Prinzessin eine Nachricht aus Sevilla.

Vielleicht hat der großmäulige Dichter ihr einmal wieder einen Schwung Liebesgedichte zukommen lassen. Und vielleicht ist das der Anlass zu der Gesellschaft, die sie heute geben will.

Ihr Haus, so sagen viele, ist wie eine Festung, und es ist gut, dass es diese helle Festung gibt. Ich weiß, dass man nur mit Dunkelheit und Schrecken regieren kann. Aber wenn es dieses Licht nicht als Kontrast gibt, ist die beste Dunkelheit nichts wert.

Die Hellebarde eines Begleiters schlägt gegen die Tür. Sie öffnet sich.

Die Prinzessin kommt mir entgegen, wie immer weißgewandet, und begrüßt mich mit einer leichten Umarmung, hüllt mich ein in den Geruch von Moschus und Orangen, der sie umgibt, und Duft und Berührung erwecken gleich meine Lust auf die Lust. Sicher hat sie das auch gewollt.

»Sei willkommen, erlauchter Hadjib«, sagt sie und verzieht ihre Lippen zu einem Lächeln, von dem ich nicht weiß, ob es spöttisch ist oder nur gleichgültig. »Du wirst sehen, dass der Kreis der geladenen Gäste heute kleiner ist als sonst. Das liegt daran, dass ich dieses Mal die einzige Vortragende sein werde und dass sich meine Freunde danach verabschieden. Liebesspiele unterlassen wir; ich habe Verluste zu beklagen.«

(Sie meint die Jüdin. Aber offenbar nicht nur sie. Sie redet in der Mehrzahl!)

»Und im zweiten Teil des Abends werde ich eine Ankündigung machen, die alle in Staunen und Freude versetzen wird.«

Eine Ankündigung? So etwas beunruhigt mich eher, als

dass es mich in erwartungsvolle Stimmung bringt. Ankündigungen von etwas, das ich nicht kenne, machen mich nervös. In meinem Beruf *muss* man alles kennen!

Ich betrete den Innenhof, diesen begrünten Wohn-Raum, den sie sich geschaffen hat.

Valada geleitet mich über die bunten Fliesen zu dem erhöhten Ehrensitz.

Nein, es scheint nicht darum zu gehen, die neusten Schöpfungen des Kerls aus Sevilla vorzutragen. Es würde mich auch wundern, denn dann müsste die Prinzessin ihm immer noch stärker verfallen sein, als ich eigentlich annehme.

Die aber glänzt und funkelt heute auf eine andere Weise als sonst, hat überhaupt nichts von jener Leichtigkeit an sich, die sie sonst zur Schau trägt. Sie bewegt sich fast feierlich-getragen, und ihre Edelsteinaugen haben einen anderen Glanz. Sieht so jemand aus, der »Verluste zu beklagen« hat? Sie wirkt mir eher wie jemand, der einen Sieg errungen hat. Wie gesagt, ich bin beunruhigt.

So wie bei meinem ersten Besuch ruhen die Gäste auf Kissen und Polstern, so, dass sie das Podium im Auge haben, auf dem Musik und später Dichtung dargeboten werden.

Aber die Stimmung ist diesmal anders als damals. Ganz anders. Sie scheint mir angespannter, erwartungsvoller. Keiner lacht.

Offenbar hat Valada jeden der Besucher eingestimmt mit eben jener Ansage, mit der sie mich empfangen hat. Von ihr geht etwas aus, das kennt man so nicht.

Und noch etwas fällt mir auf: Sie trägt keinen Schmuck!

Ich sehe mich um. Da sind Vertreter der großen arabischen Familien Cordobas – es gehört zum guten Ton, am Musenhof der Prinzessin teilzunehmen, auch wenn man wenig von Kunst versteht und die eigenen Verse eher kläglich ausfallen. Der Kadi übrigens ist nicht da; ob nicht eingeladen oder lieber von allein fortgeblieben, steht dahin.

Aber da es am späten Abend heute nicht zur Sache gehen soll, also die »Liebesschule« ausfällt (in meinen Augen ohnehin nur so etwas wie ein kostenloses Hurenhaus), fehlen einige Leute, für die das der Hauptanreiz an diesen Abenden ist, und Valadas bedienende Sklaven, die sie sonst so freigebig zur Verfügung stellt, sind heute zurückhaltender gekleidet und in geringerer Zahl vorhanden.

Bisher sitze ich allein auf den Polstern des erhöhten Platzes, und so sehr ich den Kopf verrenke – von der Feigenhändlerstochter ist nichts zu sehen. Nun, vielleicht muss die hübsche Muhdja auch ihren Vater pflegen ...

Valada betritt das Podium, und das Geplauder verstummt ebenso wie die Musiker. Nur noch leise klirren die Gläser von der Anrichte im Hintergrund, wo die Dienerschaft frisches Getränk vorbereitet.

»Meine Freunde!«, beginnt die Prinzessin, und aus ihrer Stimme wird nun ein Instrument. »Es gibt einen schmerzlichen und einen freudigen Anlass, weswegen ich euch heute zu mir gebeten habe. Beginnen wir mit dem schmerzlichen. Um es in einem Bild zu sagen: Man hat mir beide Hände abgehackt.

In den beiden Gedichten, die ich zunächst vortrage, sind ihre Schöpfer lebendig, egal, wo sie sind und ob am Leben oder tot.«

Nach diesen sicher für ihr Publikum ziemlich rätselhaften Worten gibt sie den Musikern das Zeichen, jenes Vorspiel anzustimmen, das stets ihrem Vortrag vorangeht, und beginnt dann:

»Gazelle, weidest du in meinem Garten?
Voll Trauer scheinen deine großen Augen ...«

Ich kenne das. Jeder hier kennt es. Es ist eins der schönsten Gedichte der Jüdin Kasmuna.

Valadas Stimme schwirrt und flirrt wie eins jener Streichinstrumente, die ich nicht bei Namen kenne, ich bin ja kein

Musiker. Ihr Gesicht ist wächsern, wirkt inmitten des schwarzen Haares wie eine Maske. Die Augen hält sie geschlossen. Als sie geendet hat, wehrt sie mit erhobener Hand einen Beifall ab.

Dann dreht sie sich zu den Musikern herum und bespricht sich flüsternd mit ihnen. Eine leichte, tändelnde Melodie erklingt.

Valada tritt wieder vor und beginnt, das nächste Gedicht vorzutragen, aber ungeachtet seines Inhalts bleibt ihre Miene weiterhin unbewegt, ernst. Und wieder schließt sie die Augen.

Dann höre ich:

»Du schenkst mir Pfirsiche, die innere Glut zu kühlen.
Ich danke dir, doch dürstet mich nach deinem Mund.
Ich will dein Lippenpaar auf meinem fühlen
und schrecke doch zurück. Der Grund:
Die Augenwimpern gleichen Pfeil und Speeren.
Sie scheinen meinen Angriff abzuwehren.«

Auch das kenne ich! »Du schenkst mir Pfirsiche, die innere Glut zu kühlen ...«, das haben sie sogar auf den Straßen gesungen. Das ist, neben ihren frivolen und unverschämten Reimchen, ein kleines Liebeslied von Muhdja bint Al Tayyani, gerichtet an Valada zu Beginn ihrer Beziehung ...

Aber was, verdammt, bedeutet das? Ist sie, aus welchem Grund auch immer, zu einem »schmerzlichen Anlass« geworden? »Man hat mir beide Hände abgehackt ...«

Das heißt doch wohl: Die Kleine ist in Ungnade bei der Prinzessin, der Grund ist letztlich egal. Und es ist nicht nur mir aufgefallen, dass Muhdja nicht hier ist. Ich sehe, man neigt die Köpfe gegeneinander, munkelt.

In den nun doch aufkommenden Applaus hinein winke ich einen der Knaben heran, die Getränke servieren, und nehme mir ein geschliffenes Glas vom Tablett. Da spare ich mir ja die weiteren Mühen, etwas gegen sie zu unternehmen. Das Mädchen scheint sich selbst ausgetrickst zu haben.

Nur zwei Gedichte also – und kein einziges von ihr selbst! Merkwürdig.

Valada geht ab.

Die Musiker sind jetzt allein am Werk. Die Herrin scheint nunmehr den zweiten, gewichtigen Teil vorzubereiten, von dem sie sprach. Die Ankündigung. Nun, vielleicht kramt sie nun doch noch die neusten Poesien Ibn Zayduns aus der Tasche. Ihre zur Schau gestellte Verachtung für dessen Verse damals bei mir, als sie das Blatt zerknüllte und zu Boden warf … So etwas kann schnell kippen.

Ich nippe an meinem Wein, mustere weiter die Anwesenden. Sie tauschen sich tuschelnd und flüsternd aus: Was ist von dem zu halten, was sie eben gehört haben? Sicher werden Gerüchte die Runde machen.

Kasmunas Schicksal in Granada dürfte allen bekannt sein; was mit Muhdja geschehen ist, weiß offenbar keiner.

Aber das Geraune und Gemurmel verstummt schnell. Die Erwartung von etwas Außergewöhnlichem spannt sich wie eine Kuppel über diesen Patio.

Was hat Valada zu verkünden? Verdammt, was war in der Post aus Sevilla?

Die Prinzessin erscheint wieder – und wie! Im Gegensatz zu ihrem Auftritt eben glitzert sie jetzt, als sei sie in einen Schmuckkasten gefallen. Ein Stirnband, das von Diamanten funkelt; fast schon ein Diadem. Hals und Brust bedeckt von klirrenden Geschmeiden, die Arme bis hoch zu den Ellbogen verziert. Und in der Hand hält sie den Koran.

Die Musik setzt bedeutend ein, schweigt dann. Man darf gespannt sein auf das, was da kommt.

Valada hält das Buch in die Höhe.

»Im Namen Allahs, des Allbarmherzigen«, tönt ihre Stimme. »Im Namen dessen, der niemals schlaft. Oh, ihr Muslime, allen Rechtgläubigen sei die Botschaft verkündet:

Der edle Stamm der Omayaden, der rechtmäßigen Nachfahren des Propheten Mohammed, des Gottgesandten, ist keinesfalls ausgestorben. Der Kalif Hisham, den viele für tot hielten, ist aus der Verborgenheit hervorgetreten in den Glanz des Tages, bereit, sein angestammtes Erbe anzunehmen. Segen und Heil sollen ihm folgen bis zum Tag des Gerichts! Cordoba wird bald wieder einen Kalifen haben! Cordoba wird zu alter Macht erwachen, die verstreuten Kleinkönigreiche vereinen und Al Andalus wieder zum Mittelpunkt der arabischen Welt machen.

Im Augenblick befindet sich der einst vertriebene Kalif Hisham noch im Schutz des Emirs von Sevilla. Aber alle Fürsten der umliegenden Taifas haben ihm bereits den Treueid geleistet.

Der erlauchte Kalif, Blut von meinem Blute, wird demnächst vor den Toren Cordobas stehen. Er wird, so hoffe ich, ohne einen Schwertstreich einziehen, denn alle Bürger werden ihm huldigen, und der Herrscher der Banu Yahwar, der bisher hier sein Statthalter gewesen ist, wird ihm – da bin ich sicher – freiwillig seinen Thron abtreten.

Allah, der Herr der Welten, bewahre das Leben meines edlen Verwandten und wende alles zu unserem Heil!«

Und sie verlässt das Podium und rauscht durch die wie erstarrt sitzenden Anwesenden – geradewegs zu mir, der ich da hocke und mich fast an meinem Wein verschluckt habe.

Sie lässt sich neben mir nieder, küsst mich auf beide Wangen und sagt: »Ich weiß, erlauchter Hadjib, dass du an meiner Seite und an der Seite des Thronanwärters stehen wirst.«

Und ich? Mir fehlen die Worte, und das geschieht nicht sehr häufig. –

In meinem Kopf weben schnelle Gedanken wie Wasserspinnen ihre einander kreuzenden Wege.

Ich sehe: Ihre Augen leuchten so blau wie Lapislazuli. Sie blickt mich an, fast ohne zu blinzeln. Nicht die geringste Spur eines boshaften Lächelns oder einer lauernden Frage ist in ihren Zügen. Sie blickt wie die Unschuld selbst.

Begreift sie nicht, dass sie mich bloßstellt?

So macht man keine Politik! Da muss man die Sachen langsam einfädeln, muss in aller Ruhe und vor allem *insgeheim* seine Fäden spinnen, muss Verbündete unter den Edlen der Stadt suchen und finden, Beziehungen zu anderen Taifas herstellen, deren Haltung zu der Sache erforschen ...

So geht das nicht!

Da ist etwas gründlich falsch gelaufen. Ich hatte nicht erwartet, dass sich ihr Abgesandter, dieser Dichter, den die Hölle verschlucken möge, so schnell so eine Geschichte ausdenken würde. Nie und nimmer hätte ich ihn entkommen lassen, wenn ich angenommen hätte, dass der bei seiner Mission derart unbedacht vorprellen würde.

Ibn Zaydun – konnte er wirklich so kurzsichtig sein, seine Erfindung ... Entdeckung ..., wie man es auch nennen mag, eilfertig dieser Person zu verkünden, ohne sie um Verschwiegenheit zu bitten! Bei allen Teufeln, er hätte doch wissen müssen, dass diese Frau die Sache gleichsam vom Minarett herab ausruft, er kennt sie doch!

Valada hebt bedeutungsvoll den Pokal, den sie sich irgendwo gegriffen hat. Und ich lächele ihr zu – was bleibt mir übrig.

Ungeachtet ihres Unschuldsblicks: Es kann aber auch sein, alles ist nur ein Trick. Zuzutrauen ist es ihr. Sie ist ja keine Schwärmerin, sondern eine nüchtern kalkulierende Person.

Sie hat mich mit dieser Mitteilung überrumpelt, in eine verdammt schiefe Lage gebracht. Denn vor den versammelten Herren Cordobas hat sie meine Loyalität der Herrscherfamilie

Banu Yahwar gegenüber in Zweifel gestellt, indem sie mich öffentlich zum Komplizen macht.

Eine üble Zwickmühle – gleich, auf welche Weise diese hier versammelten arabischen Vornehmen reagieren, die im Moment wohl nicht so recht wissen, was sie tun und was sie lassen sollen.

Während ich versuche, mich zu sammeln, überschlage ich in aller Eile, wie weit an Jahren Kalif Hisham sein müsste. Und komme auf ein beträchtliches Alter ... Sollte der wirklich noch leben?

Aber ich weiß ja: Wenn jemand etwas glauben möchte, sind vernünftige Argumente hinfällig.

Und anscheinend *glaubt* diese Frau an das, was sie da eben erzählt hat! *Will* daran glauben. Dann nützt es auch nichts, wenn ich sie mit der Nase auf die Wirklichkeit stoße.

Eins ist mir klar: Wenn sich diese Leute hier wirklich dieser ungeheuerlichen Geschichte anschließen, wenn sie sich den toten Kalifen als lebendigen unterjubeln lassen, dann werden sie mich, den Teilnehmer bei der »Verkündigung«, als ihre Galionsfigur einverleiben wollen. Das bedeutet, man würde mich an der Spitze eines Putsches gegen das Herrscherhaus sehen, dem ich bis jetzt so erfolgreich gedient habe.

Und das ist nicht besonders zweckdienlich im Augenblick.

Jetzt ist Strategie gefragt. Und Autorität.

Ich hebe die Hand, bringe das mehr oder weniger lautstarke Gerede der Versammelten zum Verstummen.

»Sayyida und Ihr, verehrte Freunde«, beginne ich. »Wer würde nicht in freudiges Erstaunen verfallen und Allah dem Erhabenen danken für seine Gnade, dass es ihm gelungen ist, einen Nachkommen des Propheten – Preis und Lob sei seinem Namen! – trotz aller Fährnisse am Leben erhalten zu haben. In aller gebührenden Demut werden wir den hohen Herren begrüßen und freuen uns schon jetzt, sein greises Antlitz mit unseren Blicken liebkosen zu dürfen.

Prinzessin! Welch großherzige Freude muss dir dieser Tag bereiten, in dem du zur Verkünderin so überraschender Botschaft werden konntest!

Cordoba wieder als Kalifat zu sehen – das Herz welches rechtgläubigen Muslim müsste diese Aussicht nicht höher schlagen lassen!

Natürlich werde ich meinem Emir, dem erlauchten Abd Al Malik, sofort die Nachricht übermitteln, und ich bin sicher, dass im ehrfurchtsvollen und dennoch vertrauten Gespräch zwischen ihm und dem Omayaden ein Konsens gefunden wird.

Bedenken wir, dass unser Herr, der erhabene Hisham, in seiner Zurückgezogenheit gewiss die Weisheit des Alters angehäuft haben wird, aber dem Zeitgeschehen und den politischen Feinheiten der Regierungsgeschäfte für lange Zeit entrückt war. Da wird es von Nutzen sein, ihm mehr als nur einen erfahrenen Hadjib zur Seite zu stellen, und ich bin fest überzeugt, dass mein Emir bereit ist, die Last des Amtes mit ihm zu teilen.

Ein Omayade wieder in Cordoba! Prinzessin, wann können wir damit rechnen, deinen noblen Verwandten zu sehen?«

Wie es scheint, habe ich das Schiff ins richtige Fahrwasser gelenkt.

Mit Genugtuung sehe ich eine gewisse Verwirrung und Ärger in Valadas ausdrucksvollem Gesicht. Hat sie schon bei meinen vorsichtigen Hinweisen auf das Alter des Prätendenten und seine mangelnde Erfahrung im Regieren die Brauen gerunzelt, so presst sie jetzt die Lippen aufeinander und gibt mir einen finsteren Blick.

»In der Eilnachricht, die ich erhielt, fehlten solche genauen Aussagen«, gibt sie zu, an die Runde gewandt. »Aber ich denke, das wird schnell zu erfahren sein. Ich werde mit dem Hadjib Ibn Abdus Hand in Hand arbeiten, um das erfreuliche Ereignis des Eintreffens meines Verwandten so bald wie möglich herbeizuführen.«

Sie hebt die Hände. »Liebe Freunde, mein Fest endet diesmal anders und schneller als sonst. Dafür hat es einen erhabenen Schluss, einen Schluss, der uns gewiss in eine leuchtende Zukunft führen wird. Geht denn in eure Häuser und bewahrt – ich bitte euch! – zunächst Stillschweigen über das, was ich euch berichtet habe. Große Dinge sollten nicht zerredet werden.«

Und während allgemeine Aufbruchstimmung herrscht, frage ich mich erneut, ob dieser Dichter in seiner Verliebtheit wirklich so töricht gewesen ist, ihr die ganze Sache nicht unterm Siegel strengster Verschwiegenheit mitzuteilen. Auch in Hinblick auf Sevilla, wo er sich gerade aufhält.

Denn wenn Al Mutadid eine größere Aktion plant, wird ihm ja kaum etwas daran gelegen sein, dass man hier in Cordoba vorgewarnt ist.

Und dass diese arabischen Würdenträger, denen sie, Valada, das so schön ins Ohr geträufelt hat, den Mund halten, das kann sie doch nicht wirklich annehmen!

Verwirrend. Nun, ich werde sicher bald mehr erfahren.

28

VALADA.

Eigentlich hatte ich vor, den Wesir zur Rede zu stellen, der mir mit seinen Winkelzügen und Einschränkungen, seiner glattzüngigen Bedenklichkeit fast den Triumph verdorben hätte und der allzu schnell die hohe Stimmung mit geschickt vorgebrachten Einwänden kippen ließ, so wie man eine glänzende Schale umkippt, und sie hat einen schwarzen Boden.

Ich bin wütend auf ihn.

Andererseits, wenn ich mit kühlem Kopf nachdenke, so verstehe ich seine Reaktion. Natürlich konnte er nicht zulassen, dass ich ihn so ungefragt vereinnahmen würde, vor all den wichtigen Bürgern der Stadt! Daran hatte ich nicht gedacht, mein Gefühl schlug zu hohe Wellen.

Ich hätte ihn gar nicht einladen sollen. Mit seinen Winkelzügen, zu denen er wohl notgedrungen greifen musste, hat er mir die Stimmung verdorben.

Nun ist er als Erster gegangen.

Noch bin ich im Gespräch mit ein paar Vertretern der großen Familien. Sie wollen Einzelheiten von mir erfahren, die ich nicht kenne. Sie sind verwirrt, und ich bin gereizt. Ich hatte mir meinen Triumph anders vorgestellt.

Und da geschieht etwas.

Am geöffneten Tor, durch das Gäste gerade mein Haus verlassen, tritt eine plötzliche Stille ein. Es ist, als würde die Zeit den Atem anhalten. Zuerst denke ich, mit einem frohen Schrecken, der mir durch Mark und Bein geht, er sei schon da, der letzte Omayade, der Anwärter aufs Kalifat, wie vom Himmel geschickt …

Aber diese Stille ist anderer Natur. Sie ist die Stille derer, die einem Geist begegnen.

Einige meiner Gäste kommen fast laufend zurück, als würden sie vor etwas fliehen. Sie bleiben stehen, lehnen an der Wand, starren.

Durch das Tor ist etwas hereingekommen.

Es geht mit langsamen Schritten auf mich zu.

In den Geschichten erzählen sie von Ghulen, Wesen, die gefangen sind zwischen Leben und Tod. Sie sollen blass sein wie Leichname, mit hohlen Augen und schrundigen, blutleeren Lippen, und um sie soll ein Geruch sein wie von Verwesung.

Die Gestalt, die da auf mich zukommt, entspricht haargenau diesem Bild. Nur der Geruch ist anders. Das ist nicht Verwesung, dass ist einfach nur der Moder schmutziger Gräben und die Ausdünstung eines lange Zeit ungewaschenen Körpers.

Sie kommt näher, Schritt für Schritt. Ihre Füße sind schwarz und verhornt. Sie trägt einen Kapuzenmantel, hat aber die Kapuze zurückgeschlagen. Ihr Haar ist zottig und grau vor Staub.

Wer ist das? Eine Botin kommenden Unheils? Ein Geist aus der Vergangenheit?

Meine Gäste machen einen Bogen um die Gestalt und fliehen nun, stumm und eilig, als hätte ich den Tod in mein Haus geladen. Meine Dienerschaft drängt sich im Hintergrund des Innenhofs zusammen. Die Musiker verstauen hastig ihre Instrumente und verschwinden vom Podium wie vom

Wind weggeweht. In der plötzlichen Stille plätschert der Brunnen.

Jetzt steht das Wesen, diese Frau, vor mir.

Mit einer Geste, die mir vertraut ist, hebt sie beide Hände zu ihrem Hals, einem langen, schlanken Hals, wie geschaffen für …

»Gazelle, weidest du in meinem Garten?«, flüstere ich tonlos.

Kasmuna bricht vor meinen Füßen zusammen.

KASMUNA.

»Die Liebe hat dich hergeführt«, sagt sie zu mir.

Wie soll ich ihr erklären, dass ich nicht mehr weiß, was Liebe bedeutet. Falls es sie wirklich gibt, hat sie sich aus der bewohnten Welt zurückgezogen und ist nun zu finden hinter den Schneebergen am fahlen Horizont.

Ich wollte nicht hierher zurückkommen. Aber ein unwiderstehlicher, dumpfer Trieb hat mich vorwärts gezerrt und gezogen, hierher in dieses Haus, als sei es ein Nest, in dem ich mich verbergen könne vor allem. Nicht das Haus meines Vaters und meiner Mutter. Nein, hierher hat es mich getragen. Vielleicht, weil ich hier einst wirklich Ich sein konnte?

Aber die Person von damals, die gibt es nicht mehr. Die ist zersprungen in viele Stücke, und all die Scherben einzusammeln – wer soll sich schon die Mühe machen?

Am Ende meiner Reise war ich auf diesen Fußboden gestürzt, auf diese kalten Fliesen.

Sie haben mich aufgehoben und wollten nach einem Arzt schicken, aber ich habe mit Entschiedenheit erklärt, dass ich nicht will, dass mich jemand anrührt.

Nun liege ich in Valadas Bad. In aller Eile haben sie warmes Wasser zubereitet, um mich zurückzuverwandeln von einer lebenden Toten in die Frau, die ich einmal war; aber das kann ohnehin nur äußerlich gelingen.

Ich habe mich geweigert, mich von Fremden waschen zu lassen, aber Valadas Berührung kann ich wohl zulassen. Ihre Hände, als sie meinen schmutzverkrusteten Leib streichelten, habe ich nicht als Bedrohung empfunden.

Sie ist ohne ein Wort zu mir hineingestiegen, ohne ihre Ghilala auszuziehen; das feine Leinen klebt an ihrem Leib und lässt die Spitzen ihrer starren Brüste hindurchscheinen. Das Wasser macht das. Es kann nicht sein, dass sie mich begehrt. Ich bin ein Wrack.

Mit einem Schwamm, so groß wie ein Brot, beginnt sie, mich ungeschickt zu reinigen. Graue Schmutzschlieren bedecken alsbald die Oberfläche des Bades, heften sich an die Rosenblätter, die auf dem Wasser schwimmen, und so vermischen sich Unrat und Anmut.

»Ich muss dein Haar waschen!«, sagt Valada. »Dazu muss ich deinen Kopf untertauchen.«

»Nur zu!«, erwidere ich. Denkt sie, es kann mich schrecken, unter Wasser zu sein?

In meinen Ohren rauscht es, als ob mir jemand eine große Muschel an die Schläfe hält. Die Olivenseife brennt in meinen Augen.

Meine Prinzessin gibt sich alle Mühe auf einem Gebiet, das sie nicht beherrscht, aber natürlich weiß sie, was ihre Badesklaven mit ihr tun; ihre zupackenden Finger massieren meine Kopfhaut, sie schwenkt und spült und wringt mein Haar, als sei es ein Wäschestück. Schreit nach ihrer Dienerschaft, nach mehr frischem Wasser. Frisches warmes Wasser. Übergießt meinen Kopf, bis er sich ganz leicht anfühlt.

Ich bin kurz davor, einzuschlafen. Nichts bedrückt mich. Ganz tief innen hat sich das Grauen zu einem kleinen Knäuel zusammengezogen. Aber ich weiß, dass es wieder anwachsen und von mir ganz und gar Besitz ergreifen und mich aus dieser heilen Welt hinausschleudern kann.

Valada hat meine Füße hochgehoben aus dem Bad, erst

den einen, dann den zweiten, und besieht sich diese Monster einer langen Wanderschaft. Die tief eingekerbten, schwarzen Klüfte in der Hornhaut, die blutverkrusteten Wunden.

»Was soll ich damit machen?«, fragt sie, und sie klingt so verzagt wie ein Kind, dem man eine unlösbare Aufgabe überträgt.

»Bimsstein«, sage ich. »Oder eine Raspel.«

Sie ruft danach, beginnt tatsächlich, zögert, sagt leise: »Es wird bluten.«

»Nur zu!«, entgegne ich zum zweiten Mal. »Mir tut nichts mehr weh.«

Das Wasser färbt sich rosa.

Sie, die sich noch nie einer solchen Sache angenommen hat, arbeitet an mir wie eine Sklavin.

Schließlich hilft sie mir aus dem Wasser, gibt mir Tücher für Haar und Leib, wickelt meine Füße in Binden, die sie irgendwo herholt. Ich bin im Halbschlaf, bekomme vor Erschöpfung nicht alles mit.

Aus den Schwaden der Müdigkeit taucht sie immer wieder auf, triefnass, das gelöste Haar hängt wie Tierschwänze um ihr von der Anstrengung gerötetes Gesicht. Sie hat die Augen von der Farbe des Flusses.

Beim Abtrocknen verharren ihre Finger an der Narbe mitten auf meiner Brust, ein aufgeschwollener, hässlicher Kranz rötlichen Fleisches, geformt wie das zum Kuss gespitzte Ende eines widerlichen Rüssels.

»Und das? Tut das weh?«

»Ich sage dir doch: Mir tut nichts mehr weh.«

»Was ist das?«

»Wahrscheinlich meine Lebensrettung«, erwidere ich, »obwohl ich darauf gut und gern hätte verzichten können.«

»Sprich nicht so!«, sagt sie mit ihrer Gesangsstimme, und ich: »Anders kann ich nicht.«

Da ist etwas Warmes zu trinken, ich glaube, es ist ein Tee

aus Minze. Da stehen Speisen bereit, aber mein Magen sagt Nein dazu.

Ich erfahre, dass meine Eltern nach mir fragten (irgendjemand aus dem Haus wird ihnen meine Ankunft gemeldet haben) und zu mir wollten, und werde noch einmal wach. Ich kann und will sie nicht sehen.

»Später vielleicht«, sagt Valada, und ich antworte: »Später vielleicht.«

Wann das auch sein wird.

Sie führt mich zu einem weichen Lager, das meinen Knochen wohltut, das mich aufnimmt wie ein Nest.

Sie umsorgt mich wie die Mutter ihr Kind.

Ich muss es ihr sagen: »Du verschwendest viel Mühe an mich, und dieser Leib dankt dir. Aber in meinem Kopf, das musst du wissen, ist alles durcheinander. Du denkst, ich bin Kasmuna. Die habe ich unterwegs verloren. Die du hier eben gereinigt und gesalbt hast, das ist eine – Verrückte. Von ihrer Stelle verrückt. Verrückt und verirrt.

Und nun bin ich müde. Erlaube, dass ich schlafe.«

Ich habe die Augen geschlossen, aber an meinem Hals fühle ich plötzlich etwas Kühles. Sie legt mir die Perlen um. Wo mögen die wohl herkommen, frage ich mich, aber eigentlich will ich es nicht wissen.

»Dies Zeichen meiner Liebe wird dich wieder zu Kasmuna machen!«, sagt sie, und ihre Stimme bricht.

»Ach, Valada«, antworte ich, »die Perlen sind mir viel zu schwer.«

Dann schlafe ich ein.

VALADA.

Preis sei ihm, Allah, dem Allerbarmer, der niemals schläft und dessen Gnade ewig währt.

Es gibt wahrhaftig nicht viel, was mich in die Knie zwingt, aber dieser Tag hat mich erschüttert bis ins tiefste Innere.

Gott, was schenkst du mir in deiner Großmut! Gibst deinem Land Al Andalus den rechtmäßigen Herrscher zurück, und kaum habe ich einen Abgesang auf meine verschollene Geliebte angestimmt, da kommt sie mir zurück.

Zerstört zwar, krank und verwirrt, aber dennoch, es ist Kasmuna! Und ich werde keine Ruhe geben, bis ich sie wieder zu der gemacht habe, die sie vordem war. Die besten Ärzte sollen sich um sie bemühen, sobald sie sich so weit gefasst hat, dass sie es zulässt, die besten Weisen ihres Volkes, um ihr den Trost ihrer Religion zu spenden, mit Musik und Poesie will ich sie umschmeicheln und verwöhnen und sie das vergessen lassen, was sie an Schlimmem erlebt haben muss.

Nun tritt mein Traumbild ins Haus der Wirklichkeit, so wie ich es ihr anvertraut habe, damals in den Trümmern der az-Zahira: mein Palast dort oben, ein Omayade als Kalif in Cordoba, Al Andalus ein aufs Neue vereintes Land und du, Liebste, an meiner Seite.

Die einzige Wunde, die weiter in meiner Seele brennt, ist der Verrat Muhdjas – ein Verrat, den ich nicht verstehen kann und an den ich nicht glauben mag.

Heute, an so einem Tag des Triumphes und des Glücks, würde ich ihr verzeihen, wenn sie hier wäre. Auch ihr müsste doch die Wiederkehr Kasmunas Freude bereiten!

Einen Augenblick erwäge ich, nach ihr zu schicken; sicher wird sie ja im Haus ihres Vaters sein und sich um den Freigekauften kümmern. Aber dann sage ich mir: Genug der Aufregungen und der großen Gefühle für heute! Nicht noch mehr. Man soll das Glück nicht herausfordern und nicht ihm mehr abverlangen, als es freiwillig gibt.

Ich trinke Wein, ich laufe durchs Haus, das Glas in der Hand, als sei ich beflügelt. Meine nassen Kleider habe ich von mir geworfen und mich nur in einen Umhang gehüllt; ich warte darauf, dass die Sklaven das verschmutzte Badebecken reinigen und mir neues Wasser einfüllen, damit ich mich verwöhnen lassen kann.

Bei meinem beschwingten Gang durch die Räume kommt mir der »Bericht von den wundersamen Taten« vor Augen.

Ja, die Prophezeiung ...

... aber wehe, wenn viel Blut fließt dort, wo der Fluss Gold führt.

Die Warnung, der Hinweis, nicht nachzulassen. Auch wenn dies Blut mich selbst betrifft in meinem Innersten. Kasmuna.

Und sie scheint sich nun wirklich zu erfüllen, jene andere, merkwürdig formulierte Weissagung. *Und er wird zu finden sein in jener Stadt, in der sich süßes und salziges Wasser umarmen.*

Sie hat mich vorangetrieben, mir Unruhe ins Blut gegossen, hat mich im Glauben bewahrt an das, was ich mir vorgenommen hatte.

Aber habe ich jemals daran gezweifelt, dass »er« gefunden wird? Vielleicht war dieses Buch nichts weiter als eine Echowand, von der meine Wünsche zurückgeworfen wurden.

Und jetzt ist es mir nicht mehr wichtig. Wir sind in der Wirklichkeit angekommen. –

Ich widerstehe der Versuchung, zu der schlafenden Geliebten zu gehen, einen Blick auf sie zu werfen, mich zu vergewissern, dass sie wirklich und wahrhaftig da ist – aber so etwas wie Scham hält mich zurück.

Ich glaube, sie würde es nicht wollen, dass man sie in ihrem Schlummer betrachtet. Muss für sich sein.

Vielleicht, so vermute ich, wird sie nie von dem sprechen wollen, was sie an Furchtbarem erlebt haben muss.

Das verstehe und respektiere ich. Aber eins möchte ich denn doch erfahren – begierig wie ich bin, die Dinge zu begreifen: Wie ist Ibn Zaydun an ihre Perlen gekommen? Was ist mit der Geschichte, die er mir im Brief mitgeteilt hat?

Heute jedoch wäre ich sogar bereit, ihm zu vergeben. Alles.

Denn schließlich ist es ihm gelungen, den Nachfolger für den Kalifenthron ausfindig zu machen! Er hat seine Arbeit getan, und er hat sie gut und schnell getan. (Dass ich diese Nachricht nicht für mich behalten würde – nun, das hätte er wissen müssen. Aber ich habe die Bitte auch gar nicht ernst genommen.)

Wie sehnsüchtig seine Verse waren!

»Es war der Myrtenstrauß in jener Nacht,
Die Hand, die ihn mir reichte, bebte.
Ein Flüsterwort, ein Hauch, der mich belebte ...«

Die Worte eines großen Dichters.

Nicht nur mein Verstand und alle meine Sinne, auch mein Körper jubiliert an diesem Abend. Ich wollte, ich hätte Flügel.

Man ruft mich ins Bad. Die beiden blonden Jungen erwarten mich, mir begehrlich alle Aufmerksamkeit zu erweisen.

29

IBN ABDUS.

Bei meiner Tätigkeit kann es tödlich sein, nicht alles zu wissen.

Die stumme Suad hat versagt. Weder hat sie mir mitgeteilt, welche Nachricht Ibn Zaydun aus Sevilla geschickt hat, noch erfuhr ich irgendetwas über die Wahrscheinlichkeit eines Zerwürfnisses zwischen Valada und der Tochter des Feigenhändlers. Was ist mit meiner Zuträgerin los?

Ich weiß, erstens, dass sie jedes Dokument lesen kann, auch wenn es verkehrt herum vor ihren Augen liegt (Stumme müssen sich anderwärts zu behelfen wissen), und dass, zweitens, ihre Ohren feiner sind als die des Luchses.

Ist sie bestochen worden von ihrer Herrin? Hat sie die Seiten gewechselt und hängt auf einmal in unabdingbarer Treue Valada an? Das wäre schade, denn dann würde sie ganz sicher irgendwann ihre bisherigen Beziehungen zu meiner Kanzlei beichten, und ich müsste sie beseitigen lassen.

Ich werde sie mir vorknöpfen.

Im Übrigen, wenn ich nun mit kühlem Kopf alles überschlage: Eigentlich dürfte ich mit der Entwicklung nicht unzufrieden sein. Meine Reaktion auf dem Fest, als die Prinzessin ihre flammende Rede hielt und alle in ihren Bann schlug – diese meine Reaktion war richtig und die Voraussetzung für das einzig Wichtige: Ich habe weiterhin die Finger im Spiel.

Da nun gewiss schon ganz Cordoba weiß, dass wir demnächst einen Kalifen von Sevillas Gnaden erwarten, muss ich zunächst mit meinem Fürsten eine Strategie entwickeln. Mein Fürst, der mit Recht nicht gerade gnädig gestimmt sein wird, wenn er jetzt erst etwas erfährt, das er und ich als Erste hätten wissen müssen.

Es ist nun einmal so: Wenn wirklich ein Omayade Herrschaftsansprüche anmelden würde, könnte Abd Al Malik als guter Moslem nichts anderes tun, als dem Nachkommen des Propheten seine Unterstützung anbieten.

Wenn.

Verflucht, wäre es mir doch nur möglich, einen Blick in das Papier zu werfen, das bei Valada angekommen ist!

Diese kluge Frau hat einen blinden Fleck in ihrem Kopf.

Als es um die Nachricht über Kasmunas Tod ging, hat sie gewittert, dass ihr ehemaliger Liebhaber ihr eine Erfindung auftischt, obwohl er den »Beweis« der Perlenkette beigelegt hatte. Aber die Botschaft vom Auftauchen des Kalifen hat sie geschluckt, wie ein dummer Fisch einen glitzernden Köder schluckt. Da hat ihr Instinkt für keine Warnung gesorgt, und wahrscheinlich wäre ihr der Stil dieser Mitteilung selbst dann völlig gleichgültig, wenn sie in Gossen-Arabisch abgefasst gewesen wäre.

Bloß: Ich bin überzeugt, dass es diesen Prätendenten nicht gibt, dass er dem Hirn des verschlagenen Dichters entsprungen ist.

Also wird niemand hier auftauchen, um sich »vorzustellen«. Nicht einmal ein abgebrühter Gottesleugner würde sich anmaßen, eine so »geheiligte« Person zu spielen, ohne den Zorn Allahs heraufzubeschwören, und jemand aus einer anderen Religion in eine solche Rolle zu drängen, würde daran scheitern, dass derjenige nicht imstande wäre, bei einer genauen Ausforschung all die intimen Fragen über seinen Stammbaum und die kniffligen Details der Glaubensauslegung richtig zu beantworten.

Mit anderen Worten: Es gibt keinen Hisham, auch wenn

die Prinzessin an ihn glaubt. Und noch einen Schritt weiter: Sevilla nutzt die Gunst der Stunde, will uns vereinnahmen. (Aber das ist mir nicht neu. Letztlich hat die »Flucht« des Dichters aus seinem »Gewahrsam« geraden Wegs zu diesem Punkt geführt.)

In dieser Richtung also werde ich vor Abd Al Malik argumentieren.

Offiziell: Wir erwarten die Ankunft des Kalifen voller Vorfreude und teilen das nach Sevilla mit.

Und gleichzeitig setzen wir unsere Truppe in Bereitschaft. Wir haben zwar keine großen Chancen, aber wenn es nach Widerstand unsererseits aussieht, bringt es uns vielleicht einen Handlungsspielraum. Man wird sehen. Al Mutadid, der alte Haudegen, ist bekannt dafür, nicht lange zu fackeln. Er ist auf dem Vormarsch. Granada, so hört man, hat er auch schon so gut wie eingesackt. Und sein Heer – in der klugen Mischung aus Berbern und christlichen Söldnern, durch die verhindert wird, dass eine Gruppe die Oberhand gewinnt – ist, man weiß es, das schlagkräftigste weit und breit. Unter anderem, weil er stets pünktlich zahlt.

Wir haben unseren Berbern immer lieber erlaubt, sich an Plünderungen schadlos zu halten, statt etwas aus der Schatzkammer zu holen. Das wird sich jetzt nachteilig auswirken.

Vielleicht muss man wirklich den Rechtgläubigen noch einmal die Stadt freigeben, um sie bei Laune zu halten …

Lieb ist es mir nicht. Der Topf kann überkochen, so wie die Stimmung gerade ist.

Also diesmal das Kaufmannsviertel? Abwarten.

ʿIBN ZAYDUN.

Ich sitze hier im Auge des Orkans und warte darauf, dass etwas geschieht.

Ich habe Valadas Wunsch erfüllt. Wann werden die hohen Herren handeln?

Aber zunächst bricht ein Gewitter über mich herein.

Ich werde in den Audienzraum beschieden, und der holzgeschnitzte Al Mutadid, sitzend auf erhöhtem Podest, umgeben von seinen Eunuchen-Beratern, empfängt mich mit einer Miene, die nichts Gutes verheißt. (Aber kann dieses Gesicht überhaupt etwas anderes ausdrücken als Missmut?) In der Hand hält er eine jener hauchdünnen Papierrollen, die ich nun schon kenne. Sie stammt vom Hals der einen oder der anderen Brieftaube.

Noch während ich meine Begrüßung durchführe, lässt mich seine blecherne Stimme zusammenzucken.

»Weißt du, du Sohn einer Natter, was in Sevilla auf Hochverrat steht? Eigentlich müsste hier schon das Blutleder ausgebreitet liegen und der Mann mit dem Richtschwert bereitstehen, um deinen verräterischen Kopf vom Rumpf zu trennen!«

Zutiefst erschrocken, werfe ich mich auf den Boden. Dieser Mann versteht keinen Spaß. »Erhabener Emir, womit habe ich deinen Unwillen erregt?«

Al Mutadid bellt weiter. »Habe ich nicht hier in diesem Raum die versammelten Fürsten der Taifas rundum Verschwiegenheit geloben lassen, was unsere Pläne mit Cordoba angeht? Und du, meinst du, für dich gelte nicht das Gleiche? Und was halte ich hier in der Hand? Was wohl?«

Er ist aufgestanden, hat meinen Kopf an den Haaren gepackt und hochgezogen und hält mir die winzige Papierrolle vors Gesicht. Seine Züge sind jetzt gar nicht mehr holzgeschnitzt, sondern wutverzerrt und rot angelaufen.

»Ich weiß es nicht, gütiger Fürst!« Ich kann nur stammeln.

»Nun, so will ich es dir sagen. Es ist ein Brief des Hadjib von Cordoba, Ibn Abdus, dir ja wohlbekannt. Er beglückwünscht uns zur«, er räuspert sich, »Entdeckung des greisen Kalifen und erwartet, den Herrn bald von Angesicht zu Angesicht zu sehen, um ihm zu huldigen, denn dessen hohes Alter könne ja von Tag zu Tag bewirken, dass Allah ihn zu sich rufen würde …

Bei allen Dämonen der Hölle! Und woher hat er wohl seine Kenntnis? Von deiner dreimal verfluchten Omayaden-Hure Valada, über deren Orgien sich das ganze Land das Maul zerreißt. Und sie? Woher hat sie ihr Wissen?«

»Sie hat es von mir!«, gestehe ich. »Aber, Erlauchter, ich dachte nicht, dass sie …«

Weiter komme ich nicht. Der Emir geht mit den Fäusten auf mich los. Die Schläge hageln auf Kopf, Schultern und Rücken, und nur mit Mühe kann ich mein Gesicht zwischen den erhobenen Armen schützen.

Und dann zieht er sein Schwert …

Ich schreie. »Großmütiger Herrscher, ich unterwerfe mich deiner Gnade! Bei Allah, hab Erbarmen mit deinem unwürdigen Diener!«

Unter meinen Armen hindurch sehe ich, dass zwei seiner Berater aufgesprungen sind. Der eine fasst nach seiner Hand, der andere zieht ihn zurück und redet beruhigend auf ihn ein.

Auf einmal ist Al Mutamid im Raum, steht vor mir, beugt dann das Knie. (Ich bin ohnehin noch am Boden.)

»Erhabener Vater, bitte! Geh nicht zu streng ins Gericht mit Ibn Zaydun! Sicher hat er einen Fehler gemacht. Aber bedenkt, er hat für uns gute Arbeit geleistet. Ohne seinen erfinderischen Geist wäre uns gar nicht eingefallen, einen Hisham hervorzuzaubern! Schließlich ist diese Legende das Verdienst seines klugen Kopfes.«

Der Emir atmet schwer. Offenbar hat ihm sein Wutanfall nicht gutgetan. Noch immer ist sein Gesicht kirschrot verfärbt. »Steh auf, Prinz«, sagt er unwirsch. »Und du auch, windiger Hund von einem Dichter, der sein loses Maul nicht halten kann, wenn es erforderlich ist.« Er lacht ärgerlich auf. »Ausgerechnet der Fuchs Ibn Abdus wird eingeweiht. Nebenbei bemerkt, macht er uns auch noch in aller Bescheidenheit darauf aufmerksam, dass dein Omayade so steinalt sein muss, dass es nur an ein Wunder grenzen kann, wenn er wirklich noch auf der Welt wäre.«

Ich höre, was er sagt, und höre es doch nicht. In meinen Ohren braust es.

Ich ordne meine Kleider, ohne jemanden anzusehen. Merke, dass ich mich vor Todesangst nass gemacht habe.

Mit wankenden Knien bin ich in mein Quartier getaumelt.

Scham, Demütigung und Wut treiben mir die Tränen in die Augen.

Nachdem ich mich gewaschen und umgezogen habe, wage ich es, im Spiegel mein Gesicht zu betrachten. Geschwollen von den ersten Schlägen dieses Wüterichs, und ein blaues Auge zeichnet sich auch ab.

Was wäre geschehen, wenn der Prinz nicht gekommen wäre? Wollte der Kerl, sein Vater, mich wirklich umbringen, oder hat er sein Schwert nur gezogen, um weiter auf mich einzuprügeln, dann mit der flachen Klinge? Möge die Hölle ihn verschlingen.

Und die Hölle soll auch das Weibsstück verschlingen, das meine Bitte um Verschwiegenheit so völlig in den Wind geschlagen hat.

Ich verfluche mich selbst.

Wie konnte ich, in meiner Gier, ihre Anerkennung, sie, zurückzugewinnen, so töricht sein, anzunehmen, sie würde das Geheimnis als Geheimnis bewahren? Ich weiß doch, dass sie besessen ist! Dass sie unbedingt die große Omayade sein will, besessen von ihren Visionen vom goldenen Al Andalus! Und herrschsüchtig ist sie obendrein.

Ich überlege, ob ich nicht fort soll von hier.

Der Emir verzeiht mir nicht. Und Al Mutamid – ist eben nur der Kronprinz.

Ich kühle mein geschwollenes Gesicht mit Wasser und

knirsche mit den Zähnen. Falls ich je unerreichbar sein könnte, im Schutz eines anderen, mächtigeren Herrn (aber wo ist der?), würde ich es diesem Abbadiden heimzahlen in Versen, dass er zum Spott von ganz Al Andalus wird. Aber leider bin ich festgezurrt an das Weib, das mich jetzt so schändlich missachtet hat, und zurückkehren nach Cordoba kann ich nur im Gefolge des Fürsten von Sevilla. Und mit dem »Thronfolger«.

Ich bin kein hergelaufener Straßendichter, ich komme aus einem der großen arabischen Geschlechter des Landes, und wie sehr ich auch weiß, dass die Herrscher ihre Untertanen behandeln können, wie es ihnen gerade einfällt – alles hat seine Grenzen. Doch was soll ich tun? Es gibt keine Möglichkeit, sich zu wehren, und das macht es noch bitterer. –

Später am Tag besucht mich der Kronprinz, unangekündigt.

Ich springe auf vom Lager, auf das ich meine schmerzenden Knochen gebettet habe, aber er gibt mir mit einer Handbewegung zu verstehen, ich solle mich nicht bemühen, und betrachtet mich nur nachdenklich, mit schief gelegtem Kopf, als sei so ein Anblick für ihn etwas ganz Ungewohntes.

Ich hätte erwartet, dass er sich über mein zerschlagenes Gesicht lustig macht, aber dieser Blick ist fast noch schlimmer als Spott.

Er nimmt mir gegenüber Platz und sagt ernst: »Mach so etwas nie wieder, Ibn Zaydun. Wenn mein Vater sich hintergangen glaubt, wird er rasend. Und ich kann dir nicht versprechen, dass ich immer zur Stelle bin. Du kannst im Dienst der Banu Abbad zu Ruhm und Ehren kommen und eine nicht unerhebliche Stellung am Hof erlangen, sobald unser Herr – was Allah verhüten möge! – Besuch von Dem erhält, der alle Lebensbande zerreißt.«

Er schlägt die Augen nieder, heuchlerisch, wie ich finde. Fährt nach einer Pause fort:

»Übrigens raten die Ärzte dem Emir dringend von solchem … Aufruhr ab, wie vorhin, damit die Galle ihm nicht ins Blut steigt. Nun«, er holt tief Luft, wechselt das Thema, »eins hat deine unbesonnene Mitteilung an die Prinzessin jedenfalls bewirkt: Eher als eigentlich geplant und eher, als man es in Cordoba erwartet, werden wir aufbrechen, das heißt, mit nicht ganz so großem militärischem Aufwand, um der Stadt ihren rechtmäßigen Kalifen zu bringen. Ein Überraschungseffekt.

Ein Teil unserer Truppen ist ja noch in Granada gebunden, wie du weißt, und ob die Herrscher der anderen Taifas, die uns tributpflichtig sind, so schnell ihre Soldaten mobilisieren können, sei dahingestellt.«

Mein Herz regt sich auf in der Brust.

»Werde ich dabei sein, wenn …«, frage ich schnell.

»Du wirst in meiner Nähe sein, Ibn Zaydun«, entgegnet Al Mutamid lächelnd, »denn mein Vater wird dich jetzt nicht um sich haben wollen. Und wenn ich bei dieser … Aktion dabei bin, dann auch du.«

So wird also meine Erfindung die politische Landschaft von Al Andalus verändern. Man wird auf der von mir geweckten Chimäre einreiten in Cordoba …

»Verrate mir eins, mein Freund«, höre ich den Prinzen sagen, »befriedige meine Neugier. Wenn wir erst die Türme eurer Moschee, der weltberühmten Mezquita, sehen werden und unsere Pferde das Wasser des Guadalquivir näher an der Quelle trinken als jetzt: Wie wirst du den Zorn der Omayaden-Tochter ertragen, wenn sie merkt, dass du ihr nur einen Kalifen vorgegaukelt hast, dass er als Vorwand dient für uns Sevillaner, uns ein bisschen … sagen wir … auszudehnen?«

»Das, mein Prinz«, entgegne ich, »soll vorerst noch mein Geheimnis bleiben.«

Al Mutamid klopft mir freundschaftlich auf die Schulter.

»Dann warten wir also diese Stunde ab.«

Er geht, lang und schlaksig und jungenhaft, und man muss sich immer wieder klarmachen, dass dies der nächste Emir ist und das auch selbst sehr genau weiß. –

Al Mutamid hat etwas angesprochen, das ich »geheimnisvoll« verschwiegen habe – weil ich selbst die Antwort nicht kenne.

Ich halte mich für einen Mann mit Verstand. Aber wenn es um diese Person geht, verwirrt sich mein Denken mit dem Fühlen zu einem ungeordneten Knäuel. Erinnerungen an Feuerschlünde körperlicher Lust und Höhenflüge gemeinsamer poetischer Entzückungen durchdringen einander und lähmen meine Einsicht.

Aber da ist die Genugtuung, scheinbar schnell und in ritterlichem Gehorsam ihre Befehle auszuführen und sie in Wahrheit zu betrügen. Mit jeder neuen Lüge, die ich ihr vorsetze, demütige ich sie einmal mehr, verhöhne sie, trete ihren Stolz mit Füßen.

Und ich bin gewissenlos genug, zu riskieren, dass man sich die Köpfe einschlägt wegen meiner Hirngespinste.

So sieht meine Rache aus, dafür, dass sie mich in den Kerker gesteckt hat und verstoßen. Im Augenblick.

Und dann? Wenn Al Mutadid wirklich mit stürmender Hand Cordoba genommen hat? Wenn er den Hadjib der Banu Jahwar um einen Kopf kürzer gemacht und dessen Herrn verjagt hat, wenn er sich vom Volk von Cordoba huldigen lässt – ob es da allzu vermessen ist, ihn aufzufordern, mir die aufmüpfige Frau als Kriegsbeute zu überlassen? Zunächst auszukosten, wie sie, flammend vor Zorn und Angriffslust, begreift, dass ich sie geprellt und an der schönen Nase herumgeführt habe, dann zu erleben, wie sie begreift, dass ihr Spiel aus ist, dass sie die längste Zeit die große Herrin gespielt hat. Ihre Niederlage genießen. Sie, endlich einmal, ohnmächtig zu sehen.

Und dann, wenn sich die Rollen umgekehrt haben, wenn

ich der Herr bin und sie mir gehorchen muss, dann gilt es, irgendwann Frieden zu schließen. Und wieder werden wir gemeinsam Verse machen, die ihresgleichen suchen, und wir werden das Staunen der arabischen Welt sein.

Das sind meine Fantasien, meine hasserfüllte Liebe, mein liebevoller Hass.

Aber genauso gut können diese Träume zusammenbrechen wie ein Haus aus Papier im Sturm. Wenn sie nämlich trotz aller Kränkungen und aller Demütigungen beharrt auf ihrem Starrsinn, ihrem Stolz, wenn sie keinen Frieden will? Dann habe ich dies Spiel umsonst gespielt.

Und kann nur auf die Kraft bauen, die zwischen uns das unsichtbare Band spannt. Die Kraft der Lust. Selbst im Dreck des Kerkers hat sie sich von mir bespringen lassen …

30

VALADA.

Ich wusste nicht, dass so viel Geduld in mir wohnt. Mein Leben kreist um das Bett der Geliebten.

Sie gehen im Haus auf Zehenspitzen, so habe ich es angeordnet. Was kann ich tun? Kasmuna weigert sich, jemand anderen als mich an sich heranzulassen, mit jemand anderem als mit mir zu sprechen.

Kein Arzt. Keine Verwandten, die nur klagen würden …

Die Dienerinnen bringen Speisen und Getränke in den Raum, aber wenn sie sich der Kranken nähern wollen, scheucht Kasmuna sie mit einem »Nicht weiter!« fort.

Es ist, als seien ihre Lebensfunktionen geschrumpft, hätten sich in einen Punkt zurückgezogen, wie ein Feuer, das fast erloschen ist und nur noch als Glut schwelt.

Die Speisen werden kaum berührt. Sie trinkt Wasser, viel Wasser, und Mandelmilch.

Wann schläft sie? Nach dem Erschöpfungsschlaf des ersten Tages, so kommt es mir vor, wohl gar nicht. Jedes Mal, wenn ich zu ihr gehe, liegt sie da und starrt mit weit offenen Augen die Decke des Raumes an.

Meine Perlen fand ich am nächsten Morgen in ihrem Bett, halb verborgen unter den Kissen, und nicht an ihrem Hals. Ich habe sie zu mir genommen.

Sie liest nicht. Sie hat die Musikanten mit einem unwilligen Kopfschütteln aus dem Zimmer gewiesen.

Und natürlich spricht sie nicht über ihre Erlebnisse. Wir alle wissen ja, welch entsetzliches Blutbad in Granada stattgefunden hat – ein Gemetzel, das sie wie durch ein Wunder überlebte. Aber wie dies Wunder aussah, weiß keiner.

Trotzdem bin ich guten Mutes.

Seit ich weiß, dass meine Träume vom Wiedererstehen des Kalifats bald zu greifbarer Wirklichkeit werden, gibt es nichts, was ich nicht in meine Hoffnungen aufnehme. Ich werde mit ihr dort sitzen, in meinem neuen Haus, errichtet auf den Trümmern der az-Zahira. Ja, sie wird mit mir dort sein.

Jeden Tag steht ihr Vater, Ismael Ibn Jeschulla, auf meiner Schwelle, hin- und hergerissen zwischen Glück und Verzweiflung. Ja, seine Tochter ist am Leben. Und nein, sie will ihn nicht sehen. Weder ihn noch jemand anderen aus der Familie oder aus der jüdischen Gemeinde. Er hat ein Buch mit hebräischen Gebeten für sie mitgebracht, und ich versuche, es ihr zu geben. Aber sie dreht verächtlich den Kopf zur Seite: »Fort damit!«

Manchmal steht sie auf und geht in dem großen Raum auf und ab, so berichten mir die Dienerinnen, die sie, hinter den mit Schleiern verhängten Bogengängen der Estrade verborgen, beobachten. Dann presst sie die Hände auf diese grausig aussehende Narbe mitten auf ihrer Brust, verharrt, lehnt sich gleichsam gegen ihre Finger, atmet tief. Sicher hat sie dann Schmerzen.

Immer wieder bringt ihre Familie Dinge an, an denen Kasmuna kein Interesse zeigt – seien es nun weitere Bücher, seien es rituell zubereitete Speisen oder etwas von den Gewändern, die sie zu Haus getragen hat.

Aber eines Tages schleppt Ibn Jeschulla unterm Arm einen aufgerollten Teppich an. Er rollt ihn vor mir aus: Es ist ein Schachteppich.

Natürlich habe ich dergleichen auch im Haus! Aber ich bin nicht darauf gekommen, ihn hervorkramen zu lassen – meine

Abneigung gegen das Spiel ist unüberwindbar; es nervt und langweilt zugleich.

Anders allerdings, ich erinnere mich nun, war das bei Kasmuna. Oft habe ich lächelnd und ohne wahres Interesse zugesehen, wenn meine beiden Schönen, Muhdja und Kasmuna, sich in eine Partie vertieften.

»Sayyida, meine Tochter liebt das Königsspiel!«, sagt Ibn Jeschulla eindringlich. »Ich habe es ihr selbst beigebracht, und wir haben manche Stunde, mit gekreuzten Beinen vor diesem Spielteppich hockend, miteinander gekämpft. Wisst Ihr, was das Gute an diesem Spiel ist? Es beschäftigt den Geist, lenkt ihn in strenge Bahnen und lässt keinen Spielraum, abzuschweifen und sich in den Bildern der Vergangenheit zu verlieren. Es könnte zu einer Hilfe für meine arme Tochter werden, zu genesen.«

Das leuchtet mir ein.

Und tatsächlich: Als ich den Teppich mit den Feldern und den Zahlen und Buchstaben am Rand vor ihr ausbreite, huscht das erste Mal, seit sie hier bei mir ist, der Schatten eines Lächelns über ihr Gesicht.

»Wie bist du darauf verfallen?«, fragt sie mich erstaunt.

»Gar nicht«, erwidere ich. »Dein Vater hat es für dich gebracht.«

Sie geht nicht darauf ein, nimmt stattdessen die roten und weißen Spielfiguren und platziert sie nach den Regeln auf dem Feld: Bauern und Läufer, Türme und Springer, schließlich den König und seinen Wesir.

»Welche Farbe möchtest du spielen?«

Ich lache. »Weiß! Schließlich bin ich die weiße Omayade. Rot für dich. Rot wie das Leben.«

»Rot wie Blut«, sagt sie mit dumpfer Stimme, irgendwie verändert, und ich höre lieber nicht hin.

Und dann hocke ich wirklich und wahrhaftig Kasmuna gegenüber vor dem Schachteppich und muss mir zu alledem auch noch Mühe geben. Denn meine Gegnerin kennt keine Gnade. Sie setzt von Beginn an auf Angriff, formiert die Bauern nach den üblichen Eröffnungszügen in schiefer Linie, der rechte Springer davor, die Läufer herausgezogen, der linke Turm neben dem König postiert.

Verblüfft versuche ich, mich zu verteidigen. Ich hatte nicht erwartet, dass sie dies Spiel so ernst nimmt …

Ich habe nicht den Hauch einer Chance gegen sie. Trotzdem versuche ich, sie anzugreifen, dilettantisch, unüberlegt, sprunghaft.

Wenige Züge weiter bringt ihr roter Läufer meinen Angriff zum Scheitern. Noch zwei Züge weiter setzt sie meinen König matt – und sieht mich vorwurfsvoll an.

»Du spielst nicht ernsthaft!«, sagt sie.

Ich zucke mit den Achseln, lache. »Du wirst dich daran erinnern, dass ich mit dieser Art des Zeitvertreibs noch nie allzu viel anzufangen wusste. Ich habe dazu nicht die nötige Geduld. Ich werde für dich nach einem anderen Partner Ausschau halten, der sich besser darauf versteht als ich.«

»Nein.«

Ein Nein, so scharf wie die Schneide einer Klinge.

»Kasmuna!«, sage ich so sanft, wie ich es nur fertig bekomme. »Auf die Dauer wirst du auch anderen Personen wieder erlauben müssen, mit dir umzugehen. Du weißt und fühlst, wie sehr ich dich liebe. Aber große Dinge bahnen sich an, und ich muss …«

Sie unterbricht mich. »Ich halte nichts von großen Dingen.«

Verdrießlich spiele ich mit den weißen Schachfiguren herum, lasse sie auf dem Karo des Teppichs hin und her hüpfen. Sage nichts. Irgendwann muss man doch mit ihr reden können!

Da höre ich: »Warum ist Muhdja nicht da? Mit ihr konnte ich hart um den Sieg kämpfen.«

Muhdja. Ich vergesse kurz, auszuatmen.

»Muhdja … pflegt ihren kranken Vater«, sage ich nach einer Pause. »Würdest du Muhdja als Partnerin beim Schach haben wollen?«

»Wenn sie nur spielt und dabei nicht redet, ja. Dann würde ich das … gern haben wollen.«

Vielleicht ist es ja der Wille Allahs, dass mir auf diese Weise meine beiden geliebten Frauen wiedergeschenkt werden. Vielleicht lerne ich ja gerade, sanftmütig zu sein, zu verzeihen und zu vergeben. Vielleicht sind das Tugenden, die vonnöten sein werden, wenn ich mich an der Seite eines Herrschers bewähren muss. Ich weiß es nicht.

Noch sträubt sich der Stolz in mir.

»Ich werde nach ihr schicken lassen, über kurz oder lang«, sage ich und versuche ein Lächeln. »Bis dahin musst du mit mir vorlieb nehmen.« Dann unternehme ich einen Vorstoß ins Niemandsland. »Willst du mir nicht den Gefallen tun und deine Perlen wieder anlegen?«

Ich war auf eine heftige Reaktion gefasst gewesen. Aber sie misst mich nur mit einem nachdenklichen Blick.

»Hatte ich nicht gesagt, dass sie mir zu schwer sind?«

»Ja, das stimmt, Liebste. Aber so schwer sind sie doch gar nicht. Versuch es doch einmal. Wenn ich das nächste Mal mit dir spiele. Hat es dich nicht gewundert, dass sie bei mir sind? Was meinst du, woher ich sie habe?«

»Woher hast du sie?«, fragt sie folgsam und desinteressiert.

»Von Ibn Zaydun«, entgegne ich und schließe meine beiden Hände fest um zwei Schachfiguren, Läufer und Springer. »Er war nicht nur in *einer* Mission für mich unterwegs. Nicht nur nach Sevilla habe ich ihn geschickt. Er sollte sich … umsehen anderswo.«

Will ich, dass sie nachfragt? Will ich's nicht?

Natürlich will ich es. Will, dass sie erfährt, ich habe nach ihr suchen lassen. Dass ich sie nicht aufgegeben hatte. Und will, dass sie endlich weiß, wir sind kurz vorm Ziel: Ein neues Kalifat, eine neue az-Zahira, eine neue alte Herrschaft und sie, Kasmuna, wie versprochen, dabei – das muss ihr doch den Lebensmut zurückgeben.

Sie sagt zunächst gar nichts. Und nichts in ihren Zügen verändert sich. Als seien meine Worte in einen tiefen Brunnen gefallen.

Dann murmelt sie: »Ibn Zaydun. So wird er sie wohl gefunden haben.«

»Gefunden!«, bestätige ich. Meine Finger pressen sich fest um die Schachfiguren. Hat er in seinem Brief zumindest nicht gelogen, was die Kette betrifft. »In Granada.«

»Auf der Landstraße«, erwidert sie. »Als er mich vor den Pardos gerettet hat. Da waren Räuber … es ist lange her.«

Sie streicht sich mit einer vagen Handbewegung über die Stirn, als wolle sie etwas zurechtrücken.

Landstraße … Räuber … Rettung …

»Wovon redest du denn?«, frage ich heftiger, als ich es eigentlich wollte. »Du warst in Granada!«

»Nicht von Granada sprechen!«, sagt sie und schließt für einen Moment die Augen. Ihre Lider, bläulich-durchsichtig, zucken, als wollten sie eine innere Bilderflut verjagen. Sie ballt die Hände zu Fäusten, steht wie eine Statue.

Plötzlich lacht sie auf.

»Diese Räuber – ach, das war vergleichsweise harmlos. Ich habe es nur falsch gemacht. Ich hätte sie reizen und herausfordern sollen, dann hätten sie mich auf der Stelle erschlagen. Und ich hätte meine Ruhe gehabt und das – das! – nicht erlebt. Es war kurz davor. Sie waren schon sehr wütend. Aber es gibt kein Erbarmen mit uns Sterblichen. Da muss doch dieser Dichter des Weges kommen und mich befreien.«

»Auf deiner Reise nach …«, ich verschlucke im letzten

Moment den Namen der Unglücksstadt, fahre fort: »Als du von hier abgereist warst?«

Sie sieht mich an, ihre Augen sind jetzt ganz leer. »Abgereist?«, wiederholt sie tonlos.

»Kasmuna!« Ich fasse nach ihren Händen.

Hinterher hasse ich mich selbst. Hätte ich nur die Sache auf sich beruhen lassen, nicht weiter geforscht. Aber das verwirrt mich nun wieder. Wo hat er denn die Kette gefunden? Verflucht! Ich muss den Lügen von Ibn Zaydun auf die Spur kommen.

»Kasmuna, bitte, erzähl mir, wann und wo das war. Auf der Hinreise?«

»Auf der Hinreise? Oder beim Weg ... hierher? Irgendwo war da der Guadalquivir.«

In dem Augenblick passiert eine dumme Kleinigkeit.

Die Sklavin, die uns um diese Stunde immer nach meiner Anweisung eine Erfrischung bringt, übersieht den Schachteppich zu ihren Füßen und stolpert. Granatapfelsaft ergießt sich aus einem Becher über den Boden. Nicht viel. Eine kleine rote Lache.

Und während das erschreckte Mädchen eine Entschuldigung stammelt und wegeilt, um den – geringen – Schaden zu beheben, geschieht etwas mit meiner Freundin.

Ich will den Vorfall ignorieren und wende mich ihr wieder zu. Aber Kasmuna scheint einen Moment wie versteinert. Sie starrt auf die Lache Granatapfelsaft und drückt dabei ihre Hände gegen die Narbe auf ihrer Brust, wie ich es schon öfter gesehen habe. Dann blickt sie auf und lächelt.

»Blut wollen wir hier überhaupt nicht haben«, bemerkt sie sanft.

Sie geht mit stolpernden Schritten zum Tisch, wo ich ihr einige kostbare Bücher habe bereitlegen lassen, falls sie doch einmal Lust auf eine Lektüre bekommen sollte.

Sie nimmt ein Buch, öffnet es, reißt es mit beiden Händen

auf, wie man einen Stofffetzen auseinanderreißt, und presst zu meinem Entsetzen die offenen Seiten, eine feine Schreibarbeit aus Damaskus, mit farbigen Illustrationen verziert, auf die rote Lache.

»So, nun ist es weg!«, sagt sie. Ganz ruhig. Ganz klar.

Ich winke die entsetzte Sklavin, die gerade zurückkommt, um aufzuwischen, beiseite.

»Alles ist gut!«, sage ich und lächle sie an. Aber der Schrecken ist so heftig, dass meine Kehle wie zugeschnürt ist. –

Von nun an bin ich überzeugt, dass Kasmuna in einer Welt wohnt, die mit unserer nichts zu tun hat. Sie verwechselt Zeiten und Orte. Sie achtet kein Buch mehr.

Meine Geliebte ist verwirrt. So, wie sie es mir am ersten Tag selbst gesagt hat. »Verrückt« von ihrer Stelle. Aber ich wollte es nicht glauben.

Um sich nicht an das Entsetzliche erinnern zu müssen, das ihr zugestoßen ist und das sie mit eigenen Augen sehen musste, hat sie sich eine andere Wirklichkeit ausgedacht. Ich spiele, ich rede, ich wasche und tröste – jemanden, der nicht mehr bei uns weilt.

Kasmuna ist nicht zu Hause.

Soll ich ihr vom aufgefundenen Kalifen erzählen? Sie wird mit anderem wirren Zeug reagieren.

Ich habe plötzlich nicht mehr die Kraft, das zu ertragen.

»Gleich morgen Früh schicke ich nach Muhdja«, sage ich. »Damit du eine Partnerin beim Schach hast, die du nicht so leicht schlagen kannst wie mich.«

»Ja. Dafür danke ich dir.«

Sie blickt nicht auf zu mir, sondern ist nun vollauf beschäftigt, die Figuren für ein neues Spiel aufzustellen. Wahrscheinlich will sie gegen sich selbst spielen.

Gegen jemand anderen, der in den weiten Fernen und unter den Bogengängen ihres zerstörten Kopfs herumirrt und auf den sie zufällig stoßen wird …

KASMUNA.
Es hat mich gezerrt und gezogen hierher in dieses Haus, und nun weiß ich auch, warum.

Ich rede von keinem Gott, den habe ich gestrichen. So gleichgültig und grausam kann kein Gott sein.

Irgendwo in den verschlungenen und gleichgültigen Wegen des Weltenlaufs hat sich durch Zufall, unberechenbar, ein Knoten gebildet, so wie sich vielleicht zufällig Wesenheiten zu etwas Neuem, anderem verbinden.

Und dieser Knoten, dieser Punkt verhieß mir, Kasmuna bint Ismael, noch einmal einen einzigen Moment der Wärme in der kalt und dunkel gewordenen Welt und riss mich vorwärts: Er löste sich in dem Augenblick, als Prinzessin Valadas Augen, die mich auf meiner Wanderschaft leiteten, beim Anblick dieser meiner Missgestalt aufleuchteten – in der Erkenntnis, wer in diesem Körper steckte –, und als sie anhub, das Gedicht zu sprechen. Als sie mich, das verkörperte Elend, eigenhändig im Bad wusch, strahlend vor Glück, mich wiederzuhaben, gleich, in welchem Zustand. Nass klebten ihr die Kleider am Leib, sie streichelte mich.

Da war ich für einen Augenblick erlöst.

Als ich danach einschlief, da wäre es gut gewesen, nicht wieder aufzuwachen …

Nun sitze ich hier und spiele Schach.

Schach ist gut, man muss an nichts anderes denken, und die Bilder im Kopf, die immer präsent sind, verblassen etwas.

Aber: Schach, das Spiel, das ich einst geliebt habe, ist lächerlich. Es ist ein Spiel, das dir vormachen will, Menschen würden mit Vernunft und Voraussicht handeln und das Schicksal bestimmen. Aber das ist eine Lüge. Vernunft und Voraussicht haben keine Chance in der Welt. Sie kommen nicht an gegen das Dunkle.

Trotzdem. Es ist eine Beschäftigung.

Da riskiere ich es eben, auch noch Muhdja durch meine Gegenwart zu erschrecken.

Eben habe ich wohl auch Valada geängstigt durch mein Verhalten. Sie hat diese Stadt erwähnt. Zweimal! Das hat mich völlig aus der Bahn geworfen. Ich weiß nicht, was da über mich gekommen ist. Und ich habe tatsächlich ein Buch zerstört … Aber was sind Bücher schon wert in dieser Welt.

MUHDJA.

Meine Prinzessin hat mir geschrieben, und ich wage zunächst nicht, den Brief zu öffnen.

Was erwartet mich? Vorwürfe? Strafe? Beschimpfung? Verzeihung?

Ich lege das Schreiben beiseite und widme mich zunächst den Pflichten, die mein kümmerliches Dasein hier im Haus ausmachen: gemeinsam mit Dawja die Wäsche waschen, die Räume fegen, die Verbände meines Vaters wechseln und den Brei kochen, den er nun für den Rest seiner Tage essen muss, denn sie haben ihm die Zähne ausgeschlagen.

(Es ist nicht einfach mit ihm. Was er erdulden musste, hat sein Gemüt verbittert, und statt Allah zu danken, dass er so davongekommen ist, schimpft, flucht und nörgelt er den lieben langen Tag.)

Dann gehe ich auf den Markt, um meinen Korb mit Lebensmitteln zu füllen – die Händler geben mir aus Mitgefühl und alter Verbundenheit Kredit. Aber das werden sie ja nicht auf die Dauer tun. Was machen wir dann? Wie wird es weitergehen? Vielleicht müsste ich allein versuchen, unseren Feigenhandel wiederzubeleben, aber auch dafür brauchte ich Geld …

Und immer frage und forsche ich nach einem schwarzen Mädchen. Ob es sich irgendwo verdungen hat. Als Magd. Als Hure in einem Freudenhaus. Als Nebenfrau eines Händlers oder eines Vornehmen.

Nichts. Niemand hat sie gesehen. Niemand von ihr gehört.

Es ist, als sei sie vom Erdboden verschluckt worden. Und so geht es Tag für Tag, auch heute. Das Herz ist mir schwer.

Wieder im Haus, verstaue ich die Einkäufe in der Küche, gebe Dawja noch ein paar Anweisungen. Dann setze ich mich in unseren kleinen Innenhof und erbreche das Siegel der Omayaden mit dem achtstrahligen Stern.

Lese. Traue meinen Augen nicht.

»Muhdja,

Allah, der Erhabene, oder der Gott der Juden – einer von ihnen hat ein Wunder getan an unserer Freundin, der Dichterin Kasmuna bint Ismael. Er hat sie verwundet, aber dann geheilt und schließlich in seiner Gnade erlaubt, dass sie hierher zurückkehrt.

Nun ist sie in meinem Haus. Aber obgleich ihr Leib fast unversehrt ist – ihre Seele hat nicht standgehalten bei all dem Entsetzlichen, was sie erlebt haben muss. Ihr Kopf und ihr Herz sind krank. Außer mir will sie niemanden sehen. Sie liest kein Buch und will keines unserer Lieder hören.

Unterdessen habe ich herausgefunden, dass ihr das Schachspiel Zerstreuung verschafft und sie aus ihrem Grübeln herausreißt.

Wie du weißt, bin ich keine große Könnerin in diesem Spiel. Im Gegensatz zu dir.

Sie willigt ein, mit dir zu spielen.

Aus Liebe zu unserer Freundin Kasmuna gestatte ich dir, an diesem Abend in mein Haus zu kommen, um mit ihr zu spielen. Wir werden sehen, ob das helfen kann, sie gesund zu machen.

Meine Diener werden dir öffnen und dich zu ihr führen. Vor mein Angesicht zu treten, ist dir untersagt.

Ich denke ohne Zorn an dich.

Valada« –

Ich lese den Text sorgfältig. Zweimal. Dreimal.

Oh Allah, Allerbarmer, was für ein stümperhaftes Erbarmen gewährst du meiner Prinzessin, dass du ihr anstelle einer verräterischen Geliebten nun eine zerstörte zurückgibst.

Kasmuna!

Wenn ich denke, dass es eine Zeit gab, wo ich insgeheim fast froh war, sie anderswo zu wissen. Damit ich die Eine und Einzige der Geliebten sein konnte. Fast so froh, wie über die Verbannung von Ibn Zaydun.

Ach, wie sehr wünsche ich nun, dass die schöne Jüdin wieder gesund wird, damit Valada jemanden an ihrer Seite hat, dem sie voll und ganz vertrauen und dem sie all jene Liebe schenken kann, in deren Glanz ich mich sonnte, als ich noch ihr kleines Weibchen war.

Heute Abend werde ich mich, wie immer, wenn ich zu Valadas Haus ging, in ein weites, dunkles Gewand hüllen, und darunter die dünne Ghilala, die ich trug, als ich sie verließ. Wenn es warm ist im Raum bei Kasmuna, werde ich mein Oberkleid ausziehen.

Vielleicht, es könnte ja sein …

Es gibt so viele Vorhänge, Schleier, Tapeten, hinter denen sich jemand verstecken kann, der ungesehen bleiben will.

Wenn sie uns beim Schachspiel zusieht, wenn sie mich sieht –

Und ich denke: Wenn es nicht Nazik gewesen wäre, hätte sie es wohl mit einem Lachen und einer halben Woche Schmollen vertuscht? Hätte sie vielleicht nicht darauf geachtet, ob ich weiter da hinten in den Garten gegangen wäre, mich zu treffen? Denn sie liebt mich!

Wieso kann sie ihre Gefühle verschwenden an alle und jeden, und für alle bleibt genug übrig, wie bei dem Fladenbrot im Märchen, das immer wieder nachwächst, so viel man auch davon isst.

Auch ich bin fähig, mehr als einen Menschen zu lieben.

Mehr als eine Zärtlichkeit zu spüren. Beschützt zu werden und zu beschützen. Wieso darf *sie* es? Warum nicht ich? Ach, die Frage steht mir nicht zu.

Weil sie Valada ist und ich Muhdja.

Und so muss ich mich weiter schuldig fühlen.

Wie dem auch sei. Ich werde heute Abend das leuchtende Haus betreten, mit Zittern und Zagen, und spiele mit Kasmuna Schach.

31

IBN ABDUS.
Es ist nichts Neues für mich, zu lavieren, so, wie sich der Wind dreht. Das bringt meine Stellung mit sich.

Diesmal allerdings muss ich mächtig aufpassen, dass mein Schiff nicht kentert.

Anders, als ich zunächst dachte, scheint es vielleicht doch jemanden zu geben, der als Thronanwärter gilt.

Es gibt Zeichen, die dafür sprechen.

Man hat sich aus Sevilla in Marsch gesetzt – wohl um so schnell wie möglich vollendete Tatsachen zu schaffen, wo nun die Katze schon aus dem Sack ist hier in Cordoba.

Meine Spione berichten, dass die Sevillaner eine fest verschlossene Sänfte mit sich führen. In der soll er sitzen. Jeden Abend wird ein Zelt für ihn aufgestellt. Man bringt Speise und Trank hinein, und der Kronprinz und der umtriebige Dichter besuchen ihn.

Eine geschickte Maskerade? Eine Täuschung? Wir brauchen Klarheit!

Immer dringender sind deshalb meine Bitten und Forderungen, den »greisen Kalifen« endlich ans Tageslicht zu bringen, zu einem Gespräch mit mir, mit dem jetzigen Herrscher, und sicher mit der letzten weiblichen Angehörigen des Stammes – auch auf halber Strecke, bevor der erlauchte Tross hier eintrifft.

Jeden Tag schicke ich erneut Boten. Und jeden Tag werden

die Entfernungen, die diese Boten zurücklegen müssen, kürzer. Denn die Truppe aus Sevilla rückt rasch näher. Dass es sich natürlich nur um ein Ehrengeleit handelt, wird mir ständig versichert!

Mein Fürst, Abd Al Malik, starrt immer häufiger auf die Landkarte, die ausgebreitet auf einer großen Tafel liegt und auf der ich den weiteren Vormarsch dieses »Ehrengeleits« mit bunten Mosaiksteinen markiere. Er starrt darauf wie die Maus auf die Schlange. (Seine Favoritin hat er bereits in eines ihrer Landhäuser geschickt, weg aus der Schusslinie.) Was aber geschieht, wenn mein erster Gedanke richtig war? Dass es keinen Omayaden gibt? Wenn diesen kampfgewohnten Kriegern vor den Toren Cordobas plötzlich einfällt, dass ihre Sänfte eigentlich leer ist und sie stattdessen ohne Kalifen in die Stadt einmarschieren?

Wie vorgesehen, formieren wir unsere Truppen. Wobei von vornherein feststeht, dass die anderen in der Übermacht sind …

Die Banu Yahwar, vertreten durch meinen Gebieter Abd Al Malik, haben nach meiner Ansicht überhaupt keine Chance. Nicht mit einem Krieg. Aber ohne ihn ebenso wenig.

Im letzten Fall bliebe ihnen nur, sich einem Omayaden anzudienen. Aber der hat ja schon seine Gefolgschaft aus Sevilla. Sie könnten in die Verbannung gehen, früher oder später. Wie auch immer – in jedem Fall wird von ihnen nicht viel übrig bleiben.

Dass ich übrig bleibe, so oder so, dafür werde ich sorgen.

Die aufgespannte Karte von Al Andalus hier im Alcazar, mit den beweglichen Mosaiksteinen, ist auch ein Anziehungspunkt für Prinzessin Valada. Ich habe das Vergnügen, ihre Sänfte beinah täglich vor der Tür zu meinen Arbeitsräumen zu sehen.

Dass es für sie keinen Zweifel gibt an der Echtheit ihres Verwandten, das ist selbstverständlich!

Voller Ungeduld bestürmt sie mich, endlich ein Treffen mit Hisham zu arrangieren, ihm entgegenzureiten. Dass sie nicht selbst und auf eigene Faust loszieht, hat zwei Gründe: Zum einen wird sie in der Nähe der Fürsten von Sevilla zweifellos ihren von ihr verfemten Dichter vorfinden. Zum anderen hat sich in ihrem Haus – der Lauf der Welt ist unberechenbar! – ihre jüdische Freundin Kasmuna eingefunden, vielmehr das, was von ihr übrig ist. Suad, die ich ins Gebet genommen habe und die nun ihre Aufmerksamkeit verdoppelt, nennt sie ein menschliches Wrack, die Ruine einer Frau, nichtsdestoweniger von Valada mit einer Fürsorge umgeben, die ich der rabiaten Person nicht zugetraut habe.

In diesen Tagen der Unsicherheit und des Missvergnügens sind der weiße, gestickte Mantel, das offene, dunkle Haar, die herrlich ausschreitenden Beine und nicht zuletzt die flammenden Smaragdaugen die Lichtblicke, die ich genieße, so sehr sie mir auch mit ihren ungestümen Forderungen zusetzt – sie zu sehen, gibt mir Kraft für den restlichen Tag.

Inzwischen weiß ich von Suad: Das Fehlen der Feigenhändlerstochter hat nicht bedeutet, dass sie meiner Bitte nachkommen wollte.

Sie hat das Mädchen in Verbannung geschickt, weil sie – oh ermunterndes Detail! – sich an der gleichen Sklavin zu schaffen gemacht hat wie Ibn Zaydun.

Ich könnte darüber stundenlang lachen.

Was die Prinzessin betrifft, bin ich also guten Mutes. Die Rivalen sind fort (die Jüdin kann man ebenso streichen wie Muhdja und den Dichter, dem sie gewiss die kalte Schulter zeigen wird). Und der Omayade – er kommt, oder er kommt nicht. Ich weiß mich mit allem zu arrangieren …

Aber in der Stadt, so berichtet man mir, herrscht eine seltsame Stimmung. Eine Stimmung der Erwartung. Die einfachen Leute scheinen zu glauben, dass allein das Auftauchen dieses Thronanwärters mit einem Schlag, wie durch ein Zauberwort, Cordoba wieder zu dem machen wird, was es vor mehr als einem Menschenalter einmal war. Dass die Schöpfräder bald wieder arbeiten, die zerstörten Häuser wieder aufgebaut werden, die Bibliotheken für alle und die Hamams neu erstehen und vor allem, dass jeder genug zu essen und den Beutel voller Münzen hat. Kurz, dass ein Wunder geschieht.

Mit einem Wort: Die schweigende Unzufriedenheit, die bisher geschwelt hat, gewinnt Stimme.

Ich erinnere mich an ein seltsames »Konzert« von den Hausdächern bei der letzten Aktion der Strenggläubigen. Das klang fast wie Aufruhr.

Und die überstürzte Flucht des Ibn Nusair aus Cordoba hat ja wohl damit zu tun, dass man ihn, den Verursacher der Salzsteuer, einmal irgendwo unsanft angefasst hat.

Das alles sieht so aus, als könnte es gefährlich werden. Und das geht nicht. Das kann ich mir nicht leisten.

Zu allem Überdruss befiehlt mich mein Emir zu sich. Das ist mir heute gar nicht recht. –

Abd Al Malik, schlaff und blass und waffenstrotzend (keine davon weiß er zu gebrauchen), hockt mit untergeschlagenen Beinen auf seinem Thronsessel und lässt seine Gebetsschnur aus neunundneunzig Bernsteinkugeln durch die Finger gleiten. Dazu bewegt er lautlos die Lippen, und ich muss warten, bis er wenigstens dreiunddreißig davon abgezählt hat – eine Salve von Gottesanrufen.

Dann erst wendet er sich mir zu.

»Gut, dass du da bist, Wesir«, sagt er, und irgendwie wirkt er gehetzt. »Du musst etwas unternehmen.«

Ich verneige mich mit über der Brust gekreuzten Armen. »Mein Ansinnen ist Tag und Nacht, etwas für Eure Hoheit zu unternehmen«, erwidere ich glatt und lächele ihm aufmunternd zu. Was kann er wollen? Soll ich schon wieder eine neue Steuer ausschreiben? Da müsste ich mich weigern.

Er kommt ohne Umschweife zum Ziel.

»Ich habe gehört, man hat sich von Sevilla aus in Marsch gesetzt.«

»Soviel ich weiß, bringt man uns einen Nachfahren des Kalifen«, sage ich behutsam.

Schweigen. Die Bernsteinkugeln klappern.

»Ibn Abdus«, sagt er dann, und es klingt gehetzt. »Unsere Berber! Wir müssen etwas für sie tun, damit sie«, er sucht nach einem Wort, »damit sie uns nicht im Stich lassen.«

Daher weht der Wind! Der erhabene Emir Abd Al Malik fürchtet sich. Er zittert wahrscheinlich nicht nur um den Thron, sondern ganz konkret um den Hintern, der auf diesem Thron sitzt. Und die Berber sollen ihn … retten? Heilige Einfalt. Glaubt er im Ernst, unser undisziplinierter, eigensinniger Berberhaufen hätte auch nur die geringste Chance gegen das Heer Al Mutadids, falls es wirklich zum »Ernstfall« kommen sollte?

»Die Berber!«, fährt er fort. »Die müssen mir doch … ergeben bleiben!«

Wie es aussieht, ist einem der Anführer der Strenggläubigen aufgefallen, dass es unser erhabener Herrscher mit der Angst gekriegt hat, und nutzt nun die Gunst der Stunde.

Ich taste mich vor: »Hat jemand mit Euch gesprochen?«

Mein Emir seufzt. Nickt. Ich habe ins Schwarze getroffen.

Ich rate weiter: »Eine Abordnung der Berber etwa?«

Wieder das Nicken.

Ich warte ab.

»Nun ja«, sagt Abd Al Malik und beginnt wieder die Kugeln seiner Gebetsschnur durch die Finger zu ziehen, diesmal ohne zu beten, »sie waren nicht sehr … höflich. Sie haben schon lange keinen Sold mehr bekommen, sagen sie.«

»Ich wüsste nicht, wofür ich Männer bezahlen soll, die nicht gebraucht werden«, erwidere ich achselzuckend, »zudem sie sich ja selbst schadlos halten.«

»Aber jetzt werden sie doch gebraucht!« Der Emir schreit fast. »Sollten sie mich nicht verteidigen?«

»Gegen wen?«, frage ich behutsam. »Gegen den Nachfahren des Propheten? Das kann kein guter Moslem wollen.« (Dass denen die Nachkommen des Propheten sowieso egal sind, behalte ich für mich. Sie haben direkte Beziehungen zu Allah. Meinen sie.)

Abd Al Malik starrt mich an. »Bist du für mich oder gegen mich?«, fragt er. Es klingt nicht wütend. Eher ängstlich.

Ich lächele. »Eure Hoheit weiß, dass ich Ihr ergebener Diener bin.«

»Also ...«

Ich überlege schnell. Keinen müden Dirhem aus der Staatskasse werde ich ausgeben für eine aussichtslose Sache. Dieser Herrscher *ist* nicht zu verteidigen.

Aber ist es gut, wenn ich den Bärtigen jetzt die Stadt noch einmal preisgebe? Es ist unruhig in Cordoba seit den letzten Überfällen. Und die Salzsteuer war schlicht und einfach ein Fehler. Ibn Nusair musste dafür büßen. Wer weiß, wer als Nächster dran ist ...

Andererseits: Ehe die Berber mir auch noch rebellisch werden und sich gegen die Regierung wenden ... Wie sagte der Emir eben: Sie waren nicht sehr höflich. Nein, Palastrevolten können wir noch weniger gebrauchen.

»Sorgt Euch nicht, Hoheit!«, sage ich und lächele weiter gewinnend. »Der Imam wird in der Freitagspredigt die treffenden Worte finden.«

Möge die Stadt sich schützen, wenn sie rechtzeitig Bescheid weiß.

32

KASMUNA.
Der Abend ist da. Die Sklaven entzünden überall die Öllampen auf den hohen Sockeln und die Kerzen rundum im Haus.

Ich gehe hin und her in diesem meinem Raum, auf meinen Füßen, die, inzwischen abgeheilt, wieder in Schuhe aus weichem Saffianleder passen.

Durch die offenen Fenster kommen die großen Nachtfalter herein, umschwirren die Lichter, verbrennen sich die Flügel, verenden zuckend am Boden. Immer mehr und immer mehr. Schon liegt da eine dünne, graue Schicht von kleinen Leichen. (Vielleicht ist dies ein Jahr, wo sie sich besonders üppig vermehrt haben.) Sie kommen, sie leben, sie sterben. Ich schiebe sie mit dem Fuß beiseite, und irgendwann ist ein Sklave da und kehrt sie weg.

An diesem Abend soll Muhdja mit mir Schach spielen. Die Prinzessin hat sich das ausgedacht. Noch immer hofft sie wohl, dass ich wieder zu der werde, die ich einmal war. Wenn sie wüsste, was in meinem Kopf für Unrat haust!

Meine Versuche, erneut im Leben anzukommen, sterben so schnell dahin wie diese Nachtfalter.

Wenn ich ein Buch zur Hand nehmen will, fällt mir die Bibliothek meines Onkels Eli Ibn Mosche ein, aus der ich die wertvollsten Stücke zusammenstellen sollte für ihre Rettung, und das Gedichtbändchen, das ich auf der Unglücksreise dabeihatte, und in meinem Kopf beginnt es zu rauschen und zu brausen. Nein!

Versuche ich, ein Schreibrohr zu greifen und etwas zu Papier zu bringen, bekomme ich eine Art Krampf in meine Finger und fahre zurück. Es geht nicht.

Inzwischen habe ich mich ein-, zweimal hinausgewagt in den grünen Innenhof Valadas, bin hinausgetreten aus dem Schatten der Arkaden ins Grün von Myrten, Lorbeer- und Zitronenbäumen, deren Früchte golden hervorleuchten, habe es gewagt, mit zaghaften Schritten die große Palme zu umkreisen, die den Mittelpunkt dieses Areals bildet – aber dann sind mir die zerstörten Gärten Granadas eingefallen, und beim Rieseln der Brunnen hier war mir der Löwenbrunnen dort gewärtig, in den ich meine blutigen Hände tauchte.

Ein andermal habe ich mich, vorsichtig, wie ein Dieb, der sich anschleicht, dem Podium genähert, von dem aus Valada ihre Gedichte vorträgt. Manchmal durfte auch ich dort oben etwas rezitieren. Ich stehe, das Kinn erhoben, und schaue diese Plattform an, und mir schwindelt bei dem Gedanken, jemals wieder vor Menschen aufzutreten und zu ihnen zu sprechen. Für mich sind ihre Gesichter nichts als Masken, hinter denen sich ein reißendes Untier verbirgt – selbst wenn sie lächeln. Und so flüchte ich Hals über Kopf zurück nach drinnen, wo mich schützende Wände umgeben …

Nichts geht mehr. Selbst Valadas zaghafte Versuche, mich zu streicheln oder an der Schulter zu berühren, ertrage ich nur mit geschlossenen Augen. –

Aber ich bin ja bereit, ihr Bemühen mit Entgegenkommen zu bezahlen. Und so habe ich denn wirklich ihr Perlenband um meinen dürren Hals gelegt. Lediglich, um ihr das Gefühl zu vermitteln, mit mir ginge es irgendwie aufwärts, ich könne irgendwie zurückschlüpfen in mein altes Ich, wie man ein Kleid wechselt.

Da sie mich ständig bestürmt, ich solle etwas essen (ich weiß nicht, wieso, denn ich bin nicht hungrig), habe ich mir Obst bringen lassen, säuerliche Tamarinden und Melonen, Mandeln, syrische Äpfel, Zitronen und Orangen, alles auf Porzellantellern arrangiert, das Bronzemesser zum Schälen liegt neben den gefalteten Servietten aus feinem Byssusleinen, eine Karaffe aus grünem Glas mit Wein ist da, ebenso Gläser.

(Sie geben sich alle viel Mühe mit mir.)

Nun, vielleicht kann sich ja Muhdja an den Speisen erfreuen. Ich werde sie kaum anrühren.

Um mich herum herrscht Ruhe. Die Fenster gehen zum Patio hinaus. Mir ist, als wohne ich in einer geschlossenen Wabe. Nichts von draußen dringt hier herein. So ist es gut. So soll es bleiben.

Hier habe ich Frieden.

Aber dies Gefühl – kann es nicht auch trügen …

IN DER MEZQUITA VON CORDOBA.

Der Abend ist da. Dieser Abend.

Und die Gläubigen kommen zum Freitagsgebet zur Mezquita, strömen aus den Schluchten der Gassen, als sei die Moschee ein großer Magnet, der alles anzieht, was sich bewegt.

Die Männer bevölkern den Vorhof mit seinen Orangenbäumen, begrüßen einander. Hier und da wird einem Weisen, einem Alten, einer Leuchte des Islam, ehrfürchtig die Hand geküsst.

Zu den Türen der Moschee hin huschen die Frauen, von Kopf bis Fuß dunkel gewandet, den Litham, den Gesichtsschleier, bis zu den Augen hochgezogen, verhüllt, selbst die Hände stecken in dunklen Handschuhen, und sie eilen scheu und flüsternd an ihren Männern, Vätern, Brüdern vorbei, die um diese Stunde keinen Blick für sie haben. Sie verbergen sich auf der Galerie. Nur von dort ist es ihnen erlaubt, an der Andacht teilzunehmen.

Dunkel gekleidet sind aber auch viele Männer, vor allem jene, denen ein üppiges Bartgestrüpp bis auf die Brust herabwallt und die gern ebenfalls ihr Gesicht verbergen hinter einem Tuch.

Sie stehen in Gruppen für sich. Die anderen grüßen sie scheu, meiden sie.

Das Freitagsgebet in der Moschee ist Pflicht für jeden guten Moslem. Aber nicht nur aus Frömmigkeit besuchen es die Bewohner Cordodas. In der Predigt, die der Imam hält, erfährt man, was die nächste Woche bringt.

Ob man aufgerufen wird, mehr Almosen zu verteilen als sonst, weil die Armut überhand nimmt, ob man jemanden besonders in seine Gebete einschließen soll oder ob einfach nur ein Koranvers gedeutet wird. In solchen Feinheiten verbergen sich bestimmte Hinweise. – Die Armut nimmt überhand: Werden irgendwelche Güter im Preis anziehen, kommt gar … Allah möge abwehren … noch eine Steuer? Für jemanden muss besonders gebetet werden: Stehen Verhaftungen bevor? Ein Koranvers wird gedeutet: nichts Besonderes, ein paar ruhige Tage …

Die Freitagspredigt ist der »Wetterprophet« für die Woche.

Die Gläubigen begeben sich langsam in die Vorhalle der Moschee, streifen ihre Schuhe ab und gehen dann ins Innere des schönsten Baus von Cordoba.

Zu dieser abendlichen Stunde liegt der Wald aus buntgestreiften Säulen im Halbdämmer. Wie mystische Verheißungen schimmern die Mosaiken der Gebetsnische und die goldbedeckten Wände und Rundbögen.

Die Gläubigen wissen: Drei Generationen von Omayaden haben sich diesem Bauwerk gewidmet, haben alles gegeben, es zu vergrößern und immer hingebungsvoller auszuschmücken. Sie lieben ihre Mezquita.

Aber die Männer mit den dunklen Kleidern und den ungepflegten Bärten schauen mit scheelen Blicken auf all die

Schönheit. Für sie ist es nicht nötig, Allah mit Glanz und Prunk zu ehren. Ihnen wären unverputzte Wände lieber.

Die Bärtigen haben sich heute nach ganz vorn in der Moschee gedrängt.

Ihre schwarz verhüllten Häupter sinken bereits auf den Boden, bevor die erste Raka gesprochen wurde, die erste Lesung aus dem Koran stattgefunden hat. Sie beten mit überlauter Stimme, in frommem Ingrimm, zu allem entschlossen.

Man kennt das. Das ist kein gutes Omen.

Heute wird es keine Andeutungen in der Predigt geben. Heute, wahrscheinlich, geschieht wieder ganz offen das, was alle kennen: die Aufforderung …

Und während sie sich niederwerfen, wieder und wieder, ist so mancher mit seinen Gedanken nicht bei den Worten, die seine Lippen murmeln. Alles wartet auf die Predigt des Imam, wenn er denn, auf seinen Stab gestützt, vortritt in der Gebetsnische und die Stimme erhebt. –

Der Imam hat gepredigt. Es war zu erwarten.

Mit flammenden Worten hat er sich an die Rechtgläubigen gewandt, hat seine Stimme zu einer Geißel gemacht, die hinfährt über die gebeugten Rücken der Gotteskrieger, die da am Boden liegen, den Kopf zwischen den Händen, um Allah anzubeten. Die Geißel seiner Stimme hat sie gemahnt, nicht nachzulassen in ihrem Eifer für den wahren Glauben, unnachsichtig zu verfolgen, was wegführt von den Geboten Gottes, auszurotten ohne Gnade Laster und Bosheit, aber auch Nachlässigkeit im Befolgen der Regeln des Islam, wie Versäumnisse des Gebets oder der religiösen Waschungen. Unerbittlich, so hat der Imam die Rechtgläubigen aufgefordert, sind die Vergehen jener Muslime zu bestrafen, die ihr Leben in Luxus und Schwelgerei verbringen, ihren Reichtum verprassen, statt ihn der Moschee und den Männern des wahren Glaubens zu überantworten.

Darum, so predigt der Imam, sind zunächst die Gegenstände einzusammeln, die ihnen ermöglichen, ihren Verirrungen nachzugehen: Gold und edle Steine, kostbare Gewänder und üppige Polster, Bildwerke vor allem und alles, was nicht zur Ehre Allahs genutzt wird, oder auch, sie zu vernichten. Aufzuspüren und zu bestrafen sind vor allem auch jene Gefäße der Unkeuschheit und Sittenverderbnis, die Muslime immer wieder vom rechten Weg abbringen. Wer eine Sittenlose auftreibt, der soll sie unnachsichtig züchtigen und ihr klarmachen, wo ihr Platz in der Welt ist.

So, das verkündet der Imam, soll man mit jenen verfahren, die sich vom rechten Glauben abwenden. Aber genauso brennend ist die Pflicht zu erfüllen, gegen Ungläubige vorzugehen, gleichsam in Heiligem Krieg ihnen zu zeigen, dass nur der Islam bestehen wird bis ans Ende aller Tage.

Darum, ihr Muslime, so sein Ruf, geht hin und verrichtet das Werk der Reinigung in dieser Stadt! Inschallah. Gott will es.

Nach einer solchen Predigt und nach dem Gebet und Koranzitat trennen sich die Gläubigen in der Mezquita. Viele beeilen sich, nach Haus zu kommen und ihre Türen zu verschließen, und vor allem die Frauen beeilen sich, nach Haus zu kommen.

Aber jene Männer mit großen Bärten und dichten Kopftüchern versammeln sich zunächst vor der Moschee, verteilen sich nach hier und dort, und irgendwann sind Äxte und Knüppel in ihren Händen, und sie ziehen los.

Bumm. Bumm. Bumm. Schläge mit den Stielen der Äxte aufs Holz der Türen. Hier und da.

KASMUNA.
Bumm Bumm. Bumm.

Das kenne ich.

Es sind die Schläge. Die dumpfen, rhythmischen Schläge

mit den Holzknüppeln und den Stielen der Äxte an Türen und Mauern. *Sie* sind los. Sie, wer auch immer. Die mit den mörderischen Dingen in Händen, mit denen sie stechen, schlagen, zerfetzen. Die mit den dröhnenden Stimmen. Die Vernichter, die Zerstörer. Ob sie nun große Bärte im Gesicht tragen oder in Lumpen daherkommen, das ist gleich. Sie wollen wüten, sie wollen töten.

Es kommt näher, es schwillt an, es schwillt ab. Unausweichlich. Wie konnte ich auch nur einen Atemzug lang glauben, man könne es verbannen, könne in diesem schönen, trügerischen Kosmos leben. Da ist es. Ich kenne es sehr genau. Viel zu genau.

Und natürlich dringt es auch hier ein.

Kein Entrinnen.

Es ist so nah …

In meinem Kopf hallen die Töne wider wie in einer hohen Kuppel, vervielfachen sich, kreuzen sich, schwellen an, gehen ineinander über, werden immer lauter, wollen meinen Schädel sprengen.

Und die Trommeln Granadas, wie ich sie gespeichert habe in verschlossenen Kammern, wo ich ihre misstönenden Klänge mit Mühe verborgen hielt bis dahin, sie erwachen von diesem Rhythmus, wollen dabei sein und rütteln stürmisch an den Pforten. Sie durchbrechen die Kruste, unter der sie bisher verborgen waren. Ich kann sie nicht zurückhalten. Sie brechen aus, zusammen mit einem Schwall des Entsetzens. Ich höre sie, sie sind da. Und da wacht auch das Lied mit auf. »Lasst uns den fetten Hammel schlachten …«

Bumm. Bumm. Bumm. Schlag auf Schlag von draußen. Und die Trommeln hier drin. Hinter meinen Schläfen. Sie gehen spazieren in meinem Gehirn, mal sind sie ganz nah hinter der Stirn, dann pochen sie dumpf in meinem Nacken; ich fühle, wie sie meine Schädelknochen in Schwingung versetzen.

Ich stehe mitten im Raum, schwankend, halte meinen Kopf mit beiden Händen, presse die Finger gegen die Ohren. Aber gegen das da drin komme ich nicht an.

Schlachten. Abschlachten.

Ein Kind mit einem halben Kopf rennt durch mich hindurch. Ein Pfau ohne Schwanzfedern krepiert und stößt krächzende Töne aus. Ein Pferd … Ein Mann am Kreuz will mir als Nächster zusetzen. Nicht die Kinder. Nicht Nabila. Nicht Eli und sein aufgeschlitzter Bauch. Nicht …

Ruhe. Ich drücke die Bilder weg, so wie wohl jemand einen quellenden Teig wegdrückt, aber er läuft ihm zwischen den Fingern durch. So wie Eli die Eingeweide …

Nein. Nicht. Weg damit. Ich bin hier.

Hier ist Cordoba. Hier wohnen wir. Wir.

Jetzt, vielleicht, stürmen sie schon das Haus in der Judería. Jetzt sind meine Eltern und meine Geschwister dran.

Und eine kalte Stimme tief in mir sagt: Warum nicht? Warum sollten sie verschont bleiben? Alle kommen dran.

Beten kann ich nicht. An wen sollte ich mich wenden? Der Himmel ist eisig und dunkel und leer. Die Sterne fallen vom Himmel. Nicht einmal sie halten es aus. –

Valada stürmt in den Raum. Ihr sonst so bleiches Gesicht glüht vor Zorn.

Sie reißt mich in ihre Arme, drückt mich an sich, zieht meine Hände herunter. (Ich merke erst jetzt, dass ich mir die Ohren zuhalte.)

»Die verfluchten Hunde!«, ruft sie, und ihre wunderschön tönende Stimme macht für einen kurzen Moment den Krach in meinem Kopf gelinder. »Schon wieder sind sie auf dem Vormarsch, müssen einmal wieder ihr Mütchen kühlen. Kasmuna, Geliebte, fürchte dich nicht. Hier bist du sicher. Und die Deinen sind sicher, glaub mir! Ich habe ein paar von meinen Wächtern ausgeschickt. Ich lasse Musikanten kommen, laute Musik, damit das nicht zu uns dringt. Oder wir …

wir gehen in den hinteren Teil des Gartens, da erreicht es uns nicht.«

»Nein, nein«, sage ich und wundere mich, wie ruhig ich klinge. »Keine Musik, und wir müssen auch nicht weggehen. Mir … macht es nichts aus.«

Mir scheint, ich kann sogar lächeln.

Sie löst sich von mir, sieht mich unsicher an, ihre Augen sind veilchenblau.

»Es macht dir nichts aus?«, wiederholt sie.

»Ich kenne es ja schon«, erwidere ich.

Der Lärm in meinem Kopf setzt wieder ein. Gleichzeitig habe ich das Gefühl, dass es mich zweimal gibt. Einmal die Kasmuna, die hier fast beiläufig mit der Prinzessin spricht, eine Art Figur auf einem Sockel, wie die Griechen sie bildeten, doch belebt. Und daneben steht die zweite Kasmuna, sie heult und windet sich wie ein verwundetes Tier.

»Du bist … so gefasst!« Valada sieht mich forschend an. »Eben, als ich hereinkam, da standest du wie eine Verzweifelte und hieltest deinen Kopf und …«

»Das da draußen macht mir Kopfschmerzen«, sage ich. »Das gebe ich zu. Weiter nichts.«

»Ich lasse dir ein Mittel holen!«

»Es ist schon wieder besser!«, entgegne ich mit falscher Zuversicht und achte darauf, dass ich nicht wieder schwanke. »Bis Muhdja zum Schachspielen kommt, ist sicher alles vergangen.«

Sie starrt mich an, als habe sie Worte in einer fremden Sprache gehört.

»Ja. Muhdja zum Schachspielen. Sie wird doch nicht an diesem Abend … Ich schicke meine restlichen Leute in ihr Viertel und … Ich bin bald zurück, Liebste. Hab keine Furcht.«

»Ich habe keine Furcht«, sage ich zu ihrem Rücken. »Wovor sollte ich denn wohl Furcht haben?«

Ich finde es sehr gut, dass Valada sich jetzt einer Sache zuwendet, die wirklich vonnöten ist. Denn bei mir muss man sich um nichts mehr bemühen.

Die Schläge von draußen, mal näher, mal weiter weg. Das Getöse in meinem Kopf – unausweichlich. Ich bin gar nicht mehr vorhanden. Ich bin nur noch eine Hülle für diesen entsetzlichen Lärm. Es geht nicht. Nein, es geht nicht.

Die liebende Geliebte hat alles versucht, mich mit den Zutaten des alten Daseins zu umgeben. So blicke ich auf das Schreibzeug, auf Papier und Schreibrohr. Hat sie wirklich gehofft, ich würde jemals wieder so etwas wie einen Vers schreiben? Wie meilenweit entfernt wohnt sie von mir!

Nun gehe ich zum Pult, lege mir einen Bogen zurecht, ziehe den Stöpsel aus dem Tintenfass, greife zum Rohr, tauche es ein, streife die überflüssige Tinte am Rand ab.

Nun, nachdem ich mich dazu überwunden habe, ist es nicht zu leugnen, dass ich ein gewisses Wohlgefühl empfinde bei diesen oft ausgeführten kleinen Handgriffen.

Bevor ich anfange, schließe ich die Augen.

Ich hoffe, mir wird im Dunkeln wohl sein. Im Dunkeln und in der Stille. Dann.

Aber dazu muss ich die Perlen wieder abnehmen.

VALADA.

Es war ein schrecklicher Fehler.

Habe ich wirklich vergessen, dass ich mein »kleines Weibchen« hierherbestellt hatte? Oder hat mir da ein düsterer Dämon aus den Tiefen meiner Seele den Kopf vernebelt – der Dämon der Rache? Spätestens, als ich die dumpfen Schläge der Äxte da draußen an der Tür, als ich das Gegröle und die Gesänge hörte, hätte mir einfallen müssen, dass ich sie für heute bestellt hatte. Zum Schachspiel.

Aber nun fasse ich einen Entschluss: Ich selbst werde sie holen. Werde mich in diese Mord- und Totschlag-Nacht hinausbegeben. Mich rührt keiner an. Allerdings – so nahe heran an mein Haus hatten sie sich bisher nicht gewagt. Sie sind sehr dreist heute Nacht. Natürlich – es würde genügen, wenn ich Muhdja meine Wachsoldaten entgegenschickte. Doch ich habe das Gefühl, es muss mehr sein. Nicht ihretwegen. Meinetwegen. Ich lasse mich nicht lumpen.

So gebe ich Befehl, mein Pferd fertig zu machen. Die berittenen Begleiter mit Lanzen und Fackeln zur Seite, verlasse ich mein Haus hoch zu Ross. Sie sind fort – haben sie ihre Arbeit schon getan?

Der Platz vor mir liegt fast leer. Schatten weichen mir aus. Geräusche, wie ich sie nie gehört habe, dringen aus finsteren Seitenstraßen an mein Ohr.

Ich war noch nie draußen, wenn das geschah. Saß in meiner Burg aus Licht und Klängen.

Mir ist bewusst, wie ich durch die terrorisierte Stadt ziehe, eine weiße Gestalt, umgeben von Helligkeit. Ein Pfeil könnte mich sicher durchbohren, ein Armbrustbolzen. Aber ich fühle mich beschützt, die Frau in ihrer Stadt, und sage mir, dass ich vielleicht schon öfters durch Cordoba hätte ziehen sollen in Nächten wie diesen – einfach nur als Gegenstück zu den Finsternissen.

Gegen Muhdja hege ich keinen Groll mehr. Ich male mir aus, wie ich sie abholen werde, wie sie sich hinter mir aufs Pferd schwingt, wie ihre warmen Hände sich um meinen Leib legen, spüre ihren Kopf auf meiner Schulter.

Sie soll ihre Schwarze vergessen, und sie soll wieder bei mir sein. Sie und natürlich Kasmuna, so verletzt ihre Seele auch ist. Beide wieder bei mir, um mich, in meinem Haus …

Der Läufer muss uns den Weg zeigen. Ich bin noch nie im Leben in diesen Gassen gewesen, in denen ein Reiter fast mit den Steigbügeln an den Wänden anstößt. Es stinkt nach Abfällen und Katzenpisse. Unvorstellbar, hier zu wohnen. Ich wusste nicht, dass Muhdja, wenn sie zu ihrem Vater geht, in diese schäbige Welt zu kriechen hat. Ich sah sie immer nur an ihrem Feigenstand am Markt, die schönen Brüste, überm Gesichtsschleier die Mandelaugen.

Warum hat sie es mir nicht erzählt? Als es darum ging, ihren Vater zu befreien, da wäre mir nie der Gedanke gekommen, dass Leute wie er in so einem elenden Viertel hausen. Ein Kaufmann, ein Händler, der Geld veruntreut – wohnt der nicht in einem ansehnlichen Haus, da, wo die Gewölbe der Juweliere und Seidenlieferanten sind?

Der Läufer gibt uns ein Zeichen: hier.

Ich reite durch eine geflickte Tür auf einen Innenhof ein, in dem ich mein Tier mit Mühe wenden kann.

Im Licht unserer Fackeln erscheinen zwei schreckliche Wesen: eine alte Vettel von unförmiger Gestalt, zerzaustes Haar quillt unterm Kopftuch hervor, und ein in sich zusammengekrümmter, geduckter Mann, der, den zahnlosen Mund weit aufgerissen, vor mir in die Knie fällt und irgendetwas stammelt.

»Ich bin Prinzessin Valada!«, sage ich, und um mich knistern die Fackeln. »Ich suche Muhdja bint Al Tayyani.«

Die beiden liegen vor mir im Staub. Sie haben Angst. Weshalb haben sie Angst vor mir? Weil ich auf einem Pferd sitze und von Männern mit Waffen begleitet werde?

Endlich erhalte ich Antwort.

Muhdja ist bereits vor einiger Zeit aufgebrochen. –

Es gibt mehrere Wege, von diesen Gassen aus zu meinem Haus zu gelangen, erklären mir meine Begleiter. Es kann sein, dass ich sie verfehlt habe, dass sie schon längst aus den Gefahren heraus und bei mir ist, dass sie schon mit Kasmuna über dem Schachbrett hockt.

Ich lasse mich von meiner Eskorte über einen verlassenen, totenstillen Marktplatz geleiten; Hufschläge und das Klirren des Zaumzeugs, das Schnauben der Pferde und die leisen Verständigungsrufe der Männer untereinander scheinen das einzige Geräusch zu sein. Die Häuser liegen im Dunkel. Niemand unterwegs.

Die »Bärtigen« sind weitergezogen; hier ist ihr Feldzug vorbei.

Dann öffnet sich der Platz in eine breitere Straße, die auf einen anderen Handelsort mündet. Die Häuser sind stattlicher, gepflegter. Vielleicht bin ich hier manchmal tagsüber gewesen. Jetzt, in der Nacht, erkenne ich nichts wieder.

Dann ein kleiner Basar. Doch, den kenne ich. Man kann hier Gewürze und feine Stoffe kaufen. Es machte Spaß, sich die Waren von den Händlern vorlegen und anpreisen zu lassen.

Ein starker Geruch weht uns entgegen. Wir reiten direkt darauf zu.

Ich gebe das Zeichen zum Anhalten. Die Fackeln meiner Männer beleuchten ein Bild der Verwüstung.

Zerschlagene Marktstände. Über den Boden verstreut eine dicke Schicht von Gewürzen. Nelken und Kardamom, Mohnkapseln und Zimtstangen, Pfefferkörner und Muskatblüten in scheußlichem Durcheinander. Es riecht betäubend, aber nicht nur nach Wohlgerüchen. Ich muss mir einen Zipfel des Mantels vor Mund und Nase halten. Die Zerstörer haben die edlen Spezereien mit Unrat und Dung aus den Abortgruben übergossen. Dazwischen liegen, durch den Dreck geschleift, schillernde Stoffbahnen, bunter Brokat, Spitzen, Schleierstoffe …

»Was ist das?«, keuche ich. Wende mich an den Anführer meiner Truppe, einen grauhaarigen Mann, der mir schon seit Jahren vertraut ist. »Was ist das, Scheich?«

»Hier waren sie, Sayyida«, sagt er nüchtern und grimmig.

»Aber – warum dieses Chaos?«

»Wusstet Ihr das nicht, Herrin? Was hier gehandelt wird, das ist Luxus. Das ist gegen Allahs Gebote, so, wie die Bärtigen es sehen. Weg damit. Allerdings, wenn Ihr genau hinschaut: Das wirklich Wertvolle ist fort. Die großen Säcke mit

Gewürzen, die Stoffe in Ballen. Erst danach ist dies hier gekommen: Was sie nicht wegschleppen können, das haben sie zerstört.«

Er redet sachlich, ruhig.

Mir ist die Kehle wie zugeschnürt. Der Zorn pocht in meinen Schläfen.

»Wieso greift der Emir nicht ein?«, knurre ich.

Ich sage es eigentlich für mich, aber zu meinem Erstaunen antwortet mein Offizier: »Warum sollte er? Der Fürst hat sie doch erst von der Leine gelassen. Es ist doch nützlich für ihn, wenn die Stadt sich duckt.«

Es schüttelt mich. Ich wende mich voll Ekel ab. Gebe den Befehl, nach Haus zu reiten. Er hat Recht. Hier finden wir meine Muhdja nicht.

Wir nähern uns den Vierteln, in denen die Häuser der reichen Kornhändler und Reeder, der Importeure von Wein und Öl stehen, in denen die Büchereien und die besseren Wirtschaften angesiedelt sind. (Hier hatte ich Kasim, den Vater Muhdjas, eigentlich vermutet.)

Je dichter wir an diese Wohngebiete kommen, umso mehr Lärm flutet uns entgegen. Rufe, Gebrüll, Schläge gegen Holz. Scheppern von Metall, Ton und Glas. Und Geschrei. Triumphgeschrei und Wehgeschrei.

Der Anführer meines Geleitschutzes fällt mir in den Zügel.

»Nicht hier entlang, Sayyida. Hier sind sie.«

»Und wenn ich es sehen will?«

»Ihr befehlt, Prinzessin. Aber ich weiß nicht, ob meine Männer Euch wirklich schützen können.«

Einen Moment zögere ich. Soll ich es drauf ankommen lassen?

Nein, ich muss wissen, ob Muhdja heil und gesund angekommen ist in meinem Haus. Die Zeit drängt.

»Geleitet mich, wie Ihr es für richtig haltet, Scheich«, sage ich.

Meine Truppe nimmt mich auf Anweisung des alten Soldaten in die Mitte.

Wie versteckt in einer waffenstarrenden Schale, komme ich vorwärts. Ich habe das Gefühl, zu fliehen.

Das Tor des Hauses steht weit offen.

Meine Frauen stürzen mir entgegen, heulend, schreiend, das Haar aufgelöst, die Wangen zerkratzt.

Nein, es geht nicht um Muhdja. Muhdja ist nicht gekommen.

Der Anführer meiner Truppe hebt mich vom Pferd.

Die Frauen umringen mich klagend. Sie bringen mich – dahin.

Ich wusste nicht, dass so viel Blut in einem Menschen ist.

Sie knien da auf dem Boden mit großen metallenen Bottichen voll rosafarbenem Wasser und wischen mit Leinentüchern und wringen aus und wischen erneut. Die Fußbodenmosaiken haben ganz andere Muster von dem Blut, es hat den Raum verändert.

Ich rutsche aus in der klebrigen Nässe, wäre fast gefallen. Sie stützen mich, leiten mich zu dem, was unter dem Tuch auf dem Lager ist. Etwas, das von Kopf bis Fuß verhüllt ist.

»Aufdecken!«, befehle ich.

»Gebieterin, um der Liebe Allahs willen, erspart Euch den Anblick!«

»Aufdecken!«

Sie ziehen das Tuch weg.

Kasmuna starrt mit weit offenen Augen zur Decke. Ihr Mund klafft. Und darunter …

Der Schnitt hat ihren Hals vom Ohr bis unters Kinn zerfetzt, die Ränder sind blass. Ausgeblutet schon. Aber ihr Körper ist noch warm.

Auf dem Tisch neben dem Schreibpult liegen die Perlen. Und ein Brief. Die zarten, wie Blütenranken gestalteten Schriftzüge der Kasmuna bint Ismael, jüdische Dichterin.

»Geliebte«, lese ich.

»Geliebte, verzeih mir, dass ich dir das antue.

Ich weiß jetzt: Ich hätte nicht hierherkommen dürfen. Nach dem, was meine Augen gesehen haben, kann man nicht weiterleben.

Und ich war ja auch schon tot. Aber eine Kraft hat mich vorangetrieben. Ich habe es lange nicht verstanden, was es war, denn bei all dem, was ich erlebt habe, war ich überzeugt, dass die Menschen dieser von Gott verlassenen Welt allein von Gier und Grausamkeit getrieben werden – eine Grausamkeit, die ich nicht tierisch nennen kann, denn kein Tier ist zu solchen Untaten fähig wie das angebliche Ebenbild des Schöpfers.

Doch dann, als ich zu deinen Füßen zusammenbrach und als du mich wuschest, salbtest und verbandest, da wusste ich, wie die Kraft heißt, die mich in dies Haus gebracht hat, zu dir. Es ist Liebe. Sie hat ihre Stelle und ihren Platz im Universum, und wenn ihre Stimme vielleicht nur ein Flüstern ist: Auch ein Hauch kann etwas bewegen, so heißt es.

Was ich tue, wird dich erschrecken. Aber es geht nicht anders. Als vorhin die Schläge da draußen anfingen, fanden sie in meinem Kopf einen solchen Widerhall, dass für nichts anderes mehr Platz blieb.

Wenn ich erfolgreich bin mit dem, was ich zu tun vorhabe, so lass das, was von mir geblieben ist, zu meiner Familie bringen und bestelle meinem Vater, dass ich nach jüdischem Ritus beerdigt werden möchte. Das tue ich, um ihn zu trösten. Denn in Wirklichkeit ist es mir gleich, ob man meine Überreste in eine Schlucht wirft oder an die Leoparden im Tiergarten des Emirs verfüttert.

Valada, dein Haus sei gesegnet, es möge bestehen! In ihm wohnt Liebe und Schönheit und Licht.

Ich aber, der man den Abgrund vor Augen geführt hat, kann darin nicht mehr wohnen. Ich werde nie wieder einen

Vers schreiben können. Meine Stimme versagt mir. Für immer.

Dass ich deine Perlen abnehmen muss, wirst du mir verzeihen. Sie würden mir bei der Ausführung meines Plans hinderlich sein.

Meine Kraft wird ausreichen zu dieser letzten Tat. Ich hoffe, das Bronzemesser ist scharf genug.

Kasmuna.«

33

IBN ZAYDUN.
Nun nähern wir uns unserem Ziel.

Als die gewaltigen Bögen der alten römischen Brücke über den Fluss in mein Blickfeld geraten, die riesigen zerstörten Kreise der Wasserräder am Ufer, die von Schlamm verkrusteten Steine der Befestigungen an den Böschungen, fühle ich mich wie eine Blume, die vorher vom Frost geknickt war und nun im Licht der Sonne sich aufrichtet und ihre Blütenblätter entfaltet, und zwischen meinen Beinen regt sich so mächtig der Drang, dass ich im Weiterreiten meiner Hand Arbeit geben muss.

Cordoba, Stadt, der ich mit allen Fasern meines Leibes und Lebens gehöre! Cordoba, ich komme! Valada, hier bin ich, mit einer Sänfte voll Luft hinter mir und einem prallen, lebendigen Ding direkt vor mir.

Der Kronprinz – er reitet an meiner Seite – bemerkt meine Geschäftigkeit. Er grinst wissend und beugt sich zu mir.

»Willst du die Stadt des Kalifen ficken?«, fragt er amüsiert.

»Ja«, keuche ich. »Und am liebsten in die Fotze der letzten Omayade!«

Er lacht auf. »Wir werden viel Spaß haben!«

Er gibt seinem Pferd eine Weisung mit den Zügeln und schließt auf zur Heeresabteilung, die sein Vater weiter vorn anführt.

Das mit dem Spaß ist ein Missverständnis, erlauchter Al

Mutamid, denke ich ihm hinterher. Mir ging's nicht um Spaß, sondern um Macht. Macht in Geist und Fleisch.

Ich spritze so gewaltig in meine Hose, dass es mir die Schenkel herunterläuft, und lasse die Säfte der Wollust genüsslich an mir trocknen. Mein Mantel verrät nichts.

Ich reite allein, ein Stück von der Hauptgruppe entfernt, und ein paar Steinwürfe hinter mir befinden sich die Heeresaufgebote der Emire aus Carmona, Moron, Algeciras und was noch alles ein Fetzen im Flickenteppich von Al Andalus ist und nach der Pfeife Al Mutadids tanzt. Sie umgeben die Sänfte des Phantoms (so nenne ich den »Kalifen«, seit er mit uns unterwegs ist) und trödeln den Weg entlang, und immer wieder kommen berittene Boten vom Hauptheer vorn und treiben die säumigen Bundesgenossen zur Eile an. Dass denen jede Motivation für den Feldzug beziehungsweise für den »Geleitschutz des großen Hisham« fehlt, ist einzusehen. Was haben sie schon davon?

Ich bin froh, dass ich nicht in der Nähe des Emirs reisen muss. Seit unserer Auseinandersetzung fürchte ich ihn mehr als zuvor. Und ich hasse ihn.

Übrigens scheint es dem Alten, sehr zu meiner Genugtuung, nicht sehr gut zu gehen. Sein holzgeschnitztes Gesicht zeigt immer häufiger ungesunde Röte, und immer öfter muss er vom Gaul herunter und in die Sänfte umsteigen.

Natürlich nicht in *die* Sänfte! Da sei Allah vor! Unser Phantom beansprucht eine eigene Sänfte für sich.

Jeden Abend wird dies besonders reich geschmückte Gefährt – leuchtend weiße, feste Vorhänge und an den Ecken der Achtstern der Omayaden – in das für den Fürsten vorgesehene Zelt getragen, damit der hohe Herr, ungesehen von unbefugten Augen, sich zur Ruhe begeben kann, bis er denn sein strahlendes Antlitz enthüllt im Alcazar von Cordoba.

Jeden Abend gehen der Prinz und ich in das Zelt, um dem hohen Herrn aufzuwarten. In Wahrheit bechern wir bis zum

Umfallen, gucken uns gegenseitig beim Wichsen zu, erzählen uns unsere Fantasien, machen manchmal einen Reim darauf und schlafen irgendwann ein. Einzige Bedingung: Es darf nicht zu laut werden. Und natürlich keine Dritten.

Die Truppen schlagen ihr Lager zu beiden Seiten des Flusses auf; der Schlamm der jüngsten Überschwemmungen hat eine rissige Kruste hinterlassen und die Brückenpfeiler wie Befestigungsmauern mit einer dicken Schicht von bröckelndem Dreck überzogen. Den Quartiermeistern kommt zugute, dass sie die verlassenen Behausungen der Ausgestoßenen nutzen können, die damals vor dem Hochwasser in höhere Regionen flohen. Sie finden Strohdächer vor, die den Regen abhalten, morsche Holzwände, Reste von Hütten, Gärtchen mit verdorrten Bäumen und von Hühnern und Ziegen kahl gefressenem Boden.

Die Soldaten treiben Handel mit dem armen Volk, das sich nun in der Schleife des Flusses, eine halbe Meile von Cordoba entfernt, angesiedelt und dort fast eine kleine Stadt aufgebaut hat, in der Nähe der Trümmer der az-Zahira (dort übrigens hausen ebenfalls Gruppen dieser Ausgegrenzten).

Vom Alcazar, also von Ibn Abdus, werden wir mit Boten (man könnte sie auch Kundschafter nennen) geradezu überschüttet. Besorgt fragt der Hadjib an, welche Zwecke die Heeresansammlung verfolge, und erhält die Antwort, es handele sich lediglich um Schutz- und Ehrengeleit für den erhabenen Hisham, der bald sein Haupt enthüllen werde.

Ob der Erlauchte denn nicht wenigstens bereit sei, seine Verwandte, die Prinzessin Valada bint Al Mustakfí, zu begrüßen.

Diese Anfrage ist prickelnd. Ich stelle mir vor, dass das Weibsstück allein, nur mit ihrer Leibwache, hier im Lager aufkreuzen würde. Wir würden sie ins Zelt führen, und dann vor ihr mit großem Brimborium die leere Sänfte öffnen …

Natürlich könnten wir sie dann nicht wieder gehen lassen

und würden in Cordoba die Nachricht verbreiten, sie habe nicht vor, sich von ihrem Ahnen zu trennen, bis er seinen Platz eingenommen habe!

Dann hätte ich sie.

Aber auf dergleichen lässt sich der Fürst nicht ein. Zu unsicher für einen Mann wie ihn, der keine Lust am Spielen hat.

Keine halben Sachen!, lautet seine Devise. Er verhandelt mit dem Wesir dahingehend, dass die Stadttore für den feierlichen Einzug des Kalifen, des rechtmäßigen Beherrschers der Gläubigen – Segen und Heil Allahs sei mit ihm! –, zu öffnen seien, und erst im Alcazar werde sich der Erlauchte seinem Volk zeigen.

Die Taktik erinnert entfernt an die »Machtergreifung« in Granada.

Allerdings tatsächlich nur entfernt, denn diesmal kann durchaus auch Blut fließen. Wie man hört, hat er seinen Berbern kurz vor unserem Auftauchen hier vor den Toren noch einmal ein kleines Gemetzel mit Plünderung gewährt, um ihre Kampfmoral zu stärken.

Nun, wir werden sehen, ob das nötig war. Geduld ist nicht Al Mutadids stärkste Seite. Bestimmt hat er noch ein As im Ärmel. Jedenfalls vermute ich das. –

In diesem ungeklärten Zustand, dieser Schwebe zwischen Belagerung und Feldlager, werden einem die Abende lang.

Kronprinz Al Mutamid braucht Abwechslung und fordert mich schließlich auf, den merkwürdigen Wohnstätten der Ausgestoßenen einen Besuch abzustatten, dort in der Flussschleife, ein Stück von uns entfernt.

Wohl oder übel muss ich mit ihm gehen.

Wir machen uns auf in der Abenddämmerung, begleitet nur von einem einzigen Fackelträger. Gefahren fürchten wir nicht von diesen Leuten und denken, dass wir beide, versehen mit unseren Dolchen und dem Schuppenpanzer unterm verhüllenden Kapuzenmantel, Manns genug sind, uns zu wehren, wenn es drauf ankommen sollte.

Wahr ist, dass ich mich, während ich in Cordoba lebte, nie für diese Menschen interessiert habe, Wesen, die diese Stadt ausgespien hatte, von denen man sich getrennt hatte, wie man einen verdorrten Ast vom Baum abhackt. Ich war im Haus der Frau, die ich liebe, in der Residenz meiner großen Familie, mit meinen Freunden in den schönen und Wehmut erweckenden Gärten der az-Zahra. Die makabre Neugier des Kronprinzen auf alles Abwegige und Skurrile zwingt mich nun in diese merkwürdige »Stadt«, in der es, wie sich herausstellt, Stände gibt, wo Lebensmittel und seltsame Fetische aus Afrika feilgeboten werden, welche – so versichert uns ihr Verkäufer, dem eine Hand fehlt (so straft man Diebe) – zuverlässig gegen Schlangenbiss, Krankheiten aller Art und Schwierigkeiten beim Wasserlassen helfen; Garküchen, von deren Dünsten allein einem schlecht werden kann, denn sie verarbeiten hier die Abfälle der nicht weit entfernten Schlachthöfe; Tavernen, aus denen das Geschrei Betrunkener dringt – es hört sich nach einer Messerstecherei an, und wir gehen schnell vorüber.

Notdürftig bekleidete Kinder mit struppigem Haar, sämtlich mit nackten Füßen, tauchen aus dem Dunkel auf, geraten in den Lichtkreis trüb brennender Laternen vor Hütten und an Kreuzungen und in den Schein unserer Fackel, streifen an uns vorbei wie Fledermäuse in unruhigem Flug, berühren unsere Mäntel. Wollen sie betteln, stehlen oder uns nur necken – wer weiß? Jedenfalls stören sie mich, und ich zücke zwei-, dreimal den Dolch, lasse den Stahl aufblitzen. Danach bleiben sie weg, scheinen sich untereinander so lautlos verständigt zu haben, wie Fledermäuse es auch tun.

Es gibt da eine Bretterbude mit dem Symbol der Christen, einem Kreuz überm Eingang und einer Glocke. Sie scheppert wie Blech, als Mutamid sie berührt, und er lacht lauthals, als ein zerlumpter Mönch mit nur einem Auge aus der Hütte schleicht, »Gelobt sei Jesus Christus, meine Brüder!« murmelt und uns einen Fluch hinterherschickt, als wir fliehen – mein Gefährte muss noch eine obszöne Geste draufsetzen.

Manchmal erscheint mir der Prinz wie ein zu albernen Streichen aufgelegter Halbwüchsiger, und wenn ich seine andere Seite nicht kennen würde (schließlich hat er das Unternehmen in Granada geleitet), käme ich in Versuchung, ihn nicht ernst zu nehmen, was ein Fehler wäre.

»So was wie eine Kirche haben sie also«, sagt Al Mutamid, »aber wo bleiben die Moschee und die Synagoge?«

»Juden wirst du hier kaum finden«, erwidere ich. »Die Gemeinde lässt keinen fallen, mag er auch noch so arm und schäbig sein. Auf lobenswerte Weise sorgen dort Reiche für Arme und Schwache, so wie wir Muslime es nach den Geboten des Propheten auch tun sollten.«

Mein Gefährte geht nicht darauf ein. »Nun gut«, sagt er. »Und wo bleibt die dritte Religion? Unsere? Wo die Moschee?«

»Genügt es nicht, zu wissen, wo Osten ist, und fünfmal am Tag das Glaubensbekenntnis in Richtung Mekka zu sprechen?«

Er nickt. »Du magst Recht haben.« Abrupt wechselt er den Gesprächsgegenstand, kommt auf das, was ihn wirklich interessiert. »Aber – wo sind die Hurenhäuser? Und wo bleiben überhaupt die Weiber?«, fragt er. »Müsste hier nicht an jeder Ecke eine stehen und mit dem Hintern wackeln, sobald nur ein Mannsbild vorbeikommt? Müssten sie nicht breitbeinig auf der Erde sitzen, eine Kerze zwischen den Knien, die ihre offene Fotze beleuchtet, und sich schon mal mit zwei Fingern nass reiben?«

Es stimmt. Keine Frau. Nicht einmal eine alte Vettel lässt sich blicken. Wir beschließen, nachzufragen. Aus einer der ruhigeren Tavernen wird gerade ein Betrunkener auf die Straße gestoßen und übergibt sich lautstark.

»Hier scheint man auf Ordnung zu halten!«, sagt Al Mutamid grinsend. »Gehen wir hinein. Hier haben wir vielleicht die Chance, nicht in eine Prügelei zu geraten.«

Ich schlage den Vorhang zurück und halte ihn hoch, damit mein vornehmer Gefährte als Erster eintreten kann. Dem Fackelträger bedeute ich, vor dem Eingang zu warten.

Es ist stickig heiß hier drin und stinkt nach vergossenem Wein, ungewaschenen Männern, blakenden Öllampen – und Opium. So erklärt sich die Stille in dieser »Höhle«. Opiumtrinker sind friedliche Wesen, sie leben in einer anderen Welt.

Der Einzige, der zurechnungsfähig zu sein scheint, ist der Wirt, ein dünnes Männchen mit schütterem Bart und einer Kopfbinde, die ihm auch Hals und Nacken verhüllt.

Al Mutamid geht unverzüglich zu dem Mann an den Schanktisch, schiebt ein paar Dirhems hinüber und sagt mit herrischer Stimme: »Verschaff uns Weiber!«

Nun, ich wäre die Sache vielleicht etwas anders angegangen, aber er ist der Herr.

Das Männchen senkt den Kopf wie ein Ziegenbock, der zum Angriff übergehen will, schiebt energisch das Geld zurück und sagt blumig: »Oh, Gebieter der Welten, dergleichen gibt es hier nicht. Verlass diese unwürdige Hütte, und wenn du Lust auf feiste Schenkel hast, hebe dich fort von hier und begib dich in die wirkliche Stadt Cordoba. Dort findest du dicke Weiber oder auch schlanke Knaben an jeder Straßenecke, Badehäuser und Hurenklappen.«

Al Mutamid wirft mir einen verblüfften Blick zu, dann bricht er in lautes Lachen aus.

»Was für ein Wortschwall! Dieser Mann ist ein Dichter!«

Und als er das sagt, erkenne ich diesen Wirt. Er ist – oder war – in der Tat ein Dichter, ein Sänger, der sich selbst auf der Kemence, der Fiedel, begleitete, zwar nur ein Straßenpoet, aber einer von der dreisten und gewandten Sorte, einer, der es durchaus hätte mit der frechen Zunge von Muhdja bint Al Tayyani aufnehmen können. Irgendwann verbrannte er sich den Mund mit einem Vers, der dem Hadjib nicht in den Kram passte. Das kennt man ja. Er wurde öffentlich ausgepeitscht, bekam die Ohren gestutzt (deshalb die Kopfbinde!) und musste die Stadt verlassen.

Ich mische mich ein. Sicher erhalte ich eher Auskunft als mein undiplomatischer Prinz.

»Mein Begleiter fällt gern mit der Tür ins Haus, Teuerster. Gib ihm einen Becher deines besonderen Getränks und gönne mir ein Gespräch.«

Ich zwinkere Al Mutamid zu, und der, etwas irritiert, da er nicht versteht, was ich vorhabe, lässt sich darauf ein und setzt sich, den opiumversetzten Wein in der Hand, zu den anderen Gästen.

Ich streife meine Kapuze aus der Stirn, nähere mein Gesicht dem Lichtkreis der Lampe und frage leise: »Erkennst du mich?«

Er starrt. »Ihr seid Ibn Zaydun. Jeder in Cordoba kennt Euch. Ihr seid aus dem Kerker entflohen. Was bringt Euch und diesen überheblichen Kerl jetzt hierher in die Hütten der Ausgestoßenen?«

Ich lege den Finger auf die Lippen. »Vorsicht. Das ist ein hoher Offizier bei den Truppen von Sevilla. Er ist auf Ungewöhnliches aus und hofft, es hier zu finden. Was also ist mit den Frauen?«

Der Wirt schnieft durch die Nase. »Mit ein wenig Logik würdet Ihr selbst darauf kommen. Die Frauen sind die einzige Lebenshilfe der hiesigen Männer«, führt er aus und verlässt seinen poetischen Ton. »Wer eine oder zwei in seiner Behausung hat, der lässt sie kochen, waschen, arbeiten, fickt sie, so oft er kann, und sperrt sie weg. Die Jungen und Anziehenden aber dienen als Quelle des Erwerbs: Sie werden

Nacht für Nacht oder auch Tag für Tag nach Cordoba geschickt, werden dort vermietet. Sie sind für die Hurenwirte und Badehausbetreiber der reine Gewinn; anders als Sklavinnen muss man sie nicht ständig füttern und für ihre Unterkunft sorgen, auch wenn sie zeitweise nicht brauchbar sind, und was sie hierher nach Haus bringen, ist nicht der Rede wert für die Hurenwirte, aber dieser Gemeinschaft hilft es, zu überleben.«

Er schiebt auch mir einen Becher des Opiumgemischs zu, aber genauso wie Al Mutamid rühre ich das Getränk nicht an.

»Was sind das für Frauen?«, frage ich.

Er zuckt die Achseln. »Unterschiedlich. Sklavinnen, die entlaufen sind, vor allem. Diebinnen, die der Justiz entwischen konnten. Und dann natürlich die ›Ehrlosen‹, jene armen Weiber, die den Bärtigen in die Hände gefallen sind und, falls sie es überstanden haben, es nicht mehr wagen, nach Haus zu gehen, geschändet, wie sie sind. Die werden dann aufgeteilt unter den Führern der Gemeinschaft, wenn es gelungen ist, sie wieder … herzustellen.«

Das hört sich alles ziemlich krass an. »Wer … arbeitet an ihrer ›Wiederherstellung‹?«, frage ich.

»Wir haben Ärzte«, sagt er hochnäsig. »Und Hebammen. Und neuerdings eine afrikanische Zauberin, die für die kranken Frauen singt und Beschwörungen über sie spricht. Manchmal berührt sie sie auch und wärmt sie mit ihrem Leib.«

»Und das hilft?«, frage ich und kann mir kaum das Lachen verkneifen.

Er zuckt die Achseln, verfällt wieder in seine ironisch übertriebene Diktion.

»Oh, Leuchte der Poesie, genau wie Euer unwürdiger Diener hier wisst Ihr bestimmt, welche Macht die menschliche Fantasie hat. Wenn vernunftbegabte Leute schon die Augen verdrehen bei einer Zeile wie: ›Mit allem hat sie mich berauscht: mit Wein, mit ihrem Mund, mit ihrer Liebeskunst ...‹« Er bricht kurz ab, beobachtet mich. Der unverschämte Kerl zitiert meine eigenen Verse, imitiert sogar meine Vortragsart! Ich zucke nicht mit der Wimper, und er fährt fort: »Also, wie gesagt ... wie soll da ein armes, aus der Form gebrachtes Weib nicht willig einer Beschwörung lauschen und sich von jemandem so anfassen lassen, dass es ihr nicht wehtut? Jeder Strohhalm ist denen recht.«

Ich nicke, nachdenklich gemacht.

Al Mutamid tritt wieder zu uns. Natürlich hat er auch von seinem Platz aus alles mitgehört; er hat feine Ohren.

»Um alles in der Welt!«, sagt er und stellt seinen unberührten Becher mit dem Opiumwein auf dem Schanktisch ab. »Diese schwarze Hexe möchte ich wirklich sehen. Sicher ist sie mit Amuletten aus dem finstersten Afrika behangen, Tierschädel und Krokodilzähne oder dergleichen. Ich sehe sie förmlich vor mir, mit ihren Hängebrüsten und ihrem gewaltigen Hintern, wie sie sich auf ihre Patientinnen legt.« Er lacht. »Sag mir, Wirt, wo sie zu finden ist, und du bekommst einen Golddinar.«

Unser Gegenüber geht wieder in seine Ziegenbock-Stellung: gesenkter Kopf, Stirn voraus, die Augen unter den Brauen verborgen. Dann legt er den Mund in Falten und sagt zuckersüß: »Oh, Gebieter der Wohltätigkeit, über den Allah seinen Segen mit Füllhörnern ausschütten möge, dieser Tag sei zum ewigen Gedächtnis mit Silberstift in den Winkel eines jedweden Auges eingeritzt! Euer unwürdiger Sklave würde Euch mit Freuden selbst den Weg weisen, aber Ihr seht, meine Gäste brauchen meine Anwesenheit. Jedoch getrost! Geht nur den alten Säulen nach. Dort findet Ihr zur Rechten eine Plane, und dahinter verbirgt sich das Gelass der Zauberin. Freilich kann ich mich nicht dafür verbürgen, dass die Geheimnisvolle zu dieser Zeit dort ist.« Er senkt seine Stimme zum Flüstern. »Nächtliche Beschwörungen, Ihr versteht? Suche von Kräutern, die nur bei Mondschein zu pflücken sind, und dergleichen!«

Dann streckt er die Hand aus und sagt in normaler Sprache: »Den Golddinar, wenn es beliebt?«

Al Mutamid zahlt, und wir verlassen die Taverne.

Draußen fragt der Prinz mich: »Hat der sich über mich lustig gemacht?«

»Mit Sicherheit, Euer Gnaden«, erwidere ich. »Aber mit dem Golddinar habt Ihr ihn ins Paradies versetzt. So steht es Fürsten an. Selbst Spott sollen sie großmütig mit Gnadengaben vergelten.«–

Die alten Säulen gehören schon zu den angrenzenden Trümmerresten der az-Zahra – den Außenseitern willkommene Gelegenheit für ihre Behausungen. Aber ich denke mir, wem es gelungen ist, sich hier in dieser alten Anlage, in irgendwelchen halb zerstörten Zimmerfluchten einzurichten, hat den Glückswurf beim Knöchelspiel erreicht und wohnt besser als die an der Flussseite und selbst als jene in einem der windschiefen, stickigen, dicht an dicht stehenden Häuser in den Armenvierteln Cordobas.

Unser Fackelträger geht uns voraus. Der rötliche Feuerschein streift die zerbröckelnden Säulenschäfte, macht sie lebendig. Sie scheinen zu tanzen.

Mir behagt das hier nicht. Das ganze Gerede von Zauberei, nächtlichen Beschwörungen und Singsang mit Berührungen halte ich für Unfug, und es hebt nicht gerade die Laune.

Der Mann mit der Fackel wirkt auch verunsichert, obwohl er ja gar nichts von unserem Gespräch da drin mitbekommen hat.

Wir gehen schweigend. Auch Al Mutamid hat sich von der Stimmung anstecken lassen und hält den Mund.

Die Säulenreihe scheint endlos. Was für eine riesige Palaststadt hat Al Mansur hier errichtet!

Wir stolpern über Schutt und Trümmer und Baumwurzeln. Der Prinz flucht und herrscht den Fackelträger an, unseren Füßen zu leuchten.

Wie der Wirt und einstige Straßensänger uns versprochen hat, ist da endlich im Irgendwo eine Plane. Eine Zeltwand, genauer gesagt.

Wir bleiben wie auf Verabredung stehen, beobachten.

Im Abstand hinter der Zeltwand brennt eine Lampe und lässt die Gestalten, die sich vor dieser Lichtquelle bewegen, wie Figuren eines Schattenspiels erscheinen.

Die Figuren? Es ist nur eine Figur. Sie scheint nur mit einem Schurz bekleidet zu sein. Schlank, groß, den Kopf hoch erhoben, geht sie vor dem Licht hin und her, hantiert mit Töpfen und Tiegeln. Bückt sich, offenbart ihre wundervolle Kruppe, ihre langen Schenkel. Hebt sich, streckt den Rücken, so biegsam wie eine Weidengerte. Unverkennbar. Mir stockt der Atem.

Al Mutamid pfeift leise durch die Zähne. »Sieht nicht nach einer alten Vettel mit Hängebrüsten aus«, flüstert er.

»Sieht auch nicht nach Hexenwerk aus«, gebe ich genauso leise zurück. »Kommt, Hoheit, man hat uns offenbar in die Irre geschickt. Vergesst es, Euch an einer der Bewohnerinnen dieser Drecklöcher zu verlustieren. Vielleicht haben sie Krankheiten.«

Der Prinz zögert. »Schade«, sagt er. »Sie wirkt wie ein herrliches Stück Fleisch. Aber wenn du meinst ...«

»Die Fackel ist auch gleich heruntergebrannt«, mahne ich.

Wir kehren um.

Und ich habe Grund zu dieser Umkehr. Alle Dämonen der Hölle sollen mich bei lebendigem Leibe verzehren, wenn ich da eben nicht die »Ursache« gesehen habe für all das, was mir geschehen ist.

Das ist die Schwarze aus Valadas Haus, an der ich mich im Bett ihrer Herrin so verhängnisvoll gütlich getan habe.

NAZIK.

Ich habe mich befreit.

Niemand kann mich mehr sein Eigen nennen.

Ich bin gelaufen und entkommen und angekommen.

Sie erweisen mir – Achtung.

Erst wollten sie mich an ein Hurenhaus vermieten.

Aber dann trat der große Mann hervor, dessen Augen sehr hell sind und dessen Gesicht voller Narben, und sie machten ihm Platz.

Er sah mich an und streckte den Finger aus, um mich zu berühren, und ich stand wie eine Palme und regte mich nicht und ließ ihn gewähren, denn er war es, der Ja oder Nein zu sagen hatte.

Dann hob er seine Hand und wollte mich unters Kinn fassen. Und mir fielen die Händler auf den Verkaufsgerüsten ein, die mit Klammerfingern die Wangen zusammenpressen und einem die Kiefer auseinanderzwingen, damit sie die Zähne sehen können. Da hob ich *meine* Hand und verwehrte es ihm und sagte etwas in meiner Sprache. Es war so etwas, wie ich sei voller Zauber und er solle mich lassen. Es war aber gelogen.

Ich weiß nicht, ob er mich verstand. Aber es half. Er ließ von mir ab und sagte, man solle mich zu den Kranken bringen. Ich könne heilen. Ich könne behüten.

Nun bin ich hier und tue nichts weiter, als zu summen. Ich summe ihnen etwas vor oder singe meine eigenen Lieder von zu Haus, und manchmal lege ich mich neben sie und tue meine Hand auf ihre schmerzenden Stellen, und sie werden ruhiger, weil ich ruhig bin.

Nun bin ich für sie die Heilerin, die Zauberin. Aber das ist nur so, weil sie glauben, dass ich das bin. Von den großen Zauberfrauen meiner Heimat habe ich nicht das Geringste erfahren.

Und wenn sie mich etwas fragen, bin ich still. Das habe ich ja lange genug geübt. Nicht zu sprechen. –

Vor ein paar Tagen haben diese Barbaren in der Stadt wieder gemordet. Warum sie es tun, habe ich nie verstanden. Und die Männer mit den Karren haben mir die Frau vor die Füße geworfen, die Frau, die mir noch nie wehgetan hat.

Dass ich von ihr fortlaufen musste, hätte sie verstehen sollen. Ich konnte niemandem mehr gehören. Auch nicht jemandem, der nach meiner Seele grub.

Die Frau liegt nun da. Sie haben sie auf einem Karren gebracht, mit zwei anderen, und sie war voller Blut an ihrem Leib und ihren Beinen.

Nicht, dass mich irgendwelche Grausamkeiten der Araber erstaunen könnten. Aber warum mussten sie der Frau die Haare aus dem Kopf herausdrehen? Da sind nur noch Büschel und dazwischen rohes Fleisch.

Da ist ein Arzt, der bei uns lebt. Das ist ein Mann, der es nicht vermocht hat, die Tochter eines Großen und Reichen zu heilen und der aus Cordoba fliehen musste, weil, sie hätten ihn sonst bestraft. Dieser Arzt ist ein guter Arzt. Er hilft nun den Verlorenen hier, und sie geben ihm Essen, wie mir auch.

Der Arzt hat nichts weiter getan, als der Frau Schlafmohn zu geben, damit sie nicht schreit wegen des Schmerzes. Ihren Kopf hat er mit weichen Binden versehen. Sie wird nie wieder Haare haben.

Ich sitze bei ihr und summe. Es ist ohne Sprache, was ich summe, so, wie die Flügel der wilden Bienen sich anhören oder das zärtliche Grollen einer Löwin aus weiter Ferne. Worte, wenn ich sie benutze, sind in der Sprache meiner Heimat. Keiner kann sie verstehen. Und keiner soll sie verstehen. Es sind Worte zum Einschlafen, wie man sie Kindern vormurmelt. »Schlaf, schlaf, sonst weint die Hyäne, weckt ihre Jungen auf.« Oder: »Schlaf, schlaf, der Vater kommt mit Beute von der Jagd, die Mutter backt Fladen in der Asche. Und morgen schon, mein Hungriges, kannst du den Bauch dir füllen.«

Die Verletzten und Verlorenen beruhigen solche für sie sinnlosen Worte.

Manche möchten, dass ich ihre Hand halte oder ihnen meinen Speichel in den Mund gebe. Denn sie denken ja, ich habe Zauberkraft. Das können sie ruhig denken.

Zu der Frau, die mich aus Valadas Haus geholt hat, lege ich mich manchmal und wärme sie mit meinem Körper, denn sie friert so sehr.

Ich hätte sie wohl nicht erkannt, als man sie brachte. Ihr Gesicht war zerschlagen. Aber da war das kleine dunkle Mal über ihrer Lippe. Als ich das sah, wusste ich, dass sie es ist.

Schlaf, schlaf. Sonst weint die Hyäne. Sonst kann das Gnu seine Jungen nicht säugen. Schlaf, sonst geht die Sonne nicht auf morgen Früh.

Sonst verbrennt das Dunkle die ganze Welt.

34

'VALADA.
Was ist geschehen, dass mein Haus voller Lieder und Licht sich wandeln musste in eine Höhle der Trauer und des Zorns?

Die ich geliebt habe, haben mich verlassen. Und ich frage mich: Was daran ist meine Schuld? Und antworte mir selbst: Alles.

Hätte ich es über mich gebracht, Muhdja ihren Betrug zu verzeihen, hätte ich sie, nach dem ersten Groll, zurückgeholt, statt meine Trennung von ihr bei diesem Fest auch noch großartig nach außen zu kehren – sie wäre nicht in das Gemetzel der Bärtigen gekommen. Denn ich muss als sicher annehmen, dass sie denen in die Knüppel und Äxte gelaufen ist.

Sie ist tot. Sie kann nur tot sein.

Und ich versuche, die Tür meiner Gedanken fest zu versperren, wenn es um die Vorstellung geht, wie sie umgekommen ist.

Und Kasmuna? Wäre ich nicht ausgezogen an diesem unseligen Abend, die eine Liebste wieder heimzuholen an das Schachbrett meiner anderen, wäre Muhdja bereits wieder hier im Haus gewesen – vielleicht hätte Kasmuna nicht zu dem verfluchten Messer gegriffen.

Aber keiner der Vorwürfe, die ich mir machen muss, bringt mir zurück, was an Trümmern auf einem Lebensweg, auf meinem Lebensweg, zurückbleibt.

Mein Haus, diese meine Burg – heute soll sie dunkel bleiben. Kein Licht wird heute aus den schmalen Fenstern nach draußen dringen. Die Räume, in denen Kasmuna sich ausgelöscht hat, habe ich versiegeln lassen. Ich weiß nicht, ob ich sie jemals wieder betreten werde – jedenfalls nicht in absehbarer Zeit. Nicht, bevor nicht das große Ziel erreicht ist, auf das ich all mein Sehnen und Hoffen gerichtet hatte, das nun so greifbar nah ist und für das ich plötzlich keine Kraft mehr spüre, wie ein Läufer, dem sich kurz vor der Ankunft so viele Hindernisse in den Weg legen, dass er atemlos auf der Strecke bleibt.

Ich verlasse Haus und Innenhof, diesen Ort der Freude und der schönen Begegnungen. Mit nichts als einer Laterne in der Hand, unbegleitet, gehe ich durch den kleinen Park. Hier hatte jemand in den Sand geschrieben: »Was glücklich macht, ist hier erlaubt.«

Was glücklich macht.

Hatte ich nicht befohlen, den Spruch zu notieren und an der Pforte meines Hauses anzubringen? Bis jetzt ist es noch nicht geschehen, und vielleicht soll es auch ganz unterbleiben.

Ziellos laufe ich umher.

Die Wirtschaftsräume. Die Wohnungen der Dienerschaft. Ob sich Muhdja hier heimlich mit dem schwarzen Mädchen getroffen hat? Mit Nazik. Sie heißt Nazik.

Der Park geht in den Nutzgarten über. Es riecht nach Dill und fauligen Äpfeln, nach Heu und vorjährigem Laub. Da ist die Mauer, die mein Anwesen begrenzt. Dahinter, gleichsam angelehnt daran, die Rückseite des Hauses einer der großen Familien der Stadt. Unüberwindbar. Dunkel im Dunkel des Abends.

Und während ich mich an diese Mauer anlehne, die Wange an den rauen Stein gelehnt, meine Lampe in der Hand, trifft mich eine Stimme irgendwo von oben, eine Stimme wie ein Hall: »Deine Sklaven haben mir gesagt, dass ich dich hier antreffe. Allah sei mit dir, Nachkommin des Propheten. Fürchte dich nicht. Ich will dir nichts antun.«

Ja, ich habe mich erschreckt. Aber ich bin nicht aufgelegt zur Furcht an diesem Abend. So frage ich nur: »Meine Sklaven verdienen, bestraft zu werden, wenn sie dich eingelassen haben – wer auch immer du bist.«

»Sie wussten, dass dir nichts geschieht von mir. Man kennt mich.«

Ich hebe meine Laterne und suche nach dem, der da spricht.

Er sitzt auf der Mauer, muss da hochgeklettert sein, bevor ich mich hierher auf den Weg machte. Es ist ein großer Mann mit kahlem Schädel und nacktem Oberkörper, den ich da ausmache im ungewissen Licht. Er stützt sich mit beiden Händen auf der Mauerkrone ab und lässt die Beine baumeln. Übrigens ist er bewaffnet.

»Nun«, sage ich, »was das angeht – *ich* kenne dich nicht. Vielleicht solltest du lieber gehen. Ich habe keine Lust auf Gesellschaft, so abenteuerlich sie auch sein mag.«

Der Mann rührt sich nicht. Sagt dann: »Sie nennen mich den König, dort, wo ich herkomme.«

Wo er herkommt? Ich kenne niemanden in Cordoba, der halbnackt und mit einer Waffe herumläuft, es sei denn, es ist der Henker …

Nein, aus Cordoba kann dieser Mensch nicht sein. Und die Narben in seinem bartlosen Gesicht, als sei es von Messern zerfetzt worden … Manche Emire halten sich Gesetzlose als Berufskämpfer, die gegen andere antreten zu ihrer Belustigung, doch der unsere hier in Cordoba nicht.

Gesetzlose? Wo hausen hier Gesetzlose?

Dann dämmert es mir. Der Mann stammt ja vielleicht aus dem Lager unten am Fluss, wo die leben, die nicht mehr dazugehören …

Bestimmt ist er gefährlich, so sehr er auch das Gegenteil

versichert. Aber ich stecke so tief in meiner Traurigkeit, dass es mir eigentlich egal ist, was mit mir geschehen könnte.

Trotzdem frage ich: »Was willst du? Mich als Geisel nehmen und Lösegeld erpressen? Nur zu. Offenbar gibt es ja in diesem meinem Haus niemanden, der bereit ist, mich zu beschützen.«

»Im Gegenteil, große Nachfahrin des Propheten«, beteuert er, und im Laternenschein blitzen seine Zähne in einem Lachen auf. »Die Liebe und Verehrung aller sind dir sicher.«

(Er spricht nicht wie ein Ungebildeter. Woher er wohl ursprünglich kommt? Nun, was geht es mich an.)

»Wenn das so ist«, erwidere ich, »dann sag, was dich hierhergeführt hat, und mach es kurz und verschwinde.«

»Das will ich tun«, sagt er, und dann – nun muss ich doch aufschreien im plötzlichen Schreck – schwingt er sich von der Mauer herunter und landet direkt vor meinen Füßen. Und dann geht er in die Knie. Er ... kniet vor mir.

Aber nicht mit gebeugtem Nacken. Sein Gesicht ist zu mir emporgewandt, und seine sehr hellen und sehr merkwürdigen Augen leuchten wie Metall.

»Gebieterin!«, sagt er. »Nun, wo unsere Erlösung unmittelbar bevorsteht, wo dein hoher Verwandter – und du mit ihm – das Reich des Friedens und der Gerechtigkeit errichten wird, haben mich die armen Leute zu dir geschickt, dich zu grüßen und ihre Hoffnungen vor dir auszubreiten.«

»Welche armen Leute?«, frage ich irritiert. »Meinst du die entlaufenen Sklaven und abgestraften Verbrecher, die sich da unten am Fluss angesammelt haben und in den Ruinen der az-Zahra? Deren Hoffnungen dürften wohl gering sein, unter welcher Regierung auch immer.«

»Die hätten es besonders nötig!«, sagt er, und so etwas wie Ungeduld klingt in seiner Sprache an, »doch die sind wohl auf der Rückseite des Mondes ... Nein, ich bin erwählt worden, für die zu sprechen, die aus *deiner* Stadt sind, die keine Stimme haben. Weil sich keiner gefunden hat, der für sie redet. Und weil von ihrem Wohlergehen auch abhängt, wie wir da unten leben. Ich habe die Arbeit übernommen. Verständige Männer aus den Vierteln der Armen haben mich darum gebeten.«

»Du hättest zu mir in meinen Mailis kommen können, angemeldet«, sage ich. »Wozu diese ... Veranstaltung?«

»Eben jene Leute, die mich jetzt in aller Verschwiegenheit hierhergebracht haben, in deinen Park, hätten mich offiziell davonjagen müssen, Herrin.«

Ich schweige.

»Die, die keine Stimme haben ...« Keine Stimme und keinen Fürsprech. Mir fallen die stinkenden, engen Gassen ein, durch die ich geritten bin mit meiner Begleitung, um zu Muhdjas schäbigem Haus zu gelangen. Wo sich niemand blicken lässt aus Angst, wenn Pferdehufe draußen vorbeitrappeln. Wo die hausen, um die sich niemand kümmert. Auch ihre Prinzessin nicht.

Ich weiß nicht, was mit mir geschieht. Vielleicht ist es, weil mich meine Trauer so durchlässig gemacht hat für ... Stimmungen, dass ich mich nicht wehre gegen den seltsamen Zauber, der von diesem Mann ausgeht. Von diesem Mann und von diesem Moment, hier hinten an der äußersten Mauer meines Anwesens, wo es nach Laub und Heu riecht, in der Nacht, einzig mit einer Laterne.

Und er – der »König« fährt fort: »Ich bin beauftragt, dir zu sagen, dass aller Augen auf dich gerichtet sind, Prinzessin. Den armen Leuten geht es schlecht. Sie haben Hunger, genau wie wir da unten am Fluss, und sie haben Angst. Unsinnige Steuern bedrücken sie. Die Leute träumen: Die Omayaden sind zurück, und mit einem einzigen Schlag ist die verkehrte Welt zu Ende, und es gibt wieder Brot für alle, und da ist keiner, der den anderen peinigt. *Ich* weiß, dass es so nicht geht. Dass es lange dauert und mühsam ist. Aber du sollst erfahren, dass sie an dich glauben. An deinen Stamm, die Nachkommen des Propheten. Vergiss es nicht, wenn du an der Seite des neuen Kalifen bist. Zeig ihm den Weg. Den Weg des göttlichen Gesetzes.«

»Wenn du nicht gesagt hättest, dass dich die Leute der Stadt zu ihrem Mund gemacht haben, dann würde ich dich fragen: Warum predigst du mir das? Für euresgleichen gilt das doch alles nicht. Ihr seid außerhalb des Gesetzes.«

»Du sagst es«, erwidert er und erhebt sich. »Aber auch wir außerhalb können nur leben, wenn die da drinnen, die innerhalb des Gesetzes, leben können. Eins hängt vom anderen ab. Um uns da unten muss sich niemand kümmern, wenn das hier oben gut ist. Vielleicht gibt es uns dann irgendwann nicht mehr.«

»Du redest, als wärst du ein Staatsmann!«, sage ich mit einem Anflug von Spott, um die Faszination zu durchbrechen.

Er lacht wieder. »Glaub mir, die Ausgestoßenen zu regieren ist auf seine Weise genauso schwer, wie ein Fürstentum zu führen. Vergiss meinen Besuch nicht, Gebieterin. Und auch all das nicht, was in jenem Buch steht.«

»Was weißt du von dem Buch?«, frage ich erschrocken.

»Nichts. Ich kann nicht einmal lesen. Allah sei mit dir.«

Ehe ich es mich versehe, verschluckt ihn die Nacht.

Soll ich nach meinen Leuten rufen? Ich fürchte, sie werden behaupten, niemanden gesehen zu haben.

Ich stehe, meine Laterne in der Hand. Vielleicht habe ich mir das alles nur eingebildet?

Ich habe keine Lust, es zu hinterfragen.

Das Kalifat. Es muss neu erstehen wie der Vogel Phönix aus der Asche in der Sage der Griechen.

Der greise Omayade wird der goldene Grund sein, vor dem meine eigenen Bilder entstehen sollen. Ich werde, wie ich es Kasmuna versprochen habe, die az-Zahira wieder aufbauen und zu einer Burg von Kunst und Musik, von Lehre und

Wissenschaft machen. Ein Al Andalus soll neu erstehen, wie es meine Vorfahren nicht nur erträumt, sondern gelebt haben. Es wird ein blühender Garten sein.

Die Opfer, die auf diesem Weg gefallen sind, werden vermauert im Fundament eines neuen Cordoba. Niemals mehr wird ein Berber plündernd und mordend durch die Straßen der Stadt ziehen. Niemals wieder wird ein Jude von einem Moslem ermordet werden. Und keine Frau von einem Mann, weil sie ihr Gesicht nicht verhüllt.

Und vor allem soll der armen Leute, des Bodensatzes dieser Stadt gedacht werden. Das habe ich nun verstanden. Preis sei Allah, von dem Gnade und Barmherzigkeit kommen. –

Aber wie konnte er wissen, dass ich dieses Buch lese?

IBN ZAYDUN.

Emir Al Mutadid ist unzufrieden, denn es geht nicht vorwärts. Der Hadjib Ibn Abdus, zäh und geschmeidig, wie er ist, hält Sevilla und den »Kalifen« in endlosen Verhandlungen hin. Bevor es nicht ihm und der Prinzessin sowie einigen in der Geschichte des Kalifats und des Rechtswesens bewanderten Gelehrten gelungen ist, den neuen Gebieter im Lager am Guadalquivir aufzusuchen und zu sprechen, ist sein Fürst Abd Al Malik nicht bereit, die Tore Cordobas und die des Alcazars für uns zu öffnen. –

Das schwächt auf die Dauer die ohnehin nicht sehr gefestigte Moral unserer Truppen und stärkt also des Wesirs Position im Machtspiel, das da kommen wird.

Die Unterhändler des Hadjibs Ibn Abdus umschwirren zudem das Zelt mit der Sänfte wie die Wespen den Honigtopf und werden nur durch grimmig entschlossene Wachen ferngehalten.

Und das alles hier darf keine halbe Ewigkeit mehr dauern, denn aus der Stadt des Al Mutadid kommen beunruhigende Nachrichten.

Im angrenzenden christlichen Toledo ist es natürlich nicht unbemerkt geblieben, dass man in Sevilla gerade von bewaffneter Mannschaft entblößt ist, und so nutzt Alfondo, der dortige Fürst, die Gelegenheit, in muslimisches Gebiet vorzudringen. Zunächst sind es nur Plänkeleien. Dennoch, zwei Grenzfestungen sind gefallen, und die marodierenden Ritter, die Pardos, von denen einige mir auf meiner Reise damals über den Weg liefen, werden von ihrem Herrscher Alfonso ermuntert und unterstützt. Wenn sich herausstellt, dass es keinen nennenswerten Widerstand gibt, wird er gewiss nicht lange zögern, ins sevillanische Kernland einzufallen.

Der Emir muss zurück, so sieht es aus. Mit ihm ein Teil der Truppe; vor allem die Hilfseinheiten aus den anderen Taifas, die diesen Feldzug, der keiner ist, ohnehin nur unwillig angetreten haben. Sollte der christliche Feind vor Sevilla stehen, ist es nicht weit bis zu ihren eigenen Herrschersitzen, und die kleinen Fürsten haben es eilig, nach Haus zu kommen.

Ich will schon aufatmen; in der Nähe des bösen alten Mannes wird mir jedes Mal angst und bange. Aber dann werde ich, gemeinsam mit dem Kronprinzen, zu einer Beratung gebeten. Und mir schwant nichts Gutes.

Al Mutadid, wie üblich in voller Kriegsmontur, empfängt uns im Kreis seiner beratenden Eunuchen.

»Ich muss zurück in meine Stadt Sevilla«, beginnt er mit seiner knarrenden Stimme. »Wir müssen hier fertig werden. Wenn wir dies widersetzliche Cordoba nicht mit stürmender Hand nehmen wollen, was ein schlechtes Licht auf unsere Glaubensmission werfen würde, müssen wir uns etwas einfallen lassen.« Sein Blick spießt mich auf. »Es gilt, Cordoba von innen aufzurollen, die Taktik dieses schlauen Ministers zu unterlaufen. Wozu haben wir den Dichter und Denker aus dieser Stadt bei uns? Er hat uns das Kuckucksei ins Nest gelegt, uns den Mund wässrig gemacht nach der alten

Hauptstadt von Al Andalus. Ich gebe dir drei Tage, Ibn Zaydun, dann hast du eine Variante entwickelt. Wenn dir bis dahin nichts Vernünftiges eingefallen ist, uns das Leben leichter zu machen, übergebe ich dich als der Verräter, der du bist, dem Emir von Cordoba. Ich nehme an, du hast keine Sehnsucht nach dem Kerker, aus dem du weggelaufen bist.«

»Ich höre und gehorche«, sage ich mit versagender Stimme und verneige mich bis zum Boden. Mir wird die Haut zu eng. Keinen Augenblick zweifle ich daran, dass es das Holzgesicht ernst meint. Ich werfe einen Blick zu Al Mutamid, aber der guckt betont unbeteiligt.

Mir zittern die Beine, als ich ins Freie trete.

Ich hätte ihm das Kuckucksei ins Nest gelegt, ihm den Mund wässrig gemacht? Es war der Kronprinz, der seinen Alten mit der Nase auf die fette Beute gestoßen hat – aber ich darf natürlich die Kastanien aus dem Feuer holen!

Ich stapfe durch das Lager, sehe weder nach rechts noch nach links.

Im Zelt steht die leere Sänfte. Ich traktiere sie mit ein paar wütenden Fußtritten. Verdammter Hisham! Dein Geist beginnt mich zu verhöhnen und sich zu wehren dagegen, dass ich ihn so dreist und schamlos in die Welt gezerrt habe.

Wie soll ich Cordoba »von innen aufrollen«, zumal, da ich ja weder in der Stadt bin noch jetzt in sie hineingehen will!?

Was hieße es denn, dieses »Aufrollen«? Unfrieden stiften, Leute aufwiegeln, alles durcheinanderbringen, die Soldaten dazu bewegen, vom Herrscher abzufallen ... Ich überlege. Auf welche Weise haben sich Untertanen gegen ihre Obrigkeit erhoben in diesem Land Al Andalus? Es gibt unzählige Beispiele, vor allem, wenn eine andere Familie, eine andere Sippschaft an die Macht will und das Volk mit Geld und Versprechungen gelockt hat, oder wenn die Steuern zu hoch sind, eine Hungersnot herrscht oder ein unbeliebter Mann auf dem Thron sitzt.

Das letzte Beispiel einer Rebellion hatte ich ja in Granada vor Augen. Eine blutige Rebellion. Unschön. Und sinnlos.

(Mord und Totschlag, mit einem dummen Lied hetzt irgendjemand die Masse auf, und irgendwann ist alles wieder beim Alten.)

Aber von Mord und Totschlag wollen wir ja absehen. Wir sind die Gesandten des Beherrschers der Gläubigen und damit des Friedensfürsten.

Mit einem Lied. Ich habe eine Idee.

Ich begebe mich zu Prinz Al Mutamid, der gerade ein paar Rennpferde besichtigt, die ihm ein christlicher Rosshändler zum Kauf anbietet.

Als er mich sieht, grinst er versöhnlich. »Nun, mein Lieber, deinen hilfeflehenden Blick vorhin in der Beratung habe ich zwar wahrgenommen, aber da konnte ich nun wirklich nicht einschreiten. Und vielleicht ist es ja tatsächlich nicht verkehrt, wenn man einem Dichter ein bisschen Druck macht, damit ihm etwas einfällt.«

Ein bisschen Druck! Im Geist schicke ich dem »Freund« einen Fluch auf den Hals und sage untertänig: »Kann schon sein. Ich hoffe es zumindest.«

Er nickt befriedigt. »Wie findest du dies Pferd, mein Lieber?«

Ich sehe, dass er sich in das Tier verguckt hat, und beschließe, ihm die Freude daran zu verderben. »Nicht schlecht«, erwidere ich und wiege dann den Kopf. »Aber vielleicht zu dünne Fesseln. Ein Sturz, ein Stolpern, ein gebrochenes Bein, und du kannst ihm nur noch einen Pfeil ins Auge schießen.«

»Hm.« Al Mutamid seufzt und blinzelt mit den Weiberaugen. »Wahrscheinlich hast du Recht. Schade. Aber es stimmt. Zu dünne Fesseln.« Er wendet sich von dem Händler ab. »Erzähle, was ist dir eingefallen?«

»Erst, wenn ich so weit bin, Euer Gnaden. Übrigens, kennt Ihr das Hass-Lied, das in Granada zu dem Blutbad geführt hat?«

»Nein, aber jemand kann es dir bestimmt beschaffen. Was hast du vor, Ibn Zaydun? Wir brauchen keine Hass-Lieder. Und keine Blutbäder.«

»Keine Sorge, Hoheit. Das weiß ich.« –

Am Nachmittag habe ich das Lied in der Hand. Ein übles Machwerk, von vorn bis hinten, aber genau auf den Punkt.

»Der Jude Joseph in der Bibel, der diente einst dem Pharao. / Sein Amt versah er gar nicht übel, und alle Welt war drüber froh. / Der Jude Joseph hierzulanden, der quält und plagt uns jeden Tag. / Er richtet Volk und Land zu Schanden, und rafft und scheffelt, was er mag.«

Und so geht es weiter. Die armen Muslime werden geplagt, und der Wesir von Granada macht sich nur über sie lustig. Dem Volk wird vor Augen geführt, wie sehr es leiden muss. So puscht das Liedchen die Stimmung hoch und gipfelt in der unmissverständlichen Aufforderung:

»Eh man uns weiter so verhöhne: Lasst uns den fetten Hammel schlachten!«

Ein infames Ding. Und selten hat man die Wirkung von etwas Gereimtem – wie der letzte Tropfen, der einen Damm zum Bersten bringt – so vor Augen gehabt wie in den zerstörten Gärten mit ihren Leichenbergen in Granada.

So einen Vers ins Positive zu wenden, muss für jemanden, der Erfahrung in Fürstenlob und hymnischem Lobpreis hat, kein Problem sein.

Ich setze mich also an das improvisierte Schreibpult, tauche das Rohr in die Tintenkapsel und reime munter drauflos. Mache etwas mit einem Kehrreim, eingängig, pathetisch, schwärmerisch.

Nun müssen wir nur noch eine ansprechende Melodie

finden, eine, die sofort ins Ohr geht – und eine Möglichkeit, das Lied in die Stadt zu bringen, unter die Leute.

Habe ich nicht gerade vor ein paar Tagen jemanden kennen gelernt, der sich aufs Verseschmieden und zugleich aufs Musikmachen verstand?

Noch bevor es Abend wird, begebe ich mich, diesmal allein, zu den Behausungen der Ausgestoßenen, in die Opiumkneipe.

Zu dieser Zeit herrscht da noch Flaute; zwei, drei Kerle sitzen da, an die Wände gelehnt, und nippen an ihrem Becher mit trostspendendem Getränk.

Der Wirt misst mich mit seinem sattsam bekannten Blick – Kopf gesenkt, Stirn nach vorn.

»Was führt dich her, oh Fürst unter den Dichtern unserer Zunge?«

Ich gehe auf seinen Tonfall ein. »Ich nehme an, du kannst lesen, oh Vater des Mohnsaftes?«

»Gewiss doch, Euer Erhabenheit. Euer unwürdiger Diener hat einst, als er noch unter den Glücklichen weilte, die Koranschule besucht.«

Ich schiebe ihm stumm das Blatt mit dem Machwerk über den Tisch, und er liest und hebt von Zeit zu Zeit forschend die Augen zu mir auf.

Dann sagt er schlicht: »Was befehlen Euer Gnaden, was ich tun soll?«

»Ich brauche hierzu eine Melodie«, sage ich, »eingängig, etwas, das ins Ohr geht und drin bleibt, falls du verstehst, was ich meine, am besten eine kleine Abwandlung eines bekannten Liedes, das die Leute gleich mitsingen können, und du bist der richtige Mann dafür. Finde diese Melodie bis morgen. Es soll dein Schade nicht sein. Dann komme ich wieder, und wir überlegen, wie das Lied verbreitet werden soll.«

Der Blick von unten. »Euer Gnaden wissen vielleicht nicht, was sich unter meiner Kopfbinde verbirgt.«

»Doch«, entgegne ich, »gestutzte Ohren. Ich weiß auch, dass du Auftrittsverbot in der Stadt hast.«

»Ich bin verbannt!«, sagt er eindringlich.

»Nur ruhig Blut! Ich finde eine Lösung!«, sage ich.

Er nimmt das Blatt an sich, wendet sich ab, redet mit einem seiner Kunden. Ich denke, die Sache ist in besten Händen.

Diese Nacht bechere ich sorglos mit Al Mutamid. Morgen werde ich in der Hand haben, was ich brauche. –

In aller Frühe bin ich wieder bei dem Wirt und einstigen Straßensänger und finde meine Erwartungen durchaus erfüllt. Es ist eine simple Weise, eines seiner alten Lieder, das er auf meinen Text gelegt hat – aber es wird wirken. Gerade deshalb.

»Ich bin sehr zufrieden«, sage ich und platziere drei Dinare auf dem brüchigen Holz des Schanktischs.

»Und nun wirst du dieses Lied nach Cordoba bringen.«

Der Mann blinzelt. »Verlange das nicht von mir, oh Meister der Worte!«, erwidert er und schiebt mit fahrigen Fingern das Gold von sich fort. »Entlohne mich, wie es dir gut dünkt, aber erwäge, was es mir eintragen würde, wenn ich wieder in der Stadt auftrete. Die Ohren sind schon gekürzt, diesmal würde es mich vielleicht die freche Zunge kosten!«

»Sei unbesorgt!«, entgegne ich ihm. »Ich verlange nicht, dass du auftrittst als du selbst. Gehüllt in einen brokatenen Mantel und gegürtet mit seidener Schärpe, eine Kopfbinde aus Musselin um deine verunstalteten Ohren, einen Schleier vorm Gesicht, wie ihn die Männer aus Afrika gern tragen, einen Geldbeutel nebst Dolch im Gürtel und mit Duftwasser besprengt, wirst du als reisender Kaufmann leicht Eingang in Cordoba erlangen. Du wirst zum Haus der Prinzessin Valada gehen und ihr dieses Schreiben von mir geben. Dann wird sie dich, so wahr ich lebe, auffordern, sie dies Lied zu lehren, und mehr verlange ich nicht von dir. Wenn du zurückkommst, erwartet dich der gleiche Lohn.«

Er sieht mich erleichtert an. »Wohltaten entströmen deinen Fingerspitzen, Herr der Verse«, bringt er im halben Sprechgesang heraus, »und deine Stirn trieft von Edelmut und Erhabenheit.«

»Schon gut«, sage ich lächelnd.

Und so scheiden wir.

Meine Arbeit habe ich erledigt. Die Neugier treibt mich, noch einmal den Weg zu der schwarzen Zauberin zu nehmen. Aber das Zelt scheint verwaist und von einer Person, die mich auch nur entfernt an jene Sklavin erinnert, die mein Verderben war, ist auch nicht die Spur zu sehen. Wer weiß, in welche Kate sie hier verschwunden ist. Was interessiert mich das?

IBN ABDUS.

Seit zwei Tagen weiß ich, was es heißt, genötigt zu werden. Und schuld daran ist die Prinzessin, dieses Frauenzimmer, deren Energie und Entschlossenheit ich zwar immer hoch veranschlagt habe, die aber dieses Mal sich selbst übertroffen hat.

Es gibt da ein Lied von der Art, wie man sie auf der Gasse singt, das aber aus dem Hause Valada bint Al Mustakfí stammt. Stammen soll. Denn das ist nicht ihr Stil.

Sie schreibt Liebeslieder, so schön, dass man dahinschmilzt, ob man will oder nicht. Und die Kehrseite davon sind Frechheiten, Reime von drastischem Freimut, die eine Jungfrau zum Erröten bringen. Aber noch niemals habe ich aus ihrer Feder so etwas wie Fürstenlob gelesen – wozu auch, bei wem sollte sich eine Omayaden-Prinzessin einschmeicheln?

Und nun dies, in einer derart schwärmerischen Form, als würde ein Christ seinen Heiland besingen.

Dieses Lied, vertont noch dazu im volkstümlichen Singsang, kursiert nicht nur bei den vornehmen Schöngeistern, wie sie ihre großen Abende besuchen, sondern sie hat dafür gesorgt, dass es an allen Straßenecken, auf Plätzen und in den

Basaren, ja sogar in der Vorhalle der Mezquita gesungen wird.

Es ist ein Loblied auf den Kalifen und die unmissverständliche Aufforderung an Abd Al Malik, Platz zu machen für Hisham, der von Geburt her auf diesen Thron gehört.

Die eingängige Melodie des Kehrreims (seit wann schreibt Valada Gedichte mit Kehrreim?) bleibt im Ohr haften, und irgendwann summt man es mit:

»Wir öffnen die Tore, ihr Fürsten der Welt,
Dem von Allah Erwählten, der das Richterschwert hält.
Du bringst uns den Frieden, du bringst uns das Recht,
Es blühe und lebe dein edles Geschlecht.
Beherrscher der Gläubigen, zieh bei uns ein,
Wir wollen, Erlauchter, dein Volk wieder sein.«

So etwas lässt man sich einen oder zwei Tage gefallen, aber selbst nachts, wenn die Straßen leer sind, quiekt noch irgendwo eine Flöte das Lied, und eine Trommel wirbelt dazu. Und auf den Dächern stehen die Frauen und trillern aus tiefster Lunge ihre Herausforderung in den Abendhimmel, und von hier und da schreit es: »Es gibt keine Macht und keine Barmherzigkeit außer bei Allah und seinem Erwählten!« Und das geht bis in die frühen Morgenstunden.

Dagegen kann ich keine Shorta einsetzen – wie sollen sie ein Lied fangen und verhaften? Und die Berber können zwar ein Stadtviertel einschüchtern, aber nicht ganz Cordoba. Außerdem sehen sie keinen Anlass, die ärmeren Quartiere, von denen die Unruhe ausgeht, zu tyrannisieren. Da gibt es schließlich nichts zu plündern.

Ich würde Valada am liebsten den Hals umdrehen. Andererseits muss ich anerkennen, dass sie für das kämpft, was ihren Lebensinhalt ausmacht: die Wiedereinsetzung eines Mannes aus ihrem Geschlecht. Und dazu benutzt sie alle Mittel.

Nun sammelt sich der Pöbel auch schon tagsüber auf dem Platz vor dem Alcazar und plärrt uns in die Ohren. Die Stadt ist wie im Fieber.

Meinem Fürsten musste ich erklären, dass er in der Klemme sitzt.

Abd Al Malik, der noch nie einen Krieg angezettelt hat (was ich ihm hoch anrechne), aber eine wunderliche Vorliebe für Waffen und Kriegsgerät hat, empfängt mich in seiner Rüstkammer, wo er mit Hilfe zweier junger Soldaten Kettenpanzer und große Schwerter anprobiert – ein Vergnügen, dem er sich hingibt, solange ich ihm diene.

»Diesmal wird es ernst, Wesir, nicht wahr?«, begrüßt er mich. Er lächelt, aber in seinen Augen zwischen den Fettpolstern wohnt die Unsicherheit.

»Es *ist* schon ernst, Hoheit«, sage ich. »Ihr hört doch auch, was sie singen!«

»Ach, das!«, sagt er mit wegwerfender Geste und prüft die Schneide eines Dolches mit dem Daumen. »Was geht uns das an? Wir machen einen Ausfall, Ibn Abdus. Tore auf und drauf auf den Feind!«

Ich unterdrücke mit Mühe ein Stöhnen.

»Darf ich Eurer Hoheit zweierlei zu bedenken geben?«, entgegne ich. »Die Sevillaner sind nicht als Feinde vor der Stadt, sondern als – nun, ja – so genannte Heilsbringer. Und abgesehen davon, dass unsere Berbereinheiten den Truppen der anderen nicht nur zahlenmäßig unterlegen sind – das Heer von Sevilla ist diszipliniert und gut ausgebildet.«

Er sieht mich finster an. »Du meinst …?«

»Ich meine, unsere Schlagetots haben da in Wahrheit wenig Chancen, auch wenn sie noch so laut den Namen Allahs rufen und wild mit den Krummschwertern fuchteln«, erwidere ich rücksichtslos. »Und dann ist da noch etwas.«

»Ja?«, fragt er und lässt sich das nächste Messer reichen.

»Ihr seid der Fürst dieser Stadt!«, sage ich sanft. »Was

wird wohl eine Bevölkerung, die jetzt schon tagelang fordert, den Beherrscher der Gläubigen einzuholen, dazu sagen, wenn wir, statt ihm zu huldigen, auf ihn einschlagen?«

Er runzelt die Stirn.

»In Granada hat es auch mit einem Lied begonnen!«, sage ich, »und Ihr wisst, was da geschehen ist. Wenn der Pöbel einmal in Fahrt ist, kann ihn keiner bremsen. Und hier ist nicht irgendein Jude, sondern Ihr, der Herrscher selbst, der Sündenbock!«

Das leuchtet schließlich sogar Abd Al Malik ein.

»Ich denke«, sagt er, »ich sollte vielleicht erst einmal alles dir überlassen. Du wirst es schon richten.«

So ist es gut. –

Am Morgen des nächsten Tages überbringt einer unserer Unterhändler dem Fürsten Al Mutadid, dem Stellvertreter des Kalifen, in einem Kästchen aus dunkelrotem Lack die mit schweren Siegeln versehene Botschaft des Emir Abd Al Malik ben Jahwar, des Inhalts, dass die Stadt Cordoba bereit sei, den großen Hisham, Kalif von Allahs Gnaden, in seiner angestammten Stadt zu begrüßen.

Ich lasse unsere Truppen in Alarmbereitschaft versetzen und rate Abd Al Malik, sich zunächst einmal wegen »Unpässlichkeit« in eins seiner Landhäuser zurückzuziehen, wo seine Gespielin ihm sicher die Zeit vertreiben wird.

Und nun kann er kommen, der Erwählte …

Ich bin auf alles gefasst.

35

IBN ZAYDUN.
Nun bekomme ich es mit der Angst zu tun.

Mein Spiel tritt in seine letzte Phase ein – und man hat mich ausgeschlossen. Ich kann nicht mehr darauf einwirken, was geschieht, gerade jetzt, wo Fingerspitzengefühl vonnöten wäre. Wenn alles aus dem Ruder läuft … wie werde ich mich aus der Affäre ziehen können? Ich, der ich die ganze Zeit die leere Sänfte des »Omayaden« begleitet habe!

Weder Fürst noch Prinz haben mich zu sich gerufen.

Mit keinem Wort hat man meinen Einfall gelobt, die Prinzessin als angebliche Autorin meiner Lobeshymne auf Hisham einzubinden, hat mich auch im Unklaren gelassen, wie der eigentliche »Vorgang« vor sich gehen würde. Dabei wären mein Rat und meine Hilfe dabei ja vielleicht von Vorteil gewesen. Man hätte beispielsweise die Leute in Cordoba behutsam vorbereiten können, dass der Erlauchte schwer erkrankt sei, dass die Bürde seines Alters ihn so hinfällig mache, dass er nicht selbst im Alcazar erscheinen könne und nur seinen Stellvertreter Al Mutadid schicken würde.

Und dann Valada zunächst allein, ohne Zeugen, mit der leeren Sänfte konfrontieren. Ihre Fassungslosigkeit in diesem Moment habe ich mir wieder und wieder in schlaflosen Stunden ausgemalt.

Danach sie gar nicht erst dazu kommen lassen, sich öffentlich zu äußern. Nach außen alles langsam angehen – und *sie* in der Zange haben …

Offenbar ist nichts dergleichen an Vorsichtsmaßen geplant.

Wie es aussieht, habe ich meine Schuldigkeit getan und werde nicht mehr gebraucht.

Al Mutadid setzt auf die »harte Hand«, wie es scheint. Und gleich, was er vorhat – er wird den unbändigen Stolz Valadas im Kern verwunden.

Immerhin – ich werde dabei sein. Wenn auch nur im Gefolge des Prinzen, und sicherheitshalber den Beduinenschleier vorm Gesicht. Ich werde diese Frau sehen, die mich in dies unmögliche Abenteuer hineingetrieben hat mit der Peitsche des Hasses und des Verlangens.

Ich werde ihr Gesicht schauen im entscheidenden Moment – von dem ich nicht weiß, wie er aussehen wird.

Und die erwartungsvolle Furcht liegt mir wie Blei auf der Seele. Furcht, wie das alles ausgehen mag.

IN CORDOBA.

Die Straßen sind schwarz von Menschen, und die Shorta ist aufgeboten, mit quer gehaltenen Lanzen die Passage freizuhalten, die ins Herz der Stadt führt, zum großen Platz vor dem Alcazar.

Noch herrscht erwartungsvolle Stille.

Kurz nach der Zeit des Morgengebets, nachdem sich der Hof und die Vornehmen Cordobas aus der Mezquita genannten Moschee zum Alcazar begeben haben, öffnet sich das Stadttor zur Flussseite hin.

Unterm Klang düsterer Pauken, grell tönender Schalmeien und Trompeten zieht Sevilla in Cordoba ein: bunte Wimpel an den Lanzen und Glöckchen an den Pferdegeschirren, Kettenpanzer unter den Überwürfen und breite Schwerter umgegürtet, die Reiterei, gefolgt von den Bogenschützen, Helme mit Nasenschutz und gepolsterte Lederwämser, danach die Einheit der schwarzen Afrikaner, Leopardenfelle und zähnefletschende Löwenköpfe über der Schulter. Die Berber in strengem Schwarz, bis an die Augen verschleiert, dann die christliche Einheit in ihren Brustharnischen, mit Langschwertern und runden Schilden: ein Heer. Ein Heer, das eine Siegesparade abhält, ohne einen einzigen Schwertstreich geführt zu haben.

Schweigend sieht das Volk von Cordoba dieser Demonstration von Macht zu. Es wird klar: Der Herrscher, den man hier bringt, der muss genommen werden. Andernfalls wird es ernst. Diese Krieger werden nicht lange fackeln.

Aber sie *wollen* ihn ja annehmen! Sie wollen ihn haben mit all der Sehnsucht nach einem Fürsten der Gerechtigkeit und der Gnade Allahs, deren sie fähig sind nach diesen langen Zeiten der Zerrüttung von Stadt und Land.

Nach einer kleinen Weile, damit der Staub des Aufmarsches sich legen kann, kommen endlich in leuchtenden und von Edelsteinen funkelnden Gewändern über der Rüstung die Hauptakteure des Schauspiels, die Fürsten aus dem Hause Abbad, Vater und Sohn, umgeben von ihren Hofbeamten, den Eunuchen und Palastsklaven im Rang von Ministern, und, stark bewacht von Armbrustschützen und Peitschenträgern, schwankt zwischen den federgeschmückten edlen Maultieren – die Sänfte. DIE SÄNFTE.

Reiterei bildet den Abschluss.

Und nun, da die Instrumente der Vorhut verklungen sind, schwillt das Huldigungslied an, umgibt das weiß-goldene Gefährt des Herrschers wie eine Meeresbrandung:

»Wir öffnen die Tore, ihr Fürsten der Welt,
Dem von Allah Erwählten, der das Richterschwert hält.
Du bringst uns den Frieden, du bringst uns das Recht,
Es blühe und lebe dein edles Geschlecht.
Beherrscher der Gläubigen, zieh bei uns ein,
Wir wollen, Erlauchter, dein Volk wieder sein.«

Dazwischen Schreie, gellende Rufe: »Zeig dich, Erwählter! Lass dein Antlitz über uns leuchten! Langes Leben und Allahs Segen auf dich! Zeig dich uns!«

Der Zug beschleunigt. Die Kerntruppe schließt zum Heer auf, drängt nach. Ein leichter Windhauch kommt auf, bewegt die schweren Sänftenvorhänge. Ein Jubelschrei, untermischt von den Freudentrillern der Frauen. Jemand kreischt: »Da ist er! Ich habe ihn gesehen! Erlauchter! Beherrscher der Gläubigen! Heil dir, Hisham, Kalif von Allahs Gnaden!«

Al Mutamid neigt sich zu seinem Vater, und der nickt. Dann schickt er einen Meldereiter ganz nach vorn: Schneller!

Die Pferde der Krieger verfallen vom Paradeschritt in Galopp, die Fußsoldaten beginnen zu rennen. Die militärische Ordnung der Truppe droht zu zerbrechen.

Zum Glück biegt man bereits auf den großen Platz ein, nähert sich dem Alcazar. Die Truppen verteilen sich über die weite Fläche, drängen die Wartenden zurück in die Seitenstraßen. Die Sänfte mit ihrer illustren Begleitung verschwindet im Tor des Alcazar.

Die Menge strömt vom Platz fort zum Seiteneingang. Dort, am »Tor der Gerechtigkeit«, einer erhöhten Terrasse, deren Säulen sich in der offenen Audienzhalle des Palastes fortsetzen und auf der zur Zeit der Omayaden die Herrscher Bittsteller anzuhören pflegten und öffentlich Recht sprachen, wird sich, da ist man sicher, der Kalif bald zeigen.

IBN ZAYDUN.
Vor dem Hintergrund der mit farbigen Kacheln geschmückten Wände, Nischen, Säulen des Audienzsaales blendet Weiß in Weiß. Omayaden-Weiß, wohin das Auge blickt. Die Würdenträger und Beamten der Stadt tragen ebenso weißes Leinen wie der Hadjib, der zur Rechten des leeren Throns sitzt.

(Abd Al Malik – kluge Geste! – hat es vorgezogen, wie ich sehe, sich diesem Spiel durch ein »Unwohlsein« zu entziehen.)

Links vom Thron sie. Meine gierigen Blicke saugen sich an ihr fest. Sie trägt keinen Schmuck, nicht einmal jene Arm- oder Fußreifen, mit denen sie sonst durch die Welt klirrte, aber um ihren Hals Perlen. Ungewohnt an ihr. Ich brauche einen Moment, um zu begreifen, dass es die Perlen der Jüdin sind. Wie sentimental sie sein kann, und wie pathetisch!

Unter dem hauchdünnen Schleier fällt ihr das Haar frei über die Schultern. Das wachsbleiche Gesicht mit den gewölbten Bögen der Brauen ist vor Anspannung regungslos.

Unsere Soldaten haben die Sänfte, diese hohle Versprechung, nun auf ihren Schultern hereingetragen. Wir, eine bunt schillernde Truppe, treten bis zur Mitte des Saals vor und lassen sie in dem freien Raum zwischen dem Thron und uns abstellen.

Was wird geschehen? Von draußen, durch die offenen Säulen, die zum Tor der Gerechtigkeit führen, dringt das Geraune der vielköpfigen Menge herein wie das ferne Summen eines Bienenschwarms.

Die Luft ist geladen wie vor einem Gewitter. Alle in diesem Saal sind bewaffnet. Ich halte mich ganz hinten bei der Tür auf, bereit, zu fliehen, falls es zum Kampf kommt. Ich habe nicht vor, mein Leben zu opfern für die Chimäre, die ich ersonnen habe und die sich nun verselbstständigt hat.

Jetzt tritt Al Mutadid vor, der angebliche Stellvertreter des »alten Kalifen«, und Ibn Abdus erhebt sich, steigt gemessen die Thronstufen hinab, beugt sich nieder und küsst den Boden vor den Füßen des Emirs.

Dann richtet er sich auf und wartet. Aller Augen sind auf die Sänfte gerichtet.

Der Fürst tut den Mund auf.

Es ist die gleiche knarrende, befehlsgewohnte Stimme, die keinen Raum für Gefühl lässt, wie kürzlich, als er den versammelten Kleinkönigen von seiner Engelsvision berichtet hatte, und auch hier macht seine nüchterne Sprache das Ungeheuerliche dessen, was er sagt, noch deutlicher. Offenbar hat ihm der gleiche Ratgeber wie damals den Text zugeschnitten und anprobiert, bis er leidlich passte. Und wenn ich verärgert und irritiert bin, dass ich in diesen letzten Abschnitt der Vorbereitung nicht einbezogen wurde – ich hätte so eine platte Dreistigkeit nicht fertiggebracht.

Es ist ja so einfach. Dasselbe Muster noch einmal variiert.

Wieder ist ihm ein Engel erschienen, wie einst Mohammed. Diesmal allerdings hat der himmlische Gesandte ihm erklärt, dass der Prophet – Allah segne ihn und gebe ihm Heil! – seinen hehren Anverwandten nach so vielen Jahren des Erdenwallens nun von den Bitternissen dieses Jammertals erlösen wolle und sich nach seiner Gesellschaft im Paradies sehne. Deshalb habe er den erlauchten Hisham mit sich genommen. Der Kalif, so Al Mutadid, sei in dieser Nacht leiblich mit dem Engel zur Pforte der Seligen aufgestiegen. Vorher aber habe er ihn, den Emir von Sevilla, mit seiner Stellvertretung auf Erden betraut. Da die versammelten Emire der kleinen Taifas südlich und westlich von Sevilla ihm ohnehin bereits gehuldigt hatten, sei es für Cordoba, dem alten Sitz des Kalifats, sicher nur eine Formalität, sich den anzuschließen.

Und dann reißt er den Vorhang der Sänfte zurück und offenbart das Nichts.

36

IBN ABDUS.

Zugegeben, so krass habe ich es mir nicht vorgestellt. Ich dachte denn doch, dass sie noch irgendeinen gebrechlichen, unvermögenden Greis eingeplant hätten.

Aber wozu sich die Mühe machen?

Es ist das, was man eine Eroberung ohne einen Schwertstreich nennt. Wir haben uns, unterm Druck des Stadtvolkes, den Feind ins Haus geholt. Unsere Chance ist gleich null. Aber das war mir ja längst klar, so oder so.

Ich danke Allah wortlos, dass ich Abd Al Malik von diesem Ereignis ferngehalten habe. Er, mit Sicherheit, hätte das Schwert gezogen – wohl das erste und letzte Mal in seinem Herrscherleben.

Ich, mit ebenso viel Sicherheit, werde versuchen, den Konflikt zu vermeiden. Vor allem werde ich nicht stolz und nobel abdanken – das hatte ich niemals im Sinn. Ich muss mich gleich ins Spiel bringen, das Eisen schmieden, solange es noch heiß ist. Ich werde zusehen, dass ich, wenn ich jetzt schon nicht lenke, so doch zumindest in die Zügel greifen kann.

In der atemlosen Stille, der diesem unverschämten Auftritt folgt, sind aller Augen auf mich gerichtet.

Ich beuge langsam das Knie, neige den Kopf.

»Hochwürdiger Gebieter«, sage ich laut und gemessen, »ich grüße in Euch den Stellvertreter des Kalifen und somit den neuen Herrn Cordobas. Sicher wird Abd Al Malik, der

Sohn der Banu Yahwar, Euer Anrecht auf den Thron anerkennen und sich bald endgültig auf seine Güter zurückziehen. Was mich angeht, so bitte ich Euch demütig, als Euer Hadjib hier in Cordoba meine Dienste anbieten zu dürfen.« Ich wage ein Lächeln. »Schließlich kenne ich mich hier aus.«

Al Mutadid lacht polternd. »Ihr seid ein gerissener Hund, Ibn Abdus, und wie ich sehe, Herr der Lage. Erhebt Euch. Eure Bitte sei Euch gewährt.«

Im Saal ist es so still, als seien der Emir und ich allein hier. Ein bleierner Vorhang umgibt mich und das, was alle als meinen Verrat ansehen werden. Selbst die Begleiter Al Mutadids sind zunächst sprachlos.

Und die Vornehmen Cordobas, die hier versammelt sind? Sie werden mich zunächst einmal verachten, bis sie sich daran gewöhnt haben, dass es sich in einem Cordoba unter der Führung Sevillas nicht besser oder schlechter lebt als unter den Banu Yahwar.

Dann erst werfe ich einen Blick auf Valada und merke meinen Fehler: Ich hätte mich zuerst mit ihr beschäftigen, sie einbeziehen müssen. Jetzt ist es zu spät.

Die Nachkommin der Omayaden hat sich erhoben – eine weiße Flamme des Zorns.

Mit ihren weit ausholenden Schritten geht sie an mir vorüber (ihr Mantel streift mich wie ein Schlag einer Peitsche) und hin zu dieser leeren Sänfte.

Die Träger, die sich ihr in den Weg stellen wollen, wischt sie gleichsam mit einer heftigen Handbewegung fort. Sie umkreist das Vehikel, begutachtet es von allen Seiten, als sei sie eine Käuferin auf dem Basar, hebt die Vorhänge an, verharrt einen langen Moment.

Die Männer im Audienzsaal, die aus Sevilla und die aus Cordoba, sehen regungslos zu. Ich versuche, die Stimmung zu zerstören, mahne vorsichtig: »Prinzessin …«

»Still, Verräter, Überläufer!«, sagt sie halblaut.

Nun hat sie das leere Ding da im Rücken und beginnt mit jener klingenden Stimme, der man einfach zuhören muss: »Ich habe mir eben vorgestellt, dass ich wie ein Hund an dieser Sänfte erschnüffeln könnte, wer zuletzt darin gelegen hat. Aber selbst bei so einer kleinen Aufgabe versagen wir einfachen Menschen.

Was mir aber mein Kopf sagt, auch ohne dass ich Augen, Ohren und Nase eines Hundes einsetzen muss: Hinter diesen Vorhängen hat niemals ein Kalif Hisham gesessen. Und um das zu wissen, muss ich nicht seine Anverwandte sein. Ich wiederhole es: Hinter diesen Vorhängen saß niemand. Niemand.«

Ohne sich umzudrehen, zerrt sie mit der Hand den Sänftenvorhang hinter ihrem Rücken zu. Keiner unterbricht sie, als sie sich nun an Al Mutadid wendet.

»Ich wollte, ich hätte zu Engeln eine so nahe Beziehung wie der erlauchte Emir. Er braucht, wie man hört, nur die Augen zum Schlaf zu schließen, und schon sind sie da und vertrauen ihm alles an, was er hören möchte. Ob er mir wohl mehr über sie erzählen könnte? Zum Beispiel, ob sie sich berühren lassen. Aus welchem Stoff sind ihre Gewänder? Und wie sie riechen. Benutzen sie vielleicht ein himmlisches Duftwasser? Ich würde darauf brennen, es auch zu nehmen.«

Sie lacht auf, grell und freudlos.

»Das ist Gotteslästerung!«, ruft einer aus dem Gefolge des Emirs.

Ihr Kopf fährt herum. »Wer hat das gesagt?«, fragt sie scharf. »Wer wagt, mich der Lästerung zu zeihen von denjenigen, die ein frevelhaftes Spiel mit unseren heiligen Traditionen spielen? Das Kalifat ist von Mohammed selbst eingesetzt, es kommt direkt vom Himmel. Ihr aber, ihr habt das Volk von Cordoba, ihr habt vor allem mich, die Letzte meines Stammes, zum Narren gehalten.«

Ihre Stimme steigt an, tönt nun voll wie eine große Glocke.

»Es gibt keine Macht und keine Majestät außer bei Allah, dem Erhabenen und Allmächtigen, und Ihr, Emir von Sevilla, habt Euch versündigt an dem Heiligsten, was es unter Gottes Sonne gibt: dem Vertrauen der Gläubigen in das Wort des Propheten, dem Vertrauen der Untertanen in ihre Herrscher.

Ihr bringt uns eine Sänfte voll Wind – wundert Euch nicht, wenn Ihr Sturm erntet.«

Sie wirbelt weiß leuchtend auf der Ferse herum, und bevor es sich jemand versieht, ist sie draußen, auf der Terrasse der Gerechtigkeit.

Der vielstimmige Jubelschrei des Volkes empfängt sie. Dann, wie Blätter, die der Wind aufwirbelt, will das Lied aufsteigen, hier und da, wie in den letzten Tagen, sich vereinen zum Chor. Aber sie hebt die Hand, bringt den Gesang zum Schweigen.

»Was hat dies Weibsbild vor?«, fragt Al Mutadid misstrauisch. Und sein Sohn schiebt sich an mich heran. »Irgendetwas läuft schief«, murmelt er.

»Tut etwas, Hadjib!«

Ich schüttele den Kopf. »Hoheit, Ihr habt es Euch zu leicht gemacht. Ihr habt die Prinzessin unterschätzt. Es wäre klüger gewesen, Ihr hättet mich befragt, wie …«

Ich verstumme. Denn nun spricht sie da draußen. Spricht, wie nur sie es kann.

»Ihr Anhänger des Propheten und seiner Nachfahren, Gläubige des rechten Weges, der nichts zu tun hat mit finsteren Machenschaften, hört mich an: Man hat mich, man hat uns alle auf das Schändlichste betrogen. Die Männer aus Sevilla führen den Kalifen nicht mit sich. Der alte Mann ist vielleicht schon vor Jahren in der Fremde verdorben und gestorben. Sie haben diesen Vorwand nur benutzt, um sich Cordobas ohne Waffengewalt zu bemächtigen.«

Auf dem Platz tritt langsam Ruhe ein, erneut flammt hier und da das Lied auf; es dauert, bis auch der Letzte begriffen hat, um was es geht. Es legt sich drohendes Schweigen über die Menge, über all die weißen und hellen Kopfbinden und Turbantücher und die Schleier der Frauen, ebenfalls weiß, soweit sie es sich leisten können, gebleichtes Leinen oder Baumwolle zu tragen. Hier und da quäkt ein Kind, das in seiner Welt haust und nicht begreift, warum es rings so still ist.

Die Prinzessin geht hin und her zwischen den Säulen der Terrasse und bewegt die Arme in großer Geste.

»Ich bin nicht dagegen, Herrschaft zu erweitern ohne Schwerter und abgeschlagene Köpfe, wie es die meisten Fürsten tun. Man kann Verträge schließen, heißt es. Aber durch einen Betrug an die Macht zu kommen, einen Betrug, der die Herzen der Gläubigen wie mit Nägeln durchbohrt – das ist schäbig und ehrlos. Cordoba fällt in die Hände von Männern, die aus den Dingen des Glaubens einen billigen Scherz machen. Ewig schade!

Und wir? Wir sehen uns das an?«

Ihre bewegten Arme sind wie große, helle Schwingen.

Besorgt behalte ich die Mienen der Männer aus Sevilla im Auge. Das hier kann keinesfalls gut gehen. Falls der verfluchte Ibn Zaydun hinter dem Ganzen steckt – er hat uns ein übles Ei ins Nest gelegt.

»Warum stopft keiner dieser Hexe das Maul?«, fährt mich der Emir an.

»Weil sie die Omayaden-Prinzessin ist, Mawlah!«, sage ich. Und kann mir nicht verkneifen, hinzuzufügen: »Die legitime Verwandte des Mannes, der eigentlich in der Sänfte sitzen sollte.«

Al Mutadid macht schmale Augen. Klar, dass ihm meine Bemerkung nicht schmeckt.

Ich hingegen – ich lasse den Dingen ihren Lauf. Es ist im Moment nicht an mir, in irgendetwas einzugreifen.

»In diesem Saal«, tönt die Stimme Valadas weiter auf der

Terrasse, und ihre ausgestreckte Hand weist hinter sich, »sind die Männer versammelt, die der Stadt Cordoba Gewalt antun. Ich weiß, ja, wir alle wissen, dass es mit der Regierung dieser Stadt nicht immer zum Besten bestellt war, dass ihr – und mit Duldung der Obrigkeit! – oft genug tyrannisiert wurdet von den Barbaren, die Al Mansur einst aus Afrika hierher holte. Nun liefert sie euch, liefert sie uns zu alledem noch an die Fremden aus!«

Ein Murren der Empörung, wie das Knurren einer großen Raubkatze, dringt vom Platz her an unsere Ohren.

Bei Allah, diese Frau hätte das Zeug zu einer Anführerin; nur, dass es dergleichen in unserem Verständnis von Herrschaft nicht gibt. Jedenfalls nicht auf der öffentlichen Bühne, nur hinter den Kulissen. (Und die Möglichkeit, auf die sie so erpicht war, wurde ihr nun gerade genommen ...)

Ich beobachte die Männer aus Sevilla. Sie scheinen aufs Äußerste verunsichert, alle reden auf den Fürsten ein, der Kronprinz hat die Hand am Dolch. Der kleine Kerl neben ihm, der den Beduinenschleier bis zu den Augen gezogen hat, gestikuliert wild. Mit Sicherheit: Das ist Ibn Zaydun – wenn ich mich nicht irre, der geheime Anstifter dieser ganzen Aktion.

Vom Platz her kommt Bewegung in die Szene. Die ersten Gegenstände fliegen. Noch sind es nur Orangen und Quitten, als Zehrung mitgenommen für das zu erwartende Schauspiel. Bald werden es Steine sein. Es liegen ja genügend davon herum.

Eine Stimme gellt: »Es gibt keine Macht und keine Barmherzigkeit außer bei Allah! Du bist unsere Sayyida Al Kubra, Prinzessin. Sag uns, was zu tun ist!«

»Das steht allein bei euch, Leute von Cordoba!«

Sie spielt wahrhaftig mit dem Feuer, und unter all meiner Sorge, wie diese Sache ausgehen wird, und meiner Missbilligung ihrer Unbesonnenheit – ich finde sie herrlich.

Und die Leute von Cordoba – sie beginnen in der Tat, die Terrasse der Gerechtigkeit zu stürmen! Einige überwinden, erst zögernd, die Absperrung der Treppe, die vom Platz aus nach oben führt, andere klettern einfach am Seitengemäuer hoch.

»Verdammt, Ibn Abdus, warum tut Ihr nichts!«, herrscht mich der Emir an.

Ich zucke die Achseln. »Hier stehen Eure Truppen, Gebieter! Wenn Ihr allerdings meint, es wäre gut, gleich zu Beginn das Volk dieser Stadt mit Peitschen und Lanzen zu traktieren …«

»Endloses Geschwafel!«

Das ist Al Mutamid. Er stürmt an uns vorbei nach draußen auf die Terrasse, eine hoch aufgeschossene Gestalt im Kettenpanzer, umweht vom buntseidenen Überwurf, imponierend. Den gezückten Dolch in der Hand, ist er mit drei Sprüngen bei Valada, umklammert sie von hinten und setzt ihr die Waffe an die Kehle.

Ein Aufschrei.

Und darüber die befehlsgewohnte Stimme des jungen Mannes: »Keinen Schritt näher! Oder eure Prinzessin ist tot. Denkt nicht, dass ich nur drohe.«

Er drückt zu. Ein Blutschwall verbreitet sich vom Hals Valadas auf ihre weiße Kleidung. Gleichzeitig hat der Schnitt die Perlenschnur durchtrennt. Um die Frau und den Mann, der sie im Griff hält, rieselt ein Regen von Perlen zu Boden, hierhin und dorthin rollen die Kostbarkeiten, verteilen sich über die ganze Terrasse.

Valada hat aufgeschrieen. Sie fuchtelt mit den Armen und versucht nun, sich aus der harten Umklammerung zu lösen, aber der Prinz zerrt sie unaufhaltsam Schritt für Schritt rückwärts in den Audienzsaal.

Die Wagemutigen, die bereits die Terrasse erklettert haben, zögern, bleiben stehen. Was sollen sie tun? Von unten wütendes Geschrei. Offenbar wissen sie nicht: Feuert man sie an oder ruft man sie zurück?

Meine Zeit ist gekommen, um einzugreifen. (Ich hoffe nur, sie halten sich jetzt mit Steinen zurück.) Wie eben noch Valada, trete ich hinaus auf die Terrasse, sorgfältig bemüht, nicht auf einer der herumliegenden Perlen auszurutschen, und hebe die Arme.

»Volk von Cordoba! Unserer Prinzessin wird nichts weiter geschehen! Dafür verbürge ich mich mit meinem Leben. Wir alle, die Edlen aus den großen Familien dieser Stadt, sind genauso überrascht und verblüfft über das, was wir hörten – einzig durch das Eingreifen göttlicher, von Allah gesandter Mächte hat sich das, was wir erhofften, gewandelt. Den greisen Hisham, den Nachkommen des Propheten – Allah segne ihn und gebe ihm Heil! – hat der Herr der Welten abberufen ins Paradies. So versichert uns glaubwürdig der Emir Al Mutadid Ibn Abbad. Valada bint Al Mustakfi hat es nicht sogleich für sich verstanden. Der Kummer über den plötzlichen Tod ihres Verwandten hat ... ihre Wahrnehmung verwirrt.

Wir werden Trauer um den leider so zu unrechter Zeit Verblichenen anordnen. Stellvertreter des Kalifen ist der Fürst aus Sevilla. Er möge unsere Geschicke fürder lenken.«

Während dieser meiner Ansprache lausche ich, was da hinten im Raum geschieht – der wütende Protest Valadas, die Beschwichtigungsversuche –, und habe gleichzeitig die Menge vor mir im Auge.

Langsam und vorsichtig ziehen sich die zurück, die bereits auf der Terrasse waren; meine leibliche Gegenwart so dicht bei ihnen verunsichert sie. Zum Angriff scheint also eigentlich keiner so recht bereit zu sein.

Unten murmelt man, schreit sich an, ruft mir etwas zu, was ich nicht verstehe.

Ich warte. Dann hebe ich erneut beide Arme. Wirklich wird es schnell still – ein gutes Zeichen. Sie wollen nichts riskieren.

»Meine Freunde!« (So weit muss man schon gehen.) »Eilt nach Hause zu euren Familien. Drei Tage werden wir um den verstorbenen Kalifen trauern. Danach gibt der großmütige Emir, den Allah erhalten möge, ein Fest für Cordoba. Nach dem Gottesdienst in der Moschee wird auf allen Plätzen der Stadt Wein ausgeschenkt sowie Lamm und Ziege am Spieß gebraten, dazu erhält jedermann Fladenbrot und bestes Olivenöl, seine Bissen darin zu tränken.«

(Ich kann mir vorstellen, dass Al Mutadid zu solchem Aufwand keinen Grund sehen wird, und weiß schon im Voraus, dass ich es aus unserer Schatzkammer bestreiten muss.)

Mir fällt noch etwas ein, und ich füge hinzu: »Übrigens, die Salzsteuer ist mit sofortiger Wirkung aufgehoben.«

Das Versprechen verfehlt seine Wirkung nicht. Vereinzelte Hochrufe kommen auf. Und tatsächlich beginnt die Menge, sich zu zerstreuen ...

Es ist so schrecklich einfach, sie zu gängeln.

Hier und da fliegt noch halbherzig ein Kohlstrunk. Da und dort flackert noch einmal das Lied auf: »Beherrscher der Gläubigen, zieh bei uns ein ...«

Schließlich ziehen sie ab.

Sodass es nun doch so aussieht, als könne ich mich den Vorgängen zuwenden, die hinter mir im Inneren des Palastes ablaufen.

Die Würdenträger Cordobas, die Söhne der großen arabischen Familien der Stadt, haben die Gelegenheit benutzt, sich still und heimlich zu verdrücken. Ich schätze das an ihnen: dass sie gar nicht erst versuchen, Stellung zu beziehen, und lieber gleich den Problemen den Rücken kehren. So bleibt mir freie Hand, die Dinge zu regeln.

Meine gut geschulten Beamten sind schon in »Übergabeverhandlungen« mit den Männern aus Sevilla, und Al Mutadid veranstaltet ein Probesitzen auf dem Omayaden-Thron.

Ein eigenwilliger Herrscher, nicht so lenkbar wie Abd Al Malik. Die Zukunft wird nicht leicht.

Im Übrigen dreht sich alles, wie sollte es anders sein, um Valada.

Mit Augen wie Brunnenschlünde sitzt sie jetzt im Hintergrund auf ein paar Kissen und drückt ein Stück Leinen auf die Wunde an ihrem Hals. Zwei rasch herbeigerufene Ärzte umkreisen sie und werden von ihr immer wieder unwillig abgewiesen.

Auf der Terrasse suchen mehrere Sklaven unter Aufsicht eines scharfäugigen Eunuchen nach den Perlen der zerrissenen Kette. Dass ja keine verloren geht!

Schließlich ist ein Beutel damit gefüllt. Der Eunuch nähert sich der Prinzessin und überreicht ihr katzbuckelnd das, was man aufgelesen hat, und sie greift danach und lässt es achtlos in der Tasche ihres Ärmels verschwinden.

Vor ihr stolziert der Mann, der sie mit dem Messer verletzt hat, Al Mutamid, auf und ab und versucht, in einer Mischung aus Unterwürfigkeit und Arroganz, sein Verhalten zu erklären.

Es sei nun einmal, so legt er dar, der einzige Weg gewesen, das Pack davon abzuhalten, den Alcazar zu stürmen.

Ich erwarte Valadas Antwort, ein trotziges: »Das hätten sie auch tun sollen!«

Aber sie sagt nur ernst und abweisend: »Das war kein Pack. Das waren die treuen Anhänger des rechtmäßigen Kalifen.«

»Prinzessin!«, mische ich mich ein. »Es hätte ein Blutbad gegeben! Glaubst du, diese Männer hier …«

»Sei still!«, sagt sie verächtlich. »Tu du, was du für richtig hältst, ich tue das meine.«

(Ich sehe mich verstohlen um. Irgendwo da hinten zwischen den braun und schwarz verzierten Säulen des Saals steht die verhüllte Gestalt, die ich vorhin schon bemerkt habe, steht da und hört und schaut. Ibn Zaydun, wer sonst.)

Al Mutamid verfolgt unseren Wortwechsel mit spöttisch

verzogenen Lippen. Er ist ein schlaksiger Bengel mit hübschen Augen, aber ich könnte mir denken, er ist mit allen Wassern gewaschen und steht seinem Vater in nichts nach.

Im Moment zieht er gerade, nach der halbherzigen Entschuldigung eben, die harten Saiten auf.

»Nach dem, was Ihr eben getan habt, Prinzessin, müsst Ihr verstehen, dass mein Vater, als der erwählte Stellvertreter des letzten Kalifen, von Euch einen Huldigungsschwur verlangen muss. Wir müssen Eurer Loyalität sicher sein.«

Valada sieht starr an ihm vorbei und drückt das Tuch auf die Schnittwunde.

»Es gibt keinen letzten Kalifen, und Euer Vater ist der Stellvertreter von einer Sänfte voll Luft. Wie sollte ich einem Mann huldigen, der sich die Macht erschlichen hat? Abgesehen davon hat noch nie ein Abkömmling des Propheten – und ich bin, wie Ihr wisst, eine Nachfahrin – einem anderen Herrscher einen Treueid geleistet, wie immer der sich auch bezeichnen mag.«

»Sie ist halsstarrig!«, ruft der Alte mit dem unbewegten Gesicht uns vom Thronsitz her zu. (Offenbar kann er weit hören.) »Sie stört.«

Valada gönnt ihm nicht einmal eine Kopfwendung. Erhebt nur ein bisschen ihre Stimme. »Ich störe, ja. Ich habe vor, zu stören. Ihr geltet doch als die Rachsucht in Person, Fürst Al Mutadid von Sevilla. Warum lasst Ihr nicht gleich das Richtschwert und das Blutleder herbeibringen und macht mich einen Kopf kürzer? Das Volk von Cordoba wird Euch gewiss für dieses Schauspiel lieben!«

Ich sehe, wie Al Mutadid rot wird vor Wut.

»Wir wollen doch keine Schärfe in diese unsere Verhandlungen tragen, Prinzessin – Fürst!«, sage ich beschwörend.

»Verhandlungen? Pah!«, wirft Valada ein und verzieht verächtlich die Lippen.

»Die Ereignisse sind, wie sie nun einmal sind«, rede ich

unbeirrt weiter, »und wir müssen mit ihnen umgehen. Wir sind vor vollendete Tatsachen gestellt worden, und ich wäre ein schlechter Staatsmann, das nicht anzuerkennen. Aber vielleicht versteht Ihr, meine Herren aus Sevilla, wie groß die Enttäuschung der Prinzessin bint Al Mustakfi sein muss. Ihr Lebenstraum, das, worauf sie sehnlich gehofft hat, ist heute zerbrochen.«

»Heuchler! Halt den Mund!«, ruft Valada, ohne mich anzusehen.

Jetzt ist der Prinz wieder an der Reihe. »Nun, so manchen Lebenstraum hat wohl schon jeder von uns einmal aufgeben müssen!«, bemerkt er süffisant und stolziert weiter vor Valada herum, während sie nun endlich zulässt, dass ihr die Ärzte das blutgetränkte Tuch aus der Hand nehmen und einen Verband anlegen (natürlich ist das kein tiefer Schnitt, es kam ja nur auf den Effekt an. Aber schmerzen wird es schon).

Der Prinz fährt fort; es klingt, als spräche er zu sich selbst: »Aber so sehr wir die Gefühle einer schönen Herrin, noch dazu einer Dichterin, achten und respektieren – hier geht es um die Ruhe und Sicherheit Cordobas. Ich denke, es ist ganz im Sinne meines Vaters, des Emirs, wenn wir die Prinzessin bitten, ihr Haus nicht zu verlassen, bis wir hier gefestigte Verhältnisse haben.«

Und der Mann auf dem Thron nickt.

Die Prinzessin hebt den Kopf, und ihr Gesicht ist so weiß wie der Verband um ihren Hals. »Ihr wollt mich einsperren? Nur zu! Das ist ein wundervoller und nützlicher Einfall. Aber wieso in meinem Haus? Von da aus habe ich genug Möglichkeiten, euch in die Quere zu kommen!«

Sie erhebt sich, streckt in großer Geste die Arme nach vorn. »Fesselt mich, legt die letzte Omayade in Ketten, führt mich in den Kerker! Ich bestehe darauf. Hier habe ich ohnehin nichts verloren.«

»Deine Bitte ist so unsinnig nicht, Prinzessin«, sage ich in die allgemeine Stille hinein. (Leuten, die sich möglicherweise selbst verletzen könnten aus gekränktem Stolz, sollte man die Möglichkeit dazu nehmen, falls einem etwas an ihnen liegt.)

»Es war keine Bitte!«, herrscht sie mich an. Nun gut.

Ich wende mich an die Besatzer. »Erlaubt, meine Herren, dass ich Valada bint Al Mustakfí in einen der festen Räume des Alcazar verbringen lasse, bis sich hier alles ... beruhigt und gefestigt hat. Sie wird dort Gefangene sein, wie sie selbst es wünscht, und auf das Ehrenvollste behandelt werden. Natürlich« – ich lächle – »ohne Ketten.«

Während dieses Schlagabtauschs habe ich die Gestalt zwischen den Säulen immer wieder ins Auge gefasst. Sie hat sich nicht gerührt.

37

EINE HÜTTE IM QUARTIER DER AUSGESTOSSENEN.
Es ist dunkel. So dunkel, dass man nichts sieht, nur riecht, fühlt, schmeckt. Und hört.

Um mich herum ist das Summen. Das Summen wie von vielen Bienen.

Ich bin im Inneren eines Bienenstocks, und Wärme umfängt mich. Wärme, die den Schmerz wegnimmt. Von meinem Kopf, der in Flammen steht. Von meinem Körper, der nur noch aus pulsierenden, zuckenden Fetzen zusammengesetzt ist, ein Mosaik, in dem sich nichts an der richtigen Stelle befindet. Aber jeder dieser Fetzen schreit vor Schmerz. Von den glühenden Nadelstichen, die mich durchzucken, da, wo einst die Quelle der Freude war und wo nun noch immer eine Folterhöhle ist.

Aber das Summen tut gut. Es ist wie eine Hand, deren ausgestreckte Finger in den Schmerz hineingreifen, ihn packen und woanders hinbringen.

Aber anfangs gelang es der Hand nicht immer. Der Schmerz war hartnäckig und wehrte sich. Doch nach und nach trat Linderung ein. Immer häufiger verstummte das Schreien, und in den Momenten der Stille konnte ich Atem holen, tief und bis in die Spitzen meiner Lungen.

Manchmal berührte Honig meine geschwollenen Lippen, und ich leckte ihn ab. Meine zerbissene Zunge wurde taub davon.

Auch mit Wasser wurde ich genetzt. Viel Wasser brauchte ich. Wasser spült die Kruste vom Schmerz, nimmt ihm das Rissige. Glatt war er leichter zu ertragen.

Ich wurde auch angefasst.

Die Fingerspitzen waren zart wie die Füße kleiner, freundlicher Insekten. Wenn sie auf meine Haut trafen –, auf die Stellen meiner Haut, die heil geblieben sind – erinnerte ich mich daran, welche Gefühle es erweckt hat, früher, wenn ich gestreichelt wurde. Aber es ist nur eine Erinnerung. Ein Windhauch, der den Duft von etwas bringt, was einmal war. Wie von verwelkten Pflanzen.

Die Fingerspitzen zogen den Schmerz aus mir heraus und taten ihn an eine andere Stelle außerhalb von mir. In meinem Kopf sah ich, was daraus wird: eine wabernde Kugel, weiß und grau und braun gemischt. Manchmal streckte ein Stück Schmerz einen Fuß heraus und wollte entkommen. Aber das ließ die Hüterin nicht zu.

Und ich konnte endlich schlafen in diesem Bienenstock des Summens, in seiner Wärme.

Zuerst aber nicht. Zuerst war mir so schrecklich kalt. Ich wusste gar nicht, dass man so frieren kann. Aber irgendwann hatte das Summen dem Schlaf eine Schneise geöffnet zwischen Kälte und Schmerz. Freilich, wenn ich aufwachte, schlugen die Wellen mit Getöse über mir zusammen.

Irgendwo da draußen gibt es die Zeit. Hier kommt sie nicht her.

Zumindest habe ich das gehofft. Aber das ist natürlich Unsinn. Zeit vergeht auch hier. In der Zeit geschieht, was mich heilt, während ich im Bienenstock hocke. Im Nest. Im Nest aus Summen.

Doch die Wände dieses Bienenstocks sind durchlässiger, als ich dachte. Je weniger der Schmerz wird, umso mehr lassen sie auch die andere, die Zeit vor dem hier zu mir. Erinnerungen stecken ihre Köpfe durch die Wabe. Manche lächeln.

Aber die meisten blecken so scharfe Zähne, dass ich meinen schmerzenden Schädel jammernd in den Händen verberge.

Dann geschieht etwas Neues.

Ich kann meine Augen öffnen. Jemand hat mir mit lauem Lavendelwasser weggewaschen, was mir die Lider verklebte, und summte dabei.

Eigentlich gibt es nichts zu sehen. Ein Lager, so weich wie Treibsand. Ich weiß nicht, woraus es besteht. Durch das schadhafte Dach der Hütte leuchten die Sterne. Ihr Licht fällt auf mein Lager.

Aber eigentlich ist mir das Dunkel lieber. Wenn ich die Augen wieder schließe, bin ich nicht nur blind, sondern auch unsichtbar. Und das Summen bewacht mich. Das Summen der Wächterin, der Heilerin. Im Dunkeln spüre ich sie stärker.

Träume habe ich nicht. Das Träumen ist mir vergangen.

Dann kommt ein Tag, an dem meine Lippen einen Becher berühren, dessen Inhalt ist bitter und würzig zugleich. Ein Etwas, das mich stärkt, mich aufschließt und durchlässig macht für das da draußen. Vielleicht hat es sein müssen. Aber für mich war es der falsche Tag.

Um mich herum sind nun andere Gestalten, andere Schatten, andere Stimmen. Sie sind laut, und es macht mir Angst. Es sind Männerstimmen unter ihnen. Und sobald ich die Stimmen von Männern höre, beginnt mein Kopf wieder zu flammen, und zwischen meinen Beinen, tief im Inneren, packen mich Schlangen, schlagen ihre giftigen Zähne in mein Fleisch. Aber dann kommt die Stimme, die summt. Sie summt weg, was mir angetan wurde, summt mich in den Frieden des Schlafes.

Schlafe ich wirklich? Ich weiß es nicht. Ich bin woanders.

Ich tauche durch einen Tunnel. Am Ende des Tunnels ist eine Gestalt in weißem Licht. Und dann plötzlich ein Geräusch. Es ist ein Rieseln, ein Klirren, ein Prasseln, wie springende Wassertropfen auf einer Eisfläche, wie ein Sturzbach, der gleich wieder verstummt.

Es sind die Perlen. Die Perlen, die der anderen gehören.

Aber die ist nun auch fort, noch weiter als ich. Die Perlen, nun am Hals der Gestalt aus Licht, rollen zu Boden! Und die weiße Frau blutet.

Sie blutet, sie ist verletzt. Und sie ist nicht nur dort verletzt, wo ihr Blut hervorquillt. Nacheinander hat man ihr all das entrissen, was ihr Leben ausmachte.

Ja, ich gehöre zu diesen Verlusten.

Ich beginne zu schreien, zu weinen, mir ins Gesicht zu schlagen.

Man nimmt mich in den Arm in meinem Elend, man summt auf mich ein, bis ich nur noch schluchze.

»Ich liebe sie! Ich liebe sie doch!«, sage ich flehend. »Wie kann man sie so verwunden!«

»Jetzt muss *dir* geholfen werden. Jetzt musst *du* heilen. Jetzt bist du bei mir. Ich halte dich.«

Sagt Nazik.

Aber diese Art von Schmerz kann sie nicht wegnehmen. Er passt nicht in die Kugel, in der sie die körperlichen Schmerzen sammelt, um sie irgendwann in einer mondlosen Nacht im Guadalquivir zu ertränken.

Dieser Schmerz bleibt.

'VALADA.

Eine Hand löscht die Kerze aus.

Ja, es stimmt, ich habe keinen Riegel vorgeschoben. Warum sollte ich? Gefangene werden eingeschlossen, sie müssen nicht von innen dafür sorgen, dass ihre Türen fest sind.

»Wenn du mich berührst, stoße ich dir meinen Dolch in die Rippen«, sage ich in die Dunkelheit hinein.

»Aber du hast keinen Dolch«, erwidert er, und schon fühle ich die Hitze seines Körpers dicht neben dem meinen und Finger, die mir saugend erscheinen wie die Fangarme eines Kraken und mich überall da berühren, wo ich nicht drauf gefasst bin. »Und du hast auf mich gewartet. Seit du mich gesehen hast in der Audienzhalle, hast du auf mich gewartet.«

»Ich habe dich nicht gesehen. Ich habe nur auf eine leere Sänfte gestarrt und dabei gewusst, dass dieser Betrug dein Werk ist.«

»Ja, er hat mich zu dir geführt.«

»Ich habe gesagt, da in deinem Kerkerloch bei dem Ungeziefer: Nie wieder. Ich habe es geschworen.«

»Versuche, deinen Schwur zu erfüllen.«

Wenn er darauf käme, mir Gewalt anzutun, wüsste ich mich zu wehren. Ich bin mindestens so stark wie er. Aber ich habe längst die Arme um seinen Hals gelegt wie eine Schlange, die ihr Opfer umschlingt bis zum Tode und küsse und beiße, bis ich das salzige Blut seiner Lippen und seiner Zunge schmecke.

Unsere Kleidung fällt von uns ab, als würden sie uns Fremde vom Leib reißen. Seine Nägel zerfetzen meinen nackten Rücken. Er stöhnt unter meinen Bissen.

Jetzt habe ich sein Ohr zwischen den Zähnen, dann eine Brustwarze. Als ich meine Finger um seine Hoden kralle (sie sind fest wie Steine), brüllt er auf.

»Willst du mich umbringen?«

»Nichts, was ich lieber täte. Aber erst hinterher.«

Jetzt hat sich sein Mund meiner Brüste bemächtigt, aber er tut mir nicht weh, sondern fährt mit langen, durstigen Zungenschlägen darüber hin, berührt meine Warzen so sanft mit den Lippen, dass ich zu strömen beginne.

Wir stehen uns noch immer gegenüber in der völligen Dunkelheit dieses Raums. Jede seiner Bewegungen ist mir vertraut, alles, was ich anfasse, ist wie heimkehren. Ich ziehe seinen Geruch mit geblähten Nüstern ein, er setzt in meinem Kopf etwas frei, das meine Sinne aufflammen lässt wie Feuer ein trocknes Holz.

»Nein! Du sollst nicht! Noch nicht!«, sage ich. Aber da ist er schon in mir, so rücksichtslos und siegessicher wie ein brünstiger Hengst. Mein Fleisch ist nicht bereit, Nein zu sagen.

Wir gehen zu Boden. Wälzen uns. Finden die richtige Lage. Singen gemeinsam das Lied. Endlos.

Wieder wölbt sich eine Moschee der Lust auf, rot und glühend, immer höher, immer weiter, Bogengänge, anwachsende Räume, eine schwellende Mezquita bis zum Himmel.

Wir heulen beide wie die Tiere, schreien uns an, steigern uns in unseren Sternenflug hinein.

Irgendwann öffnet sich die Kuppel, zersplittert, fliegt davon und vereint sich mit den Gestirnen.

Der Fußboden ist hart. Ich schwimme in einem See aus Saft und Sperma.

Zwischen meinen Schenkeln pocht es wie ein atmendes Tier.

»Mehr, gib mir mehr!«

»So bricht man seine Schwüre, nicht wahr? Ich habe es gewusst.«

»Warum soll man einem Hund wie dir gegenüber nicht eidbrüchig werden?«, sage ich keuchend. (Sowieso habe ich den Schwur ja nur mir selbst geleistet.) Ich bewege mich, ziehe die Muskeln zusammen um seinen schlaff gewordenen Schwanz, fühle, wie er in mir wieder hart wird, fordere ihn auf, den Ritt noch einmal zu tun.

Noch einmal. Und noch einmal.

Wir sind ein einziges Tier in dieser Dunkelheit, ein Wesen mit zwei Köpfen, vier Armen und vier Beinen, in der Mitte zusammengeschweißt durch jene magische Verbindung, die machtvollste, die es gibt.

Nacht der Nächte. Zum letzten Mal. Nun endgültig.

»Du hast ihn dir ausgedacht, diesen ... gigantischen Betrug, nicht wahr?«, frage ich, als wir wieder in den Kleidern sind – zittrig, verschwitzt, ermattet, gestillt. Ich habe Mühe, die Kerze zu entzünden. Sein Gesicht mit dem scharfen Nasenrücken und der gewölbten Stirn wechselt im flackernden Licht und Schatten von den Zügen eines Dämons zu denen eines Narren.

»Ja, das war ich«, erwidert er. »Ich ganz allein.«

»Was haben sie dir dafür bezahlt?«

»Bezahlt? Nichts. Ich habe nur deinen Auftrag ausgeführt. Um dich wiederzusehen, so wie jetzt, ist das alles geschehen.«

»Du Sohn eines Hundes«, sage ich voller Ingrimm. »Du wolltest mich damit demütigen, lächerlich machen, nicht wahr? Aber nichts dergleichen ist dir geglückt. Ich bin weiter die, die ich war, bin und sein werde. Nie wirst du mich erniedrigen, nie über mich triumphieren.«

»Und was war das eben?«

»Denkst du in der Tat, du hättest mir etwas gegen meinen Willen angetan? Ahmad, du bist nicht gescheit. Im Himmel ist ein Fehler passiert, weißt du. Der Schöpfer der Welt hat zwei Wesen geschaffen, die gemeinsam auf den Gipfel der Lust gelangen und miteinander wunderbare Verse schmieden können. Leider ist aus dem einen eine Fürstin geworden und aus dem anderen ein hinterhältiger Lumpenhund. Das ist der Fehler. Die Fürstin hat sich des Lumpenhunds einmal wieder bedient. Das ist alles.«

Seine eng zusammenstehenden Augen halten mich fest. »Ich will dich«, sagt er leise.

»Und ich dich.« Ich beiße mir auf die Lippen. »Aber ich lass es nicht zu. Geh dich anderwärts trösten.«

»Valada!« Er greift nach mir.

»Nein!«

Ich stehe schnell auf, entziehe mich. »Du hast auch meinen anderen Auftrag nur mit einem Trick erledigt, nicht wahr? Woher hattest du Kasmunas Perlen?«

Er seufzt. »Doch, ich war in diesem zerstörten Granada, wie du mir befohlen hast, Herrin«, erwidert er. »Keine Spur von der Frau. Die Perlen habe ich schon zuvor – an mich genommen. Ich habe sie zufällig unterwegs aus einem Raubüberfall gerettet. Die Kette, sie lag da im Staub.«

Also hatte Kasmuna die Wirklichkeit nicht verdreht, als sie mir von den Pardos erzählte! »Was für ein betrügerischer Schurke du doch bist! Zu allem anderen auch noch ein Dieb.«

Ich hebe die Kerze hoch, leuchte in sein Gesicht. Die schmale Nase, die Augen eines Raubvogels, der üppige Mund. Er lässt die Prüfung über sich ergehen.

»Das ist mein letzter Blick auf dich, Ahmad.«

»Ähnliches hast du in meinem Kerker auch gesagt.«

»Ach! Da hatte ich noch Aufträge an dich. Jetzt nicht mehr. Du bist entlassen, Ahmad Ibn Zaydun.«

»Valada! Wir gehören zusammen!«

»Ja. Bis auf den kleinen Fehler, den ich erwähnt habe.«

Ich öffne die Tür für ihn.

»Ich bin unsterblich gierig auf dich.«

»Und ich auf dich. Und nun geh.«

Wenigstens bei diesem Abschied muss ich nicht weinen.

Leer gefegt. Das Schicksal hat für mich einen großen eisernen Besen bereitgehalten, um reinen Tisch zu machen und mich von Furcht und Hoffnung, von Liebe und Hass, von Träumen und hochfliegenden Plänen und von der Sehnsucht nach Glorie auf einmal zu befreien.

Dass damit zugleich Menschen, die ich liebe, über den Rand meines Universums ins Nichts geschleudert wurden – ja, das kommt wohl vor. Zumindest um einen von ihnen kann ich trauern. Kasmunas Blut habe ich gesehen, und ihren bleichen Körper darin gleichsam schwimmend. Die heitere Anmut meines kleinen Weibchens ist fort. Was würde ich dafür geben, ein Zeichen von ihr zu empfangen.

Einst hatte ich uns gesehen in meinen erblühenden Gärten,

mich und diese beiden Frauen – im Zentrum einer Welt, die wir neu erschaffen wollten.

Verschollen und verweht. Und er, der Einzige, der mir ebenbürtig war im Dichten und Lieben – er hat sich selbst vor die Tür gestellt durch seine Bosheit, seinen Verrat.

Leer. So leer wie die Sänfte des Kalifen. Das Phantom, das Gebilde aus Luft, an dem meine Hoffnungen hingen.

Alles fort.

Natürlich kann es nicht ausbleiben, dass ein so scharfer Besen Spuren hinterlässt, wenn er gründlich ist.

Kratzer. Striemen auf meiner Seele. Die werden Zeit brauchen, um zu heilen.

Und die anderen? Die da draußen? Die auf mich gebaut haben?

»Du sollst erfahren, dass sie an dich glauben«, hatte der König der Ausgegrenzten zu mir gesagt.

Wie soll ich ihre Hoffnungen nun erfüllen – mit leeren Händen, leerem Herzen?

38

IBN ABDUS.

Ich vertraue seit jeher darauf, dass nie etwas so bleibt, wie es ist. Und wieder einmal gibt mir die Wirklichkeit Recht.

Denn kaum ist der alte Kämpfer Al Mutadid mit seinem halben Heer in Sevilla angekommen, um die christlichen Eindringlinge zu Paaren zu treiben, kaum hat er die erste Schlacht – mit für ihn zweifelhaftem Ausgang – geschlagen, als uns die Neuigkeit per Taubenpost erreicht: Auf dem Nachhause-Ritt ist der Fürst tot vom Pferd gekippt. Wie es aussieht, hat keiner nachgeholfen. Der große Gleichmacher, der alle Freuden schweigen heißt, hat sein Schwert geschwungen und den Emir auf den Weg ins Paradies geschickt. Ob er da hingehört, dessen bin ich nicht ganz sicher, aber was geht uns das an? Jedenfalls, ihn sind wir los.

Und damit auch folgerichtig seinen Sohn, den er hier als den Stellvertreter des Stellvertreters zurückgelassen hatte, und einen weiteren Schwung sevillanischer Truppen, denn es gilt nunmehr, den Christenhunden nicht nur ein paar Grenzbefestigungen wieder zu entreißen, sondern möglichst viel von deren Land zu erobern. Schließlich haben die angefangen! Besser, als sich immer nur die Städte muslimischer Brüder unter den Nagel zu reißen, wie ich finde.

Die Interessenlage in Sevilla hat sich verändert. Der Kampf gegen den Norden hat nun Vorrang vor der Eroberung des Südwestens. Cordoba ist nicht mehr so wichtig.

Zurück bleibt eine hauchdünne Besatzungstruppe und als Stellvertreter des Stellvertreters vom Stellvertreter meine Wenigkeit, der erlauchte Hadjib Ibn Abdus, in einem Alcazar, in dem jetzt nicht einmal mehr ein Abd Al Malik sitzt. Der hat sich, so hört man, in seinem Landhaus doch tatsächlich selbst den Tod gegeben ... Wen kümmert's noch. Seine Familie hat ausgespielt.

Zu meiner ganz besonderen Freude hat Al Mutamid auch seinen Freund, den windigen und wendigen Poeten Ibn Zaydun, wieder mitgenommen, und der war klug genug, mit ihm ohne Widerrede zu verschwinden. Er wusste, dass ihn ohne die schützende Hand des Prinzen, der nun Emir ist, hier in Cordoba nichts vor meinem Zugriff bewahrt hätte. (Sicher erwartet ihn am Hof zu Sevilla eine große Zukunft.)

So scheint alles beim Alten zu sein. Fast jedenfalls. Bis auf den unbändigen Zorn der geliebten Frau auf mich, den Verräter.

Während dieser Zeit, in der Valada im Alcazar in freiwilliger »Schutzhaft« war und sich so hartnäckig wie eine bockige Geiß weigerte, ihr Gelass zu räumen, war ihr Haus ohne Herrin. Ihre eigene Leibwache hatte sie, gleichsam als letzten Hoheitsakt aus ihrer Gefangenschaft heraus, entlassen – ein hochmütiges Zeichen ihrer Kapitulation. Auch die Shorta war angewiesen, nichts zu bewachen.

Trotzdem wurde und wird nicht geplündert. Die Berber trauen sich nicht. Die Lage ist für sie zu unübersichtlich. Wer weiß, wie die neuen Herren – auch wenn sie weitgehend abwesend sind – auf so einen Anfall von Willkür der »Rechtgläubigen« reagieren würden? Und der neue Emir aus Sevilla auf der anderen Seite will wohl das Haus der Prinzessin nicht freigeben, um es sich nicht ganz mit den Leuten von Cordoba zu verderben – jene Leute, die sich nie und nimmer an etwas vergehen würden, was »ihrer Herrin« gehört.

Es ist einer jener Vorgänge, die ich gern den weißen Zauber

der Omayaden nenne. Eine unsichtbare Glocke wölbt sich, wie es scheint, über diesen Gebäuden, diesen Parks und Gärten, diesem Innenhof, diesen Säulenhallen und Pavillons.

Doch dass alles leer steht, ist nicht ganz nach meinen Intentionen.

So muss ich denn selbst ein bisschen eingreifen – bevor ich Valada überreden werde, wieder in ihr Eigentum einzuziehen. – Der Brief, den ich ihr schließlich schreibe, kostet mich eine halbe Nacht. –

»An Valada bint Al Mustakfí, geheime Gebieterin über Cordoba und erklärte Herrin über mich, ihren Diener.

Prinzessin, wirf diesen Brief nicht ungelesen weg, ich flehe dich an, sondern lasse zu, dass ich zu dir spreche.

Allah, dem Erhabenen, ihm, der niemals schläft und dessen Weisheit den Erdball regiert, hat es in seiner Güte gefallen, die Dinge in Cordoba wieder ins rechte Lot zu rücken.

Von den Sevillanern ist nicht mehr geblieben als eine hauchdünne Schicht von Soldaten und die Tributverträge, die wir mit dem Emir zu schließen hatten. Dein Diener verwaltet nun Cordoba unumschränkt, zwar öffentlich im Auftrag Sevillas, aber recht eigentlich in deinem Sinne, Gebieterin. Denn auch der Mann Abd Al Malik vom Stamme der Yahwar ist nicht mehr vorhanden.

Der üble Streich, der uns, der dir von den machtgierigen Herren aus Sevilla gespielt wurde, hat zwar, das begreife ich, dein Herz wie mit Messern zerschnitten, aber es hat uns auch eins gelehrt: Es gibt keinen Nachkömmling der Omayaden mehr auf Gottes bewohntem Erdkreis – außer dir.

Du selbst kannst keinen Kalifenthron besteigen. Der wird leer bleiben. Aber im Schatten dieses Thrones, meine Geliebte und meine Gebieterin, sollst du herrschen – durch mich, deinen Hadjib und Diener.

Wir beide, wenn ich uns denn in einem Atemzug nennen darf, werden bestimmen, was in dieser Stadt geschieht und nicht geschieht. Und ich verspreche dir, dass ich Recht und Billigkeit walten lassen will in diesem unserem kleinen Reich, so, wie du es mir anbefehlen wirst.

Wir werden zwar weder az-Zahra noch az-Zahira wieder erbauen können; dazu wird die Kraft der Taifa Cordoba allein nicht ausreichen. Aber wir können deinen Musenhof neu erblühen lassen.

Ich weiß, dass du mein Verhalten für den schwärzesten Verrat gehalten und mich deshalb verachtet hast. Aber bedenke: Dieser ›Verrat‹ hat uns nun gerettet.

Und so wird es auch in Zukunft sein: Was an schmutzigen Dingen anfällt bei den Regierungsgeschäften, an Mühsal und an Ärgernis, das sei mein Teil. Den Ruhm, den Glanz der Gerechtigkeit überlasse ich dir, meine Herrin. Er soll, zusammen mit der Poetenkrone, deine schöne Stirn für alle Zeit schmücken.

Wenn du bereit bist, diese Allianz einzugehen, so verspreche ich dir, deinen Befehlen zu gehorchen wie der letzte Sklave deines Hauses.

Ich werde am Morgen des Freitags zu dir kommen und dich von Angesicht zu Angesicht bitten, dein Asyl im Alcazar zu verlassen, damit ich dir dein Haus zurückgeben kann. Gemeinsam könnten wir dann zum Abendgebet in die Mezquita gehen und auf diese Weise dafür sorgen, dass man uns gemeinsam sieht, ehe wir uns trennen – bevor du hinaufsteigst in die Galerie der Frauen und ich unten demütig mich zu Boden werfe vor dem Höchsten.

Dein Diener küsst dir Hände, Füße und die Lippen, hinter denen die Zähne schimmern wie die Sterne am dunklen Himmel ... Ach, ich gerate ins Schwärmen.

Dein Diener Ibn Abdus«

39

IM HAUS VALADAS.

An diesem sonnigen Morgen unterscheidet das Haus der Prinzessin sich in nichts von anderen Adelshäusern des Viertels, nur dass das Eingangstor weit offen steht.

Valada bint Al Mustakfí geht neben dem Wesir her, ohne ihn anzusehen, aber ihre Füße bewegen sich im Gleichschritt mit den seinen. Am Portal angelangt, nimmt die Hausherrin die Parade der Dienerschaft und der Hausverwahrer ab, die sich vor ihr zu Boden werfen und ihre Stirnen in den Staub zu ihren Füßen drücken; blumige Begrüßungsreden sind zu hören, und sie lächelt und dankt.

Ihr Haar hat sie so frisiert, dass der verkrustete Schnitt an ihrem Hals für alle gut zu sehen ist.

Zwei der Verwalter schließen sich dem Rundgang an und berichten, atemlos vor Aufregung, dass das Haus weitgehend von Plünderern verschont geblieben ist. Bis auf … ja …

»Bis auf was?«

»Es ist uns ein Rätsel! Die Schatzkammer, deren Lage und Zugang nur ganz wenige des Hausgesindes kennen – sie ist ausgeräumt worden. Fast vollständig. Herrin, strafe uns nicht! Es ist zur Nacht geschehen. Wir waren nicht schuld. Schließlich war das Haus offen, die Leibwache fort.«

Ibn Abdus räuspert sich. »Wie du befohlen hattest, Sayyida.«

Valada wirft ihrem Begleiter zum ersten Mal einen Blick zu. Lang, nachdenklich.

»Du wusstest davon?«

»Ich? Wie kommst du darauf, meine Schöne?« Der Wesir gibt sich erschrocken. (Suad hat gute Arbeit geleistet, als sie das Versteck des Omayaden-Vermögens preisgab. Die Dienerschaft außer Gefecht zu setzen, war schon schwieriger. Sie lieben ihre Herrin. Ein leicht betäubendes Getränk half nach, sie süß schlummern zu lassen. Und es brauchte in der Tat seine Zeit, um die Kammer leer zu räumen, obwohl das Gold schon so geschrumpft war.) »Das ist ein entsetzliches Verbrechen, und ich werde nach den Schuldigen fahnden!«

»Lass es uns gemeinsam ansehen!«, fordert Valada. Es klingt fast freundlich.

In Schweigen gehen sie durch die Räume, der Hausverwalter vornweg, dann die Hausherrin, zuletzt der Hadjib. Gelangen ins Herz des belebten Hauses, gehen durch immer weniger aufwendige und prächtige Räume hin zu einem nüchtern wirkenderen Trakt des Hauses.

Schließlich, hinter einem Vorhang, eine Geheimtür, die keine mehr ist, denn sie steht klaffend offen. Das Schloss ist erbrochen. Die fensterlose Kammer ist so leer, wie etwas nur sein kann. Nein, nicht ganz. Am Boden finden sich zwei Golddinare. Offenbar war ein Behältnis undicht, oder etwas ist über den Rand gefallen …

Valada bückt sich, hebt die beiden Münzen auf, wägt sie, in jeder Hand eine. »Ich bin mittellos«, stellt sie sachlich fest. Dann bricht sie in schallendes Gelächter aus.

»Unterlass es, nach den Schuldigen zu fahnden, Ibn Abdus! Ich glaube, ich kenne sie.«

Der Minister geht nicht darauf ein.

»Ich könnte mein Hab und Gut im Ganzen zurückverlangen, da würde sich bestimmt ein Verantwortlicher finden lassen«, fährt Valada fort. »Aber an welchem Ort es auch ist –

ich werde es – nun sagen wir einmal – abrufen, nach und nach. Ich lebe auf großem Fuße, Wesir.« Sie lächelt boshaft. »Alles, was in diesem geheimen Raum war, werde ich wiedererlangen. Und einiges darüber hinaus.«

Wieder räuspert sich Ibn Abdus.

»Dir steht mein gesamtes Vermögen bis auf den letzten Dirhem zur Verfügung, meine Herrin!« Er verbeugt sich.

»Und ich werde es nutzen, verlass dich darauf. Das hast du völlig richtig erkannt. Ich werde keine Rücksicht nehmen«, erwidert Valada. »Wenn man mich schon kaufen will, dann reichen eben tausend Dinare wie für diesen armen Kaufmann kürzlich nicht aus.«

»Ich verstehe dich, Gebieterin.« Im Gesicht des Wesirs rührt sich kein Muskel.

Valada wirft die beiden Münzen dem Hausverwalter zu. »Falls dies das Letzte sein sollte, was ich besitze, so richte davon für mich und den Hadjib ein Mahl aus. Ich will viel Wein haben, schöne Kristallgläser, eine scharfe Kükentajine und vor allem Süßigkeiten: Pistazienkerne und Mandeln, Zitronentörtchen mit Moschus, Kerzen am hellen Tag und Orangenblütenwasser, die Luft zu erfrischen. Und beeil dich. Nein, Musik brauchen wir keine.«

Sie sitzen sich gegenüber auf den Polstern, essen und trinken und schweigen.

Nachdem sie sich die Hände gewaschen haben und die Süßigkeiten aufgetischt werden, sagt Ibn Abdus beiläufig: »Hat sich der Dichter eigentlich von dir verabschiedet?«

Valada hält die Lider gesenkt.

»Wenn du auf diese Weise unser Gespräch eröffnen willst, hast du dir eine sehr ungünstige Art ausgesucht, indem du nach etwas fragst, was dich überhaupt nichts angeht. Wer sich von mir verabschiedet oder nicht, wer mich küsst und wer mich grüßt, wer mich beschenkt, beglückt und mit mir schläft, das wird weiterhin ganz und gar meine eigene Angelegenheit sein. Wenn du das nicht verstehst, wird unser Bündnis hinfällig.«

»Haben wir denn ein Bündnis?«, fragt er behutsam.

Sie lacht auf. »Zwangsläufig. Du hast gesiegt, Ibn Abdus. Und mit diesem letzten Schritt hast du mich völlig in deiner Hand. Aber nie«, sie erhebt die Stimme, »nie werde ich deine Frau vor dem Gesetz. Weder du noch sonst jemand wird mich besitzen. Ich bin eine freie Frau. Das musst du akzeptieren.«

»Ich weiß«, sagt er demütig. »Und das, was ich im Brief schrieb?«

»Das ist akzeptabel«, erwidert sie nüchtern und nimmt sich eine Handvoll Mandeln. »Ich werde so etwas wie eine heimliche Regentin sein, wenn ich es recht verstanden habe. Meine Träume flogen höher. Ich wollte den alten Glanz wieder herstellen. Wollte, dass ein Nachkomme des Propheten – und ich an seiner Seite – das wieder errichten, was vor einem Jahrhundert hier zerstört wurde. Aber das wäre wohl nur möglich, wenn der Segen Mohammeds über uns ausgeschüttet würde. Und das ist nicht geschehen. Wir werden keine neuen Paläste bauen. Nun – man muss nehmen, was erreichbar ist, und ganz leer sind meine Hände ja nunmehr nicht. Es muss uns genügen, wenn die Leute Brot haben und die Schöpfräder wieder instand sind und den Fluss regulieren und die Felder bewässern. Das wenigstens werden wir doch schaffen.

Wenn einem der Adler nicht zur Beizjagd zur Verfügung steht, muss man mit einem Bussard vorliebnehmen.«

Sie streift ihn mit einem funkelnden Blick und registriert anerkennend, dass er nicht mit der Wimper zuckt.

»Mein Haus aus Licht soll wieder über der Stadt leuchten, wenn es schon keine neue az-Zahra mehr geben wird.«

»Ja, Gebieterin.« Er greift nach ihrer Hand, aber sie entzieht sich ihm.

»Hör meine Bedingungen: keine Berberüberfälle mehr.

Zumindest keine vom Alcazar aus gesteuerten. Jedes Mal, wenn so etwas geschieht, werde ich auf meinem weißen Pferd und mit meiner neuen eigenen Leibwache anreiten und dazwischengehen. Ich, die Prinzessin!

Und ich will selbst mit dir zu Gericht sitzen. Der Kadi Ibn Al Dakhil ist abzusetzen. Bestechungsgelder sollten … ach, alles wird sich finden.«

»Du willst zu Gericht sitzen?«

»Neben dir, Hadjib. Wenn du nicht einverstanden bist, beenden wir dieses Gespräch. Ich …«

»Nein, Herrin. Es wird möglich sein.«

»Gewiss doch.« Sie kaut an ihren Mandeln.

»Ach, und meine Feste müssen prächtiger werden – nun, ich sehe in dir jetzt meinen Vermögensverwalter.« Sie lacht kurz auf.

Er vergräbt sein Gesicht tief im Weinkelch, antwortet nicht.

Als sie in die Hände klatscht, um neuen Wein zu verlangen, kommt die alte Sklavin Suad herbei, das dünne, unscheinbare Geschöpf.

»Hast du keinen hübscheren Mundschenk?«, bemerkt der Wesir. Er ist ein bisschen nervös. »So ein altes Weib verdirbt mir die Stimmung.«

»Kennst du sie nicht? Das ist Suad!«, bemerkt sie wie beiläufig.

»Woher sollte ich …« An seiner Stirn pocht eine Ader.

»Ach, lass nur«, entgegnet sie gleichmütig. »Das ist eine Stumme, meine Mutter hat ihr damals die Zunge entfernt, damit niemand etwas von ihren Abenteuern ausplaudern konnte. Ich behalte sie aus Mitleid. Sie ist harmlos. Oder … Diese Sklavin kann lesen, sogar Schriften, die auf dem Kopf stehen, und schreiben, soviel ich weiß. Sie könnte sehr wertvoll sein für jemanden, der Informationen aus einem Haus braucht. Soll ich sie dir schenken? Schleuse sie irgendwo ein. Sie wird dir von Nutzen sein.«

»Valada, hör auf! Du weißt …«

»Ich reime mir nur was zusammen.«

Suad bringt den frischen Wein, und sie trinken. Schweigen. Die Stille lastet.

Valada lehnt sich zurück, verschränkt die Arme hinterm Kopf.

Er merkt, sie ist noch nicht fertig mit ihren Forderungen.

»Eine vernünftige Ordnungstruppe, nicht diese schläfrige Shorta«, zählt sie beiläufig auf. »Du musst diese Männer besser bezahlen. Gute Offiziere sollten sie anleiten. Und gut bezahlt werden.«

»Ja, Herrin.« Er lässt seine Augen nicht von ihr. Keinen Moment.

»Die armen Leute müssen in die Lage versetzt werden, ihre Häuser und Straßen zu erneuern. Ich hatte ja keine Ahnung, wie schrecklich es da aussieht. Du musst … vielleicht die Steuern umverteilen?«

»Ja, Gebieterin.«

»Mir fällt gewiss noch mehr ein.«

Er verkneift sich eine Geste der Ungeduld. »Ich bin sicher. Wenn wir schon beim Aufräumen sind«, sagt er dann, »sollten wir doch auch gleich die Siedlung des Gesindels am Fluss und in der Ruine des alten Palastes …«

»Nein!« Nur ein Wort, mehr nicht.

»Aber warum nicht …«

»Weil ich es nicht will. Solange wir Cordoba mit Vernunft regieren, werden sie uns nicht behelligen. Diese dort sind unsere Gegenseite. Kein Licht ohne Schatten. Keine Sonne ohne Mond. Eine Kraft bedingt die andere. So ist die Welt. Sie waren unsere Söhne und Töchter. Irgendwann haben wir sie im Stich gelassen, und wir haben nicht das Recht, sie zu behelligen, wenn wir sie schon nicht nach Haus holen können.«

»Was für ein Gedanke!«

»*Mein* Gedanke. Versprochen?«

»Alles versprochen, Herrin.« (Wie mag sie zu dieser ihrer Erkenntnis kommen? Kann sie jemals mit einem von *denen* in Berührung gekommen sein? Es soll da einen »König« geben, hat er gehört. Nein, er wird nicht fragen. Versprochen.)

Es ist später Nachmittag geworden. Und sie sitzen sich gegenüber wie die zwei letzten Figuren auf dem Schachteppich. Wer schlägt wen? Stille. Sie zögert. Sagt dann beiläufig: »Aber du willst nicht wirklich zum Freitagsgebet, Wesir?«

»Warum nicht?« Seine Stimme klingt rau.

»Weil ich jetzt willens wäre, den Preis zu zahlen, der unsere Vereinbarung wert ist«, sagt sie. »Ab heute und immer, wenn du es wünschst und ich bereit bin dafür.«

Sie erhebt sich von den Polstern, und er sieht zu ihr auf.

Ihr Mantel fällt zu Boden. Es folgt das Kamis, das Kleid mit den weiten Ärmeln. Ihre Ghilala ist aus Leinen, so hauchdünn, dass ihr Körper durchscheint.

»Sayyida Al Kubra!, große Herrin«, sagt er heiser.

Dann fällt auch dieses Untergewand, und der Hadjib Ibn Abdus kniet vor dem Leib seiner weißen Flamme und versenkt seinen Mund, seine Zunge zwischen ihren Beinen. Am Ziel seiner Mühen.

Sie sieht auf seinen graulockigen Kopf hinunter. Fasst ihn dann mit beiden Händen und dirigiert ihn nach ihren Wünschen.

WALADA.

Auch damit lässt sich leben.

Am Tag, nachdem ich mit Ibn Abdus mein Bündnis geschlossen habe, mit Worten und Taten (und seine Unersättlichkeit im Bett hat mich fast über den Verlust von jemand anderem hinweggetröstet), packe ich die Perlen, von meinem Hals abgerissen, so wie man sie auf der Terrasse am Tor der Gerechtigkeit aufgelesen hat (sicher werden ein paar fehlen!), und lege sie in ein poliertes Kästchen aus Ebenholz – eine der

Kostbarkeiten, so wie sie die Kaufleute aus den fernen Ländern des Ostens mitbringen. Innen ist es ausgeschlagen mit schwarzer Seide, und die matt schimmernden Perlen nehmen sich gut aus darin. Dann tauche ich das Rohr in die Tinte und schreibe auf das feinste Pergament, das ich sonst nur für meine Gedichte benutze, einen Brief an Ismael Ibn Jeschulla, den Vater Kasmunas. Darin bitte ich ihn, aus meiner Hand zurückzunehmen, was seiner Tochter gehörte. Falls ihm zu Ohren gekommen sein sollte, aus welchem Anlass ich den Schmuck getragen habe und wie es dazu kam, dass die Kette zerriss, so wird er, schreibe ich, hoffentlich verstehen, dass es geschah, um seine Tochter zu ehren und sie, auch wenn sie nicht mehr unter uns weilt, teilhaben zu lassen am großen Geschehen.

Ich schreibe ihm, dass in meinem Herzen immer eine Wohnstatt für Kasmuna ist. Und ich schreibe, dass er und seine Gemeinde, gleich mit welcher Bitte sie zu mir kommen würden, auf unverzügliche Erfüllung hoffen dürften.

Ich siegele mit meinem Achtstern, meinem »Hoheitszeichen«.

Auf einen zweiten Streifen des feinen Pergaments schreibe ich folgende Verse:

»Die Schöne kam zu mir in einem Kleid aus Licht
Und bot mir kühles Nass in beiden Händen.
Zerrissen ist das Kleid, doch niemals enden
Wird das Gedenken an die schöne Gabe.
Nur einzig dies Gedenken hat Gewicht.
Gedenken ist nun alles, was ich habe.
Dies Licht verdunkelt und verzehrt sich nicht.
Doch niemand kann den Lauf der Sterne wenden.«

Erst wollte ich in die Judería gehen und das Kästchen dem alten Mann oder seiner ganzen Familie selbst bringen, aber dann kam mir die Geste gönnerhaft und aufgesetzt vor; Kasmunas Tun und Treiben bei mir entsprach wohl nicht so ganz dem, was eine sittsame jüdische Tochter tun soll, aber ich weiß, dass ihr Vater aus Liebe zu ihr und aus Respekt vor meinem Haus keine Einwände erhob.

Nun aber sollte ich ihnen lieber fernbleiben, so denke ich.

Ich schicke einen Boten in das Trauerhaus und erhalte höflichen Dank. Mehr soll nicht sein.

40

DIE FÜHRER DER GEMEINDE HABEN ISMAEL IBN JESCHULLA ZU EINEM GESPRÄCH GEBETEN.
Sie sitzen in der Synagoge: der Nasi, der Vorsteher der Juden Cordobas, der Chasan, der Vorbeter, und der greise Rabbi Jakob Ibn Esra, hoch geachtet ob seines durchdringenden Verstands und seiner Weisheit. Dazu noch drei andere angesehene Männer, ein Arzt, zwei Kaufleute.

Ismael Ibn Jeschulla ist noch in Trauer. Der Saum seines Gewands ist zerrissen, und die Asche seines häuslichen Herds ist über sein Haupthaar verstreut.

Die Männer erheben sich bei seinem Eintritt, um ihn zu ehren, und der Nasi murmelt: »Der Ewige hat gegeben. Der Ewige hat genommen. Der Name sei gepriesen in alle Ewigkeit.«

»Amen«, erwidert Ibn Jeschulla. Seine Stimme ist klar und fest. »Ihr habt mich zu euch bestellt, Brüder, aus einem Trauerhaus. Was gibt es Dringendes, das nicht Zeit bis später hätte?«

Der Augenblick des verlegenen Schweigens wird durch den Chasan, gleichsam als den ernannten Sprecher, unterbrochen. Seine schöne Stimme füllt den Raum. »Verehrter Herr und Bruder, uns, den Männern in den höchsten Ämtern, ist zu Ohren gekommen, dass Ihr ein Geschenk der Prinzessin Valada erhalten habt.«

»So? Ist euch das zu Ohren gekommen?«, fragt Ibn Jeschulla zurück.

Der Chasan räuspert sich. »Ja, so ist es.« Er holt Luft. »Ihr habt jene Perlen erhalten, die …«

»Jene Perlen, ja«, bestätigt der alte Mann und sieht von einem zum anderen. »Was wollt ihr von mir, liebe Brüder?«

Rabbi Jakob Ibn Esra nimmt jetzt das Wort. »Die Perlen, die Eure Tochter Kasmuna – ihr Angedenken sei gesegnet! – von der Prinzessin einst geschenkt bekam als Zeichen ihrer … Zuneigung … und ihrer Fertigkeit in der Dichtkunst.« Er stockt. Rabbi Ibn Esra ist sonst nicht der Mann, der um Worte verlegen ist. Außer hier und heute.

Jeschulla sieht ihn ruhig an, mit wissendem Blick, und wartet auf die Fortsetzung, die nicht kommt.

Stattdessen sagt der Nasi: »Ismael, wir haben uns überlegt, ob es nicht angebracht wäre, wenn Ihr diesen Schmuck«, er schluckt, »der Gemeinde stiften würdet, damit er für wohltätige Zwecke verkauft werden kann. Es sind schließlich Perlen von abschätzbar großem Wert. Und Ihr hättet damit Euer Haus … gleichsam gereinigt.«

Stille.

Ismael Ibn Jeschulla sieht sie alle der Reihe nach an, und ein jeder senkt schließlich die Lider.

»Verehrte Herren und Brüder«, beginnt er leise, »ich verstehe eure Absicht. Ihr wisst, ich bin reich. Und gern bin ich bereit, für die Armen unserer Gemeinde eine nicht unbeträchtliche Summe Geld zu stiften. Aber das wird nichts mit diesen Perlen zu tun haben und keine Entsprechung sein für das, was ihr einen abschätzbaren Wert nennt. Denn für mich und mein Haus sind sie von unschätzbarem Wert.

Mein Haus bedarf keiner Reinigung, ihr Herren. Denn diese Perlen waren nicht, wie ihr wohl anzunehmen scheint, Lohn für Dienste, welcher Art auch immer, sondern eine Gabe der reinen Liebe.

Und Liebe ist dem Ewigen wohlgefällig.

Gestattet, dass ich euch verlasse. Ich bin noch in Trauer.

Der Herr erleuchte eure Sinne.«

Sie sehen ihm hinterher, wie er den Raum verlässt. Keiner sagt ein Wort.

ʿVALADA.

Morgen werde ich mit Ibn Abdus, dessen Vornamen ich bisher noch nicht kenne (und vielleicht auch gar nicht kennen lernen will), gemeinsam durch Cordoba reiten. Wir werden uns zeigen. Nebeneinander. Sicher ist es gut so.

Und als habe es Allah so bestimmt, dass nun alles seinen Herbst erhält, was vordem blühte, kommt einer meiner Pförtner zu mir und bringt mir eine Seltsamkeit. Ein Zerlumpter vom Lager vor den Toren, die manchmal zum Betteln in die Stadt kommen, habe es für mich abgegeben und sei fortgerannt, bevor man ihn nach dem Woher und Weshalb fragen konnte.

»Wie sah er aus?«, frage ich und spüre, wie mein Mund trocken wird.

»Wie soll er schon ausgesehen haben? Eben so ein Ungewaschener«, entgegnet der Mann.

Nun, wenn es jemand mit nacktem Oberkörper, kahlem Schädel, Narben im Gesicht und Augen wie Metall gewesen wäre, das hätte ja wohl jeder gemerkt. Zumal sie ihn ja kennen müssten. Irgendwer hat ihn damals eingelassen …

Ich nehme, was ich erhalten habe, und gehe damit in die Bibliothek, jenen Raum, wo ich mich am liebsten aufhalte.

Das Ding scheint mir … aus Abfall zu sein. Zunächst. Es ist eine Art kleiner Korb, wie ich ihn noch nie vorher gesehen habe, geflochten aus biegsamen Weidenzweigen und bräunlichen Wurzeln. Die Enden sind nach oben gebogen und mit einem Dorn der Acerola-Kirsche über der Öffnung verschlossen, an dem ich mir prompt den Finger verletze, als ich ihn herausziehe. Es blutet leicht.

Der Korb öffnet sich und enthüllt zwei Dinge: eine dünne

Haarsträhne, die um einen Fetzen biegsam gerolltes Handschuhleder gewickelt ist, und ein merkwürdiges Etwas. Es ist ein Kreis aus Zweigen, durch den ein Geflecht von bunten Wollfäden gewirkt ist. Flaumfedern schmücken den Rand wie die Korona der Sonne, wenn sie hinterm Mond verschwunden ist.

Seltsames Zeug. Seltsamer Rohstoff, wie von irgendwoher zusammengesucht.

Den Finger im Mund, um das Blut abzusaugen, löse ich die Haarsträhne von dem Leder und entrolle es.

Mein Herz tut ein paar harte Schläge.

Das ist, wenn auch mit einer Tinte aus Pflanzensaft und mit zittriger Hand geschrieben, unverkennbar die Schrift meiner Muhdja. Wie sollte ich sie nicht erkennen, ich habe ihr ja schließlich selbst das Schreiben beigebracht!

Sie lebt also, sie ist irgendwo, sie ... sie spricht zu mir!

Vor meinen Augen liegt ein Schleier. Ich muss erst ein paar Mal blinzeln, bevor ich entziffere, was sie da mit den unvollkommensten Mitteln auf das Leder gemalt hat – manchmal muss ich mehr raten, als dass ich lese.

Mein Gott, es sind Verse!

»Wär' ich ein Schild, ich würde dich beschützen,
Wär' ich Gewand, ich würde dich umhüllen,
Wär' ich ein Haus, ich würde dich verstecken.
Wär' ich ein Schwan, ich würde Trost dir singen,
Wär' ich ein Hund, ich würde deine Wunden
Mit meiner feuchten sanften Zunge lecken.
Wär' ich ein Arzt, ich würd' dir Heilung bringen.
Wär' ich ein Gott, ich würd' dein Leiden stillen
Mit einem Zauber, der die wunde Seele
Dir streichelt, dass dich nichts mehr quäle.
Doch Allah weiß, ich kann zu gar nichts nützen.«

Dann, am äußersten Rand dieses Lederfetzens: »Allah sei mit dir, meine Geliebte. Verzeih mir und suche nicht nach mir. Dies Ding aus Weidenzweigen, das ich dir sende, ist gut für schöne Träume. Häng es über dein Bett. Es vertreibt die bösen Mächte.« –

So hat es Allah oder das Schicksal gefügt, dass ich mich nun endgültig verabschieden muss von den drei Menschen, die ich bisher über alles geliebt habe. Das bunt gezwirnte Tuch meines Lebens hat fadenscheinige Stellen bekommen, man kann es gegen die Sonne halten und hindurchsehen ins hell leuchtende Nichts.

So ein Nichts wie in der Sänfte, in dem nicht einmal der Geist des Kalifen Platz genommen hatte – es war ja auch nur ein Betrug. Ein Betrug, geschmiedet aus Hass und Liebe.

Mein Lebens-Tuch, wenn auch fadenscheinig. Aber es ist wirklich.

Und um nichts in der Welt wünsche ich, diese dünn gewordenen Stellen auszubessern. Um nichts in der Welt.

Auf hoher See gehören Lecks dazu. Darum aber gibt man sein Schiff nicht auf.

Früher habe ich auf Träume nicht geachtet. Jetzt, unter dem Traum-Geschenk meiner Muhdja, das mir zu Häupten hängt, ziehen sie hinter meiner Stirn ihre Bahnen, kreuzen sich, vermischen sich, errichten ihre eigenen Bauwerke, lassen mich lachen und fliegen. Die wunderbar schwebenden Geschehnisse, die in diesen Räumen wohnen, neu zu ordnen und zu behalten, ist meine Arbeit. Nachts. In meinen Träumen.

Am Tag habe ich anderes zu tun. Ich weiß nicht, wie viel sich von meinen Visionen einmal wird mit Händen greifen lassen. Es kommt auf den Versuch an.

Eins aber ist sicher: Mein Haus, die Insel aus Licht, wird weiter bestehen in dieser Stadt, und seine Tore öffnen für alle, die leben, lieben und dichten wollen.

In meiner Bibliothek suche ich nach einem Buch, dem »Bericht von den wundersamen Taten der Herrscher Cordobas aus edelstem Geschlecht und was die Sterne von ihrem Untergang und erneuten Aufgang wissen«. Aber so viel ich auch das Unterste zuoberst wende – es ist verschwunden. Ich muss es verlegt haben. Oder ich habe es meinen Träumen zugesellt.

Der Pakt zwischen Valada bint Al Mustakfí und Ibn Abdus hielt. Als weiblicher »Schattenkalif« regierte sie mit ihm ein Cordoba, dessen Bedeutung in Al Andalus freilich immer mehr schwand. Wenn Sterne sinken, hält keiner ihren Fall auf.

Ibn Zaydun wurde der einflussreiche und hoch geachtete Hadjib des neuen Emirs Al Mutamid von Sevilla.

Immer wieder versuchten seine Verse die Frau in Cordoba zu erreichen und zu erweichen. Sie antwortete mit Spott – oder gar nicht.

Valada wurde über neunzig Jahre alt. Sie betrauerte den Dahingang des Wesirs genauso wie den Tod des großen Dichters.

Als erneut Krieger berberischer Herkunft unter den bigotten, fundamentalistischen Almoraviden ungerufen aus Afrika kamen, den »Heiligen Krieg gegen Freigeister« in Al Andalus zu ihrem Hauptziel machten und im ganzen Land Lust und Lebensfreude mit der Wurzel ausrotteten, als sie die Taifa-Königreiche und natürlich auch Cordoba im Sturm eroberten, starb Valada bint Al Mustakfí. Rechtzeitig.